Die Flügel
der Freiheit

Sharon Salzberg

*Die Flügel
der Freiheit*

Aus dem Englischen übersetzt

von Ute Weber

Arbor Verlag
Freiamt im Schwarzwald

© 1999 by the Dharma Foundation
Copyright © der deutschen Ausgabe:
2002 by Arbor Verlag, Freiamt
by arrangement with Shambhala Publications, Inc.,
P.O. Box 308, Boston, MA 02117

Titel der amerikanischen Originalausgabe:
„Voices of Insight"
edited by Sharon Salzberg.
Die deutsche Ausgabe wurde um die Beiträge
von Renate Seifarth und Fred von Allmen erweitert.

1 2 3 4 5   Auflage
02 03 04 05 06   Erscheinungsjahr

Titelfoto: Klaus Ender
Lektorat: Stephan Schuhmacher
Korrektorat: Norbert Gehlen
Druck und Verarbeitung: Fuldaer Verlagsagentur

Dieses Buch wurde auf holz-, chlor- und säurefreiem Papier
gedruckt und ist alterungsbeständig.

Alle Rechte vorbehalten
www.arbor-verlag.de

ISBN 3-924195-76-5

Inhaltsverzeichnis

Widmung 7
Danksagung 9
Mirabai Bush: Vorwort 11
Sharon Salzberg: Einführung 15

Erster Teil:
Der Buddha und die Übertragungslinie der Lehrer

Einführung in den ersten Teil 21
Joseph Goldstein: Die heilige Reise Buddhas 23
Jack Kornfield: Die natürliche Freiheit des Herzens 37
Sharon Salzberg: Vertrauen in unsere Fähigkeiten wecken 59
Kamala Masters: Einfach nur Geschirr spülen 67
Carol Wilson: Lieder der Schwestern 81
Steven Smith: Heilige Freundschaft 99
Sylvia Boorstein: Die Lehren als den Lehrer ansehen 113

Zweiter Teil:
Der Dharma und das Verständnis der Praxis

Einführung in den zweiten Teil 125
Christina Feldman: Die Vier Edlen Wahrheiten 127
Joseph Goldstein: Die Wissenschaft
   und die Kunst der Meditation 143

Bhante Gunaratana: Achtsamkeit 159
Michele McDonald-Smith: Ein Gasthaus sein 171
Larry Rosenberg: Über das Loslassen hinaus 183
Ajahn Sumedo: Nichts wird ausgelassen 199
Christopher Titmuss: Befreiung vom Leiden 209

Dritter Teil:
Die Sangha und die Praxis im Alltag

Einführung in den dritten Teil 227
Narayan Liebenson Grady: Zuflucht zur Sangha 229
Sylvia Boorstein: Das Herz vervollkommnen 241
Steve Armstrong: Die fünf Gebote 253
Rodney Smith: Dienen 271
Jack Kornfield: Weg der Elternschaft, Weg des Erwachens 281
Gavin Harrison: Dringlichkeit,
   Zufriedenheit und die Randbereiche der Liebe 295
Sharon Salzberg: Zum Verbündeten aller Wesen werden 307
Renate Seifarth: Inneren Frieden
   verwirklichen und froh durchs Leben gehen 315
Fred von Allmen: Das Gute feiern 327
Über die Autoren 345
Zentren für Einsichtsmeditation 349

Widmung

Bereits vor vielen Jahren kam die Idee auf, eine Anthologie aus Beiträgen der Lehrer der *Insight Meditation Society* (IMS – Gesellschaft für Einsichtsmeditation) zusammenzustellen, aber aus verschiedenen Gründen wurde der Plan nie umgesetzt. Im vergangenen Jahr rief dann eines Tages Peter Turner an, mein Lektor bei *Shambhala Publications*, und fragte mich, ob ich nicht eine Anthologie zum Thema Einsichtsmeditation herausgeben wolle. Ich erzählte ihm, daß wir diese Möglichkeit bereits seit vielen Jahren erwogen hatten, und fügte hinzu: „Ich glaube, solch ein Projekt funktioniert nur dann, wenn niemand Geld daran verdient."

Am nächsten Tag kam mir während der Meditation der Gedanke, die Herausgeber-Tantiemen könnten an Ram Dass gehen. Ram Dass, der für viele Mitglieder der IMS eine Inspirationsquelle und eine große Hilfe gewesen war, hatte kurz zuvor einen schweren Schlaganfall erlitten und sah sich nun mit hohen Arztrechnungen und anderen Ausgaben konfrontiert. Ich rief Peter an und sagte ihm, es wäre mir eine große Freude, das Buch zusammenzustellen.

So ist dieses Buch also Ram Dass gewidmet – als Dank für seinen Pioniergeist, seine Liebe zum Dharma und seine Gabe des Dienens. Darüber hinaus ist es seinem Lehrer Neem Karoli Baba gewidmet, dessen bedingungslose Liebe den Weg zahlloser spiritueller Sucher erhellt hat.

Sharon Salzberg

Danksagung

Die Zusammenstellung dieser Anthologie wurde von allen Lehrern der IMS von ganzem Herzen unterstützt. Zwar war es in diesem Rahmen nicht möglich, *jedem* Lehrer Raum für einen eigenen Beitrag zu geben, doch durch die Großzügigkeit und Liebende Güte, die in ihrer Lehrtätigkeit so deutlich zu Tage treten, sind auch die hier nicht vertretenen Lehrer in dem vorliegenden Buch präsent. Diejenigen, die ein oder mehrere Kapitel zu diesem Buch beitrugen, haben in einem bemerkenswerten Geist des Dienens sehr viel Zeit und Mühe darauf verwendet.

Daß die IMS seit 1976 blüht und gedeiht, ist das Verdienst all derer, die dort an Meditationsretreats teilgenommen haben, sowie der Mitarbeiter, der Verwaltung, der Förderer und Mitglieder des Vorstands und schließlich auch der Lehrer. So ist auch diese Anthologie durch die vereinten Bemühungen vieler Menschen zustande gekommen. Martha Ley, Hal Ross, Carolyn Ross und Shoshana Alexander haben auf Wunsch einiger Autoren verschiedene Kapitel überarbeitet. Jack Kornfield hat die Gesamtorganisation übernommen. David Bermans Inspiration ist der Titel der amerikanischen Ausgabe zu verdanken. Mirabai Bush hat – trotz eines sehr geschäftigen Lebens – großzügigerweise die Aufgabe übernommen, das Vorwort zu schreiben. Peter Turner von *Shambhala Publications* hat den Entstehungsprozeß des Buches angestoßen und unterstützt. Kendra Crossen Burroughs hat dieses Projekt unter Einsatz ihrer Fähigkeiten und Einsichten sowie mit einer Riesenportion Humor zum Abschluß gebracht.

Dieses Buch hätte ohne Julie Tato und Eric McCord, die gemeinsam die Vision des Projektes lebendig hielten, niemals entstehen können. Julie hat sich stundenlang Tonbänder angehört, um herauszufinden, wo die besonderen Interessen, Anliegen und Begabungen der einzelnen Lehrer liegen. Außerdem war sie die Hauptverantwortliche dafür, daß die verschiedenen Parteien, die in das Projekt eingebunden waren, reibungslos miteinander kommunizieren konnten. Darüber hinaus hat sie wertvolle Anregungen zu den verschiedenen Kapiteln gegeben. Eric hat die meisten Kapitel bereits von der ersten Fassung an überarbeitet und jeden Lehrer auf wunderbare Weise darin unterstützt, Struktur und Klarheit zu schaffen und gleichzeitig seine beziehungsweise ihre einzigartige Stimme beizubehalten. Er hat das Gesamtmanuskript auch in mehreren späteren Versionen überarbeitet, und seine redaktionellen Fähigkeiten sind deutlich spürbar. Eric hat vom Zeitpunkt der Entstehung der Idee zu diesem Buch bis zu seinem Abschluß mit Aufrichtigkeit und Hingabe daran mitgewirkt.

Mein Dank gilt den Verlagen, die großzügig auf Gebühren für die Abdruckrechte verzichtet beziehungsweise diese reduziert haben: *Maypop Books, Parallax Press, Rider, Shambhala Publications, Weatherhill* und *Wisdom Publications*.

Meine Rolle als Herausgeberin dieses Buches fiel mit einer außergewöhnlichen Zeit in meinem Leben zusammen, die ich in New York City verbrachte. Dieser Aufenthalt wurde durch die Großzügigkeit von Amy Gross, die Aufgeschlossenheit und das offene Herz von Jennifer Greenfield, Cathy und Salva Trentalancia, Nena Thurman und Jonathan Cott ermöglicht. Darüber hinaus möchte ich Jonathan noch besonders dafür danken, daß er mich einiges über Vertrauen gelehrt hat.

Mirabai Bush

Vorwort

Meditation ist nichts Neues. Lange Zeit wurde sie im Westen jedoch nur von Ordensleuten, Mystikern, Dichtern und Menschen asiatischer Herkunft praktiziert. Inzwischen hat dieser Weg, das Leben einfach und unmittelbar wahrzunehmen, Eingang in den Alltag vieler Menschen gefunden. Die weisen und direkten Worte der in diesem Buch vertretenen Lehrer haben dazu beigetragen, daß die hier vorgestellte Tradition des Meditierens im Westen Wurzeln schlagen konnte. Der Buddhismus hat sein kostbarstes Gut, nämlich die Praxis des Lernens durch Innenschau, in eine Gesellschaft eingebracht, die auf dem Weg in ein neues Jahrhundert dringend seiner Weisheit bedarf.

Manchmal wenn ich miterlebe, wie Steven Smith in einem Kreis von Wissenschaftlern, die für große Konzerne tätig sind, eine Meditation der Liebenden Güte für alle Lebewesen anleitet, oder wenn ich sehe, wie Joseph Goldstein die Fragen eines Jurastudenten von der *Yale University* zur Praxis der Achtsamkeitsmeditation beantwortet, könnte ich glatt vergessen, daß Meditation erst vor kurzem Eingang in das Leben einer breiteren Öffentlichkeit im Westen gefunden hat. Überall stößt man auf Anzeichen dafür: Die Zeitschrift *Time* führt Adressen von Dharma-Websites auf, und Umweltexperten, die ihre Jahresversammlung abhalten, beginnen ihren Tag mit Sitzpraxis, bevor sie am Nachmittag über den Klimawandel diskutieren. Bei einer unlängst abgehaltenen Konferenz über Zukunftsfragen gab es Meditationssitzungen, gefolgt von einer Aufführung von Jugendlichen aus den städtischen Slums, die ihre Einsichten als Rap formulierten („Ich glaub, es ist mein Karma, daß ich jetzt bin im Dharma"). Die Schüler von Bryn Mawr meditieren im Unterricht, bevor sie sich mit dem Holocaust, der Sklaverei und der Apartheid-Thematik beschäftigen. Wie ihr Lehrer sagt, hilft ihnen das, die Begegnung mit dem menschlichen Grauen nicht zu einer Art intellektuellem Ersatzvoyeurismus werden zu lassen.

In der hier vorgestellten buddhistischen Tradition werden Menschen, die die Meditationspraxis vermitteln, als Ratgeber beziehungsweise „spirituelle Freunde" angesehen. Sie lehren, ermutigen andere und kämpfen ihrerseits darum, die Lehren zu verkörpern. Die in dieser Anthologie vertretenen Lehrer haben das, was der Buddha lehrte, geduldig für skeptische, vorsichtige, suchende und dankbare westliche Schüler „übersetzt". Das Ergebnis ist eine Art „Meditationshalle" zwischen Buchdeckeln. Dieses Buch ist ein Begleiter auf der Reise, ein Freund, auf den man zurückgreifen kann, wenn man dem wahren Zuhause ein wenig näher kommen möchte. Und es ist einem der frühen Meditationspioniere und spirituellen Freunde der IMS gewidmet: Ram Dass.

Seit 1970, als wir uns in Bodh-Gâyâ – dem indischen Dorf, in dem der Buddha erleuchtet wurde – trafen, habe ich Ram Dass als Gefährten auf dem Weg des Herzens kennengelernt. Wir haben häufig mit anderen Freunden in Berkeley, Cambridge, Boulder, Martha's Vineyard und New York zusammengelebt; wir haben gemeinsam bei Meditationsretreats gelehrt, sind in Asien herumgereist, haben zusammen ein Buch geschrieben, in New Orleans Gospelmusik gehört und die Kämpfe der mit uns befreundeten Maya-Indianer durch unsere Arbeit für die Seva-Stiftung kennengelernt. Ram Dass war der Pate meines Sohnes und anderer Kinder der weiteren Familie.

Durch all diese Jahre hindurch zog sich als roter Faden, daß er das Leben als Reise, als Entdeckungsprozeß, als Tanz der Vergänglichkeit – den einzigen Tanz, den es gibt – ansah. Wenn wir getrennte Wege gingen, insbesondere dann, wenn einer von uns irgendeine neue Praxis, einen neuen Lehrer oder heiligen Platz ausfindig gemacht hatte, dann haben wir später unsere Aufzeichnungen über unsere Erfahrungen verglichen, um zu sehen, wie sich unsere „Wahrheiten" verändert hatten. Wie war es, in Burma mit U Pandita zu sitzen? Wie war es, drei Wochen lang in den Alpen zu fasten? Wie war es, ein Kind zu gebären?

Dann, im Jahre 1997, als Ram Dass das letzte Kapitel eines Buches über das Altern schrieb, erlebte er, was manche von uns beim Schreiben eines letzten Kapitels schon als mögliche Konsequenz vor Augen hatten: Er erlitt einen schweren Schlaganfall, der sein Leben veränderte.

Als ich ihn einige Wochen später im Krankenhaus besuchte, lag er blaß und halbseitig gelähmt im Bett, mit Blick auf ein Bild seines

Gurus, Neem Karoli Baba, Maharaji, und einen Batik-Wandbehang von Hanuman, für die Hindus der Sohn des Windgottes, der den Geist des Atems verkörpert. Nach langem gemeinsamem Schweigen schaute er mich an und versuchte unter großer Anstrengung zu sprechen. Er machte eine Geste, als begänne er zu sprechen, wies auf seine gelähmte Seite und versuchte mir dann etwas mitzuteilen. Es fühlte sich sehr vertraut an, selbst in diesem sterilen Zimmer, durch meine Tränen hindurch. Seine Finger gingen mit der Geste des Wanderns seinen Arm hinunter. Das war der Weg, die Reise. „Lernen", sagte er mühsam; dann ein langes Schweigen. „Lernen . . . Geduld. Geduld." Dann schloß er die Augen und ruhte.

Im Laufe der Jahre hat Ram Dass Tausende von Freunden und Schülern dazu ermutigt, sich in der IMS der grundlegenden Arbeit des spirituellen Erwachens zu widmen – zu lernen, wie man in die Tiefe schaut, das Herz weit öffnet, mit Klarheit und Mitgefühl handelt und im gegenwärtigen Moment präsent ist. Er schien nicht gerade zum buddhistischen Lehrer prädestiniert. Er wurde als Jude geboren („nur von Seiten meiner Eltern") und ist seinem indischen Guru, Neem Karoli Baba, Maharaji, treu ergeben, dessen essentielle Lehre *Sub ek* – „Alle Wege sind eins" – lautet. Wenn Ram Dass seinen Clan zu einem großen Treffen versammelte, was von den sechziger bis zu den neunziger Jahren überall im Lande von Hawaii bis nach New Hampshire passierte, dann wurden häufig alle möglichen eklektischen Praktiken geübt. Hinduistische Mantra-Rezitationen herrschten vor, aber auch die buddhistische Praxis wurde stetig geübt und brachte uns alle zum Atem und in den gegenwärtigen Moment zurück.

Ich freue mich also, daß die ehemaligen und derzeitigen Lehrer der IMS dieses Buch Ram Dass gewidmet haben – dieses Buch über die heilige Reise, über heilige Freundschaft, rechtes Bemühen, das Leiden und das Ende des Leidens, bedingungslose Akzeptanz, die Kraft der Stille und des Schweigens. All das ist in der Praxis des „Sei jetzt hier!"* enthalten. Es wird in großer Dankbarkeit von sehr vielen Menschen im Geiste gegenseitiger Verbundenheit dargeboten. Möge es viele Menschen dazu inspirieren, ihre Weisheit, ihr Mitgefühl und ihren Einsatz für das Wohl aller Wesen zu vertiefen. Einatmen, ausatmen ...

---

* *Be Here Now* war der Titel eines von Ram Dass herausgegebenen Buches, in den USA lange Zeit die „Bibel" einer eklektischen New-Age-Spiritualität. (Anm. d. Übers.)

Sharon Salzberg

Einführung

Seit der Zeit von Buddhas Erleuchtung in Indien vor zweitausendfünfhundert Jahren wurden die „Buddhismus" genannten Lehren auf der ganzen Welt verbreitet und den Bedürfnissen unterschiedlicher Völker und kultureller Gegebenheiten angepaßt. Überall auf der Welt, wo sich die universelle menschliche Sehnsucht nach spiritueller Freiheit manifestiert, hat der Dharma – die Lehre Buddhas – inzwischen ein Zuhause gefunden. In den letzten Jahrzehnten ist diese Botschaft der Freiheit in weiten Teilen der westlichen Welt verbreitet worden, wo sich die Menschen insbesondere von den verschiedenen Techniken buddhistischer Meditation angezogen fühlten. Die Lehren in diesem Buch konzentrieren sich auf zwei dieser Praktiken, so wie sie von der *Insight Meditation Society* (IMS) in Barre im amerikanischen Bundesstaat Massachusetts gelehrt werden: Die Einsichtsmeditation (*vipassanâ*) ist die Beobachtung des Geist-Körper-Prozesses mit klarem und gesammeltem Gewahrsein, was zu einer Vertiefung von Weisheit und Gleichmut führt; Liebende Güte (*mettâ*) ist die systematische Erforschung der Fähigkeit zu lieben, die zu einer Vertiefung von Sammlung und Verbundenheit führt.

Die IMS wurde im Jahre 1976 von einer Gruppe von Freunden gegründet. Wir hatten alle in Asien gelebt, wo sich unser Leben dadurch, daß wir den Lehren Buddhas und der Praxis der Meditation begegnet waren, grundlegend und radikal geändert hatte. Am Valentinstag 1976 zogen wir auf das Grundstück in Barre und begannen, ein Meditationszentrum zu errichten, das intensiven, von Lehrern angeleiteten stillen Meditationsretreats gewidmet sein und jedem, der sich dafür interessierte, die Möglichkeit bieten sollte, die Praktiken der Einsichtsmeditation und der Liebenden Güte zu erlernen.

Ich erinnere mich an viele der spätabendlichen Treffen, die unsere frühen Jahre prägten: „Werden wir finanziell überleben können?", fragten wir uns. „Wird überhaupt jemand zum Praktizieren kommen? Da wir ja von niemandem verlangen, sich einer Religion zu verschreiben – sollten wir dann überhaupt Buddha-Statuen aufstellen oder nicht?" Und die tiefstgreifende Überlegung: „Was bedeutet es, eine Tradition, die tief von der Bildersprache und Metaphorik Asiens durchdrungen ist, zu nehmen und zu versuchen, ihre unveränderliche Essenz zu finden und diese Essenz dann in die Bildersprache unserer Zeit und unseres Ortes zu übersetzen?"

Als der Buddha die erste Gruppe seiner Schüler aussandte, um „zum Wohle und zum Besten der Vielen zu lehren ... aus Mitgefühl mit allen Wesen", da trug er ihnen auf, die Menschen, auf die sie trafen, jeweils in der Sprache zu unterweisen, die für sie die zugänglichste und bedeutsamste sei. Die uralte Allegorie von der spirituellen Reise wird heute in unserer eigenen Sprache wiedererzählt. Wir entwickeln eine Tradition, die von unseren gegenwärtigen Herausforderungen spricht, von unseren eigenen Triumphen und unseren einzigartigen Lektionen. Wir sind dabei, neue Metaphern zu entdecken – in unserer eigenen Zeit und an unserem Ort, in unseren Familien, Gemeinden und Institutionen –, die uns zugleich mit einer Realität und einer Lehre verbinden, welche zeitlos und universell sind. Das ist ein wichtiger Schritt auf dem Weg dahin, uns den Dharma zu eigen zu machen. Es ist ein bedeutsamer Schritt bei der Übermittlung einer lebendigen Wahrheit.

Bisher haben wir finanziell überlebt, viele Tausende von Menschen sind gekommen. Wir verlangen von niemandem, sich einer Religion zu verschreiben, und es gibt viele Buddha-Statuen in unserem Haus und auf dem gesamten Gelände. Und die Umsetzung einer Lehre aus einer Kultur in eine andere ist immer noch unser tiefstes kreatives Bemühen. Es stellt uns vor zahlreiche Herausforderungen in bezug auf Integrität, Mitgefühl, unterscheidende Weisheit und die Fähigkeit, loszulassen und von vorne anzufangen, wenn wir einen Fehler gemacht haben.

Die meisten Lehrer, die Meditationsretreats bei der IMS leiten, sind Laien aus dem Westen; außerdem kommen im Laufe des Jahres von außen sowohl westliche als auch asiatische Lehrer hinzu, Ordinierte sowie Laien, die den Dharma anbieten. Bei aller Vielfalt der Ausdrukksformen beziehen sich alle Lehrer der IMS doch auf die Tradition des

Theravâda-Buddhismus. Die Grundlage dieser Tradition ist eine sich immer weiter vertiefende Erfahrung der drei Zufluchten, Buddha, Dharma und Sangha. Dieses Buch ist als eine Erforschung dieser drei Zufluchten angelegt und berücksichtigt sowohl klassische als auch zeitgenössische Ansätze. Letzten Endes ist das entscheidende Verständnis das eigene, denn die Tradition wird durch die Verpflichtung zu Einsicht, moralischer Integrität und Mitgefühl für alle, die sie praktizieren, aufrechterhalten. Jede der Stimmen in diesem Buch erinnert uns trotz ihrer individuellen Ausprägung und Verschiedenartigkeit an diese essentielle Wahrheit: Wir alle können unseren Geist von seinem gewohnheitsmäßigen Anhaften, von Zorn und Verblendung befreien, wenn wir uns aufrichtig dazu verpflichten und wahrhaftig den Weg der Einsicht praktizieren.

Erster Teil

Der Buddha und die Übertragungslinie der Lehrer

Einführung in den ersten Teil

Wir beginnen einen Meditationsretreat, indem wir Zuflucht zu den Drei Kostbarkeiten des Buddhismus nehmen. Die erste Kostbarkeit ist der Buddha selbst. Indem wir Zuflucht zum Buddha nehmen, erkennen wir an, daß er für das Potential eines Menschen mit grenzenlosem Mitgefühl und einem erwachten Geist steht. Dieses Potential existiert in jedem von uns. Wollen wir Meditation praktizieren, um es zum Leben zu erwecken, dann dienen uns unsere Lehrer häufig als Brücke zwischen der Kraft des Beispiels, das uns der Buddha gegeben hat, und unserer eigenen direkten Erfahrung.

In diesem Abschnitt geht es um solche Lehrer sowie um die Freundschaft zwischen Lehrern und Schülern. Hier wird erforscht, was für eine subtile, tiefgreifende, gesegnete und komplizierte Sache es ist, einen Lehrer zu haben, und gezeigt, daß wir uns letztlich zutrauen müssen, unser eigener Lehrer zu sein. Vom Buddha und seinen Schülern vor zweitausendfünfhundert Jahren bis hin zu den heutigen Lehrern hat die Dharma-Praxis durch eine Reihe von Freundschaften überlebt. Wie Stephen Batchelor in seinem Buch *Buddhismus für Ungläubige* sagt: „Die Dharma-Praxis blüht nur dann auf, wenn solche Freundschaften aufblühen. Sie kennt keine andere Form der Übertragung."

Diese besondere Art der Freundschaft – die spirituelle Freundschaft, die sich häufig in Form einer Schüler-Lehrer-Beziehung manifestiert – bringt uns dazu, viele unserer gewohnheitsmäßigen Annahmen in Frage zu stellen. Letztlich bringt sie unsere tiefste Befähigung, unseren tiefsten Wert und unsere bedingungslose Liebe zum Vorschein. Eine große Stärke dieser Freundschaft besteht darin, daß sie uns daran erinnert, wozu wir fähig sind. Wenn wir durch einen spirituellen

Freund gespiegelt werden, dann erneuert sich unser Zutrauen zu uns selbst; wir gehen über die konditionierten und begrenzten Sichtweisen unserer eigenen Fähigkeiten hinaus.

Spirituelle Lehrer, Mentoren und Freunde erinnern uns immer wieder an folgendes: „Freiheit ist möglich. Liebe ist möglich. Tiefes Mitgefühl ist möglich. All diese Dinge sind für Menschen aus Fleisch und Blut möglich. Sie sind auch für dich möglich." Wir vertrauen uns nur deshalb einem Lehrer an, damit wir lernen, uns selbst und letztlich der persönlichen Wahrheit zu vertrauen, die wir entdecken, wenn wir klarer sehen.

Einige Kapitel dieses Buches spiegeln die Erfahrungen von Menschen aus dem Westen wider, die sich bei asiatischen Lehrern geschult haben, andere die von Laien mit Familie, die mit buddhistischen Mönchen oder Nonnen gearbeitet haben. In einem Kapitel geht es darum, unsere Beziehungen zu bestimmten Frauen zu entdecken, die vor langer Zeit, nämlich zur Zeit Buddhas, gelebt haben. Ob wir nun vom Buddha und seiner Lehrtradition inspiriert worden sind, ob wir einen Lehrer haben, der uns persönlich anleitet, oder ob wir die Kraft einer zufällig mitgehörten Unterhaltung oder eines Gedichtes, das zu einer anderen Zeit geschrieben wurde, erkennen – durch spirituelle Freundschaften werden wir herausgefordert und zugleich liebevoll angenommen. Unsere Herausforderung besteht darin, die spirituellen Lehren persönlich und direkt zu verkörpern, statt sie lediglich bei anderen zu bewundern. Häufig sind wir dazu jedoch nur fähig, weil irgend jemand unerschütterlich und liebevoll daran glaubt, daß wir aufwachen können, und zwar jeder einzelne von uns.

Joseph Goldstein

Die heilige Reise Buddhas

Siddhârta Gautama, Prinz der Shâkyas, ist vor mehr als 2 500 Jahren zur Buddhaschaft erwacht. Was bedeutet dieses außerordentliche Ereignis für uns Menschen von heute – so viele Jahrhunderte später? Haben sein Leben und seine Erleuchtung Auswirkungen auf unser eigenes Leben, unsere eigene spirituelle Reise? Wenn wir uns die Geschichte von Prinz Siddhârta und seinem Weg zur Buddhaschaft ansehen, dann können wir verschiedene Bedeutungsebenen ausmachen.

Die uns geläufigste Ebene ist diejenige Buddhas als einer geschichtlichen Figur. Er lebte im 6. und 5. Jahrhundert vor Christus in einem kleinen Königreich in der Nähe des heutigen Grenzgebiets zwischen Nepal und Indien. Im Alter von fünfunddreißig Jahren erfuhr er ein bemerkenswertes spirituelles Erwachen. Wenn wir die Elemente seiner Lebensgeschichte kennen, dann können wir uns auf ganz menschlicher Weise darauf beziehen. Wir können seine Kämpfe, seine Suche und seine Erleuchtung sozusagen auf der zwischenmenschlichen Ebene verstehen.

Auf einer anderen Ebene können wir den Buddha als einen grundlegenden Archetyp des Menschseins sehen, als einen Ausdruck des vollständig erwachten Geistes, welcher das Potential der Erleuchtung verkörpert, das in jedem von uns vorhanden ist. Auf dieser archetypischen Ebene verkörpert das Leben Buddhas nicht einfach nur die Bestrebungen und die Verwirklichung eines bestimmten Individuums, sondern es ist die Entfaltung einer großen mythischen Reise. „Mythisch" ist in diesem Zusammenhang nicht gleichbedeutend mit irreal oder nur in der Vorstellung vorhanden. Die Kraft des Mythos macht das Persönliche zu etwas Universellem und hilft uns so, unsere eigenen Lebenserfahrungen in einem größeren und tiefergehenden

Kontext zu sehen. Indem wir die Reise Buddhas verstehen, verbinden wir uns mit unseren eigenen tiefsten Bestrebungen. Vielleicht haben wir bereits begonnen, denselben Weg zu beschreiten und uns durch dieselben Fragen leiten zu lassen: Was ist das wahre Wesen unseres Lebens? Was ist die Grundursache unseres Leidens? Können wir frei sein?

In seinem Buch *Der Heros in tausend Gestalten* spricht Joseph Campbell, der international bekannte Mythologe, von vier Phasen auf der Reise des archetypischen Helden beziehungsweise der archetypischen Heldin. Seine Darstellung von Buddhas Leben auf der Grundlage dieser vier Stufen ist eine wundervolle Verbindung von Buddhas persönlicher Geschichte mit den universellen Prinzipien, die sie verkörpert.

Campbell nennt die erste Phase in der Reise des Helden den Ruf des Schicksals. In der buddhistischen Tradition könnten wir sie auch den Ruf zum Erwachen nennen. Er wird hörbar, wenn etwas geschieht, das unsere Ansichten über das Wie und Warum unseres Lebens zutiefst in Frage stellt, wenn uns bewußt wird, daß das weltliche, konventionelle Verständnis uns nicht länger zufriedenstellt.

Bei Siddhârthas Geburt sagte ein Weiser voraus, er werde entweder ein Monarch von Weltrang oder aber ein der Welt Entsagender, ein Buddha, also ein „Erwachter", werden. Nach dem Wunsch des Vaters des Bodhisattva (Bodhisattva wird ein Wesen genannt, das dazu bestimmt ist, die vollkommene Erleuchtung zu verwirklichen; darum nennt man den Buddha vor seinem Erwachen in der Tradition auch den Bodhisattva) sollte sein Sohn ein weltlicher Herrscher wie er selbst werden. Er umgab Siddhârtha deshalb mit allen möglichen sinnlichen Freuden und hielt ihn ganz und gar mit den Annehmlichkeiten dieser Welt beschäftigt. Der König stellte dem jungen Prinzen verschiedene Paläste für die einzelnen Jahreszeiten zur Verfügung, in denen er von Musikern, Tänzerinnen und schönen Gefährtinnen umgeben war, die für seine Unterhaltung sorgten. Der König tat alles in seiner Macht Stehende, um alles Unangenehme aus Siddhârthas Leben zu verbannen.

Im Alter von neunundzwanzig Jahren entschloß sich der Prinz, das Leben außerhalb der Palastmauern in der Stadt um ihn herum zu erforschen. Der Prophezeiung eingedenk fürchtete der König, Siddhârtha könne etwas Beunruhigendem begegnen und daraufhin sein luxuriöses Leben in Frage stellen. Also ließ er alles Unschöne in der Stadt entfernen. Er ließ die Gebäude frisch anstreichen; überall wurden Blumen und Räucherwerk aufgestellt, und alle leidenden Menschen wurden versteckt. Doch der Berufung des Bodhisattva konnte man sich nicht so leicht widersetzen.

Es heißt, daß ihm Boten vom Himmel – himmlische Wesen – erschienen, als er durch die Stadt fuhr. Der erste dieser Boten erschien ihm als alter Mensch, der von verschiedenen Gebrechen geplagt wurde. Der zweite Bote erschien ihm als Mensch, der an einer schweren Krankheit litt. Der dritte erschien ihm als Leichnam. Der Prinz war von jeder dieser Begegnungen schockiert, denn in seinem behüteten jungen Leben war er noch nie mit Alter, Krankheit und Tod in Kontakt gekommen. Als er diese Aspekte des Lebens zum ersten Mal sah, berührten sie ihn tief. Er fragte seinen Wagenlenker nach dem, was er sah, und ob jeder Mensch dieses Schicksal erleiden müsse. Der Wagenlenker entgegnete, es sei für alle, die geboren werden, unvermeidlich, Alter, Krankheit und Tod zu erfahren. Der letzte der Himmelsboten erschien dem Prinzen als wandernder Mönch. Auf eine erneute Frage des Prinzen antwortete der Wagenlenker, dies sei jemand, der der Welt entsagt habe, um Erleuchtung und Befreiung zu suchen.

Diese vier Himmelsboten erweckten in dem Bodhisattva die Energie von zahllosen Leben der Praxis; sie erweckten in ihm ein tiefes Bedürfnis nach der Erforschung des Leidens und stärkten gleichzeitig seine Überzeugung, daß Freiheit möglich sei. Siddhartha dachte: „Warum sollte ich, der ich Verfall und Tod unterworfen bin, nach etwas streben, das ebenfalls Verfall und Tod unterworfen ist? Was ist das, was geboren wird? Was ist das, was stirbt?"

Mit diesen grundlegenden Fragen sind wir alle konfrontiert. Warum sollten wir, die wir Verfall und Tod unterworfen sind, endlos nach den Dingen streben, die verschwinden, sich wandeln, verfallen und sterben werden? Das wirft für jeden von uns genau wie für den Bodhisattva Fragen auf: Was fangen wir mit unserem Leben an? Was ist wirklich von Wert? Welche Entscheidungen treffen wir? Auch wenn vielen von uns ab und zu solche Gedanken durch den Kopf gehen, verlieren wir sie doch meist wieder aus dem Blick, wenn die Geschäfte des Lebens uns wieder in Anspruch nehmen.

Was ist das Wesen von Geburt und Tod? Was ist es, das nicht geboren wird und nie stirbt? Der Ruf zum Erwachen – die Anfangsphase der Reise, die uns für andere Möglichkeiten öffnet und uns dazu bringt, etwas über den spirituellen Weg zu lesen und uns mit ihm zu beschäftigen – kann auf vielerlei Weise erfolgen. Erkennen wir die himmlischen Boten in unserem eigenen Leben? Was war für uns der Beweggrund, mit der Praxis zu beginnen? Jeder von uns hat wie der Buddha seine persönliche Geschichte. Wir alle haben irgendeinen Ruf zum Erwachen vernommen.

Es gibt drei Arten der Reflexion, die uns helfen, uns aus der Selbstzufriedenheit des konventionellen, weltlichen Verständnisses aufzurütteln. Die erste besteht darin, über die Unvermeidlichkeit des Todes nachzudenken. Wenn man bedenkt, wie gut wir intellektuell wissen und verstehen, daß jeder Mensch stirbt, dann ist es schon sehr erstaunlich, daß wir uns dieses Verstehen nur selten vergegenwärtigen und uns nur selten voll und ganz mit dem Wissen konfrontieren, daß der Tod auch uns heimsuchen wird. Es scheinen immer nur die *anderen* zu sein, die sterben. Im allgemeinen ziehen wir unseren eigenen Tod oder den von Menschen, die uns nahestehen, so lange nicht in Betracht, bis uns ein Himmelsbote einen persönlichen Besuch abstattet.

Die zweite Reflexion bezieht sich auf die Unsicherheit des Todeszeitpunkts. Selbst wenn wir irgendwie verstanden haben, daß der Tod unvermeidlich ist, meinen wir dennoch, daß er gewiß nicht heute nacht und wahrscheinlich auch nicht morgen kommt. Aber im Grunde wissen wir nicht, wann der Tod kommen wird. Können wir uns in diesem Moment vorstellen, daß wir auf unserem Totenbett liegen? Wie würde das sein? Woran würden wir am meisten festhalten? Ist es unser Körper, sind es unsere Besitztümer oder unsere Beziehungen? Sind wir hier und jetzt bereit, dem unvermeidlichen Ende des Lebens ins Auge zu sehen?

Die dritte Reflexion, die spirituelle Leidenschaft weckt und uns hilft, den Ruf zum Erwachen zu vernehmen, erinnert uns daran, daß zum Zeitpunkt des Todes nur unsere Dharma-Praxis unsere wirkliche Zuflucht ist – das, was wir an Weisheit, Mitgefühl, Liebe und Gleichmut entwickelt haben. Da nur noch diese Dinge zum Zeitpunkt des Todes von Wert sein werden, müssen wir ein Gefühl von Dringlichkeit entwickeln, daß es unbedingt notwendig ist, jetzt zu praktizieren und diese Qualitäten zu kultivieren.

Campbell nennt die nächste Etappe der Reise des Helden das „Große Entsagen". Um für die häufig verborgenen Möglichkeiten des Lebens erwachen zu können, müssen wir bereit sein, unsere gewohnheitsmäßige Art, die Welt anzuschauen und mit ihr umzugehen, aufzugeben. Die Dinge sind nicht das, was sie zu sein scheinen, und wenn wir uns mit oberflächlichen Wahrnehmungen zufriedengeben, leben wir am Ende in Unwissenheit und Verblendung.

Dafür gibt es in der Welt der Naturwissenschaften einige bemerkenswerte Beispiele. Unter Verwendung des Hubble-Teleskops machten Astronomen Weltraumaufnahmen des Bereichs um das Sternbild Großer Wagen herum. Sie waren vorher davon ausgegangen, daß in diesem Segment des Himmels nicht viel zu finden sei. Als sie jedoch durch dieses neuere, leistungsstärkere Teleskop schauten, entdeckten sie Millionen von neuen Galaxien, die jeweils mehrere Hundertmillionen Sterne umfassen. Eine ähnliche Situation finden wir vor, wenn wir unsere Aufmerksamkeit auf die mikroskopische Ebene richten. In einem Buch über Entdeckungen der Quantenphysik heißt es: „Ganz einfach ausgedrückt, verhält sich die Größenordnung der Welt der Quanten so zu der eines Zuckerwürfels wie die des Zuckerwürfels zu der des gesamten sichtbaren Universums." Könnte es nicht sein, daß uns auch in unserer eigenen alltäglichen Sichtweise etwas entgeht?

Wenn wir die Kraft eines offenen Geistes zu einer scharfsinnigen Untersuchung des Bewußtseins selbst verwenden, dann beginnen wir uns von den Grenzen des konventionellen Verstehens zu befreien, das sich im wesentlichen in dem Verb „haben" ausdrückt. Ich *habe* Besitztümer, ich *habe* einen Körper, ich *habe* Beziehungen, ich *habe* einen Geist. Der Psychologe Erich Fromm sagte einmal, daß wir in dem Glauben leben: „Ich bin, was ich habe." Wenn wir unsere Erfahrungen und unsere gewöhnliche Anschauung der Dinge genauer betrachten, dann werden wir feststellen, daß das wahr ist. Aber bei dieser Art zu leben haben wir ein ernstes Problem. Da sich die Dinge ständig wandeln, werden wir alles, was wir haben, auch wieder verlieren, ganz gleich, ob es sich um äußere Besitztümer, Beziehungen oder um die Dinge handelt, mit denen wir am stärksten identifiziert sind, wie etwa unser Körper und unser Geist. Folglich liegt dieser Welt des Habens immer ein Gefühl von Unbehagen, Angst oder Unvollständigkeit zugrunde.

Das Große Entsagen ist im Grunde der Verzicht auf das Paradigma des „Habens" als unseren tiefsten Wert. Das erlaubt es uns, unsere Aufmerksamkeit auf die Natur des Geistes an sich, auf die Qualität des Seins zu richten. Wir beginnen zu sehen, daß die Beschaffenheit unseres Geistes sehr viel mehr mit unserem Glück zu tun hat als irgend etwas, das wir haben oder besitzen. Und am allerwichtigsten ist: Wir beginnen zu sehen, daß es in unserer eigenen Verantwortung liegt, wie es uns geht; daß ein Potential vorhanden ist, unser Herz zu öffnen und unseren Geist zu erwecken.

Entsagen ist die Fähigkeit, jene Dinge loszulassen, die uns nicht mehr dienen. Es geht nicht nur darum, daß wir von dem übergroßen Hängen an äußeren Dinge lassen. Die Frage ist, ob wir auch von der Gewohnheit des endlosen diskursiven Denkens oder der verschiedenen uns quälenden Emotionen lassen können – von jenen Emotionen und Geisteszuständen, die unser Leiden verursachen. Solange wir nicht jenem „Haben" entsagen, verlieren wir uns und verstricken uns in die unterschiedlichen Geisteswelten der wuchernden Gedanken. Können wir tatsächlich dieser Gewohnheit des *Habens* entsagen, jener Haltung, aus der heraus wir alles als Besitz, als „mein" beanspruchen?

Nachdem der Bodhisattva den vier Himmelsboten begegnet war, verließ er den Palast mit all seinen Freuden und allem Komfort, um Befreiung zu suchen. Siddhârtha suchte zunächst verschiedene Lehrer der konzentrativen Meditation auf und lernte alle Ebenen der meditativen Versenkung meistern. Doch selbst als er die höchsten Ebenen der Konzentration erreicht hatte, erkannte er, daß er immer noch nicht frei war. Er sah, daß selbst die höchsten dieser Zustände nicht das Absolute sind, das, was über Geburt und Tod hinausgeht.

Danach unterwarf er sich sechs Jahre lang allen möglichen Arten von Entbehrungen und asketischen Disziplinen; er kasteite seinen Körper, um so das Ego zu besiegen. Man sagt, daß er über längere Zeit nur ein Reiskorn pro Tag zu sich nahm und so sehr abmagerte, daß er mit seiner Hand sein Rückgrat berührte, wenn er sich an den Bauch faßte. Seine Askese war so extrem, daß er mehrfach aufgrund von Erschöpfung oder Hunger zusammenbrach. Nach sechs Jahren dieser Praxis wurde ihm bewußt, daß auch dieser Weg nicht in die Freiheit und zum Ende des Leidens führt. Daraufhin gab Siddhârtha seine extreme asketische Disziplin auf und stärkte sich, indem er wieder Nahrung zu sich nahm, für das dritte große Ereignis auf seiner heiligen Reise.

Das dritte Ereignis wird der „Große Kampf" genannt. Nachdem er seine Kraft zurückgewonnen hatte, setzte sich der Bodhisattva mit dem Entschluß unter den Bodhi-Baum, nicht wieder aufzustehen, bevor er höchste Erleuchtung erlangt habe. Während er dort mit unerschütterlicher Entschlossenheit und Beharrlichkeit saß, griffen alle Kräfte Mâras, die Kräfte von Illusion und Ignoranz, seinen Geist an. Joseph Campbell beschreibt dieses Ereignis in einer kraftvollen mythopoetischen Sprache, die sehr lebhaft die Energie des Willens zur Wahrheit des Bodhisattva vermittelt:

„Der Bodhisattva nahm, sich fassend, unter dem Bo-Baum Platz, auf der Unbeweglichen Stelle, und sofort näherte sich ihm Kama-Mâra, der Gott der Liebe und des Todes. Der gefährliche Gott thronte auf einem Elefanten und trug Waffen in seinen tausend Händen. Er war umgeben von seinem Heer, das sich vor ihm zwölf Meilen weit erstreckte, zwölf zur Rechten, zwölf zur Linken, und hinter ihm bis zu den Grenzen der Welt; es war neun Meilen hoch. Die wohlwollenden Gottheiten des Universums flohen, aber der werdende Buddha verblieb unbeweglich unter dem Baum. Und dann griff der Gott ihn an, um seine Konzentration zu brechen. Wirbelwinde, Felsen, Donner und Flammen, rauchende Waffen mit scharfen Schneiden, brennende Kohlen, heiße Asche, kochenden Schlamm, schneidenden Sand und vierfache Finsternis schleuderte der Widersacher auf den Erlöser, aber alle Geschosse wurden durch die Kraft der zehn Vollkommenheiten Buddhas in himmlische Blumen und Spezereien verwandelt. Darauf schickte Mâra seine Töchter vor, Begehrlichkeit, Üppigkeit und Wollust, umgeben von üppigen Begleiterinnen, aber der Geist des Buddhas wurde nicht abgelenkt. Schließlich forderte der Gott sein Recht, auf der Unbeweglichen Stelle zu sitzen, schwang zornig seinen Diskus, der scharf war wie ein Schermesser, und befahl der Masse seines Heeres droben, sich wie ein Erdrutsch auf ihn zu werfen. Der werdende Buddha bewegte jedoch nur seine Hand, um den Boden mit seinen Fingerspitzen zu berühren und so die Göttin Erde zu bitten, für sein Recht zu zeugen, dort zu sitzen, wo er sich befand. Sie tat es mit hundert, tausend, hunderttausend Donnern, so daß der Elefant des Widersachers in die Knie fiel in Verehrung vor dem werdenden Buddha. Das Heer war im Nu in alle Winde verstreut, und die Götter aller Welten ließen Girlanden regnen."[*]

Das ist eine wundervolle Darstellung des Kampfes, den der Bodhisattva mit Mâra ausfocht. Auf eine sehr reale Weise sitzt auch jeder von uns immer dann, wenn er sich fest vornimmt, bewußt und achtsam zu bleiben, unter dem Bodhi-Baum. Mâra greift dann möglicherweise den Geist mit Verlangen und Zorn an, mit Rastlosigkeit und Ängsten, also mit denselben Kräften, die in der Bildersprache dieses Mythos

---

[*] Campbell, Joseph, *Der Heros in tausend Gestalten*, Frankfurt a. M.: Insel TB, 1999, S. 37f.

personifiziert werden. Es ist derselbe Kampf, dieselbe Verpflichtung und derselbe Prozeß der Befreiung. Dieses Bemühen findet seinen Widerhall in einem Bereich, der direkt hinter unserer unmittelbaren Erfahrung liegt; bei solchen Gelegenheiten müssen wir die Entschlossenheit und den Mut des Helden und der Heldin aufbringen.

Thomas Merton bezog sich auf diese Phase des spirituellen Weges, als er schrieb: „Beten und Lieben lernt man in der Stunde, da das Gebet unmöglich geworden ist und das Herz sich in Stein verwandelt hat." Das gilt auch für die Meditation. Dies ist der wirkliche Sinn mutigen Bemühens – die Bereitschaft, sich allem zu öffnen, all die verborgenen und problematischen Aspekte unserer Erfahrung zu erkunden.

Auch große Behutsamkeit ist erforderlich. Wenn wir nämlich die Aufforderung zum Bemühen falsch verstehen, können wir es mit Erwartungen, Ehrgeiz und Anspannung verwechseln, die zu Stolz oder Entmutigung führen. Wir sollten die Qualität des Bemühens vielmehr im Sinne von „mutiges Herz" verstehen. Es ist jener Mut, der auch angesichts von Schwierigkeiten nicht aufgibt. Manchmal kann es sein, daß wir uns etwas zurücknehmen müssen, damit wir wieder ins Gleichgewicht kommen, aber der Mut in der Praxis ist jene Qualität des Herzens, die stets um Verständnis bemüht ist.

In dieser Phase unserer Reise – während des Großen Kampfes – stellt sich für uns die Frage, ob wir diesen Mut, dieses mutige Herz aufbringen können, und zwar nicht indem wir irgendeinem äußeren Modell nacheifern, das uns zeigt, wie wir sein sollten, sondern aus eigener Kraft – aus unserem eigenen Interesse, unserer eigenen Bereitschaft, unserer eigenen Leidenschaft für die Freiheit. Es ist dieser Mut, der es uns erlaubt, auf unserer Forschungs- und Entdeckungsreise auch dann noch mit Grenzen zu spielen, wenn die Sache unangenehm wird und wir nicht so gern in dieser Situation wären. Wo wir an die Grenzen des uns Bekannten gelangen, tauchen neue Möglichkeiten auf.

Einige Jahre nach Gründung der *Insight Meditation Society* nahm ich einmal an einem Zen-Sesshin (ein intensives Meditationsretreat) mit Sasaki Rôshi, einem grimmigen alten Zen-Meister, teil. Die Meditation war sehr intensiv; sie bestand im wesentlichen aus einer formellen Gruppenpraxis, die vor Morgengrauen begann und sich bis spät in den Abend hinein erstreckte. In jener Zen-Tradition widmeten wir uns der Kôan-Praxis. Das Kôan ist eine Frage, die eine Antwort erfordert, welche intuitiver Weisheit entstammt und nicht dem intellektuellen Verstehen. Wir begegneten dem Rôshi viermal am Tag im Dokusan*, um unsere Antworten zu präsentieren. In den ersten Tagen des Sesshins antwortete der Rôshi bei jedem Dokusan schroff mit Kommentaren wie „Oh, sehr dumm", oder „Eine gute Antwort, aber kein Zen". Während sich das viermal am Tag wiederholte, wurde ich immer angespannter, und es graute mir vor der nächsten Begegnung, bei der ich mich wieder mit ihm konfrontieren mußte.

Schließlich gab er mir, vielleicht aus Mitgefühl angesichts meiner wachsenden Schwierigkeiten, ein leichteres Kôan: „Wie manifestiert man die Buddha-Natur, während man ein Sûtra rezitiert?" Es war klar, daß ich nach innen gehen und einige Zeilen eines der Sûtras rezitieren mußte. Was er, glaube ich, nicht wußte (oder vielleicht doch?), war, daß dieses Kôan eine meiner tiefstsitzenden Ängste berührte. Sie ging auf einen Gesangslehrer in der dritten Klasse zurück, der, als ich mich bemühte zu singen, gesagt hatte: „Goldstein, sprich einfach nur die Worte aus." Natürlich haben im Laufe der Jahre viele Freunde diese Suggestion verstärkt. Da stand ich also, bereits gepeinigt durch die Intensität des Sesshins und durch meine scheinbare Unfähigkeit, irgend etwas richtig zu machen. Und dann sollte ich nach innen gehen und etwas „singen".

Während all der nächsten Meditationssitzungen praktizierte ich die Sûtras still für mich und wiederholte sie Hunderte von Malen. Schließlich läutete die Glocke für das Dokusan. Ich zögerte, solange ich konnte, aber am Ende fand ich mich in Rôshis Zimmer wieder, wo ich die üblichen Niederwerfungen machte und ihm dann, wie ebenfalls üblich, sagte, mit welchem Kôan ich gerade übte. Dann begann ich zu rezitieren und brachte es schon bei den ersten Worten fertig, alles falsch zu machen – die Worte, die Melodie, den Rhythmus. Ich fühlte mich vollkommen nackt und exponiert, als wären alle emotionalen Schutzschichten entfernt worden. Doch da geschah etwas Bemerkenswertes. Er schaute mir direkt in die Augen und sagte: „Sehr gut."

Das war ein erstaunlicher Moment. Da ich mich in einem derart offenen und verletzlichen Zustand befand, berührten seine Worte mein Herz tief. Es war keine Grenze da, die sie hätte draußen halten können. In jenem Moment von Offenheit fand eine Übertragung von Liebe statt.

---

* Dokusan (wörtliche Bedeutung: „allein zu einem Höheren gehen") ist die formelle Begegnung eines Zen-Schülers mit einem Zen-Meister unter vier Augen, bei der der Schüler dem Meister den Stand seiner Übung präsentiert. (Anm. d. Übers.)

Die letzte Phase in unserem Bericht über die Reise Buddhas zur Erleuchtung wird das „Große Erwachen" genannt. Nachdem die Heerscharen Māras auseinandergetrieben waren, verbrachte der Bodhisattva drei Nachtwachen damit, die verschiedenen Aspekte des Dharmas zu kontemplieren. Mit der Kraft seiner Versenkung überblickte er die Abfolge seiner zahllosen vergangenen Leben und begriff ihre Unwirklichkeit – die Endlosigkeit des Kreislaufs der Wiedergeburten, in dem man in eine bestimmte Situation hineingeboren wird, alle möglichen Erfahrungen macht, alt wird, stirbt und wiedergeboren wird – wieder und immer wieder.

Denken Sie einmal darüber nach, wie sich Ihre eigene Sichtweise verändern würde, wenn Sie die endlose Wiederkehr von Leben, Tod und Wiedergeburt sehen könnten. Aber selbst wenn wir nicht in unsere vergangenen Leben hineinzusehen vermögen, können wir einen Geschmack von jener Perspektive bekommen, indem wir uns unsere vergangenen Erfahrungen in diesem Leben anschauen. All die Dinge, die wir gesehen, gefühlt und gedacht haben – wo sind sie jetzt? Ganz gleich, wie intensiv oder wunderbar oder schwierig sie gewesen sein mögen, sie alle sind vorübergegangen. Der Fluß der Veränderung fließt von Augenblick zu Augenblick. Es gibt nichts, an dem man festhalten könnte.

In der zweiten Nachtwache kontemplierte der Bodhisattva das Gesetz des Karmas. Er sah die Schicksale der Wesen und sah, wie sie aufgrund ihrer eigenen Handlungen entweder auf sehr glücklichen Ebenen der Existenz oder auf Ebenen des Leidens wiedergeboren wurden. Das Mitgefühl des Bodhisattvas wurde geweckt, als er sah, daß alle Wesen sich das Glück wünschen und dennoch aus Unwissenheit häufig genau die Dinge tun, die Leiden verursachen. Können wir das in unserem eigenen Leben ebenfalls sehen?

In der dritten Nachtwache sah er, wie der Geist Anhaften erfährt und wie durch Anhaften Leiden entsteht. Er begriff die Möglichkeit, die Konditionierung jenes Anhaftens zu überwinden und zu einem Ort der Freiheit zu gelangen. Und genau im Augenblick der Morgendämmerung, als er den Morgenstern am Himmel blinken sah, erfuhr sein Geist die tiefste, vollständigste Erleuchtung. Nachdem er die „Große Erleuchtung" erlangt hatte, formulierte der Buddha die folgenden Verse in seinem Herzen (*Dhammapada*, Verse 153-154):

Ich wanderte durch die Runden zahlloser Geburten,
Und suchte den Erbauer dieses Hauses, aber fand ihn nicht.
Leidvoll ist es, fürwahr, wieder und wieder geboren zu werden.
O Hausbauer, jetzt bist du durchschaut!
Du wirst dieses Haus nicht wieder erbauen.
All deine Dachsparren wurden zerbrochen,
Und deine Firststange ist auch zerschmettert.
Mein Geist hat die bedingungslose Freiheit erreicht.
Erreicht ist das Ende des Verlangens.

Der Buddha sah, daß dieser Welt des Samsâras, des ständigen Erscheinens und Verschwindens, des Geborenwerdens und Sterbens, großes Leiden innewohnt. Er hatte entdeckt, daß das Verlangen dieses Haus des Leidens (den Geist und den Körper) erbaut; mit seiner Erleuchtung waren die Verunreinigungen des Geistes zerbrochen, die Dachsparren, und die Kraft der Unwissenheit, die Firststange, war zerschmettert. So verwirklichte der Bodhisattva Nirvâna, das Unbedingte. Mit dem Erreichen der Großen Erleuchtung erlebte er den Abschluß und die Erfüllung seiner langen Reise sowie die Erfüllung des Potentials, das allen Menschen innewohnt. Er war zum Buddha, einem „Erwachten", geworden. Die folgenden sieben Wochen verbrachte er in der Nähe des Bodhi-Baumes und kontemplierte in dieser Zeit die verschiedenen Aspekte der Wahrheit, die er geschaut hatte. Nachdem er seine eigene Reise der Befreiung abgeschlossen hatte, fragte er sich nun, ob es möglich sei, den tiefgreifenden Dharma, den er verwirklicht hatte, mit anderen zu teilen.

Der Legende nach kam ein himmlisches Wesen, ein Brahmâ-Gott, aus den höchsten himmlischen Gefilden herunter und drängte den Buddha, den Dharma zum Wohle aller Wesen und aus Mitgefühl mit allen Wesen zu lehren. Er bat den Buddha, die Welt mit seinem Auge der Weisheit zu begutachten, und meinte, es gebe viele Wesen, die nur wenig Staub in den Augen hätten und deshalb in der Lage seien, die Wahrheit zu hören und zu verstehen. Der Buddha tat, wie ihn der Brahmâ-Gott geheißen hatte, und aus tiefem Mitgefühl mit dem Leiden der Wesen begann er zu lehren.

Zuerst wanderte er zu einem Ort außerhalb von Benares, der Sarnath hieß. Dort lebten die fünf Asketen, mit denen er früher gemeinsam praktiziert hatte, in einem Wildpark. Der Buddha gab diesen fünf Asketen seine erste Unterweisung und begann damit, das Große Rad des Dharmas zu drehen. In seiner Unterweisung sprach er von den Vier Edlen Wahrheiten und dem Mittleren Weg, dem Weg zwischen den Extremen der sinnlichen Ausschweifung und der Selbstkasteiung. Auf diese Weise legte er den Grundstein für die nächsten 45 Jahre seiner Lehre.

Als seine ersten sechzig Schüler vollständig erleuchtet waren, unterwies er sie auf eine sehr bedeutsame Weise. Er sagte: „Geht hinaus, o Bhikkhus [Mönche], zum Wohle der Vielen, für das Glück der Vielen, aus Mitgefühl für die Welt, zum Wohle, Nutzen und Glück von Menschen und Devas [himmlische Wesen]. Laßt nicht zwei auf einem Weg gehen. Lehrt den Dharma, der hervorragend ist am Anfang, hervorragend in der Mitte, hervorragend am Ende. Erklärt das edle Leben, ganz und gar vollkommen und rein. Ihr, die ihr eure Pflicht erfüllt habt, arbeitet zum Wohle der anderen." Wenn wir das hören, begreifen wir von den ersten Anfängen unserer Übung an, daß wir nicht nur für uns allein üben, sondern daß unsere Praxis zum Nutzen und Wohle aller gereichen soll.

Es gibt viele Geschichten aus Buddhas Leben, die seine Weisheit verdeutlichen und zeigen, wie geschickt er darin war, anderen zur Befreiung zu verhelfen. Jeden Morgen überblickte er die Welt mit seinem unverstellten, weisen Blick und schloß alle Wesen in sein allumfassendes Mitgefühl ein. Mit der Fähigkeit, verborgene Anlagen zu durchschauen, erkannte er all jene, die reif für das Erwachen waren. Er erschien ihnen und bot ihnen genau die Lehre an, die sie brauchten, um ihr Herz und ihren Geist öffnen zu können.

Es gibt eine Geschichte von einem Mönch, der die Meditation über die unschönen Aspekte des Körpers praktizierte. Er visualisierte die Bestandteile des Körpers – die inneren Organe, das Blut, die Haare, die Knochen, das Fleisch, die Sehnen und so weiter –, um auf diese Weise Loslösung zu entwickeln. Obwohl er mehrere Monate lang sorgfältig geübt hatte, machte er keine Fortschritte, und sein Geist wurde erregt und unruhig. Der Buddha erfuhr davon und sah, daß für diesen Mönch diese besondere Übung nicht angebracht war. Mit Hilfe seiner übersinnlichen Kräfte erschuf der Buddha eine goldene Lotosblüte und wies den Mönch an, über sie zu kontemplieren. Als der Mönch das tat, begann sich die goldene Lotosblüte zu verändern und zu verfallen, und indem der Mönch den Prozeß des Wandels und Verfalls in der schönen Blüte kontemplierte, wurde er erleuchtet. Als der Buddha diese Geschichte später erzählte, sagte er, dieser Mann sei in fünfhundert aufeinanderfolgenden Leben Goldschmied gewesen und habe mit schönen Dingen gearbeitet und sie gestaltet. Der Geist des Mönchs war dermaßen auf Schönheit eingestimmt, daß er keine ausgewogene Beziehung zu unangenehmen Dingen herstellen konnte. Folglich war die Kontemplation der Unbeständigkeit und Unwirklichkeit schöner Dinge sein besonderes Tor zur Befreiung.

Eine meiner Lieblingsgeschichten ist die von einem Mönch, der als Dummkopf bekannt war, weil er nichts lernen oder behalten konnte. Sein älterer Bruder, ein erleuchteter Mönch, versuchte dem Dummkopf einen Dharma-Vers von vier Zeilen beizubringen, aber jedesmal, wenn der eine neue Zeile gelernt hatte, verschwand die vorhergehende Zeile aus seinem Gedächtnis. Er bemühte sich längere Zeit darum, diese vier Zeilen zu behalten, brachte es aber nicht fertig. Sein Bruder meinte, er sei ein hoffnungsloser Fall, und er riet dem Dummkopf, den Mönchsorden zu verlassen und zum Leben eines Haushälters zurückzukehren.

Auch wenn er einen langsamen Geist hatte, besaß der Dummkopf doch ein offenes und gutes Herz, und er war über dieses Ansinnen sehr traurig. Niedergeschlagen ging er von dannen, als plötzlich der Buddha, der erfahren hatte, was geschehen war, erschien und ihm tröstend über den Kopf streichelte. Dann gab der Buddha ihm ein Meditationsobjekt: ein weißes Taschentuch. Er sagte dem Dummkopf, er solle das Taschentuch nehmen und es zur Mittagszeit, wenn die Sonne hoch am Himmel stand, zwischen den Händen reiben. Das war die ganze Meditationsanweisung. Während der Dummkopf auf diese Weise meditierte, wurde das Taschentuch schmutzig; auf diese Weise gewann er ein Verständnis für die Unreinheiten, die aus dem Körper austreten. Das brachte seinen Geist in einen Zustand der Leidenschaftslosigkeit, und aus diesem tiefen Gleichgewicht des Geistes heraus wurde er erleuchtet. In der Geschichte heißt es weiter, daß er mit seiner Erleuchtung all die verschiedenen übersinnlichen Kräfte und das Wissen um die Lehren Buddhas gewann.

Der Buddha hatte gesehen, daß der Dummkopf in einem vergangenen Leben ein großer König gewesen war, der eines Tages in seinen prächtigen Gewändern in die heiße Sonne hinausgegangen war. Seine prunkvolle Kleidung wurde in der Hitze allmählich schmutzig. Zu jener Zeit begann er, die unschönen Aspekte des menschlichen Körpers zu sehen und sich davon zu lösen. Der Buddha rührte jenen Samen an, der vor langer Zeit in ihn eingepflanzt worden war, und mit einem Schlag stieg sein Geist von der Dummheit zur Freiheit auf.

Es gibt unzählige Geschichten von Menschen aus allen gesellschaftlichen Schichten – Bettler, Kaufleute, Handwerker, Kurtisanen, Dorfbewohner, Adelige, Könige und Königinnen –, die mit einem unterschiedlichen Maß an Glauben und Verständnis zum Buddha kamen und denen er durch die Kraft seiner Liebe und Weisheit half, Freiheit und Frieden zu erlangen.

Eine Darlegung Buddhas ist besonders hilfreich dafür, zu begreifen, daß ein offener, forschender und entdeckungsfreudiger Geist notwendig ist; sie ist als *Kalama-Sutta* bekannt. Dieses Sûtra ist nach den Kalamas benannt, einem Dorfvolk, das ihn gefragt hatte, welcher der vielen verschiedenen religiösen Lehren oder welchem Lehrer sie glauben könnten. Der Buddha sagte, sie sollten niemandem blindlings glauben – weder ihren Eltern oder Lehrern noch den Büchern oder Traditionen, ja noch nicht einmal dem Buddha selbst. Vielmehr sollten sie sich ihre eigenen Erfahrungen sorgfältig anschauen, um jene Handlungen zu erkennen, die zu größerer Habgier, stärkerem Haß und mehr Verblendung führen, und sie aufgeben. Außerdem sollten sie sich die Dinge ansehen, die zu größerer Liebe, Großzügigkeit, Weisheit und zu Frieden führen, und dann diese pflegen. Die Lehren Buddhas fordern uns stets auf, die Verantwortung für unsere eigene Entwicklung zu übernehmen und unmittelbar die Natur unserer Erfahrung zu erforschen.

Als der Buddha achtzig Jahre alt war, wurde er sehr krank. In dem Wissen, daß er bald sterben werde, legte er sich auf einem Fleck unter zwei Bäumen nieder. Der Legende nach erblühten diese Bäume außerhalb der Jahreszeit als Zeichen für die endgültige Befreiung Buddhas in das Unbedingte. Die letzten Worte Buddhas fassen sein gesamtes Leben der Praxis und die fünfundvierzig Jahre seiner Lehre nach seiner Erleuchtung zusammen: „Erleuchtet mit dem Licht der vollkommenen Weisheit die Dunkelheit der Unwissenheit. Alle bedingten Dinge sind dem Verfall unterworfen. Strebt mit Eifer weiter."

Wenn sich unsere Übung vertieft und wir unser eigenes wahres Wesen vollkommener wertschätzen und verstehen lernen, dann entwickelt sich eine wunderbare Liebe und Achtung für den Buddha, und zwar sowohl für ihn als historische Figur als auch für den Archetyp des Potentials der Buddha-Natur in uns allen. Wir erfahren tiefe Dankbarkeit dafür, daß wir die Möglichkeit haben, den Weg zu gehen, der von einem solchen Wesen entdeckt wurde – einen ungemein erhabenen und wahrhaft edlen Weg. Mit Achtsamkeit und Einsicht können wir sehen, daß die Reise Buddhas sich in unserem eigenen Leben widerspiegelt.

Jack Kornfield

Die natürliche Freiheit des Herzens: Die Lehren des Ajahn Chah

In den sechziger Jahren genoß ich zum ersten Mal das Privileg, mich in mehreren der großen Klöster, die in der ursprünglichen Tradition der Älteren von Thailand und Burma stehen, schulen zu können. Mein Heimatkloster war Wat Ba Pong, ein thailändisches Waldkloster in der Nähe der Grenze zu Laos und Kambodscha. Zum Wat-Ba-Pong-Kloster gehören mehrere hundert Hektar Waldland mit dichtem Laubwerk, hängenden Schlingpflanzen und einer reichen Tierwelt, zu der Hirsche und Rehe, Schlangen, Vögel, Eidechsen, Skorpione und alles mögliche Ungeziefer gehören. Die kleinen Hütten, in denen die Mönche leben und meditieren, sind durch Wege miteinander verbunden und so weit voneinander entfernt, daß man von einer Hütte aus die anderen nicht sehen kann. Hier begann ich als Mönch in ockerfarbener Robe unter der Anleitung von Ajahn Chah zu üben. Ajahn Chah war ein Meditationsmeister in der Linie der alten thailändischen Waldtradition, welche die Bedeutung eines einfachen, entsagungsvollen Lebens als Hilfe auf dem Weg zum Erwachen betont. Ajahn Chah verkörperte den Dharma der Befreiung bei allem, was er tat, und er bewies allen, die zu ihm in den Wald kamen, daß er das große Herz eines Buddhas besaß.

In diesem Kapitel möchte ich über einige der Segnungen berichten, die ich in dieser Schulung erfahren habe. Ich möchte etwas von der

Inspiration und dem Verständnis vermitteln, die durch das Leben des einfachen Mönches und der einfachen Nonne seit den Zeiten Buddhas weitergegeben worden sind. Auch wenn sich die Geschichten aus Ajahn Chahs Kloster zunächst wie Erzählungen aus einer fremden Kultur anhören mögen, weisen sie doch auf universelle Prinzipien der Schulung im Dharma hin, die alle Menschen auf einem Pfad echter Praxis erfahren. Wer im Westen an intensiven Meditationsretreats teilnimmt, der erlebt ebenfalls Phasen der Hingabe und Einfachheit. Er muß ebenfalls mit dem Leiden seines eigenen Körpers und Geistes zurechtkommen und muß danach streben, mitten in diesen Erfahrungen Mitgefühl und Freiheit zu finden. So enthält die moderne Meditationspraxis auch eine Initiation in den Geist der alten Klöster und Wälder Asiens.

Ajahn Chah hat zwei Ebenen der spirituellen Praxis beschrieben. Auf der ersten Ebene verwendet man den Dharma, um sich wohler zu fühlen. Man wird tugendhafter und ein wenig freundlicher. Man sitzt und beruhigt seinen Geist, und man hilft eine harmonische Gemeinschaft schaffen. Es gibt echte Segnungen auf dieser wohligen Ebene des Dharmas. Die zweite Art des Dharmas jedoch, so sagte er, dient dazu, die wirkliche Freiheit des Gemüts, des Herzens und des Geistes zu entdecken. Auf dieser Ebene der Praxis geht es nicht um Wohlbefinden. Hier nimmt man jeden Lebensumstand und arbeitet damit, um zu lernen, frei zu sein. Er sagte uns: „Genau das tun wir hier. Wenn ihr zu uns in den Wald kommen möchtet, müßt ihr wissen, daß genau das unser Anliegen ist."

An dem Tag, als ich in seinem Kloster ankam, sprach Ajahn Chah von der zweiten Art von Dharma. Er lächelte und begrüßte mich mit den Worten: „Ich hoffe, du hast keine Angst davor zu leiden." Ich war schockiert. „Was meinen Sie damit? Ich bin hierher gekommen, um Meditation zu praktizieren und inneren Frieden und Glück zu finden." Er erklärte: „Es gibt zwei Arten des Leidens. Die erste ist die Art von Leiden, die wir ständig wiederholen und die noch mehr Leid verursacht. Die zweite ist das Leiden, das entsteht, wenn wir aufhören wegzulaufen. Die zweite Art des Leidens kann dich zur Freiheit führen."

Ajahn Chahs Kloster ist in Thailand als Zentrum mit einer sehr strikten Praxis bekannt. Die Übung umfaßt wesentlich mehr als nur die Sitzmeditation, die wir im Westen praktizieren. Sie besteht in einer achtsamen und disziplinierten Lebensweise, die von den Mönche verlangt, bei allen ihren Verrichtungen achtsam zu sein. Es gibt Hunderte von klösterlichen Regeln im Theravâda-Buddhismus, die alle sorgfältig beachtet werden müssen, und in seinem Kloster hat Ajahn Chah eine Umgebung geschaffen, die die Mönche dazu herausforderte, diese Regeln zu befolgen. Achtsame Präsenz und Gewahrsein werde von allen erwartet, die dort lebten. Ajahn Chah sagte den Menschen bei ihrer Ankunft, falls sie gekommen seien, um sich zu entspannen, dann seien sie hier fehl am Platz. Alles im Kloster ist von Disziplin durchdrungen, die jedoch nicht durch äußeren Druck erreicht wird, sondern durch ein wunderschönes Gefühl von Respekt. Wenn man sieht, daß alles mit solch großer Sorgfalt getan wird, dann fühlt man sich inspiriert, dasselbe zu tun.

Ajahn Chahs Lehrmethode innerhalb des Klosters hatte vier Ebenen, und jede war von Weisheit, Humor und sehr viel Mitgefühl geprägt. Die erste Ebene seiner Lehre war Hingabe – jene Hingabe, die darin besteht, jede Erfahrung als eigene Übung zu betrachten. Die zweite Ebene war das klare Sehen, was bedeutet, sich für jede Erfahrung zu öffnen, um zu sehen, was geschieht. Die dritte Ebene war Schwierigkeiten loslassen – das heißt jede Schwierigkeit zu überwinden und zu lernen, sie loszulassen. Die letzte Ebene seiner Lehre war Ausgleich – wie man im Angesicht aller Dinge in Weisheit ruhen und ausgeglichen bleiben kann.

Zuerst lehrte Ajahn Chah Hingabe. Die Menschen wurden dazu eingeladen, hart zu arbeiten und einen untadeligen Geist in ihr Leben als Mönche einzubringen. Unser Lebensstil war mit Absicht ziemlich karg. In der Meditationshalle saßen wir ohne Kissen auf einer Plattform aus Stein. Wenn ich viele Stunden so saß, war das anfangs sehr schmerzhaft. Meine Knie waren weit vom Boden entfernt. Versuchte ich ein Knie zu senken, dann hob sich das andere weiter nach oben. Das bereitete mir viele Schmerzen. Dann fand ich heraus, daß ich einen Platz neben einem der Stützpfeiler im vorderen Teil der Halle bekommen konnte, wenn ich früh genug zu den Meditationen kam. Wenn alle die Augen geschlossen und mit der Meditation begonnen hatten, konnte ich mich gegen den Pfeiler lehnen. Das tat ich etwa zwei Wochen lang, bis zu einem der abendlichen Dharma-Vorträge von Ajahn Chah. Er sprach zwar zur ganzen Gruppe, lächelte mich dabei aber an und wies darauf hin, daß man in der Dharma-Praxis lernen müsse, unabhängig zu sein, ohne sich „an Dinge anzulehnen". Daraufhin suchte ich mir einen anderen Sitzplatz.

Ajahn Chah erwartete Hingabe und Sorgfalt von jedem, aber er verstand darunter nicht die „Hingabe" blinden Glaubens und Vertrauens.

Es ging vielmehr darum, zu akzeptieren, daß *alle* Erfahrungen, die man im Kloster machte, die eigene Übung waren. Er prüfte uns oft. Wir saßen oft stundenlang in Meditation, und Ajahn Chah pflegte etwas einzuschieben, das die westlichen Mönche später „Ausdauersitzungen" nannten. Er konnte mit Leichtigkeit einen fünfstündigen Dharma-Vortrag halten. Wir saßen auf dem Steinfußboden und dachten: „Mein Gott, wann kommt er endlich zum Ende?" Er sprach weiter und immer weiter. Dabei schaute er sich um und beobachtete amüsiert, wer sich vor Schmerz und Ungeduld wand. Man erwartete von uns, daß wir respektvoll und achtsam blieben, bis er fertig war.

Ajahn Chah wollte, daß die Menschen bei allem, was sie gerade taten, eine makellose Sorgfalt an den Tag legten. Wir fegten die Wege, und er kam oft heraus und sagte und demonstrierte: „Nein, nein, so wird das gemacht." Oder wenn wir Besen herstellten, gesellte er sich zu uns, um uns zu zeigen, wie man einen eleganten Bambusbesen herstellt, der wirklich funktioniert. Dadurch, daß ich ihn beobachtete, wurde mir klar, worin die eigentliche Lehre besteht. Ihm war es im Grunde gleich, ob der Weg gefegt wurde oder nicht. Schließlich würden die Blätter des Waldes den Weg schon einen Tag später wieder zudecken. Es ging ihm vielmehr darum, uns beizubringen, alles, was wir taten, so zu tun, daß es dem Erwachen dienlich war. Er zeigte uns, wie wir die Dinge wirklich gut tun konnten, ganz gleich, ob es darum ging, einen Besen zu binden, zu fegen oder eine Mauer zu bauen.

Der Geist der Meditation im Kloster bestand darin, in jeder Situation das zu tun, was gerade notwendig war. Das ist Hingabe, und sie ist ein Bestandteil der Praxis eines jeden einzelnen. Für einen Mönch bedeutete das, alles hinzunehmen, was geschieht – das Essen, das Wetter, die Aufgaben des Klosters –, und damit umzugehen, ganz gleich, ob es nun schwer oder leicht war. Es gab bei Ajahn Chah Menschen, mit denen im Kloster zusammenzuleben schwierig war, und Ajahn Chah schätzte sie genau wie alle anderen. Das war beinahe so wie in Gurdjieffs Gemeinschaft in Frankreich, wo ein in Paris lebender Russe, der sich überaus unflätig benahm, tatsächlich dafür bezahlt wurde, daß er sich in der Gemeinschaft einnistete. Alle anderen mußten Gurdjieff viel Geld bezahlen, um dort bleiben zu können, aber dieser Mann, den niemand ausstehen konnte, bekam sogar noch ein Honorar, damit er dort blieb. Gurdjieff sagte, er sei die Hefe im Brot. Wenn jener Mann nicht da gewesen wäre, dann hätten die anderen ihren reaktiven Geist nicht gesehen und hätten nicht gelernt, damit umzugehen. Wenn es im Kloster von Ajahn Chah nicht genügend Schwierigkeiten gab, dann spielte er selbst diese Rolle für seine Mönche.

In Vollmondnächten erneuerten wir unsere Gelübde in der Festhalle. Dann wurden wir entlassen und kehrten in die große Meditationshalle zurück, um die ganze Nacht aufzubleiben und zu sitzen und zu rezitieren. Spät am Abend kamen die Dorfbewohner und boten uns starken, süßen Kaffee an. Da wir am Morgen die einzige Mahlzeit des Tages zu uns nahmen, war dieses Getränk wirklich etwas Wunderbares für uns. Eines Abends hatte Ajahn Chah Besuch von einem älteren Mönch, der einer seiner Lehrer gewesen war. Die beiden unterhielten sich lange miteinander, und es schien so, als hätten sie einfach vergessen, die Mönche zu entlassen. Sie saßen und redeten von acht Uhr abends bis etwa Mitternacht. Ich saß da, dachte an meinen Kaffee und wäre zu gern aufgestanden und hätte mich bewegt. Ajahn Chah schaute ab und zu herüber, um zu sehen, wie es den Mönchen ging. Dann hielt er einen Moment lang inne – und begann wieder mit seinem Lehrer zu sprechen. Ich dachte immer wieder: „Wann ist er endlich fertig? Wann bekomme ich bloß meinen süßen Kaffee?" Es wurde ein Uhr, dann zwei Uhr morgens. Je später es wurde, um so aufgebrachter wurde ich. Das ging bis etwa drei Uhr so weiter. Schließlich sagte ich mir, daß ich wohl besser an Ort und Stelle meditieren sollte, denn wir würden in dieser Nacht wohl kaum in die Meditationshalle kommen.

Als der Morgen gekommen war und Ajahn Chah aufbrechen wollte, lächelte er uns freundlich zu. Er hatte gesehen, was wir in dieser Nacht durchgemacht hatten. Und mir war bewußt geworden, daß die Meditationspraxis dort stattfinden muß, wo man gerade sitzt, nicht nur in der Meditationshalle und auch ohne die Aussicht auf einen süßen Kaffee. Das war es, was er uns lehren wollte: die Hingabe an das Wissen, daß der Ort der Übung immer genau dort ist, wo man sich gerade befindet.

Doch Ajahn Chah verlangte von sich selbst nicht weniger als von seinen Mönchen. Ich erinnere mich an einen sehr kalten Morgen in einem abgelegenen Berghöhlenkloster, wohin wir auf einem langen Bettelgang gekommen waren. Es wehte ein starker Wind, und draußen herrschten Temperaturen unter fünf Grad. Ich hatte meine Baumwollrobe an, und darunter trug ich noch ein Baumwollhandtuch, das ich irgendwie so unter meine Robe gewickelt hatte, daß es nach oben hin meine ziemlich großen Ohren ein wenig bedeckte. Das Dorf, in dem wir jeden Morgen bei Morgengrauen um Almosen bettelten, lag etwa zehn Kilometer entfernt. Wenn wir dort angekommen waren, klapperten meine Zähne bereits vor Kälte. Nachdem die Dorfbewohner Reis und was immer sie sonst noch entbehren konnten in unsere Schalen gelegt hatten, kehrten wir zum Kloster zurück. Ajahn Chah schaute mich an und fragte: „Ist dir kalt?"

„Eiskalt", entgegnete ich.

Er lachte. „Da siehst du einmal, wie kalt es in Thailand werden kann!"

Sein Geist war immer unmittelbar bei uns. Er war da, wenn es kalt war, und wenn wir lange Zeit sitzen mußten, dann saß er ebenfalls dort. Er war auf eine starke, mitfühlende Weise mit uns präsent und gab uns das Gefühl, daß wir lernen konnten, mit sämtlichen Schwierigkeiten zu arbeiten und sie zu nutzen.

Zehn Jahre nachdem ich das Kloster verlassen hatte, kehrte ich zurück und ließ mich noch einmal zum Mönch weihen, um meine Schulung fortzusetzen. Als sich die Mönche in der Vollmondnacht versammelten, um die Ordensregeln zu rezitieren, legte ich meine Robe in der formellen Art an, wie es bei dieser Zeremonie üblich war, und ging in die Halle. Unmittelbar bevor die Zeremonie beginnen sollte, sah mich Ajahn Chah an und sagte: „Du solltest nicht hier sein. Geh zurück in deine Hütte." Normalerweise sind diejenigen, die gebeten werden zu gehen, Menschen, die vielleicht unrein sind; Gastmönche, die sich nicht an ihre Gelübde halten oder die vielleicht nicht den Verhaltensmaßstäben des Ordens entsprechen. Ich war ärgerlich. Es schien mir, als sei er sich meiner beträchtlichen Bemühungen nicht bewußt. Ich versuchte ein guter Mönch zu sein, und er glaubte mir nicht. Er warf mich hinaus. Später hörte ich, daß er sich, als ich die Stufen hinunterging, einer Reihe von älteren Mönchen zuwandte und sagte: „Oh, er ist Meditationslehrer, ihm wird das nichts ausmachen."

Drei Monate lang ließ er mich nicht an dieser Zeremonie in der Gemeinschaft teilnehmen. Zuerst war ich wütend, aber dann sah ich, daß mein Zorn nur aus Anhaften geboren war, und ließ ihn los. Am letzten Tag, bevor ich nach Bangkok aufbrach, kümmerte ich mich um Ajahn Chah, der vor seiner Hütte saß. Er hatte gerade ein Bad genommen, und ich half ihm, sich die Füße zu trocknen. Er schaute auf mich hinunter und lachte in sich hinein. Dann stieß er mich an und sagte: „Nun, wie hat es dir gefallen, genau wie jeder andere Mönch behandelt zu werden, der zu Besuch kommt?" Damit wollte er überprüfen, ob ich immer noch wütend war.

Ich sagte: „Eigentlich war es angemessen, da ich tatsächlich Gastmönch bin. Ich bin nur für kurze Zeit hier."

Er lachte und sagte: „Es ist weise von dir, das zu sehen." Er versuchte immer zu sehen, woran wir hingen, um uns Hingabe und Loslassen zu lehren.

Wenn man sich erst einmal der Realität der jeweiligen Umstände hingegeben hatte, dann stand der zweite Schritt von Ajahn Chahs Lehre an, der darin bestand, sich für jede Erfahrung zu öffnen und sie klar und deutlich zu sehen. Es ist in unserer Sitzpraxis und in unserem Dharma-Leben wesentlich, daß wir unsere Situation genau erkennen und uns in bezug auf unseren Geist nichts vormachen. Ajahn Chah nannte das „ehrlich mit sich selbst sein". Er selbst manifestierte diese Qualität sehr deutlich.

Einmal fragte ich Ajahn Chah, wie er Mönch geworden sei und was ihn an dieser Art von Leben angezogen habe. Er erzählte daraufhin, wie er als kleiner Junge mit den anderen Kindern seines Dorfes gespielt habe. Da wollte einer von ihnen der Dorfvorsteher sein, ein anderes Kind wollte die Krankenschwester sein und wieder ein anderes der Lehrer. „Ich wollte immer den Mönch spielen", sagte Ajahn Chah lachend, „damit ich mich auf einen höheren Platz setzen konnte als die anderen Kinder und sie dazu bringen konnte, mir Essen und Süßigkeiten zu bringen."

Er sprach auch freimütig über seine eigenen Jahre der Übung. Im Laufe seiner Schulung hatte er viele Probleme, Zweifel, Schwierigkeiten und großes Leid erlebt. Sein Körper bereitete ihm Schmerzen, und sein Geist machte es ihm schwer. Er erzählte davon, wie er eines Tages in der Trockenzeit im Wald saß und unerwartet Regen hereinbrach. Das Wasser durchnäßte seine Robe, seine Eßschale und seine wenigen Bücher – mit anderen Worten, alles, was er besaß. Er sagte mir: „Ich saß im Wald und fühlte mich völlig entmutigt. Der Regen prasselte herab und durchnäßte alles, und mir strömten Tränen über die Wangen. Ich konnte nicht mehr sagen, was Regen war und was meine Tränen, aber trotzdem saß ich da. Manchmal weint man einfach während der Praxis. Ich saß und saß und saß, denn ich besaß in meiner Übung einen gewissen Wagemut. Ganz gleich was auf mich zukam, ich wollte es verstehen; ich war bereit, allem ins Auge zu sehen." Es gab Zeiten, in denen er sehr krank war. Er hatte Malaria wie viele der alten Waldmönche, aber in jenen Tagen gab es nur wenig Medizin dagegen. Er sagte: „Es gab eine Zeit, da glaubten die Leute, ich sei siebzig Jahre alt, obwohl ich damals gerade erst fünfunddreißig war. Ich war völlig abgemagert, und meine Haut war ganz trocken. Aber ich machte trotzdem mit der Übung weiter. Ich tat es einfach."

Genauso wie Ajahn Chah ehrlich und direkt über sich selbst und seine Schwierigkeiten sprach, so verhielt er sich auch gegenüber den Menschen um ihn herum. Er neckte die Menschen und lachte über ihre Eigenarten. In den siebziger Jahren brachte ich eine Gruppe von Freunden mit zu Besuch, darunter Joseph Goldstein und Ram Dass. Ram Dass kam gerade vom Surfen und von einem Strandurlaub auf Bali. Obwohl er fünfzehn Jahre älter war als der Rest unserer Gruppe, sah er jung und fit aus und sorgte offensichtlich gut für sich. Wir setzten uns in der Hütte des Lehrers zusammen, und Ajahn Chah schaute sich um und machte sich gleich über Ram Dass her. „Nanu", sagte er, „wer ist denn der alte Mann, den ihr da mitgebracht habt?"

Gelegentlich kamen Laien zu Besuch, wenn wir vor seiner Hütte saßen. Er stellte dann seine Mönche vor, was manchmal auf eine sehr formelle und respektvolle Weise geschah. Zu anderen Zeiten jedoch machte er sich über sie lustig. Er sagte zum Beispiel: „Hier ist der Mönch, der ständig schläft. Er ist mein Schlafmönch. Wann immer man ihn aufsucht, findet man ihn schlafend vor." Er wies auf einen anderen Mönch: „Und dieser hier ist immer krank. Er hat eine Vorliebe dafür, krank zu sein, ich weiß auch nicht warum. Und dieser Mönch hier ist ein großer Esser; er ist unser Eßmönch. Dieser Mönch sitzt gern; er hängt wirklich sehr an der Meditation. Man kann ihn nicht dazu bringen, sich zu bewegen oder irgend etwas zu tun. Und dieser alte Mönch, können Sie sich das vorstellen, hatte zwei Frauen, bevor er sich weihen ließ – gleichzeitig, der arme Kerl! Kein Wunder, daß er so alt aussieht!" Und so ging er die Mönche um sich herum durch, neckte sie und sprach dabei sehr genau an, worin ihre jeweilige Rolle und ihr Anhaften bestand. Dann sagte er: „Und ich spiele gern den Lehrer. Das ist meine Rolle hier." Dann lachte er.

Einmal kam ein Mönch aus dem Westen zu Besuch, der zehn Jahre lang in einem chinesischen Kloster gelebt hatte. Er bat darum, im Kloster bleiben zu dürfen. Ajahn Chah sagte zu, und dann begann er ihn zu befragen, denn er war recht beleibt: „Warum bist du nur so fett? Ißt du wirklich so viel?" Schließlich sagte er: „In Ordnung, du kannst bleiben, aber nur unter einer Bedingung. Wir haben eine Hütte, die wirklich winzig ist. Du wirst so gerade eben hineinpassen, also wenn du zuviel ißt, dann wirst du dich eines Morgens in deine Hütte hineinquetschen und nicht mehr herauskommen können. Dann werden wir einfach die Tür verschließen, und du wirst dort bleiben müssen." Die Ironie der ganzen Sache ist natürlich, daß Ajahn Chah selbst ziemlich dick war, was er auch bereitwillig zugab. Es war also wunderbar zu sehen, daß für ihn nichts heilig war. Wenn etwas nun einmal wahr war, dann mußte es eben angeschaut werden. „Achte darauf!"

Wenn ich für ihn übersetzte, dann zog er mich immer auf. „Ich weiß, daß du das, was ich sage, im allgemeinen ganz richtig wiedergibst, aber ich bin sicher, daß du einige der bissigen und schwierigen Bemerkungen ausläßt. Auch wenn ich kein Englisch verstehe, bekomme ich doch mit, daß du ein wenig zu sanft mit ihnen umgehst. Du sagst ihnen nicht wirklich alles, was ich sage, oder?" Seine Lehrmethode bestand darin, nicht zimperlich, sondern geradeheraus und sehr aufrichtig zu sein. Wir sollten uns unsere Schwierigkeiten sehr direkt ansehen, damit wir uns selbst mit neuem Blick sehen konnten.

Ich habe ihn einmal gefragt, was das größte Problem bei seinen Schülern sei. Er sagte: „Meinungen. Ansichten und Vorstellungen über alle möglichen Dinge, über einen selbst, über die Praxis, über die Lehren Buddhas. Viele, die zum Üben herkommen, haben weltliche Erfolge. Sie sind wohlhabende Kaufleute, Universitätsabsolventen, Lehrer, Regierungsbeamte – und ihr Geist ist mit Meinungen über die Welt angefüllt. Sie sind zu klug, um zuzuhören. Es ist wie das Wasser in einer Tasse. Wenn die Tasse mit schmutzigem, abgestandenen Wasser gefüllt ist, dann ist sie nutzlos. Erst wenn du das alte Wasser ausgießt, wird die Tasse wieder nützlich. Du mußt deinen Geist von sämtlichen Meinungen leeren, erst dann wirst du lernen." Um klar sehen zu können, müssen wir lernen, einfach zu sein und die Dinge so zu sehen, wie sie sind.

Ajahn Chah lehrte uns auch, unsere eigenen Grenzen deutlich zu sehen. Ram Dass fragte ihn einmal, wie jemand, der seine eigene Schulung noch nicht abgeschlossen habe, andere lehren könne. „Wenn wir selbst noch leiden, wie können wir dann andere Menschen auffordern, frei zu werden?" Ajahn Chah erwiderte: „Zunächst einmal sei sehr aufrichtig. Gib nicht vor, weiser zu sein, als du bist. Sag den Menschen, wie es dir selbst geht. Und dann behalte Augenmaß. Als Gewichtheber weißt du, daß du, wenn du stark bist, mit viel Übung ein wirklich großes Gewicht heben kannst. Vielleicht hast du jemanden gesehen, der ein noch größeres Gewicht heben kann als du selbst. Du kannst deinen Schülern also sagen: ‚Wenn ihr übt, dann könnt ihr dieses große

Gewicht hier heben, aber probiert es jetzt besser noch nicht. Ich selbst kann es im Moment auch noch nicht heben, aber ich habe Menschen gesehen, die es können.' Sei bereit auszusprechen, was möglich ist, aber versuche nicht, den andern vorzumachen, daß du es selbst verwirklicht hast. Sei bei dem, was du lehrst, peinlich genau und ehrlich mit dir selbst, und alles wird gut sein."

Was das klare Sehen anging, so machte Ajahn Chah sehr deutlich, was wir ansehen sollten – nämlich uns selbst. Ich weiß noch, wie frustriert ich mich in den ersten Monaten im Kloster fühlte. Ich wollte wieder gehen, weil meine Übung nicht gut verlief. Ich wünschte mir einen ruhigeren Platz, wo ich acht, zehn oder fünfzehn Stunden am Tag sitzen konnte. Statt dessen mußte ich auf Bettelrunden gehen, rezitieren und mit den anderen Mönchen zusammen arbeiten und konnte nur fünf bis sechs Stunden am Tag sitzen. Ajahn Chah sagte, unsere Praxis bestehe darin, weise zu leben, die Sitzpraxis sei eine Hilfe dabei. Aber das Sitzen sei lediglich eine Stütze für die Weisheit und nicht unsere Hauptaufgabe. Ich war wütend über das, was ich als Unterbrechung meiner Meditation ansah. Ich sagte ihm, daß es mir hier nicht gefalle, und daß ich vorhabe, in ein burmesisches Kloster zu gehen. Und weil ich äußerst frustriert war, setzte ich noch einen drauf und sagte zu Ajahn Chah: „Und noch etwas: Sie kommen mir nicht besonders erleuchtet vor. Sie widersprechen sich selbst andauernd. Einmal sagen Sie das eine, ein anderes Mal etwas anderes. Und manchmal habe ich nicht gerade den Eindruck, daß Sie sehr achtsam sind. Ich habe Sie beim Essen beobachtet – woraus sollte ich schließen, daß Sie achtsam sind? Sie lassen genauso Dinge auf den Boden fallen wie alle anderen auch. Sie sehen nicht gerade vollkommen aus." Er fand das sehr komisch.

Er sagte: „Es ist gut, daß ich für dich nicht wie ein Buddha aussehe."
Ich fragte: „Wieso?"
Er sagte: „Wenn ich es täte, dann wärest du immer noch darin gefangen, den Buddha außerhalb deiner selbst zu suchen. Du kannst nicht nach außen schauen und Erleuchtung finden. Jeder Mensch ist anders. Freiheit kommt nicht dadurch, daß man andere nachahmt. Wenn du etwas über Freiheit wissen willst, dann entsteht sie nur in deinem Herzen, wenn du nicht an Dingen haftest."

Er fuhr fort: „Du selbst mußt Weisheit verstehen und entwickeln. Nimm von dem Lehrer, was nützlich ist, und sei dir bewußt, wo du mit deiner eigenen Übung stehst. Wenn ich mich ausruhe, während ihr alle aufrecht sitzen müßt – macht dich das wütend? Oder wenn ich behaupte, der Himmel sei rot oder ein Mann sei eine Frau – dann folge mir nicht blindlings. Schau auf das, was wahr und nützlich für dich ist. Einer meiner eigenen Lehrer aß sehr schnell. Er war sehr laut beim Essen, und trotzdem sagte er uns allen, wir sollten langsam und achtsam essen. Ich beobachtete ihn und wurde sehr wütend. Ich litt, aber er nicht. Ich beobachtete nur die Außenseite. Später lernte ich, daß einige Menschen schnell und trotzdem vorsichtig fahren können, und andere fahren langsam und haben dennoch viele Unfälle. Halte also nicht an Regeln, nicht an der äußeren Form fest. Wenn du zehn Prozent deiner Zeit damit verbringst, andere zu beobachten, und dich zu neunzig Prozent um dich selbst kümmerst, dann ist das eine angemessene Praxis. Nach außen zu schauen bedeutet zu vergleichen und zu unterscheiden, und das wird dir nur mehr Leiden bringen. Du wirst kein Glück und keinen Frieden darin finden, daß du nach dem vollkommenen Mann oder dem vollkommenen Lehrer suchst. Der Buddha hat uns gelehrt, auf den Dharma zu schauen, auf die Wahrheit, und nicht auf andere Menschen."

Das war die zweite Ebene seiner Schulung: ehrlich sein. Klar sehen bedeutet, sich sein eigenes Ego, seine eigenen Ängste und Muster mit Mitgefühl anzusehen. „Schaue dich wirklich selbst an", sagte er. „Halte die Aufmerksamkeit innen, anstatt dich mit anderen im Außen zu vergleichen."

Die dritte Ebene von Ajahn Chahs Schulung bestand darin, mit Schwierigkeiten zu arbeiten, wie sie auftauchten. Zu diesem Zweck schlug er seinen Schülern häufig zwei geschickte Mittel vor. Das erste bestand darin, die Schwierigkeiten zu überwinden, das zweite war das Loslassen. Er erwartete von uns, daß wir unsere Schwierigkeiten als eine Möglichkeit ansahen, Freiheit zu finden. Wenn es jemandem nicht gut ging, dann fragte Ajahn Chah ihn mit einem Lächeln: „Leidest du heute?" Wenn derjenige nein sagte, lachte er und sagte: „Sehr gut." Wenn er ja sagte, dann meinte er: „Nun, du scheinst heute sehr anzuhaften." Es war so einfach zu sehen: Wenn du leidest, dann weil du anhaftest. Und genau an dieser Stelle kannst du lernen, frei zu sein.

Wenn Menschen Angst hatten, dann führte er sie direkt in ihre Ängste hinein. Hatten sie Angst davor, allein im Wald zu sein, weil sie sich vor Geistern oder wilden Tieren fürchteten, dann schickte er sie in den Wald. Sein Lehrer hatte ihm gesagt, daß der Waldmönch sich bei Nacht, wenn sein Geist von Angst ergriffen werde, dazu zwinge, eine

Gehmeditation im Freien zu machen. „Das wird zum Kampf zwischen der Angst und dem Dharma", sagte sein Lehrer. „Wenn die Angst besiegt ist, dann wird der Geist mutig und man erfährt einen tiefen inneren Frieden. Bleibt jedoch die Angst der Sieger, dann wird sie sich schnell und auf wundersame Weise vervielfältigen. Der ganze Körper wird von schweißtreibender Hitze und erbarmungsloser Kälte ergriffen, von dem Wunsch, zu urinieren und den Darm zu entleeren. Der Mönch wird vor Angst ganz außer sich sein und mehr einem sterbenden als einem lebendigen Menschen ähneln. Das bedrohliche Gebrüll eines Tigers in der Nähe oder weit entfernt am Fuß der Berge steigert seine ohnehin schon verzweifelte Angst noch mehr. Richtung oder Entfernung bedeuten einem solchen Mönch nichts mehr; vielmehr ist sein einziger Gedanke, daß der Tiger genau jetzt kommen wird, um ihn zu verspeisen. Ganz gleich, wie weit die Landschaft sein mag, er wird von seiner Angst so hypnotisiert sein, daß er glaubt, der Tiger könne zu keinem anderen Ort gehen als genau zu der Stelle, an der er sich befindet. Jene Textstelle, in der es darum geht, Liebende Güte zu rezitieren, um die Angst zu überwinden, ist plötzlich aus seinem Gedächtnis gelöscht. Alles, was bleibt, ist ironischerweise genau der Refrain, der seine Angst nur noch verstärkt. Er wird also für sich selbst rezitieren: ‚Der Tiger kommt. Der Tiger kommt.'"

Aber einfachere Ängste mußten ebenfalls überwunden werden. Ajahn Chah ließ einmal seinen ältesten westlichen Mönch, Ajahn Sumedho, eine einstündige Dharma-Unterweisung geben. Für einen neuen Mönch war es schwer, Dharma-Unterweisungen zu geben und keine Angst davor zu haben, dumm, langweilig oder unsicher zu erscheinen. Als Sumedho fertig war, sagte Ajahn Chah: „Mach weiter." Also sprach er weitere fünfundvierzig Minuten lang. Ajahn Chah sagte: „Mach weiter. Mehr." So ging es immer weiter, bis er vier Stunden geredet hatte. Er hatte nichts mehr zu sagen und machte trotzdem immer weiter. Es war sterbenslangweilig! Wenn er innehielt, dann hörte er: „Mehr." Am Ende hatte er gelernt, es nicht wichtig zu nehmen, ob er langweilig oder dumm war oder nicht. Er lernte, keine Angst vor dem zu haben, was irgend jemand dachte, sondern es einfach zu tun.

Zu der ersten großen Dharma-Unterweisung, die ich jemals geben mußte, wurde ich ohne Vorbereitung mitten in der Nacht aufgefordert. An hohen buddhistischen Feiertagen blieben wir die ganze Nacht auf. Die Halle füllte sich mit bis zu tausend Dorfbewohnern, und wir wechselten zwischen einer Stunde Dharma-Unterweisung und einer

Stunde Sitzen ab. Um etwa zwei Uhr morgens sagte Ajahn Chah: „Wir werden jetzt eine Dharma-Unterweisung von einem westlichen Mönch hören." Ich hatte noch nie zuvor eine Dharma-Unterweisung gegeben, und schon gar nicht auf Laotisch vor Hunderten von Menschen. Ich stand also auf, und er forderte mich auf: „Sag ihnen, was du über den Dharma weißt; geh einfach dort hinein." Er wußte, daß ich nervös war. Er sagte: „Das ist noch ein Grund mehr, es zu tun!"

Es entspricht der Tradition der Waldklöster, Mönche in das hineinzudrängen, was ihnen mißfällt, und im Laufe der Jahre fand Ajahn Chah heraus, was die Schwachstelle bei jedem einzelnen war. Wenn man Angst davor hatte, allein zu sein, dann wurde man in eine entlegene Gegend des Waldes geschickt. Wenn es einem schwerfiel, mit Menschen umzugehen, dann wurde man vielleicht in eine große, hektische Stadt geschickt. Manchmal kam er einem wirklich wie ein Quälgeist vor. Er fand einfach heraus, was du nicht mochtest, und dann brachte er dich dazu, es zu tun. Wenn du gelangweilt oder unruhig warst, dann brachte er dich in eine Situation, in der du noch mehr mit Langeweile beziehungsweise Unruhe konfrontiert warst, und ließ dich diese Dinge spüren. Er sagte: „Du fühlst das einfach, bis du stirbst." Das war der Geist seiner Praxis. Das, was Widerstand leistet, ist die „Ich"-Empfindung beziehungsweise das Ego oder Selbst, und man muß damit arbeiten, bis es stirbt. Das bedeutet Schwierigkeiten überwinden.

Ich war bei der Übung der Meditation zunächst unglaublich schläfrig. Ajahn Chah unterwies mich: „Setz dich gerade hin; mach die Augen auf, wenn du schläfrig bist. Geh viel, geh rückwärts." Ich ging rückwärts und war immer noch schläfrig. „Okay, dann geh rückwärts in den Wald hinein." Da mußte ich wirklich aufwachen, um nicht gegen Bäume zu laufen und über Schlingpflanzen zu fallen. Rückwärts in den Wald hineinzugehen hielt mich wach. Aber sobald ich mich hingesetzt hatte, wurde ich wieder müde. Schließlich sagte er: „Wir haben ein Heilmittel für Leute wie dich. Es gibt einen Brunnen in der Nähe deiner Hütte. Geh und setz dich auf den Brunnenrand." Also setzte ich mich auf den Rand des Brunnens, schloß die Augen und begann zu meditieren. Bald wurde ich wieder müde, und mein Kopf sank auf die Brust. Als das geschah, schaute ich hinunter und sah in ein tiefes, schwarzes Loch. Der Adrenalinstoß, der mit der Angst kam, hielt mich wach. Ich lernte, daß man mit Müdigkeit wie mit jedem anderen Zustand arbeiten kann.

Wenn du wütend oder unruhig warst, dann sagte Ajahn Chah zu dir: „Wenn du wütend sein willst, dann geh zurück in deine warme Hütte, wickle dich in deine wärmste Robe ein und verbringe den Tag damit, wütend zu sein und die Wut zu fühlen. Erlebe sie. Sitze einfach damit." Er sprach davon, „den Tiger der Wut in einen Käfig von Achtsamkeit zu stecken". Er sagte: „Du mußt sie nicht herausreißen und abschlachten. Du mußt einfach nur das, was da ist, mit Achtsamkeit umgeben und es sich dann selbst erschöpfen lassen. Laß es dein Lehrer sein."

Für uns junge Mönche war das zölibatäre Leben besonders herausfordernd. Ein westlicher Mönch, der zum Abt in einem von Ajahn Chahs kleinen Klöstern gemacht worden war, sagte ihm, daß in seiner Übung sehr viele Begierden und Phantasien hochkämen. Zu diesem speziellen Kloster kamen jeden Nachmittag die Dorfbewohner, um sich Dharma-Unterweisungen geben zu lassen. Also sagte Ajahn Chah: „Nun, warum erzählst du den Dorfbewohnern nicht davon? Sag es den alten Frauen. Sag es ihnen." Er mußte zu den alten Frauen gehen und eingestehen, was in seinem Geist vor sich ging. Er brachte ihn dazu, es sich anzuschauen.

Gleichzeitig drängte er die Menschen aber auch nicht allzu sehr. Wenn es darum ging, den Menschen zu helfen, Dinge zu überwinden, in die sie sich verstrickt hatten, entwickelte er viel Kreativität, und er tat es mit großer Besonnenheit. Er ließ keine langen Phasen des Fastens oder der einsamen Klausuren zu, sofern er nicht der Meinung war, daß man dafür bereit sei. Er sagte: „Du mußt die Stärke deines Ochsenkarrens kennen. Du kannst ihm nicht zu viel aufladen, sonst wird er zusammenbrechen." Er schuf einen Raum für jeden Menschen, damit dieser seinem eigenen Tempo gemäß wachsen konnte.

Der erste Weg, mit Schwierigkeiten zu arbeiten, bestand also darin, bereit zu sein, sie sich anzuschauen, direkt in sie hineinzugehen und sie zu überwinden. Der zweite Weg bestand im Loslassen. Das ist das Herzstück der Lehren Buddhas.

In Ajahn Chahs Umfeld zu sein forderte dich in jedem Bereich heraus, in dem du an etwas festhieltest. Ich weiß noch, wie einmal ein reicher Mann in den Tempel kam und sagte, er habe viel Geld verdient. Er habe jetzt angefangen, sein Geld wohltätigen Zwecken zukommen zu lassen. Er meinte recht stolz: „Ich weiß nicht, ob ich es dem Krankenhaus oder den Waisen geben soll oder ob ich vielleicht einen Teil davon eurem Kloster geben soll, damit es den Nonnen und Mönchen zugute kommt."

Ajahn Chah schaute ihn an und sagte: „Ich weiß, was du damit tun solltest."

Der Mann sagte: „Was denn?"

Ajahn Chah sagte: „Wirf es von der Brücke in den Fluß." Dem Mann stand vor Schreck der Mund offen. Genau das hatte er hören müssen, denn eigentlich hatte er gesagt: „Seht her, wie toll ich bin und was ich mit meinem Geld angefangen habe." Ajahn Chah lehrte die Menschen, sich das anzusehen, woran sie festhielten, und es dann loszulassen.

Bei einigen Schülern tauchten Zweifel auf. Jemand fragte: „Was kann ich gegen meine Zweifel tun? An manchen Tagen werde ich von Zweifeln in bezug auf meine Praxis, meine Fortschritte oder meinen Lehrer überwältigt."

Ajahn Chah antwortete: „Zweifel sind etwas ganz Normales. Jeder beginnt mit Zweifeln. Man kann sehr viel aus ihnen lernen. Wichtig ist, daß man sich nicht mit seinen Zweifeln identifiziert und sich nicht von ihnen einfangen läßt. Dann wird sich der Geist in endlosem Zweifeln erschöpfen. Beobachte statt dessen den gesamten Prozeß des Zweifelns, des Hinterfragens. Frage, wer es ist, der zweifelt. Schau, wie Zweifel kommen und gehen. Dann wirst du nicht länger von Zweifeln geplagt werden. Du wirst aus ihnen heraustreten, und dein Geist wird ruhig werden. Du wirst sehen, wie alle Dinge kommen und gehen. Laß einfach das los, woran du festhältst. Laß deine Zweifel los. Laß sie da sein und beobachte einfach. So kannst du das Problem des Zweifelns beenden." Lerne, die Bewegungen des Geistes zu sehen, und laß dich nicht in seine Verlockungen, Fallen und Komplikationen verstricken.

Ganz gleich, wo er sich aufhielt, Ajahn Chah wies immer direkt auf die Freiheit hin. Als er einmal in England lehrte, kam eine seriöse englische Dame aus der Oberschicht zu Besuch, die Mitglied einer britischen buddhistischen Gesellschaft gewesen war. Sie stellte eine Reihe von komplizierten philosophischen Fragen über die buddhistische Abhidhamma-Psychologie. Ajahn Chah fragte sie, ob sie viel Meditationspraxis habe, und sie sagte nein, sie habe keine Zeit dazu gehabt, da sie zu sehr damit beschäftigt gewesen sei, die Texte zu studieren. Er sagte zu ihr: „Madame, Sie sind wie eine Frau, die Hühner auf ihrem Hof hält und statt der Eier den Hühnerkot aufsammelt."

Später erklärte er mir, daß seine Art zu lehren sehr einfach sei: „Es ist so, als sähe ich die Menschen eine Straße, die *ich* sehr gut kenne, entlanggehen. *Sie* aber sehen den Weg möglicherweise nicht klar. Ich schaue auf und sehe, wie jemand gerade Gefahr läuft, in den Graben auf der rechten Straßenseite zu fallen. Also rufe ich: ‚Geh nach links, geh nach links!' Oder ich sehe einen anderen Menschen, der auf den Graben auf der linken Straßenseite zusteuert, und ich rufe: ‚Geh nach rechts, geh nach rechts!' Das ist alles, worum es bei meiner Lehre geht. Ganz gleich, in welchem Extrem du gerade gefangen bist oder woran du festhältst, ich sage zu dir: ‚Laß auch das los.' Laß auf der linken Seite los, laß auf der rechten Seite los. Komm hierher in die Mitte zurück, und du wirst beim wahren Dharma ankommen."

Ajahn Chah zeigte uns, wie man loslassen kann, wie man zu kämpfen aufhören und dem Herzen Frieden schenken kann. „Lerne Zweifel und das zwanghafte Denken loslassen. Laß Wünsche und Ängste los", sagte er. „Sei mit deiner Achtsamkeit so geduldig wie eine Mutter mit ihrem Kind. Dein Geist ist ein Kind, und Achtsamkeit steht für die Eltern."

Du hast ein kleines Kind, das fragt: „Papa, können wir einen Elefanten haben?"

„Sicher, Kind."

„Papa, ich möchte ein Eis haben."

„Später, Kind."

„Papa, können wir ein neues Auto kaufen?"

„In Ordnung, Kind." Du kümmerst dich freundlich und weise um das Kind. Du mußt nicht auf alles reagieren. Sage einfach: „Das ist in Ordnung", und beobachte.

Du beobachtest, wie das Kind, das dein Geist ist, tausend Wünsche äußert. Du siehst sie aufsteigen und läßt sie gehen.

Das gleiche gilt für besondere Zustände bei der Meditation. Ajahn Chah sagte oft, daß eine der größten Schwierigkeiten, die Menschen bei der Übung erleben, dann entsteht, wenn sie eine gewisse Konzentration entwickelt haben und glauben: „Oh Mann, jetzt werde ich erleuchtet!" oder „Ich stehe bestimmt kurz vor einer dieser großartigen Erfahrungen!" Wenn du so denkst, dann schwindet die Ruhe der Konzentration und entgleitet dir. Um weise zu praktizieren, mußt du Erwartungen loslassen. Laß die Dinge so sein, wie sie für dich sind. Versuche nicht, etwas geschehen zu machen. Sei einfach offen für jede Erfahrung, so wie sie geschieht.

Wenn Urteile auftauchen, dann ist das in Ordnung, dann laß Urteile da sein. Wenn du viele Urteile hast, dann mache sie zum Gegenstand deiner Meditation. Es ist nichts verkehrt daran. Des Aufsteigens und Verschwindens von Urteilen gewahr zu sein ist genauso, wie der Ein- und Ausatmung gewahr zu sein. Die Praxis der Meditation besteht nicht darin, irgend etwas zu verändern, sondern zu sehen, wie die Dinge aufsteigen und wie sie verschwinden – Dinge vollständig zu erleben und sich nicht von ihnen einfangen zu lassen. Wut, Angst, Zweifel, Müdigkeit – laß sie kommen, laß sie gehen, und ruhe in dem reinen Wissen um sie. Sei einfach hier, und sei achtsam. Das bedeutet nicht Rückzug, und es bedeutet nicht Unterdrückung. Es bedeutet, für alle Erfahrungen offen zu sein. So lernt man, frei zu sein.

Ajahn Chah sagte: „Stundenlang zu sitzen ist nicht notwendig. Einige Menschen glauben, sie seien um so weiser, je länger sie sitzen können. Ich habe Hühner gesehen, die tagelang auf ihren Nestern sitzen. Weisheit entsteht daraus, daß man in allen Situationen achtsam ist. Deine Übung sollte beginnen, wenn du morgens aufwachst, und sie sollte weitergehen, bis du einschläfst. Das einzige, was wichtig ist, ist, daß du aufmerksam bleibst, ganz gleich, ob du arbeitest oder sitzt oder zur Toilette gehst. Jeder Mensch hat sein eigenes natürliches Tempo. Einige von euch werden mit fünfzig sterben, andere mit fünfundsechzig und wieder andere mit neunzig – also wird sich auch eure Praxis unterscheiden. Denkt nicht darüber nach und macht euch keine Sorgen. Versucht achtsam zu sein, und laßt die Dinge ihren natürlichen Lauf nehmen. Dann wird euer Geist in jeder Umgebung immer ruhiger werden; er wird so still sein wie ein klarer Tümpel im Wald. Und dann werden alle möglichen wunderbaren und seltenen Tiere kommen, um aus dem Tümpel zu trinken. Du wirst deutlich die Natur aller Dinge in der Welt sehen; du wirst viele wunderbare und seltsame Dinge kommen und gehen sehen. Aber du wirst still sein. Das ist das Glück Buddhas."

Das waren also die Übungen, die Ajahn Chah vermittelte – Hingabe und sich für Erfahrungen öffnen. Dann lehrte er auch noch, wie man mit Schwierigkeiten arbeiten kann, indem man sie überwindet und losläßt. Das alles führte zur vierten Ebene seiner Lehre: im Gleichgewicht leben, die Einfachheit des mittleren Weges. Ajahn Chah sprach nur selten über Erleuchtungsebenen. Er war nicht der Ansicht, daß das System von Erleuchtungsstufen und Einsichtsebenen hilfreich ist, weil es die Menschen aus der Wirklichkeit der Gegenwart herausführt. Er sagte: „Wenn man so etwas lehrt, dann hängen sich die Menschen daran. Sie wollen dorthin gelangen. Sie haben ein Ideal, dem sie nachjagen. Freiheit entsteht jedoch unmittelbar aus dem Loslassen." Er hob das immer wieder hervor: „Wenn man ein wenig losläßt, dann wird man ein wenig Freiheit haben. Wenn man viel losläßt, dann wird man viel Freiheit haben. Und wenn man vollständig losläßt, dann wird das Herz vollkommen frei sein."

Ich weiß noch, wie ich nach einer intensiven Übungszeit in einem anderen Kloster zu ihm zurückkam. Ich beschrieb ihm eine ganze Reihe von außergewöhnlichen und wunderbaren Erfahrungen. Für ihn waren diese nur weitere Dinge, die ich loslassen mußte. Als ich mit meinem Bericht fertig war, schaute er mich an und sagte: „Hast du immer noch Angst?"

Ich sagte: „Ja."

„Sind immer noch Gier und Verlangen in dir?"

„Ja."

„Kommt immer noch Wut?"

„Ja, sie kommt immer noch."

Er lächelte. „Schön, mach weiter." Und das war alles.

Er ließ nicht zu, daß Menschen in ihrer Praxis steckenblieben. Einfach hier sein, genau da, wo du bist – das war es, was er lehrte. Er fragte mich einmal, ob ich irgend etwas auf meinen Reisen und Studien bei anderen Meistern gelernt hätte. Er sagte: „Was hast du durch das Reisen gelernt, was es in diesem Kloster nicht gibt?"

Ich dachte darüber nach und sagte: „Es gab eigentlich nichts Neues. Es war derselbe Dharma. Ich hätte genauso gut hierbleiben können."

Er lachte. „Ich wußte das schon, bevor du gefahren bist, aber es hätte keinen Zweck gehabt, es dir zu sagen. Du mußtest dich auf diese Reise begeben, um es zu entdecken. Aber von dort, wo ich sitze, kommt niemand, und dort geht auch niemand hin."

Wenn man den mittleren Weg lebt, das Leben der Ausgewogenheit, dann kann das natürliche Gewahrsein und das Mitgefühl des Herzens wachsen. Wir werden frei und gütig. Ich hörte einmal eine Geschichte über das erste Kloster für Menschen aus dem Westen, das Ajahn Chah in einem Wald nicht weit von seinem Hauptkloster entfernt gegründet hatte. Dort entschieden im Monat Dezember die westlichen Mönche, daß sie einen Weihnachtsbaum haben wollten. Die Dorfbewohner, die das Kloster gebaut hatten, wurden ärgerlich und kamen zu Ajahn Chah, um sich zu beschweren. Sie sagten: „Wir haben ein buddhistisches Kloster für die westlichen Mönche errichtet, die wir unterstützen, und sie halten eine Weihnachtsfeier ab. Das erscheint uns nicht richtig."

Ajahn Chah sagte: „Nun, soweit ich gehört habe, ist Weihnachten ein Feiertag, an dem man die Erneuerung von Großzügigkeit und Freundlichkeit feiert. Meiner Ansicht nach ist das durchaus nützlich. Es entspricht sehr wohl dem Geist der Lehren Buddhas. Aber da es euch stört, werden die Mönche nicht mehr Weihnachten feiern. Wir werden es statt dessen ‚Weihbuddhanachten' nennen." Damit waren die Dorfbewohner zufrieden, und sie kehrten nach Hause zurück. Er lehrte uns, stets freundlich und flexibel zu sein. „Worum es geht, ist zu lernen, wie man loslassen und frei und glücklich sein kann", sagte er.

Ajahn Chah ermutigte uns, unsere Dharma-Praxis immer wieder zu benutzen, um zu dem zu gelangen, was er als die natürliche Freiheit des Herzens jenseits aller Formen und Bedingungen bezeichnete. Er sagte: „Der ursprüngliche Herz-Geist leuchtet wie reines, klares Wasser, das unvergleichlich süß schmeckt. Aber wenn das Herz rein ist, ist dann unsere Praxis beendet? Nein, wir dürfen nicht einmal an dieser Reinheit festhalten. Wir müssen über jegliche Dualität, alle Konzepte, alles Gute, alles Schlechte, alles Reine und alles Unreine hinausgehen. Wir müssen über das Selbst und das Nichtselbst, über Geburt und Tod hinausgehen. Wenn wir mit den Augen der Weisheit sehen, dann wissen wir, daß der wahre Buddha zeitlos, ungeboren und nicht mit irgendeinem Körper, irgendeiner Geschichte, irgendeinem Bild verbunden ist. Der Buddha ist der Grund allen Seins, die Verwirklichung der Wahrheit des bewegungslosen Geistes."

Ajahn Chahs Art des Lehrens verbindet die letzte Ebene des Dharmas mit der praktischen Ebene. Die letzte Ebene lädt uns dazu ein, den zeitlosen Tanz der Existenz zu sehen, wo alles aufsteigt und vergeht – Tage, Erfahrungen, Zeitalter wie Galaxien. Die praktische Ebene lehrt uns, uns um die Momente zu kümmern, die uns gegeben sind, untadelig und mit Mitgefühl zu leben, mit Achtsamkeit, Freude und Fülle die Wege zu fegen sowie aufrichtig uns selbst und fürsorglich anderen gegenüber zu sein. Er ließ nicht zu, daß jemand sich auf einer der beiden Ebenen festsetzte.

Um uns zu helfen, Freiheit zu finden, vermittelte uns Ajahn Chah auf einfache und bemerkenswerte Weise, was es mit der Ichlosigkeit oder Selbstlosigkeit, mit der essentiellen Verwirklichung von Buddhas Befreiung auf sich hat. „Wenn uns unser Körper wirklich gehörte, dann würde er unseren Befehlen folgen. Wenn wir aber sagen: ‚Werde nicht alt' oder ‚Ich verbiete dir, krank zu werden', gehorcht er uns dann etwa? Nein, er nimmt keine Notiz davon. Wir *mieten* dieses Haus nur, wir besitzen es nicht. In Wirklichkeit gibt es so etwas wie ein dauerhaftes Ich nicht; es gibt nichts Solides oder Unveränderliches, an dem wir uns festhalten könnten. Die Vorstellung vom Ich ist lediglich ein Konzept. Letzten Endes existiert niemand, nur Elemente, die vorübergehend zusammengebracht worden sind. Es gibt kein Ich, es gibt nur *Anattâ*, das Nicht-Selbst oder Nicht-Ich. Um das Nichtselbst begreifen zu können, wirst du meditieren müssen. Wenn du es nur mit dem Verstand versuchst, wird dir der Kopf platzen. Wenn du das Selbst transzendierst, dann hältst du nicht länger am Glück fest; und wenn du nicht länger am Glück festhältst, dann kannst du beginnen, wirklich glücklich zu sein."

Eines Tages, als ich wieder einmal mit Ajahn Chah über die buddhistische Lehre des Nicht-Selbst sprach, sagte er: „Das Nicht-Selbst, *Anattâ*, ist nicht wahr." Das war eine erstaunliche Aussage für einen buddhistischen Lehrer. „Es ist nicht wahr", sagte er, „weil das Selbst ein Extrem ist und das Nicht-Selbst das andere Extrem. Keines von beiden ist wahr, denn beides sind Vorstellungen. Die Dinge sind so, wie sie sind."

Trotz der strengen Disziplin und Schulung im Kloster lachte Ajahn Chah viel und hatte einen spielerischen Geist. Er erinnerte uns daran, daß die einzige Aufgabe des Buddhismus darin bestehe, Menschen zu helfen, glücklich und frei zu sein, die verborgenen Möglichkeiten ihres Herzens zu entwickeln und offen für das zu sein, was wahr ist. Durch Hingabe, klares Sehen und indem du lernst, auf ausgeglichene Weise mit deinem Geist umzugehen, „kannst du selbst ein Buddha werden". Ajahn Chah über viele Jahre hinweg zu kennen brachte große Freude in mein Leben. Sein Geist von Freiheit und Einfachheit war ansteckend. Seine Reife und seine Freude am Dharma brachten alle, die er berührte, der Befreiung näher.

Als Ram Dass, Joseph Goldstein, einige andere und ich Ajahn Chah im Jahre 1977 verließen, sagte er: „Wenn Thais zu mir kommen und nur um Amulette, Tonbuddhas oder Segnungsrituale bitten, dann beleidigen sie sich selbst. Jetzt seid ihr gekommen, um mir Fragen zu stellen. Ihr sucht jemanden, der euch den Dharma lehren soll. Damit beleidigt ihr euch ebenfalls, denn die Wahrheiten, die der Buddha entdeckte, sind bereits in eurem Herzen vorhanden. Es gibt einen in dir, der weiß; einen, der bereits begreift und der frei ist. Wenn du dich diesem natürlichen Gewahrsein zuwenden und darin ruhen kannst, dann wird alles einfach." Er fuhr fort: „Im Laufe der Jahre kannst du deine

Freiheit auf vielfache Weise vertiefen. Benutze dein natürliches Gewahrsein, um zu sehen, wie alle Dinge kommen und gehen. Laß los, und lebe mit Liebe und Weisheit. Sei nicht faul. Wenn du feststellst, daß du faul, ängstlich oder schüchtern bist, dann arbeite daran, die Eigenschaften zu stärken, die das überwinden. Mit natürlicher Weisheit und natürlichem Mitgefühl wird sich der Dharma von selbst entfalten. Wenn du dich dem wirklich widmest, dann wirst du ans Ende aller Zweifel gelangen und befreit sein. Du wirst an jenem Ort der Stille, dem Ort des Einsseins mit dem Buddha, mit dem Dharma und mit allen Dingen leben. Nur du allein kannst dorthin gelangen."

Sharon Salzberg

Vertrauen in unsere Fähigkeiten wecken: Der Segen von Dipa Ma

Als die buddhistischen Lehren aus Asien in den Westen kamen, brachten sie eine Sichtweise mit, zu der unsere Kultur sich nur schwer durchringen kann – die Bedeutung des Selbstvertrauens. Die traditionellen asiatischen Lehren heben die Wichtigkeit des Rechten Bemühens hervor, eines der Elemente des Achtfachen Pfades, das auch in den letzten Worten Buddhas an seine Schülern zum Ausdruck kommt: „Strebt mit Sorgfalt weiter." Diese Botschaft, die den einzelnen anspornen und zu seiner Befreiung gereichen soll, wird in Asien offenbar anders verstanden als im Westen. *Bemühung* scheint für westliche Menschen etwas Beschwerliches, ja geradezu Beängstigendes zu sein. So mancher tut die Vorstellung, daß der Weg Mühe erfordert, ab oder meint sie gar verächtlich machen zu müssen. Im Kern vieler solcher Reaktionen ist, so glaube ich, ein Gefühl der Hilflosigkeit auszumachen. Wir denken vielleicht unterschwellig: „Ich schaffe das nicht. Ich habe einfach nicht das, was erforderlich ist, um ‚mit Sorgfalt streben' oder Veränderungen in meinem Verhalten herbeiführen zu können." Der Dharma hat zweitausendfünfhundert Jahre lang funktioniert, aber wir glauben: „Ich bin derjenige, der die gesamte Methode, die über all diese Jahrhunderte erhalten geblieben ist, Lügen strafen wird!"

Da wir zu einer solchen Auffassung neigen, ist es so wichtig zu verstehen, was es bedeutet, Zutrauen zu uns selbst zu haben. Vielleicht mehr als jeder andere, bei dem ich mich geschult habe, verkörpert meine Lehrerin Dipa Ma für mich die Kraft, mit deren Hilfe sich Selbstablehnung in Selbstvertrauen verwandelt. Ihre Lehre des Rechten Bemühens verband sich mit der Fähigkeit, jedem ihrer Schüler ein überzeugendes Gefühl für seine eigenen Fähigkeiten zu spiegeln.

Dipa Ma wurde in Bengalen geboren, und wie es im Indien jener Zeit üblich war, arrangierte ihre Familie eine Ehe für sie, als sie zwölf Jahre alt war. Mit vierzehn verließ sie ihr Zuhause, um zu ihrem Mann zu gehen, der in Burma im Staatsdienst arbeitete. Sie fühlte sich einsam und hatte Heimweh, aber ihr Mann war sanft, und sie verliebten sich tatsächlich ineinander und kamen sich recht nahe. Als es jedoch nach einiger Zeit so aussah, als könne sie keine Kinder bekommen, wurde ihr Glück auf eine harte Probe gestellt. Die Familie ihres Mannes drängte ihn sogar, sie wegzuschicken und sich eine andere Frau zu nehmen, aber er weigerte sich. Jahr für Jahr war ihre Unfähigkeit, ein Kind zu empfangen, eine Quelle großer Scham und Trauer für sie. Nach zwanzig Jahren wurde endlich ein Kind geboren, eine Tochter, die im Alter von drei Monaten starb.

Einige Jahre später wurde eine weitere Tochter namens Dipa geboren und überlebte. Dieses Ereignis war für die Mutter so bedeutsam, daß sie den Namen annahm, unter dem wir sie heute kennen: Dipa Ma, „Dipas Mutter". Im folgenden Jahr wurde Dipa Ma wieder schwanger, doch ihr Sohn starb bei der Geburt. Während sie den Tod dieses Babys betrauerte, begann sich Dipa Mas Gesundheitszustand zu verschlechtern. Als es endlich so aussah, als könne sie ihre große Trauer überwinden und trotz all der Verluste, die sie erlitten hatte, etwas Frieden finden, wurde bei der mittlerweile Einundvierzigjährigen ein schweres Herzleiden diagnostiziert. Ihre Ärzte befürchteten, daß sie jeden Moment sterben könne.

Während sie im Angesicht des Todes mit ihrer eigenen Schwäche kämpfte, mußte Dipa Ma noch eine weitere Prüfung bestehen. Ihr Mann, der bis dahin gesund gewesen war, kam eines Tages vom Büro nach Hause und fühlte sich krank. Er starb noch am selben Tag. Dipa Ma war am Boden zerstört. Sie konnte nicht schlafen, aber auf der anderen Seite konnte sie auch nicht aufstehen, weil sie dermaßen durcheinander war. Doch schließlich mußte sie sich um Dipa kümmern, die erst fünf Jahre alt war.

Eines Tages sagte ein Arzt zu ihr: „Sie werden noch an gebrochenem Herzen sterben, wenn Sie nichts gegen Ihren Zustand unternehmen." Da sie in Burma lebte, einem buddhistischen Land, schlug er vor, sie solle meditieren lernen. Dipa Ma erwog seinen Rat sehr sorgfältig. Sie fragte sich selbst: „Was kann ich mitnehmen, wenn ich sterbe?" Und sie schaute sich die „Schätze" ihres Lebens an: „Ich sah mir meine Mitgift an, meine Seidensaris und meinen Goldschmuck, und ich wußte, daß ich sie nicht würde mitnehmen können. Ich schaute meine Tochter an und wußte, daß ich sie nicht würde mitnehmen können. Was also konnte ich mitnehmen?" So kam Dipa Ma zu dem Schluß: „Ich will in ein Meditationszentrum gehen. Vielleicht kann ich dort etwas finden, das ich mitnehmen kann, wenn ich sterbe."

Natürlich leidet jeder Mensch bis zu einem gewissen Grad in seinem Leben, aber es ist ein großes Geheimnis, warum einige Menschen mit größerem Vertrauen und der Entschlossenheit zu verstehen, zu lieben, Sorge zu tragen und tiefer zu gehen, aus ihrem Leiden hervorgehen, während andere das nicht tun. Der Buddha sagte, die „unmittelbare Ursache" oder der Zustand, der am leichtesten zum Vertrauen führe, sei das Leiden. Dipa Ma ertrug ungeheures Leid, große Verluste und Schmerzen, und sie transformierte sie so, daß sie davon motiviert wurde, eine tiefere Wahrheit zu finden. Trotz allem, was sie durchgemacht hatte, glaubte sie an ihre Fähigkeit, zu erwachen und etwas Positives aus all ihrem Schmerz und ihrem Leid zu machen. Sie gewann durch ihr Leiden an Kraft, anstatt davon besiegt zu werden.

Dipa Ma ging also in ein Kloster, und sie war von ihren physischen und emotionalen Leiden so geschwächt, daß sie sich die Tempelstufen tatsächlich auf allen Vieren hinaufschleppen mußte, um zur Meditationshalle zu gelangen. Aber ihre Motivation war so stark, daß nichts sie abhalten konnte. Ich führe mir häufig die Intensität von Dipa Mas Motivation zu praktizieren vor Augen. Ich finde es zutiefst inspirierend, sie mir vorzustellen – eine winzige, erschöpfte, verbrauchte, von Gram gebeugte Frau, die die Tempelstufen hinaufkriecht, um meditieren zu lernen, um etwas zu finden, das nicht stirbt. Die Stärke unserer Motivation ist die Grundlage für unsere Praxis. Nähren wir unsere Motivation, nach Freiheit zu streben, dann nähren wir gleichzeitig das Vertrauen, daß unsere Bemühungen tatsächlich in die Freiheit führen können.

Als Dipa Ma zu meditieren begann, bedeutete Rechtes Bemühen einfach nur, nicht aufzugeben. Sie erzählt: „Als ich zu meditieren anfing, mußte ich ständig weinen, denn ich wollte den Unterweisungen mit voller Aufmerksamkeit folgen, konnte es aber nicht, weil ich ständig einschlief. Selbst wenn ich stand und ging, schlief ich immer wieder ein. Ich mußte einfach schlafen. Also weinte und weinte ich, denn fünf Jahre lang hatte ich versucht zu schlafen und konnte es nicht – und dann, als ich versuchte zu meditieren, war alles, was ich tun konnte, schlafen. So sehr ich mich auch darum bemühte, nicht zu schlafen, ich schaffte es einfach nicht."

Als sie zu ihrem Lehrer ging, um ihm von ihrem Problem zu berichten, sagte der: „Es ist ein sehr gutes Zeichen, daß Sie einschlafen, denn fünf Jahre lang haben Sie so sehr gelitten, daß Sie nicht schlafen konnten, aber jetzt werden Sie müde. Das ist wunderbar. Schlafen Sie mit Achtsamkeit. Meditieren Sie einfach so, wie man es Ihnen gesagt hat." Mit enormer Ausdauer machte Dipa Ma also weiter, und wie sie berichtet, veränderte sich ihr Zustand: „Eines Tages verschwand mein Schlafbedürfnis plötzlich, und ich konnte sitzen."

Fortschritte in der Praxis sind nicht so sehr eine Frage des Erlernens einer Fertigkeit – auch wenn gewisse Fertigkeiten daran beteiligt sind. Sie sind vielmehr eine Widerspiegelung unserer Motivation, der Tiefe unseres Engagements und unserer Sorgfalt. Deshalb ist es nicht unbedingt ein Zeichen von Mißerfolg, wenn man beispielsweise feststellt, daß man ständig einschläft. Unsere Bereitschaft, uns zu öffnen, hinzuschauen, Ausdauer zu zeigen und weiterzumachen, ist wichtiger als das, was tatsächlich passiert. Leider fällt es unserem Geist, der so sehr dem Urteilen verhaftet ist, schwer, diese Art von Fortschritt zu messen. Es ist viel leichter, auf eine Meditationsphase zurückzublicken und zu sagen: „Toll, da habe ich diese spektakuläre Vision gehabt", als rückblickend zu sagen: „Ich habe weitergemacht, auch wenn es schwierig war." Doch gerade letzteres ist ein echter Maßstab für Fortschritt.

Als Dipa Ma allmählich die Früchte ihrer Praxis erntete, begann sie andere Menschen aufzufordern: „Kommt doch zum Meditieren. Ihr habt gesehen, wie deprimiert ich durch den Verlust meines Mannes und meiner Kinder und aufgrund meiner Krankheit war. Aber jetzt könnt ihr sehen, daß ich mich verändert habe und recht glücklich bin. Das ist keine Zauberei. Es ergibt sich einfach daraus, daß man den Anweisungen der Lehrer folgt. Ich habe sie befolgt und Seelenfrieden gefunden. Kommt, und ihr werdet ebenfalls euren Seelenfrieden finden."

Dadurch, daß Dipa Ma selbst durch so ungeheures Leiden hindurchgegangen war und ein gewisses Maß an Frieden gefunden hatte, gewann sie die außerordentliche Fähigkeit, sich um ihre Mitmenschen zu kümmern und Mitgefühl zu entfalten. Allein ihre Präsenz war schon ein Segen. Die Schüler gingen zu ihr, und sie legte die Arme um sie und streichelte sie. Das tat sie bei jedem; ich habe nie gesehen, daß sie im Kontakt mit anderen irgendeinen Menschen ausgeschlossen oder ihm ein Gefühl der Trennung gegeben hätte. Ich glaube, das kam aus ihrer eigenen Erfahrung des Schmerzes und der Erkenntnis heraus, daß uns allen Leid widerfahren kann. Selbst wenn die gegenwärtigen Umstände unseres Lebens glücklich sind, teilen wir doch alle diese Art von Verletzlichkeit miteinander. Unsere Freude steht stets auf der Kippe, befindet sich in einem sehr fragilen Gleichgewicht, und schon der nächste Atemzug könnte überraschend etwas Unerwünschtes bringen. Ihr eigenes Gefühl für diese Zerbrechlichkeit drückte sich als ungeheure Liebe und Fürsorge aus.

Dipa Ma war völlig unprätentiös und hatte nichts Künstliches an sich. Sie war einfach und direkt, und man hatte nie das Gefühl, daß sie sich mit der Aura der besonderen Ausstrahlung eines großen spirituellen Wesens schmückte. Ihre Liebende Güte erwuchs aus ihrer Einfachheit und Anmut. Sie konnte ihre Aufmerksamkeit ebenso intensiv darauf richten, einem Menschen ein Abendessen zu bereiten, wie darauf, etwas über seine Meditationspraxis zu erfahren. Der Ausdruck ihrer Liebenden Güte konnte sich auf ein ganz normales Ereignis richten, aber sie war so vollständig präsent mit jedem, daß es zu etwas Außergewöhnlichem wurde.

Dipa Ma erzog ihre Tochter eigenständig und in großer Armut und verfolgte während all der Zeit ihre Meditationspraxis. Dipa heiratete, bekam einen Sohn und machte Dipa Ma zur Großmutter. Von da an hatte Dipa Ma noch mehr Aufgaben und Pflichten. Als sie einmal gefragt wurde, ob sie die weltlichen Angelegenheiten als ein Hindernis empfinde, sagte sie: „Sie sind kein Hindernis, denn ganz gleich, was ich tue, die Meditation ist da. Sie verläßt mich nie wirklich. Selbst wenn ich rede, meditiere ich. Wenn ich esse oder über meine Tochter nachdenke, dann behindert das meine Meditation nicht."

Als sie Ende der siebziger und Anfang der achtziger Jahre die *Insight Meditation Society* in Barre besuchte, beobachtete ich sie, wie sie mit ihrem kleinen Enkel spielte. Beide lachten vor Vergnügen. Dann stand sie auf und gab jemandem Anweisungen für die Meditation; dann wusch sie ihre Wäsche mit der Hand und hängte sie draußen auf der Leine auf; dann machte sie eine Gehmeditation; und schließlich ging sie ins Haus zurück und saß für eine Weile. Ihr Enkel rannte im Zimmer herum, ihre Tochter kochte und sah fern, und sie meditierte inmitten all dieses Trubels. Jemand kam und setzte sich vor sie; sie öffnete die Augen und segnete diesen Menschen, streichelte und umarmte ihn und ging dann in die Meditation zurück. Es ging alles völlig nahtlos ineinander über.

Später in ihrem Leben fragte sie einmal jemand, was in ihrem Geist vor sich gehe und ob es bei ihr vorherrschende Geisteszustände gäbe. Sie sagte: „Es gibt nur drei – Sammlung, Liebende Güte und Frieden." Ihre konsequente Reaktion auf Lebensumstände erinnerte mich an den Buddha, der unabhängig von den Umständen in denselben Qualitäten ruhte – im Gegensatz zu vielen von uns, die in *einer* Situation auf eine bestimmte Weise reagieren und in einer *anderen* auf eine andere. Vielleicht sind wir voller Liebender Güte, wenn wir allein sind, aber wir erleben viele Ängste und Schwierigkeiten, wenn wir mit anderen Menschen zusammen sind. Oder wir fühlen uns vielleicht verbunden und glücklich, wenn wir mit Menschen zusammen sind, aber unwohl, wenn wir allein sind. Es kann sein, daß unser Leben ohne diese Kraft der Integration zersplittert ist. Dipa Ma war einfach so, wie sie war, zu allen Zeiten und unter allen Umständen. Von Dipa Ma werden mir immer diese drei Qualitäten der Einfachheit, Liebe und Integrität in Erinnerung bleiben.

Hinter ihrer Wärme und Liebenden Güte war die Kraft ihrer ungeheuren Motivation spürbar. Es war offensichtlich, auf welche Weise ihr die Meditationspraxis ihr Leben zurückgegeben hatte. Sie nahm die Praxis in keiner Weise leicht und war eine sehr anspruchsvolle Lehrerin. Was die Fähigkeit eines jeden Menschen, frei zu sein, anging, war sie sehr resolut, und sie bestand darauf, daß wir alle absolut unser Bestes gaben, um diese Fähigkeit durch Rechtes Bemühen zu verwirklichen und zu verkörpern. Sie hatte sehr viel Vertrauen und Zuversicht in die buddhistischen Techniken des Erwachens und auch in jeden ihrer Schüler.

In Kalkutta wurde sie einmal zu einer Aussage in den Schriften befragt, die nicht auf den Worten Buddhas selbst beruht, sondern in den späteren Kommentaren zu finden ist. Dort wird behauptet, daß nur ein *Mann* ein vollständig erleuchteter Buddha sein könne. Eine Frau müsse in einem künftigen Leben als Mann wiedergeboren werden, um den Zustand vollständiger Buddhaschaft erreichen zu können. Als sie das hörte, richtete sich Dipa Ma zu ihrer vollen Größe von

1,50 Meter auf und sagte: „Ich kann alles tun, was ein Mann tun kann." In einem traditionellen Kontext war das eine radikale Aussage; sie war Ausdruck ihrer Überzeugung, daß die fruchtbringende Kraft des Bemühens und der Motivation in keiner Weise beschränkt ist. Das war das Geschenk, das sie denjenigen gab, die zu ihr kamen. Sie wußte und sie ließ jeden von uns wissen, daß wir frei sein können. Sie hatte erfahren, daß Praxis nicht nur für jemanden gedacht ist, der vor langer Zeit und an einem weit entfernten Ort gelebt hat. Sie war nicht nur für den Buddha bestimmt, der unter einem Baum saß, oder für Menschen, die sich den Luxus leisten können, ihre Verpflichtungen hinter sich zu lassen. Jeder von uns kann es selbst tun. Wir können frei sein. Und der Grad unserer Bemühung, frei zu sein, zu der wir durchaus fähig sind, ist ein wertvoller Maßstab für unseren Erfolg.

Im Jahre 1974 fuhr ich nach Kalkutta, um mich von Dipa Ma zu verabschieden. Ich verließ Indien für, wie ich dachte, einen kurzen Abstecher in die Heimat, bevor ich dann wieder dorthin zurückkehren würde. Ich war davon überzeugt, daß ich den Rest meines Lebens in Indien verbringen werde. „Ich fahre nur für kurze Zeit zurück, um meine Gesundheit wiederherzustellen", sagte ich zu ihr, „um mein Visum zu verlängern und etwas Geld zu verdienen. Und dann komme ich zurück." Sie schaute mich an und sagte: „Wenn du nach Amerika fährst, dann wirst du dort zusammen mit Joseph [Goldstein] Meditation lehren." Ich sagte: „Nein, das werde ich nicht", und sie sagte: „Doch, das wirst du tun." Ich sagte: „Nein, das werde ich nicht. Ich komme gleich zurück", und sie sagte nochmals: „Doch, das wirst du tun." – „Nein, das werde ich nicht", insistierte ich. Angesichts der erstaunlichen Errungenschaften, die meine eigenen Lehrer an den Tag gelegt hatten, war ich davon überzeugt, daß ich für den Rest meines Lebens Schülerin bleiben müsse. Ich sagte das Dipa Ma und fuhr fort: „Ich bin dazu nicht fähig. Ich kann keine Meditation lehren." Sie schaute mich an und sagte: „Du kannst alles tun, was du möchtest. Es ist nur der Gedanke, daß du es nicht tun kannst, der dich davon abhält." Natürlich hatte sie recht.

Also schickte sie mich mit diesem Segen nach Amerika, was mir viel Kraft gab. Ich wußte, daß es bei ihrer Ermutigung nicht nur um mich ging; sie betonte die Fähigkeit jedes einzelnen, Güte, Ganzheit, Verständnis und Liebe zu entwickeln und auszustrahlen. Wir haben weitaus mehr Fähigkeiten, als wir uns vorstellen können. Vertrauen in uns selbst zu haben, sollte nicht mit Hochmut verwechselt werden, der sich auf das individuelle Selbst konzentriert. Wir können durchaus Vertrauen in das Potential der uns angeborenen menschlichen Güte haben.

Wir sind für Schmerz anfällig, und genau wie Dipa Ma sind wir in der Lage, schmerzvolle Umstände zu nutzen, um ein klareres Verständnis zu entwickeln und uns tiefer zu verbinden. Die ungeheure Dringlichkeit in jemandem wie ihr kann den dringlichen Wunsch in uns entfachen, die Wahrheit zu finden und auf eine bessere Weise zu leben – davon abzulassen, auf Oberflächlichkeiten zu zählen, in denen wir Glück suchen, und nicht von dem abhängig zu sein, was zerfällt, sich verändert und stirbt. Eine solch tiefe Leidenschaft für die Freiheit und für den Dharma kann Leidenschaft in uns erwecken, und Dipa Mas Bereitschaft, unter allen Umständen zu praktizieren, kann uns dazu inspirieren, es ihr gleichzutun. Mit einer solchen Inspiration können jene Zeiten, in denen wir unsicher sind und Angst haben, Tore in das Unbekannte werden, die genauso wunderbar wie schrecklich sind.

Wir können es wirklich schaffen. Wir können eine vollkommene Verkörperung jener Kohärenz des Wesens sein, die Dipa Ma uns vorgelebt hat. Wir können wissen, wer wir sind, und wir können durch alle sich verändernden Umstände hindurch das sein, was wir sind. Wir können Leiden in Mitgefühl und Erbarmen umwandeln. Wir können so viel mit diesem kostbaren Leben anfangen und mit der uns angeborenen Fähigkeit unseres Geistes, zu erwachen und zu lieben. Das Rechte Bemühen entsteht aus dem freudigen Vertrauen darauf, daß auch wir erwachen können.

Kamala Masters

Einfach nur Geschirr spülen

Im Jahre 1976, ich war damals neunundzwanzig Jahre alt, hörte ich voller Faszination und mit glänzenden Augen den exotischen Geschichten meiner Freunde und Freundesfreunde zu, die nach Indien, Thailand und Nepal gegangen waren, um bei ihrem Guru oder Lehrer zu praktizieren. Es war eine Zeit, in der man nach „Erleuchtung" strebte; danach, sein „wahres Wesen" zu verstehen und „eins mit dem Göttlichen" zu werden. Ich empfand sehr viel Bewunderung für den Mut meiner Freunde, über die vertrauten Strukturen der Familie und der westlichen Gesellschaft hinauszugehen, um etwas zu suchen, was ihr Herz auf eine tiefere Weise nähren könnte. Insgeheim suchte ich ebenfalls nach einem tieferen Sinn im Leben. Aber ich wußte, daß es für mich nicht möglich sein würde, in ein entlegenes Land wie Indien oder Tibet zu fahren.

Zu jener Zeit war ich eine alleinerziehende Mutter mit drei kleinen Kindern. Daß ich mich um lärmende Kinder zu kümmern hatte sowie die Tatsache, daß ich manchmal zwei Jobs gleichzeitig annehmen mußte, um irgendwie zurechtzukommen, das hielt meinen täglichen Fokus auf das Zuhause gerichtet – Kochen, Saubermachen, triefende Nasen abwischen, Arbeiten, Rechnungen bezahlen und so weiter. In den durchaus befriedigenden und harten Zeiten des Familienlebens war ich mir stets meines starken Bestrebens bewußt, aus erster Hand zu erfahren, worum es bei der Erfahrung von wahrem Frieden beziehungsweise „Befreiung" wirklich geht. Bücher zu lesen und etwas über das spirituelle Erwachen anderer zu hören war mir nicht mehr genug. Ich hatte gehört, daß es in Burma einige große Lehrer gebe, die mich würden anleiten können. Für mich lag jedoch die einzige realistische Chance, diesen Frieden zu finden und diese Wahrheit zu erkennen, in meinem eigenen Herzen, inmitten der Freuden und Kämpfe meines Alltagslebens.

Ich hatte viele Fragen: „Wie kann ich meine Bestrebungen umsetzen, wenn ich so viel zu tun habe – mit einem Zuhause, Kindern und einem Job? Muß ich in der Nähe eines Lehrers leben, um mich einer spirituellen Praxis widmen zu können? Soll ich aktiv nach einem Lehrer suchen, oder sollte ich warten, bis der Lehrer ‚auftaucht, weil der Schüler bereit ist'? Wie werde ich den richtigen Lehrer für mich erkennen? Welche Qualitäten muß ich haben beziehungsweise entwickeln, um mir meinen Herzenswunsch erfüllen zu können? Welche Verpflichtungen muß ich eingehen, um mit einem Lehrer oder einer Lehrerin arbeiten zu können und seiner beziehungsweise ihrer Zuwendung würdig zu sein?"

Auch wenn ich weit davon entfernt war, Antworten auf diese Fragen zu haben, brachte mir bereits das Wissen um diese Fragen Klarheit darüber, was wichtig für mich war und worin meine Absichten bestanden. Das gab mir genug Selbstvertrauen, mich wenigstens in die richtige Richtung zu orientieren.

Vielleicht weil ich von drei lärmend spielenden Kindern umgeben war, empfand ich einen unbeschreiblichen Durst nach Stille und tiefem Schweigen. Ich ging mehr oder weniger zufällig auf eine jener „spirituellen Messen", die in den siebziger Jahren beliebt waren. Diese wurde von der *University of California* in Santa Cruz veranstaltet. Der Campus wimmelte von Aktivitäten, und es herrschte eine festliche Atmosphäre. Der süße Duft indischer Räucherstäbchen lag in der Luft, „Blumenkinder" trommelten und spielten Flöte, und Menschen verschiedener Hautfarben und aus verschiedenen gesellschaftlichen Schichten schlenderten zufrieden umher. Meine Kinder zerrten jedoch an mir; sie hatten Hunger und wollten nach Hause, so daß ich nur Zeit hatte, mir einen schnellen Überblick zu verschaffen. In der höhlenartigen Turnhalle waren Vertreter vieler spiritueller Gruppen, Sekten und Ashrams zusammengekommen. Sie hatten dort Stände eingerichtet, wo sie ihre Lehrer, Praktiken sowie Bücher und Zeitschriften ausstellten. Als ich am Eingang stand und mich umschaute, fühlte ich mich zuerst geblendet und von Informationen und Möglichkeiten überschwemmt. Doch dann wurde meine Aufmerksamkeit von einem einfachen Schild in Anspruch genommen: SCHWEIGERETREAT.

Das Schild war eine Einladung zu einem Vipassanâ-Wochenendretreat, und ich meldete mich sofort dafür an. Das Retreat sollte der Anfang eines dauerhaften Engagements als Schülerin der Lehren Buddhas sowie der Praktiken der Einsichtsmeditation und der Meditation der Liebenden Güte werden. Während all dieser Jahre und insbesondere seit ich selbst zu lehren begonnen habe, ist mir aufgefallen, daß die am häufigsten gestellten Fragen denen sehr ähnlich sind, die ich mir selbst gestellt hatte, als ich meine ersten Schritte auf dem Weg zur Erfüllung meiner spirituellen Bestrebungen machte.

Ich erzähle gern von meinen eigenen Prüfungen und Kümmernissen auf dem Weg der spirituellen Praxis, denn wenn ich andere ihre Geschichten erzählen höre, dann sind alle meine Sinne offen und ich kann mitfühlend an der Erfahrung des Erzählers teilhaben. Durch die Menschlichkeit und Relevanz jeder wahren Erfahrung, werden mir oft Fragen beantwortet, von denen ich nicht einmal wußte, daß ich sie hatte. Dadurch werden Zweifel zerstreut und meine Zuversicht wächst, so daß ich mich selbst in Zeiten des Kämpfens nicht aufgebe.

Hier sind einige Geschichten darüber, wie ich dazu gekommen bin, Meditation zu praktizieren, welche Qualitäten des Herzens und des Geistes mich inspiriert haben, wie ich geübt habe, ohne einen Lehrer in der Nähe zu haben (was die meiste Zeit der Fall war), und darüber, wie Entschlossenheit und Hingabe mir geholfen haben, durch die Höhen und Tiefen der Praxis hindurch stetig weiterzuüben.

Mein erster Lehrer war Anâgârika Munindra, und über die Jahre hinweg hat er mich immer wieder bei meiner spirituellen Praxis angeleitet, beeinflußt und inspiriert. Er lebt und lehrt in Kalkutta und in Bodh-Gâyâ in Indien und ist seit mehr als vierzig Jahren Meditationslehrer. Er war außerdem ein früher Lehrer von Joseph Goldstein und Sharon Salzberg, die entscheidend daran beteiligt waren, die Lehren Buddhas in Amerika zu etablieren, nachdem sie sie selbst in Asien praktiziert hatten. Man kann also sagen, daß Munindra einer der Väter der Vipassanâ-Meditation und der Meditation der Liebenden Güte in Amerika ist.

Das erste Mal, daß ich von Munindra (häufig auch Munindraji genannt, wobei die Endung -*ji* liebevollen Respekt ausdrückt) hörte, war während eines Wochenendretreats in San José in Kalifornien. Er wurde als hochgeachteter und vielgeliebter Meditationslehrer beschrieben, der neben einer profunden Kenntnis der Texte auch über einen reichen Erfahrungsschatz aus seiner Meditationspraxis verfügte. In einigen Monaten sollte er nach Amerika kommen, um dort zum ersten Mal seine Schüler zu besuchen und intensive Retreats zu leiten. Die Planung sah so aus, daß Munindra ein einmonatiges Retreat in San José – also in der Nähe der Stadt Aptos, wo ich lebte – halten sollte.

Ich war voller Freude und freudiger Erwartung angesichts des Gedankens, daß ich mich einen Monat lang der Praxis widmen konnte, was ein ziemlich großer Sprung war, nachdem ich bisher nur an einem einzigen Wochenendretreat teilgenommen hatte. Und ich mußte nicht einmal nach Indien fahren – ein Teil Indiens kam nach San José! Aus reiner Intuition heraus und auch aus Impulsivität meldete ich mich zu dem einmonatigen Retreat an, ohne wirklich zu wissen, ob er der richtige Lehrer für mich sein würde oder wie ich es im einzelnen organisieren konnte, so lange von zu Hause und von meinem Job weg zu sein. Als ich die Schritte einleitete, die notwendig waren, um diese Entscheidung in die Tat umzusetzen, erfüllte eine geheimnisvolle Flut von Zuversicht mein Herz.

Ich mußte viele Dinge weit im voraus organisieren, um so lange wegbleiben zu können: Eine verantwortungsbewußte Kinderpflegerin einstellen, die sich um meine Kinder kümmern würde, Überstunden machen, um genügend Geld sparen zu können, damit ich die Ausgaben für die Zeit, in der ich nicht arbeiten würde, abdecken und gleichzeitig für die Kosten des Retreats aufkommen konnte, Nahrungsmittelvorräte einkaufen, einige Gerichte im voraus kochen und einfrieren sowie das übliche endlose Kleiderwaschen und Hausreinigen. Der schwierigste Teil bestand darin, die Kinder darauf vorzubereiten, daß ich so lange weg sein würde. Wie sich später herausstellte, konnte ich nur an dem halben Retreat teilnehmen, weil ich die Kinder einfach nicht einen ganzen Monat lang allein lassen konnte.

Als ich mich schließlich zu Beginn des Retreats einfand, fühlte ich mich vollkommen erschlagen von der schweren Arbeit, die ich hatte leisten müssen, um dort sein zu können. Das Retreat fand auf einem großen Grundstück mit einem zweistöckigen Haus und einem wunderschönen Garten in einem Vorort von San José statt. Das Zentrum nannte sich *Stillpoint-Institute* und war von dem verstorbenen Sujata, einem früheren Mönch und Schüler Munindras, gegründet worden. Da ich zu spät kam und alle normalen Betten schon belegt waren, wies man mir einen Schlafplatz auf dem Boden im oberen Gang zu, der sich neben dem großen Badezimmer befand, das die Lehrer benutzten.

Als ich nervös meine schmale Matte und mein Bettzeug auf dem Gang ausbreitete, kam Munindra auf das Bad und auf mich zu. Ich war ihm nie zuvor begegnet, aber seine leuchtende, dunkle indische Haut, sein kahlrasierter Schädel und seine lange, weiße Robe sagten mir, daß er es sein mußte. Ich erinnere mich, daß ich mich, als er näher kam, in seiner Gegenwart, die von Bescheidenheit und Leichtigkeit gekennzeichnet war, vollkommen wohl fühlte. Seine geerdete Beherrschtheit half mir, mich zu entspannen. Als Neuling in dieser uralten spirituellen Tradition erwartete ich, daß er irgend etwas mystisch Tiefgreifendes sagen würde. Aber er stand nur einen Moment lang da und schaute neugierig auf die Matte, die ich auf den Boden legte, und dann auf mein ausgemergelt aussehendes Gesicht und wieder auf die Matte. Er überraschte mich, als er ganz nüchtern fragte: „Werden Sie dort schlafen?" Nach einer kurzen Unterhaltung, in der er herausfand, daß meine Müdigkeit hauptsächlich daher kam, daß ich Mutter war, hielt er inne und dachte offenbar nach, was zu tun sei. Was mir von dieser ersten Begegnung am meisten in Erinnerung geblieben ist, ist der Blick von Sorge und Mitgefühl in seinen Augen, als er sagte (wie ich seine Worte erinnere): „Sie werden hier nicht gut schlafen. Sie müssen sich richtig ausruhen, um üben zu können. Ich werde Ihre Matte nehmen, und Sie nehmen mein Bett."

Munindrajis Güte drückte sich mit praktischer Direktheit aus. Sein Geben kam aus einem sehr natürlichen Mitgefühl für einen anderen Menschen und offensichtlich nicht aus einer Haltung, die es nötig hatte, Eindruck zu schinden. Ich war von der Beobachtung fasziniert: *Obwohl er Meditationslehrer ist, hält er sich wirklich nicht für wichtiger als mich.* Ja, er behandelte mich sogar mit ebenso viel Respekt wie seine eigene Mutter.

In einem intensiven einmonatigen Retreat verbringt man den meisten Teil des Tages in stiller Achtsamkeitspraxis von Moment zu Moment, während man in der Meditationshalle sitzt oder auf den Wegen im Garten umhergeht. Selbst das Essen, Baden, Anziehen und die Arbeit während der morgendlichen Arbeitsstunde werden ausnahmslos in Stille und mit bewußter Achtsamkeit erledigt. Dann gibt der Lehrer jeden Abend in der Meditationshalle eine einstündige Unterweisung über irgendeinen Aspekt der Lehren Buddhas.

Als ich diesen ersten Dharma-Unterweisungen zuhörte, saugte ich alles so in mich auf, als wären diese Worte die schon so lange ersehnte Nahrung für mein Herz. In vieler Hinsicht kamen mir die Lehren sehr vertraut vor. Munindra sprach über die Bedeutung von Großzügigkeit, Liebender Güte, Mitgefühl und Respekt für andere sowie darüber, wie diese Qualitäten uns helfen, in Harmonie mit unserer Familie und mit unserer Gemeinschaft zu leben. Er sprach davon, wie ein harmonisches Leben auf ganz natürliche Weise innere Harmonie schafft, ruhigen

Gleichmut und Glück, und daß das dazu beiträgt, den Geist zu beruhigen und Konzentration zu schaffen. Außerdem sprach er darüber, um wie vieles leichter es ist, mit größerer Klarheit zu erfahren, was sich unter der Oberfläche unseres geschäftigen Lebens abspielt, und in tieferes Verstehen und tiefere Wahrheiten vorzudringen, wenn der Geist und das Herz ruhig und konzentriert sind. Und schließlich hoben seine Dharma-Unterweisungen hervor, daß solche Verhaltensweisen und Übungen zu einem sich immer mehr vertiefenden, bedingungslosen Frieden beitragen.

Wenn Munindra tiefgreifende Aspekte des Dharma darlegte, dann tat er dies so, daß man den Eindruck gewann, es handle sich um Dinge, die ganz einfach mit gesundem Menschenverstand zu erfassen und spielerisch auf das Alltagsleben anzuwenden sind. Den Dharma auf diese Weise vermittelt zu bekommen, erfüllte die tiefen Quellen meines Herzens mit größerer Zuversicht – einer Zuversicht, auf die ich in schwierigen Zeiten der Meditationspraxis und des Lebens im allgemeinen zurückgreifen konnte.

Ich brauchte nicht lange, um zu sehen, daß die Worte dieses Lehrers nicht einfach aus einem Buch stammten, sondern daß er wirklich und wahrhaftig das verkörperte, was er lehrte. Respekt, Freundlichkeit, Großzügigkeit, Mitgefühl, innere Ruhe und eine tiefe Weisheit strahlten für jeden sichtbar von ihm aus. Soweit ich es beurteilen konnte, lebte er tatsächlich das, was er lehrte.

Wenn wir die Lehren in jemandem verkörpert sehen, dann gibt uns diese lebendige Realität das Vertrauen, daß wir dasselbe Potential besitzen. Und diese Zuversicht hält uns während unserer Übungen bei der Stange. Es ist nicht einfach nur eine „gute Theorie", die das bewirkt. So weckte Munindras Beispiel in mir die Zuversicht und Entschlossenheit, meine eigenen spirituellen Ziele zu verwirklichen. Auf diese Weise erkannte ich Munindra als wahren spirituellen Lehrer für mich an.

Einige Jahre später begann ich aus der Begeisterung heraus, mit meiner Umgebung die Lehren teilen zu wollen, die ich so verehrte, Retreats zu organisieren. Außerdem wollte ich weiterhin den Dharma hören und mit meinem Lehrer üben. Wir waren auf die Hawaii-Insel Maui umgezogen, und es machte mich sehr glücklich, daß ich Munindraji einladen konnte, in einem Klima zu lehren, mit dem er vertraut war und in dem er sich wohl fühlen konnte, einem Klima, das dem seiner Heimat ähnlich war. Einmal, als er nach einem Zehntagesretreat einige Tage bei uns zu Hause verbrachte, versuchte er mich dazu zu bringen, jeden Morgen Sitzmeditation zu üben. Mit drei Kindern war das ziemlich hoffnungslos – ich wußte einfach, daß ich nicht alles gleichzeitig machen konnte. Er gab jedoch nicht so schnell auf und fragte, wo ich die meiste Zeit im Hause verbrachte, worauf ich schnell antwortete: „In der Küche, beim Abwaschen." Also gingen wir in die Küche, und er gab mir dort eine Dharma-Unterweisung darüber, wieviel Freiheit und Glück in der Einfachheit liegen kann, mit dem präsent zu sein, was gerade geschieht, und wie die Kraft jener geistigen Präsenz immer tiefere Wahrheiten enthüllt. Er stand direkt neben mir am Waschbecken und gab mir mit seinem singenden ostindischen Akzent an Ort und Stelle Achtsamkeitsunterweisungen für den Abwasch.

Er sagte: „Sei ganz allgemein dessen gewahr, daß du einfach Geschirr spülst, sei der Bewegung deiner Hände gewahr, der Wärme beziehungsweise Kälte des Wassers, dessen, wie du einen Teller aufnimmst, ihn einseifst, ihn abspülst, ihn wieder hinstellst. Nichts anderes geschieht jetzt – einfach nur Abwaschen." Dann sagte er mir, ich solle meiner Körperhaltung gewahr sein oder einfach nur dessen, daß der Prozeß des Sehens ablaufe. Er meinte, ich solle nicht bewußt langsamer machen oder alles von Moment zu Moment beobachten, sondern einfach eine allgemeine Achtsamkeit gegenüber dem haben, was geschehe, wenn ich das Geschirr spüle. „Einfach nur Geschirr spülen."

So machte ich also weiter und spülte einfach nur das Geschirr. Immer wieder einmal fragte mich Munindraji: „Was geschieht gerade jetzt?" Wenn ich entgegnete: „Jetzt mache ich mir gerade Sorgen darüber, wie ich das Geld für die Hypothek aufbringen soll", dann gab er mir die Anweisung: „Etikettiere das einfach als ‚Sorgen' und bringe dann deine Aufmerksamkeit zum Geschirrspülen zurück." Wenn ich ihm sagte: „Ich mache gerade Pläne, welches Gericht ich zum Abendessen kochen soll", dann wiederholte er: „Etikettiere das einfach als ‚Planen', denn das ist es, was im gegenwärtigen Moment geschieht, und dann kehre dazu zurück, einfach nur das Geschirr zu spülen."

Obwohl wir in meiner Küche standen, gab Munindra diese Anweisungen mit derselben Ernsthaftigkeit, als lehre er bei einem formellen Retreat. Ich lernte etwas von seiner Aufrichtigkeit und übte ernsthaft, während ich viele Male am Tag das Geschirr spülte. Diese gewöhnliche Aufgabe mit bewußter Achtsamkeit zu erledigen, hat mir geholfen, viele Dinge klarer zu bemerken und zu erleben: Die sich verändernden körperlichen Empfindungen, der Fluß von Gedanken und Emotionen und meine unmittelbare Umgebung sind dadurch lebendiger geworden. Dies ist eine stete Schulung für mich gewesen, mein Gewahrsein zu meiner ursprünglichen Absicht zurückzubringen, nämlich der Einfachheit dessen, was ich in jedem Moment gerade tue. Das half mir, mich zu sammeln und meinen Geist zu fokussieren, so daß ich nicht so zerstreut war. Diese Übung brachte mich dazu, mehr Ausdauer, Geduld und Bescheidenheit sowie eine klare Intention, Aufrichtigkeit mir selbst gegenüber und noch vieles andere mehr zu entwickeln. Das sind keine geringen Dinge. Einfach nur durch das Erledigen des Abwaschs! Tag für Tag, Teller für Teller kann man Geist und Herz auf diese Weise ganz hervorragend schulen. Die sich daraus ergebende verstärkte Freude am bloßen Präsentsein im Leben ist ein kostbarer Schatz in dieser Welt.

Diese Schulung war nach Munindras Ansicht jedoch nicht ausreichend. Er bemerkte, daß ich viele Male am Tag durch den Gang von meinem Schlafzimmer zum Wohnzimmer ging. Der Gang war nur zehn Schritte lang, doch er schlug vor, dies könne ein perfekter Ort für eine Gehmeditation sein. Während wir an der Schwelle zu meinem Schlafzimmer standen, gab er mir folgende Anweisungen.

„Jedesmal, wenn du diesen Gang entlang gehst, sieh zu, ob du diese Zeit als Möglichkeit nutzen kannst, in der einfachen Tatsache des Gehens präsent zu sein. ‚Einfach nur gehen.' Nicht über deine Mutter nachdenken oder über die Kinder – einfach den Körper erleben, der geht. Es könnte dir helfen, in Stille geistig jeden Schritt nachzuvollziehen, den du machst. Mit jedem Schritt kannst du sehr ruhig in deinem Geist etikettieren ‚einen Schritt machen, einen Schritt machen, einen Schritt machen'. Das wird dir helfen, deine Aufmerksamkeit mit deiner Intention des ‚Einfach-nur-Gehens' verbunden zu halten. Wenn der Geist zu etwas anderem hinwandert, dann etikettiere in Stille ‚wandernder Geist'. Tue das, ohne zu urteilen, zu verurteilen oder zu kritisieren. Bringe deine Aufmerksamkeit ganz einfach und sanft ausschließlich zum Gehen zurück und sei dessen gewahr, wie du ‚Schritt, Schritt, Schritt' machst. Deine Übung im Gang wird eine wunderbare Schulung für dich sein. Sie wird auch den Menschen in deiner Umgebung nützen, weil du dich erfrischter fühlen wirst."

Das sah nicht gerade nach einer besonderen spirituellen Praxis aus, aber jeden Tag, wenn ich diesen Gang hin und her ging, um etwas zu erledigen, hatte ich einige Momente klarer geistiger Präsenz – ohne Eile, ohne Sorgen, zehn kostbare Schritte lang.

Wenn ich heute zurückschaue, dann sehe ich in meinem Herzen jenen Gang und jene Küchenspüle als heilige Plätze an. Ich dehnte auf diese Weise die Achtsamkeitspraxis auf alle Alltagspflichten im Haushalt aus – Waschen, Bügeln, Schränke-Abwischen – im Grunde auf all meine Aktivitäten während des Tages.

Das war einige Jahre lang meine Hauptpraxis, weil ich nicht jeden Morgen sitzen konnte. Es war mir auch nicht möglich, an vielen Retreats teilzunehmen, und die meiste Zeit über war kein Lehrer erreichbar, der mich hätte anleiten können. Was mir am meisten half, wenn mir keiner meiner Lehrer zur Verfügung stand, war die Achtsamkeit selbst. Man sagt, Achtsamkeit sei wie ein innerer Mentor. Es dürfte auch für den gesunden Menschenverstand einsichtig sein, daß wir bereits einen großen Lehrer in unserer Mitte haben, wenn wir das, was sich tatsächlich in uns und um uns herum abspielt, mit größerer Aufrichtigkeit und Klarheit erleben können. Die Beständigkeit und Zugänglichkeit der einfachen Präsenz in dem, was immer geschieht, hat mir ungeheuer geholfen, meinen Geist zu schulen.

Es gibt ein Sprichwort: „Sieh nicht auf den Lehrer, sondern auf die Lehre. Und sieh nicht einfach auf die Worte der Lehre, sondern auf deren Bedeutung. Und sieh nicht auf die Bedeutung für irgendeinen Interpreten, sondern auf die Bedeutung für dich." Wenn wir dies wirklich begreifen, dann beginnen wir, ein stärkeres Vertrauen zu uns selbst zu entwickeln. Daraus wird dann leicht Zuversicht in die Praxis und Vertrauen zu den Lehren, denn wir beginnen, diese für uns selbst zu überprüfen.

Es kann bisweilen geschehen, daß wir Bedenken in bezug auf unsere Lehrer haben, weil wir feststellen, daß sie nicht so vollkommen sind, wie wir sie uns vorgestellt hatten. Vielleicht entspricht ihr Verhalten nicht unseren Maßstäben oder ist sogar schädlich. Aber das sollte uns nicht davon abbringen, die Ausrichtung auf unser eigenes höchstes Potential zu behalten, wenn wir nur den Glauben an uns selbst erhalten können. Einmal habe ich Munindra über einen beliebten Lehrer befragt, dessen kontroverser Lebensstil Schlagzeilen machte. Ich war verwirrt und bestürzt, weil die Bücher, die dieser Lehrer verfaßt hatte, sehr schön waren und seine Schüler (von denen einige meine Freunde waren) sehr von seiner Schulung zu profitieren schienen. Munindra antwortete mir mit einem seiner von Weisheit erfüllten Einzeiler: „Eine vollkommene Rose kann von einem unvollkommenen Menschen überreicht werden."

Als ich dann später Retreats von einem Monat und länger besuchen konnte, haben sich die Stärken, die daher kamen, daß ich all diese Jahre zu Hause geübt hatte, ganz deutlich ausgezahlt. Daran gewöhnt zu sein, Achtsamkeit in jede Aktivität hineinzutragen – ob es sich nun um das Binden von Schnürsenkeln, das Öffnen einer Tür, Essen oder das Sitzen auf einem Meditationskissen handelte – ließ die Meditationspraxis während dieser langen Retreats bequem und nahtlos erscheinen. Die ungebrochene Kontinuität der Achtsamkeitspraxis während eines Tages führt zu starker Konzentration, die von größter Bedeutung für das Öffnen von Geist und Herz ist. Ich bin Munindraji für seine einfache und gleichzeitig tiefgreifende Führung sehr dankbar.

Nach einigen Jahren heiratete ich wieder, und meine Familie wuchs auf vier Kinder an. Zu jener Zeit mußte sich Munindraji einigen medizinischen Behandlungen in den Vereinigten Staaten unterziehen; also taten sich einige seiner Schüler zusammen, um ihm zu helfen. Ich erklärte mich bereit, Vereinbarungen mit einem Chirurgen auf Maui zu treffen, damit ich mich nach seiner Operation etwa drei Monate um ihn kümmern konnte. Es war eine schwierige Zeit mit all den Kindern und dann auch noch Munindraji. Manchmal war es, als hätte ich fünf Kinder. Ja, meine Kinder nannten mich sogar scherzhaft die „Dhamma-Mama", und Munindra nannte mich Mutti. Wir alle hatten Spaß dabei.

Als liebenswürdiger Gast teilte Munindra an jedem Tag, den er in unserem Hause verbrachte, den Dharma mit mir, denn er hatte das Gefühl, daß das die wertvollste Gabe sei, die er geben könne. Jeden Morgen ging ich in sein Zimmer, um Führung und Anleitung zu bekommen. Seine Begeisterung dafür, die Lehre Buddhas zu teilen, ist wirklich bemerkenswert. Manchmal stellte ich ihm morgens eine einfache Frage, und er benutzte mehrere Situationen, die sich während des Tages ergaben, dazu, die Antwort zu geben und die Lehre Buddhas zu erläutern. Auf diese Weise präsentierte er mir einige der esoterischsten Lehren Buddhas, wie zum Beispiel die Wahrheit der Vergänglichkeit, die leere Natur des Selbst, das abhängige Entstehen und das Karma.

Eine Formulierung, die er häufig verwendete, lautete: „Das ist das Gesetz." Ich verstand allmählich, daß er, wenn er diesen Satz sagte, den „Dharma" meinte. Eine der Bedeutungen des Sanskrit-Begriffs *dharma* ist die natürliche Entfaltung des Gesetzes von Ursache und Wirkung. Eine andere ist die Wahrheit dieses Augenblicks oder die Art, wie die Dinge sind. Er verwendete diesen Satz „Das ist das Gesetz" vor allem dann, wenn er mich auffordern wollte, mich einfach für die Realität einer Situation zu öffnen und sie zu akzeptieren.

Einmal fragte ich ihn zum Beispiel (wahrscheinlich in klagendem und anklagendem Ton), warum mein Leben so voller Härten gewesen sei. Und er antwortete: „Das ist das Gesetz. Was jetzt geschieht, ist die Folge von Handlungen in der Vergangenheit. Jedoch kannst du in diesem Moment, je nachdem, wie du reagierst, eine andere Zukunft – eine glückliche Zukunft – erschaffen. Denn auch dieser gegenwärtige Augenblick wird zur Vergangenheit. Wenn du das begreifst, kannst du dafür sorgen, daß du in deinem Leben von mehr Glück umgeben bist ... in der Vergangenheit, der Gegenwart und der Zukunft. Alles hängt von diesem Augenblick ab. Wenn du achtsam bist, kannst du mit Weisheit wählen, wie du reagierst. Wenn du nicht achtsam bist, dann wird dein Leben von Reaktionen beherrscht. Es liegt an dir."

Ich verstand diese Aussage so, daß Akzeptieren oder mich der Wahrheit der Dinge, wie sie sind, hinzugeben, nicht bedeutete, daß ich mich irgendwie in ein vorherbestimmtes Schicksal fügen oder den Versuch aufgeben mußte, mein Leben zu gestalten. Munindra erinnerte mich vielmehr daran, daß es möglich ist, unser Schicksal zu gestalten, wenn wir ganz klare Achtsamkeit an den Tag legen. Andernfalls leben wir immer wieder im Bereich der Verblendung und des Unglücks, weil unser Leben von den reaktiven Gewohnheiten unseres Geistes diktiert wird. Die Erkenntnis, daß dieser gegenwärtige Augenblick ein solch unglaubliches Potential in sich trägt, hat den Lauf meines Lebens verändert. Indem sie mich dazu zwang, die Achtsamkeitspraxis zu einer Priorität in meinem Leben zu machen, hat sie mein Schicksal neu bestimmt.

Nach Munindras Operation versuchte ich mein Bestes, die Atmosphäre in unserem Heim friedlich und heilend für seine Genesung zu gestalten. Rückblickend muß ich zugeben, daß ich ihn wohl auch damit beeindrucken wollte, wie gut ich meine Kinder erzogen hatte und was für ein „meditatives" Leben ich führte. Zur damaligen Zeit waren die ältesten drei Kinder bereits Teenager, und die Jüngste, meine Zehnjährige, begann gerade, ihre Kraft auszuprobieren. Eines Tages saßen Munindraji und ich ruhig beim Abendessen. Plötzlich begannen sich meine jüngste Tochter und ihr Vater im Nachbarzimmer über etwas ziemlich Unbedeutendes zu streiten, und das Ganze artete schnell zu einem riesigen Gezeter aus. Dann rannte meine Tochter durchs Eßzimmer, um den Tisch herum, an dem wir saßen, den Gang zu ihrem Schlafzimmer hinunter, schlug schließlich mit aller Kraft die Tür hinter sich zu und schloß sie ab. Ihr Vater lief hinter ihr her; er war wütend und versuchte, ihre Tür zu öffnen.

Munindraji aß ruhig weiter, aber ich konnte an seinen unruhig hin und her wandernden Augen ablesen, daß er erschrocken war. Ich fühlte Scham, Ärger, ein Schutzbedürfnis, Hilflosigkeit und Verwirrung. Dies war nicht das friedliche Zuhause, das ich haben wollte. Das Geschrei ging noch weiter: „Öffne sofort diese Tür!" – „Nein!", schrie meine Tochter aus vollem Halse zurück. Die ganze Nachbarschaft muß sie gehört haben. O weh! Mich schauderte.

Wir waren eine ziemlich durchschnittliche Familie, also gab es manchmal Wutanfälle und Streitereien, aber dies war keine Familienszene, die sich regelmäßig abspielte. Mittlerweile wußte ich nicht mehr, ob ich vor Scham wegrennen, weinen oder ebenfalls schreien sollte. Inmitten all dieses Chaos wandte sich Munindraji mir zu, legte seine ruhige Hand auf meinen Unterarm, sah mich sehr mitfühlend an und sagte: „Überlaß dich dem Gesetz."

Diese wenigen Worte und die Lehre, die in ihnen enthalten war, haben mir seitdem in vielen Situationen gedient. Die Lektion war klar. Indem wir uns hingeben beziehungsweise akzeptieren, was ist, öffnen wir uns für eine klare Erfahrung des Augenblicks. Auf diese Weise pflegen wir Nichttäuschung beziehungsweise Weisheit. Aus dieser Weisheit heraus können wir loslassen, vom Haften an den Vorstellungen darüber, wie die Dinge sein sollten oder wie wir sie gern haben würden. Loslassen hilft uns, Nichtanhaften beziehungsweise – wie in diesem Fall – Akzeptanz und Verständnis zu üben. Wenn sowohl Weisheit als auch Nichtanhaften vorhanden sind, dann sträuben wir uns nicht dagegen, die Dinge so zu nehmen, wie sie sind. Wir sind einfach in der Lage, deutlich zu sehen, was vor sich geht, so daß wir von jenem Punkt der Klarheit mitfühlend handeln können. Das bringt Liebe hervor.

Sobald ich mich „dem Gesetz ergeben hatte", der Realität dessen, was im Moment gerade geschah, beruhigte sich mein reaktiver, chaotischer Geist. Ich war in der Lage, aus dem Brunnen des Gleichmuts zu schöpfen, und von jenem Platz aus tat ich, was ich konnte, um Frieden zwischen Vater und Tochter zu stiften.

Aber ich sah auch mit tieferem Verständnis, daß sie ihre eigenen Dinge zu klären hatten. Ich konnte das nicht kontrollieren. Auf jeden Fall brachte mein Wunsch, daß alles vollkommen sein möge, beziehungsweise meine Abneigung gegen die Unvollkommenheit nur noch mehr Leiden und Verwirrung für alle Beteiligten. Aus dieser Erfahrung heraus sah ich wieder, daß die mitfühlendsten Handlungen nur aus Akzeptanz, Klarheit und Verständnis heraus getan werden können. Und mit Mitgefühl ist die Chance größer, daß wir das, was um uns herum geschieht, *zum Guten* beeinflussen können, auch wenn wir es nicht kontrollieren können.

Munindra kommentierte diesen Vorfall später kaum. Ich stellte mir vor, daß er uns vielleicht verurteilen oder kritisieren würde, aber das tat er nicht. Sein Verhalten zeigte uns, daß er nicht erwartete, daß unser Zuhause ein Himmel oder ein Kloster sei. Und tatsächlich war es so, daß unser Heim ein ebenso geeigneter Platz für die spirituelle Praxis war wie jeder andere. Munindra bot einfach wie üblich dieselbe Lehre an. Es spielte keine Rolle, was passierte; seine Einladung, bewußter, freundlich und mitfühlend zu sein und sich auf Weisheit und Frieden auszurichten, war immer dieselbe.

Daß ein wesentlicher Teil meiner spirituellen Schulung darin bestanden hat, Alltagssituationen zu nutzen, hat mir die Möglichkeit gegeben, eine organische, in meinem Heim geborene Öffnung des Herzens zu erleben. Ich habe festgestellt, daß es möglich ist, seine tiefsten Wünsche selbst in einem geschäftigen und manchmal chaotischen Leben zu erfüllen. Ich habe auch erfahren, daß wir manchmal tiefer nach innen gehen und aus dem Quell der Stille, des Schweigens und der Klarheit trinken müssen. Zu diesem Zweck ist die Anleitung eines Lehrers, der uns Vertrauen und Zuversicht in unsere Praxis gibt, von unschätzbarem Wert. Wenn wir aufrichtig mit unserer Praxis sind und uns selbst vertrauen, dann sind wir jenem tiefen Quell des Friedens näher, als wir uns vorstellen können.

Carol Wilson

Lieder der Schwestern: Die ersten buddhistischen Frauen

Einer der Schätze der buddhistischen Literatur sind die *Therî-Gâthâ*, welche die „Lieder der Schwestern" enthalten, eine klassische Gedichtsammlung von einigen der Frauen, die unter dem Schutz Buddhas in die Hauslosigkeit gegangen sind. Wenn ich die Gedichte in den *Therî-Gâthâ* lese, dann erfahre ich die lebendige Präsenz dieser Frauen. Die Biographien dieser Frauen waren so unterschiedlich, wie es unsere heute auch sind. Einige kamen aus reichen, privilegierten Familien oder besaßen große Schönheit und nutzten sie, um in eine hohe Position aufzusteigen. Viele weitere waren arm; einige waren Dienerinnen oder sogar Sklavinnen. Einige kamen zum Dharma als Folge enormen Leidens und großer Trauer, während andere erst Leiden erfuhren, nachdem sie dem Orden der Nonnen (*bhikkunî*) beigetreten waren. Sie waren verzweifelt und frustriert darüber, daß sie ihr Ziel nicht so schnell erreichten, wie sie sich das gewünscht hätten. Man hört die Verzweiflung aus einigen Gedichten heraus, ebenso wie den Frieden und die Freude, die entstehen, wenn die Fesseln des Leidens erst einmal durchbrochen sind. In diesen Geschichten höre und fühle ich mich selbst und all diejenigen, mit denen ich bei Meditationsretreats Zeit verbringen durfte. Die Sehnsüchte, Ängste und Kämpfe, die buddhistische Frauen heute durchleben, unterscheiden sich nicht sehr von denjenigen vor 2 500 Jahren.

Das Innenleben der ersten buddhistischen Frauen ist auch unser Innenleben. Die unerschütterliche Hingabe an das Erwachen, die sie in sich selbst entdeckten und mit der sie einander inspirierten und unterstützten, ist auch uns hier und heute zugänglich. So kann es unsere Zuversicht und Motivation stärken, wenn wir die *Therî-Gâthâ* lesen, weil diese Frauen so ganz offensichtlich authentisch sind. Sie teilen nicht nur die Freuden ihrer tiefen Inspiration miteinander, sondern auch ihre

Selbstzweifel und Ängste. Manchmal ist der stärkste Widerstand im spirituellen Leben die Angst davor, die eigenen Anhaftungen aufgeben zu müssen. Dennoch haben sie genau das getan. Wenn es für sie möglich war, dann ist es auch für mich möglich und für alle von uns, die bereit sind, auf dieses Potential zu vertrauen und ihre hingebungsvolle und aufrichtige Energie für diese Aufgabe zur Verfügung zu stellen.

Ich möchte hier die Geschichten einiger dieser Frauen erzählen, beginnend bei Mahâpajâpatî (oder Pajâpatî) Gotamî, der Stiefmutter Siddhârtha Gautamas, des Mannes, der zum Buddha wurde. Durch Pajâpatîs Hingabe, Mut und Ausdauer kam im wesentlichen die erste Gemeinschaft von buddhistischen Nonnen zustande. Ich glaube, ihre Geschichte verdient recht detailliert geschildert zu werden.

Pajâpatî Gotamî und ihre ältere Schwester Mâyâ, die Mutter Siddhârtha Gautamas, wurden beide an König Shuddhodana verheiratet. Als Mâyâ sieben Tage nach der Geburt ihres Sohnes starb, zog Pajâpatî Siddhârtha auf und liebte ihn wie ihr eigenes Kind. Später bekam sie selbst noch eigene Kinder, einen Sohn und eine Tochter.

Nach seiner Erleuchtung besuchte der Buddha seine Familie, um mit ihr zu teilen, was er entdeckt hatte. Viele seiner Verwandten wurden zu Laienschülern, unter ihnen auch Mahâpajâpatî. Als sie ihren Stiefsohn Unterweisungen geben hörte, erwachte sie zur ersten Erleuchtungsstufe, die Sotâpanna genannt wird, auf der der Glaube an ein getrenntes Selbst ausgelöscht wird. Pajâpatî wurde zu einer hingebungsvollen Schülerin Buddhas, während sie gleichzeitig ihr Alltagsleben als Ehefrau und Mutter fortsetzte. Einige Jahre später verließen sowohl ihr Sohn Nanda als auch ihr Großneffe Râhula, der Sohn Buddhas, ihr Heim, um Schüler Buddhas zu werden. Dann starb König Shuddhodana und ließ Pajâpatî allein zurück. Auch wenn sie in einer großen Gemeinschaft von Frauen lebte, die mit dem Hof ihres verstorbenen Ehemannes verbunden waren, so leiteten sich doch ihr Status und ihre Sicherheit als indische Frau in erster Linie von ihren männlichen Verwandten ab. Also blieb Pajâpatî im Grunde genommen allein zurück. Viele andere Frauen in der Gesellschaft jener Zeit machten dieselben Erfahrungen. Eine große Zahl von Männern ließ sich durch den Buddha inspirieren, sich auf ein Leben als Hauslose einzulassen, und sehr viele andere wurden bei fortwährenden Streitigkeiten zwischen verschiedenen Clans getötet.

Mahâpajâpatî war anscheinend eine natürliche Führungspersönlichkeit. Da viele Frauen ohne Väter, Ehemänner oder Söhne zurückblieben, die sie beschützen oder ihnen sagen konnten, wie sie ihr Leben führen sollten, wandten diese Frauen sich in ihrer Verwirrung ganz natürlich Pajâpatî zu. Diese Frauen waren von der Wahrheit, die sie vom Buddha gehört hatten, genauso inspiriert wie ihre Männer, aber es gab keine Frauen-Sangha, der sie hätten beitreten können. Unter der Führung Mahâpajâpatîs beschlossen sie gemeinsam, den Buddha zu bitten, sie zu ordinieren und so einen Nonnenorden einzurichten, ähnlich der Bhikkhu- (Mönchs-)Gemeinschaft, in der die Männer lebten und praktizierten. Sie baten den Buddha dreimal – das war die traditionelle Zahl, nach der der Buddha normalerweise jeder Bitte nachkam. Überraschenderweise aber weigerte er sich und sagte: „Genug. Sei nicht eifrig, Gotamî, den Wechsel der Frauen aus ihrem Heim in die Heimatlosigkeit im Dharma und in der Disziplin zu erreichen, die von dem Tathâgata verkündet wird."

An diesem Punkt nun zeigte sich Pajâpatîs wahrer Mut. Da sie teilweise erwacht war, besaß sie große Hingabe, sowohl Hingabe an den Buddha als auch an die Wahrheit, die er verkörperte. Sie dürfte keinen Zweifel an ihrer Fähigkeit gehabt haben, diese Wahrheit zu verstehen und zu leben. Ihr Glaube verlieh ihr Zuversicht und Stärke. Sie und die anderen Frauen rasierten sich den Schädel, kleideten sich in orangefarbene Gewänder und gingen barfuß etwa zweihundert Kilometer, um dem Buddha zu seinem nächsten Rastplatz in Vesali zu folgen.

Barfuß, erschöpft und mit blutenden Füßen stand Pajâpatî vor der Buddha-Halle. Ânanda, der Begleiter Buddhas, der als der Hüter des Dharmas bekannt wurde, sah sie und verspürte tiefes Mitgefühl. Also ging er selbst zum Buddha und bat ihn, den Frauen die Erlaubnis zu geben, einen Nonnenorden zu gründen. Wieder lehnte der Buddha dreimal ab. Aber Ânanda war hartnäckig, wenn er sich im Dienste des Dharmas von Mitgefühl bewegt fühlte, und so probierte er es auf andere Weise. Er fragte den Buddha, ob Frauen in der Lage wären, alle vier Stufen des Erwachens zu verwirklichen, wenn sie sich in die Heimatlosigkeit begäben, und der Buddha bejahte diese Frage. Ânanda erinnerte den Buddha dann an alles, was Mahâpajâpatî ihm gegeben hatte: Sie hatte ihn aufgezogen, ihn unterrichtet, ihn sogar mit ihrer eigenen Milch genährt, nachdem seine Mutter gestorben war. „Daher wäre es gut, wenn der Gesegnete Frauen erlauben würde, ihr Heim zu verlassen, um ein heimloses Leben zu beginnen ..." Da willigte der Buddha endlich ein.

Wenn wir das Ganze aus heutiger Sicht sehen, ist es schwierig, wenn nicht unmöglich zu verstehen, warum der Buddha sich dermaßen sträubte. Da er schließlich acht zusätzliche Regeln für den Bhikkunî-Orden aufstellte, die über das hinausgingen, was vom Bhikkhu-Orden gefordert wurde, glaube ich, daß er die gesellschaftlichen Strukturen seiner Zeit nicht zu sehr erschüttern wollte. Das ist jedoch pure Spekulation. Was wir sicher wissen ist, daß im wesentlichen der Mut und das Engagement Mahâpajâpatî Gotamîs die Gründung des Nonnenordens möglich machten. Innerhalb dieses Ordens wuchsen viele beindruckende Lehrerinnen heran, starke und inspirierende Frauen, die viele Nonnen zum Erwachen brachten, indem sie ihre Einsichten mit anderen Frauen in der Gemeinschaft teilten. Über die Jahrhunderte hinweg hören wir die Stimmen dieser Frauen in ihren Gedichten, die in den *Therî-Gâthâ* aufgezeichnet sind.

Hier ist die Stimme von Mahâpajâpatî selbst. Die Unmittelbarkeit ihrer Präsenz, Hingabe, Zuversicht und Freude ist zeitlos:

> Buddha! Held! Gepriesen seiest du!
> Du erster unter allen Wesen!
> Du, der du mich vom Schmerz befreit hast
> Und so viele andere Menschen auch.
>
> Alles Leiden wurde durchschaut.
> Die Quelle der Begierde ist ausgetrocknet.
> Ich bin mit dem Verlöschen in Kontakt gekommen
> Auf dem Edlen Achtfachen Pfad.
>
> Siehe die Versammlung der Anhänger:
> Sie geben sich Mühe, sind selbstbeherrscht
> Und immer voller Entschlossenheit –
> Das ist der Weg, die Buddhas zu ehren!

Mahâpajâpatî ist es zu verdanken, daß die Nonnen-Sangha unter Buddhas religiöser Führung zu einer Quelle der Zuflucht und des Erwachens für viele, viele Frauen wurde. Wenn ich bedenke, wie leicht ich manchmal von meinen tiefsten Intentionen abgebracht werde, einfach dadurch, daß Interessenkonflikte bestehen, ganz zu schweigen davon, wie entmutigt ich mich fühlen kann, wenn ein scheinbares Hindernis auf meinem Weg auftaucht, dann respektiere ich Pajâpatî und ihre Nonnen um so mehr. Jede Frau, die sich der Sangha angeschlossen hat, ist aus ihrer einzigartigen Situation und aus ihrer ganz persönlichen Motivation heraus dorthin gekommen, so wie jeder von uns auch heute aus unterschiedlichen Gründen und von verschiedenen Hintergründen her zum Dharma kommt. Und indem wir unserer Persönlichkeit und unseren Neigungen folgen, wird jeder von uns sein Verständnis auf einzigartige Weise zum Ausdruck bringen. Das Gleiche galt zu Buddhas Zeit. Einige der ersten buddhistischen Frauen wurden große Führerinnen und Lehrerinnen, die andere durch ihre Worte beziehungsweise Einsichten inspirierten, während andere ihr Erwachen in aller Stille dadurch zum Ausdruck brachten, daß sie in Harmonie mit der Gemeinschaft lebten. Das Leben all dieser Frauen hat entscheidend mitgeholfen, den Buddhadharma für uns, die wir heute in ihre Fußstapfen treten, lebendig zu erhalten.

Eine andere Frau, deren Lieder in den *Therî-Gâthâ* erhalten sind, ist Khema. Khema, eine seiner ersten beiden Schülerinnen in der Bhikkunî-Sangha, bezeichnete der Buddha als die Schülerin mit der größten Einsicht. Die Geschichte ihres Werdeganges spiegelt jene Widerstände wider, die auch viele im modernen Leben stehende Frauen kennen – Widerstände dagegen, die Wahrheit zu hören, insbesondere wenn wir befürchten, daß sie unser Leben verändern könnte.

Khema war sehr schön, und als sie das Erwachsenenalter erreicht hatte, wurde sie eine der Hauptgemahlinnen des Königs Bimbisâra. Einem König als Hauptgemahlin zu dienen, war durchaus nichts, wofür man sich schämen mußte. Vielmehr brachte dieser Umstand einer Frau großen Reichtum und zahlreiche Privilegien. Khema war stolz auf ihre Schönheit und genoß die Freuden und den Luxus ihrer Position. Auch wenn König Bimbisâra ein ergebener Anhänger Buddhas war und ihn häufig einlud, in seinem Palast Unterweisungen zu geben, weigerte sich Khema, den Buddha zu treffen. Sie hatte gehört, er spreche von den Gefahren des Haftens an Schönheit und sinnlichen Genüssen, und da sie eben diesen Dingen sehr glücklich verhaftet war, hatte Khema kein Interesse daran, etwas anderes zu hören. Vielleicht fürchtete sie sich sogar davor, etwas anderes zu hören.

Wir können feststellen, daß wir uns heute in einem ähnlichen Dilemma befinden. Es gibt viele Geschichten von Menschen, die durch enormes Leiden zum Dharma gelangt sind – in Zeiten, da ihre üblichen Reaktionen auf das Leben nicht länger zu funktionieren schienen und sie Geist und Herz voller Verzweiflung öffneten, um sich selbst und ihrem Leben auf neue Weise zu begegnen. Viele Menschen, die ich kenne, haben ihre spirituelle Suche auf diese Weise begonnen, genauso wie viele unserer frühen Schwestern. Es geschieht wesentlich seltener, daß sich jemand dazu angehalten fühlt, das eigene Leben und die eigene Weltanschauung in Frage zu stellen, wenn alles gut zu gehen scheint. Es ist dann viel wahrscheinlicher, daß wir uns davor hüten, an unserem momentanen Glück rütteln zu lassen.

Auch Khema befand sich in dieser Situation. Schließlich traf sie den Buddha nur deshalb, weil König Bimbisâra aus Sorge um sie eine List benutzte. Er hatte der Sangha seinen Bambushain als Kloster geschenkt. Da Khema die Schönheit der Natur liebte, holte Bimbisâra Dichter herbei, die Lieder über die Ruhe und Schönheit dieses Ortes komponierten. Khema konnte nicht widerstehen und wollte diesen Ort ebenfalls besuchen. Sobald sie einmal dort war, wurde sie von der Halle angezogen, wo der Buddha Unterweisungen gab. Er konnte ihre Gedanken lesen und ließ mittels übersinnlicher Kräfte das Bild einer himmlischen Frau, die noch viel schöner war als sie, vor ihren Augen erscheinen. Als Khema es vollkommen fasziniert betrachtete, begann das Bildnis allmählich zu altern, und im Alter verfiel die schöne Frau schließlich ganz – die Zähne faulten, das Haar ergraute und die Haut wurde faltig, bis die Gestalt schließlich leblos zu Boden sank. Khema war zutiefst von der Wahrheit der Vergänglichkeit beeindruckt. Dann sprach der Buddha zu ihr und beschrieb, wie Menschen, die Sklaven des Haftens an Schönheit und Genuß sind, an diese Welt gebunden bleiben, während diejenigen, die verzichten können, frei werden. Khema wurde auf der Stelle vollständig erleuchtet.

Khema bat den König, Nonne werden zu dürfen, und bekam seine Erlaubnis dazu. Sie war so tief in die Wahrheit eingedrungen, daß der Buddha sie als die Nonne pries, die die meiste Weisheit besaß. Was sie befürchtet hatte, war tatsächlich eingetreten. Statt jedoch ihr Glück zu zerstören, beendete dieses Verständnis ihr Leiden.

Überall wird die Liebe zum Genuß zerstört,
Die große Dunkelheit wird zerrissen,
Und Tod, auch du wirst zerstört.

Ihr Narren,
Die ihr die Dinge nicht kennt,

So, wie sie wirklich sind,
Ihr betet die Häuser des Mondes an
Und laßt im Wald ein Feuer brennen –
in dem Glauben, dies sei Reinheit.

Ich aber,
Ich ehre den Erleuchteten,
Den Besten von allen,
Und indem ich seine Lehre praktiziere,
Werde ich vollkommen vom Leiden befreit.

Eine Geschichte aus dem *Samyutta-Nikâya* illustriert die Tiefe von Khemas Weisheit. Einst reiste König Pasenadi, ein ergebener Anhänger Buddhas, durch das Land Kosala, und als er in der Stadt angekommen war, wünschte er eine Diskussion mit jedwedem weisen Asketen zu führen, der sich gerade in der Stadt aufhielte. Nach langem Suchen fand sein Diener jedoch keinen männlichen Asketen; statt dessen stieß er auf die Bhikkunî Khema. König Pasenadi ging zu ihr, und nachdem er sie respektvoll gegrüßt hatte, stellte er ihr viele Fragen über den Dharma. Sie antwortete ihm mit solcher Tiefe und Geschicktheit, daß der Buddha, als ihm König Pasenadi etwas später dieselben Fragen stellte, genauso antwortete, wie Khema es getan hatte, ja sogar dieselben Worte benutzte.

Diese Geschichte illustriert die Kraft und die Reinheit des Erwachens. In der Gesellschaft jener Zeit muß es sehr ungewöhnlich, wenn nicht geradezu revolutionär gewesen sein, daß ein König einer Frau zu Füßen saß und um ihre Unterweisungen bat. Dennoch tat Pasenadi dies ohne Vorurteile und ohne zu zögern. Vielleicht erkannte er die Gegenwart erwachter Wahrheit, in deren Angesicht Unterscheidungen nach Klasse und Geschlecht irrelevant sind. Der Buddha bekräftigte diese Tatsache, indem er absichtlich dieselben Worte verwendete wie Khema. Ich finde diese Geschichte ungeheuer befreiend. Sie hilft mir zu erkennen, wie leicht mein Geist sich in der Gewohnheit verfängt, die Weisheit und das Mitgefühl eines Menschen durch die Brille von persönlichem Hintergrund, Geschlecht oder spiritueller Zugehörigkeit zu sehen, auch wenn all diese Faktoren unter Umständen keinerlei Auswirkungen auf das Verständnis der betreffenden Person haben. Khemas Geschichte hilft mir, diese begrenzte Sichtweise fallenzulassen und mit offenem Herzen und offenen Geist zuzuhören.

Bei diesem Prozeß habe ich entdeckt, daß Wahrheit und wirkliche spirituelle Inspiration häufig dort aufleuchten, wo ich zuvor nicht hingeschaut habe.

Nicht alle Frauen sind der Sangha aus einer Position solcher Leichtigkeit und Privilegiertheit beigetreten wie Khema. Viele sind zum Dharma gekommen, um einen Ausweg aus dem enormen Leiden in ihrem Leben zu finden. Patachara ist ein gutes Beispiel dafür. Sie wurde zu einer der vertrauenswürdigsten und einflußreichsten Lehrerinnen innerhalb der Sangha, obwohl sie, als sie dem Buddha begegnete, vor Trauer praktisch geisteskrank war.

Patachara war die Tochter eines wohlhabenden Bankiers in der Stadt Sâvatthî. Sie verliebte sich in einen Diener im Haushalt ihres Vaters und brannte mit ihm in ein weit entferntes Dorf durch. Nach einiger Zeit wurde Patachara schwanger, und der Sitte der Zeit folgend, wollte sie in ihre Familie zurückkehren, um dort ihr Kind zur Welt zu bringen. Ihr Ehemann war alles andere als begeistert von dieser Idee, und er schob ihre Abreise so lange hinaus, daß Patacharas Kind unterwegs zur Welt kam. So kehrten sie denn in ihr kleines Dorf zurück.

Als Patachara erneut schwanger wurde, spielte sich dieselbe Szene noch einmal ab. Sie wollte ihr Kind in Sâvatthî bekommen, ihr Mann sträubte sich, und schließlich nahm sie ihren kleinen Sohn und machte sich allein auf die Reise. Ihr Mann folgte ihr, und als er sie schließlich eingeholt hatte, setzte ein schrecklicher Sturm ein – und mit ihm kamen Patacharas Wehen. Als ihr Mann in ein nahegelegenes Gehölz ging, um dort einen Unterschlupf zu errichten, wurde er von einer giftigen Schlange gebissen und starb. Also bekam Patachara ihr Baby allein inmitten des tosenden Sturms. Am nächsten Morgen konnte sie, voller Trauer und Selbstanklage, nichts anderes tun, als die Reise nach Sâvatthî fortzusetzen.

Es dauerte nicht lange, und sie gelangte zu einem Fluß, der vom Regen heftig angeschwollen war und eine reißende Strömung hatte. Da Patachara immer noch schwach von der Geburt war, konnte sie nicht beide Kinder gleichzeitig tragen. Also trug sie zunächst ihr Neugeborenes über den Fluß, legte es am anderen Ufer ab und watete dann zurück, um ihren erstgeborenen Sohn zu holen. Als sie sich in der Mitte des Flusses befand, schoß ein Habicht herab und entführte ihr Baby. Der ältere Junge hörte die Schreie des Babys und stürzte sich in den Fluß, um es zu retten, doch er wurde von der Strömung fortgerissen und ertrank.

Halb wahnsinnig vor Trauer setzte Patachara ihren Weg nach Sâvatthî fort. Als sie sich der Stadt näherte, erzählte ihr ein Mann, der vorüberkam, vom Schicksal ihrer Familie. Während des gewaltigen Sturms der letzten Nacht war deren Haus eingestürzt und hatte beide Eltern und ihren Bruder getötet. Er wies auf den Rauch ihres Scheiterhaufens auf dem Leichenfeld in der Ferne. Als Patachara den Rauch sah, wurde sie wahnsinnig. Sie riß sich sämtliche Kleider vom Leib und rannte, den Tod all derjenigen beklagend, die sie geliebt hatte, ziellos umher. Die Menschen begannen sie zu beschimpfen und bewarfen sie mit Abfällen.

Schließlich kam sie zum Jeta-Hain, wo sich der Buddha aufhielt. Er sah sie und rief sie zu sich. Er sagte zu ihr: „Schwester, gewinne deine Achtsamkeit zurück." Augenblicklich kehrte sie in ihren normalen Geisteszustand zurück. Ein mitfühlender Mann hängte ihr ein Tuch um, das ihre Blöße bedeckte, und sie warf sich vor dem Buddha nieder, erzählte ihm ihre tragische Geschichte und bat ihn um seine Hilfe.

Der Buddha hörte zu und reagierte auf Patacharas große Trauer mit einem so tiefen Mitgefühl und so großer Weisheit, daß sie auf der Stelle darum bat, in die Sangha der Nonnen aufgenommen zu werden.

Was genau sagte der Buddha, das eine solch tiefgreifend transformierende und heilende Wirkung hatte? Das ist das besonders Inspirierende an der Geschichte für mich. Meine Vorstellung von einer mitfühlenden Reaktion wäre zum Beispiel, „Trost zu spenden" – das heißt, jemandem zu helfen, sich von seinem Schmerz abzulenken. Der Buddha jedoch, der wußte, daß nur die Wahrheit unser Herz befreit, sagte mit großem Mitgefühl zu Patachara: „So ist es. Du mußtest nicht nur heute den Tod derjenigen betrauern, die du liebst, sondern du hast bereits während zahlloser Leben um die Menschen geweint, die dir nahestanden. Die vier Ozeane enthalten nur wenig Wasser im Vergleich zu all den Tränen, die wir im Laufe unserer vielen Leben vergossen haben."

Er sagte weiterhin, daß niemand, ganz gleich, wie teuer er uns ist, uns Schutz bieten kann, wenn wir an der Reihe sind zu sterben, und er lehrte sie den Weg der Tugend und der Mäßigung, den Weg des Dharma. Patachara hörte so aufmerksam zu und verstand so tief, daß alle Dinge unbeständig sind und wir alle Anteil an dem universellen Wesen des Leidens haben, daß sie sich auf der Stelle für die Wahrheit öffnete. Sie trat der Gemeinschaft der Nonnen bei, und nach einer

Phase des Kämpfens und der sorgfältigen Praxis durchschaute sie die Ursache des Leidens und ihr Herz wurde befreit. Sie beschreibt diesen Moment lebhaft in ihrem Gedicht:

...
Aber ich habe alles richtig gemacht
Und bin der Anweisung meines Lehrers gefolgt.
Ich bin nicht faul oder stolz –
Warum nur fand ich keinen Frieden?

Ich badete meine Füße
Und beobachtete, wie das Badewasser
Den Abhang hinunterfloß.
Ich konzentrierte meinen Geist,
So wie man ein gutes Pferd trainiert.

Dann nahm ich die Lampe
Und ging in meine Zelle,
Überprüfte das Bett
Und setzte mich darauf.
Ich nahm eine Nadel
Und drückte den Docht nach unten.

Als die Lampe erlosch,
war mein Geist befreit.

Wie lebhaft dieser Moment beschrieben wird – es könnte heute passiert sein. Die Frustration, die am Anfang des Gedichts zum Ausdruck kommt, ist uns gewiß ziemlich vertraut, es ist die aus der Frustration geborene Ungeduld. (Was denn? All diese aufrichtige Praxis – und ich bin noch immer nicht erleuchtet?) Patachara transzendiert sie einfach dadurch, daß sie sich von ihrer Umwelt daran erinnern läßt, in jedem Moment aufmerksam zu sein. Die erneute Verpflichtung, Sorgfalt zu üben, führt einen Moment solch totaler und entspannter Präsenz herbei, daß ihr Herz vollkommen erwacht. Dennoch ist es ein Moment wie jeder andere, ein ganz gewöhnlicher Moment. „Als die Lampe erlosch, war mein Geist befreit." Diese Zeile haucht der Achtsamkeitspraxis Leben ein. Jene Schlichtheit totaler Präsenz ist für jeden von uns verfügbar ebenso wie das Potential, so unmittelbar zu sein, so frei von Anhaftung, daß etwas so Natürliches wie das Erlöschen einer Lampe uns zu unserer wahren Natur erwecken kann.

Patachara wurde in der Sangha der Frauen zu einer großen Lehrerin. Sie war ein natürlicher Magnet und zog Frauen an, die sich mit Verlust und Verzweiflung auseinanderzusetzen hatten. Viele kamen zu ihr, damit sie ihnen half, ihre Trauer zu verstehen und zu überwinden; und Patacharas Weisheit und ihr Mitgefühl führten sie in die Freiheit. Es ist zutiefst bestätigend, Frauen von so großer Weisheit und so großem Engagement die Wahrheit miteinander teilen zu hören und zu sehen, wie sie ihren Schwestern helfen, das Glück des Friedens zu verwirklichen. Die Lebhaftigkeit ihrer Verpflichtung zur Freiheit berührt und erweckt denselben Energiestrom und dieselbe freudige Zuversicht auch in mir.

Wenn ich nun an Maechee Roongduen denke, eine buddhistische Nonne unserer Tage, die kennenzulernen ich die Freude hatte, dann wird der zeitlose Aspekt der Sangha der Nonnen sehr deutlich. Im Jahre 1982 verbrachte ich mehrere Monate als Nonne in einem kleinen Waldkloster in Nordthailand; Maechee Roongduen war die leitende Nonne der Meditationsabteilung. Sie war eine junge Frau, die auf dem Lande aufgewachsen war; ihre Familie lebte immer noch in dem nahegelegenen Dorf. Der erste Eindruck, den ich von ihr gewann, war, daß sie ihr Leben als Nonne sehr ernst nahm.

Die Sangha der Frauen existiert im Theravâda-Buddhismus Südostasiens auch heute noch. Dennoch hat sie in einer Form überlebt, die nach außen hin weniger streng erscheint als der ursprüngliche Bhikkunî-Orden, der vom Buddha gegründet worden war. Nonnen verpflichten sich in Thailand formal dazu, acht Gebote anstelle der mehr als dreihundert traditionellen Gebote zu befolgen. Über die acht formalen Richtlinien hinaus muß eine Nonne nach vielen impliziten Regeln leben, von denen ich die meisten erst gelernt habe, nachdem ich sie mißachtet hatte! Roongduen fügte zwei weitere hinzu: nicht mit Geld umgehen und nie Schuhe tragen. Barfuß gehen ist eine von mehreren asketischen Praktiken, die jeder ordinierte Mensch befolgen kann. Ihre Entscheidung, nicht mit Geld umzugehen, spiegelte jedoch eine Verpflichtung zum enthaltsamen Leben wider, die großen Mut und große Stärke von einer *Mache* (Nonne) forderte. Zwar gehört die Enthaltsamkeit im Umgang mit Geld auch zu den Vorschriften, die den Mönchen auferlegt werden, doch übernehmen ihre Gefolgsleute, die sie regelmäßig bedienen, auch alle finanziellen Angelegenheiten, die es zu regeln gilt. Ein Beispiel hierfür könnte etwa der Kauf eines Zug- oder Flugzeugtickets sein. Maechees haben jedoch keine solchen Gefolgsleute. Also hatte die Verpflichtung, nicht mit Geld umzugehen, ernsthafte Auswirkungen. Sie schaffte Komplikationen und Einschränkungen in Roongduens Leben, die ein einfaches Leben erforderlich machten.

Auch wenn es zutrifft, daß die Sangha der Nonnen als Institution nicht dieselbe kulturelle Unterstützung erfährt wie diejenige der Mönche, hat mir meine persönliche Erfahrung doch gezeigt, daß die Thais großen Respekt und große Liebe für Nonnen haben, wenn sie ihnen persönlich begegnen. Während des gesamten Zeitraums, den ich als Nonne verbrachte, war ich tief berührt von der freudigen Großzügigkeit, die mir entgegengebracht wurde, wo immer ich hinging. Es mangelte mir nie an Nahrung, und meine Roben wurden am Tag meiner Ordination von Laienhelfern bereitgestellt, die voller Dankbarkeit waren angesichts der Möglichkeit, mich unterstützen zu dürfen. Als Ausländerin wurde ich wie ein Ehrengast behandelt, wenn ich in einem Kloster ankam, und häufig wurde mir die beste Unterkunft gegeben, die für Frauen zur Verfügung stand.

Meine Erfahrung in Thum Thong, dem Kloster, wo ich Roongduen begegnete, war nicht anders. Die Meditationsabteilung der Frauen bestand aus sechs kleinen Hütten an einem Flußufer im Wald. Auf der anderen Seite des Flusses befanden sich etwa zwanzig Hütten für die Mönche. Als ich ankam, gab mir Roongduen eine eigene Hütte. Aufgrund meiner Erfahrungen im Westen nahm ich an, daß sie als leitende Nonne ihre eigene Hütte habe und wohl als letzte umziehe, wenn Neuankömmlinge eintrafen. Einer der schönen Aspekte buddhistischer Klöster ist, daß jeder Mönch oder jede Nonne und normalerweise auch jeder Laie, der im Kloster eintrifft, selbst wenn er unangemeldet kommt, fraglos willkommen ist. Es geschah häufig, daß mehrere Nonnen für unbestimmte Zeit eintrafen, und es wurde immer bereitwillig und voller Freude ein Platz für sie gefunden. Ich lebte in Angst, daß ich meine Hütte mit Besuchern teilen oder sogar aufgeben müsse, da ich diejenige war, die die kürzeste Zeit Nonne gewesen war. Zu meiner Überraschung war jedoch Roongduen immer die erste, die ihre Hütte anderen zur Verfügung stellte; manchmal wohnte sie dann in einer Höhle, die sich hoch oben im Wald befand. In dieser Höhle stand nichts als ein kleines Feldbett, und sie war das Zuhause von Hunderten von Fledermäusen! Selbst wenn der Wat (Tempel, Kloster) völlig überfüllt war, gab man mir immer meine eigene Hütte. Dafür war ich sehr dankbar.

Roongduen war eine junge Frau mit starker Willenskraft und ungeheurer Energie. Zu ihren Pflichten als leitende Nonne gehörte es, viele der praktischen Details zu überwachen, die zum Tagesablauf eines Klosters gehörten, ebenso wie sicherzustellen, daß wir Nonnen eine angemessene kontemplative Atmosphäre in dem Meditationsbereich aufrecht erhielten, in dem wir lebten. Sie führte ihre Pflichten mit Feuereifer und Aufmerksamkeit fürs Detail aus. Im Gegensatz zu dem langsameren Tempo, an das ich mich in Thailand gewöhnt hatte, fand ich ihre energiegeladene Begeisterung sehr erfrischend.

Zuerst interpretierte ich Roongduens offensichtliches Engagement für die äußere Form des mönchischen Lebens als Stolz auf ihren asketischen Lebensstil, und ich dachte, sie übertreibe ihr Verhalten als „gute Nonne" vielleicht ein wenig. Ich war mit der Absicht nach Thum Thong gekommen, als integraler Bestandteil einer intensiven Meditationspraxis einige Monate in der Natur zu leben. Auch wenn ich hoffte, daß der Lebensstil der Nonne eine Unterstützung für diese Praxis sein könnte, hatte ich nie ernsthaft die Möglichkeit in Betracht gezogen, daß der asketische Lebensstil selbst zur Hauptform der Praxis werden könnte. Aus meiner beschränkten Perspektive heraus hatte ich den Eindruck, daß Roongduen die tieferen Aspekte des spirituellen Lebens verpaßte, weil sie ihre Energie darauf richtete, die äußere Form so penibel genau zu wahren.

Im Laufe der Wochen begann ich langsam zu sehen, daß ihr Herz sie ebenso zu tiefer innerer Stille rief wie mich das meine, auch wenn sie ihren Verpflichtungen mit außerordentlicher Großzügigkeit und Hingabe nachkam. Wann immer sie Gelegenheit dazu hatte, zog sie sich in ihre Hütte oder Höhle zurück und tauchte erst dann wieder auf, wenn ihre nächste Pflicht sie rief. Sie begegnete allen, die ihre Unterstützung benötigten, mit Präsenz und Anmut, aber dennoch war deutlich, daß sie sich aus einem Zustand tiefen Samâdhis beziehungsweise starker Konzentration zurückholen mußte. Dieses delikate Gleichgewicht ist sehr schwer zu halten. Es ist außerordentlich schwierig, aus tiefer innerer Stille von einem Moment zum nächsten zu Aktivitäten überzugehen, die den Kontakt mit anderen Menschen erforderlich machen; dennoch tat Roongduen dies mit einer natürlichen Großzügigkeit des Herzens, die mich sehr beeindruckte.

Mir begann bewußt zu werden, daß die äußere Form des mönchischen asketischen Lebens viel mehr ist als ein zweckdienlicher Weg, um die Zeit und den Ort zum Meditieren zu finden. Ich erkannte überdies, daß das, was ich für naive Rigidität in der Befolgung der Regeln gehalten hatte, alles andere war als das. Als ich Roongduen beobachtete, lernte ich, daß eine Verpflichtung zur Tadellosigkeit im Leben tatsächlich zu dem Ofen werden kann, der es dem Feuer der Dringlichkeit, das unser Erwachen nährt, erlaubt, lodernd in unserem Herzen zu brennen. Der rigorose Lebensstil und die ständigen unvorhersehbaren Anforderungen, die an sie gestellt wurden, standen ihrer inneren Stille nicht im Wege. Für Roongduen war die Ernsthaftigkeit ihrer Verpflichtung gegenüber den Nonnengelübden und ihren äußeren Pflichten die Struktur, die ihr ein wirklich totales Engagement für ein Leben des Erwachens erlaubte. Wäre sie der äußeren Form mit weniger Strenge begegnet, dann wäre ihre innere Disziplin vielleicht ebenso lasch gewesen. Tatsächlich wird die Unterscheidung zwischen innerer und äußerer Form hinfällig. Roongduens Leben war ein Ausdruck der Hingabe an Großzügigkeit, Tugend und Erwachen, die dem Beispiel der Nonnen oder Mönche zu Zeiten Buddhas in nichts nachstand.

Es ist nicht leicht, heutzutage das Leben einer Nonne zu führen, und ich glaube nicht, daß es vor 2 500 Jahren irgendwie leichter war. Die geforderte Genügsamkeit und Disziplin sind immens. Würde es nicht im Dienste der Freiheit des Herzens und Geistes geschehen, so könnte man mit der Einfachheit und mit den Einschränkungen des Lebensstils unmöglich über längere Zeit umgehen. Selbst wenn man sich aufrichtig durch die Möglichkeit des Erwachens inspiriert fühlt und der Sangha mit von Herzen empfundenem Engagement und großer Dringlichkeit beitritt, kann der Weg dennoch lang und rauh sein. Ich frage mich häufig, ob Roongduen wohl immer noch Nonne ist, oder ob die praktischen Anforderungen sie vielleicht irgendwann dermaßen überfordert haben, daß sie es für notwendig angesehen hat, zu ihrer Familie zurückzukehren.

Wieder einmal findet sich die Gegenwart in der Vergangenheit widergespiegelt. Im Gegensatz zu dem, was wir glauben könnten, ist nicht jede Nonne in der ersten Sangha schnell und leicht zur Erleuchtung gelangt, sobald sie ordiniert war. Einige der Gedichte in den *Therî-Gâthâ* sprechen von einer herzzerreißenden Verzweiflung – der Verzweiflung von Frauen, die aufrichtig über Jahre hinweg praktiziert haben und sich dennoch weit von ihrem Ziel entfernt fühlten. Seltsamerweise inspirieren mich diese Gedichte am meisten. Wie jeder Mensch weiß, der sein Leben dem Weg des Erwachens gewidmet hat, ist es gut möglich, wenn nicht sogar wahrscheinlich, daß man Monate und Jahre der ernsthaften Meditationspraxis und das ganze Leben der Intention widmet, bewußt zu sein, und dennoch das Gefühl hat, nirgendwohin zu gelangen.

Hören wir Vaddhesî, die Mahâpajâpatîs Krankenschwester war. Sie war eine von fünfhundert Frauen, die der Sangha zusammen mit Pajâpatî beigetreten waren, aber sie gehörte nicht zu den Glücklichen, die rasch erleuchtet wurden. Ihr Gedicht spricht für sich selbst:

Es war fünfundzwanzig Jahre her,
Daß ich mein Heim verlassen hatte,
Und ich hatte keinen Augenblick
Des Friedens erfahren.

Beklommen im Herzen,
Vom Verlangen nach Lust durchdrungen,
Breitete ich die Arme aus
Und betrat das Kloster
Mit lautem Wehklagen.

Ich ging zu der Nonne,
Der ich glaubte, trauen zu können.
Sie lehrte mich den Dharma,
Die Elemente von Körper und Geist.
...
Ich hörte ihre Worte
Und setzte mich neben sie.
...

Ich besitze große magische Kräfte
Und habe alle Obsessionen des Geistes besiegt.
Nach der Lehre Buddhas ist es vollbracht.

Es hilft mir in meiner heutigen Situation, nicht so frustriert zu sein, wenn ich erfahre, daß selbst bei Menschen, die Buddhas Lehren persönlich hören konnten, solche öden Phasen auftraten. Die Gedichte, in denen diese Frauen ihre Erfahrungen mitteilen, können uns helfen, unsere unrealistischen Vorstellungen von uns selbst und der Bewußtseinspraxis abzubauen. Sie erinnern uns daran, daß das Erfahren der

Wahrheit kein automatisches Ergebnis der investierten Zeit ist; es gibt keine Gleichung, nach der eine bestimmte Anzahl von Stunden oder Jahren der Praxis eine bestimmte Erfahrung garantiert. Weit davon entfernt, mich noch mehr zu entmutigen, stärken diese Gedichte meinen Glauben an die Kraft, durch die der aufrichtige Geist und das Herz erwachen können. Sie vermitteln Vertrauen in die geheimnisvollen Methoden des Dharmas. Also danke ich diesen Frauen für ihre geistige Größe, für ihre Beharrlichkeit trotz aller Entmutigung und dafür, daß sie ihrer Erfahrung eine Stimme verliehen haben.

Bei anderen Frauen war es so, daß ihnen ihr Leben als Nonne ganz unmittelbar Wohlbehagen und Freude gebracht hat, was sie mit einer Leichtigkeit und einem Humor zum Ausdruck gebracht haben, die einfach wunderbar sind. Das folgende Gedicht stammt von einer Frau, die als Sumangalas Mutter bekannt wurde:

Ich bin frei,
Frei von der stumpfsinnigen Plackerei in der Küche,
Nicht länger Sklavin zwischen meinen schmutzigen Kochtöpfen –
Mein Topf stank wie eine alte Wasserschlange.
Und ich bin fertig mit meinem brutalen Ehemann
Und seinen langweiligen Sonnenschirmen.
Ich reinige Wollust mit einem zischenden Geräusch – *Zzzzssst!*
„Oh Glück", meditiere hierüber
Als wahres Glück.

„Dies ist das Glück." Die Stimmen unserer alten Schwestern, die heute zu uns singen, erinnern uns daran, daß Befreiung tatsächlich möglich ist. Wenn wir ihre Stimmen hören, dann finden wir den Mut und das Vertrauen, selbst ein Leben voller Mitgefühl und Weisheit zu führen.

Der Buddha lehrte
Sieben Faktoren der Erleuchtung.
Es gibt Wege, Frieden zu finden,
Und ich habe sie alle kultiviert.

Ich habe das gefunden,
Was unendlich weit und leer ist –
Das Ungeborene.

Danach habe ich mich gesehnt.
Ich bin eine wahre Tochter Buddhas
Und finde immer Freude
Im Frieden.

Uttama

Steven Smith

Heilige Freundschaft:
Die Brücke zur Freiheit

In der westlichen buddhistischen Literatur wird der Begriff *Kalyânamitta* normalerweise mit „guter", „aufrechter" oder „spiritueller Freund" übersetzt. Kalyânamitta bedeutet jedoch wesentlich mehr als das. Die Tiefe an Verbundenheit und Engagement, die reine und bedingungslose Beziehung, die zwischen einem Schüler und einem spirituellen Lehrer wie auch zwischen Freunden bestehen kann, läßt sich am besten mit den Worten „heilige Freundschaft" umschreiben.

Kalyânamitta beziehungsweise die heilige Freundschaft hat zwei Aspekte: Mitgefühl und Weisheit. Mitgefühl ist die Fähigkeit, auf einer tieferen Ebene als derjenigen der Persönlichkeit mit einem anderen Wesen in Resonanz zu treten und sich miteinander zu verbinden. Es bedeutet im eigenen Herzen zu fühlen, was ein anderer Mensch fühlt. Mitgefühl ist frei von Urteilen oder Interpretationen und bedeutet, mit einem anderen Menschen auf einer energetischen Ebene vollkommen präsent zu sein. Die andere Hälfte einer heiligen Freundschaft, die Weisheit, stimmt sich auf die angeborene Güte der anderen Person, etwas Heiliges in ihrem Inneren, ein. Ein spiritueller Freund kann unter Umständen diese Güte in uns sehen, schon lange, bevor wir selbst sie wahrgenommen haben. Ob nun offen oder auf eher verborgene, subtile Weise kann er oder sie dann geschickt darauf hinarbeiten, daß jene Güte zum Vorschein kommt; er oder sie kann uns dazu inspirieren, unserem wahren Potential gerecht zu werden. Wie ein Schüler bei einem Retreat einmal gewitzelt hat: „Ich möchte die Person werden, für die mein Hund mich hält!"

Es fühlt sich gut an, von jemandem bedingungslos geliebt zu werden, der treu auf unsere guten Seiten eingestimmt ist und uns immer wieder unsere Fehler vergibt. Heilige Freundschaft schließt bedingungslos alles ein. Unerwünschte Aspekte des Freundes werden nicht aus der Tiefe des eigenen Herzens ausgeschlossen. Von jemandem bedingungslos geliebt zu werden, ist eine radikale Bestätigung unseres Wesenskerns.

Wenngleich ein spiritueller Freund auf unsere guten Seiten eingestimmt ist, akzeptiert er auch unsere weniger wünschenswerten Charakterzüge und vergibt uns unsere Unvollkommenheiten. Diese seltene Art von Liebe einem Freund anzubieten erfordert sowohl Engagement als auch Mut. Heilige Freundschaft zeigt sich am deutlichsten in archetypischen Beziehungen zwischen großen Führungspersönlichkeiten und denjenigen, die sich von ihnen führen lassen, sowie zwischen Meister und Schüler. Manchmal hat sogar eine „gewöhnliche" Freundschaft etwas von diesem ungewöhnlichen, heiligen Charakter; solche Beziehungen lassen ahnen, wie eine vollkommen heilige Freundschaft aussehen kann.

Kalyânamitta wird wunderschön in einer der *Jâtaka* („Geburtsgeschichten") dargestellt, bei denen es sich um Erzählungen aus den früheren Leben Buddhas handelt, also des „Bodhisattvas" oder werdenden Buddhas.

In dieser Legende wird erzählt, daß der Buddha in einem seiner vergangenen Leben als Affenkönig geboren wurde. Er wuchs auf und wurde kräftig und stark und stieg zum energischen Anführer von achtzigtausend Affen auf, die alle zusammen in einem einzigen riesigen Mangobaum lebten. Stellen Sie sich die Größe eines so herrlichen Baumes vor! Er wuchs an den Ufern des großen Ganges-Flusses, und seine Äste reichten teilweise über das Wasser und teilweise über das Land. Dieser Mangobaum mit seinem dichten Laub war ein vielfach gestaffelter Wohnsitz, der einem bewaldeten Berg ähnelte, an dessen Flanken sich wunderschöne Landschaften erstrecken. Die Mangos waren so groß wie Wasserkrüge und dufteten süß; sie hatten die strahlenden Farben des Sonnenuntergangs und den Geschmack von Ambrosia. Die Affen liebten ihren Mangobaum. Seit zahllosen Generationen hatten ihre Vorfahren in dieser Region gelebt. Nun ist es so, daß Bodhisattvas ein intuitives Wissen von unvorhersehbaren Ereignissen und anderen geheimnisvollen Dingen besitzen. Deshalb stellte der Affenkönig für die Affen eine Regel auf: Sie dürften, solange sie in dem Mangobaum wohnten, niemals zulassen, daß auch nur eine einzige Mango in den Fluß fiele.

Der luxuriöse Mangobaum war jedoch auch das Heim vieler anderer Wesen, zu denen eine Riesenkolonie von Waldameisen gehörte, deren riesiges Nest sich auf einem großen Ast befand, der über den Fluß hinausragte. Die Affen sahen nicht, daß das Ameisennest ein großes Büschel Mangos verbarg. Eines Tages fiel daraus eine große, reife Mango in den Fluß und wurde von der Strömung fortgetragen.

Nach einer langen Reise stromabwärts verfing sich die leuchtend orangefarbene Kugel in einem Fischernetz, das ausgeworfen war, um oberhalb der Badestelle eines großen Menschenkönigs das Treibgut im Fluß abzufangen. Als der König das leuchtende Objekt erblickte, kletterte er ans Ufer und befahl dem Fischer, es ihm zu bringen. „Was ist das?", fragte sich der König laut. Der Fischer wußte es nicht. Sie starrten das seltsam aussehende Waldjuwel an. Dann kam der Förster des Königs herbei und identifizierte es als eine „Mangofrucht". Der Förster durchtrennte die Schale mit einem scharfen Messer, und das saftige, gelbe Innere kam zum Vorschein. Sofort stieg ein Duft auf, der aus einer anderen Welt zu stammen schien. Der König griff nach der Frucht und biß hinein. Der Geschmack durchdrang sein gesamtes Wesen. Er hatte noch nie etwas so Göttliches geschmeckt. Er sagte: „Wir wollen mehr davon."

Also segelten der Menschenkönig und sein Gefolge für eine Weile, die ihnen wie eine halbe Ewigkeit erschien, stromaufwärts, um herauszufinden, wo die Mango herkam. Schließlich fanden sie am frühen Abend den riesigen Mangobaum am Flußufer. Niemand war zu sehen. Wie Lampen hingen die Mangos an den Ästen des tiefgrünen Baumes oder lagen wie große Edelsteine auf dem Boden. Die Reisenden labten sich an den Mangos und genossen das wunderbare Aroma. Dann entfachten sie Feuer um ihr Lager herum, und der König begab sich unter dem Baum zur Nachtruhe, während seine Bogenschützen Wache hielten.

Um Mitternacht kehrte der Affenkönig mit seinem Gefolge von achtzigtausend Affen zurück. Nach ihrem abendlichen Streifzug im Wald schwangen sich die Affen glücklich in ihren heimatlichen Baum. Sofort warnten die Bogenschützen den schlafenden König. Der König, der die gutgenährten Affen beobachtet hatte, befahl: „Erschießt einige von ihnen, bevor sie fliehen. Wir werden morgen früh zusammen mit unseren Mangos Affenfleisch verzehren."

Daraufhin zogen die Bogenschützen tödliche Pfeile aus ihren Köchern. Im Mangobaum brach ein Tumult aus, aber der Affenkönig beruhigte seinen Stamm: „Fürchtet euch nicht, ich werde euch Leben geben" – und im Nu führte er sie zu einem Rückzugsort in den höheren Regionen des großen Baumes, wo sie erst einmal vor Schaden sicher waren. Die Bogenschützen mit ihren mit tödlichem Gift getränkten Pfeilen versuchten sich jedoch eine bessere Schußposition zu verschaffen. Da sprang der große Affenkönig auf den größten der über den breiten Ganges-Fluß ragenden Zweige und von dort bis ans jenseitige Ufer. Als der Menschenkönig das sah, sagte er zu seinen Bogenschützen: „Schießt noch nicht", und alle Menschen beobachteten, was jetzt passieren würde.

Geschickt brach der Affenkönig mehrere lange Bambusstämme ab, band sie der Länge nach zusammen und befestigte das eine Ende am Stamm eines Baumes und das andere an seiner Hüfte. Mit der Geschwindigkeit einer Donnerwolke, die vom Wind auseinandergetrieben wird, sprang er wieder über den Fluß und griff nach einem Mangozweig, um eine Brücke aus Bambus zu bilden, die von einem Ufer zum anderen reichen sollte. Die Breite des Ganges betrug jedoch einhundert Bogenlängen, und der Bodhisattva hatte den Teil vergessen, den er um seine Hüfte gewunden hatte. Kurz bevor er den Mangobaum erreichte, wurde ihm bewußt, daß ihm eine Bogenlänge fehlte. So wurde sein mächtiger Körper zum letzten Glied. Dann flehte er seine Affen an: „Geht schnell über meinen Rücken und gleitet an dem Bambus hinab in Sicherheit." So begannen sie auf die andere Seite zu fliehen.

Im Stamm der Affen gab es einen Affen namens Devadatta, der voller Neid und Groll war. Als Devadatta den ausgestreckten Körper des Affenkönigs sah, dachte er: „Jetzt ist meine Chance gekommen, meinen Feind endgültig zur Strecke zu bringen." Als die anderen 79.999 Affen sicher über die Bambusbrücke gegangen waren, sprang Devadatta vom höchsten Zweig herab, kam hart auf dem Rücken des Bodhisattvas auf und brach ihm das Herz. Der Affenkönig sah auf und sagte: „O Devadatta, du Narr. Jetzt rette schnell dein Leben vor den tödlichen Pfeilen." Devadatta eilte voller Scham über den gebrochenen Körper des Bodhisattvas und gesellte sich zu seinem Stamm, der jetzt auf der anderen Seite des Flusses in Sicherheit war. Der Bodhisattva war allein und tödlich verwundet.

Der Menschenkönig, der Zeuge des gesamten Dramas geworden war, wurde von Gefühlen überwältigt. Er sagte: „Dies ist ein wahrhaft großes Wesen. Er hat sein Leben für die Sicherheit all jener hingegeben, die sich in seiner Obhut befanden. Jetzt werde ich mich um ihn kümmern. Er ist ein reiner Freund und ein großer Lehrer." Der König ließ den sterbenden Bodhisattva behutsam von dem Baum hinunter ans Flußufer bringen. Er wusch ihn sanft im Ganges und wickelte ihn in seine königlichen Gewänder. Er bereitete ihm ein bequemes Bett und bot ihm frisches Obst und frisches Wasser an. Dann fragte der Menschenkönig den Bodhisattva: „Großer König, warum habt Ihr das getan? Ihr habt Euer eigenes, kostbares Leben für sie geopfert. Wer sind sie für Euch?"

Der Bodhisattva antwortete: „Ich bin ihr heiliger Freund, ihre Zuflucht. Ich fürchte den Tod nicht. Meine Affen sind jetzt in Sicherheit. Für diejenigen, die sich in meiner Obhut befanden, wurde die Freiheit gewonnen. Mein lieber Freund, wenn Ihr dem Dharma, also der Wahrheit entsprechend leben möchtet, dann sollte Euch das Glück aller in Eurem Umkreis äußerst teuer sein. Das ist der Weg eines wahren Freundes und eines wahren Königs."

Während der Bodhisattva in sein nächstes Leben überging, erwachte das Herz des Menschenkönigs wie aus einem tiefen Schlaf. Er blieb lange Zeit an dem Ort seiner Transformation sitzen. Dann errichtete er einen Schrein am Fuße des Mangobaums, mit einem Bildnis, das den phantastischen Sprung seines großen Freundes über den breiten Ganges-Fluß darstellte, den dieser zugunsten seines Stammes gewagt hatte. Und für den Rest seiner Tage hielt er das Andenken des großen Wesens in Ehren. Fest verankert in den Lehren des Bodhisattvas über Großzügigkeit, Mitgefühl und Weisheit, fand er seine wahre Berufung als Führer darin, anderen mit Freude zu dienen. Diese Gesinnung hinterließ er Generationen von Anführern, die ihm folgten, als Vermächtnis. Ebenso wie sein Lehrer wurde der Menschenkönig ein Freund für alle; außerdem wurde er zu einem Beschützer des Lebens, der Gerechtigkeit und des Friedens.

Der Affenkönig ist der vollkommene Kalyânamitta: Kein Wesen ist von seiner Fürsorge ausgeschlossen. Er ist der Erretter seines Stammes und schützt sogar seine Feinde. Er besitzt sowohl das Mitgefühl als auch die Weisheit, die den höchsten Wert begreift, nämlich alles – sogar das eigene Leben – zum Nutzen anderer hinzugeben. Ein solches Opfer ist die Bewegung des Herzens, die von einer Position der Treue jenseits der Zeit motiviert wird. Genauso, wie der Buddha zahllose Leben als Bodisattva zugebracht hat, um die Eigenschaften zu entwickeln, die ihn letzten Endes befähigen sollten zu erwachen, so ist auch der Kalyânamitta ein Bodhisattva, der diese Qualitäten pflegt. Wenn wir es aus dieser Perspektive sehen, dann kann die ganze Welt –

unsere inneren und äußeren „Devadattas" eingeschlossen – unser Wohltäter sein und uns endlose Lektionen von Mitgefühl und Verständnis vermitteln. Neid, Eigendünkel, Machtgelüste, Wut und Angst können uns, ganz gleich, ob wir sie nun in uns selbst sehen oder in anderen erleben, Geduld und Vergebung lehren. Da Devadatta nicht aus dem Stamm ausgeschlossen war, für dessen Schutz der Bodhisattva die Verantwortung übernommen hatte, trauerte der Bodhisattva einerseits und empfand andererseits Dankbarkeit, als Devadatta ihm den tödlichen Schlag versetzte. Er trauerte wegen des Schadens, den Devadatta sich selbst zufügte, und er war froh, daß er als Bodhisattva in der Lage war, sein Leben hinzugeben, um alle Wesen zu retten. Der Menschenkönig hatte das gesamte Ausmaß der heiligen Freundschaft des Affenkönigs verstanden – und weil er sie in Aktion erlebt hatte, wurden dem Menschenkönig die grundlegenden Lehren über Kalyânamitta vermittelt.

Wir sind nicht nur auf Legenden und die Literatur angewiesen, um inspirierende Beispiele für heilige Freundschaft zu finden, denn auch in unserer heutigen Welt gibt es große Führungspersönlichkeiten, die dieses Ideal verkörpern. Aung San Suu Kyi, die Friedensnobelpreisträgerin aus Burma, ist eine solche Heldin. Suu Kyi ist eine gute Freundin, mit der ich viele tiefschürfende Gespräche, großartige burmesische Currygerichte und Nachmittagstees in ihrem Heim in Rangoon genossen habe. Wir stellten fest, daß wir beide die Jâtaka des Affenkönigs sehr schätzen. Wir sprachen über die große Kraft dieser Geburtsgeschichte, die Entwicklung der für das Erwachen notwendigen Eigenschaften (*pârâmî*) inmitten der Wechselfälle des Lebens zu fördern. Ich wies auf die Parallelen zwischen der Erzählung vom Affenkönig und der schwierigen Situation Burmas hin.

Als Anführerin im Kampf um die Demokratie ist Suu Kyi von den die Demokratie unterdrückenden Militärs praktisch in ihr Haus eingesperrt worden. Dennoch versucht auch sie zusammen mit ihren Mitarbeitern genau wie der Affenkönig, für Millionen von Gleichgesinnten eine Brücke in die Freiheit zu bauen. Wie sie selbst sagte, gefällt es ihr nicht, als Heldin betrachtet zu werden, weil man sie damit von den vielen anderen Menschen, die ebenfalls für die Freiheit kämpfen, abhebt. Wir sprachen über die Eigenschaft beziehungsweise die Pârâmî der „mutigen Energie und Herzensstärke" (*viriya*) als einer tiefen Motivation für die heldenhaften Handlungen eines Bodhisattvas. Sie hat das Gefühl, daß ein Führer mit Mut und Energie kein großartiger „Held" ist, sondern vielmehr jemand, der versucht, seine Arbeit zusammen mit anderen selbstlos und mutig zum Nutzen aller zu tun.

Auch wenn Suu Kyi einen scharfen Intellekt besitzt, gilt ihre Leidenschaft doch den einfachen Dingen: Sie kämpft für die Befriedigung grundlegender Bedürfnisse wie Gesundheit, Erziehung sowie die Freiheit, sich selbst zum Ausdruck zu bringen. Sie setzt die gewaltlosen Kräfte der Liebe und des Mitgefühls ein, um Veränderungen herbeizuführen, und flößt anderen durch ihre treue Freundschaft und ihren Verzicht auf eigene Interessen Mut ein. Ich glaube, daß der Grund, warum Millionen von Menschen in Burma und auf der ganzen Welt sie respektieren und lieben, darin liegt, daß sie sich aufrichtig allen als Freundin anbietet. Ihre Großzügigkeit, ihre Opferbereitschaft und Freundschaft nähren das Licht der Hoffnung in einer Zeit der Dunkelheit. In der Intimität der Freundschaft schafft das Gefühl von Verwandtschaft mit allen Wesen einen „heiligen Baldachin", unter dem wir alle in natürlicher Moral und mit integren Absichten leben.

Als wir über den Affenkönig sprachen, merkte ich an, daß Suu Kyi selbst ein lebendiges Beispiel dieser Jâtaka-Erzählung zu sein scheine. Es gebe viele Menschen, die sie als Symbol der Hoffnung sehen und sich auf sie verlassen. Und sie antwortete: „Wissen Sie, wenn nur ein Mensch, ein Freund oder eine Freundin in Burma übrig wäre, dann würde ich nicht weggehen." Ich dachte an die Aussage des Affenkönigs: „Ich bin ihre Zuflucht."

Die Burmesen haben einen Ausdruck, der die heilige Freundschaft beschreibt. *Yezed sounde* bedeutet wörtlich „Wassertropfenverbindung". Dieser Ausdruck beschreibt die Erfahrung, jemanden kennenzulernen und eine unmittelbare Verbindung zu fühlen. Dieses Bild beschwört das herauf, was passiert, wenn Wassertropfen nahe zusammenkommen – sie verbinden sich und werden eins – wie das Zusammenfließen zweier Ströme. In der buddhistischen Kosmologie werden unsere Leben als Ströme angesehen, die durch Ursache-und-Wirkung-Energie miteinander verbunden sind, eine Energie, die sich als Bewegung von geistigen und physischen Kräften zeigt, die von einem Moment zum nächsten und von einem Leben zum nächsten unaufhörlich im Fluß sind. Burmesen denken so: „In irgendeinem vergangenen Leben habe ich etwas Gutes für dich getan, du hast etwas Gutes für mich getan, oder wir haben zusammen geschickte Handlungen zum Nutzen anderer ausgeführt. Die Kraft dieser vergangenen

Handlungen hat ein Fließen komplexer Kräfte in Gang gesetzt, das dazu führt, daß im gegenwärtigen Leben diese getrennten Ströme wieder vereint werden." Sehr viel einfacher ausgedrückt: *Yezed sounde*, eine Wassertropfenverbindung. Die beiden treffen sich wieder. Reine Freundschaft von dieser Intensität bringt ein Gefühl des Wiedererkennens und die Empfindung, „gesehen" zu werden, mit sich.

Meinem Meister Sayadaw U Pandita zu begegnen war *Yezed sounde*, ein unmittelbares Erkennen, eine Wiedervereinigung und radikale Liebe auf den ersten Blick. Ich war mit einem lieben Freund nach Burma gereist, um mich im Kloster des großen Mahasi Sayadaw als Mönch ordinieren zu lassen. Ich fühlte mich hauptsächlich zur Dharma-Praxis und zum Dharma-Studium sowie der fruchtbaren Disziplin, die Mönchsrobe zu tragen, hingezogen. Ich suchte in Burma nicht nach einem Lehrer, sondern vielmehr nach einer tiefgründigen Überlieferung. Ich fand solche Lehren, ich fand ein überreiches spirituelles Zuhause – und unverhofft fand ich auch einen Lehrer. Sayadaw U Pandita war zu der Zeit, als ich die Mönchsrobe anzog, der Hauptmeditationsmeister des Klosters. In dem Moment, da sich unsere Augen in seiner bescheidenen Mönchshütte trafen, wußte ich, daß ich einen Meister gefunden hatte. Es war nicht eigentlich so, als ob ich ihn gefunden hätte. Es war vielmehr einfach diese machtvolle Verbindung da: *Yezed sounde*.

Sein erster Blick war zugleich tief beruhigend und tief beunruhigend. Der Sayadaw schien bis in den innersten Kern meines Wesens zu blicken. Licht und Schatten, Verletzlichkeit und Scham – alles wurde offengelegt und akzeptiert. Die Kraft seiner spirituellen Freundschaft war unmittelbar ersichtlich. Ich fühlte mich gesehen, bloßgelegt und doch bedingungslos akzeptiert.

Dieses Geschenk eines Meisters in Form seiner bedingungslosen Akzeptanz ist eine bedeutsame Voraussetzung für das Erreichen von innerer Ruhe und Freiheit. Durch diese Leichtigkeit und Klarheit wird die Wahrheit der Dinge, so wie sie sind, auf ganz natürliche Weise enthüllt, und unser Leben strömt Weisheit und Mitgefühl aus.

Die Kraft heiliger Freundschaft ist nicht nur ein Katalysator, der uns zur Wahrheit erwachen läßt. Sie schafft außerdem eine zusammenhängende, beschützende Umhegung in der Psyche, die heilt, befähigt und befreit. Wir sehen mit den Augen des Mitgefühls und Verständnisses. Wenn wir auf diese Weise sehen, dann können wir uns an die lange, lohnende Arbeit machen, die ungehobelten und zersplitterten

Bereiche unserer Psyche zu akzeptieren, und wir entdecken das Gute, das darin verborgen liegt.

Einige Jahre nachdem ich das Kloster verlassen und mein Leben als Laie wieder aufgenommen hatte, bat ich U Pandita, meine Ehe mit Michele McDonald zu segnen. Mit seiner Antwort darauf ging er genauso auf den Kern der Sache ein, als trüge ich immer noch meine Robe und befragte ihn über eine der Verhaltensregeln. Er stellte meine Motive in Frage. Er wollte wissen, ob es *Kâma* oder *Kamma* sei – Verlangen oder eine tiefe karmische (Wassertropfen-)Verbindung. Das war eine gute Frage und darüber hinaus eine wichtige. War mein Wunsch zu heiraten in sinnlichem Verlangen und dem Anhaften an Bequemlichkeit und Annehmlichkeit gegründet, was möglicherweise mein Engagement für die Praxis und das Erwachen untergraben würde? Oder ging es bei meinem Wunsch um eine Art von Verbindung zwischen zwei Menschen, die sich auf eine tiefe spirituelle Freundschaft gründet? Die höchste Motivation für eine *Yezed-sounde*-Verbindung wäre der von beiden geteilte Wunsch nach der Befreiung des anderen und die gegenseitige Unterstützung bei der Verwirklichung dieses Ziels – und nicht bloß die Befriedigung weltlicher Begierden. Als wahrer spiritueller Freund verwies mich U Pandita auf den wichtigsten Aspekt bei meiner Entscheidung zu heiraten.

Die überwältigende Bandbreite von Freuden und Kümmernissen, die alle Wesen erleben, ist unabdingbarer Bestandteil des Lebens. Es ist ein Naturgesetz – die Wahrheit der Dinge, wie sie sind. Genauso wie für das Wesen der physischen Welt turbulente Systeme mit sich ständig verändernden Bedingungen von Wind, Wasser, Hitze und Erde kennzeichnend sind, so ist auch unsere Innenwelt ein turbulentes System. Wir sind immer wieder durch sich verändernde Umstände von Gewinn und Verlust, Vergnügen und Schmerz, Lob und Tadel, Ruhm und Schmach herausgefordert. Spirituelle Freundschaft zeigt den Weg des Weisen; mit Weisheit und Liebender Güte kann man geschickt und gleichmütig durch diese Systeme hindurchnavigieren. Die Akzeptanz der eigenen Person und des Lebens, wie es ist, ist das Geheimnis des Erfolgs auf dieser Reise.

Der Dalai Lama sagt, daß wir ohne Religion überleben können, aber nicht ohne Zuneigung. Bedingungslose Liebe ist eine Nahrung, die für unser Wesen genauso essentiell ist wie physische Nahrung. Da wir nur selten bedingungslose Liebe geschenkt bekommen, sehnen wir uns danach. Wir sehnen uns nach der Erfahrung, gesehen zu werden und bis in unseren Kern hinein auf eine aufrichtige und authentische Weise erkannt zu werden. Das Vertrauen, das wir durch einen spirituellen Freund erfahren, nährt jene Aspekte der Psyche, die sich immer danach gesehnt haben, zu lieben und bedingungslos geliebt zu werden. Die Kraft der Verbindung mit einem weisen Freund hilft uns, aus unserer Tiefe heraus zu leben, in der alles Leben ganz intim und als sehr real erfahren wird.

Als Jugendlicher hatte ich einen Freund, den ich mehr liebte und dem ich mehr vertraute als sonst irgend jemandem auf der Welt. Es war eine archetypische Freundschaft, eine Wassertropfenverbindung. Ich lernte Peter eines Samstags beim Bodysurfen am Sandy Beach kennen, einem beliebten, aber gefährlichen Surfgebiet. Wellen von der Größe und Kraft riesiger Lastwagen erhoben sich aus tiefem Gewässer, türmten sich auf und schlugen mehrere Meter weiter in seichtem Wasser in der Nähe des Strandes auf. Peter surfte anmutig auf diesen Drachen, und ich sah ihn als wunderschönen Jugendlichen beim geschickten Spiel in der schäumenden Brandung von Hawaii.

Selbstvertrauen – eine Eigenschaft, die wesentlich ist, wenn man diese massiven Wassermassen surfend bewältigen und ihnen entkommen will, bevor man von ihnen in den sandigen, seichten Untergrund gerammt wird – war bei mir noch nicht sehr weit entwickelt. Diese Wellen flößten mir Angst ein. Peter schaute mich auf eine Weise an, an die ich mich auch vierzig Jahre später noch deutlich erinnere. Es war ein Blick voller Zuneigung und Akzeptanz, der Zuversicht, Wahrheitsliebe und Vertrauen ausstrahlte. Unter Peters fürsorglichem Schutz erreichte ich an jenem Tag in Sandy Beach eine höhere Stufe des Surfens auf großen Wellen.

Als bescheidener Anfänger war ich kein gleichwertiger Partner für Peter, der für mich fast so etwas wie ein „Gott" war, aber dennoch schufen wir eine tiefe Verbindung zueinander. Es war eine magische und abenteuerliche Freundschaft, die sich bei Ausflügen in ländliche Inseltäler, in Höhlen und zu verborgenen Stränden vertiefte. Dabei spiegelten all diese schönen äußeren Formen eine innere Essenz wider, die tiefer ging, als mir damals bewußt wurde. Es war eine unschuldige, ursprüngliche und spirituelle Freundschaft. Die Schönheit von Peters Wesen bestand darin, daß er andere auf so bedingungslose, gutherzige Weise liebte, daß jeder seiner Freunde in seiner Gegenwart seine eigene Güte spürte. Er war „allen ein Freund". Tragischerweise starb Peter neun Jahre nach unserer Begegnung am Sandy Beach. Als ich in meinem am Strand gelegenen Elternhaus von seinem vorzeitigen Tod erfuhr, schwamm ich in einem verzweifelten Versuch, den Schmerz des unerträglichen Verlustes wegzuwaschen, in die Brandung hinein. Kurze Zeit später stand ich auf der Insel Molokai auf einem hochgelegenen, üppig bewachsenen Abhang zwischen zwei tropischen Wasserfällen und schaute aufs Meer hinaus. Bei diesem Anblick wurde ich von Erinnerungen an Peter überschwemmt. Ich suchte ihn in der Schönheit des Landes, wo wir in unserer Jugend so häufig gespielt hatten. Jetzt war er fort, und es war unerträglich, diesen Schmerz zuzulassen. Also schob ich ihn einfach weg.

Zwanzig Jahre später, nachdem ich etwa einen Monat eines intensiven Mettâ-(Liebende Güte-)Retreats hinter mir hatte, stiegen aus den Tiefen einer sehr konzentrierten Praxis mit Bildern von Peter plötzlich starke Gefühle in mir auf. Die Kraft der Konzentration und die Kraft von Mettâ waren stark. Dennoch waren die von der Erinnerung an Peter ausgelösten Gefühle so heftig, daß ich mich genötigt sah, aus der tiefen Meditation herauszukommen und mich meinen Gefühlen zu überlassen. Energetische Wellen schüttelten meinen Körper, und Emotionen wie Traurigkeit, Trauer und Verlustgefühle wurden freigesetzt. Ich weinte.

Und etwas schlug um. All diese Jahre hatte ich Peter in jeder meiner Beziehungen gesucht, aber nichts war mit dem idealisierten Bild der Vollkommenheit vergleichbar, zu dem er in meiner Erinnerung geworden war, und so ließen diese Beziehungen für mich immer etwas zu wünschen übrig. Wer kann es schon mit Vollkommenheit aufnehmen? Doch nachdem ich in dieser Tiefe und voller Achtsamkeit um ihn getrauert hatte, veränderte sich meine Einstellung zu Peter, und ich konnte das Geschenk wertschätzen, das er in meinem Herzen hinterlassen hatte. Erst als es mir möglich war, Peter als Ideal loszulassen und seinen Verlust wirklich zu betrauern, konnte ich die Tiefe wahrer Freundschaft akzeptieren und schätzen.

Unsere Weisheitstradition von Liebe und Verständnis lehrt uns die Praxis des Loslassens. Wenn wir von dem Suchen nach der vollkommenen, archetypischen Freundschaft ablassen und einfach üben, Freund beziehungsweise Freundin zu sein, dann machen wir die Feststellung, daß es nicht darum geht, Freundschaft zu *finden*; es geht darum, Freund beziehungsweise Freundin zu *sein*.

Wann immer wir bedingungslos präsent sind, fühlt sich der Freund vor uns auf der tiefsten Ebene bestätigt, fühlt sich sicher und gesehen, so daß die Güte und Authentizität seines Wesens hervorleuchten können. In diesem Moment ist die Freundschaft eine heilige Verbindung. Und der Fluß geht in beide Richtungen: Wenn wir aus unserer eigenen Tiefe heraus leben, dann wird alles und jeder als real erlebt und nicht als Interpretation oder als idealisiertes Bild. Indem wir unsere eigenen Mängel akzeptieren, können wir auch anderen leichter vergeben. Wir erleben in lebenslangen Freundschaften eine mitfühlende Akzeptanz der bleibenden Mängel am anderen.

Eine Bewegung in die Intimität hinein offenbart sowohl Unvollkommenheiten als auch Stärken. Wir mögen nach einer unterstützenden und nährenden Beziehung suchen, doch je näher wir einander kommen, desto eher werden unsere unangenehmen, schwierigen und unbefriedigenden Charakterzüge offenbar. Aber genau dort begegnen wir Tiefe und emotionaler Nähe. Heilige Freundschaft ist eine Weise des Daseins, bei der wir eine solche Nähe zu uns selbst und zur Welt herstellen, daß wir die Präsenz eines anderen in diesem Raum zulassen.

Der Prozeß der Freundschaften kann zu einem Schmelztiegel der Heilung werden. Ein Leben, das von der Angst vor dem Verlassenwerden und der Sehnsucht nach Verbindung gekennzeichnet ist, könnte in diesem Schmelztiegel transformiert werden. Die Reise in die Intimität kann alte emotionale Verletzungen hochkommen lassen, die überhaupt nichts mit dem betreffenden Freund zu tun haben. Oder es kann sein, daß ein alter karmischer „Knoten" zwei Personen in einem Spannungsbogen von Widersprüchen gleichzeitig anzieht und abstößt. Die Schattenseiten der Freundschaft – Konkurrenzkampf und Eifersucht – müssen erkannt und anerkannt werden.

Wie erhalten wir eine Freundschaft aufrecht, wenn die Verbindungsschnur zerfasert oder durchgerissen ist, wenn die Wassertropfen sich voneinander getrennt haben und nicht wieder ihren Weg zurück zum Zusammenhalt finden können? In einigen Fällen kann der Verrat so schmerzhaft sein, daß wir uns nicht fähig fühlen zu vergeben. Aber dennoch könnten wir schließlich in der Lage sein, das Heilige auch in zerbrochenen Freundschaften zu spüren, wenn wir den Schmerz zulassen und uns selbst vergeben, daß wir nicht in der Lage sind zu verzeihen.

Innerhalb der weiten Umarmung einer heiligen Freundschaft sind es Akzeptanz und Vergebung, die wirkliche Nähe ermöglichen. Intimität ruht in der Einfachheit der vollständigen Präsenz, darin, auf das zu antworten, was gerade in diesem Moment geschieht, ohne irgendeinen Plan und ohne irgend etwas vorwegzunehmen. Indem wir uns vollständig in den jeweiligen Moment hineinbegeben, sind wir auf die richtige Weise präsent. Durch ein beiderseitiges Sich-Öffnen und Einander-Hingeben entdecken wir von neuem das Mysterium der Person, die wir sind. Solche Freundschaften schaffen den Himmel auf Erden.

Es gibt solche Verbindungen, die ein sehr großes, fast unerträgliches Glück sein müssen, aber sie können nur zwischen Wesen zustande kommen, die einen großen Reichtum in sich tragen, zwischen denjenigen, die um ihrer selbst willen reich, ruhig und konzentriert geworden sind; nur wenn zwei Welten weit, tief und individuell sind, können sie zusammengebracht werden.

Denn je mehr wir sind, desto reicher ist unser gesamtes Erleben. Und diejenigen, die eine tiefe Liebe in ihrem Leben haben wollen, müssen dafür sammeln und sparen und Honig sammeln.

Rainer Maria Rilke

Sylvia Boorstein

Die Lehren als den Lehrer ansehen

In einigen buddhistischen Gruppen wird die Tradition gepflegt, Lehrer zu würdigen, indem man ihre Namen singt. Man beginnt mit dem jetzigen Lehrer und geht dann in der Überlieferungslinie zurück und verfolgt sie bis zum Buddha als dem ursprünglichen Lehrer: „Mein Lehrer Soundso, Schüler von Soundso, Schüler von Soundso ...", und so weiter. Jene traditionellen Abstammungslinien sind vertikal; meine eigene stellt sich mir als horizontal dar. Meine Lehrer sind im wesentlichen meine Zeitgenossen, und sie sind auch untereinander Zeitgenossen. Einige von ihnen waren Schüler von mehr als einem Lehrer. Ich habe den Dharma über viele Stimmen und häufig auch in unterschiedlichen Stilrichtungen und mit verschiedenen Schwerpunkten kennengelernt. Und da ich erst im Alter von vierzig Jahren mit der Meditationspraxis begonnen habe, wurde meine Sichtweise genauso von meinen Psychologie- und Biologielehrern und von der modernen westlichen Kultur geprägt wie von meinen buddhistischen Lehrern. Bei jedem dieser Lehrer habe ich Momente erlebt, in denen meine Sichtweise radikal umgestülpt wurde. Manchmal habe ich das Gefühl, daß sich mein Leben als Lernende nicht von einem Lehrer zum nächsten weiterbewegt hat, sondern von einem Einsicht vermittelnden Kommentar zum nächsten – ich spreche von einer Übermittlungslinie von *Lehren*.

Im folgenden möchte ich Ihnen einige der Lehren aus meiner buddhistischen Praxis vermitteln, die eine transformierende Wirkung auf mich gehabt haben. Ich habe gezögert, sie hier in dieser verkürzten Form wiederzugeben, da eine Liste an sich keine transformierende Wirkung haben kann. Außerdem fürchtete ich, daß – gleich wie ansprechend ich diese Lehren vielleicht präsentieren würde – das Ganze oberflächlich oder trivialisierend wirken könnte, wenn ich eine Vielzahl sehr gut durchdachter Unterweisungen auf ein oder zwei „Häppchen" reduzieren würde. Ich bin zudem davon überzeugt, daß diese Lehren unter anderem auch deshalb eine so große Wirkung auf mich gehabt haben, weil ich besonders aufmerksam war, als ich sie hörte. Ich entschloß mich trotzdem, sie in dieser Form aufzuschreiben, da ich mich an eine Bemerkung meiner Freundin Sharon Salzberg erinnerte: „Man weiß nie, wann Samen bereit sind zu keimen, also streut man sie weitläufig aus, und wenn die Zeit dann gekommen ist, werden sie wachsen."

„Ich bin nicht auf Streit aus."

Eine Einsicht in die Möglichkeit, Frieden zu finden, war Teil meiner ersten Retreaterfahrung. Sie kam mir als Reaktion auf eine Bemerkung, die ich zufällig mitbekam und die ich vielleicht verpaßt hätte, wäre sie fünf Sekunden früher oder später gemacht worden. Es handelte sich um eine Einsicht in Dukkha – den Kampf, den wir auf die unvermeidlichen Herausforderungen des Lebens noch oben drauf packen. Sie hatte alle Merkmale dessen, was man in unserer Tradition „Einsicht" nennt: Sie war erschreckend, sie war überraschend, und sie bot eine neue Perspektive.

Irgendwann in der Mitte des Retreats läutete die Glocke, die das Ende einer Runde der Sitzmeditation markierte. Ich hatte darum gekämpft, meinen Körper und meinen Geist einigermaßen friedlich zu halten. Der Zeitplan war streng. Ich wußte nichts mit den Unterweisungen anzufangen. Die Lehrer sprachen von „Klarheit der Ausrichtung", und ich wußte, daß ich diese nicht besaß. Ich stand auf, massierte meine schmerzenden Knie und begann auf die Tür zuzugehen, um mit einer Phase der Gehmeditation zu beginnen. Ich ging just in dem Moment an dem Lehrer vorbei, als der Leiter des Retreatzentrums ihm etwas über ein Problem ins Ohr flüsterte.

„Tuschel, tuschel, tuschel." Besorgtes Gesicht, zerfurchte Stirn.

Der Lehrer dachte einen Moment nach und sagte dann mit sehr freundlicher Stimme: „Schauen Sie, ich bin nicht auf Streit aus ..."

„Kein Streit?" Ich war überrascht. Mir wurde bewußt: „Das ist eine Alternative! Eine andere Möglichkeit zu reagieren." Ich begriff, daß der Lehrer das Problem nicht abtat, sondern daß er lediglich erreichen wollte, daß es ohne *zusätzliche* Verstimmungen angesprochen wurde. Der Buddha hat uns gelehrt, nicht zu streiten; er hat gelehrt, daß ein Geist, der nicht durch die Spannung des Kampfes vernebelt ist, dafür sorgt, daß Schmerz nicht zu Leiden wird. Das war meine erste wichtige Erfahrung von Einsicht, und ich weiß nicht einmal, ob es bei dem Austausch nun um nicht gelieferte Lebensmittel oder den Fehler eines Installateurs ging.

„Nichts ist es wert, daß man darüber nachdenkt."

Meine ersten fünf Jahre der Meditationspraxis waren angenehm, aber nicht bemerkenswert. Ich fuhr gern zu Retreats. Es gefiel mir, still zu sitzen. Mir schmeckte das Essen. Ich genoß es, Geschichten über den Buddha zu hören. Ich *liebte* die Erfahrung, daß es möglich war, ungeachtet der jeweiligen Lebensumstände in Frieden zu leben.

Auch wenn ich bei diesen Retreats zweifellos den Zeitplan befolgte – sitzen, gehen, sitzen, gehen –, war meine Aufmerksamkeit doch total diffus. Rückblickend glaube ich, daß ich in den Retreats wahrscheinlich *mehr* Geschichten und *mehr* Phantasien nachhing als außerhalb. Zu Hause hatte ich viele Aufgaben und meine Aufmerksamkeit war von ihnen eingenommen. In Retreats hatte mein Geist die Freiheit, sich endlose Geschichten auszudenken. Und das tat er dann auch.

Eines Tages ging ich einen Weg entlang und war höchstwahrscheinlich wieder dabei, mir irgendeine Geschichte zu erzählen. Mein Lehrer Joseph Goldstein kam auf mich zu, er war in ein Gespräch mit einem anderen Menschen vertieft. Ich hörte nicht das ganze Gespräch und nicht einmal den Satz, der Josephs Bemerkung vorausgegangen war. Aber als sie an mir vorübergingen, hörte ich Joseph sagen: „Hör zu, nichts ist es wert, daß man darüber nachdenkt."

„Nichts ist es wert, daß man darüber *nachdenkt*?" Ich war perplex. Ich hatte mein ganzes Leben damit zugebracht, über alles mögliche nachzudenken. Ich hatte einen Stammbaum von Menschen, die es liebten zu denken. Ich war stolz auf mein Denken. Und ich wußte auch, daß Joseph selbst ein guter Denker war. Wie konnte er nur so etwas sagen?

Irgendwie, vielleicht durch einen Akt der Gnade oder einfach deshalb, weil es genau der richtige Moment für mich war zu „kapieren" – ich „kapierte" es. Wenn es bei der Übung darum geht, in *diesem* Moment wie in jedem Moment die Wahrheit des Aufsteigens und Vorüberziehens, die Wahrheit des ewigen Wandels zu erfahren, dann muß ich *jetzt* hier sein, um sie zu erkennen. Geschichten sind immer Fabrikationen des Geistes über die mythische Vergangenheit oder die hypothetische Zukunft.

Ich legte das Gelübde ab, mir keine Geschichten mehr zu erzählen. Nicht für immer und ewig, sondern für den Zeitraum, in dem ich mich in diesem Retreat befand und übte. Es war nicht das Gelübde, überhaupt nicht zu denken, denn Etikettierungen wie „Bewegung", „Schritt machen", „hungrig", „müde" sind ebenfalls Gedanken. Es war vielmehr eine Entscheidung gegen *diskursives* Denken, denn Geschichten sind nichts anderes als das.

Sobald ich das Gelübde abgelegt hatte, veränderte sich meine Meditationserfahrung auf dramatische Weise. Ich beschloß, daß sich meine Aufmerksamkeit beim Sitzen nicht vom Atem wegbewegen sollte. Die ersten Minuten, vielleicht auch Stunden war es schwierig, diese Entschlossenheit aufrechtzuerhalten. Sehr bald jedoch stellte ich fest, daß ich tatsächlich entspannen konnte. Es war nicht so, daß ich meine Aufmerksamkeit dazu zwang, sich zu ergeben. Was vielmehr geschah, war, daß die Atmung interessant wurde, ja sogar (können Sie es glauben?) fesselnd! Von da an begann ich ernsthaft zu praktizieren.

Jahre später erzählte ich Joseph die Geschichte von der zufällig gehörten Bemerkung und wie sie meine Praxis transformiert hatte. Er sagte: „Vielleicht habe ich gar nicht gemeint: ‚Nichts ist es wert, daß man darüber *nachdenkt*‘, sondern: ‚*Nichts* ist es wert, daß man darüber nachdenkt!'"

„Jeder Moment der Achtsamkeit löscht einen Moment der Konditionierung aus."

Wie man die Energie der Achtsamkeit einsetzt, um dauerhafte Klarheit herbeizuführen, lernte ich von U Sivili, einem Mönch aus Sri Lanka, von dem ich vor vielen Jahren bei einem Retreat Unterweisungen erhielt. Ich hatte ihm meine Verzweiflung über etwas beschrieben, das ich während der Retreats als Hindernis für meine Praxis empfand. Ich hatte damals die Angewohnheit, ziemlich früh zu Bett zu gehen. Ich wachte dann mitten in der Nacht erfrischt auf, zog mich an und ging in die Meditationshalle, um Sitzen und Gehen zu üben. Aber auch wenn ich voller Begeisterung dort ankam, war ich fünf Minuten später wieder schläfrig. Der Rest der Nacht bestand dann aus Sitzen-

Dösen-Gehen-Sitzen-Dösen. „Vielleicht", sagte ich zu U Sivili, „bringt das ja nichts. Vielleicht sollte ich im Bett bleiben."

„Nein", entgegnete er, „bleibe nicht im Bett. Zunächst einmal zählt die Absicht. Darüber hinaus spielt es keine Rolle, wie häufig du wegdöst. Wichtig ist vielmehr, daß du von Zeit zu Zeit aufwachst. Jeder Moment der Achtsamkeit löscht einen Moment der Konditionierung aus!"

Dieser letzte Satz, die Vorstellung, daß jeder Moment der Achtsamkeit etwas *auslöscht*, ließ mich sehr viel geduldiger werden. Ich stellte mir vor, daß mein Geist wirres Gekritzel auslöschte. Ich dachte im Stillen: „Wir können nie wissen, wie nah wir der Auslöschung des letzten Gekritzels sind. Es könnte ja sein, daß ich nur noch ein Gekritzel von der Erleuchtung entfernt bin!"

„Sei die Erfahrung."

In den ersten Jahren meiner Meditationspraxis hatte ich Lehrer, die die Technik des „(geistigen) Etikettierens" lehrten.

„Ich atme ein, ich atme aus. Ich hebe meinen Fuß, ich bewege ihn, ich setze ihn ab. Ich hebe, ich bewege, ich setze ab." Das Etikettieren ist eine burmesische Form der Praxis, die mit dem Lehrer Mahasi Sayadaw in Verbindung gebracht wird. Ich habe diese Anweisungen als sehr wertvoll empfunden. Ich habe gelernt, meine Aufmerksamkeit sehr präzise bei der gegenwärtigen Erfahrung bleiben zu lassen; ich habe sie genauestens und (möglicherweise) auch etwas zwanghaft benannt. Später war Christopher Titmuss einer meiner Lehrer. Er sagte zu mir in einem Gespräch: „Tu das nicht mehr. Es wirkt sich störend aus. Höre auf mit dem Benennen. *Sei* einfach die Erfahrung."

„Die Erfahrung *sein*?" Ich weiß noch genau, wie ich in die Kapelle ging, um meine Gehübung zu machen, und feststellte, daß es mir schwerfiel, mich von der Gewohnheit zu befreien, Selbstgespräche zu führen. Dann erinnerte ich mich daran, wie ich gelernt hatte, freihändig Fahrrad zu fahren, indem ich zunächst bis zu einer bestimmten Geschwindigkeit beschleunigte und dann den Lenker losließ. Ich machte die Gehmeditation auf dieselbe Weise. Ich ging und etikettierte und brachte all meine Aufmerksamkeit in die Erfahrung von „Berühren", „Heben", „Bewegen". Sobald ich mich präsent fühlte, ließ ich das Etikettieren los, so wie ich damals den Lenker losgelassen hatte. Ich stellte fest, daß Präsentsein eine unerschütterliche Aufmerksamkeit erfordert; eine Aufmerksamkeit, die die Intimität der Erfahrung erhöht.

„Tu, was immer du tun mußt, um im Gleichgewicht zu bleiben."

Einige Jahre später übte ich in Barre. Ich war klar und zuversichtlich in bezug auf meine Fortschritte und hatte mir einen Tagesablauf zurechtgelegt, von dem ich glaubte, daß er meine Praxis unterstützte. Ich begann meinen Tag um zwei oder drei Uhr morgens. Ich rationierte meine Kaffeemenge strategisch klug und wählte die Nahrung sorgfältig aus, um sicherzugehen, daß ich weder hungrig noch müde wurde. Eines Tages erschien eine Notiz am Schwarzen Brett, die besagte: „Morgen ist Oxfam-Tag. Wenn Sie sich entscheiden zu fasten, werden wir in Ihrem Namen 9 Dollar an Oxfam überweisen. Tragen Sie unten ein, ob Sie fasten wollen; dann werden wir entsprechend weniger kochen."

Plötzlich kam es zu Turbulenzen in meinem Geist. Unter normalen Umständen ist Fasten für mich kein Problem, und natürlich wollte ich Oxfam unterstützen. Aber ich hatte meinen Tagesablauf zu sorgfältig organisiert: zu einem bestimmten Zeitpunkt eine Tasse Kaffee, dann eine Schlüssel Reis, dann dieses, dann jenes. Als ich mein Gespräch mit meinem Lehrer Joseph hatte, sagte ich: „Joseph, ich habe alles so sorgfältig geplant. Ich möchte wirklich morgen fasten, aber wenn ich faste, dann könnte es sein, daß ich mich nicht gut fühle oder daß ich meine Konzentration verliere. Was soll ich tun?"

Rückblickend erscheint mir all das ziemlich dumm. Ich weiß heute gar nicht mehr, worum ich mir solche Sorgen machte. Wir konzentrieren uns. Wir lassen uns ablenken. Wir konzentrieren uns wieder. Das ist alles kein großes Problem. Aber Josephs Antwort war wichtig für mich. Es war die perfekte allgemeine Antwort auf jede Frage zur Übung: „Sollte ich mehr essen?" – „Sollte ich weniger essen?" – „Sollte ich länger aufbleiben?" – „Sollte ich früher schlafen gehen?" – „Sollte ich mehr gehen?" – „Sollte ich mehr sitzen?" Er sagte: „Tu, was immer du tun mußt, um im Gleichgewicht zu bleiben."

Achtsamkeit balanciert die Beherrschung des Geistes mit entspannter Wachsamkeit aus, damit der Geist klar bleibt, damit wir ganz und gar begreifen, damit wir mitfühlend handeln. „Tu, was immer du tun mußt, um im Gleichgewicht zu bleiben" – ist eine hervorragende Anweisung für die Übung und eine gute Anweisung für das Leben.

„Vielleicht ist dies nicht das Retreat, bei dem du allzu eifrig sein mußt."

Ich nahm an einem mehrwöchigen Frühlingsretreat teil, der ich mit Freude und großen Erwartungen entgegengesehen hatte. Zu meinem großen Entsetzen erlebte ich jedoch eine scheinbar unüberwindliche Stumpfheit. Ich saß und ging und saß und ging und folgte streng dem Zeitplan, aber mein Geist fühlte sich flach, uninteressiert und gelangweilt. Es war einfach keine Aufmerksamkeit da. Das machte mir ziemlich zu schaffen, weil ich normalerweise eine sehr eifrige Schülerin bin. Ich besaß inzwischen eine ganze Bordapotheke voller Tricks gegen alle möglichen Hindernisse. Also probierte ich ständig herum und versuchte, Dinge in Ordnung zu bringen. Aber diesmal schien nichts, was ich ausprobierte, mich zu stärkerer Begeisterung zu motivieren.

Ich ging zu meinem Lehrer Jack Kornfield und bat ihn um ein Gespräch. Ich sagte: „Ich mache mir Sorgen. Ich sitze und gehe und sitze und gehe und *versuche* aufmerksam zu sein, aber ich habe überhaupt keine Energie. Mein normaler Eifer ist einfach nicht vorhanden."

Jack sagte: „Vielleicht ist dies nicht das Retreat, bei dem du allzu eifrig sein mußt." Was für eine Erleichterung! Ich mußte nicht ständig die perfekte Retreatteilnehmerin sein. Darüber hinaus verstand ich seinen Rat als Einsicht in die Unbeständigkeit – in diesem Fall die Vergänglichkeit von Geisteszuständen. Wenn Energie da ist, dann ist Eifer da; wenn keine Energie da ist, ist kein Eifer da. Die Übung wurde zu etwas, dem man Aufmerksamkeit schenken konnte, und nicht zu etwas, das Kampf erforderte.

Ich hatte meinen Zustand noch durch demoralisierende Geschichten kompliziert: „Ich bin eine schreckliche Meditierende. Ich bemühe mich nicht genug. All diese anderen Menschen sind mit solchem Eifer bei der Sache. Ich werde nie erleuchtet werden, wenn ich keinen Eifer an den Tag lege." Und so machte ich mich noch deprimierter und laugte meine Energie wahrscheinlich noch mehr aus. Sobald ich denken konnte: „Vielleicht ist dies einfach nicht das Retreat, bei der ich allzu eifrig sein muß", entspannte ich mich. Ich dachte: „Vielleicht werde ich beim *nächsten* Retreat eifrig sein. Oder vielleicht werde ich *morgen* eifrig sein." Ich fühlte mich durch Jacks Bemerkung so beruhigt, daß ich fünf Minuten später wieder Eifer verspürte. Das war eine bemerkenswerte Einsicht in die Vergänglichkeit, und sie geschah einfach dadurch, daß ich zugab, schläfrig zu sein!

„Nimm den natürlichen Frieden und die Leichtigkeit von Geist und Körper an."

In den frühen Jahren meiner Übung war meine Einstellung von exotischen Vorstellungen über Erleuchtung geprägt. Ich hatte Geschichten von magischen psychischen Kräften gehört, von unglaublichen Leistungen in der Kontrolle über Körper und Geist sowie von erhöhten Bewußtseinszuständen, die nur von einigen wenigen Auserwählten erreichbar seien. Ich hatte von „vollkommen verwirklichten Wesen" gehört, die im Angesicht jedes nur vorstellbaren Kummers und jeder Herausforderung ruhig bleiben konnten. Wenn ich meine eigenen Erfahrungen mit den ihren verglich, war ich sicher, daß es eine Erfahrung *außerhalb* von mir gab, die ich noch entdecken mußte, irgendeinen dauerhaften Zustand, den ich erreichen sollte. Später habe ich jedoch begonnen, tief darauf zu vertrauen, daß die Fähigkeit zu einem friedvollen Verhalten uns allen als Geburtsrecht mitgegeben wurde und die Gegenwart oder Abwesenheit von Frieden in irgendeinem Moment unseres Lebens das Ergebnis von Gewohnheiten unseres Geistes und der Umstände in unserem Leben ist. Mein Vertrauen in mich selbst und in das Leben basiert auf dem Wissen, daß das Leben tatsächlich schwierig ist, daß Herausforderungen tatsächlich unvermeidlich sind, daß Kummer und Sorgen durchaus kein Versagen sind und die Rückkehr zu einem Gefühl des Friedens – zumindest vorübergehend – wirklich möglich ist.

Wenn ich heute Meditationsanweisungen gebe, verwende ich oft einen Satz, den ich bei Ajahn Amaro gehört habe und der die Praxis einfach als eine Form der Erinnerung beschreibt. Er sagte: „Während du sitzt, erlaube es deinem Geist und deinem Körper, den natürlichen Frieden und die Leichtigkeit anzunehmen, die der natürliche Friede und die natürliche Leichtigkeit des Geistes und des Körpers *sind*. Und dann bleibe einfach so. Sei für alles aufmerksam, was aufsteigt und dieses Gefühl von Frieden stört. Wenn nichts aufsteigt, dann sitze einfach in Frieden."

„Wo steht geschrieben, daß man ständig glücklich sein soll?"

Auch wenn es bei dieser Liste um die Reihe meiner Dharma-Lehrer geht, so möchte ich doch einen Rat meiner Großmutter mit einbeziehen, die sich in meiner Kindheit hauptsächlich um mich gekümmert hat. Für mich ist sie meine erste buddhistische Lehrerin gewesen. Obwohl ihr Leben, zuerst in Europa und dann in den Vereinigten Staaten nicht leicht gewesen ist, war sie ausgeglichen, resolut, vernünftig und freundlich.

Meine Großmutter sorgte rührend für meine physischen Bedürfnisse. Sie kochte die Dinge, die ich gerne aß. Wir machten zusammen Spaziergänge. Sie badete mich, zog mich an und flocht mir die Haare. Sie saß an meinem Bett und sang mir vor, bis ich einschlief. Und sie reagierte gelassen auf meine Stimmungen. Traurigkeit beunruhigte sie nicht. Wenn ich einmal sagte: „Aber ich bin nicht glücklich!", pflegte sie zu antworten: „Wo steht geschrieben, daß man ständig glücklich sein soll?"

Dieser Kommentar war nicht als Abfuhr gemeint. Heute verstehe ich ihn vielmehr als meine Einführung in die erste der Vier Edlen Wahrheiten Buddhas. Das Leben ist seiner Natur nach schwierig, weil die Dinge sich ändern. Veränderung bedeutet Verlust und Enttäuschung. Der Körper und unsere Beziehungen bringen uns von Zeit zu Zeit Schmerzen. Die Antwort meiner Großmutter beruhigte mich. Ich hatte nicht das Gefühl, daß ich etwas falsch machte, wenn ich mich traurig fühlte, und sie fühlte sich nicht verpflichtet, mir meine Traurigkeit zu nehmen.

Wenn ich über diese Lehren nachdenke und darüber, wie hilfreich sie für mich gewesen sind, dann wird mir stärker denn je bewußt, daß es das Maß an Aufmerksamkeit war, mit dem ich sie bedachte, was sie so wertvoll für mich gemacht hat. Das inspiriert mich dazu, das, was für mich selbst wichtig gewesen ist, immer wieder zu sagen – in der Hoffnung, daß ein aufmerksamer Zuhörer es wirklich hören wird.

Tricia, die Sekretärin des Angela-Zentrums in Santa Rosa, hat mich am Ende eines Retreats, das ich dort leitete, an unsere erste Begegnung erinnert. „Es war vor sechzehn Jahren", sagte sie, „noch bevor du Achtsamkeitslehrerin wurdest. Ich glaube, du hast damals Hatha-Yoga unterrichtet. Ich erinnere mich nur an eine bestimmte Sache, die du gesagt hast."

„Was war das?", fragte ich.

„Du hast gesagt: ‚Wenn sich am Ende der Zeiten der Vorhang der Geschichte senkt und jeder nach vorn tritt, um sich zu verneigen, dann wird jeder Applaus erhalten, denn ein jeder wird seine Rolle so gut gespielt haben, wie er konnte.' Du hast gesagt: ‚Jeder bekommt eine bestimmte Rolle, bestimmte Talente und individuelle Umstände mit.' Es ist für mich sehr hilfreich gewesen, all diese Jahre darüber nachzudenken. Das war eine sehr gute Lektion."

„Danke", sagte ich und erinnerte mich daran, daß es Rabbi Zalman Schachter-Shalomi gewesen war, von dem ich den Satz „Alle werden applaudieren" im Jahre 1973 in einer Klasse in Berkeley gehört habe. Ich dachte auch an Gwen vom Mittwochmorgen-Meditationskurs in Spirit Rock, die dieselbe Wahrheit ansprach, als sie sagte: „Ich beantworte die Frage: ‚Wie geht es dir?' immer mit ‚Es könnte mir nicht besser gehen.'"

Zum Ende meines Beitrags komme ich wieder auf die bereits zitierten Aussage von Sharon zurück: „Man weiß nie, wann Samen bereit sind zu keimen, also streut man sie weitläufig aus, und wenn die Zeit dann gekommen ist, werden sie wachsen."

Wenn ich höre, daß ich jemandem helfen konnte, und mich daran erinnere, auf welch besondere Weise meine Lehrer mir geholfen haben, dann wird mir wieder einmal bewußt, welche Kraft achtsames Sprechen hat und wie wichtig es ist, aufmerksam zu sein.

Zweiter Teil

Der Dharma und das Verständnis der Praxis

Einführung in den zweiten Teil

Die Lehren Buddhas sind in der asiatischen Tradition nicht unter dem Begriff „Buddhismus" bekannt – das ist ein relativ neuer Begriff und ein Konzept, das aus dem Westen stammt. Die Gesamtheit der Lehren und Praktiken wurde ursprünglich als Buddhadharma oder „der Weg Buddhas" bezeichnet. Der entscheidende Punkt dieses Weges besteht darin, zu erkennen, daß es einen gangbaren Weg in die Freiheit gibt, und zu wissen, daß dieser Weg nicht nur vor langer Zeit für den Buddha funktioniert hat. Die Praxis der Freiheit kann für jeden von uns funktionieren, wer immer wir sind und wie immer unser Leben aussehen mag.

Es heißt, daß der Dharma auch ohne einen Buddha vorhanden ist; selbst ohne einen Buddha bleibt die Wahrheit der Dinge bestehen. Ein Buddha erschafft den Dharma beziehungsweise die Wahrheit nicht; ein Buddha deckt sie lediglich auf und offenbart sie. Unsere eigene Aufgabe im spirituellen Leben bleibt dieselbe. Zum Glück müssen wir die Wahrheit nicht erschaffen, sie nicht erfinden oder uns zurechtzimmern. Unsere Aufgabe besteht vielmehr darin, die Wahrheit unserer Erfahrung von Moment zu Moment deutlich zu sehen. Die Wahrheit unserer Erfahrung zu sehen, das ist etwas dermaßen Kraftvolles, daß es uns vom Leiden, von dem Gefühl der Sinnlosigkeit, von Apathie und dem Gefühl, als getrennte Wesen zu existieren, befreit.

So wie ein Edelstein verschiedene Facetten hat, hat auch der Dharma viele Facetten. Jede ist faszinierend, und letzten Endes ist keine von der anderen getrennt. Es gibt Facetten der Akzeptanz, der Stille, des Engagements, der Stärke und der Liebe. Die Kapitel in diesem Abschnitt beschreiben unterschiedliche Elemente dieses Dharma-Juwels – in der Gegenwart angesiedelte, pragmatische, anwendbare Wege zu einem Begreifen der Wahrheit unseres Lebens. Sie sind ausnahmslos authentische Wege zur Freiheit.

Wenn wir dem Weg Buddhas folgen, sehen wir uns einer radikalen Herausforderung gegenüber, die all unsere konditionierten Annahmen über das Alleinsein, die Neigung, uns voller Angst vom Leiden abzuwenden, sowie unsere Vorstellungen darüber, ob wir Glück verdienen oder nicht, in Frage stellt. Wir begreifen allmählich, daß unser Leben und unsere Einstellung uns selbst und allen anderen Wesen gegenüber von Achtsamkeit geprägt sein können. Wir können uns für andere öffnen, statt wie gewöhnlich ängstlich zu sein, und wir können so leben, daß wir in Liebender Güte und Achtsamkeit verwurzelt sind, anstatt in unseren gewöhnlichen, einschränkenden Denk- und Verhaltensmustern gefangen zu sein. Wir können beginnen, auf eine Weise zu leben, die unserem außerordentlichen Potential für das Glücklichsein entspricht. Darin besteht letztlich die Einladung, die der Dharma für uns bereithält.

Christina Feldman

Die Vier Edlen Wahrheiten: Der Pfad der Transformation

Vor mehr als 2 500 Jahren saß ein junger Mann unter dem Bodhi-Baum und gelobte, dort still sitzen zu bleiben, bis er begriffen habe, was es bedeutet, zu erwachen und frei zu sein. Vor jenem Abend hatte Prinz Siddhârtha ein Leben geführt, in dem er sowohl die Höhen der sinnlichen Befriedigung als auch die Tiefen der Askese kennengelernt hatte. Als Kind und junger Mann wuchs er im Palast seines Vaters auf und war dort von allen erdenklichen sinnlichen Genüssen umgeben und auf jede mögliche Art vor Schmerz geschützt. Es war ein Leben der Freuden und der Verzauberung, aber kein Leben anhaltenden Glücks und dauerhaften Friedens. Darum verließ Siddhârtha, von Unzufriedenheit und einer Vision tieferer Freiheit motiviert, sein Heim, um sich auf die Suche nach dem Erwachen zu machen, eine Suche, die durch die führenden spirituellen Lehrer seiner Zeit geprägt wurde. Sechs Jahre lang erforschte er die Wege der Askese, Selbstkasteiung, Mühsal und Selbstverleugnung, bis er einsah, daß diese nicht zu dem Frieden und dem Erwachen führen würden, die er suchte. Fortan verzichtete er auf alle Extreme und beschloß, in Stille zu sitzen und für sich selbst die Weisheit zu finden, die ihn befreien sollte.

Die Lehre, die aus jener Nacht der Stille hervorging, ist das Herz aller buddhistischen Lehren – sie wird als die Vier Edlen Wahrheiten bezeichnet. Die Erste Edle Wahrheit ist die einfache Aussage, daß es im Leben Leiden und Unzufriedenheit gibt. Die Zweite Edle Wahrheit bestätigt, daß dieses Leiden eine Ursache und damit einen Anfang hat. Die Dritte Edle Wahrheit lautet, daß es ein Ende des Leidens gibt. Der Weg zum Ende des Leidens ist die Vierte Edle Wahrheit. Diese einfache, aber dennoch außerordentlich tiefgehende Lehre ist der Kern eines Lehrgebäudes, das Güte des Herzens, befreiende Weisheit und transformierendes Mitgefühl beinhaltet. Es handelt sich um eine Lehre, die universell zugänglich ist; sie lädt uns ein, unser eigenes Leben zu untersuchen und seine Wahrheit zu erforschen. Die Vier Edlen Wahrheiten sind radikale Einladungen, die viele unserer kulturell geprägten und persönlichen Annahmen in bezug auf Leiden und Freiheit in Frage stellen. Sie laden uns ein, für uns selbst eben die Freiheit zu entdecken, die auch der Buddha gefunden hat.

Die Erste Edle Wahrheit

Die Erste Edle Wahrheit geht davon aus, daß es Dukkha beziehungsweise Unzufriedenheit im Leben gibt, und das ist normalerweise für uns recht offensichtlich. In der Regel wird der Begriff *dukkha* mit „Leiden" übersetzt, aber das Leiden ist nur ein Aspekt dessen, was dieser Begriff meint. Wir sehen uns im Leben in zahllosen Momenten und unter verschiedenen Umständen mit dem Leiden konfrontiert. Die Medien zeigen uns endlose Bilder von Hunger, Armut und Gewalt. An einem einzigen Tag begegnen wir unter Umständen Menschen, die obdachlos, verwirrt, wütend oder verzweifelt sind – Menschen, die ganz eindeutig weit von Glück, Sicherheit oder Frieden entfernt sind. Wenn wir unser Leben aufrichtig erforschen, dann begegnen wir der Schwäche unseres Körpers – von den Extremen schwerer Krankheit oder großen Schmerzes bis hin zu den unvorhersehbaren Wehwehchen und Problemchen, die unsere Aufmerksamkeit auf sich ziehen. Jeder Atemzug bringt uns dem Tod ein Stück näher. Unser Herz und unser Geist erleben zahllose Momente von Verwirrung, Rastlosigkeit, Unzufriedenheit, Angst und Wut. Von der Depression bis zu überschäumender Freude haben wir das gesamte Spektrum von Erfahrungen und Gefühlen in uns, die die Macht zu haben scheinen, uns leiden zu lassen.

Wir sind tief mit den Menschen um uns herum und mit unserer Welt des Sehens, Hörens und Ergreifens verbunden. Diese Verbundenheit ist ein wesentlicher Bestandteil des Lebens. Sie ist eine Dimension unseres Lebens, die zu Momenten von Intimität, Freude und Tiefe führt, die aber auch Frustration, Enttäuschung und Desillusionierung bedeuten kann. Da gibt es den Schmerz darüber, daß wir nicht bekommen können, was wir haben möchten – sei es nun die Beförderung im Beruf oder die Anerkennung eines Freundes. Und das zu bekommen, was wir eigentlich *nicht* haben möchten, ist ebenfalls eine Quelle des Schmerzes: Mißbilligung, Ablehnung, die Gesellschaft von Menschen, die wir nicht mögen, ja sogar die falsche Shampoo-Marke. Die Welt, so scheint es, präsentiert uns eine schier unerschöpfliche Fülle von Gelegenheiten, uns unsere Abneigung anzuschauen. Selbst wenn wir das bekommen, was wir haben möchten, fesselt das Erreichte nur selten auf Dauer unser Interesse und beschert uns auch nur selten bleibende Freude. Normalerweise beginnen wir recht schnell wieder uns zu langweilen und kein Interesse mehr zu zeigen. Dann macht sich der Geist wieder einmal auf die Suche nach einem Glück und Frieden, die von der Welt getrennt sind, die wir bewohnen.

Wie reagieren wir auf dieses Labyrinth des Leidens, dem wir in unserem Leben unausweichlich begegnen? Wir leben in einer Kultur, die einen Mythos pflegt, der nur wenig Raum für das Anerkennen von Schmerz und Unzufriedenheit läßt. Es ist ein Mythos der endlosen *Happy Ends*, der die Suche nach Befriedigung und Vergnügen fördert, welche irrtümlich mit Glück gleichgesetzt werden. Freiheit wird häufig als Freizügigkeit mißverstanden – als die Narrenfreiheit, unsere eigenen Strebungen ungeachtet der Konsequenzen verfolgen zu dürfen. In der Atmosphäre dieses Mythos besteht unsere Reaktion auf das Leiden normalerweise darin, daß wir es unterdrücken, verleugnen, meiden oder uns selbst davon ablenken; oder wir versuchen uns so zu betäuben, daß wir es nicht bemerken. Eine unserer unmittelbarsten Reaktionen auf den Schmerz besteht darin auszurufen: „Das darf doch nicht wahr sein!" Es gibt Zeiten, in denen wir mit Hilfe unserer Vermeidungsstrategien wirksam unsere Begegnung mit dem Schmerz aufzuschieben oder uns noch besser von ihm zu distanzieren vermögen – aber dennoch führen diese Zeiten nur selten zu tieferem Glück oder zur Freiheit.

Die einfache Aussage, daß es im Leben Leiden gibt, leugnet das Leben nicht; sie ist weder negativ noch deprimierend. Durch die Vermeidung wird das Leben geleugnet. Die Erste Edle Wahrheit fordert uns nicht etwa auf, Schmerz oder Kummer zu suchen, sondern sie bedeutet eine radikale Veränderung des Herzens, die es möglich macht, daß wir uns dem Schmerz zuwenden und erforschen, ob es einen Weg gibt, mit diesem Irrgarten des Leidens voller Weisheit, Ausgeglichenheit und Mitgefühl umzugehen.

Es gibt Quellen des Schmerzes, die unausweichlicher Bestandteil des Menschseins sind, nämlich Altern, Krankheit und Tod. Andererseits gibt es viele Aspekte des Leidens, die nicht eigentlich zum Leben gehören, sondern durch Mißverständnisse und Verwirrung entstehen. Die Tatsache, daß morgens unser Auto nicht anspringt, muß nicht unbedingt mit Wutgefühlen verbunden sein. Selbst der Tod eines Menschen, der uns lieb war, ist nicht unbedingt eine Verurteilung zu endloser Trauer oder Depression. Wir können lernen, Ausgeglichenheit und Weisheit zu verwirklichen, die es uns erlauben, den Schmerz mit Anmut und Verständnis anzunehmen.

Äußerst wichtig ist, daß der Buddha mit Dukkha nicht nur die verschiedenen leidvollen Erfahrungen gemeint hat, denen wir begegnen, sondern auch die Unzufriedenheit, die daraus entsteht, daß wir uns mit dem identifizieren, was unbeständig ist, mit Dingen, die kein wahres Refugium des Friedens und der Freiheit darstellen. Er hat über die Unzufriedenheit gesprochen, die dann entsteht, wenn wir unser Selbstgefühl aus sich verändernden Phänomenen beziehen, handele es sich nun um den Körper, den Geist oder die sich verändernde Welt von Meinungen und Gefühlen. Er sprach über die Unzufriedenheit damit, blind an eine Welt zu glauben, von der wir annehmen, sie werde aus vielen getrennten „Selbsten" gebildet.

Die Zweite Edle Wahrheit

Alle Arten und Ebenen von Dukkha haben dieselbe Wurzel. Die Zweite Edle Wahrheit besagt, daß Leiden eine Ursache hat: Tanhâ oder Begierde. *Tanhâ* kann auch mit „unstillbarer Durst" übersetzt werden. Auch wenn die Lehre, daß das Leiden eine Ursache hat, selbstverständlich zu sein scheint, stellt sie im Grunde genommen viele Annahmen unserer Kultur in Frage. Wir sind im allgemeinen versucht zu glauben, daß das Leiden willkürlich sei: Wir sind nur zufälligerweise zur falschen Zeit am falschen Ort, und als Folge von äußeren Kräften passiert uns ein Mißgeschick. Vielleicht haben wir das Gefühl, daß wir leiden, weil wir Pech gehabt haben oder uns einfach nicht genug bemüht haben, das Leiden zu vermeiden. Aber selbst wenn wir den Kummer in unserem Leben etwas genauer untersuchen, glauben wir vielleicht, es sei zu vereinfachend zu sagen, die Begierde sei die einzige Ursache des Leidens. Vielleicht können wir eine Liste von Menschen und Umständen machen, die uns in unserem Leben Schmerzen bereitet haben. Wir streiten uns mit Kollegen bei der Arbeit, mit unseren Schwiegereltern, wir kämpfen um Ansehen, gegen unsere Vergangenheit, mit den endlosen Einmischungen der Welt in die Erfüllung unserer Wünsche, mit unserem Geist und mit unserer Persönlichkeit – es scheint, als nähmen die Ereignisse und die Menschen in unserer Welt, die uns Leid zufügen, kein Ende. Der Buddha lehrt, daß dies Faktoren sein können, auf die wir mit Ablehnung, Widerstand oder Unbehagen reagieren; aber um zu verstehen, was in Wirklichkeit Leiden verursacht, müssen wir über unsere oberflächlichen Reaktionen hinausgehen und ihre Quelle suchen.

Tanhâ beziehungsweise die Begierde trägt viele verschiedene Verkleidungen. Da gibt es die Ruhelosigkeit, die von einem Gefühl begleitet ist, daß es uns an etwas fehlt oder daß etwas unvollständig ist. Dieses Gefühl von Leere nennen wir vielleicht einen Mangel an Glück, Authentizität, Freiheit oder Sicherheit. Wir möchten das haben, was zu fehlen scheint, und so suchen wir in der Welt herum, in der Hoffnung, durch Erfahrungen, Rollen, Leistungen und Talente der Unzufriedenheit ein Ende machen zu können. Es gibt ganze Erfahrungsbereiche, die wir nicht haben wollen. Sie reichen von unseren vermeintlichen persönlichen Unvollkommenheiten bis hin zu Menschen und Begegnungen, die uns stören. Es gibt Zeiten, in denen die bloße Andeutung einer unangenehmen Empfindung in unserem Körper oder Geist ganze Zyklen von Widerstand und Abneigung auslöst. Es gibt darüber hinaus Erfahrungsbereiche, Empfindungen, Besitztümer und Leistungen, die wir glauben besitzen zu müssen, damit wir glücklich sein können. Das kann ein neues Auto, eine verbesserte Persönlichkeit, eine tiefere spirituelle Erfahrung, eine bessere Beziehung oder die wirklich wichtige Beförderung sein. Das Objekt der Begierde ist etwas Äußeres; der Geist, der etwas will, ist eine mächtige Kraft, die sich aus der von Unzufriedenheit diktierten endlosen „Einkaufsliste" speist. Die Kraft des Wollens mischt sich in unsere Beziehung mit anderen und uns selbst in Form von Erwartungen, Forderungen und erhabenen Idealen ein, die Nichtakzeptanz, Groll und Wut fördern. Wenn wir uns in den Klauen der Begierde befinden, dann werden unser Geist und unser Herz von Ruhelosigkeit und Unzufriedenheit ergriffen; nur selten herrschen Stille oder Glück. Der begehrende Geist verewigt seinen eigenen Mythos, daß nämlich Glück auf der Erfüllung von Wünschen beruhe. Er tut dies, obwohl aus unserem gesamten Leben offensichtlich wird, daß das zu bekommen, was wir wollen – auch wenn es eine momentane Befreiung von der vom Begehren hervorgerufenen Spannung mit sich bringt –, nie zu dauerhaftem Frieden oder Glück führt.

In der tibetischen Tradition spricht man von einem Bereich der Existenz, der von Wesen bewohnt wird, welche Hungrige Geister genannt werden. Diese Wesen haben riesige Bäuche, aber ihr Mund hat nur die Größe eines Stecknadelkopfes, und ihre Kehle ist noch schmäler. Von Hunger getrieben, streifen die Hungrigen Geister auf der Suche nach Befriedigung und Erleichterung durch die Welt, aber ihr Dilemma besteht darin, daß sie nie satt werden können. Das ist die Essenz der Begierde. Sie bringt uns dazu, daß wir Krieg gegen uns selbst führen, daß wir mit dem gegenwärtigen Moment kämpfen und auch mit anderen. Sie ist die Wurzel der Unzufriedenheit, und ihre Früchte sind Urteile, Habgier, Ablehnung und Enttäuschung.

Es gibt jedoch auch einige Wünsche in unserem Leben und auf unserem spirituellen Weg, die durchaus berechtigt sind. Die Sehnsucht nach Sicherheit, Intimität, Verständnis, Tiefe und Freiheit, das sind Sehnsüchte unseres Herzens, die wir würdigen müssen. Diese Wünsche entfernen uns nicht von uns selbst und verleiten uns nicht dazu, ruhelos umherzuwandern, um Befriedigung zu finden. Sie ermutigen uns vielmehr, uns wieder dem gegenwärtigen Moment zuzuwenden, die Kräfte zu verstehen, die uns bewegen, Verständnis zu suchen und wichtige Fragen zu beantworten wie: „Was ist Frieden?" und „Wo ist Freiheit zu finden?"

Es ist nicht leicht für uns zu akzeptieren, daß die vielen Formen von Begierde die Hauptquelle des Leidens sind. Das zu tun, würde bedeuten, daß wir viele der Wertvorstellungen in Frage stellen müßten, die uns in unserem Leben bewegen, und Bereitschaft zeigen müßten, dem Schmerz mit Geduld, Mitgefühl und Verständnis zu begegnen. Wenn wir die Zweite Edle Wahrheit erforschen, dann sind wir eingeladen, uns die Ruhelosigkeit und den Hunger unseres eigenen Herzens und Geistes anzusehen; zu lernen, still zu sein und den Frieden und die Freiheit zu entdecken, die aus unserem Vermögen loszulassen erwachsen. Es geht nicht darum, den notwendigen Veränderungen in unserer inneren und äußeren Welt aus dem Weg zu gehen. Es ist keine Einladung zur Passivität oder Resignation. Es ist ein Verständnis, das den Frieden und die Freiheit von Akzeptanz, Vergebung, Toleranz, Geduld und Weisheit berücksichtigt.

Die Dritte Edle Wahrheit

Die Dritte Edle Wahrheit Buddhas ist eine visionäre Aussage, die zugleich eine Wahrheit enthüllt. Sie enthüllt das Ende von Leiden, Unzufriedenheit, Entfremdung und Kummer. Diese Wahrheit wird durch ein profundes Verstehen der Wirklichkeit aufgedeckt, das uns von der Verwirrung und dem Mißverständnis befreit, welche Leiden verursachen. Wenn wir begreifen, daß sich alles verändert und es nirgends eine beständige Festigkeit oder ein dauerhaftes Selbst gibt, und daß wir leiden, wenn wir an dem festhalten, was sich verändert, dann sind wir frei dafür, so mit den Dingen zu leben, wie sie tatsächlich sind. Unser Körper wird immer noch altern und sterben, und wir werden weiterhin die Verluste erleiden und Veränderungen durchleben, die zum Leben gehören. Das Verstehen gibt uns und unserer Welt die Freiheit, sich im Einklang mit den natürlichen Rhythmen zu entfalten, Rhythmen, die mit Weisheit und Mitgefühl anzunehmen wir dann lernen können. Werden wir fähig, loszulassen und in Ruhe, Klarheit und Ausgeglichenheit zu verweilen, dann müssen wir uns von nichts und niemandem gefangen fühlen.

Der Buddha beschreibt die Dritte Edle Wahrheit als Erwachen zu der Wahrheit, die das Leiden und seine Ursache zerstört – ein Erwachen, das zu großen Tiefen von Glück, Frieden und Wohlbefinden führt. Wenn die Begierde mit all ihrer Rastlosigkeit die Ursache des Leidens ist, dann ist es das Ende der Begierde, das zur Freiheit führt. Das Ende der Begierde herbeizuführen wird manchmal „das Feuer auslöschen" genannt – womit das Feuer des Kampfes, des Widerstands, der Wut und Abneigung und all die Versuche gemeint sind, unsere endlosen Wünsche zu erfüllen. Das Ende der Begierde läßt sich nicht durch Unterdrückung, Willenskraft oder eine Zurückweisung der Welt herbeiführen. Es wird aus der Weisheit heraus geboren. Wir sind dazu eingeladen, das Wesen des Wandels zutiefst zu begreifen und nicht etwa die Welt mit ihren Freuden und ihrem Kummer abzutun oder abzulehnen, sondern in Harmonie mit ihren essentiellen Rhythmen zu leben. Shunryû Suzuki Rôshi hat einmal gesagt: „Wir sind nicht aufgefordert, uns der Dinge in dieser Welt zu entledigen, sondern zu akzeptieren, daß sie vergänglich sind." Durch unsere Meditationspraxis entdecken wir Tiefen des Wohlbefindens, des Glücks und Reichtums, die unser Verhältnis zur Welt der Sinneseindrücke radikal verändern. Unser Glück hängt nicht mehr von ihnen ab – die Welt wird mit der ganzen Fülle unserer Empfindungsfähigkeit wahrgenommen. Wir nähern uns ihr nicht länger in dem Irrglauben, daß unser Glück davon abhinge, was wir in diesem Leben bekommen oder nicht bekommen. Es ist das Glück des Nichtanhaftens und Nichtwerdens, das alles Wahre erstrahlen läßt. Wenn wir für das Wahre erwachen, entdecken wir eine tiefgehende Stille inmitten der Stürme der Existenz.

Bei der Dritten Edlen Wahrheit geht es um eine Weise, das Leiden zu beenden, welche der Grundeinstellung in unserer Gesellschaft widerspricht. Unsere Kultur geht im allgemeinen von der Annahme aus, daß wir die Dinge „in Ordnung bringen" müssen, um das Leiden beenden zu können. Leiden wird in unserer Kultur damit assoziiert, daß etwas in uns oder in der Welt „falsch" oder „unvollkommen" sei. Folglich wird das Streben nach „Richtigkeit" und „Vollkommenheit" als der Weg zur Beendigung des Leidens angesehen. Das Streben nach Vollkommenheit ist zu einer treibenden Kraft in unserer Kultur geworden, und so werden uns denn allenthalben Anleitungen gegeben, wie wir den „vollkommenen" Körper, Geist und Lebensstil sowie die vollkommene Persönlichkeit, Beziehung und spirituelle Erfahrung erreichen können. Die zugrundeliegende Botschaft lautet, daß wir die Vollkommenheit finden werden, von der man glaubt, daß sie die Voraussetzung für das Ende des Schmerzes sei, wenn wir nur „gut" genug sind, uns genügend anstrengen oder die Dinge genügend manipulieren. Völlig von dieser Suche eingenommen, mag es uns schwerfallen, lange genug innezuhalten, um uns fragen zu können, ob dieses Vollkommenheitsideal mehr ist als ein Bild oder eine Illusion, die wir durch unseren Widerstand dagegen geschaffen haben, uns den tatsächlichen Gegebenheiten des Leidens und seiner Ursache zuzuwenden. In unserer Welt besteht ein Bedürfnis nach grenzenlosem Mitgefühl, geschicktem Handeln und weisem Bemühen, damit wir das Ende des Schmerzes, der in Habgier, Haß und Täuschung wurzelt, herbeiführen können. Dabei geht es nicht darum, eine vollkommene Welt zu schaffen, sondern es geht um Frieden und Freiheit.

Die Vierte Edle Wahrheit

Die Vierte Edle Wahrheit beschreibt den Weg zum Ende des Leidens. Das ist ein Weg, der jeden Lebensbereich umfaßt und uns dazu anhält, jedem Moment mit Weisheit und Mitgefühl zu begegnen. Man nennt ihn den Edlen Achtfachen Pfad, weil er uns auffordert, heilig und weise zu leben. Der Edle Achtfache Pfad zeigt uns einen Weg auf, wie wir – statt als Reaktion auf den Schmerz den Weg von Vermeidung und Verleugnung einzuschlagen – unser Bewußtsein durch Weisheit und Mitgefühl sowie dadurch, daß wir in jedem Augenblick präsent sind, transformieren können. Der Edle Achtfache Pfad präsentiert uns eine Disziplin und eine Praxis, die wir kultivieren, pflegen und entwickeln können. Er zeigt darüber hinaus, wie die Erfüllung des Begreifens manifestiert und verkörpert werden kann.

Wir sollten den Edlen Achtfachen Pfad nicht als ein Nebeneinander von acht getrennten Schulungs- beziehungsweise Forschungsbereichen verstehen. Er steht vielmehr für die Gesamtheit unseres Daseins, in der alle Teile innig miteinander verwoben sind. Die acht Glieder beziehungsweise Fäden sind: Weises Verstehen, Weise Absicht, Weises Sprechen, Weises Handeln, Weise Lebensführung, Weises Bemühen, Weise Achtsamkeit und Weise Sammlung. Offensichtlich beschreiben diese nicht nur den Weg, den wir gehen, wenn wir uns zur Meditation hinsetzen, sondern sie stehen auch für all die Wahlmöglichkeiten und Wege, die wir in unserem Leben und unseren Beziehungen verfolgen. Der Buddha hat von diesem Weg als einem Weg zum Glück gesprochen, der unseren Geist und unser Herz reinigt, einem Weg, der jede Dimension unseres Lebens befriedet und befreit. Es ist kein Weg der Passivität, sondern einer, der grenzenlose Kreativität inspiriert, der uns herausfordert, alles zu untersuchen und zu hinterfragen und zu grenzenloser Vitalität zu finden. Sein Ziel ist Transformation und das Ende des Leidens.

Wie es bei allen Vier Edlen Wahrheiten der Fall ist, so lädt uns auch der Edle Achtfache Pfad dazu ein, unsere Ansichten darüber, wie Leiden und Schmerz beendet werden können, in Frage zu stellen. Auf diese Einladung gibt es keine einfache Entgegnung. Verleugnung und Vermeidung sind möglicherweise tief verwurzelte Gewohnheiten. Wir sind es gewohnt zu versuchen, den Schmerz zu überwinden, unser Herz für sein Vorhandensein zu verschließen oder einfach Trost in Ablenkungen zu suchen. Wenn keine dieser Strategien funktioniert, versuchen wir vielleicht, in unserer persönlichen Biographie nach der Ursache des Schmerzes zu forschen oder Erleichterung zu finden, indem wir unseren Schmerz anderen aufladen. Wir könnten auch versuchen, uns von unserem Schmerz zu distanzieren, indem wir uns betäuben und ihn in sinnlichen Genüssen ertränken. Der Kühlschrank, das Fernsehen, Drogen und Alkohol werden zu Mitteln, auf die wir gewohnheitsmäßig zurückgreifen, um eine Zuflucht vor unserem Leid zu finden. Ihr Trost wirkt nur eine Zeitlang, und nur allzu häufig wird die Vermeidungshaltung zu einer lebenslangen Gewohnheit. Diese Methoden sollten nicht verurteilt, sondern aufrichtig hinterfragt werden. Helfen sie uns, auf heilige Weise zu leben? Heilen sie uns oder tragen sie zur Heilung der Welt bei? Führen sie zu einem klaren Geist und einem offenen Herzen? Beenden sie das Leiden?

Wenn wir klar sehen, daß sie das nicht tun, dann reift in uns das Verständnis heran, daß es an der Zeit ist, in unserem Leben neue Wege zu verfolgen und die Kunst der Freiheit zu erlernen.

Der Edle Achtfache Pfad

Der Edle Achtfache Pfad beginnt mit Weisem Verstehen, das auch als Weise Sicht bezeichnet wird. Weises Verstehen ist die Grundlage für den gesamten Weg der Meditation und für ein meditatives Leben. Wenn wir uns auf den Weg machen, dann mag unser Verständnis des wahren Wesens der Wirklichkeit noch sehr rudimentär sein, aber wir sind immerhin schon so weit erwacht, daß wir zu einer radikalen Veränderung des Herzens und des Geistes bereit sind, dazu, das Wesen des Leidens und auch das der Freiheit in Frage zu stellen. Unser Verständnis des Wesens der Wirklichkeit ist die Quelle unserer Wertvorstellungen, unserer Entscheidungen und Handlungen. Es bestimmt außerdem die Qualität unseres Umgangs mit jedem einzelnen Augenblick. Die Weise Sicht trägt die Samen der Vision und die Möglichkeit für Transformation und Befreiung in sich, und aus diesen Samen entstehen das Engagement und das Bemühen, unsere Ideale Wirklichkeit werden zu lassen.

Die Weise Sicht umfaßt viele Aspekte des Meditationsweges – sie beinhaltet ein gewisses Verständnis der Werte eines ethischen Lebens auf der Grundlage eines erfahrungsbezogenen Verständnisses des Karmas: daß nämlich all unsere Handlungen, unser Sprechen und unsere Gedanken Wellenbewegungen auslösen, die entweder zu Leiden oder zu Wohlbefinden führen. Es geht um ein Erwachen, das uns ermutigt, ein bewußter, klar sehender und mitfühlender Teilnehmer am gesamten Leben zu sein, anstatt uns von den Gewohnheiten der Habgier, der Wut und Verblendung beherrschen zu lassen. Weises Verstehen bedeutet, daß wir beginnen, die Existenz so zu sehen, wie sie tatsächlich ist; es verwechselt nicht länger das Unbefriedigende mit dem Befriedigenden und hört auf, Vergnügen fälschlicherweise für Glück zu halten. Es ist eine tiefe Anerkennung der Wirklichkeit der Vergänglichkeit. Es ist eine Bewegung, die uns wegführt vom Kampf und der Qual der Habgier sowie von dem Kummer, sich nicht mit der Realität in Einklang zu befinden, solange wir versuchen an dem festzuhalten, was bereits vergangen ist. Weises Verstehen bedeutet, daß wir beginnen, all unsere Ansichten über das „Ich", über Solidität und Getrenntheit in Frage zu stellen.

Das zweite Glied des Edlen Achtfachen Pfades ist die Kultivierung der Weisen Absicht oder inneren Ausrichtung. Bei der Weisen Absicht geht es um die Qualität unserer Gedanken, aus denen unsere Handlungen und Reaktionen erwachsen. Der Buddha hat auf drei Intentionen hingewiesen, die Wegbereiter für mitfühlende und weise Beziehungen und für die innere Klarheit des Herzens und des Geistes sind. Dabei handelt es sich um die Intentionen, die zu Verzicht, Liebender Güte und Mitgefühl führen. Wenn diese gepflegt und entwickelt werden, dann führen sie zu Ruhe, innerer Schlichtheit, Weisheit und Nichtverletzen. Ihr Gegenteil sind die gewohnheitsmäßigen oder auf Reaktionen beruhenden Intentionen der Begierde und der Habgier, des bösen Willens und des Wunsches, jemandem Schaden zuzufügen. Diese führen zu Trennung und Leiden. Im *Dhammapada* sagt der Buddha:

Wir sind, was wir denken.
Alles, was wir sind, taucht mit unseren Gedanken auf.
Mit unseren Gedanken erschaffen wir die Welt.
Sprich oder handele mit einem unreinen Geist,
Und Kummer wird dir folgen,
Wie das Rad dem Ochsen folgt, der den Wagen zieht.
...
Sprich oder handele mit einem reinen Geist
Und Glück wird dir folgen
Wie dein Schatten, unausweichlich.
...
Dein schlimmster Feind kann dir nicht so sehr schaden
Wie deine eigenen ungezügelten Gedanken.

Doch hast du sie erst einmal gemeistert,
Kann dir niemand so helfen wie sie.

Weise Absicht ist keine Doktrin, an die man blind glauben müßte, sondern eine Lehre, die wir von Moment zu Moment in unserem eigenen Leben erforschen können. Welche Qualitäten des Sprechens und Handelns kommen in uns zum Vorschein, wenn wir uns in den Klauen von Begierde oder Habgier, bösem Willen oder Abneigung, Härte oder Grausamkeit befinden? Führen sie zu Glück, Wohlbefinden, Nähe und Freiheit? Oder haben sie die gegenteilige Auswirkung?

Wenn wir von der Bereitschaft loszulassen, von Liebender Güte und Mitgefühl motiviert sind, wenn unser Geist ruhig und friedvoll ist, dann fühlen wir größere Nähe zu anderen, sind toleranter und können ihnen leichter vergeben. Wir fühlen in uns selbst eine größere Freiheit. Weise Absicht ist eine Lebenslektion, deren Bedeutung wir für uns selbst erkunden müssen. Die Achtsamkeitspraxis schenkt uns die Fähigkeit, in den Momenten, bevor wir reden oder handeln, innezuhalten und ganz klar zu sehen, um die Quelle unserer Reaktionen zu spüren. Die Weise Absicht ist keine magische Segnung, sondern ein Pfad der Übung und des Loslassens.

Weise Rede ist das dritte Glied auf dem Achtfachen Pfad. Ein wundervolles Zen-Graffiti lautet: „Ich öffne meinen Mund, und Samsâra springt heraus." Unsere Worte haben machtvolle Auswirkungen auf diese Welt. Sie können tiefen Schmerz oder tiefgreifende Heilung vermitteln. Rede, die gewohnheitsmäßigen Reaktionen entspringt, unser eigener unerlöster Schmerz und unsere Abneigung haben die Kraft, andere tief zu verletzen und Bedauern und Unbehagen in uns selbst zu hinterlassen. Wenn wir Weise Rede üben, müssen wir uns selbst in jeder Situation erforschen und Zurückhaltung sowie Achtsamkeit praktizieren.

Nichtweise Rede bedeutet im wesentlichen Reden, das schadet, unachtsam ist und in Mustern der Habgier, Wut und Verblendung verwurzelt ist. Weise Rede bedeutet, daß wir uns einer Rede enthalten, die unwahr, täuschend, manipulativ oder übertreibend ist. Nichtweise Rede bedeutet, auf eine Art zu reden, die – weil wir uns selbst damit aufwerten wollen – verleumderisch ist und andere verurteilt oder die Entfremdung verursacht. Worte, die im Zorn und mit der Absicht gesprochen werden, anderen Schmerzen zu bereiten, die verletzend oder beleidigend wirken, sind eine Art von nichtweisem Reden, der wir uns auf jeden Fall enthalten sollten. Der Buddha spricht aber auch von den Fallgruben müßigen Geplappers und Klatsches sowie eines Redens, das lediglich dem rastlosen Geist Nahrung gibt.

Das Gegenmittel gegen nichtweise Rede ist nicht nur Zurückhaltung und Achtsamkeit, sondern auch das bewußte Üben Weiser Rede. Weise Rede beinhaltet eine Verpflichtung zur Aufrichtigkeit und Wahrhaftigkeit, die Beziehungen heilt und Verständnis herbeiführt. Eine Rede und Formen der Kommunikation zu üben, die in Liebender Güte und einer aufrichtigen Fürsorge für die Empfänger verankert sind, führt zu Harmonie und Freundlichkeit und fördert Vertrauen und Offenheit. So wie Abneigung die Ursache für verletzendes Reden ist, sind Geduld, Vergebung und Toleranz die Wurzeln respektvollen und liebevollen Redens. Außerdem gehört zur Weisen Rede, daß wir in unserem Leben Zeit für eine Art der Kommunikation finden, die bedeutsam, inspirierend und forschend ist. Wenn wir Weise Rede praktizieren, dann blühen in unserem Leben Beziehungen auf, die in Offenheit, Vertrauen und Aufrichtigkeit verwurzelt sind. Weise Rede läßt nur wenig Raum für Bedauern in unserem Herzen, und unser Geist kann sich beruhigen.

Weises Handeln, das vierte Glied, bedeutet, Reaktionen in unserem Leben zu pflegen, die frei von Habgier, Grausamkeit und Schaden für andere sind. Wir sind aktive Teilnehmer am Leben. Unseren Handlungen Aufmerksamkeit zu schenken ist ein direktes Mittel, um die Frustration aufzulösen, die entsteht, wo es eine Kluft gibt zwischen unseren Wertvorstellungen und der Art und Weise, wie wir unser Leben führen. Die Qualität unserer Präsenz in dieser Welt wirkt sich endlos auf die Qualitäten aus, die wir in unserer Welt vorfinden. Auf jeder Ebene kann unser Handeln eine Verkörperung von Mitgefühl und Sensibilität sein, die direkt zu einer Kultur des Mitgefühls und der Sensibilität beiträgt. Weises Handeln entsteht aus Weiser Absicht und einem klaren Gefühl von Verbundenheit mit jedem Moment. Indem wir aufmerksam betrachten, wie wir handeln, wie wir uns bewegen und wie wir Entscheidungen treffen, lernen wir, die gewohnheitsmäßigen Muster der Rücksichtslosigkeit zu überwinden und mit Integrität und Aufrichtigkeit, mit Sensibilität und Mitgefühl zu leben.

Weise Lebensführung, das fünfte Glied, ist eine spezifische Dimension des Weisen Handelns. Wir verbringen einen großen Teil unseres Lebens damit, unseren Lebensunterhalt zu verdienen, und wir können das nicht von unserem spirituellen Weg trennen. Nur wenige Menschen haben das Glück, einer Arbeit nachgehen zu können, die einen tiefen spirituellen Kern beziehungsweise eine spirituelle Ausrichtung hat. Aber sich für einen Beruf zu engagieren, der Täuschung erfordert oder in dem man anderen schaden muß, bedeutet, sich unaufhörlich mit innerer Disharmonie zu konfrontieren. Die Arbeit, die wir leisten, hat vielleicht keine universelle Bedeutung, aber wenn wir sie mit der Verpflichtung angehen, Integrität und Mitgefühl zu üben, dann hat sie die Kraft, sich auf unsere unmittelbare Umgebung auszuwirken. Wir sollten uns ebenfalls anschauen, welche Qualität die Beziehung zu unseren Kollegen hat; sie kann eine Quelle von Inspiration und

Kreativität sein und uns die Möglichkeit bieten, Aufrichtigkeit und Mitgefühl zu üben. Wird sie jedoch ignoriert, dann kann sie zu einer Quelle des Kampfes und der Ressentiments werden. Die Haltung, mit der wir unser Berufsleben angehen, bestimmt, ob wir mit Widerständen und Abneigung oder mit einer tiefen Bereitschaft zu lernen arbeiten.

Die drei letzten Glieder des Achtfachen Pfades sind Weises Bemühen, Weise Achtsamkeit und Weise Sammlung. Hierbei geht es spezifisch um die Dynamik unseres meditativen Weges, und diese Glieder haben außerdem konkrete Auswirkungen auf unsere Lebensführung. Durch diese Lehre werden wir ermutigt, unser Meditationskissen nicht als den einzigen Platz anzusehen, wo Transformation geschieht, sondern die Gesamtheit unseres Lebens als Meditationsraum aufzufassen.

Weises Bemühen wirkt sich auf unsere Einstellung und Haltung zum Praktizieren von Weisheit aus. Weises Bemühen lehrt uns den mittleren Weg zwischen Passivität und angestrengtem Streben. Sind wir zu passiv, dann können wir uns glücklich schätzen, wenn wir zufälligerweise zu einer Einsicht kommen. Streben wir zu angestrengt, dann sind wir von weit entfernten Zielen eingenommen, deren Erreichen von unserer Willenskraft abhängt. Weises Bemühen bringt die gesunden und geschickten Faktoren des Geistes und des Herzens ins Spiel und schafft so ein inneres Umfeld, das für das Aufblühen von Weisheit und Mitgefühl förderlich ist. Wir lernen, in unserer Meditation und in unserem Leben Ruhe, Gleichmut, Geduld, Akzeptanz und Aufmerksamkeit zu üben. Wenn sie da sind, dann erforschen und untersuchen wir sie, und wenn wir dann mit ihnen vertraut werden, werden sie zu einer natürlichen Zuflucht für unseren Geist. Wir üben uns in der Verpflichtung, die ungeschickten und ungesunden Faktoren des Geistes und des Herzens, die Klarheit und Tiefe beeinträchtigen, loszulassen. Abneigung, Rastlosigkeit, Zweifel, Wünsche und Stumpfheit sind uns wahrscheinlich nur allzu vertraut. In diesen Zuständen finden wir nur selten Glück und Wohlbefinden, aber dennoch werden sie aufgrund von Angst, Gewohnheit und Unaufmerksamkeit zu unseren ständigen Begleitern. Wir erforschen diese Aspekte in uns und beginnen zu verstehen, wie sie Trennung schaffen, wie sie unsere Fähigkeit beeinträchtigen, präsent zu sein, und wie sie zu Verblendung führen. Im Dienst von Glück und Freiheit erlernen wir die Kunst des Loslassens.

Weise Achtsamkeit ist eine Praxis, bei der wir in jedem Moment Sensibilität und klares Sehen üben. Achtsamkeit bewirkt, daß wir uns selbst und anderen näher kommen und uns der schlichten Wirklichkeit in jedem Moment stellen. Achtsamkeit ist ein Weg der Einfachheit – wir lernen präsent zu sein, ohne die endlosen Geschichten und Konstruktionen, die wir gern um die Dinge, die wir sehen und hören, sowie um die Empfindungen, Gedanken und Gefühle, die unsere Welt ausmachen, herumweben. Unsere Geschichten werden häufig zum Sprungbrett für Reaktionen von Widerstand, Wünschen, Ängsten und Abneigung. Weise Achtsamkeit bedeutet, die reine Aufmerksamkeit zu pflegen, welche die Ausschmückungen unserer Geschichten beiseite wischt und uns die Freiheit gewährt, in jedem Moment, so wie er tatsächlich ist, zuversichtlich und ausgeglichen präsent zu sein. Der Buddha hat gesagt: „Im Sehen gibt es einfach nur das Sehen. Im Fühlen einfach nur das Fühlen. Im Hören einfach nur das Hören." Mit Achtsamkeit erforschen wir die Dimension unseres Körpers, unserer Gefühle, unseres Geistes und jedes Eindrucks, der aus der Welt zu uns kommt. Indem wir Schlichtheit, Sensibilität und Verständnis üben, lernen wir, mit allen Dingen in Frieden zu sein.

Achtsamkeit bewirkt eine radikale Veränderung in der Art, wie wir unser Leben angehen. Achtsamkeit ist ein Weg, auf dem alles als unserer aufrichtigen Aufmerksamkeit wert betrachtet wird. Nichts ist irrelevant, nichts wird abgetan – die Dualität zwischen dem Weltlichen und dem Spirituellen, dem Heiligen und dem Profanen wird aufgelöst. Achtsamkeit ist ein klarer Ausdruck von Sensibilität und Hochachtung – wir suchen das, was in jedem Moment unseres Sprechens, Handelns, Denkens und Entscheidens wahr und authentisch ist. Gewohnheit und Achtsamkeit können nicht zusammen existieren. Durch Achtsamkeit wird jeder Moment im Lichte weiser Aufmerksamkeit erhellt, und unser Leben wird durch Verständnis bereichert. Wir sehen, wo wir in unserem Leben loslassen und wo wir Großzügigkeit, Mitgefühl, Liebende Güte und Verständnis fördern müssen. Wir sehen, wo wir uns im Leiden einrichten und wo wir die Freiheit wählen.

Weise Sammlung ist ein Weg, auf dem wir lernen, unsere Aufmerksamkeit zu sammeln und zu fokussieren. Das ist der Aspekt von Meditation, der direkt in die Ruhe des Seins führt. Wir lernen achtsam zu sein, uns um einen Moment nach dem anderen zu kümmern. Sammlung ist der Faktor, der es der Einsicht erlaubt, tief einzudringen und uns auf einer zellulären Ebene zu transformieren. Ohne Versunkenheit haben wir unter Umständen viele Einsichten, jedoch gehen sie im Wirbel unserer Gedanken, Ideen, Pläne und Sorgen verloren. Wenn wir lernen, uns zu sammeln, dann haben wir die Fähigkeit, klar und tief zu blicken. Durch die direkte Erfahrung tiefer Stille verliert der Geist seine Sucht nach Geschäftigkeit, und wir entdecken tiefe Schichten von Glück und Wohlbefinden, an die keine sinnliche Freude je herankommen kann.

Sammlung befreit uns nicht, aber sie stellt ein inneres Umfeld bereit, das ausgesprochen empfänglich für transformierende Weisheit ist. Es gibt verschiedene Dimensionen von Sammlung. Sie reichen von der momentanen Aufmerksamkeit, die wir in jedem Augenblick unseren sich verändernden Erfahrungen entgegenbringen, bis hin zu den großen Tiefen des Samâdhis (einer verfeinerten, klaren, einspitzigen Sammlung, die mit Leichtigkeit bei ihrem Objekt verweilt) und Versenkungen, die aus anhaltender Übung der Sammlung hervorgehen. Bei all diesen verschiedenen Tiefen bleibt die Absicht dieselbe – dem Hauptkonzentrationspunkt des jeweiligen Momentes wird weise und einfache Aufmerksamkeit entgegengebracht, ganz gleich, ob es sich nun um einen Atemzug, einen Ton, einen Gedanken oder ein Gefühl handelt. Aufmerksamkeit befreit den Fokus von all den komplexen Geschichten, mit denen wir ihn umgeben können. Die Schlichtheit des direkten, tiefen Sehens bietet uns das reichhaltigste Umfeld für das Verstehen.

Die Vier Edlen Wahrheiten sind ein Weg der Transformation, der jedem Menschen zugänglich ist. Sie sind keine augenblickliche Lösung all unserer Schwierigkeiten, sondern vielmehr ein Prozeß, der eine tiefe Verpflichtung zur fortgesetzten Erforschung von uns verlangt. Sie sind keine Philosophie, der man nur intellektuell frönen könnte; Einsicht ist nur dann befreiend, wenn sie gelebt und angewandt wird. All unsere Forschungsbemühungen, all die Höhen und Tiefen reifen dann zu einem Weg heran, der im Dienst von Glück, Mitgefühl und Freiheit steht. Auf dem Weg schenken uns unsere Selbsterforschung und unsere Meditation ein profundes Verständnis der geistigen und körperlichen Prozesse. Wir beginnen, immer deutlicher zu sehen, wo Leiden existiert und wie es verursacht wird. Die Anwendung der Vier Edlen Wahrheiten zeigt uns dann, wie wir den Weg zu Ende gehen können; wie wir ein Ende des Leidens herbeiführen und Freiheit finden können.

Joseph Goldstein

Die Wissenschaft und die Kunst der Meditation

In der Meditationspraxis untersuchen wir, wer wir sind. Wir untersuchen unseren Körper, unseren Atem, die Empfindung subtiler Energien und Bewegungen. In der Meditation erforschen wir unseren Geist – Gedanken, Emotionen, das Wesen des Gewahrseins und das Bewußtsein selbst. Meditation ist die Erforschung der Stille. In der Meditationspraxis untersuchen wir all diese Aspekte unserer selbst. Auch wenn jeder von uns einen anderen Hintergrund und andere Konditionierungen hat, ist doch das Wesen des Schmerzes, das Wesen von Glück, Traurigkeit, Wut, Liebe und Freude in uns allen gleich. Und das Wesen des Geistes ist hier und jetzt dasselbe, wie es in Indien zu Zeiten Buddhas der Fall war. Das ist einer der Gründe, warum man den Dharma als zeitlos bezeichnen kann. Da er zeitlos ist, führt das Verständnis unserer eigenen Person automatisch und auf natürliche Weise zu gegenseitigem Verständnis.

Es gibt zwei Herangehensweisen an die Meditationspraxis, die einander ergänzen und stützen. Die erste Sichtweise ist das Verständnis der Meditation als Wissenschaft des Geistes. Die große Kraft von Buddhas Erleuchtung bestand darin, daß er klar und deutlich gesehen hat, wie der Geist funktioniert. Er sah, daß sich unser Leben nicht zufällig entfaltet, daß nichts ohne Plan oder willkürlich geschieht. Es sind bestimmte Gesetze am Werk. Eines dieser Gesetze besagt, daß wir im Herzen unserer sich entfaltenden Erfahrung das Karma finden, das Gesetz von Ursache und Wirkung. Ursache und Wirkung sind in der physischen Welt relativ leicht zu sehen und zu verstehen. Es ist zum Beispiel auf schmerzliche Weise offensichtlich, daß die Folgen weiterer Umweltverschmutzung eine Vergrößerung des Ozonlochs, globale Erwärmung und giftige Abfälle sein werden; die Gesundheit der Menschen wird sich verschlechtern. Vor mehr als dreißig Jahren fuhr ich, nachdem ich zwei Jahre im Friedenscorps in Thailand gearbeitet hatte, in das Kathmandu-Tal in Nepal. Zu jener Zeit war es ein wunderschöner, sauberer Ort. In den letzten fünf Jahren bin ich mehrmals dorthin zurückgekehrt, und bei jedem Besuch hatte die Umweltverschmutzung beträchtlich zugenommen. Einige Menschen laufen tatsächlich mit Atemmasken herum, um nicht den ganzen Schmutz in der Luft einatmen zu müssen. Das ist nur ein Beispiel für etwas, das gegenwärtig an vielen Orten auf der ganzen Welt geschieht. Es passiert nicht zufällig. Es passiert aufgrund bestimmter Ursachen und Bedingungen. Es ist das Ergebnis bestimmter Handlungen. Die Ergebnisse könnten anders aussehen, wenn wir uns um unsere Umwelt kümmern würden: Verschmutzte Flüsse könnten wieder sauber werden, die Halden von Giftmüll könnten beseitigt werden, die Menschen könnten ein gesünderes Leben führen. Es ist also nicht schwierig zu sehen, wie dieses Gesetz von Ursache und Wirkung in der Welt wirksam ist.

Aber es gibt in der Natur nicht nur physikalische Gesetze, sondern auch geistige Gesetze. Der Buddha hat verstanden, daß die Ursache von Leid und Glück auf die Motivation hinter unseren Handlungen zurückzuführen ist. Durch die Meditationspraxis beginnt unsere sich vertiefende Weisheit die Beziehung zwischen unseren Handlungen und ihren Folgen zu enthüllen. Sie sind jedoch nicht immer offensichtlich. Manchmal können wir spontan sehr viel Lust und Befriedigung erleben – wir empfinden Leichtigkeit, Freude und Glück –, aber tatsächlich führen die betreffenden Handlungen zu größerem Leiden. Wir sehen das zum Beispiel in der großen Kraft der Sucht, wenn wir etwas tun, mit dem wir uns im Moment gut fühlen, was jedoch später verheerende Konsequenzen hat. Und manchmal können Unbehagen, Schmerz oder Unannehmlichkeiten in bestimmten Augenblicken tatsächlich sehr nützliche Folgen haben. So kann zum Beispiel das lange Sitzen während eines Retreats schwierig sein, aber vielleicht ziehen wir am Ende großes Glück daraus. Oder nehmen Sie einmal an, daß es für Sie schwierig wäre, großzügig zu sein: Sie haben diese Eigenschaft noch nicht entwickelt, und auch wenn es Ihnen schwerfällt großzügig zu sein, sind Sie es trotzdem. Sie tun etwas, das Ihnen schwerfällt, etwas, das Ihnen ein gewisses Unbehagen bereitet, und dennoch führt es zu etwas Gutem.

Der Buddha hat über zwei Arten von Glück gesprochen: eine, die man meiden, und eine, nach der man streben sollte. Normalerweise treffen wir diese Unterscheidung nicht. Vergegenwärtigen Sie sich die folgende Weisheit aus dem *Dîgha-Nikâya* (den „langen Darlegungen" Buddhas): „Wenn ich durch Beobachtung festgestellt hatte, daß sich bei der Verfolgung eines solchen Glücks die unheilsamen Faktoren vermehrten und die heilsamen verringerten, dann war dieses Glück zu meiden. Wenn ich durch Beobachtung festgestellt hatte, daß sich bei der Verfolgung eines solchen Glücks die unheilsamen Faktoren verringerten und die heilsamen vermehrten, dann war dieses Glück zu suchen." Das Kriterium ist nicht, ob etwas in uns Unbehagen oder Wohlbehagen auslöst, sondern welche Faktoren im Geist verstärkt werden. Wenn es sich um heilsame, geschickte Faktoren handelt, dann führen sie zu wahrem Glück und Frieden. Wenn sie unheilvoll sind, dann werden sie die Ursache zukünftigen Leidens sein, selbst wenn wir uns im Augenblick gut fühlen. Wir benötigen also die Weisheit und das Verständnis, daß unsere Handlungen Konsequenzen *haben werden*. Wir wollen schließlich die rechte Wahl treffen.

Indem wir sehen, daß unser Leben ein gesetzmäßiges Sich-Entfalten der Natur ist – eine Bedeutung des Begriffs *dharma* ist „Gesetz" oder „Wahrheit" –, erkennen wir, daß der Pfad des Erwachens für uns alle zugänglich und verfügbar ist. Jeder von uns kann sich auf diese Forschungsreise begeben. Sie ist nicht einigen wenigen besonderen Menschen vorbehalten, die über irgendwelche magischen Begabungen verfügen. Auf dem Weg der Übung erforschen wir das Wesen unseres eigenen Lebens sowie das von Körper und Geist. Das ist der Grund dafür, warum die Lehren Buddhas in den Pali-Texten häufig mit der Aufforderung *Ehipasiko* eingeführt werden, was „Komm und sieh!" bedeutet. Der Buddha lädt uns ein, selbst festzustellen, ob die Lehren für uns wahr sind.

Meditation als Wissenschaft des Geistes begreift diese Gesetzmäßigkeit und ermutigt uns, die Beobachtungsgabe des Geistes zu schärfen und zu verfeinern. Wir verfeinern diese Kraft, damit wir tiefer und deutlicher sehen können, was tatsächlich von Moment zu Moment geschieht. Alle Formen, Techniken und Methoden sind lediglich Werkzeuge im Dienste dieser Untersuchung.

Die ersten Werkzeuge für diese Untersuchung sind die Sitz- und die Gehmeditation. Wir nutzen die Schlichtheit abwechselnder Phasen von Sitzen und Gehen als Hilfen, um den Geist zu beruhigen und die Aufmerksamkeit zu sammeln. Diese Praxis hilft uns, uns vor den vielfältigen Ablenkungen unseres weltlichen Lebens zu schützen. Wenn ein außenstehender Beobachter sich den Zeitplan eines Retreats anschaut, könnte er meinen, daß nicht viel passiert – sitzen, gehen, sitzen, gehen, essen, sitzen, gehen, sitzen, gehen. Und doch offenbart gerade das Sich-Einrichten in der Schlichtheit der Form, wieviel *tatsächlich* geschieht. Im Laufe einer Sitz- oder Gehphase passiert enorm viel – eine Flut von Empfindungen, Gedanken, Gefühlen und Sinneseindrücken bricht über uns herein.

Wir benutzen auch ein primäres Objekt – normalerweise ist es der Atem – als Fokus beziehungsweise Anker, um den Geist zur Sammlung und Einsicht zu schulen. Der Bischof Franz von Sales hat im 17. Jahrhundert etwas über das christliche Gebet geschrieben, das sehr gut auch auf diese buddhistische Praxis anwendbar ist: „Wenn das Herz wandert oder abgelenkt ist, dann bringe es ganz sanft zum eigentlichen Punkt zurück. Und selbst wenn du in der ganzen Stunde nichts anderes getan hast, als dein Herz, weil es immer wieder weggegangen ist, zurückzubringen, dann hättest du deine Stunde nicht besser nutzen können." Wir bringen unsere Aufmerksamkeit wieder und wieder auf den Punkt zurück, selbst wenn wir im Laufe einer gesamten Meditationsphase nichts anderes tun.

Diese Vereinfachung der Form, die darin besteht, dem Geist ein primäres Objekt zu geben und ihn immer wieder zum primären Objekt zurückzubringen, führt uns zur ersten Einsicht der Einsichtsmeditation. Wir erfahren sehr klar und unmittelbar, wie häufig sich der Geist verliert und wie häufig er abgelenkt wird. Unterschätzen Sie nicht, wie wertvoll es ist, dies zu sehen. Es handelt sich dabei um ein Wissen um unseren eigenen Geist, das die meisten Menschen nicht besitzen. Wenn Sie auf der Straße jemanden ansprechen und fragen würden: „Wandert Ihr Geist umher?", dann würden Sie wahrscheinlich zur Antwort bekommen: „O nein, ich weiß genau, was ich tue." Wir haben jedoch nur eine vage Vorstellung davon, was unser Geist wirklich tut, solange wir nicht sitzen und ihn beobachten. Wir geben dem Geist ein sehr einfaches Objekt – nichts weiter als den Atem –, und dennoch hat sich der Geist bereits nach ein, zwei oder drei Atemzügen davongemacht und wandert umher. Wir springen auf einen Zug von Assoziationen auf, bei dem ein Gedanke zum nächsten führt. Wir wissen nicht, wann wir auf den Zug aufgesprungen sind, wir haben keine Ahnung, wo er hinfährt. Und dann werden wir dreißig Sekunden, eine Minute, fünf Minuten oder eine halbe Stunde später an irgendeinem Bahnhof auf der Strecke abgesetzt, wo uns eine vollkommen andere innere Umgebung erwartet. Stellen Sie sich als ein weiteres Beispiel für den abgelenkten Geist vor, daß Sie ins Kino gehen, und dort wird alle neunzig Sekunden der Film gewechselt. Würden Sie für eine solche Vorstellung bezahlen wollen? Genau das passiert jedoch im umherwandernden Geist: Es wird ein Film nach dem anderen abgespielt – unaufhörlich.

Es ist darüber hinaus recht erstaunlich, daß wir uns häufig in Gedanken, Erinnerungen oder Phantasien verfangen und verlieren, die nicht einmal angenehm sind. Wir verlieren uns häufig darin, alte Verletzungen, Rachegelüste, Urteile und Zwistigkeiten erneut zu durchleben. Diese sind unter Umständen nicht nur unangenehm, sondern manchmal sind sie nicht einmal wahr. Mark Twain hat einmal gesagt, daß einige der schlimmsten Dinge in seinem Leben nie passiert sind. Behalten Sie das während Ihrer Meditationsübung im Auge, besonders dann, wenn Sie aus den Assoziationsketten aussteigen. Wie vieles davon ist einfach nur die Ausgeburt einer ausufernden Phantasie und Vorstellungskraft? Wenn wir erst einmal einsehen, was unser Geist in diesem Moment tatsächlich tut, und uns vor Augen führen, was das für Auswirkungen auf unser Leben hat, dann beginnen wir den großen Wert und die Bedeutung der Stabilisierung unserer Aufmerksamkeit zu erkennen. Vieles in der Welt, die wir in uns und um uns herum erschaffen, hat seinen Ursprung in unserem eigenen Geist.

In der Schlichtheit der Form des Sitzens und Gehens geben wir dem Geist ein primäres Objekt, auf das er zurückkommen kann; und allmählich wird der Geist geschult. Er beginnt sich zu stabilisieren. Er wird langsam ein wenig stetiger. Auch wenn dann noch immer Gedanken und Bilder vorhanden sind, werden sie doch ein wenig ruhiger. Sie sind nicht mehr so vorherrschend oder zwingend. Es kommt zunehmend ein Gefühl von Erleichterung, von Loslassen auf, und wir machen die Erfahrung, daß wir uns innerlich entspannen und stiller werden.

Während sich die Aufmerksamkeit stabilisiert, beginnen wir eine sehr entscheidende Bedeutung des Pali-Wortes *sati* zu verstehen und zu erforschen, das normalerweise mit „Achtsamkeit" übersetzt wird. Sati ist der Kern unserer Praxis. Ein Aspekt seiner Bedeutung, den ich sehr hilfreich finde, ist die Qualität des Unabgelenktseins. Wenn wir unabgelenkt sind, beginnen wir wahrzunehmen, wie mühelos und spontan achtsames Gewahrsein auftaucht. Sehen wir das erst einmal selbst, dann hören wir auf, um Gewahrsein zu ringen und es irgendwie herbeiführen zu wollen. Wenn Sie zum Beispiel sitzen, in Ihrem Körper ruhen und unabgelenkt sind, und wenn ein Geräusch auftaucht – gibt es dann irgendein Problem damit, achtsam zu sein oder dieses Geräusches gewahr zu sein? Nein. Es gibt nichts Besonderes, das wir tun oder erschaffen müßten. Jedesmal also, wenn wir uns ablenken lassen, uns in Gedanken oder in irgendeine Phantasie verlieren, ohne zu wissen, was da gerade passiert, geht es einfach nur darum, zu diesem Gewahrsein zurückzukehren, das die grundlegende Natur des Geistes ist.

Achten Sie einmal darauf, was es für einen Unterschied macht, ob Sie in Gedanken verloren sind oder dessen gewahr sind, daß Sie denken. Es gibt zahllose Gelegenheiten, das zu üben, denn die meiste Zeit über tauchen Gedanken auf. Wie fühlt es sich an, wenn der Geist umherirrt? Wie fühlt es sich an, wenn wir dessen gewahr sind, daß ein Gedanke aufgetaucht ist? Der Unterschied ist recht erstaunlich. Der eigenen Gedanken gewahr zu werden ist wie aus einem Traum zu erwachen. Jedes Gewahrwerden dieser Art ist ein Moment des Erwachens. Und können Sie sich, anstatt die Tatsache zu beurteilen, daß Ihr Geist abgeirrt ist, an Ihrem Erwachen freuen? Das verändert den Grundton der Praxis außerordentlich. Jedesmal, wenn Sie bemerken, daß Sie abgeschweift sind, kann das zu einem Moment der Freude werden.

Häufig haben Menschen die Vorstellung, daß Meditation *nicht denken* bedeute. Ich habe dieses Mißverständnis schon viele Male gehört. Wenn man diese Vorstellung hat, führt das bei jedem Auftauchen eines Gedankens zu Kampf oder Selbstverurteilung. Das ist der falschen Ansatz. Meditation ist die Übung – mit der Betonung auf *Übung* –, sich nicht in das Denken zu verlieren. Es geht nicht darum, das Denken zu stoppen, es geht darum, gewahr zu sein, wann Gedanken auftauchen, und – um einen Ausdruck aus der tibetischen Tradition zu verwenden – sie dabei zu beobachten, wie sie „sich selbst befreien". In dem Moment, da wir dessen gewahr sind, daß wir denken, sehen wir die unbeständige, unwirkliche Natur der Gedanken. Häufig ist es so, daß Gedanken in dem Moment, in dem wir ihrer gewahr werden, einfach verschwinden. Wir üben und lassen uns nicht ablenken, wenn Gedanken auftauchen. Können wir mit einem Gedanken auf dieselbe Weise sein wie mit einem Geräusch? Wir sitzen, wir fühlen den Körper und den Atem. Es taucht ein Geräusch auf, und wir sind einfach des Hörens gewahr. Wenn ein Gedanke auftaucht, können wir dann einfach des Denkens gewahr sein? Wenn das so ist, gibt es kein Problem.

Ein großer koreanischer Zen-Meister aus dem 11. Jahrhundert namens Chinul hat einmal gesagt: „Fürchte dich nicht vor deinen Gedanken. Sorge nur dafür, daß du nicht nachläßt, der Gedanken gewahr zu sein." Genau das üben wir: Wachsamkeit und Unabgelenktheit. Auf diese Weise erlauben wir allem – was immer es sein mag – aufzutauchen, ohne daß wir uns darin verlieren.

Warum ist das so wichtig? Warum legen wir so großen Wert darauf, den Unterschied zwischen ‚Der-Gedanken-gewahr-Sein' und ‚Sich-in-Gedanken-Verlieren' herauszustellen? Dieser Unterschied ist außerordentlich bedeutsam, da wir uns sehr oft nicht einfach nur in Gedanken verlieren, sondern sie auch ausagieren. Wenn wir uns das Leiden in der Welt ansehen, die Schauplätze von Krieg, Gewalt, Ungerechtigkeit und Ausbeutung, und wenn wir wirklich untersuchen, was in diesen Situationen geschieht, dann sehen wir Menschen, die verschiedene Geisteszustände von Angst, Haß oder Habgier ausagieren. All diese Gedanken und Gefühle haben äußerst weitreichende Folgen.

Wir können dieses Muster sogar bei ganz gewöhnlichen Aktivitäten beobachten. Ich habe einmal im Frühling für mich allein ein Retreat in meinem Haus durchgeführt und bin jeden Tag zum Mittagessen zur *Insight Meditation Society* hinübergegangen. Einmal, als ich mir mein Essen holte, sah ich vor einem der Gerichte ein Schild, auf dem MÄSSIGUNG BITTE stand. Aus irgendeinem Grund schienen diese Hinweise immer vor dem eigenen Lieblingsgericht aufzutauchen; in diesem Fall war es Sesamspinat. Ich ging so achtsam, wie ich konnte, durch die Reihe, sah das MÄSSIGUNG-BITTE-Schild, und das erste, was mein Geist tat, war sich zu fragen: "Wieviel kann ich wohl nehmen und trotzdem noch mäßig sein?" Und so viel nahm ich mir dann – nämlich genau so viel, wie mir gerade noch zumutbar erschien. Etwa dreißig Sekunden später bekam ich jedoch Gewissensbisse: „Ich habe zuviel genommen. Für die Leute hinter mir wird nichts mehr übrigbleiben." Also schaute ich während des ganzen Mittagessens über meine Schulter und fragte mich: Haben wohl alle ihren Spinat bekommen? Auch wenn das kein friedliches Mittagessen war, so war die Erfahrung doch im nachhinein sehr lehrreich. Sie hat mir noch einmal die Wichtigkeit von Achtsamkeit selbst bei den einfachsten Aktivitäten deutlich gemacht. Jedesmal, wenn ich jetzt durch die Reihe gehe und das MÄSSIGUNG-BITTE-Schild sehe, ist das wie eine Achtsamkeitsglocke: Beobachte, was dein Geist damit macht.

Das zweite Werkzeug für die Untersuchung besteht darin, langsamer zu machen, damit wir uns der Erfahrung vollständig öffnen können und nicht über Dinge hinweghetzen. Eine wichtige Ebenenverschiebung findet zum Beispiel statt, wenn wir unser Tempo verlangsamen. Es besteht ein Unterschied zwischen der Erfahrung, beim Gehen einfach nur zu wissen, daß wir uns bewegen, und dem tatsächlichen Spüren der durch die Bewegung ausgelösten Empfindungen. Wenn wir uns auf die Ebene der sich verändernden Empfindungen einstellen, wird es möglich, über die Konzepte von „Fuß", „Bein" und „Körper" hinauszugehen, um am eigenen Leib die unbeständige und unwirkliche Natur der Erscheinungen zu erfahren.

Beobachten Sie also auch Zeiten des Hastens und das Gefühl, uns selbst schon vorausgeeilt zu sein, wenn wir glauben, eine Aufgabe erledigen oder irgendwo hingehen zu müssen. Nehmen Sie wahr, wie Sie durch Ihre Arbeit hasten oder wie Sie sich beim Duschen hetzen. Selbst in Zeiten, da ich bei einem Retreat bin und mich ziemlich langsam bewege, nehme ich häufig den Unterschied zwischen der formellen Gehmeditation und dem Gehen zum Speisesaal wahr – jenes leichte energetische Vorwärtsneigen in der Vorfreude auf die Mahlzeit. Überspringen Sie Dinge nicht und glauben Sie nicht, daß bestimmte Erfahrungen wichtiger sind als andere. Alles enthüllt die Natur unseres Geistes und unseres Körpers; alles wird zu einem Vehikel für das Erwachen.

Die Zeit eines Meditationsretreats ist eine gute Gelegenheit, um dieses kontinuierliche Gewahrsein zu üben und die kleinen Dinge nicht zu übersehen. Eine Geschichte, die über den berühmten Naturforscher Louis Agassiz und seinen Schüler Samuel Scudder erzählt wird, verdeutlicht, wie wichtig es ist, seine Aufmerksamkeit zu entwickeln.

[Agassiz] beabsichtigte, so sagte er, jeden Schüler das Sehen zu lehren – zu beobachten und zu vergleichen –, und er beabsichtige, ihnen selbst die Last des Studiums aufzuerlegen. Wahrscheinlich hat er den Satz, für den er bekannt wurde, nie gesagt: „Studiert die Natur und nicht die Bücher" – oder zumindest hat er ihn nicht genau mit diesem Wortlaut gesagt. Aber die Essenz seiner Überzeugung ist damit sicherlich umrissen, und seinen Schülern prägte sich die Idee durch das ein, was sie „die Sache mit dem Fisch" nannten.

Wenn das Aufnahmegespräch beendet war, fragte Agassiz den Schüler, wann er beginnen wolle. Wenn die Antwort „jetzt" lautete, dann wurde ihm augenblicklich ein toter Fisch vorgesetzt – normalerweise einer, der schon lange tot war, ein eingesalzenes, übelriechendes Exemplar, das der „Meister" persönlich aus einem der Gefäße ausgewählt hatte, die seine Regale säumten. Der Fisch wurde in einer Blechschale vor den Schüler hingestellt. Er solle sich den Fisch ansehen, so wurde ihm gesagt, woraufhin Agassiz den Raum verließ, um erst viel später am selben Tag, falls überhaupt, wiederzukommen. Samuel Scudder, einer der zahlreichen Studenten aus seiner Schule, die später eigene wichtige Arbeit leisten sollten (Scudder arbeitete als Insektenforscher), beschrieb diese Erfahrung als einen der denkwürdigen Wendepunkte in seinem Leben.

„In zehn Minuten hatte ich alles gesehen, was es bei diesem Fisch zu sehen gab ... Es verging eine halbe Stunde – eine ganze Stunde – eine weitere Stunde. Der Fisch begann ekelhaft auszusehen. Ich drehte und wendete ihn nach allen Richtungen: Ich schaute ihm ins Gesicht – schauderhaft; von hinten, unten, oben, von der Seite, aus einem Winkel von 90 Grad – genauso schauderhaft. Ich war verzweifelt. Ich durfte kein Vergrößerungsglas verwenden; Hilfsmittel aller Art waren untersagt. Meine beiden Hände, meine beiden Augen und der Fisch – es schien ein äußerst begrenztes Feld zu sein. Ich schob meinen Finger in seinen Schlund und fühlte, wie scharf seine Zähne waren. Ich begann die Schuppen in verschiedenen Reihen zu zählen, bis ich davon überzeugt war, daß das Unsinn war. Schließlich durchfuhr mich ein glücklicher Gedanke – ich würde den Fisch zeichnen, und jetzt begann ich zu meiner Überraschung neue Merkmale an dem Fisch zu entdecken."

Als Agassiz später zurückkam und zuhörte, wie Scudder ihm berichtete, was er beobachtet hatte, war sein einziger Kommentar, daß der junge Mann noch einmal hinschauen müsse.

Ich war verärgert; ich war beleidigt. Noch mehr von diesem elenden Fisch! Aber jetzt machte ich mich mit ganzer Willenskraft an die Aufgabe und ich entdeckte einen neuen Aspekt nach dem anderen ... Der Nachmittag verging schnell, und als er sich dem Ende zuneigte, fragte der Professor:

„Nun, sehen Sie ihn jetzt?"
„Nein", erwiderte ich. „Ich bin sicher, daß ich das nicht tue. Aber ich sehe, wie wenig ich vorher gesehen habe."

Am folgenden Tag, nachdem er den größten Teil der Nacht an den Fisch gedacht hatte, hatte Scudder einen Geistesblitz. Der Fisch, so verkündete er Agassiz, habe symmetrische Seiten mit paarigen Organen.
„Natürlich, natürlich", sagte Agassiz offensichtlich erfreut. Scudder fragte, was er als nächstes tun solle, und Agassiz erwiderte: „Nun, schauen Sie sich Ihren Fisch an!"
In Scudders Fall dauerte die Lektion volle drei Tage. „Hinsehen, hinsehen, hinsehen", war die wiederholte Aufforderung und die beste Lektion, die er je bekommen hatte, erinnerte sich Scudder – „ein Vermächtnis, das der Professor mir wie vielen anderen hinterlassen hat; ein Vermächtnis von unschätzbarem Wert, das wir nicht hätten kaufen und von dem wir uns nicht trennen können".

Können wir jene Absicht, jene Kraft der Beobachtung auf unseren eigenen Geist gerichtet halten? Es ist unser Leben; können wir es uns mit einem ebenso großen Maß an Sorgfalt anschauen?
Sharon Salzberg kann eine wunderbare Geschichte über unseren ersten Kurs mit Sayadaw U Pandita im Jahre 1984 erzählen. Sharon kam zu einem Gespräch. Sie hatte einen Bericht über ihre meditative Erfahrung vorbereitet, die immer ruhiger und stiller wurde. Sie verbeugte sich und begann zu berichten. U Pandita unterbrach sie: „Was haben Sie bemerkt, als Sie sich die Zähne geputzt haben?" Sie hatte nichts bemerkt. Er wollte nichts anderes hören, also entließ er sie. Am nächsten Tag kam sie herein und hatte sich darauf vorbereitet zu berichten, was sie beim Zähneputzen erlebt hatte. Doch Sayadaw fragte sie: „Was haben Sie erfahren, als Sie sich die Schuhe angezogen haben?" Sie hatte nichts bemerkt. Er wollte nichts anderes hören, also entließ er sie. Das war das Ende des Gesprächs. So ging das wochenlang weiter. Jeden Tag kam sie herein, und er befragte sie über irgend etwas anderes, bis sie *allem* Aufmerksamkeit schenkte, was sie tat. Ein Ding war nicht wichtiger als irgendein anderes. Können wir auf diese Weise praktizieren? Nicht mit einem Gefühl von Anstrengung, nicht mit einem Gefühl des Kämpfens, sondern indem wir sehr empfänglich und sehr still sind; indem wir jeden Moment aufmerksam in uns auf-

nehmen, ohne über die Dinge hinwegzuhetzen. Wenn wir auf diese Weise praktizieren, dann wird unsere Wahrnehmung der Welt beträchtlich transformiert. Gary Snyder hat das in ein paar Zeilen zum Ausdruck gebracht: „Es gibt eine Welt hinter der Welt, die wir sehen, die dieselbe Welt ist, nur offener und transparenter."

Ein dritte Methode, die in der Meditation als Wissenschaft des Geistes verwendet wird, ist das geistige Etikettieren. Dabei handelt es sich darum, in einer Art sanften Flüsterns unsere Erfahrung zu etikettieren; das hilft uns, in direkten Kontakt mit unserer Erfahrung zu kommen. Das geistige Etikettieren ist das einfache Anerkennen dessen, was ist. Mit jedem Atemzug können Sie zum Beispiel im Geiste „ein, aus" oder „heben, senken" etikettieren. Wenn uns bewußt ist, daß Gedanken vorhanden sind, können wir es je nach Art des Gedankens als „Denken" oder „Planen" oder „Urteilen" bezeichnen. Manchmal etikettieren Übende nur zu Beginn der Übung, manchmal viele Male. Sie können experimentieren. Wenn der Geist beruhigt und stark konzentriert ist, benötigen Sie das geistige Etikettieren vielleicht überhaupt nicht. Schauen Sie, was geschieht. Selbst wenn Sie das Etikettieren als Hilfe loslassen, kehren Sie vielleicht irgendwann dazu zurück, um einige der subtileren geistigen Zustände zu benennen. Vielleicht fühlen Sie sich mit Ihrem physischen Erleben gut verbunden – aber bemerken Sie auch das Gefühl von Ruhe, Frieden und Stetigkeit? Überprüfen Sie in regelmäßigen Abständen Ihre Stimmung. Benennen Sie sie. Das hilft Ihnen, Ebenen der Identifikation zu überwinden, von denen Sie vielleicht nicht einmal gewußt haben, daß sie vorhanden sind. Spielen Sie mit dem Etikettieren; es ist eine Methode, die im Dienste des Gewahrseins steht.

Wir möchten die Wahrheit unserer Erfahrung sehen und untersuchen, damit wir beginnen können, in unserem Leben intelligente und weise Entscheidungen zu treffen, anstatt einfach nur alte, gewohnheitsmäßige Konditionierungen auszuleben. Thoreau hat über seine Zeit am *Walden Pond* geschrieben: „Ich bin in die Wälder gegangen, weil ich besonnen leben und mich nur mit den essentiellen Tatsachen des Lebens abgeben wollte. Ich wollte sehen, ob ich lernen konnte, was mich diese Art zu leben lehren konnte, um nicht angesichts des Todes feststellen zu müssen, daß ich nicht gelebt hatte." Die Meditationspraxis ist unser *Walden Pond*. Wir kommen zu unserer Übung, weil wir besonnen leben, uns mit den essentiellen Tatsachen des Lebens befassen und sehen wollen, ob wir lernen können, was uns diese Art zu leben lehren kann.

In der Meditationspraxis sind der Gebrauch einer einfachen Form, das Zurückkommen zu einem primären Objekt, das bewußte Langsamerwerden und das Praktizieren des geistigen Etikettierens ausnahmslos Methoden, die der ersten Sichtweise der Praxis, also der Meditation als einer Wissenschaft des Geistes, entspringen. Die zweite Sichtweise ist diejenige von Meditation als Kunst. Von diesem Standpunkt aus beginnen wir nicht nur zu sehen, was geschieht und was im jeweiligen Moment auftaucht, sondern auch zu fühlen und zu verstehen, was wir mit unserer Erfahrung anfangen. In diesem Sinne bedeutet Meditation, die Kunst der wahren Beziehung zu entdecken. Und indem wir in der Meditationspraxis mehr über das Wesen der Beziehung herausfinden, beginnen wir diese Einsichten auch auf unser Leben anzuwenden.

Es gibt viele Möglichkeiten, mit Erfahrungen umzugehen. Wir können dessen gewahr sein, was geschieht, und trotzdem heftig reagieren – mit Zuneigung oder Abneigung, mit Urteilen, Aversion oder Gier. Aber können wir auch dessen gewahr sein, was geschieht, und mit Offenheit, Ruhe und Mitgefühl damit umgehen? Die Erfahrung eines jeden Moments kann unseren Geisteszustand enthüllen. Nehmen Sie eine ganz einfache Situation: Was fangen Sie mit dem Atem an? Wenn Sie mit dem Atem sitzen, dann ist der erste Schritt das Etikettieren, das Fühlen des Atems und das genaue Beobachten der spezifischen Wahrnehmungen, die damit verbunden sind. Dann besteht jedoch die Kunst der Praxis darin zu verstehen, wie der Geist beim Atem verweilt, wie wir damit umgehen. Was ist die Qualität der aufgebrachten Bemühung? Haben wir keinerlei Absicht und bemühen wir uns nicht, beim Atem zu bleiben, dann gleitet der Geist schnell weg. Wenn wir uns andererseits zu sehr bemühen, wenn wir versuchen, am Atem festzuhalten, dann werden wir verspannt und nervös. Oder es kann sein, daß wir etwas ungeduldig mit dem Atem werden – wir sind nur mit der Einatmung präsent, um zur Ausatmung zu gelangen. Oder wir sind mit der Ausatmung präsent, um zur nächsten Einatmung zu kommen. Diese Art der Beziehung zum Atem läßt uns immer wieder vornüberkippen, statt daß wir einfach im Gewahrsein ruhen und jeden Atemzug ganz natürlich kommen lassen. Können Sie genauso rezeptiv bei der Empfindung eines jeden Atemzugs verweilen wie bei Geräuschen? Können die Empfindungen wie verschiedene Geräusche sein, die im Geist auftauchen? Wenn wir einfach nur ohne Ablenkung ruhen, dann ist das Gewahrsein spontan.

Wir können unsere Beziehung zum Erleben auch dann deutlich sehen, wenn wir Schmerzen oder unangenehme Gefühle erfahren. Wie gehen wir mit schmerzhaften Gefühlen um? Darüber gibt es viel zu lernen, und es gibt viele Gelegenheiten zum Lernen. Wir gehen auf so vielfältige Weise mit unangenehmen Dingen um. Manchmal verfallen wir in Selbstmitleid, oder der Geist beginnt sich über schwierige Situationen zu beklagen. Manchmal taucht Angst auf.

Bei meiner Praxis habe ich mich häufig in Situationen befunden, in denen großer Lärm herrschte. Das passierte mir zu gewissen Zeiten in Indien, wenn vom frühen Morgen bis spät in die Nacht auf Hindi gesungene Filmmusik aus Lautsprechern dröhnte. Jahre später passierte es mir in Burma, wo jeden Tag gebaut wurde und den ganzen Tag Baulärm ertönte – direkt unter meinem Fenster wurde auf Metall gehämmert. Zu jener Zeit beobachtete ich, wie sich mein Geist mit Abneigung füllte. Schließlich ging ich zu meinem Lehrer Sayadaw U Pandita, um ihm von diesen Störungen zu berichten, und alles, was er sagte, war: „Hast du sie etikettiert?"

Damals geschah etwas Wichtiges: Nachdem ich anfangs frustriert über seine Antwort gewesen war, wurde mir klar, was er mich mit den Worten „Hast du sie etikettiert?" gelehrt hatte – nämlich daß es vom Standpunkt des Gewahrseins wirklich keine Rolle spielt, was das Objekt ist. Manchmal ist es angenehm, manchmal ist es unangenehm. Das ist alles. Können wir es etikettieren? Nicht „etikettieren" in dem Sinne, daß wir das Beste aus einer schlechten Situation machen oder sie abtun. „Hast du sie etikettiert?" bedeutet: Kannst du unabhängig von dem Objekt, das auftaucht, einfach im Gewahrsein ruhen? Da sind Geräusche. Unangenehme Geräusche. Unangenehme, laute Geräusche. Unangenehme, laute und *unaufhörliche* Geräusche. Es spielt keine Rolle. Bei der Meditation geht es nicht darum, eine bestimmte Erfahrung statt einer anderen zu machen. Es geht darum, ruhig im Gewahrsein dessen zu verweilen, was auftaucht – ganz gleich, was es ist –, und sich bewußt zu werden, daß es manchmal angenehm und manchmal unangenehm ist, und daß das in Ordnung ist. Es geht einfach darum, gewahr zu sein. Kommen wir zu dieser einen Einsicht, dann wird unsere gesamte Praxis transformiert. Die große Kraft der Vipassanā- beziehungsweise Achtsamkeitspraxis liegt in dem Verständnis, daß nichts außerhalb des Bewußtseinsbereichs liegt, wenn wir die Kunst der wahren Beziehung entdecken. Es ist ungeheuer befreiend, wenn wir einfach mit allem, was auftaucht, präsent sein können.

Die Kunst der Meditation ist die Kunst der wahren Beziehung. Welche Beziehung haben wir zu den verschiedenen Gedanken und Emotionen? Von einigen Gedanken lassen wir uns faszinieren. Wir verstricken uns in sie und lassen uns von ihnen verführen. Andere Gedanken und Emotionen verdammen oder verurteilen wir vielleicht, oder wir versuchen, sie loszuwerden. Können wir so wie im Fall der unangenehmen Geräusche offen sein für unangenehme Gedanken und Gefühle? Es ist sehr hilfreich, sich selbst mit Humor zu begegnen. Wenn wir all die verschiedenen Reaktionen des Geistes sehen und wie wir uns immer wieder in sie verstricken – können wir dann darüber lachen?

Vor Jahren habe ich einmal einen Yogi einen Kommentar über seine Praxis abgeben hören: „Der Geist kennt keinen Stolz." Vielleicht bekommen wir ein Gespür dafür, wenn wir unseren eigenen Geist beobachten. Einmal war ich mit Sayadaw U Pandita bei einem Retreat in Australien. Die Praxis war sehr intensiv, und alle übten mit großer Sorgfalt. Ich stand in der Schlange der Menschen, die im Speisesaal für das Mittagessen anstanden, und alles war vollkommen still. Der Mann direkt vor mir hob den Deckel von einem der Töpfe mit Essen, und als er ihn auf den Tisch legen wollte, fiel der Deckel mit einem lauten Scheppern auf den Boden. Der erste Gedanke, der in meinem Geist auftauchte, war: „Das war nicht ich!" Ich beobachtete meinen Geist und fragte mich: „Wo ist *das* bloß hergekommen?" Aber wie wir alle wissen – es kommen alle möglichen Gedanken. Können wir darüber lachen? Können wir unsere Stimmung etwas heben?

Und wie gehen wir mit der Übung selbst um? Sind wir in Erwartungen gefangen, die als Rechtes Bemühen getarnt sind? Glauben wir uns in der rechten Weise zu bemühen, während wir im Grunde genommen nur darauf warten, daß etwas geschieht? Erinnern Sie sich bitte daran, daß wir nicht um irgendwelcher Erfahrungen willen üben. Wir praktizieren den Geist des Nichtanhaftens. Was immer an Erfahrungen auftaucht, wird wieder vergehen, warum sollte man also dafür üben? Es ist sehr viel leichter und einfacher, wenn wir uns selbst befreien und uns aus dem Getriebe der Anhaftung lösen. Anstatt uns in unserer Praxis mit jener Anstrengung und jenem Ringen um irgendeine besondere Erfahrung voller Erwartung nach vorn zu lehnen, lehnen wir uns bequem zurück. Ruhen Sie im Gewahrsein all dessen, was auftaucht – manchmal ist es angenehm, manchmal unangenehm. Lassen Sie alles kommen und gehen.

Dieses Nichtanhaften wird in einer Zeile des „Diamant-Sûtras" zum Ausdruck gebracht: „Entwickle einen Geist, der an nichts festhält." Während Sie sitzen und Ihren Atem, Ihre Empfindungen und Gedanken beobachten, erinnern Sie sich daran, daß Sie Nichtanhaften üben. Bei der Praxis geht es nicht darum, diese Erfahrung in etwas anderes zu umzuwandeln. Es ist sehr befreiend, auf diese Weise im Gewahrsein zu verweilen. Wenn Sie bei der Praxis das Gefühl haben, daß Sie kämpfen oder sich anstrengen, dann lehnen Sie sich zurück und stellen Sie sich die Frage: „Was passiert hier gerade?" Das Gefühl des Kämpfens bedeutet, daß sich etwas im Geist oder im Körper abspielt, das wir nicht akzeptieren. Was wir statt dessen tun wollen, ist, uns zurückzulehnen, uns zu öffnen und einfach zu sehen, was da ist. In jenem Moment des Sehens und des Akzeptierens hört der Kampf auf.

Wenn wir die Wissenschaft und die Kunst der Meditation zusammenbringen und sehr präzise und offen mit allem umgehen, was auftaucht, beginnen wir das Wesen der subtilsten Elemente unserer Erfahrung zu entdecken. Was ist ein Gedanke? Halten wir jemals inne, um zu erforschen, was ein Gedanke ist? Was ist dieses Phänomen, das so viel Macht in unserem Leben hat, ja unser Leben antreibt, wenn wir seiner nicht gewahr sind? Doch sind wir eines Gedankens gewahr, dann wird er als so substanzlos erlebt wie ein Windhauch. Etwas, das leer von jeglicher Substanz ist, ist der Meister unseres Lebens. Was ist dieses Phänomen, das uns dermaßen beherrscht? Die Praxis besteht darin, einfach zu forschen und so lange immer wieder hinzusehen, bis wir die Leere alles dessen erkennen können.

Worin besteht das Wesen des Gewahrseins, des grundlegenden Prozesses des Bewußtseins? Das ist ein großes Geheimnis, denn wenn wir nach Gewahrsein Ausschau halten, dann gibt es da nichts zu finden. Und dennoch kennt und erkennt es spontan und unaufhörlich alles, was auftaucht. Das ist recht erstaunlich. Durch die Entwicklung der Wissenschaft und der Kunst der Praxis, durch die Balance zwischen präziser Erforschung und offener Empfänglichkeit durchdringen wir die essentielle Natur unseres Geistes, unseres Körpers und unseres Bewußtseins. Wir beginnen, die Wahrheit unseres Lebens zu berühren. Das ist die große Entdeckungsreise, auf der wir uns befinden, eine Reise, die zur Entdeckung unserer selbst führt.

W. H. Murray, der Leiter einer schottischen Himâlaya-Expedition, hat hinsichtlich des Bergsteigens eine Beobachtung gemacht, die für die Praxis der Meditation äußerst relevant ist:

Solange man kein wirkliches Engagement zeigt, zögert man, gibt es die Möglichkeit, sich zurückzuziehen, ist das Ganze immer ineffektiv. Bei allen Unternehmungen, bei denen Initiative gefragt ist, gibt es eine elementare Wahrheit, und wenn man um diese nicht weiß, gehen zahllose Ideen und brillante Pläne daran zugrunde: daß in dem Moment, da man sich definitiv verpflichtet, die Vorsehung ebenfalls auf den Plan tritt. Alle möglichen Dinge geschehen, um einem zu helfen, die ansonsten nie geschehen wären. Ein ganzer Strom von Ereignissen resultiert aus der Entscheidung, und alle möglichen unvorhergesehenen Vorfälle und Begegnungen und materiellen Hilfen, von denen man sich nicht einmal hätte erträumen können, daß sie einem zuteil würden, werden zu eigenen Gunsten in die Wege geleitet. Ich habe gelernt, tiefe Achtung für ein Reimpaar von Goethe zu empfinden. „Was immer du tun oder dir erträumen kannst, das beginne. In der Kühnheit liegt Genialität, Kraft und Magie."

Bhante Gunaratana

Achtsamkeit

Achtsamkeit ist die Übersetzung des Pali-Begriffs *sati*. Sati ist eine Aktivität. Aber was genau ist es? Darauf kann es keine präzise Antwort geben, zumindest nicht mit Worten. Worte werden von den symbolischen Ebenen des Geistes geprägt, und sie beschreiben die Wirklichkeiten, mit denen das symbolische Denken zu tun hat. Achtsamkeit ist jedoch prä-symbolisch. Sie ist nicht an Logik gebunden. Dennoch kann Achtsamkeit erfahren werden, und zwar relativ leicht, und sie läßt sich auch beschreiben, solange man im Auge behält, daß die Worte lediglich wie Finger sind, die auf den Mond weisen. Sie sind nicht die Sache selbst. Die tatsächliche Erfahrung liegt jenseits von Worten und geht über Symbole hinaus. Achtsamkeit könnte mit völlig anderen Worten beschrieben werden als hier, und doch könnten beide Beschreibungen korrekt sein.

Achtsamkeit ist ein subtiler Prozeß, den Sie genau in diesem Moment benutzen. Die Tatsache, daß dieser Prozeß jenseits von Worten liegt und über diese hinausgeht, macht ihn nicht unwirklich – ganz im Gegenteil! Achtsamkeit ist die Wirklichkeit, die Worte entstehen läßt; die Worte, die folgen, sind nichts als blasse Schatten der Wirklichkeit. Es ist also wichtig zu begreifen, daß alles, was hier nun folgt, eine Analogie ist. Es wird keinen vollkommenen Sinn ergeben. Achtsamkeit wird immer jenseits von verbaler Logik bleiben, aber Sie können sie *erfahren*. Die Meditationstechnik namens Vipassanâ (Einsicht), die vom Buddha vor etwa 2 500 Jahren eingeführt wurde, besteht aus einer Reihe von geistigen Aktivitäten, die speziell darauf abzielen, einen Zustand ununterbrochener Achtsamkeit herbeizuführen.

Wenn Sie beginnen, etwas wahrzunehmen, gibt es da einen flüchtigen Moment reinen Bewußtseins, unmittelbar bevor Sie die Sache in

Begriffe fassen, bevor Sie sie identifizieren. Das ist ein Zustand des Gewahrseins. Normalerweise ist dieser Zustand kurzlebig. Er ist jenes Aufblitzen für den Bruchteil einer Sekunde, genau dann, wenn Sie Ihre Augen auf die Sache richten, wenn Sie Ihren Geist darauf richten, unmittelbar bevor Sie die Sache objektivieren, sich mental daran festmachen und sie vom Rest der Existenz trennen. Es findet statt, unmittelbar bevor Sie beginnen, über die Sache nachzudenken – bevor Ihr Geist sagt: „Oh, das ist ein Hund." Dieser fließende, noch unfokussierte Moment reinen Gewahrseins ist Achtsamkeit. In jenem kurz aufblitzenden Geistesmoment erfahren Sie ein Ding als ein Nichtding. Sie erleben einen sanft fließenden Moment reiner Erfahrung, der mit dem Rest der Wirklichkeit verflochten und nicht davon getrennt ist. Achtsamkeit ist dem sehr ähnlich, was man mit dem peripheren Sehen wahrnimmt, im Gegensatz zu dem harten Fokus der normalen oder zentralen Sicht. Und doch enthält dieser Moment weichen, unfokussierten Bewußtseins ein sehr tiefes Wissen, das verlorengeht, wenn man seinen Geist fokussiert und das Objekt verdinglicht. Im Prozeß der gewöhnlichen Wahrnehmung ist der Achtsamkeitsschritt so flüchtig, daß er nicht beobachtet werden kann. Wir haben die Gewohnheit entwickelt, unsere Aufmerksamkeit auf alle übrigen Schritte zu verschwenden, uns auf die Wahrnehmung zu fokussieren, die Wahrnehmung zu erkunden, sie zu benennen und, was die stärkste Wirkung hat, uns in eine lange Kette symbolischer Gedanken über sie zu verlieren. Über jenen ursprünglichen Moment von Achtsamkeit gehen wir schnell hinweg. Die Vipassanâ-Meditation übt uns darin, jenen Moment von Gewahrsein zu verlängern.

Wenn diese Achtsamkeit durch den Einsatz angemessener Techniken verlängert wird, dann werden Sie feststellen, daß es sich hierbei um eine tiefgreifende Erfahrung handelt, die Ihre gesamte Weltsicht verändern wird. Dieser Zustand von Wahrnehmung muß jedoch erlernt werden, und er erfordert regelmäßige Übung. Sobald Sie diese Technik einmal erlernt haben, werden Sie feststellen, daß Achtsamkeit viele interessante Aspekte hat.

Die Eigenschaften der Achtsamkeit

Achtsamkeit ist ein Spiegelgedanke. Sie spiegelt nur das wider, was gerade geschieht, und in genau der Art und Weise, wie es geschieht. Es gibt keine Vorurteile.

Achtsamkeit ist nichturteilende Beobachtung. Sie ist die Fähigkeit des Geistes, kritiklos zu beobachten. Mit dieser Fähigkeit sieht man Dinge, ohne sie zu be- oder verurteilen. Man ist über nichts überrascht. Man interessiert sich einfach in ausgewogener Weise für die Dinge, so, wie sie in ihrem natürlichen Zustand sind. Man entscheidet nicht, und man urteilt nicht. Man beobachtet lediglich. Bitte beachten Sie, daß wir, wenn wir sagen: „Man entscheidet nicht, und man urteilt nicht", damit meinen, daß der Meditierende in ähnlicher Weise beobachtet, wie ein Wissenschaftler ein Objekt unter einem Mikroskop betrachtet. Er hat keine vorgefaßten Meinungen über dieses Objekt, sondern sieht es genau so, wie es ist. In derselben Weise nimmt der Meditierende Vergänglichkeit, Nicht-Hinreichen und Ichlosigkeit wahr.

Es ist unmöglich für uns, objektiv zu beobachten, was in uns vorgeht, wenn wir nicht gleichzeitig das Auftauchen unserer verschiedenen Geisteszustände akzeptieren. Das gilt insbesondere für unangenehme Geisteszustände. Um unsere eigene Angst beobachten zu können, müssen wir die Tatsache akzeptieren, daß wir Angst haben. Wir können unsere eigene Niedergeschlagenheit nicht untersuchen, ohne sie vollständig zu akzeptieren. Das gleiche gilt für Gereiztheit und Aufgeregtheit, Frustration und all die anderen unangenehmen emotionalen Zustände. Sie können etwas nicht vollständig untersuchen, wenn Sie damit beschäftigt sind, seine Existenz zu leugnen. Ganz gleich, welche Erfahrungen wir machen, die Achtsamkeit akzeptiert sie einfach. Es ist einfach nur ein weiteres Geschehnis im Leben, einfach eine weitere Sache, derer man gewahr sein kann. Kein Stolz, keine Scham, nichts Persönliches steht auf dem Spiel – was da ist, ist einfach da.

Achtsamkeit ist unparteiische Aufmerksamkeit. Sie bezieht keine Stellung. Sie verstrickt sich nicht in das, was wahrgenommen wird. Sie nimmt einfach wahr. Achtsamkeit ist nicht in die „guten" geistigen Zustände vernarrt. Es gibt kein Festhalten an dem Angenehmen, kein Flüchten vor dem Unangenehmen. Achtsamkeit behandelt alle Erfahrungen gleich, alle Gedanken gleich und auch alle Gefühle gleich. Nichts wird unterdrückt. Nichts wird verdrängt. Die Achtsamkeit hat keine Lieblinge.

Achtsamkeit ist nichtbegriffliches Gewahrsein. Eine andere mögliche Übersetzung von *sati* ist „reine Aufmerksamkeit". Sie ist kein Denken. Sie beschäftigt sich nicht mit Gedanken oder Konzepten. Sie verstrickt sich nicht in Ideen oder Meinungen oder Erinnerungen. Sie schaut einfach. Achtsamkeit registriert Erfahrungen, aber vergleicht sie nicht. Sie benennt und kategorisiert sie nicht. Sie beobachtet einfach alles so, als geschähe es zum ersten Mal. Sie ist keine Analyse, die auf Reflexion und Erinnerung beruht. Vielmehr ist sie das direkte und unmittelbare Erleben alles dessen, was gerade geschieht, ohne das Medium der Gedanken. Sie geht den Gedanken im Wahrnehmungsprozeß voraus.

Achtsamkeit ist Gewahrsein des gegenwärtigen Moments. Sie findet im Hier und Jetzt statt. Sie ist das Beobachten dessen, was genau jetzt, im gegenwärtigen Augenblick, geschieht. Sie bleibt für immer in der Gegenwart und surft für immer auf dem Kamm der unaufhörlichen Welle der vergehenden Zeit. Wenn Sie an Ihren Lehrer aus dem zweiten Schuljahr zurückdenken, dann ist das eine Erinnerung. Wenn Sie dessen gewahr werden, daß Sie sich an Ihren Lehrer aus dem zweiten Schuljahr erinnern, dann ist das Achtsamkeit. Wenn Sie den Prozeß nun in Begriffe fassen und zu sich selbst sagen: „Oh, ich erinnere mich", dann ist das Denken.

Achtsamkeit ist nicht-ichbezogene Aufmerksamkeit. Sie findet ohne Bezug auf das Ich oder Selbst statt. Mit Achtsamkeit sieht man alle Phänomene ohne Bezug auf Konzepte wie „ich", „mich" oder „mein". Nehmen Sie zum Beispiel einmal an, Sie hätten Schmerzen im linken Knie. Das Normalbewußtsein würde sagen: „Ich habe Schmerzen." Wenn Sie dagegen Achtsamkeit praktizieren, dann würden Sie von der Empfindung einfach als Empfindung Notiz nehmen. Sie würden ihr nicht noch jenes zusätzliche Konzept eines „Ich" anheften. Achtsamkeit hält Sie davon ab, der Wahrnehmung noch etwas hinzuzufügen oder etwas von ihr abzuziehen. Sie verstärken nichts. Sie heben nichts hervor. Sie beobachten einfach genau das, was da ist, ohne es irgendwie zu verzerren.

Achtsamkeit heißt des Wandels gewahr zu sein. Sie beobachtet den vorüberziehenden Strom der Erfahrungen. Sie beobachtet, wie die Dinge sich verändern. Sie sieht die Geburt, das Wachstum und die Reifephase aller Erscheinungen. Sie beobachtet, wie Erscheinungen verfallen und sterben. Achtsamkeit beobachtet Dinge von Moment zu Moment, unaufhörlich. Sie beobachtet alle Erscheinungen, seien sie nun physisch, geistig oder emotional, einfach all das, was sich gerade im Geist abspielt. Man lehnt sich einfach zurück und beobachtet die „Show". Achtsamkeit ist das Beobachten der grundlegenden Natur einer jeden vorüberziehenden Erscheinung. Sie beobachtet, wie Dinge aufsteigen und vorüberziehen. Sie sieht, welche Gefühle diese Sache in uns auslöst und wie wir darauf reagieren. Sie beobachtet, wie andere dadurch beeinflußt werden. In der Achtsamkeit ist man der unvoreingenommene Beobachter, dessen einzige Aufgabe darin besteht, die ständig vorüberziehende Show des inneren Universums im Auge zu behalten. *Bitte beachten Sie den letzten Punkt.* In der Achtsamkeit beobachtet man das Universum im Innern. Der Meditierende, der Achtsamkeit entwickelt, befaßt sich nicht mit dem äußeren Universum. Es ist vorhanden, aber bei der Meditation richtet sich die Untersuchung auf die eigenen Erfahrungen, die eigenen Gedanken, die eigenen Gefühle, die eigenen Wahrnehmungen. Bei der Meditation ist man sein eigenes Laboratorium. Das Universum im Innern birgt einen unglaublichen Schatz an Informationen, die eine Widerspiegelung der äußeren Welt und noch viel mehr sind. Eine Untersuchung dieses „Materials" führt zu vollkommener Freiheit.

Achtsamkeit ist teilnehmende Beobachtung. Der Meditierende ist gleichzeitig Teilnehmer und Beobachter. Wenn man seine Emotionen oder physischen Empfindungen beobachtet, dann fühlt man sie im selben Moment. Achtsamkeit ist kein intellektuelles Bewußtsein. Sie ist einfach nur Gewahrsein. Hier bricht die Spiegeldenken-Metapher zusammen. Achtsamkeit ist objektiv, aber sie ist nicht kalt oder ohne Gefühle. Sie ist das aufmerksame Erfahren des Lebens, eine wache Teilhabe an dem fortlaufenden Prozeß des Lebens. Es ist äußerst schwierig, Achtsamkeit mit Worten zu definieren – nicht deshalb, weil sie komplex wäre, sondern gerade deshalb, weil sie so einfach und offen ist. Dasselbe Problem taucht in praktisch jedem Bereich menschlicher Erfahrung auf. Die grundlegenden Konzepte sind immer diejenigen, die am schwersten festzunageln sind. Konsultieren Sie ein Wörterbuch, und Sie werden klare Beispiele dafür finden. Für lange Wörter gibt es im allgemeinen präzise Definitionen, aber für kurze, grundlegende Wörter wie *der, die, das* und *ist* können die Definitionen eine ganze Seite lang sein. Und in der Physik sind diejenigen Funktionen, die am schwersten zu beschreiben sind, die elementaren – diejenigen, die mit den grundlegenden Realitäten der Quantenmechanik zu tun haben. Die Achtsamkeit ist eine prä-symbolische Funktion. Sie können den ganzen Tag mit Wortsymbolen herumspielen und werden sie doch nie vollständig auf den Punkt bringen können. Wir können das, was ist, nie vollständig zum Ausdruck bringen. Wir können jedoch sagen, was es tut.

Drei grundlegende Aktivitäten

Es gibt drei grundlegende Aktivitäten der Achtsamkeit. Wir können diese Aktivitäten als funktionale Definitionen von Achtsamkeit verwenden: 1. Achtsamkeit erinnert uns an das, was wir tun sollten; 2. Achtsamkeit sieht die Dinge, wie sie wirklich sind; 3. Achtsamkeit sieht die wahre Natur aller Erscheinungsformen. Lassen Sie uns diese Definitionen noch detaillierter untersuchen.

Achtsamkeit erinnert uns an das, was wir tun sollten

In der Meditation richten Sie Ihre Aufmerksamkeit auf eine Sache. Wenn Ihr Geist von diesem Fokus abschweift, dann ist es die Achtsamkeit, die Sie daran erinnert, daß Ihr Geist wandert, und was Sie eigentlich tun sollten. Es ist die Achtsamkeit, die Ihren Geist zum Objekt der Meditation zurückbringt. All das geschieht unmittelbar und ohne inneren Dialog. Achtsamkeit ist nicht Denken. Wiederholte Meditationspraxis läßt diese Funktion zu einer geistigen Gewohnheit werden, die auf den Rest Ihres Lebens ausstrahlt. Ein ernsthaft Meditierender richtet seine reine Aufmerksamkeit auf *alle* Geschehnisse, ständig, tagein, tagaus, ganz gleich, ob er nun in formaler Meditation sitzt oder nicht. Das ist ein erhabenes Ideal, auf das diejenigen, die meditieren, unter Umständen eine Reihe von Jahren oder sogar Jahrzehnten hinarbeiten. Unsere Gewohnheit, in Gedanken festzustecken, ist Jahre alt, und diese Gewohnheit wird sich hartnäckig weigern, uns zu verlassen. Der einzige Ausweg besteht darin, mit der Entwicklung konstanter Achtsamkeit ebenso ausdauernd zu sein. Wenn Achtsamkeit vorhanden ist, dann werden Sie mitbekommen, wann Sie sich in Ihre Gedankenmuster verstricken. Genau dieses Bemerken erlaubt es Ihnen dann, vom Gedankenprozeß zurückzutreten und sich selbst davon zu befreien. Achtsamkeit richtet Ihre Aufmerksamkeit dann wieder auf Ihren eigentlichen Fokus. Wenn Sie in diesem Moment meditieren, dann wird Ihr Fokus der formale Gegenstand der Meditation sein. Wenn Sie sich nicht in formaler Meditation befinden, dann wird es einfach nur die bloße Anwendung der reinen Aufmerksamkeit sein – einfach ein reines Gewahrsein dessen, was gerade auftaucht, ohne daß Sie sich darin verfangen. „Aha, gerade kommt das hoch, und jetzt dieses, und nun jenes ... und nun jenes."

Achtsamkeit ist gleichzeitig sowohl die reine Aufmerksamkeit selbst als auch die Funktion, die uns daran erinnert, reine Aufmerksamkeit walten zu lassen, wenn wir davon abgewichen sind. Reine Aufmerksamkeit bedeutet, Notiz zu nehmen. Sie stellt sich selbst einfach dadurch wieder her, daß wir bemerken, daß sie nicht vorhanden war. Sobald Sie bemerken, daß Sie *nicht* bemerkt hatten, bemerken Sie *per definitionem* und sind bereits zu reiner Aufmerksamkeit zurückgekehrt.

Achtsamkeit schafft ihr eigenes, klar erkennbares Gefühl im Bewußtsein. Sie hat einen bestimmten Geschmack – einen leichten, klaren, energievollen Geschmack. Im Vergleich dazu ist bewußtes Denken schwer, schwerfällig und kleinkariert.

Aber dies sind wieder nur Worte. Ihre eigene Praxis wird Ihnen den Unterschied aufzeigen. Dann werden Sie wahrscheinlich Ihre eigenen Worte finden und die hier verwendeten werden überflüssig sein. Denken Sie daran, es geht um die Praxis.

Achtsamkeit sieht die Dinge so, wie sie wirklich sind

Achtsamkeit fügt der Wahrnehmung weder etwas hinzu, noch nimmt ihr etwas weg. Sie verzerrt nichts. Sie ist reine Aufmerksamkeit und schaut einfach auf das an, was aufsteigt. Bewußte Gedanken stülpen unserer Erfahrung etwas Zusätzliches über. Sie bürden uns Konzepte und Ideen auf und tauchen uns in einen wirbelnden Strudel von Plänen, Sorgen, Ängsten und Phantasien. Wenn Sie achtsam sind, dann spielen Sie dieses Spiel nicht mit. Sie nehmen einfach genau das wahr, was im Geist auftaucht, und dann nehmen Sie das Nächste wahr. „Ah, dieses ... und dieses ... und jetzt dieses." Es ist wirklich sehr einfach.

Achtsamkeit sieht die wahre Natur der Erscheinungen

Achtsamkeit und nur Achtsamkeit kann wahrnehmen, daß die drei Haupteigenschaften, die der Buddhismus lehrt, die tiefsten Wahrheiten der Existenz sind. Auf Pali heißen diese drei *Anicca* (Vergänglichkeit), *Dukkha* (Nicht-Hinreichen) und *Anattâ* (Selbstlosigkeit – die Abwesenheit einer dauerhaften, sich nicht verändernden Wesenheit, die wir Seele, Selbst oder Ich nennen). Diese Wahrheiten werden im Buddhismus nicht als Dogmen hingestellt, an die wir blind glauben müssen. Die Buddhisten sind der Auffassung, daß diese Wahrheiten universeller Natur und für jeden einsichtig sind, der sich die Mühe macht, sie auf angemessene Weise zu untersuchen. Achtsamkeit ist die hierfür angemessene Untersuchungsmethode. Nur Achtsamkeit hat die Macht, die tiefsten Ebenen der Wirklichkeit, die der menschlichen Beobachtung zugänglich sind, zu offenbaren. Auf dieser Ebene der

Introspektion sieht man folgendes: (a) Alle bedingten Dinge sind ihrem Wesen nach vergänglich; (b) jedes weltliche Ding ist letzten Endes unbefriedigend (nicht-hinreichend für dauerhaftes Glück); und (c) es gibt eigentlich keine Dinge, die sich nicht verändern oder die dauerhaft wären, es gibt nur Prozesse.

Die Übung der Achtsamkeit wirkt wie ein Elektronenmikroskop. Das heißt, sie wirkt auf einer so feinen Ebene, daß man tatsächlich jene Wirklichkeiten unmittelbar wahrnehmen kann, die für den bewußten Gedankenprozeß bestenfalls theoretische Konstrukte sind. Achtsamkeit sieht tatsächlich den unbeständigen Charakter einer jeden Wahrnehmung. Sie sieht die vergängliche und vorübergehende Natur von allem, was wahrgenommen wird. Sie sieht darüber hinaus das von Natur aus unbefriedigende Wesen aller bedingten Dinge. Sie sieht, daß es keinen Sinn macht, an irgendeinem dieser vorüberziehenden Schauspiele festzuhalten, denn Frieden und Glück sind auf diese Weise nicht zu finden. Und schließlich sieht Achtsamkeit die allen Erscheinungsformen innewohnende Selbstlosigkeit. Sie sieht die Art und Weise, wie wir willkürlich ein bestimmtes Bündel von Wahrnehmungen auswählen, sie vom Rest des wogenden Flusses abtrennen und sie uns dann als getrennte, dauerhafte Einheiten vorstellen. Achtsamkeit sieht diese Dinge tatsächlich. Sie denkt nicht darüber nach, sondern sieht sie ganz unmittelbar.

Wenn die Achtsamkeit voll entwickelt ist, dann sieht sie diese drei Eigenschaften der Existenz direkt, unmittelbar und ohne das zwischengeschaltete Medium der bewußten Gedanken. Ja, es ist sogar so, daß die Attribute, die wir gerade behandelt haben, von Natur aus eins sind. Sie existieren nicht wirklich als getrennte Dinge. Diese Konzepte ergeben sich einzig und allein aus unserem Ringen darum, diesen grundlegend einfachen Prozeß namens Achtsamkeit in Form der umständlichen und unangemessenen Gedankensymbole der bewußten Ebene zu umschreiben. Achtsamkeit ist ein Prozeß, aber er findet nicht stufenweise statt. Es handelt sich vielmehr um einen ganzheitlichen Prozeß, der als Einheit geschieht: Sie bemerken Ihren eigenen Mangel an Achtsamkeit, und dieses Bemerken selbst ist eine Folge von Achtsamkeit, und Achtsamkeit ist reine Aufmerksamkeit. Zudem nimmt reine Aufmerksamkeit die Dinge genau so wahr, wie sie sind, ohne jegliche Verzerrung – und sie sind unbeständig (*anicca*), unbefriedigend (*dukkha*) und selbstlos (*anattâ*). Es findet alles im Raum einiger weniger Geistesmomente statt. Das bedeutet jedoch nicht, daß Sie als Folge

Ihres ersten Momentes von Achtsamkeit unmittelbar Befreiung (Freiheit von allen menschlichen Schwächen) erreichen werden. Zu lernen, dieses Material in Ihr bewußtes Leben zu integrieren, ist ein ganz anderer Prozeß. Und zu lernen, diesen Zustand von Achtsamkeit zu verlängern, ein weiterer. Es sind jedoch Prozesse, die Freude bereiten und sehr wohl der Mühe wert sind.

Achtsamkeit (*sati*) und Einsichtsmeditation (*vipassanâ*)

Achtsamkeit steht im Zentrum der Vipassanâ-Meditation und ist der Schlüssel für den gesamten Prozeß. Sie ist sowohl das Ziel der Meditation als auch das Mittel, um dieses Ziel zu erreichen. Sie erreichen Achtsamkeit, indem Sie immer achtsamer werden. Ein anderer Pali-Begriff, der ebenfalls mit „Achtsamkeit" übersetzt wird, ist *apparnada*, das Nicht-Vernachlässigung oder die Abwesenheit von Verrücktheit bedeutet. Jemand, der ständig auf das achtet, was sich wirklich in seinem Geist abspielt, erreicht den Zustand höchster geistiger Gesundheit.

Der Pali-Begriff *sati* hat auch noch die Konnotation des Erinnerns. Dabei handelt es sich nicht um Erinnerung im Sinne von Ideen und Bildern aus der Vergangenheit, sondern um ein klares, direktes, wortloses Wissen um das, was ist, und das, was nicht ist; um das, was richtig ist, und das, was unrichtig ist; um das, was wir tun und wie wir es tun sollten. Achtsamkeit erinnert den Meditierenden daran, seine Aufmerksamkeit dem richtigen Objekt zur richtigen Zeit zuzuwenden und genau die Menge von Energie aufzubringen, die erforderlich ist, um diese Aufgabe zu erledigen. Wenn diese Energie richtig eingesetzt wird, dann bleibt der Meditierende ständig in einem Zustand von Ruhe und Wachheit. Solange dieser Zustand aufrechterhalten bleibt, können jene Geisteszustände, die „Hindernisse" oder „psychische Ärgernisse" genannt werden, nicht auftauchen – es gibt keine Habgier, keinen Haß, keine Begierde und keine Faulheit. Aber wir alle sind menschlich, und wir alle irren uns. Die meisten von uns irren sich immer wieder. Trotz ehrlichen Bemühens läßt der Meditierende die Achtsamkeit hier und da entgleiten und sieht sich in einem bedauernswerten, aber normalen menschlichen Versagen feststecken. Es ist Achtsamkeit, die diese Veränderung bemerkt. Und es ist Achtsamkeit, die uns daran erinnert, die erforderliche Energie aufzubringen, um uns wieder herauszuziehen. Ein solches Abirren des Geistes passiert immer wieder, aber mit zunehmender Praxis nimmt seine Häufigkeit ab. Sobald Achtsamkeit diese geistigen Verunreinigungen einmal beiseite geschoben hat, können heilsamere Geisteszustände an ihre Stelle treten. Haß wird durch Liebe ersetzt, Begierde wird durch Nichtanhaften ersetzt. Es ist hier ebenfalls die Achtsamkeit, die diese Veränderung bemerkt und den Vipassanâ-Übenden daran erinnert, jene zusätzliche kleine geistige Schärfe aufrechtzuerhalten, die notwendig ist, um diese wünschenswerteren Geisteszustände zu bewahren. Achtsamkeit macht das Wachsen von Weisheit und Mitgefühl möglich. Ohne Achtsamkeit können sie sich nicht bis zur vollen Reife entwickeln.

Tief im Geist vergraben gibt es einen geistigen Mechanismus, der all das, was der Geist als schöne und angenehme Erfahrungen wahrnimmt, akzeptiert, und das, was als häßlich und schmerzhaft wahrgenommen wird, ablehnt. Dieser Mechanismus läßt jene Geisteszustände entstehen, die wir zu vermeiden üben – Zustände wie Habgier, Begierde, Haß, Abneigung und Neid beziehungsweise Eifersucht. Wir entscheiden uns dafür, diese Hindernisse zu vermeiden – nicht, weil sie im normalen Sinne des Wortes schlecht oder böse wären, sondern weil sie zwanghaft sind. Sie überwältigen den Geist und nehmen unsere Aufmerksamkeit vollständig in Anspruch; sie lassen uns in engen Schlaufen des Denkens unaufhörlich im Kreis laufen und schneiden uns von der Wirklichkeit ab.

Diese Hindernisse können nicht auftauchen, wenn Achtsamkeit vorhanden ist. Achtsamkeit ist Aufmerksamkeit für die Wirklichkeit im gegenwärtigen Moment und ist daher das Gegenteil des benommenen Geisteszustands, für den Hindernisse charakteristisch sind. Sofern wir regelmäßig meditieren, können die tiefen Mechanismen des Geistes – das Festhalten, Anhaften und Ablehnen – nur dann Macht über uns gewinnen, wenn wir unsere Achtsamkeit entgleiten lassen. Dann tauchen Widerstände auf und vernebeln unser Bewußtsein. Wir bemerken nicht, daß diese Veränderung stattfindet – wir sind zu sehr mit Rachegedanken oder Habgier oder mit was auch immer beschäftigt. Während ein ungeschulter Mensch für eine unbestimmte Zeit in diesem Zustand verharren wird, kann ein geschulter Meditierender bald bemerken, was passiert. Es ist Achtsamkeit, die die Veränderung bemerkt. Es ist Achtsamkeit, die sich an die erhaltene Schulung erinnert und unsere Aufmerksamkeit auf eine Weise fokussiert, die die Verwirrung verblassen läßt. Und es ist Achtsamkeit, die dann versucht, sich selbst für unbestimmte Zeit aufrechtzuerhalten, damit der Widerstand nicht wieder auftauchen kann. So ist Achtsamkeit das spezifische Gegenmittel gegen Hindernisse. Sie ist sowohl das Heilmittel als auch die vorbeugende Maßnahme.

Voll entwickelte Achtsamkeit ist ein Zustand vollständigen Nichtanhaftens und völliger Abwesenheit des Festhaltens an irgend etwas auf der Welt. Wenn wir diesen Zustand aufrechterhalten können, dann sind keine anderen Mittel und keine andere Vorrichtung vonnöten, um uns selbst immer wieder von Hindernissen zu befreien und Befreiung von unseren menschlichen Schwächen zu erreichen. Achtsamkeit ist keine oberflächliche Bewußtheit. Sie sieht die Dinge in der Tiefe, unterhalb der Ebene von Konzepten und Meinungen. Diese Art tiefgründiger Beobachtung führt zu vollkommener Gewißheit, zu einer vollständigen Abwesenheit von Verblendung. Sie zeigt sich in erster Linie als konstante, unerschütterliche Aufmerksamkeit, die nie nachläßt und sich nie abwendet.

Dieses reine, nicht verunreinigte, forschende Gewahrsein hält nicht nur geistige Hindernisse in Schach, sondern es enthüllt darüber hinaus ihre eigentliche Wirkungsweise und zerstört sie. Achtsamkeit neutralisiert Verunreinigungen im Geist. Das Ergebnis ist ein Geist, der unbefleckt und unverletzlich bleibt. Es ist ein Geist, der von den Höhen und Tiefen des Lebens völlig unbeeindruckt bleibt.

Michele McDonald-Smith

Ein Gasthaus sein

Eine der zentralen Lehren Buddhas besagt, daß wir, wenn wir das Leben mit weiser Aufmerksamkeit untersuchen, deutlich sehen, daß Veränderung eine Eigenschaft ist, die unserer Existenz innewohnt. Das Leben ist ein sich wandelnder Strom von Erfahrungen, in dem jeder Bewußtseinsmoment entweder mit einem entsprechenden unangenehmen oder einem angenehmen oder neutralen Gefühl einhergeht. Das ist eine tiefgreifende Erkenntnis. Wir könnten sagen: „Ja, das weiß ich", aber wir neigen dazu, uns mit den Auswirkungen des Wandels nicht zu beschäftigen. Ständiger Wandel bedeutet, daß wir das, was in unserem Leben auftaucht, praktisch kaum kontrollieren können. Wir wissen nie, was als Nächstes passieren wird. Alles, was in diesem Universum geboren wird, teilt diese Art von Verletzlichkeit, die sich aus dem Wandel ergibt.

Es gibt einen Weg zu lernen, in dieser Welt zu Hause zu sein, in unserem Leben, das ein Strom der Veränderungen ist. Die Grundlage für Frieden und Glück in der Welt ist unsere Fähigkeit zu akzeptieren, daß sich unser Leben wandelt, und das nicht persönlich zu nehmen.

Rumi, ein Sufi-Mystiker aus dem 13. Jahrhundert, hat ein Gedicht mit dem Titel „Das Gasthaus" geschrieben, in dem er beschreibt, wie das Leben aussieht, wenn wir alles, was geschieht, vollständig erleben und akzeptieren können.

Das menschliche Dasein ist ein Gasthaus.
Jeden Morgen ein neuer Gast.

Eine Freude, ein Kummer, eine Niedertracht –
Ein vorübergehender Bewußtseinszustand
Kommt als unverhoffter Besucher.

Begrüße und bewirte sie alle!
Auch wenn es eine Horde Sorgen ist,
Die gewaltsam dein Haus seiner Möbel beraubt,
Selbst dann behandle jeden Gast respektvoll.
Vielleicht reinigt er dich ja
Für neue Wonnen.

Den dunklen Gedanken, die Scham, die Bosheit,
Begrüße sie lachend an der Tür
Und lade sie zu dir ein.

Sei dankbar für jeden, der kommt,
Denn alle sind zu deiner Führung
Geschickt worden aus einer anderen Welt.

Ein Gasthaus sein – das ist ein wunderschönes, ergreifendes Bild. Dennoch ist es sehr schwierig, es umzusetzen. Wir neigen dazu, nicht jede Erfahrung und jedes Gefühl, das uns begegnet, als Gast zu begrüßen, den wir willkommen heißen können. Oder wenn wir sie einladen, dann denken wir vielleicht, sie sollten nicht zu lange bleiben oder nie zurückkommen. Wie viele Gäste haben wir heute im Keller untergebracht? Oder vielleicht auf dem Dachboden? Oder haben wir die Tür verriegelt und niemanden hereingelassen? Wir neigen dazu, die Erfahrungen auszusortieren, uns einiger zu entledigen und andere zu behalten. Doch das Leben verändert sich. Die Gäste kommen ungebeten, und unsere Übung besteht darin, sie zu akzeptieren – unsere Erfahrungen zu akzeptieren, ohne uns in sie zu verlieren, und zu sehen, daß sie ein unpersönlicher, sich ständig wandelnder Prozeß sind.

Einer meiner Freunde beschloß, in ein langes Schweigemeditationsretreat zu gehen, nachdem er jahrelang an keinem mehr teilgenommen hatte. Im Anschluß daran rief er mich an, und das erste, was er sagte, war: „Es gibt nichts, was mit Knieschmerzen vergleichbar wäre." Ich sagte: „Was?" Er antwortete: „Nun, ich dachte, daß ich in meinem Leben große Schwierigkeiten hätte, aber nach dieser letzten Woche ist mir bewußt geworden, daß es nichts gibt, was mit Knieschmerzen vergleichbar wäre." Ich schätzte seine Worte außerordentlich, besonders im Hinblick auf diejenigen von uns, die viel meditiert haben. Manchmal können wir vergessen, wie grundlegend und direkt unsere Praxis ist. Diese Fähigkeit, Schmerz zu akzeptieren, ist wesentlich dafür, daß wir in dieser Welt Freiheit erfahren können – nicht als Ausdauertest, sondern als Weg zu lernen, wie wir physischen Schmerz mit Weisheit verbinden können. Die Einsicht, die daraus entsteht, wenn wir Schmerzen im Körper akzeptieren, bereitet uns darauf vor, wie wir uns weise und mitfühlend mit jeglichem Schmerz verbinden können, der an unserer Tür auftaucht.

Unser Leben und unsere Meditationspraxis sind mit wirklich wunderbaren und wirklich harten Zeiten angefüllt. Manchmal wird physischer, geistiger oder emotionaler Schmerz zu unserem unerwarteten und ungebetenen Gast. Vielleicht haben wir nicht die Einstellung, ein Gasthaus zu sein – ja, wahrscheinlich haben wir etwas ganz anderes erwartet. Aber selbst wenn es schwierig ist, bemühen wir uns, den Mut zu haben, achtsam zu sein. In der Achtsamkeitspraxis schauen wir genauer und intensiver darauf, wie das Leben wirklich ist, indem wir unsere eigene Erfahrung zu Hilfe nehmen, um die Kraft intuitiver Weisheit zu entwickeln. Die Herausforderungen in unserer formalen Sitzpraxis bereiten uns auf die Herausforderungen des Alltagslebens vor.

Indem wir Bewußtheit entwickeln, lernen wir allmählich, immer größeren Teilen unserer Erfahrung Aufmerksamkeit zu schenken und jede Erfahrung gleich zu behandeln. Nach dem Teetrinken tauchen wir unsere Hände in warmes Wasser, um unser Geschirr zu spülen, und dann gehen wir nach draußen, um Futter in den Vogelkäfig zu streuen. Vielleicht meinen wir, diese Erfahrungen seien nicht so wichtig wie diejenige, sich des Atems bewußt zu sein. Aber sie sind wichtig. Die Momente der Angst, die Momente, in denen wir uns zum Schlafen hinlegen – alle sind gleichermaßen wichtig, weil wir in jedem Moment klar sehen und Weisheit entwickeln können. In unserer Praxis ist die Geschichte um jede Erfahrung herum nicht wichtig; wichtig ist vielmehr, wie wir mit dieser Erfahrung umgehen. Aber es kann schwierig sein, sich daran zu erinnern, jeden Moment gleich zu behandeln.

Wenn mein Mann Steve Smith und ich uns darauf vorbereiten, das Haus zu verlassen, um bei längeren Retreats zu unterrichten, dann mache ich lange Listen der Dinge, die ich noch zu erledigen habe. Manchmal kommt Streß auf, wenn ich mir diese Listen nur ansehe. Einmal hatte ich an dem Tag, bevor wir von zu Hause abfahren mußten, eine lange Liste von unangenehmen und scheinbar unmöglichen Dingen, die noch erledigt werden mußten. Einer unserer Lehrer aus Burma, Sayadaw U Pandita, hatte in der Nähe unseres Wohnortes in Honolulu einen Retreat abgehalten. Der Kurs ging an diesem Tag zu

Ende, so daß wir viele Aufgaben zu erledigen hatten. Ich hatte nur sehr wenig Zeit zur Verfügung, um für ihn und seinen Übersetzer ein Geschenk zu kaufen. Ich hatte alles bis auf die Sekunde geplant, und es durfte nichts dazwischenkommen, wenn ich den Zeitplan einhalten wollte.

Ich parkte in einem Einkaufszentrum in Honolulu, stieg aus dem Wagen aus, begann mir die Sandalen anzuziehen und ließ dabei die Wagentür offen. Ich hatte mir das Auto von Steves Mutter ausgeliehen, das eine Zentralverriegelung hat, die durch Drücken eines Knopfes betätigt wird. Während ich mir die erste Sandale anzog, schaute ich zu jenem Knopf hinüber und entschied, das Auto jetzt sofort abzuschließen, damit ich es später nicht vergaß. Ich betätigte den Knopf und wandte mich wieder meiner Sandale zu. Gerade als ich bereit war, nach der anderen Sandale zu greifen, kamen einige Leute, die in den Wagen direkt neben meinem einsteigen wollten. Sie waren so in Eile, daß sie mich aus dem Weg schoben und dabei die Tür meines Autos zudrückten! Ich schaute hinein und dort lagen meine andere Sandale, meine Autoschlüssel und meine Handtasche, in der ich mein gesamtes Geld hatte. Gefühle der Abneigung und des Widerstandes explodierten in meinem Geist: „Dafür habe ich jetzt wirklich keine Zeit!" Ich war außerordentlich aufgebracht.

Es war zwölf Uhr mittags, und der Asphalt war brennend heiß. Also humpelte ich voller Widerwillen zum Sicherheitszentrum in der Einkaufszone hinüber und bat die Wachmänner, mir zu helfen. Der Sicherheitsbeauftragte erklärte, daß sie eine neue Vorschrift hätten, wonach sie Autotüren nicht öffnen dürften, auch wenn sie es könnten, weil sie Angst hätten, daß Leute sie gerichtlich belangen würden, wenn sie deren Wagen beschädigten. Er sagte, ich könne für dreißig Dollar einen Abschleppwagen bestellen. Meine Zeit, um noch ein Geschenk für U Pandita zu besorgen, wurde immer knapper, aber ich dachte mir, daß ich anstatt des Abschleppdienstes vielleicht Steve anrufen könne. „Haben Sie Kleingeld zum Telefonieren?" fragte ich den Sicherheitsbeauftragten. Er steckte tatsächlich die Hand in die Hosentasche und klingelte mit einigen Münzen, aber dann zog er sie heraus und sagte: „Nein." Da verlor ich die Nerven. Ich fing an zu weinen und sagte: „Bestellen Sie den Abschleppdienst." Ich war wegen des Zeitdrucks so gestreßt, daß mir keine andere Möglichkeit einfiel.

Schließlich kam der Abschleppdienst und öffnete die Tür. Ich holte meine andere Sandale und mein Geld aus dem Auto und eilte zum

Laden. Nachdem ich die Geschenke gefunden hatte, mußte ich mich an der Kasse in einer langen Reihe anstellen. Ich schaute ungefähr alle zwei Sekunden auf die Uhr. Ich war wirklich vollkommen außer mir. Schließlich war ich an der Reihe und gab der Kassiererin das Briefpapier, das ich gefunden hatte. Sie fragte mich: „Wußten Sie, daß dieses Briefpapier aus Tabak gemacht wird?" An diesem Punkt war es mir wirklich völlig egal, wie interessant das Briefpapier war, und das war wohl ziemlich offensichtlich. Denn der Mann, der hinter mir in der Schlange stand, kommentierte: „Wissen Sie, wenn Ihr Tag noch nerviger wird, dann können Sie es immer noch rauchen!" Diese Bemerkung war so komisch, daß ich lachen mußte und mich entspannte, statt mich weiter mit ungebetenen Gästen wie Streß und Eile herumzuschlagen. Das half mir, über den Tag zu kommen, auch wenn die Situation sich nicht verändert hatte. Ich war diesem Mann dankbar dafür, daß er mir geholfen hatte, aufzuwachen.

Wie werden wir zu einem Gasthaus – in Geist und Körper? Manchmal müssen wir sanft abwarten, bis jener Moment kommt, da eine genügend weite Aufmerksamkeit auftaucht und wir von dem Widerstand gegenüber unseren ungebetenen Gästen ablassen und sogar dankbar sein können „für jeden, der kommt". Manchmal können wir an die Erfahrungen mit der nichturteilenden Akzeptanz der Achtsamkeit herangehen. So bringen wir jeder Erfahrung den unbelasteten „Anfänger-Geist" entgegen – eine Einstellung reinen Forschens, die ganz klar sieht, daß jeder Moment wirklich neu ist.

Die Achtsamkeit hat vier Aspekte, die es uns ermöglichen, unserer direkten Erfahrung die volle Aufmerksamkeit zu schenken: Erkennen, Akzeptanz, Interesse und Nichtidentifikation. Wenn diese vier Aspekte von Achtsamkeit vorhanden sind, dann können wir uns der vorübergehenden Natur von Erfahrung bewußt sein.

Erkennen bedeutet aufzuwachen, statt mit dem Autopilot durch den Tag zu steuern. Es ist das im Gewahrsein des gegenwärtigen Moments wurzelnde Wissen darum, worin unsere direkte Erfahrung besteht. Wenn wir unsere Erfahrungen erkennen können, dann haben wir die Schlacht schon halb gewonnen.

Akzeptanz bedeutet, daß wir es unserer Erfahrung erlauben, ihren natürlichen Verlauf zu nehmen, ohne daß wir sie kontrollieren. Wir lassen jede Erfahrung aufsteigen, leben und sterben, weil das die Wahrheit des Lebens in diesem Moment ist. Anhand des Ausmaßes unseres Leidens können wir ablesen, in welchem Maße wir Widerstand leisten. Mit Akzeptanz müssen wir nicht an unserer Erfahrung herumbasteln oder versuchen, sie in Ordnung zu bringen. Wir lassen sie einfach sein.

Interesse haben bedeutet, daß wir uns die Zeit nehmen, unsere Erfahrung zu untersuchen, uns von jeglichen vergangenen Ideen in bezug auf sie befreien und sie ganz ohne jeden Widerstand auf uns einwirken lassen. Interesse ermöglicht es uns, jede Erfahrung als neuen und willkommenen Gast zu begrüßen.

Nichtidentifikation bedeutet zu verstehen, daß unsere Erfahrung nichts Persönliches ist. Statt uns auf jede Erfahrung mit „mein" oder „ich" zu beziehen, können wir sie als gegenstandslose Zustände ansehen, die aufsteigen. Diese Perspektive erlaubt es uns zu sehen, daß die unmittelbaren Erfahrungen wie kurzlebige Wolken sind, die durch den unermeßlich weiten Himmel des Geistes ziehen, statt daß sie auf eine dauerhafte, ichzentrierte Person verweisen, die eine Erfahrung macht.

Wenn diese vier Aspekte von Achtsamkeit vorhanden sind, dann wird uns bewußt, daß keine Erfahrung es wert ist, daß man an ihr festhält, und gleichzeitig können wir jeden Moment vollständig und ganz erleben.

Nehmen wir also Notiz von unserem Atem, dann könnte das ein leichter Druck sein, der kommt und geht, oder einfach nur Bewegung. Erkenntnis bedeutet, einfach davon Notiz zu nehmen. Wenn Erkenntnis da ist, dann ist eine direkte Erfahrung der Empfindungen vorhanden. Dann erlaubt es Akzeptanz dieser Bewegung, diesem leichten Druck oder Luftelement einfach, von selbst zu kommen und zu gehen. Wenn keine Akzeptanz vorhanden ist, wollen wir es vielleicht anders haben – wir wollen mehr oder weniger Feinheit, einen tieferen oder einen oberflächlicheren Atem. Akzeptanz läßt ihn genau so geschehen, wie er geschieht. Es ist tatsächlich nicht so leicht, den Atem einfach so sein zu lassen, wie er ist. Das Interesse nimmt sich die Zeit, der Bewegung in jenem Moment vollständig gewahr zu sein – es gibt keine Vergangenheit und keine Zukunft; wir sehen die Bewegung, als vollzöge sie sich zum ersten Mal. Ohne Interesse glauben wir, daß es sich einfach nur um noch einen weiteren Atemzug handelt. Mit Nichtidentifikation ist ein tiefes Verständnis für die Erfahrung da, daß da niemand ist, der atmet, sondern nur das Atmen – daß dieser Atem das Luftelement ist, das kommt und geht, und daß er nicht „meins" ist.

Achtsamkeit erlaubt es uns, eine Beziehung weiser Aufmerksamkeit gegenüber allem Leben zu entwickeln. Wenn wir lernen können, den

Atem zu erforschen, dann könnte es sein, daß wir, wenn wir etwas Schwieriges wie zum Beispiel Einsamkeit erleben, eine gewisse Fähigkeit besitzen, auch diese Erfahrung zu erforschen. Wir meinen vielleicht zu wissen, was Einsamkeit ist, aber über die Erfahrung von Einsamkeit *nachzudenken*, bedeutet, sich in die Erfahrung von Einsamkeit zu verlieren. Wenn Achtsamkeit vorhanden ist, dann lernen wir, kein Opfer der Erfahrung zu sein. Der Atem kommt und geht einfach von selbst: Es gibt nichts, was wir damit tun müßten; wir müssen ihn lediglich wahrnehmen. Wenn wir den Atem von selbst kommen und gehen lassen können, dann können wir vielleicht auch die Einsamkeit von selbst kommen und gehen lassen. Wir können sie als eine Erfahrung von Empfindungen im Körper oder als eine Qualität unseres Geistes wahrnehmen. Wir können ihr Vorhandensein akzeptieren und uns bewußt werden, daß wir nichts damit tun müssen, daß wir uns nur die Zeit nehmen müssen zu sehen, was da geschieht. Wir lassen ihr unser Interesse zukommen und stoßen sie nicht reflexartig als etwas Unangenehmes zurück. Und was vielleicht am wichtigsten ist, wir können verstehen, daß dies nicht „unsere" Einsamkeit ist; es ist einfach die Erfahrung von Einsamkeit.

Dankbarkeit für jeden Gast, der vor unserer Schwelle auftaucht, kann dann entstehen, wenn wir uns daran erinnern, uns für alles Zeit zu nehmen, was in unser Leben tritt. Der Komet Hayakutake erschien im Jahre 1996 in einer geschäftigen Phase meines Lebens am Himmel von Honolulu. Ich hatte von diesem himmlischen Besucher in der Zeitung gelesen, unternahm jedoch keine wirkliche Anstrengung, um herauszufinden, wo er sich am Himmel befand. Erst kurz bevor er wieder aus der Sicht verschwand, sagte einer meiner Nachbarn zu mir: „Haben Sie den Kometen gesehen?" Erst dann, als er mich praktisch bei der Hand nahm, schaute ich hin. Und ich war sehr glücklich, daß sich jemand die Zeit genommen hatte, mir diese uralte Präsenz zu zeigen. Vielleicht ist das, was gerade da ist, kein Komet. Vielleicht ist es ein Freund oder eine Freundin, eine Blume, ein Vogel oder der Atem. Oder Knieschmerzen, Geschäftigkeit oder Einsamkeit. Achtsamkeit zu pflegen erlaubt es uns, jeden Moment wertzuschätzen. Bei den Osage-Indianern gibt es unter den Frauen ein Initiationslied, bei dem es darum geht, auf heilige Weise Getreide zu pflanzen. Dieses Lied zeigt einen Weg auf, wie man bei jedem Schritt achtsam sein kann. Wenn Sie es lesen, dann denken Sie daran, achtsam zu gehen und sich Zeit für jeden Schritt zu nehmen.

Ich habe einen Fußabdruck hinterlassen.
Einen heiligen.
Ich habe einen Fußabdruck hinterlassen.
Durch ihn sprießen die Halme nach oben.
Ich habe einen Fußabdruck hinterlassen.
Durch ihn erstrahlen die Halme.
Ich habe einen Fußabdruck hinterlassen.
Über ihm schwanken die Halme im Wind.
Ich habe einen Fußabdruck hinterlassen.
Über ihm biege ich den Halm, um die Ähre zu pflücken.
Ich habe einen Fußabdruck hinterlassen.
Über ihm liegen graue Blüten.
Ich habe einen Fußabdruck hinterlassen.
Rauch steigt auf über meinem Haus.
Ich habe einen Fußabdruck hinterlassen.
Es herrscht Jubel in meinem Haus.
Ich habe einen Fußabdruck hinterlassen.
Ich lebe im Licht des Tages.

Jedesmal, wenn wir einen Schritt oder einen Atemzug bewußt wahrnehmen, jedesmal, wenn wir Wut oder Freude mit Achtsamkeit wahrnehmen, dann säen wir die Samen der Weisheit. Mit Achtsamkeit gehen bedeutet, das heilige Zentrum der Welt zu sein. Wenn wir der Erfahrung, einen Schritt zu machen, unsere volle Aufmerksamkeit schenken, dann sind wir in jenem Moment vollkommen frei von jeglichen geistigen Qualen. Wir sind wahrhaftig im Frieden. Dieser Schritt hat Auswirkungen auf uns, die dann in die ganze Welt ausstrahlen. Der innere Frieden spiegelt sich als äußerer Frieden wider.

Manchmal, wenn wir versuchen, achtsam zu sein, ist unsere Aufmerksamkeit nicht fein genug, um mit der Bewegung eines Schrittes oder mit der Atembewegung präsent zu sein. Normalerweise werden wir in unserem Alltagsleben von so vielen Reizen überflutet, daß es sehr schwierig ist, des Atems gewahr zu sein, und der Geist neigt sehr stark dazu, umherzuwandern. Zu diesen Zeiten müssen wir unser Bewußtsein verfeinern, indem wir den Vorsatz fassen, wach zu sein und uns für unsere Erfahrungen zu interessieren.

Um das tun zu können, aktivieren wir unser Interesse durch einige Fragen. Bei der Gehmeditation könnten wir eine so einfache Frage stellen wie: „Was ist die Erfahrung eines Beines, unabhängig von meiner

Vorstellung von ihm?" Oder wenn Sie Traurigkeit erleben, könnten Sie fragen: „Was ist die Erfahrung von Traurigkeit, unabhängig von jeglichen Konzepten oder Erfahrungen, die ich von ihr habe?" Das ist die Praxis der Erforschung. Es ist auch hier wieder so, daß wir nicht wirklich für den Moment lebendig sind, wenn wir glauben, die Antwort bereits zu kennen. Weises Forschen erlaubt uns, die Aufmerksamkeit auf die eigentliche Erfahrung im gegenwärtigen Moment zu richten, anstatt über eine Erfahrung nachzudenken. Diese tiefe Freude am Erforschen der Wahrheit macht es möglich, daß wir uns nicht in der Vergangenheit oder der Zukunft verlieren. Das Gewahrsein des gegenwärtigen Augenblicks geschieht in der Wahrheit eines jeden Momentes, der als Neuankömmling begrüßt wird. Die Wahrheit wird in unserem eigenen Körper und Geist gefunden, wenn wir wie ein Gasthaus sind.

Wenn das Fragenstellen kein Interesse weckt, dann könnte es sein, daß wir nicht genügend Energie haben, um Interesse an unseren Gästen aufbringen zu können. Es könnte sein, daß wir den Geist eine Weile ruhen lassen müssen. Das muß nicht aus einer Abneigung unseren Gästen gegenüber geschehen. Wir können unsere Aufmerksamkeit in etwas Neutralem verankern, wie etwa in der Erfahrung der Empfindungen innerhalb der Atembewegung. Die Aufmerksamkeit auf unkomplizierte Weise ruhen zu lassen stärkt uns, indem es uns neue Energie gibt. Wenn wir Geduld haben, dann entsteht Interesse ganz von selbst.

Ein anderer Begriff für diese Art von Ruhe ist *Sammlung* oder *Abgeschiedenheit*. Manchmal, wenn wir nicht in der Lage sind, wie ein Gasthaus zu sein, dann ist es angebracht, physische Schmerzen oder Emotionen *nicht* zu untersuchen. Es ist vielmehr an der Zeit, sich stärker abzuschließen. Mit einer gewissen Leichtigkeit im gegenwärtigen Moment zu sein, die Aufmerksamkeit in einem neutralen Objekt zu verankern, das ist die große Kunst der Meditation. In jener „Abgeschiedenheit" kann man sich vor schwierigen Erfahrungen schützen, mit denen wir identifiziert sind oder gegen die wir Widerstand leisten. Wenn sich dann unsere Energie erneuert hat und der Geist ausgeruht ist, können wir das Gasthaus wieder öffnen.

Wenn wir mit Abneigung darauf reagieren, daß wir kein Interesse haben, dann neigen wir dazu, unsere Energie im Kämpfen zu verbrauchen, anstatt uns mit Akzeptanz dafür zu öffnen und uns klug dafür zu entscheiden, in die Abgeschiedenheit zu gehen. Wir beginnen zu begreifen, daß wir genau deshalb leiden, weil wir nicht verstehen, wie wir leiden, und so sehen wir nicht, wie wir uns von diesem Leiden befreien können. Eigentlich leiden wir dann, wenn wir uns gegen die unkontrollierbaren Veränderungen des Leben sträuben und nicht in der Lage sind, unserem Leiden Interesse entgegenzubringen.

Hinter einem Meditationszentrum in Honolulu, das unsere Meditationsgruppe für Retreats mietet, befindet sich ein tiefer Fluß. Während eines Kurses dort habe ich immer wieder einmal Gelegenheit, zu diesem Fluß zu gehen. Jahr für Jahr tue ich dasselbe. Ich gehe flußaufwärts und springe dabei von einem der Felsbrocken, die aus dem schnell fließenden Wasser hervorschauen, zum nächsten. Ich versuche, nicht hinzufallen, weil ich nicht naß werden möchte, aber irgendwann ist das unvermeidlich. Da gibt es immer diesen Moment von Angst: „Oh nein, ich falle rein." Dann falle ich hinein, und das ist in Ordnung. Eigentlich macht es Spaß, und es geht mir gut dabei.

Oft reagieren wir auf Emotionen und Geisteszustände in derselben Weise. Wie Rumi in seinem Gedicht sagt, könnte es sein, daß wir Unglück, Scham oder einen gemeinen Gedanken erleben. Wenn wir uns schließlich erlauben zu erkennen: „Oh, es ist einfach nur Angst" oder „Es ist einfach nur Scham", und uns in den Strom des Unangenehmen hineinfallen lassen, dann stellen wir vielleicht fest, daß die Erfahrung gar nicht so schlimm ist. Hineinfallen bedeutet nicht ertrinken; es bedeutet nicht, daß wir uns ins Nachdenken über die Erfahrung verlieren. Hineinfallen bedeutet, daß das durch Widerstand zusätzlich erzeugte Leiden verschwindet und dadurch einer Erfahrung Interesse entgegengebracht wird, die wir vorher nicht akzeptieren konnten.

Ich hatte mich seit langer Zeit darauf gefreut, einmal für mich allein ein Retreat zu machen, bevor ich schließlich in meinem eigenen Häuschen die Gelegenheit dazu hatte. Ich saß den ersten Tag und war sehr glücklich, ein Retreat durchführen zu können, als ein großer Lastwagen mit Anhänger neben dem Haus hielt. Es stellte sich heraus, daß das Zentrum, in dem sich mein Häuschen befand, beschlossen hatte, während meiner Klausur seinen Speisesaal zu vergrößern. Die Schreiner kamen jeden Morgen um sieben; sie hämmerten, sägten und ließen ihr Radio in voller Lautstärke spielen. Meine ersten Gedanken waren: „O nein! Ich wollte Ruhe und Frieden, kein lautes Radiogedudel!" Es dauerte einige Zeit, bis ich die jeweiligen Geräusche akzeptieren, meinen Widerstand fallenlassen und einfach mit der unangenehmen Erfahrung präsent sein konnte. Die Klausur erwies sich letzten Endes als wunderbar. Es gab kein „Ich" und kein Radio, sondern einfach nur Geräusche und Töne. Das ist die Erkenntnis, daß es das Konzept eines Hammers oder einer Säge oder eines bestimmten Radiosenders gibt, und dann gibt es die direkte Erfahrung der Schwingung des Hörens selbst. Der Schlüssel liegt darin, nicht zu versuchen, die Konzepte loszuwerden, sondern sich genug für das Leben zu interessieren, um nicht im Gefängnis von Konzepten steckenzubleiben. Dann wird das Leben nicht so eng, daß wir seiner überdrüssig werden und die Erfahrungen unseres Lebens verpassen. Diese Freiheit des klaren Sehens ist der Grund, warum wir praktizieren.

Wirklicher Frieden und wirkliche Ruhe treten ein, wenn wir ein Geräusch einfach von selbst kommen und gehen lassen können. Es mag unangenehm sein, aber wir verstehen, daß es kein persönlicher Angriff ist. Unsere Praxis besteht darin, uns für die unangenehmen Seiten des Lebens ebenso zu öffnen wie für unsere Abneigung gegenüber dem Unangenehmem – diese Gäste in unserem Haus zu begrüßen. Wenn wir all unsere Erfahrungen von selbst kommen und gehen lassen können, dann entsteht dort eine tiefere Freude und ein tieferes Entzücken an der Wahrheit des Lebens. Wie Rumi sagt: „Auch wenn es eine Horde Sorgen ist, / Die gewaltsam dein Haus seiner Möbel beraubt, / Selbst dann behandle jeden Gast respektvoll. / Vielleicht reinigt er dich ja / Für neue Wonnen."

Was immer als unser Gast zu uns kommt, wird sich mit Sicherheit verändern, so wie das Wetter in Schleswig-Holstein im Frühling. Zuerst ist es kalt, dann ist es warm, und dann wird es wieder kalt. Es sind Wolken da, dann Regen, dann Sonne und klarer Himmel, dann Donner, Hagel und Blitz. Das ist eine gute Metapher für das, was uns in unserem Leben widerfährt. Das Wetter ist nichts Persönliches. Es gibt gutes Wetter, es gibt schlechtes Wetter, und es verändert sich einfach immer wieder. Manchmal verlieren wir uns. Manchmal sind wir mit der Erfahrung identifiziert, manchmal nicht. Es gibt Geburt, Altern und Tod. Es gibt alle möglichen Arten von Wandel auf einer breiteren Ebene sowie auch von Moment zu Moment. Können wir uns für all die verschiedenen Aspekte des Wandels interessieren? Können wir uns für das interessieren, was passiert, wenn wir uns duschen? Können wir uns für das Wachsen einer wilden Blume interessieren, für die Erfahrung von Angst, für Moskitos und dafür, wie es sich anfühlt, wenn sie stechen?

Wir werden wie ein Gasthaus, wenn wir Achtsamkeit entwickeln. Wir lernen, wie wir uns zu manchen Zeiten absondern können und uns einfach auf die Erfahrung der Atembewegung fokussieren oder immer nur einen Schritt nach dem anderen tun können. So einfach und unkompliziert zu sein, das gibt dem Geist Ruhe, so daß wir die Gäste verstehen können, wenn sie zu uns kommen. Letzten Endes entwickeln wir eine sehr viel tiefere und breitere Fähigkeit, jeden Moment unseres Lebens gleich und mit Weisheit, Mitgefühl und Dankbarkeit zu behandeln. Wir können jeden Moment – ganz gleich, ob er nun angenehm, unangenehm oder neutral ist – in unserem Gasthaus als unseren Lehrer und als eine Gelegenheit für das Erwachen willkommen heißen.

Larry Rosenberg

Über das Loslassen hinaus: In tiefe Stille eintauchen

Im Herzen unserer Praxis, hinter allem anderen, alles andere umgebend, in allem anderen enthalten, liegt die Stille – wobei nicht zu vermeiden ist, daß solche räumlichen Metaphern das Gemeinte nur unzureichend vermitteln. Wir haben in unserer heutigen Welt wenig Erfahrung mit der Stille, und die Kultur als Ganze scheint nur immer kompliziertere Töne und Klänge zu schätzen. Dennoch ist unsere Sitzpraxis still, und Retreats bringen eine sehr tiefgehende Stille mit sich. Erleuchtung ist die große Stille genannt worden. In dieser Hinsicht steht die buddhistische Praxis unserer Kultur entgegen. Sie steht jeder Kultur entgegen.

Die meisten von uns schätzen bestimmte Arten von Stille. Wir sind alle schon einmal in einem Raum gewesen, in dem die Klimaanlage eingeschaltet war oder ein Kühlschrank brummte, und wenn das Gerät dann plötzlich abgeschaltet hat, haben wir erleichtert aufgeatmet. Eltern von Kleinkindern sprechen von der kostbaren (und häufig kurzlebigen) Stille am Ende des Tages, wenn die Kinder endlich im Bett sind, der Fernseher ausgeschaltet und das Haus still ist. Einige von uns machen Urlaub an ruhigen Orten, und selbst in unserem Haus schätzen wir Momente, an denen wir allein in einen Raum gehen und ein Buch lesen oder einen Brief schreiben können.

Die Stille, von der ich spreche, ist tiefer als irgendeiner dieser Momente, und manchmal – wenn auch nicht ausschließlich – wird sie in tiefen Zuständen der Meditation erreicht. Sie reicht bis zu der tiefsten Stille, die Menschen in der Lage sind zu erleben.

Ich habe vor mehreren Jahren begonnen, mich für dieses Thema zu interessieren. Ein Grund dafür war, daß ich eine Reihe von Schülern hatte, die in ihrer Meditationspraxis ziemlich weit gekommen waren. Sie hatten die Schwelle einer profunden Stille erreicht, dann jedoch eine tiefe Angst erlebt und sich zurückgezogen. Mit dem Ziel, den Schülern größtmögliche Fortschritte zu ermöglichen, hatte ich mich gefragt, wie ich mit dem umgehen sollte, was sie zurückhielt.

Etwa zur selben Zeit sah ich einen Artikel in einer Zeitschrift, in dem es um die Erforschung der Ozeane ging. Dort hieß es, sie seien das letzte unerforschte Gebiet, das uns noch bliebe. Ich konnte nicht umhin zu denken, daß der Autor ein unerforschtes Gebiet ausgelassen hatte: das menschliche Bewußtsein.

Wir haben natürlich bestimmte Teile des Geistes erforscht und komplizierte Analysen dieser Bereiche durchgeführt. Aber es gibt immer noch riesige Bereiche, die in all den Jahrtausenden, die es nun Menschen gibt, unberührt geblieben sind. Einige wenige mutige Individuen sind dorthin vorgedrungen und sind zurückgekommen, um uns davon zu berichten, was sie gesehen haben. Aber die meisten Menschen wissen nicht einmal, daß diese Orte existieren. Meditierende sind Psychonauten, um Robert Thurmans Ausdruck zu verwenden. Wir sind Forschende in dem faszinierendsten Bereich überhaupt.

Für die meisten Menschen in der heutigen Welt hat das Leben viel mit Verbalisieren zu tun – mit Reden, Lesen, Schreiben, Denken, Sich-Vorstellen. Sprache ist eine großartige menschliche Erfindung (auch wenn andere Gattungen gut ohne sie auszukommen scheinen), aber sie ist so in unser Bewußtsein eingebettet, daß uns nicht klar ist, wie viel sich um sie dreht. Es wäre nicht übertrieben zu sagen, daß wir Sprache geradezu anbeten oder daß wir süchtig nach ihr sind. Wir setzen sie mit dem Leben selbst gleich.

Ein anderer Aspekt im Leben der meisten Menschen – der offensichtlich mit dem Sprechen in Zusammenhang steht – ist irgendeine Art von Handlung. Dinge tun. Etwas erschaffen. Dinge bewegen, sie anhäufen und ordnen. Den Körper in einer physischen Aktivität einsetzen, manchmal einfach nur, um unsere Körperlichkeit in der Freizeit zu genießen.

In diesen beiden Bereichen ist unsere westliche Kultur – im Vergleich zu anderen heutigen Kulturen, und insbesondere im Vergleich zu Kulturen der Vergangenheit – reich. Wir besitzen mehr Dinge und haben mehr Dinge zu tun, wir gebrauchen Gedanken und Sprache in vielfältigerer Weise, als es zu irgendeiner Zeit in der menschlichen Geschichte der Fall war. Wir sind mehr als reich. Wir leben in außerordentlicher Fülle.

Innerlich sind wir jedoch verarmt. Unsere Kehle ist ausgedörrt und unser spiritueller Körper abgemagert. Das ist wahrscheinlich der Grund dafür, warum wir so viele äußere Dinge haben. Wir verwenden sie, um einen Hunger zu befriedigen, der nie aufzuhören scheint. Er scheint unstillbar zu sein.

Wir haben ein ähnlich heftiges Verlangen nach Beziehung. Ich kenne zum Beispiel jemanden, der sich sehr für das Bergsteigen interessiert und der mir vor kurzem die Wunder des Internets gepriesen hat. Am Abend zuvor hatte er mit einem Bergsteiger in Sibirien gechattet. Das ist wunderbar, sagte ich. Aber hast du in letzter Zeit auch mit deiner Frau gesprochen? Und mit deinen Kindern? Wir haben diese wunderbare Technologie, aber sie scheint uns nicht bei dem Leben direkt vor unserer Nase zu helfen. Ich habe keinen Zweifel daran, daß mein Freund die Polizei gerufen hätte, wenn der sibirische Bergsteiger in seinem Vorgarten erschienen wäre. Er wollte ihn auf dem Bildschirm kennenlernen, nicht von Angesicht zu Angesicht.

Ich will damit die Technologie nicht herabwürdigen. Der Computer ist genau wie die Sprache eine wunderbare menschliche Erfindung. Ich schreibe dieses Kapitel auf einem Computer. Ich bezweifle überhaupt nicht, daß das Internet ein wunderbares Hilfsmittel ist; es ist so, als hätte man die größte Bibliothek der Welt zur Hand. Aber wenn sich anhäufende Informationen uns retten könnten, dann hätten wir das schon vor langer Zeit geschafft.

Die Nachteile einer solchen Art von Wissen wurden mir vor mehr als zwanzig Jahren deutlich, als ich in Korea war und mich unter einem Mönch namens Byok Jo Sunim schulte, der einer der denkwürdigsten Menschen war, denen ich je begegnet bin. Er glühte geradezu innerlich und strahlte die Freude aus, die die Praxis ihm brachte. Er war außerordentlich liebevoll und besaß einen wunderbaren Sinn für Humor – und er war ein totaler Analphabet. Er konnte nicht einmal seinen Namen schreiben.

Während ich mich eines Tages mittels eines Dolmetschers mit ihm unterhielt, stellte ich fest, daß er glaubte, die Welt sei eine flache Scheibe. Ich war perplex und beschloß natürlich, ihn aufzuklären. Ich ging zu meinen Schulkenntnissen in den Naturwissenschaften zurück und brachte all die klassischen Argumente vor: Wenn die Welt flach ist, wie können wir sie dann umsegeln? Wie kommt es, daß ein Schiff nicht über den Rand fällt? Er lachte einfach nur. Er war unerbittlich. Ich kam bei ihm einfach nicht an.

Schließlich sagte er: „Okay. Vielleicht habt ihr Westler Recht. Ich bin nur ein alter Mann, der nicht lesen und nicht schreiben kann. Die Welt ist rund, und du weißt das, und ich bin zu dumm, um es zu kapieren.

Aber hat dieses Wissen euch irgendwie glücklicher gemacht? Hat es euch geholfen, eure Lebensprobleme zu lösen?"

Tatsächlich hat es das nicht. Es hat uns bei unseren Problemen überhaupt nicht geholfen. Kein Wissen hat uns dabei geholfen.

Bei allem, was wir gelernt haben, haben wir Menschen nicht einmal das Problem des Zusammenlebens gelöst. Wir haben unglaubliche Technologien, die uns in Kontakt mit Menschen auf der anderen Seite der Erde bringen können, aber wir wissen nicht, wie wir mit den Menschen in unserer Nachbarschaft, ja nicht einmal mit denen in unserem eigenen Haus auskommen sollen.

Ein Teil unserer Kultur steigt rasant schnell in den Himmel auf, und ein anderer Teil hat kaum das Kriechen gelernt. Wir sind in einer Illusion gefangen, einem wunderbaren Zaubertrick, der uns vorgaukelt, daß die Dinge, die wir produzieren, uns glücklich machen werden. Wir sind nicht nur selbst das Publikum für diesen Trick, sondern wir sind auch die Zauberer. Wir haben uns selbst etwas vorgemacht.

Wir müssen viel tiefer in unseren Geist hineingehen. Es ist, als wären wir von weiten Feldern und fruchtbarem Boden umgeben, soweit das Auge reicht, hätten aber nur ein winziges Stück davon bebaut. Wir haben auf diesem winzigen Fleckchen Wunderbares geleistet, aber wir müssen noch sämtliche Felder darum herum erforschen. Wir müssen von all dem Bauen und Tun, dem Kommen und Gehen, von dem Reden und Denken und Lesen und Schreiben wegkommen.

Stille ist kein wirklich geeigneter Begriff für das, was ich zu beschreiben versuche, doch ess gibt keinen besseren Begriff dafür. Ich benutze gewissermaßen Wörter für etwas, das genau das Gegenteil des Sprechens ist (auch wenn es ebenso richtig ist zu sagen, daß alles Sprechen daraus hervorgeht). Andere Lehrer und andere Kulturen haben Wörter wie *Nichts* oder *Leere* dafür benutzt, aber auch diese haben ihre Nachteile.

Stille, so wie ich den Begriff verwende, ist eine Dimension der Existenz. Man kann in ihr leben. Sie ist das, worum es beim spirituellen Leben eigentlich geht. Sie ist buchstäblich unauslotbarer, grenzenloser Raum, der von einer unermesslich weiten Stille durchdrungen ist. Sie ist in gewisser Weise in uns – dort suchen wir sie –, auch wenn an irgendeinem Punkt in unserer Erforschung Begriffe wie *innen* und *außen,* all die räumlichen Begriffe, die ich gezwungen bin zu benutzen, überhaupt nichts bedeuten.

Die gesamte Geschichte der menschlichen Zivilisation zusammengenommen – Sprache, Kultur, Denken, Wirtschaft – ist relativ unbedeutend, verglichen mit dem, was hinter ihr steht. Stille ist eine Dimension der Existenz, und für einige Menschen – die es wahrscheinlich zu allen Zeit der Geschichte gegeben hat – war sie die Hauptdimension. Diese Menschen waren die außergewöhnlichsten Menschenwesen. Sie haben gelernt, die Welt der Stille zu bewohnen und aus ihr heraus in die Welt des Handelns hinauszugehen.

Es ist nicht wirklich so, daß ich die andere Dimension, diejenige, mit der wir so vertraut sind, kritisiere. Worum es mir vielmehr geht, ist, darauf hinzuweisen, daß die Dinge aus dem Gleichgewicht geraten sind. Ich muß ein wenig „auf den Putz hauen", um Menschen wissen zu lassen, daß es mehr „zwischen Himmel und Erde" gibt, als ihnen bewußt ist. Wir sind dermaßen auf die Welt der Gedanken und Handlungen fixiert, daß wir sie abschwächen und ihren Zugriff auf uns verringern müssen, bevor wir den unermeßlichen Reichtum der Stille schmecken können.

Die erste Hilfe, die ich in dieser Richtung bekam, stammte von meinem ersten buddhistischen Lehrer, dem Ehrwürdigen Seung Sahn. Er war aus Korea in die Vereinigten Staaten gekommen und schien nur zehn bis fünfzehn englische Sätze zu sprechen, als er hier ankam. Aber er war im Gebrauch jener Sätze außerordentlich geschickt, ein Meister der dharmischen Klangbytes. Nach seiner Ankunft in Amerika reparierte er zunächst Waschmaschinen für Waschsalons, um sich seinen Lebensunterhalt zu verdienen, und er schien mit nur zwei Sätzen auszukommen. „Das kaputt? Ich repariere." Aber nach kurzer Zeit hatte er einen Ruf als Zen-Meister, und an Freitagabenden kamen bis zu hundert Menschen, von denen viele einen Universitätsabschluß hatten, um ihn Vorträge mit jenen fünfzehn Sätzen halten zu hören.

In der Tradition, in der ich jetzt lehre, sind die Unterweisungen recht informell, aber in seiner Zen-Tradition waren sie formell, und jedesmal, wenn ich zu ihm kam, antwortete er, unabhängig von dem, was ich sagte, immer in derselben Weise. „Zu viel Denken!" Er läutete die Glocke, und ich mußte gehen. Es war außerordentlich demütigend. Eines Tages hatte ich schließlich ein stilles Sitzen – wenn man uns nur genug Zeit gibt, dann erleben wir alle Momente der Stille –, und ich kam zu ihm, um ihm aufgeregt von dieser Neuigkeit zu berichten. Während der ganzen Sitzung, so erzählte ich ihm, hatte ich nur einige wenige schwache Gedanken gehabt. Er sah mich völlig ungläubig an. „Was ist verkehrt am Denken?" fragte er.

Er ließ mich wissen, daß nicht das Denken das Problem darstellt. Es ist unser Mißbrauch des Denkens und unsere Sucht nach dem Denken.

Schließlich fuhr ich für ein Jahr zu ihm nach Korea, und ich erinnere mich noch lebhaft an unseren gemeinsamen Flug dorthin. Ich zog einen Sack Bücher heraus, all meine geliebten Dharma-Bücher, die als Einführungen in die Praxis so wichtig für mich gewesen waren. „Was ist das?" fragte er. Das sind meine Bücher, sage ich. „Oh nein", sagte er. „Du wirst in diesem ganzen Jahr keine Bücher lesen." Keine Bücher! Ein ganzes Jahr lang! Er wußte wohl nicht, zu wem er das sagte – einem jüdischen Intellekt-Junkie aus Brooklyn!

„Das ist das ganze Problem", sagte er. „Du weißt bereits zuviel. Du weißt einfach alles."

Es war äußerst schwierig für mich. Manchmal ertappte ich mich beim Lesen der Etikette von Ketchup-Flaschen, weil ich so hungrig nach englischen Wörtern war. Aber ich befolgte seinen Rat und las das ganze Jahr lang kein Buch. Es war sehr befreiend. Das Lesen hat sich seitdem für mich sehr stark verändert; es ist viel leichter geworden, und ich hänge nicht mehr so sehr daran.

Desgleichen bitten wir die Meditierenden, nicht zu lesen (nicht einmal buddhistische Texte) oder zu schreiben (nicht einmal Tagebuchaufzeichnungen von ihren Erfahrungen), wenn wir Retreats in der *Insight Meditation Society* abhalten. Diese beiden Aktivitäten auszuschalten ist ein weiterer Weg, um das unaufhörliche Summen von Gedanken und Sprache zu verringern und tiefer in die Stille einzutauchen.

Stille ist extrem scheu. Sie erscheint, wann sie möchte, und kommt nur zu denjenigen, die sie um ihrer selbst willen lieben. Sie reagiert nicht auf Berechnung, auf Gier oder Forderungen; sie wird nicht reagieren, wenn Sie Pläne mit ihr haben oder etwas mit ihr tun wollen. Sie reagiert auch nicht auf Befehle. Sie können die Stille genauso wenig herbeikommandieren, wie Sie jemandem befehlen können, Sie zu lieben.

Es gibt Konzentrationspraktiken, die Stille zur Folge haben, aber diese Stille ist relativ grob, gewollt, vorläufig und brüchig; sie ist sehr stark bestimmten Bedingungen unterworfen. Die Stille, über die ich spreche, ist viel tiefer. Sie erwartet uns; man kann nicht nach ihr greifen. Wir können sie nicht erschaffen, sondern wir finden unseren Weg in sie hinein. Wir müssen sie jedoch mit Sanftheit, Bescheidenheit und Unschuld angehen.

Der Weg in die Stille ist mit Hindernissen gepflastert. Das Haupthindernis ist Ignoranz beziehungsweise Nichtwissen. Wir erleben Stille nicht, weil wir nicht wissen, daß sie existiert. Und auch wenn ich die Schwierigkeiten betone, ist es wichtig zu verstehen, daß Stille ein Zustand ist, der allen Menschen zugänglich ist. Sie ist nicht nur für die Einsiedler bestimmt, die in den Höhenlagen des Himâlaya in Höhlen leben. Sie steht jedem zur Verfügung.

Der erste Teil der Reise besteht in der Praxis des Atembewußtseins. Wenn Anfänger sich hinsetzen, um der Atmung zu folgen, dann nehmen sie typischerweise ungeheuer viel Lärm wahr, der ziemlich weit von der kostbaren Stille entfernt zu sein scheint, von der ich hier spreche. Die Tibeter haben für diese Phase der Praxis einen Ausdruck: „den kaskadenartig herabstürzenden Geist erreichen". Das klingt nicht gerade nach einer besonderen Errungenschaft. Sie nehmen wahr, daß sich Ihr Geist wie ein kaskadenartig herabstürzender Wasserfall verhält; er macht Lärm und fließt die ganze Zeit über.

Tatsache ist jedoch, das jedermanns Geist so beschaffen ist, nur wissen die meisten Menschen das nicht. Das zu sehen, ist ein äußerst wichtiger Schritt. Unsere Welt wird sehr wahrscheinlich von Menschen regiert, denen nicht bewußt ist, daß ihr Geist wie ein Durchgangsbahnhof unmittelbar nach Büroschluß ist. Ist es da etwa ein Wunder, daß sich unsere Welt in dem Zustand befindet, in dem wir uns nun einmal befinden?

Es gibt einen alten jüdischen Witz über einen Mann, der ein wunderschönes Stück Stoff ergattert hat und beschließt, daraus einen Anzug machen zu lassen. Er sucht einen erstklassigen Schneider auf, der Maß nimmt und den Mann bittet, in ein paar Tagen wiederzukommen. Als er wiederkommt, sagt der Schneider jedoch: „Nein, ich bin noch nicht fertig. Kommen Sie in ein paar Tagen wieder."

Das passiert vier oder fünf Mal, und der Kunde wird langsam unruhig, aber endlich ist, als er wieder einmal bei dem Schneider vorspricht, ein überaus schöner Anzug fertig. „Dieser Anzug ist exquisit", sagt der Mann. „Aber ist Ihnen bewußt, daß Sie länger gebraucht haben, um diesen Anzug zu schneidern, als Gott, um die Welt zu erschaffen?"

„Das mag sein", sagt der Schneider. „Aber Sie sehen meinen Anzug. Haben Sie sich in letzter Zeit mal die Welt angeschaut?"

Wir wundern uns nicht mehr über den Zustand, in dem sich die Welt befindet, sobald wir einmal unseren kaskadenartig herabstürzenden Geist gesehen haben und uns bewußt wird, wer in unserer Welt das Sagen hat. Wir müssen jedoch unserem Geist gegenüber nicht ungeduldig sein. Ungeduld hilft ohnehin nicht. Wenn Sie eine Weile still sitzen und versuchen, mit Ihrer Aufmerksamkeit bei der Ein- und Ausatmung zu bleiben, dann wird sich der Geist schließlich beruhigen, und Sie werden Momente erleben, in denen der Atem seidig und weich ist und Sie einfach mit ihm sein können. Vielleicht nehmen Sie auch die Stille in der Pause zwischen den Atemzügen wahr.

Das ist ein erster Geschmack der Stille, und vielleicht finden Sie sogar eine gewisse Erfrischung darin. Es ist eine Begegnung mit einer sehr reinen Art von Energie. Es wird noch so viel mehr kommen. Aber solche frühen kurzen Begegnungen geben Ihnen das Vertrauen weiterzumachen. Und im Umgang mit der Stille ist ein gewisses Maß an Vertrauen außerordentlich wichtig.

Wir können noch viel tiefere Arten von Stille erfahren, aber nicht, indem wir danach streben, sie zu erreichen. Sobald Sie einmal mit Hilfe der Samatha-Praxis (bei der man der Atmung seine *ausschließliche* Aufmerksamkeit zukommen läßt, um Gelassenheit im Geiste zu entwickeln) eine gewisse Ruhe erreicht haben, geschieht der Weg in die Stille dadurch, daß Sie sich mit Ihrem Lärm anfreunden und ihn wirklich kennenlernen. Der größte Krachmacher ist Ihr Ego, Ihre Neigung, sich an Dinge als „ich" und „meins" zu heften. Das Ego weiß, daß es in der Welt der Stille nichts zu suchen hat, denn die Stille gehört niemandem. Da gibt es nichts, was es sich aneignen könnte. Die Stille ist dort, wo das Ego nicht ist.

Daher ist eine viel bessere Herangehensweise an tiefe Stille – wenn Sie bereit dafür sind – das nichtwählende Gewahrsein. Ein gewisses Maß an Stille ist durch Konzentration zu erreichen, aber es entsteht eine andere Qualität von Stille durch das Verstehen, das keine Stille schafft, sondern diejenige entdeckt, die bereits vorhanden ist. Eine solche Stille werden Sie wahrscheinlich eher während eines langen Retreats entdecken, wenn Ihr Geist eine längere Phase der Verlangsamung erlebt hat.

Sie sitzen mit dem Atem und erlauben allem, zu kommen und zu gehen – Gedanken, Gefühlen, Klängen, Empfindungen, geistigen und physischen Zuständen. Zunächst wird Ihre Aufmerksamkeit zwangsläufig Vorlieben aufweisen; Sie werden sie auf dieses oder jenes richten. Aber mit der Zeit wird jene Neigung wegfallen; ja, sogar der Atem wird keine besonderen Merkmale aufweisen, und Sie werden alles, was ist, auf eine vollkommen ungerichtete Weise wahrnehmen. Sie werden mit ungeteilter Präsenz in einem Zustand vollkommener Rezeptivität da sitzen. Sie sind nicht für oder gegen etwas von dem, was aufsteigt; Sie nehmen dem gegenüber einfach eine freundliche, interessierte und akzeptierende Haltung ein.

Wenn der Geist die Erlaubnis hat, auf diese Weise frei umherzustreifen, dann wird er schließlich seiner selbst müde. Schließlich sagt er ja doch immer und immer wieder dieselben Dinge. Er wird all des Lärms müde und beginnt sich zu setzen. Wenn er das tut, dann stehen Sie an der Schwelle zu einer unermesslich weiten Welt der Stille.

Manchmal kommen Meditierende, die gerade in das Konzept der unkonditionierten Stille eingeführt worden sind, zu Gesprächen und sagen: „Es passiert nichts." Wir sind so sehr daran gewöhnt, daß Dinge in unserem Leben *passieren*, daß wir den Wert dieses „nichts" nicht kennen. Dieser erste Schritt in das Reich der Stille ist jedoch äußerst wertvoll. Es ist dann kein Bedürfnis vorhanden, irgend etwas anderes zu tun, als einfach dabei zu bleiben.

Eine andere Möglichkeit, an die Stille heranzugehen, besteht darin, sich vorzustellen, daß sie aus der wahren Vipassanâ-Praxis erwächst. Sie erlauben allem, was auftaucht, in Ihren Geist zu gelangen; was Sie dann in bezug auf all das sehen werden, ist die Tatsache, daß es vergänglich ist. In jenem Sehen findet ein Loslassen statt, und jenseits jenes Loslassens befindet sich die Stille. Aus der Klarheit eines stillen Geistes sieht man die Vergänglichkeit viel deutlicher. Jenes klare Sehen ermöglicht weiteres Loslassen und ein noch tieferes Eintauchen in die Stille. Diese beiden Dinge – das, was ich Weisheit nenne, und das, was ich Stille nenne – nähren einander. Jedes vertieft das andere.

Es stimmt, daß wir an der Schwelle zur Stille häufig Angst erfahren. Es ist das Ego, das Angst hat. In der allumfassenden Aufmerksamkeit, die man dem nichtwählenden Gewahrsein widmet, steht das Ego nicht im Mittelpunkt, wo es hinzugehören glaubt, und es beginnt sich zu fragen, wie es in der Stille sein wird, wo es überhaupt nicht mehr da sein wird. Diese Angst ähnelt der Angst vor dem Tode, denn das Eintreten in die Stille ist ein vorläufiger Tod für das Ego. Die Große Stille wäre sein dauerhafter Tod. Es ist ganz natürlich, daß es davor Angst hat.

Wenn diese Angst hochkommt, muß sie kein Hindernis darstellen. Sie ist einfach nur ein weiterer Aspekt des Lärms. Ihre Begegnung mit jener Angst ist sehr wertvoll, und die Geschicklichkeit, die hier erforderlich ist, besteht einfach darin, dabei zu bleiben. Mit der Zeit wird sie – wie jede andere Erscheinung – vorüberziehen. Wenn sie es tut, dann bleibt Stille übrig.

In meiner eigenen Praxis und Lehrtätigkeit habe ich bemerkt, daß das Erreichen von Stille irgendwie mit der Fähigkeit verbunden ist, mit Einsamkeit umzugehen und den Tod akzeptieren zu lernen. Insbesondere für das Ego sind diese beiden Dinge eng miteinander verbunden. Wir haben Angst davor, allein zu sein, und wir haben Angst vor dem Sterben; also erschaffen wir uns mit Hilfe unserer Gedanken Gesellschaft, und die hält uns davon ab, in die Stille zu gelangen.

Daher ist es für jemanden, der sich auf einem kontemplativen Weg befindet, hilfreich, eine Zeitlang mit dem Todesbewußtsein zu praktizieren. Abgesehen von dem Wert, den diese Praxis bereits für sich genommen besitzt, hilft sie uns, in das Reich der Stille einzutreten, das wir fürchten, weil es – wie der Tod – unbekannt ist. Tatsächlich ist dieses Reich jedoch ganz wunderbar; es ist eine immense Erleichterung, aber der Geist weiß das nicht. Wenn sich ein Meditierender dazu bereit fühlt, dann könnte es auch hilfreich sein, sich in eine längere private Klausur zu begeben, wo man tiefgreifende Einsamkeit erfährt. Sobald wir uns einmal mit unserer Einsamkeit angefreundet haben, wird uns Stille sehr viel leichter zugänglich sein.

In diesem Zusammenhang ist es vielleicht angebracht, daß ich eine recht persönliche Geschichte erzähle. Mein Vater ist vor kurzem nach langer Krankheit gestorben. Wir haben uns mein ganzes Leben lang nahe gestanden, und ich mußte sehr viel Trauerarbeit leisten. Manchmal dachte ich, das ginge recht gut, zu anderen Zeiten ging es nicht so gut. Ich bin ein Mensch wie jeder andere und stelle in bezug auf die Tendenz zu leugnen, zu verdrängen, zu intellektualisieren und vor Dingen wegzulaufen, keine Ausnahme dar.

Ich habe seine Asche nach Newburyport in Massachusetts gebracht, wo ich häufig eigene Retreats durchführe, und habe sie über den Parker-Fluß in den atlantischen Ozean (den er liebte) gestreut. Anschließend bin ich in das Haus gegangen, wo ich meine Retreats durchführe. Ich hatte bereits sehr viel mit meiner Trauer gesessen, aber auf einer anderen Ebene hatte ich anscheinend noch nicht einmal damit begonnen, denn an jenem Tag erlebte ich mehr Trauer, als mir menschenmöglich erschien.

Es hatte vorher Elemente von Selbstmitleid sowie auch Elemente von Mitleid für meinen Vater in meinem Trauerprozeß gegeben.

Meine Ichbezogenheit war da und erlaubte es der Trauer nicht, vollständig aufzublühen. Aber jetzt war eine direkte Erfahrung von Trauer da, ohne jegliches Zurückhalten – ich drang über längere Zeit direkt in sie ein und erlebte wirkliche Nähe mit ihr. Schließlich endete die Trauer. Jenseits davon lag eine unglaubliche Stille.

Ich habe an jenem Tag sehr viel über die Art und Weise gelernt, wie uns Elemente des Ich davon abhalten, vollständig zu fühlen, und darüber, was uns möglich ist, wenn wir sie loslassen. Ein anderer Ausdruck für eine solche Stille ist absolute Präsenz, die nur möglich ist, wenn das Ich ganz und gar abwesend ist.

Meditierende fragen häufig, was sie tun sollen, wenn sie zur Stille gelangen. Typischerweise haben wir verschiedene Pläne. Manchmal haben wir im Grunde genommen immer noch Angst vor der Stille; wir möchten einen flüchtigen Einblick in sie erhaschen und ihr dann wieder entkommen. Zu anderen Zeiten sitzen wir voller Erwartung in der Stille und warten darauf, daß etwas passiert. Wir sehen die Stille als Tür zu etwas anderem an. Sie ist eine Tür zum Unbedingten, aber wenn wir versuchen, diese Tür zu benutzen, um dorthin zu gelangen, dann bleibt sie verschlossen.

Wenn wir zu sehr danach trachten, daß etwas Besonderes passiert, dann wird die Stille zusammenbrechen. Wir können sie auch dadurch zum Verschwinden bringen, daß wir sie zu einer persönlichen Erfahrung machen – sie benennen, sie abwägen, sie bewerten, sie mit anderen Erfahrungen vergleichen, die wir gemacht haben, und uns fragen, was wir unseren Freunden über sie erzählen sollen oder wie wir sie in einem Gedicht zum Ausdruck bringen können.

Wir sollten uns ihr statt dessen einfach überlassen. Erlauben Sie es ihr, da zu sein. Das klingt so, als ob sie einfach Leere wäre, eine Pause vom wirklichen Leben, aber hier versagt die Sprache. Stille ist viel mehr als das.

Was ich Meditierenden raten möchte zu tun, wenn sie der Stille begegnen, ist – absolut nichts. Baden Sie in ihr. Lassen Sie sie wirken. Die Erfahrung wird Ihnen bewußt machen, ein wie unzureichender Begriff *Stille* für das ist, wovon ich spreche. Tatsächlich ist sie ein in höchstem Maße geladener Zustand, der voller Leben ist. Er könnte nicht lebendiger sein. Die Energie in diesem Zustand ist subtil und verfeinert, aber äußerst kraftvoll. Sie muß sich nicht hinter dem Handeln verstecken.

Die Stille ist auch voller Liebe und Mitgefühl. Wenn Sie einmal tief in die Stille eingetaucht sind, kommen Sie heraus und fühlen sich der

Welt gegenüber viel offener. Sie kommen auch – und das klingt seltsam, ist aber wahr – intelligenter heraus. Natürlich haben Sie keine Informationen bekommen. Ich spreche von einer anderen Art von Intelligenz, einer angeborenen Intelligenz. Sie sind freundlicher, sensibler und mitfühlender. Sie können diese Dinge nicht über das Bemühen erreichen, aber wenn Sie die Stille um ihrer selbst willen schätzen, dann werden Sie sie dort finden.

Jeder, der Meditation praktiziert, hat wahrscheinlich schon einmal einen Geschmack von Stille bekommen. Vielleicht hatten Sie zehn Sekunden während einer Sitzung, in denen Sie sich plötzlich ruhig und still gefühlt haben – Sie hatten keine Ahnung warum –, und Sie sind aufgestanden und haben sich erfrischt und energetisiert gefühlt. Vielleicht sind Sie aus einer Sitzung herausgekommen und haben bemerkt, daß die Welt zumindest für kurze Zeit anders aussah und sich anders anfühlte. Meditierende haben nach einem Retreat häufig berichtet, sie hätten mehr Mitgefühl empfunden. Sie haben nicht versucht, jene Qualität zu entwickeln, sondern es ist einfach passiert.

Die Stille, von der ich spreche, geschieht jedoch nicht einfach auf dem Kissen, und sie ist auch nichts, das Sie dort lassen müßten. Lärm fügt ihr keinen wirklichen Schaden zu. Es handelt sich hierbei nicht um die Stille, die das Gegenteil von Lärm ist. Sie ist eine Qualität, die uns angeboren ist, eine unerschöpfliche Energie. Sie hängt nicht von der Billigung anderer ab und nicht davon, was mit uns draußen in der Welt geschieht. Es ist keine Erfahrung, die wir hier und da einmal haben. Sie ist eine uns innewohnende Erfüllung, die unser Leben durchdringen kann. Wir können sie mit in die Welt hineinnehmen und aus ihr heraus handeln.

Stille in Aktion ist das nichttuende Tun, von dem wir bereits gesprochen haben, bei dem man einfach das Geschirr spült oder den Boden staubsaugt. Das Ego ist nicht vorhanden. Bei allem, was wir tun, bringen wir normalerweise ein „Ich" mit hinein und beanspruchen das Tun mit „ich" oder „mein" für uns. Stille ist jedoch der Ort, an dem kein Ego vorhanden ist, und Stille in Aktion bedeutet, in der Welt zu handeln, ohne die Handlung mit „ich" oder „mein" zu definieren. In dem Prozeß des Einswerdens mit der jeweiligen Aktivität vergessen wir zumindest vorübergehend das Ich und sind eng mit der Lebendigkeit dessen verbunden, was da ist.

Verschiedene Traditionen gelangen auf unterschiedliche Weise zu dieser Wahrheit. In China lautete eine Antwort auf die Frage nach dem, was Erleuchtung sei: „Reis essen und Tee trinken." Tatsächlich kann man essen und trinken, was man will, aber man sollte nichts anderes tun als das. Das Beschäftigtsein mit dem Ich tritt zeitweilig außer Kraft, und Sie manifestieren die Tiefen der Stille in der normalen Welt. Sie können dasselbe mit jeder beliebigen Handlung tun. Das wird im Zen als Nichtbewußtsein beziehungsweise klarer Geist bezeichnet. Sie treten aus vergangenen Konditionierungen heraus und sind im gleichen Augenblick frisch, lebendig und unschuldig.

Eine andere Antwort auf jene uralte Frage lautet: „Das Gras ist grün, der Himmel ist blau." Wir alle wissen das natürlich, aber wenn der Geist aus der Erfahrung des In-Stille-Badens herauskommt, dann sieht er das wirklich. Es ist eine unvergleichliche Erfahrung.

Zu Beginn meiner Praxis hatte ich eines Nachmittags in meinem Appartement in Cambridge im Bundesstaat Massachusetts gesessen. Dann trat ich auf die Straße hinaus und sah ein gelbes Taxi, das an der Ecke geparkt war. Ich wartete auf einen Freund, war in Kontakt mit meinem Atem und fokussierte mich auf das Taxi. Und ich sah es wirklich – ich sah das Gelb. Ich verstand, warum diese Taxis „Yellow Cab" (Gelbes Taxi) genannt wurden. Ich brach in Tränen aus. In jenem Zustand hätte alles die gleiche Wirkung haben können. Es hätte auch eine zusammengedrückte Bierdose sein können.

Wenn der Geist von jeder Obsession mit „ich" oder „mein" befreit ist, dann ist einfach Leben da. Mit Worten ist das nicht zu beschreiben. Es hat enorme Auswirkungen auf uns, und wir erleben es sehr viel tiefer als Worte. Versuchen und danach streben bringt uns nicht dorthin. Das schafft nur offenes, klares Sehen.

Worauf ich bei all dem hinaus will, ist, daß es nicht darum geht, unsere Kultur mit dem Bade auszuschütten oder unser Engagement in der Welt aufzugeben. Es geht einfach darum, die Dinge in eine bessere Balance zu bringen. Ich habe noch keinen anderen Weg gefunden, mit der Stille in Kontakt zu kommen, als ausgedehnte Retreats, entweder zusammen mit anderen Meditierenden oder für mich allein. Ich brauche eine Phase ohne Verpflichtungen, in der der Geist sich in seiner Beschäftigung mit sich selbst erschöpfen und sich in seiner ihm innewohnenden Natur einrichten kann. Ich sehe jedoch jene Retreats nicht als die einzig wertvollen – und nicht einmal als die wertvollsten – Momente in meinem Leben an. Das würde bedeuten, mein Leben auf etwa einen Monat pro Jahr zu reduzieren, oder noch schlimmer, es auf einige wenige Momente besonderer Einsichten zu reduzieren. Außerhalb der Retreats habe ich ein sehr aktives Leben, und der Schlüssel liegt für mich darin, das, was ich auf dem Kissen lerne, in die Welt draußen mitzunehmen. Die Dharma-Suche besteht darin, immer mehr in den großen Geist hineinzuwachsen, der mich und die Geschichte meines Lebens hinter sich läßt. Was übrigbleibt, ist Klarheit.

Wir können nicht nach diesem Zustand verlangen. Wir alle werden lernen, frei zu sein, und der einzige Weg, das zu tun, besteht darin zu sehen, auf welche Weise wir uns selbst versklaven. Gelegentlich haben wir große Einsichten, aber häufiger sind es nur kleine. Momente der Sorge um uns selbst sind zu Momenten der Freiheit geworden, wenn wir in sie hinein und durch sie hindurch sehen.

In einigen Aspekten drücken sich alle diese Wahrheiten in einer der berühmtesten Geschichten des Buddhismus aus, nämlich der Begegnung zwischen Bodhidharma und dem Kaiser Wu. Bodhidharma war ein großer indischer Lehrer, der das Zen nach China gebracht haben soll. Die Chinesen waren, als er zu ihnen kam, bereits mit den Lehren des Buddhismus vertraut und hatten einige bemerkenswerte Dinge damit gemacht, aber ihr Interesse war größtenteils theoretisch und akademisch. Sie waren hervorragend in ihren Übersetzungen und Kommentaren, aber niemand gelangte zur Freiheit. Bodhidharma auf der anderen Seite war ein großer Meister der Praxis. Nach dieser Begegnung verbrachte er neun Jahre damit, allein zu sitzen.

Der Kaiser war sehr erpicht darauf gewesen, ihm zu begegnen, und stellte ihm sofort eine Frage.

„Ich habe riesige Summen Geldes für das Erbauen von Tempeln, die Unterstützung von Mönchen und Nonnen sowie die Gesundheit der Sangha im allgemeinen gespendet. Welches Verdienst habe ich mir damit erworben?"

Bodhidharma konnte sehen, daß der Kaiser aus seinem Anhaften an das „ich" und „mein" heraus sprach. Wenn er diese Dinge in einem anderen Geiste getan hätte, dann wären die Ergebnisse anders ausgefallen.

„Überhaupt kein Verdienst", sagte Bodhidharma.

Der Kaiser war verblüfft. Mit dieser Art des Denkens (oder Nichtdenkens) war er nicht vertraut. Er versuchte, anders heranzugehen. „Was könnt Ihr mir über den heiligen Dharma sagen?" fragte er. Er fragte nach Bodhidharmas Auslegung der buddhistischen Theorie, ein Thema, über das sich chinesische Gelehrte endlos auslassen konnten.

„Nichts Heiliges", sagte Bodhidharma. „Nur unendlicher Raum."
Er war ein Mann, der einige Zeit im Reich der Stille zugebracht hatte. Der Kaiser war empört. Er gelangte nirgendwo hin. Er fühlte sich persönlich beleidigt.

„Wer ist das, der da vor mir steht und diese Behauptungen aufstellt?" fragte er.

Bodhidharma sah ihm direkt in die Augen. „Ich habe keine Ahnung", sagte er.

Wenn wir schließlich *keine Ahnung* haben, dann sehen wir die Dinge, wie sie sind.

Ajahn Sumedo

Nichts wird ausgelassen: Die Praxis Liebender Güte

Befreiung geschieht dadurch, daß wir von unserem Anhaften lassen. Wenn wir uns jedoch ausschließlich darauf konzentrieren, dann könnte es sein, daß wir eine Haltung entwickeln, die ausschließend, wenn nicht gar zerstörerisch ist. Dann könnte es sein, daß wir uns Zustände nur daraufhin ansehen, ob wir ihnen anhaften oder nicht, oder wir versuchen sogar, sie loszuwerden. *Mettâ* beziehungsweise Liebende Güte ist jedoch eine Praxis, die alles einbezieht. Mit Mettâ beziehen wir uns auf alle bedingten Erfahrungen mit einer Haltung der Freundlichkeit und des Akzeptierens der Dinge, so wie sie sind. Mettâ schließt die Totalität unserer Welt und unserer Erfahrungen ein. Sie schließt jede Möglichkeit ein – das Geborene und das Ungeborene, das Geschaffene und das Ungeschaffene, diejenigen, die anwesend sind, und diejenigen, die nicht zugegen sind. Mit Mettâ betrachten wir alle Erscheinungen und alle fühlenden Wesen in Kategorien der Liebenden Güte und des Einbeziehens anstatt in Kategorien der Trennung, die danach fragen, wer der Beste und wer der Schlechteste ist, was wir mögen und was wir nicht mögen. Mettâ ist also eine Weise, uns auf die Gesamtheit zu beziehen.

Zu Anfang müssen wir diese Haltung der Liebenden Güte ganz bewußt einnehmen. Damit muß keine Gefühlsduselei verbunden sein, nur weil das Wort *Liebe* darin vorkommt. Statt dessen können wir genauso gut den Begriff *Güte* hervorheben. Güte ist unsere Fähigkeit, Menschen und Situationen so zu akzeptieren, wie sie sind, ohne sie zu hassen oder uns in dem zu verfangen, was wir an ihnen nicht mögen.

Das ist kein Versuch, die dunkle Seite abzutun und dann so zu tun, als sei jeder Mensch nett und jede Situation schön; es ist keine Praxis der Schönfärberei. Es ist eine Art und Weise, uns selbst darin zu üben, uns nicht in unsere Urteilen über uns selbst oder unsere Nachbarn, unsere Gesellschaft, ja sogar über Moskitos, Spinnen und Fliegen zu verstricken. Mettâ gibt uns das Gefühl, daß wir alles mit einer Haltung von Geduld, Nichtabneigung und Güte umarmen können, ohne eine einzelne Erfahrung auszusondern, weil sie angeblich mehr oder weniger Liebe verdient. Diese Art der Liebe ist bedingungslos.

Unsere Gesellschaft im allgemeinen ist jedoch in höchstem Maße kritiksüchtig. Wir wachsen mit der Haltung auf, das hervorzuheben, was an uns, unseren Familien und Freunden, der Regierung, dem Land und der Welt im allgemeinen verkehrt sei – und so werden wir uns der negativen Aspekte nur allzu deutlich bewußt. Wir können in Menschen und Dingen nur die Fehler sehen und sind in einem Maße davon besessen, daß wir nicht mehr in der Lage sind zu sehen, was richtig an ihnen ist. Bei der Mettâ-Praxis vermeiden wir es jedoch bewußt, uns bei Fehlern und Schwächen aufzuhalten. Wir sind nicht blind für sie und fördern sie auch nicht, wir nehmen vielmehr eine Haltung von Freundlichkeit und Geduld gegenüber Mängeln in uns selbst und anderen ein. Auf diese Weise entwickeln wir ein Gefühl von Wohlbefinden. Wir erkennen, daß alles Teil des Ganzen ist, daß es nichts gibt, was wir uns ausdenken oder vorstellen könnten, und nichts, was jemals passiert ist, das nicht dazu gehört.

Andererseits glaubt der unterscheidende Geist, daß das Leben auf eine bestimmte Weise beschaffen sein sollte; er hat klare Vorstellungen davon, welche Dinge dazu gehören und welche nicht. Er weiß, welche Handlungen „richtig" sind und welche „falsch". Wir haben jede Menge Idealvorstellungen davon, wie das Leben sein sollte, und wenn wir auf die häßliche Seite des Lebens in uns selbst oder anderen treffen – Kriminalität, Grausamkeit oder einfach schlechte Gedanken –, dann glauben wir, daß das nicht so sein sollte. Mit Mettâ schauen wir uns jedoch das Ganze an, ganz gleich, wie korrupt oder pervertiert, wie böse oder gut es sein mag. Die Ganzheit umfaßt alles. Wir beginnen zu erkennen, daß Dinge so sind, wie sie sind; und unsere Beziehung zu ihnen kann keine billigende oder mißbilligende Beziehung sein, sondern eine von Geduld geprägte, die die Bereitschaft beinhaltet, das Leben in all seinen Aspekten mit Freundlichkeit und Akzeptanz zu erleben.

Mettâ kann eine sehr inspirierende, positive Praxis sein, die den Geist erhebt. Wenn wir ständig darüber nachgrübeln, was an uns und der Welt verkehrt ist, dann wird unser Geist niedergedrückt. Dieser negative Zustand kann zu Depressionen führen. Je mehr unser Geist von Negativität besessen ist, um so stärker lassen wir uns niederdrükken und stecken dann schnell in einem Raum ständiger, scheinbar totaler Negativität fest.

Wenn wir zum Beispiel Opfer und Täter betrachten, dann ist es leicht, sich auf die Seite des Opfers zu stellen und dem Täter schaden zu wollen. Immer wenn wir die Zeitung aufschlagen, sehen wir Beispiele hierfür. Menschen ärgern sich, wenn das Strafmaß, das der Täter bekommt, für das Verbrechen nicht groß genug zu sein scheint. Jeder Krieg bringt endlose Rachegelüste mit sich – jede Seite sucht nach immer entsetzlicheren Wegen, um der anderen zu schaden. Die allerschrecklichsten Dinge sind einfach aus Rachsucht heraus geschehen. Wenn ich darüber nachdenke, dann würde ich lieber Opfer als Täter sein; denn selbst wenn ich nicht von der Justiz bestraft würde, so würde ich gerne darauf verzichten, den Rest meines Lebens mit so viel Angst verbringen zu müssen.

Wenn wir das Gesetz des Karmas betrachten, dann wird uns bewußt, daß es dabei nicht darum geht, Rache zu üben, sondern ein Gespür für Mettâ und Vergebung zu entwickeln. Der Täter ist in Wirklichkeit der Unglücklichste von allen, genau deshalb, *weil* es Gerechtigkeit auf der Welt gibt. Es kann sein, daß Menschen, die etwas Falsches tun, von der Gesellschaft nicht entdeckt und bestraft werden, aber niemand kommt mit schädlichen Handlungen davon. Wir müssen so lange wiedergeboren werden, bis wir unser Karma aufgelöst haben. Wir wissen nicht, wie viele Leben wir schon gehabt haben, aber wir befinden uns hier in dieser Inkarnation mit unserem eigenen, ganz individuellen Charakter und unseren karmischen Neigungen. Wir haben das Glück gehabt, dem Dharma zu begegnen, und so hat man uns große Geschenke mitgegeben, mit deren Hilfe wir Dinge auflösen können. Aber wie viele Menschen haben solche Möglichkeiten? Wenn wir uns die Milliarden von Menschen ansehen, die auf diesem Planeten leben, dann sehen wir, daß es wirklich nur sehr wenige gibt, die diese Chance haben.

In meinem Leben hat es immer irgendeine Art von Gewalt gegeben. Ich war ein Kind, als der Zweite Weltkrieg ausbrach, und habe als Marinesoldat am Koreakrieg teilgenommen. Dann kam der Vietnamkrieg und der noch längere Kalte Krieg. Ich erinnere mich an die Zerstörung Kambodschas und auch an diejenige Jugoslawiens und Ruandas in der jüngeren Vergangenheit. Es hat immer wieder Schreckensmeldungen über Massenmorde und Folter gegeben, und dennoch habe ich diese nie selbst erlebt. Irgendwie habe ich mehr als sechzig Jahre gelebt und bin all dem entkommen! Ich bin dankbar dafür, daß ich nicht habe miterleben müssen, wie meine Eltern ermordet werden, und daß ich nicht einige der furchtbaren Dinge ertragen mußte, die anderen passiert sind. Dadurch, daß ich mehrere Gemeinschaften von Exilkambodschanern kennengelernt habe, habe ich die Qualen und Sorgen dieser Menschen miterlebt, denn ihnen allen sind schreckliche Verluste widerfahren.

Aber selbst ohne daß ich Krieg und andere unangenehme Dinge in meinem Leben erlebt hätte, ohne daß ich an Mord, Plünderung, Vergewaltigung oder Zerstörung beteiligt war, kann ich dennoch in mir die Neigung finden, Rache zu üben – das ist eine normale menschliche Emotion. Wenn wir diese jedoch aus der Sicht der karmischen Gesetze betrachten, dann können wir darüber nachdenken, ob wir unser Leben wirklich so führen möchten, oder ob es nutzbringender wäre, Vergebung und Mitgefühl gegenüber allen fühlenden Wesen zu üben, selbst jenen gegenüber, die uns geschadet haben. Wenn wir Liebende Güte entwickeln, dann ist es wichtig zu erkennen, daß die Praxis bei uns selbst beginnt. Das bedeutet, alles in uns zu akzeptieren – die dunkle Seite, die selbstsüchtige Seite, die stolze, eingebildete Seite ebenso wie die gute und tugendhafte. Bei Mettâ geht es nicht darum, an uns herumzukritteln, sondern darum, die Gemeinheit unseres Herzens, unseren Wunsch nach Rache und die Kleinlichkeit oder Dummheit, die wir bisweilen spüren, zu akzeptieren. Mettâ für unsere eigenen Launen und emotionalen Gewohnheiten zu haben, ermöglicht uns, diese so sein zu lassen, wie sie sind – ihnen weder nachzugeben, noch sie zurückzuweisen, sondern zu erkennen: „Dies ist meine Stimmung, und so fühlt sie sich an." Unsere Haltung dazu ist eine Haltung von Geduld, Nichtabneigung und Freundlichkeit.

Was uns häufig verwirrt, das sind unsere idealistischen Konzepte davon, wie wir sein sollten. So könnten zum Beispiel einige von Ihnen denken: „Ich darf mir keine Rache an den Tätern wünschen; Ajahn Sumedho sagt, ich solle Mettâ für sie haben!" Und dann haben Sie vielleicht das Gefühl: „Nein, ich kann nicht jeden einbeziehen; das ist zu schwierig. Ich kann Mettâ für alle anderen haben, aber nicht für diesen ganz und gar hassenswerten Menschen." Was in jenem Moment getan werden kann ist, daß wir Mettâ für genau dieses Gefühl des Unvermögens aufbringen; daß wir eine Haltung von Freundlichkeit anstatt von Kritik finden und es als das erkennen, was es ist – und daß wir ihm weder nachgeben, noch es unterdrücken, sondern einfach mit jenem besonderen Zustand, so wie er sich im gegenwärtigen Moment darstellt, Geduld haben.

Wenn wir das tatsächlich üben, was ist dann das Ergebnis? Meiner Erfahrung nach ist es so, daß ich meine Fehler und Schwächen dann nicht länger zu einem Problem mache; ich hasse mich nicht ständig dafür, daß ich nicht in der Lage bin, den hohen Idealvorstellungen gerecht zu werden. Ich bin in der Lage, mich mit einigen der Emotionen und Reaktionen, die ich habe, auszusöhnen, anstatt einfach in der Abneigung mir selbst gegenüber gefangen zu sein. Wenn wir das tun, dann verblassen jene negativen Emotionen. Wir stellen nicht länger eine karmische Verbindung zu ihnen her; wir lassen sie los, anstatt uns in sie zu verstricken, mit der Folge, daß ein größeres Gefühl von Leichtigkeit da ist. Wir entwickeln eine angemessene Haltung uns selbst gegenüber.

Manchmal sagen Menschen: „Bevor man Anattâ (Nicht-Selbst) praktizieren kann, das heißt, bevor man das Ich loslassen kann, braucht man ein gutes Ichgefühl." Sie glauben, daß wir erst einmal ein anständiges Ego entwickeln müßten, um es dann später loslassen zu können. In Wirklichkeit geht es jedoch nicht darum, das eine vor dem anderen zu entwickeln. Es ist ein umfassenderer Integrationsprozeß notwendig als dieser. Während wir uns durchs Leben bewegen, geschieht vieles gleichzeitig, auch wenn wir uns dessen vielleicht nicht bewußt sind. Mit der richtigen Mettâ-Praxis – die wir selbst unserer schlimmsten Seite gegenüber anwenden können – entwickeln wir eine reife und von Geduld geprägte geistige Haltung, in der unser Ichgefühl positiv anstatt neurotisch und negativ ist.

Es kann hilfreich sein, die Mettâ-Praxis innerhalb des Rahmens des gesamten buddhistischen Weges zu sehen. Der Kern der Praxis im Theravâda-Buddhismus sind *Dâna* (Großzügigkeit), *Sila* (Moral) und *Bhâvanâ* (Meditation). Einfach ein großzügiger Mensch zu sein, jemand, der nicht selbstsüchtig ist sondern in der Lage, das, was er oder sie hat, mit anderen zu teilen, ist die Grundlage dafür, ein guter Mensch zu sein. Großzügigkeit ist einfach von Natur aus besser als Gemeinheit. Im Teilen liegt Freude, denn miteinander zu teilen bringt Freude in unser Leben. Mit der Praxis von Sila beziehungsweise Moral gehen Vorschriften einher, an die man sich halten sollte, und Handlungen, derer man sich enthalten sollte. Wenn wir Sila praktizieren, dann lernen wir, Verantwortung für unsere Handlungen und unsere

Äußerungen zu übernehmen. Dâna und Sila zusammengenommen bringen uns ein Gefühl von Selbstachtung. Dann gibt es da noch Bhâvanâ, die Meditation, durch die wir beginnen, alle Täuschungen, die wir in bezug auf das Ich haben, aufzugeben.

Der gesamte Prozeß ist ein Prozeß der Reinigung. In der Praxis beginnen wir die negativen Emotionen und Unreinheiten loszulassen, die wir in uns haben. Wenn sie in unser Bewußtsein aufsteigen und wir diesen unangenehmen Zuständen einfach Achtsamkeit entgegenbringen, dann können wir sie mit Freundlichkeit und Akzeptanz betrachten und uns so von ihnen wegbewegen. Solange wir jedoch den Standpunkt einnehmen, daß etwas an uns verkehrt sei, und solange wir uns mit ihnen identifizieren, werden wir sie verdrängen und sagen: „Oh, so darf ich nicht denken!" Dann kann der Reinigungsprozeß nicht stattfinden; aufgrund unserer Abneigung und Weigerung, die negativen Zustände und Gedanken zu akzeptieren, bleiben sie in uns und beginnen sich anzuhäufen.

Wir können uns also eigentlich freuen, wenn in unserer Meditationspraxis immer wieder unangenehme Zustände auftreten. Indem wir Mettâ für die elenden Kreaturen üben, die wir in uns einsperren, öffnen wir die Gefängnistür. Wir lassen sie los und befreien sie aus Mitgefühl anstatt aus dem Wunsch heraus, sie loswerden zu wollen. Wenn wir unsere Schwierigkeiten auf diese Weise betrachten, dann können wir sie leichter ertragen, denn wir schauen sie mit Weisheit an, statt sie als „ich und meine Probleme" zu sehen. Solange sie „meine" sind, kann ich mich selbst nur dafür hassen, daß ich auf eine bestimmte Weise denke oder fühle. Die falsche Logik ist: Nur ein schlechter Mensch könnte solche schlechten Gedanken haben, also bin ich ein schlechter Mensch! Dann empfinden wir enorme Schuldgefühle und Abneigung uns selbst gegenüber.

Sobald wir einmal unseren Umgang mit unserer Negativität verändern, indem wir uns von der Ignoranz zur Weisheit bewegen, sind die schrecklichen Gedanken oder Gefühle, die vielleicht unseren Geist befallen, einfach nur das, was sie sind. Wir leugnen sie nicht; wir erlauben ihnen vielmehr mit Hilfe von Mettâ, da zu sein. Wir sind bereit, mit ihnen zu sein, und da ihre Natur vergänglich ist, bleiben sie nicht bestehen. Mit jener Bereitschaft, Dinge so sein zu lassen, wie sie sind, befreien wir uns von ihnen. Wenn wir dann zunehmend geschickter darin werden, uns von diesen Gewohnheiten zu befreien, stellt sich ein Gefühl von Leichtigkeit ein, da unser Herz nicht von Schuldgefühlen,

Abneigung uns selbst gegenüber, Schuldzuweisungen und all dem übrigen belastet ist. An negativen Zuständen festzuhalten und sich mit ihnen zu identifizieren führt nur zu endlosen neurotischen Problemen in bezug auf das, was wir fühlen oder denken.

Die Mettâ-Praxis muß immer bei uns selbst beginnen, denn dort fühlen wir das Leben am direktesten. Es ist leicht, Liebende Güte für eine Milliarde Chinesen zu haben, die weit entfernt sind und für uns in diesem Moment absolut keine Bedrohung darstellen. Aber Mettâ für das zu haben, was sich in unserer Nähe befindet und uns bedrohen könnte – wie zum Beispiel unsere eigenen schlechten Gedanken gegenüber unserem Mann, unserer Frau, unseren Kindern oder Nachbarn –, das ist weitaus schwieriger. Wir können auf einer bestimmten Ebene sehr großherzig sagen: „Mögen alle Wesen glücklich und frei von Leiden sein", aber in unserer unmittelbaren Nähe empfinden wir unter Umständen viel Abneigung anderer oder uns selbst gegenüber. In der westlichen Welt ist es besonders wichtig, diese Einstellung von Geduld und Nichtabneigung für alles in uns zu entwickeln. Dazu gehören unsere Ängste und Wünsche, unsere emotionalen Gewohnheiten, unsere Krankheiten, körperlichen Schmerzen und Gebrechen, Arthritis, Krebs, unsere brüchigen Knochen, der Alterungsprozeß – also all die geistigen und körperlichen Phänomene, die wir erleben. Das bedeutet nicht, daß wir nicht versuchen sollten, den Körper zu heilen – dieser Impuls entsteht recht natürlich, und wir tun das Bestmögliche. Zu versuchen, den Körper zur Genesung zu führen, kann ein Akt der Liebenden Güte ihm gegenüber sein. Aber den Körper zu hassen, weil er krank ist, uns Schmerzen bereitet oder alt ist, führt nur zu Elend und behindert uns in unserer spirituellen Entwicklung.

Wir können also die Mettâ-Praxis mit Liebender Güte gegenüber unserem Körper, all seinen Organen und geistigen Gewohnheiten beginnen. Diese Mettâ dehnt sich dann auf Verwandte, Freunde, diejenigen, die weit entfernt leben, auf alle Menschen – die geborenen und die ungeborenen –, alle Tiere, Insekten, Vögel, Fische, Reptilien, alle Engel und Dämonen sowie Götter und Göttinnen im ganzen Universum aus. Nichts wird ausgelassen. Wir haben ein Gefühl für die Totalität des Seins, das wir dann loslassen können – nicht aus Abneigung, sondern weil wir es als das sehen, was es ist, und nicht länger darin gefangen sind, dieses zu bevorzugen und jenes zurückzuweisen. Wir haben den endlosen Kampf mit den Bedingungen überwunden. Statt dessen ist eher ein Gefühl von *Upekkhâ* (Gleichmut) gegenüber dem gesamten Bereich der Bedingungen da. Da wir von diesem Bereich nicht mehr so fasziniert oder an ihn gebunden sind, können wir ihn loslassen, und in jenem Loslassen und jenem Nichtanhaften liegt die Befreiung, die Verwirklichung des Todlosen, die Erleuchtung.

Bei einer Beschreibung liegt die Gefahr darin, daß sie die Dinge sehr kompliziert erscheinen läßt. Wenn jemand diesen letzten Absatz liest, dann könnte er sagen: „Nun, um all das zu entwickeln, um bis zur Totalität zu gelangen und fähig zu sein, sie loszulassen, brauche ich den Rest meines Lebens! Ich hätte nie die Zeit, das zu tun." Aber Beschreibungen und Erklärungen dienen allein der Reflexion. Praxis findet immer in der Gegenwart statt. Unsere Erfahrung wahrzunehmen und sie deutlich zu sehen, das ist ein Akt, der sich in der Gegenwart vollzieht. Wir beginnen dort, wo wir jetzt sind, und wir müssen lernen, der Befreiung in der Gegenwart stärker zu vertrauen.

Nehmen wir zum Beispiel an, daß in unserer Meditation immer wieder zwanghafte Gedanken auftreten oder daß wir uns in unserem Alltagsleben von einer bestimmten Emotion völlig beherrschen lassen oder daß uns etwas zutiefst aufregt und wir das Gefühl, davon vereinnahmt zu sein, nicht mögen. Wir können jene Obsession als Zeichen ansehen, daß etwas uns sagt: „Ich will ans Licht!" Vielleicht ist unsere Reaktion auf diesen besonderen Zustand immer die gewesen, ihn zu ignorieren oder abzulehnen, aber jetzt können wir ihn als Zeichen dafür ansehen, daß unsere Aufmerksamkeit gefragt ist. Vielleicht möchten wir uns nicht damit abgeben. Wir hätten gerne einen netten, ruhigen Tag und möchten nur dem Gesang der Vögel und dem Wind in den Bäumen lauschen, und statt dessen plagt uns dieses hartnäckig laute Geschrei unseres Geistes. Aber statt zu versuchen, es loszuwerden, können wir einfach eine Mettâ-Haltung einnehmen, die bedeutet, daß wir Geduld mit diesem Zustand haben und bereit sind, ihn zu fühlen.

Ich habe früher immer große Schwierigkeiten mit Sorgen gehabt. Ich wollte mich nicht besorgt fühlen, also leistete ich diesem Gefühl ständig Widerstand. Um mich selbst davon abzulenken, habe ich Bücher gelesen oder irgendeine Aufgabe erledigt. Oder ich habe versucht, das Gefühl zu analysieren: „Ich bin besorgt, weil ..." Und schließlich zog ich dann die Schlußfolgerung, daß irgend etwas mit mir nicht in Ordnung sei. Das ließ die Sorgen zu einem Problem werden, das dann nach Bearbeitung verlangte und gelöst werden wollte. Wenn ich mich jedoch daran erinnerte, Mettâ für dieses Gefühl zu haben, nicht über es nachzudenken und es nicht zu analysieren, sondern zu der geistigen Qualität und dem Platz im Körper zu gehen, wo dieses Gefühl auftauchte, und wenn ich es dann wirklich annahm – also, wenn ich wirklich bereit war, dieses spezielle Gefühl zu fühlen –, dann wurde es erträglich. Indem ich meine Haltung derart veränderte, daß ich statt Ablehnung Akzeptanz empfand, daß ich begann, Interesse zu haben, anstatt es loswerden zu wollen, stellte ich fest, daß es etwas war, das ich zulassen konnte. Dann hörte es ganz von selbst auf, denn alle Zustände sind vergänglich.

Also sind all unsere Sorgen in bezug auf uns selbst und unsere Ängste vor unseren eigenen emotionalen Gewohnheiten eigentlich nichts, weswegen man sich Sorgen machen müßte. Wenn wir mit Liebender Güte an dieses Thema herangehen, dann sind wir in der Lage, geschickt und weise über diese Dinge zu reflektieren, so wie sie sind, anstatt darüber zu spekulieren, was sie sein könnten oder wo sie herkommen: „Bedeutet das, daß etwas an mir schlecht ist? Vielleicht liegt das daran, daß meine Urgroßmutter schizophren war!" und so weiter. Im Kloster finden wir Menschen, die Probleme mit Drogen gehabt haben, solche, die geisteskranke Eltern haben, oder auch solche, die alle möglichen Dinge angestellt haben. Das kann ihnen manchmal große Angst machen. Sie fürchten, daß mit ihnen nie alles in Ordnung sein wird oder daß sie vielleicht ihren Geist mit Drogen ruiniert haben und nie erleuchtet werden können. Sobald wir einmal in dieser Stimmung sind, scheint alles möglich zu sein. „Vielleicht werde ich der erste in meiner Familie sein, der einen Nervenzusammenbruch bekommt!" Oder wir beginnen uns selbst als von Geburt an mit Fehlern behaftet zu sehen: „Gott hat mich nicht mit allen Dingen vollständig ausgestattet!" Natürlich haben einige von uns reale körperliche Behinderungen oder geistige Probleme, aber selbst dann können wir Mettâ mit diesen Dingen haben und Vertrauen und Nichtabneigung sowie ein Gefühl von Wohlbefinden entwickeln.

Das ist ein Prozeß, bei dem es darum geht, seine Einstellung von „Ich mag das nicht an mir; ich will das loswerden" zu verändern zu „Oh, das fühle ich also" und dann die Geduld und die Bereitschaft zu haben, das zu erleben, was im gegenwärtigen Moment da ist. Es bedeutet, bereit zu sein, Eifersucht oder Besorgnis zu fühlen und sich für sie als Erfahrungen zu interessieren. Denn das, was gewahr ist, ist nicht besorgt, es ist nicht wütend und es ist nicht der Zustand, der gerade da ist. Wir beginnen, Vertrauen in diesen Zustand reinen Gewahrseins zu entwickeln. Gewahrsein ist wie Licht: Es hat keine Farbe, es ist nicht etwas, das man verdinglichen könnte. Man kann Gewahrsein nicht *sehen*, aber man kann gewahr *sein*. Es ist Gewahrsein, das es uns erlaubt zu sehen, die Zustände zu kennen, zu wissen, daß die eigenen Erfahrungen so sind, wie sie sind, daß Besorgnis, Angst, Sorgen „so sind". Durch diese geduldige Haltung hört der Bereich des Bedingten auf, ein endloser Kampf darum zu sein, die Dinge zu kontrollieren oder sie loszuwerden.

Wenn sich unsere Praxis entwickelt, dann haben wir das Gefühl, mehr und mehr in der Stille des Geistes, in jenem reinen Seinszustand in der Gegenwart zu ruhen. Sie stellen Forschungen an und finden für sich selbst heraus, was wirklich funktioniert. Sie glauben nicht einfach jemandem, und Sie lassen sich auch nicht durch die Theorien inspirieren, die hinter dem Ganzen stehen, sondern dadurch, daß Sie tatsächlich praktizieren. Es ist ein direktes Wissen – nicht über den Dharma spekulieren oder etwas „über ihn wissen", sondern den Dharma kennen.

Christopher Titmuss

Befreiung vom Leiden

Ich erinnere mich noch lebhaft an meine erste Begegnung Anfang der siebziger Jahre mit dem Ehrwürdigen Ajahn Buddhadasa, dem Abt des Wat-Suanmoke-Klosters (Kloster des Gartens der Befreiung) in Chai Ya in Thailand. Ich fragte ihn damals, was für die Befreiung notwendig sei. Er sagte: „Nichts ist es wert, daß man an ihm haftet, überhaupt nichts. Befreiung kennen bedeutet vollkommenes Nichtanhaften kennen." Ajahn Buddhadasa, der mehr als sechzig Jahre lang im Wald gelebt hatte, packte dann seine Mönchsrobe und zog an ihr, um seine nackte Schulter zu zeigen. „Es ist nicht wert, an irgend etwas zu haften, das *damit* zu tun hat", fügte er hinzu. Das war ein atemberaubender Moment in meinem Leben.

Die Wahrheit dessen, was er sagte, war so offensichtlich wie verschiedene Farben für einen Menschen mit guten Augen. Schon nach wenigen Monaten ließ ich mich für sechs Jahre zum buddhistischen Mönch ordinieren. Buddhadasa wies unaufhörlich darauf hin, daß das Durchschauen des Anhaftens der Weg zur Befreiung sei. Befreiung kennen bedeute, ein erleuchtetes Leben zu kennen.

Die Dritte Edle Wahrheit

Die Dritte Edle Wahrheit, die vom Buddha gelehrt wurde, ist die Befreiung von jeglicher Art von Leiden, Qualen und Unzufriedenheit durch die Überwindung des Anhaftens. Auch wenn dieses Ziel für den gewöhnlichen Alltagsverstand, der nicht mit dem Dharma vertraut ist, unvorstellbar sein mag, so bedeutet das nicht, daß es nicht erreichbar wäre. Selbst wer den Dharma praktiziert, könnte meinen, daß diese Aufgabe menschliche Fähigkeiten übersteigt. Es ist nichts Ungewöhnliches, daß tiefgehende Lehren verwässert werden, damit sie einem breiteren Publikum zugänglich gemacht werden können. Es gibt einige Sünden bei der Vermittlung des Dharmas, und eine davon ist zweifellos, die Lehren auf die Überwindung von Streß zu reduzieren. Ein Leben, das vollkommen dem Dharma gewidmet ist, umfaßt mehr als Meditation und Achtsamkeitsübungen, die einem helfen sollen, im Alltagsleben Ruhe zu finden. Auch wenn Ruhe und geistige Klarheit auf diesem Weg geschätzt werden – sie sind Merkmale der letzten beiden Glieder des Edlen Achtfachen Pfades –, sollte man dennoch wissen, daß sie nie als Ersatz für Befreiung dienen können.

Die Dritte Edle Wahrheit spricht von einer authentisch erleuchteten Existenz und nicht von einer kühlen Reaktion darauf. Wir sollten niemals vergessen, daß es sehr viel schwerer ist, ein wahrhaft befreites Leben zu führen, als wir glauben. In diesen Lehren werden diejenigen, die Befreiung verwirklicht haben, die Edlen genannt. Sie haben einen Ausweg aus der von Problemen belasteten Existenz gefunden. Sie haben keine neue Konstruktion erzeugt, sondern einfach aufgehört, an die Einstellungen des konstruierten Ich und seine verschiedenen Standpunkte zu glauben und ihnen Substanz zu verleihen. Sie haben Befreiung verwirklicht. Das ist Nirvâna. Es ist ungeformt, ungeschaffen und in seiner Existenz nicht von irgendwelchen Bedingungen abhängig. Das Nirvâna gehört nicht zu einem unbewußten Zustand, der in der Meditation auftritt und Schwankungen unterworfen ist. Es ist auch kein Zustand absoluter Loslösung von der Welt oder ein Zustand der Vernichtung.

Im wesentlichen ist Befreiung die Verwirklichung des Endes des Leidens, die vollkommene Emanzipation des menschlichen Geistes und das freudevolle Begreifen des Wesens der Dinge. Mit dem Aufhören des Leidens verschwindet der Kampf, der aus Gier, Haß und dem Ich-Wahn entsteht. Es schaltet jenes zwingende Bedürfnis aus, als einen letztlich befriedigenden Lebensweg Dinge verfolgen oder erreichen zu wollen. Die Leere des Ich und jeglicher Substanz von „ich" und „mein" wird offensichtlich.

Die Dharma-Lehren ermutigen uns, die Kraft des Wollens aufzulösen und die Probleme, Verwirrungen und Konflikte, die damit verbunden sind, zu überwinden. Das zeigt, wie der Weg zur Erleuchtung seine Vollendung finden kann. Die Beendigung der Unzufriedenheit im Zusammenhang mit Wollen und Nichtwollen weist auf die Essenz der Dritten Edlen Wahrheit hin. Vielleicht glauben wir, daß unser Geist nur Wollen oder Nichtwollen zum Ausdruck bringt, und jede unserer Handlungen scheint das zu bestätigen. All das trifft auf den gewöhnlichen Verstand mit gewöhnlichem Bewußtsein zu, aber deswegen gilt es nicht unbedingt für jeden Menschen. Wenn wir so denken, verschließen wir die Tür zur Erleuchtung und ziehen es vor, Schutz in unseren festgefahrenen Ansichten zu suchen.

Nirvâna bedeutet, ein emanzipiertes Leben zu kennen, es steht nicht nur für geistige Klarheit. Es besteht die Gefahr, daß wir das Unkonditionierte, Ungeborene und Ungeformte durch das Bedingte, Geborene und Geformte ersetzen, indem wir das Nirvâna auf geistige Klarheit reduzieren. Alle Geisteszustände, ob sie nun angenehm oder unangenehm, seicht oder tief, ruhig oder verwirrt sind, tauchen aufgrund von Ursachen und Bedingungen auf, die es ihnen ermöglichen aufzutauchen. Wir benutzen unsere Wahrnehmungen und Erfahrungen, um Ursache und Wirkung zu bestimmen. Wir leben in einer Welt, die davon ausgeht, daß unsere Wahrnehmungen wahr sind und daß sich Dinge und Ereignisse aufeinander beziehen und sich aufeinander auswirken. Unsere natürliche Freiheit wird jedoch nicht dadurch deutlich, daß wir unseren Willen einsetzen oder eine Anstrengung auf die nächste häufen.

Die Edlen wissen, daß diese bemerkenswerte Befreiung durch Geisteszustände hindurchscheint, nämlich dann, wenn man nicht von ihnen abhängig ist. Das zu wissen, löst viel Freude in den Edlen aus, und es setzt darüber hinaus viel Liebe für diejenigen frei, die in Geisteszuständen gefangen sind. Diese befreiende Entdeckung bewirkt, daß man Ereignissen nicht länger Macht über das eigene Leben gibt – nicht dadurch, daß man sich von ihnen distanziert, sondern durch Klarheit, Einsicht und eine mit dem Verstand nicht faßbare Intimität. Auch die Wahrnehmung, daß wir geboren worden sind und sterben werden, verliert an Substanz und Macht. Geburt und Tod haben reale Bedeutung nur für diejenigen, die die Aktivitäten von „ich" und „mein" mit Körper und Geist identifizieren.

In der Erleuchtung gibt es keine Vorstellung davon, daß wir von einem Ding zum anderen wandern; da ist nichts, was das Ich gewinnen oder erreichen könnte. Das Ich macht keine weiteren Entwicklungsprozesse durch, und Wünsche und Ziele haben jegliche Relevanz verloren. Befreite Menschen schätzen weder die eigene Existenz, noch ziehen sie sich von ihr zurück; sie hängen weder an anderen, noch lehnen sie sie ab. Sie haben getan, was getan werden muß. Sie haben den Gipfel des Berges erreicht, der immer vor ihnen stand. Sie wissen, daß der Weg nicht die Bedingung für den Berg ist. Der Berg – das heißt das Wesen der Dinge – steht fest und unverrückbar da, unabhängig davon, ob nun ein Weg dorthin führt oder nicht.

Die Interaktionen der „Welt" mit unseren „Wahrnehmungen" gaukeln uns vor, daß wir in Kontakt mit der Realität leben. Wir statten unsere Wahrnehmungen mit Substanz und Realität aus, auch wenn sich unsere Erfahrung von der Welt immer wieder verändert. Es ist dieser dauernde Wandel der Erfahrungen und Ansichten, der ganz von selbst jede Aussage widerlegt, die der Geist trifft. Wir gehen davon aus, daß wir Handelnde sind, die auf eine Weise handeln, welche Auswirkungen auf die Welt hat, und daß wir auch von den Handlungen anderer Menschen betroffen sind, die ebenfalls als Handelnde fungieren. Da wir in diese Art des Denkens vernarrt sind, können wir keinen Ausweg aus ihr heraus finden. Es scheint, als veränderten wir unsere Identitäten immer wieder. In der einen Minute sind wir die Handelnden, in der nächsten sind es andere. Wir leben in einer Art Seifenblase, die Leiden und Unzufriedenheit produziert. Die letzte Verblendung besteht darin, daß wir glauben, daß die Dinge wirklich so sind. Durch Moral, die Tiefen der Meditation und Weisheit werden wir aufgerüttelt, die Selbstgefälligkeit einer solchen Sichtweise zu hinterfragen. Sie öffnen unser gesamtes Bewußtseinsfeld. Die Konstruktionen des Ich brechen zusammen. Alles befindet sich an seinem Platz, ohne daß es einen Anfang, eine Mitte oder ein Ende gäbe. Wollen und Nichtwollen, Existenz und Nichtexistenz führen zu einer verzerrten Weltsicht, auf der all unsere Sorgen und Ängste beruhen. Es gibt nichts, was wir an uns reißen und besitzen oder woran wir uns festhalten könnten. Ein erleuchtetes Leben befreit uns aus der Verzauberung durch den Ichwahn. Wir sind frei. Vollkommen frei.

Die vier Edlen

Unter den Edlen, die frei geworden sind, gibt es vier verschiedene Typen:

1. derjenige, der in den Strom eintritt, der Stromerreicher;
2. derjenige, der einmal wiederkehrt, der Einmalwiederkehrer;
3. derjenige, der nie mehr wiederkehrt, der Niemehrwiederkehrer;
4. der Arahat, ein vollständig erleuchtetes Wesen.

Die edle Gesinnung entsteht aus der Verwirklichung heraus und nicht aufgrund von Geburt, Heirat oder Titeln. Die Edlen haben alle eines gemeinsam – sie sind im Dharma der Unerschütterlichen verankert. Sie zeichnen sich durch eine tiefgehende Freundschaft zu allen Lebensformen aus. Sie haben aufgehört, in der Dualität zu leben oder nach Sieg anstatt Niederlage, nach Erfolg anstatt Mißerfolg zu dürsten. Sie halten nicht am Gestern, Heute oder Morgen fest. Sie wissen um eine Freiheit, die unzerstörbar ist.

Die Edlen verlassen sich für ihre Erleuchtung nicht auf einen Erlöser, ein heiliges Buch oder einen transzendenten Gott. Sie halten nicht an der Ansicht fest, daß ein solcher Adel nur in Verbindung mit einem Lehrer, durch persönliche Anstrengung oder Meditation entstehen könne.

Die Edlen sind zurückhaltend, was Behauptungen über ihre Erleuchtung angeht. Denn das „Ich", das solche Behauptungen aufstellt, kann die Befreiung und deren natürliche Verbindung zum unermesslichen Netzwerk des Lebens in Frage stellen. Das Leben gehört nicht dem Bereich von „ich" und „mein" an. Es gehört dem Wesen der Dinge an. Das zu wissen, läßt Freude aufkommen. Die Edlen kennen ein tiefes Gefühl von Erfüllung, das sie auf der Reise durchs Leben begleitet.

Wir erkennen die Edlen durch die Art und Weise, wie sie in der Welt sind, sowie durch ihre Standhaftigkeit in schwierigen Zeiten. Vielleicht sind immer noch einige Zeichen oder Ausbrüche von Selbstsucht, Negativität und Angst im Stromerreicher und in geringerem Maße auch im Einmalwiederkehrer vorhanden. Der Niemehrwiederkehrer kennt das eingebildete „Ich" und die Ruhelosigkeit, und er haftet formlosen Erfahrungen an. Edle jedoch haben jegliche Lust daran verloren, ungesunde Muster zu nähren. Der Arahat läßt sich von nichts und niemandem einschränken.

Die Persönlichkeiten der Edlen unterscheiden sich voneinander. Die Persönlichkeit des einen mag einem streng vorkommen, ein anderer mag uns vielleicht als Verkörperung von Freundlichkeit und Demut erscheinen. Und ein dritter hat möglicherweise einen scharfen Verstand, der Oberflächlichkeit entlarvt. Edle sehen Meinungen in bezug auf die Persönlichkeit als leer an.

Die Edlen wissen, daß sie kein eigenes Leben haben. Die Vorstellung, einen Geist und einen Körper zu *haben*, erscheint ihnen in höchstem Maße oberflächlich. Edle bringen dem Leben Achtung entgegen und bleiben gleichzeitig frei davon, die Selbstsucht zu schätzen.

Der Stromerreicher

Der Dharma bietet einen praktischen und direkten Ansatz für ein vollkommen erleuchtetes Leben; er ist ein Hilfsmittel, das unmittelbar auf die vollständige, unvergleichliche Erleuchtung eines Menschen verweist. Der Dharma ist jedoch nichts, an dem man sich festhalten sollte.

Stromerreicher sind erleuchtet, da sie authentische Befreiung kennen, aber sie müssen immer noch an sich selbst arbeiten. Ihre Erkenntnisse und ihre Lebensweise machen sie zu Edlen. Die Stromerreicher kennen die grenzenlose, unzerstörbare Freiheit in ihrem alltäglichen Leben. Es kann sein, daß unwillkommene und unerwünschte Geisteszustände aufsteigen und man sich darum kümmern muß, aber diese Geisteszustände haben nicht die Macht, die Entdeckung der Freiheit auszulöschen. Die Sonne scheint, ob nun Wolken über sie hinwegziehen oder nicht. Stromerreicher kennen die Süße des Lebens; sie wissen um die Wahrheit der Dinge, die Leere des Ich und die Freude der Freiheit. Einige werden in dem Versuch, das zum Ausdruck zu bringen, vielleicht sagen, daß sie Gott gefunden haben. Ihre anhaltende Praxis privilegiert sie für vollkommene Erleuchtung und Freiheit von jeglichen Fesseln und Hindernissen. Das Erreichen des Stroms markiert den ersten wichtigen Wendepunkt auf dem Weg zu einem vollkommen erleuchteten Leben.

Es gibt deutliche Zeichen für eine solche Verwirklichung. Das Wissen um Befreiung geschieht nicht im luftleeren Raum. Das bedeutet, daß jede Veränderung, die im Inneren stattfindet, relativ stabil bleibt. Sie wird nicht so schnell durch die sich verändernden Umstände des Alltagslebens wieder zunichte gemacht. Die Hinweise sind:

1. Der Edle fühlt sich ethischen Prinzipien verpflichtet; es ist kein Wunsch vorhanden, anderen Schaden zuzufügen oder sie auszubeuten. Die Qualität und das Ausmaß an Gewahrsein in bezug auf diese Qualitäten sind äußerst aussagekräftig. Das Wesen von abhängig entstehenden Umständen wird verstanden, und die Kluft zwischen „wir" und „sie" hat sich praktisch aufgelöst. Auf eine sehr reale Weise nimmt man häufig andere als sich selbst wahr. Diese Ansicht beeinflußt das eigene Herz, den Geist und die eigenen Aktivitäten – echte Moral ist ein Bestandteil der Verwirklichung. Mühelose Anerkennung und Wertschätzung der fünf Prinzipien sind vorhanden: Sie sind keine Gebote, und man fühlt sich nicht gedrängt, sich selbst auf eine bestimmte

Weise zu definieren. Der Stromerreicher versteht die gegenseitige Verbundenheit aller Dinge.

2. Es gibt keinen Zweifel. Der Geist wird nicht mehr von Konflikten und Unsicherheiten geplagt. Kommt es zu einer plötzlichen Transformation, so fragt man sich vielleicht, was passiert ist und worum es bei dem Ganzen ging. Der Stromerreicher ist vielleicht nicht in der Lage, die Verwirklichung in Worten oder Beschreibungen ausdrücken. Vielleicht tauchen Gedanken über die Bedeutsamkeit dieser Veränderung auf, oder man hat Zweifel hinsichtlich ihrer Langzeitwirkung, aber es bestehen keinerlei Zweifel an der Freiheit selbst. Man hat reines, frisches Wasser gekostet. Daran besteht kein Zweifel.

3. Das Festhalten, die Anhaftung und die Identifikation mit Riten und Ritualen hören auf. Oft genug kommen Lehren und Praktiken derart herunter, daß sie zum bloßen Festhalten an religiösen Vorschriften werden. Zeremonien, Rituale, Methoden und Techniken werden zu einem Ersatz für die Öffnung des Herzens, für die Tiefen des Samâdhis (ruhige und gesammelte Aufmerksamkeit) und die Einsicht in die Befreiung. Wir beginnen uns einzubilden, daß unsere individuelle Methode die höchste Weisheit garantiere. Die Methoden und Techniken spielen dann eine größere Rolle als die Befreiung vom Haften an solche Formen. Es gibt zahllose aufrichtige Menschen, die in ihrer individuellen Form festgefahren sind. Sie sind nicht in der Lage, sie zu durchschauen. Für den Stromerreicher besteht dieses Problem nicht mehr.

4. Es besteht kein Festhalten am Glauben an eine Persönlichkeit mehr. Es ist leicht, von seiner Persönlichkeit, seinem Ich besessen zu sein. Unsere Persönlichkeit wird zu dem Bereich, dem wir die größte Aufmerksamkeit schenken. Es besteht der Wunsch, Eindruck zu schinden und zu gefallen. Wir glauben, daß unsere Persönlichkeit eine inhärente Existenz besitzt. Indem wir uns so sehr mit ihr beschäftigen, werden wir zu Narzißten. In uns selbst verliebt, wollen wir nur noch über uns selbst sprechen. Jeder andere und alles andere wird zweitrangig. Der Stromerreicher, der das durchschaut, mißt seiner Persönlichkeit keine große Bedeutung mehr bei. Er hat bereits eine viel tiefere Ebene gesehen als die Persönlichkeitsebene. Andere können in unterschiedlicher Weise über unsere Persönlichkeit sprechen. Sie isolieren verschiedene Aspekte des Geistes und machen sie zu einer Beschreibung der Person, die wir sind; wenn jedoch Klarheit und Verwirklichung vorhanden sind, dann entstehen natürliche Zufriedenheit und natürliches Glück. Man denkt nicht länger in den Kategorien von „ich und meine Persönlichkeit" und allem anderen, was das Ego beinhaltet.

5. Es gibt keinen Absturz in die Hölle mehr. Die Hölle ist ein äußerst schmerzhafter Geisteszustand. Es gibt viel zu viele Menschen, die ein gequältes Innenleben haben. Es gibt zu viel Verzweiflung, Depression und Anzeichen für abnorme psychische Zustände. Wenn ein Mensch nicht länger über die inneren Ressourcen verfügt, um eine Situation zu lösen, dann wird das zur Hölle. In die Fallgruben des Unglücks zu stürzen ist die Hölle. Der Stromerreicher kann nicht mehr in eine solche Hölle abrutschen. Es ist ein ausreichendes Maß an innerem Wohlbefinden vorhanden, so daß dies nie mehr geschehen kann. Klarheit und Freiheit werden zur Zuflucht. Das Bewußtsein ist stabil und wird durch Weisheit gestützt, und das bringt Zuversicht und Verständnis mit sich und verringert die Gefahr, in die Hölle abzurutschen.

6. Es kann sein, daß der Stromerreicher noch mit ungelösten Themen beschäftigt ist. Da der Stromerreicher keine dicken Schichten von Ego mehr besitzt, kann er sich nicht hinter Rollen oder Schauspielerei verstecken. Fehler und Mängel treten offen zutage. Häufig tauchen folgende Fragen auf: „Woher kann ich wissen, ob ein Mensch befreit ist? Wie kann ich wissen, daß es solche Menschen auf dieser Erde gibt?" Es ist leicht, positive oder negative Schlußfolgerungen hinsichtlich der Erkenntnisse und Leistungen bestimmter Menschen zu ziehen. Manchmal messen wir Menschen an dem Guten, das sie tun, oder an ihrer Wärme und Freundlichkeit oder ihrer geistigen Klarheit. Wir dürfen jedoch keine voreiligen Schlüsse ziehen.

Wir müssen jemanden, den wir als befreit ansehen können, über lange Zeit kennen. Es ist dumm, die Weisheit eines solchen Menschen zu ignorieren. Vielleicht haben wir uns von einem Guru oder einer charismatischen Person beeindrucken lassen und zimmern uns ein Bild von dieser Person zurecht, auch wenn wir sehr wenig direkten Kontakt zu ihr gehabt haben. Die Zeit und enger Kontakt werden uns sagen, ob er oder sie ein edles Leben lebt oder nicht.

Wie geht ein solcher Mensch mit einer schwierigen Situation oder einer Krise um? Wie geht er oder sie mit eigenen gesundheitlichen

Problemen oder mit Situationen um, in denen es um Leben oder Tod geht? Stromerreicher kennen die Süße der Nichtdualität von Leben und Tod, von Gegenwart und Abwesenheit sowie von Kommen und Gehen. Das Erreichen des Stroms offenbart das Wissen um die innere Freiheit und alle Muster und inneren Bedingungen, an denen man arbeiten muß. Gewahrsein enthüllt all das, ohne daß dadurch Konflikte entstehen. Der Geist ist wirklich weit, tief und unermesslich. Die Wellen gehören dem Ozean an. Der Stromerreicher weiß, was wohin gehört. Diese Klarheit und ihre Ausübung sind es, die auf der Reise zur Arahatschaft vollkommene Erfüllung bringen.

Der Einmalwiederkehrer

Wir alle erkennen an, daß es nützlich ist, äußere Veränderungen in unserem Leben herbeizuführen. Aufrichtiger und tiefgreifender innerer Veränderung widmen wir allerdings nur selten dasselbe Augenmerk.

Authentische innere Veränderungen bewirken, daß das Ego verblaßt. Das Maß, in dem sich das Ego auflöst, ist das Maß, in dem sich die Freude der Emanzipation offenbart. Der Stromerreicher kennt Freiheit als authentischen Ausdruck der Erfüllung. Die problematische Existenz kann kaum noch vom Bewußtsein Besitz ergreifen. Ein Wissen um das Unermeßliche ist vorhanden, aber es finden sich immer noch Reste von Habgier, Wut und Ichwahn. Im Vergleich zum Stromerreicher hat der Einmalwiederkehrer diese Reste entscheidend reduziert.

Einige Menschen meinen vielleicht, daß sich die Hauptveränderung bei der Verwirklichung des Stromeintritts vollzieht. Sie glauben, daß, sobald einmal Verwirklichung stattgefunden hat, der Rest mühelose Veränderung ist, die sich so lange vollzieht, bis das Ego schließlich vollkommen erschöpft ist. Für die Edlen sind die Schritte vom Stromerreicher zum Einmalwiederkehrer und vom Einmalwiederkehrer zum Niemehrwiederkehrer und vom Niemehrwiederkehrer zum Arahat jedoch gleichermaßen wichtig. Es ist kein Gefühl von Selbstzufriedenheit vorhanden. Genauso wie ein Holzstück flußabwärts ins Meer schwimmt, sofern es nicht ans Ufer geschwemmt wird, so fließt der Stromerreicher in die endgültige Freiheit, aber es ist immer noch Wachsamkeit erforderlich, damit er nicht an den Ufern extremer Ansichten hängen bleibt. Stromerreicher erhalten einen ausgeprägten Sinn für befreiende Weisheit und Einsichten aufrecht. Es sind Leidenschaft und Liebe für die Selbsterkundung vorhanden, und man freut sich darüber, nicht zu den Kräften des Wollens und der Verleugnung zurückkehren zu müssen. Der Einmalwiederkehrer hat Habgier, Wut und Ichwahn fast vollständig hinter sich gelassen.

Der Einmalwiederkehrer richtet weiterhin seine Energie auf die Auflösung all dessen, was in seinem Inneren Unzufriedenheit verursacht. Die Kraft jedes der Fünf Hindernisse (sinnliches Begehren, Zorn, Langeweile, Sorgen und Zweifel) wird in Frage gestellt, wenn eines oder mehrere von ihnen aufsteigen. Dabei handelt es sich nicht um einen zwanghaften Versuch, sich selbst zu vervollkommnen. Es ist eine weise Einstellung. Es ist ein Verständnis dafür da, daß diese Hindernisse das Innenleben beeinflussen und auch Auswirkungen auf die äußere Welt haben.

Die Arbeit, diese Hindernisse aufzulösen, ist sowohl für andere als auch für uns selbst sehr hilfreich. Es ist kaum überraschend, daß eine der herausragenden Eigenschaften der Edlen ihr nicht nachlassendes Mitgefühl ist, das auch Bodhisattva-Geist genannt wird. Ein solcher Geist zeigt sich in dem einsamen Waldbewohner, der sich um jede Kreatur und Pflanze kümmert. Er zeigt sich auch in der Verpflichtung der Edlen zu lebenslangem Dienst am anderen.

Der Einmalwiederkehrer hat kein Interesse daran, den schädigenden Einfluß unangenehmer Geisteszustände blind zu akzeptieren. Für jemanden, der die Süße der großen Befreiung geschmeckt hat und sie kennt, liegt keine Freude darin, in die Klauen unwillkommener Geisteszustände zurückzufallen. Die Edlen entwickeln und erforschen viele der verfügbaren Hilfsmittel zur Verwirklichung vollkommener Befreiung. Sie benutzen Meditation, Reflexion, Übungen und Unterweisungen zur Auflösung all dessen, was auftauchen kann. Das Verblassen von Wut und Negativität schließt konstruktive Kritik nicht aus. Es ist die Freiheit vorhanden, Belange klar und direkt zum Ausdruck zu bringen. Vielleicht mißverstehen das andere. Unter Umständen meinen sie, daß Kritik Negativität sei, eine moralische Haltung Selbstgerechtigkeit und Sinn für Verantwortlichkeit Rache, aber die Wahrnehmung des Einmalwiederkehrers ist nicht mehr durch solche Verblendung gekennzeichnet.

In der Beziehung der Edlen zum Leben liegt nichts Passives. Die Auflösung von Selbstsucht erhöht die natürliche Freude am Sehen, Hören, Riechen, Schmecken und Berühren und an all dem, was im Bewußtsein aufsteigt. In der Freude liegt eine tiefe Empfänglichkeit, es geht nicht mehr um die Verfolgung persönlichen Vergnügens. Das Herz und der Geist des Einmalwiederkehrers sind so stabil wie die Wahrheit selbst. Ein solcher Mensch bringt unermessliche Weisheit zum Ausdruck.

Der Niemehrwiederkehrer

Der Niemehrwiederkehrer kehrt nie mehr zu Habgier und Wut zurück. Das Leben vollzieht sich nicht mehr als Ausdruck eines solchen Ichwahns. Das führt zu einer eindeutigen Befreiung von solchen Dingen und läßt nur Spuren von Unwissenheit, Eitelkeit, subtilem Festhalten und Ruhelosigkeit zurück, die der Niemehrwiederkehrer auflösen muß, um die vollkommene Erfüllung der Unterweisungen und Praktiken zu erreichen.

Hat man diese Stufe erst einmal erreicht, dann sind unwillkommene Geisteszustände erheblich zurückgegangen. Diese nutzlosen Kräfte entspringen der Blindheit der Erwartungen und überzogenen Forderungen, die wir an uns selbst und an andere stellen. Der Niemehrwiederkehrer hat solch unbefriedigende Konditionierungen hinter sich gelassen. Sogar die Tendenz, auf subtile Weise in einer Neigung gefangen zu sein, hat sich bei dem Niemehrwiederkehrer praktisch erschöpft. Es ist nur sehr wenig von der unbefriedigenden Konditionierung des „ich" und „mein" übriggeblieben. Weisheit verhindert, daß Erwartungen zu Enttäuschung führen.

Die Konzepte des Stromerreichers, Einmalwiederkehrers, Niemehrwiederkehrers und Arahats werden den Menschen, die nicht mit ihnen vertraut sind, vielleicht seltsam erscheinen. Es sind Definitionen verschiedener Stufen der Verwirklichung. Sie ermöglichen uns, das Hauptproblem im Zusammenhang mit spirituellen Praktiken zu überwinden – die Vorstellung, daß wir vollkommen sein müssen. Die Edlen leben ein erleuchtetes Leben. Sie halten weder an Vorstellungen von Vollkommenheit noch von Unvollkommenheit fest. Sie haben diese Standpunkte hinter sich gelassen. Der Niemehrwiederkehrer arbeitet mit der Unwissenheit und dem Dünkel, die in vielen Standpunkten enthalten sind. Sein Hauptinteresse gilt der vollständigen Verwirklichung, die frei von solch unbefriedigenden Einflüssen ist.

Es gibt zum Beispiel die religiöse Auffassung, daß man gerettet werden kann. Die Aussage „Gott hat mich gerettet" kann leicht Ausdruck eines gewissen Selbstdünkels sein. Für die Verwirklichten gibt es nichts, was gerettet werden oder was verloren gehen könnte. Das Ich erfährt, wie sinnlos es ist zu versuchen, auf solchen Ansichten aufzubauen oder gegen sie zu reagieren. Es gibt nichts, was man verfolgen oder an dem man festhalten könnte. Befreiung findet im Hier und Jetzt statt. Gnade ist keine Zuwendung, die uns eine auswählende transpersonale Kraft gelegentlich zukommen ließe. Der Niemehrwiederkehrer ist nur einen Schritt von der vollständigen, unübertroffenen Befreiung entfernt.

Die Edlen wissen, wer sie sind. Vielleicht ordnen sie sich einer dieser vier Kategorien zu, vielleicht auch nicht. Etiketten sind für sie nicht wichtig. Wichtig ist vielmehr die Weisheit, welche die Wahrheit der Dinge kennt. Niemehrwiederkehrer bringen das Licht des Gewahrseins und der Einsicht bis in die letzten Winkel des Ich hinein. Ihr Mitgefühl ist allumfassend, weil sie verstehen, wie die Menschen von Geisteszuständen verhext werden.

Die Edlen befassen sich kaum mit persönlichen Wünschen. Für den Niemehrwiederkehrer bedeutet der Begriff „Ich" nicht mehr viel. Die Unwissenheit des Niemehrwiederkehrers zeigt sich in Form von blinden Flecken im Verstehen. Er oder sie kann an der Identität, ein Edler zu sein, festhalten. Das läßt einen gewissen Dünkel erkennen.

Niemehrwiederkehrer sehen Erfahrungen von Unwissenheit und Dünkel als Wolken an, die das helle Sonnenlicht verdunkeln, das auf die Erde scheint. Durch Einsicht hat das Ego weniger Schwungkraft, um sich wieder zu erheben. Es ist dieses weite und stete Gefühl von großer Befreiung, das all den Eifer der Unterweisungen, Disziplinen und Übungen lohnenswert erscheinen läßt.

Der Buddha lehrt sieben Faktoren der Erleuchtung: Gewahrsein, Dharma-Erforschung, Vitalität, Glück, Ruhe, Samâdhi und Gleichmut. Die Edlen kennen die befreienden Früchte des Dharma-Lebens. Der Niemehrwiederkehrer hat noch eine Stufe zu erklimmen, bevor er die Arahatschaft und die vollkommene Erfüllung der Lehren erreicht.

Die Edlen offenbaren das volle Potential menschlicher Existenz. Wir sollten ihre außerordentliche Bedeutung in der Welt niemals unterschätzen.

Der Arahat

Unsere Fähigkeit auszuschöpfen, in das Leben hineinzusehen, befreit uns; sie befreit uns vollkommen, ein für allemal. Dann gibt es keinen Kummer und keine Qualen, keine Angst und Gleichgültigkeit mehr und kein Mißverständnis des Soseins der Dinge. Wir haben die Zyklen von Geburt, Wandel und Tod durchschaut. Unser Geist stellt kein Problem mehr für uns dar. Wir wissen, daß „Ich bin" Ichwahn ist. Ein solcher Mensch ist ein Arahat, ein vollständig befreites Wesen.

Allerdings findet sich unser Geist in Habgier, Negativität, Angst und Verwirrung gefangen. Diese psychologischen Muster verzerren unser Leben und hindern uns aktiv daran, klar zu sehen. Das, womit wir Kontakt haben, sind unbefriedigende Geisteszustände. Weisheit wird nur dann verfügbar, wenn wir den Geist von solch einflußreichen inneren Kräften befreien. Der Arahat hat aufgehört, alle möglichen Qualitäten und Eigenschaften in Objekte hineinzuprojizieren, und er ist frei von dem Wahn eines substantiellen Selbst. Die Welt des Ego mit all seinen Verhaftungen und angesammelten Ideen hat jegliche Bedeutung verloren. Im Gegensatz zu seinen edlen Vorgängern – dem Stromerreicher, dem Einmalwiederkehrer und dem Niemehrwiederkehrer – bleibt für den Arahat nichts mehr zu tun. Er oder sie ist frei davon, in einem Zustand geistiger Aufregung zu leben, wozu auch die Sehnsucht nach subtilen Erfahrungen gehört.

Der Arahat kennt eine Freiheit, die über alles Meßbare hinausgeht. Es gibt nichts, überhaupt nichts mehr, was ihm diese erhabene Freiheit nehmen könnte. Die umfangreiche Natur eines solchen Verständnisses zeigt sich in zeitlosem Verstehen, natürlicher Freude und Liebe. Zu sehen und zu wissen, wie die Dinge wirklich sind, bedeutet, die Befreiung zu kennen. Die Befreiung kennen bedeutet, die Dinge so zu sehen und zu kennen, wie sie sind. Die sogenannten Probleme des Lebens sind auf ewig verschwunden.

Als ein alter Thai-Mönch in unserem Kloster im Sterben lag, erkannten die Menschen in seiner Nähe still an, daß er ein Arahat war. Er hatte eine selbstlose Existenz geführt, und wenn er sprach, hörten die anderen Mönche ihm mit verzückter Aufmerksamkeit zu. Einige Wochen bevor er starb, sagte ich zu ihm: „Es wird nicht mehr lange dauern, bis König Yama [der Herr des Todes] kommt, um nach dir zu sehen. Wie fühlst du dich damit?"

Der alte Mönch wandte sich mir lächelnd zu und sagte: „König Yama hat auf der ganzen Erde nach mir gesucht. Aber er kann mich nirgendwo finden. Dieser Mönch ist weder hier noch dort noch dazwischen zu finden." An dem Morgen, als er starb, befand ich mich auf Bettelgang in einem nahegelegenen Dorf. Er schickte einen Mönch, der mich holen sollte. Ich lag neben ihm auf der Matte auf dem Boden in seiner Hütte, während er starb. Am Ende sagte er:

„Sehen verschwunden. Hören verschwunden. Alles vollendet." Dann löste sich sein Bewußtsein auf. Der Arahat, der erleuchtet ist, hat die Welt des Lebens und des Todes durchbrochen. Dieses Erwachen löst außerordentliche Erkenntnisse und eine nie nachlassende Großzügigkeit des Geistes aus. Der Tod verliert seinen Stachel. Die Vorstellung des Werdens und die Angst vor dem Ende des Werdens lösen sich in dieser Verwirklichung auf. Das „Ich" hat ebensoviel Bedeutung wie eine Linie, die man mit seinem Finger auf dem Wasser zieht.

Es gibt eine normale Sichtweise und eine Sichtweise, die über das Normale hinausgeht. Die normale Sichtweise besagt, daß wir nie aufhören, uns weiterzuentwickeln. Es gibt einige, die erklären werden, daß es kein Ende gibt, daß wir uns als Menschen immer verändern und weiterentwickeln. Was in diesem Zusammenhang wichtig ist, ist, den Unterschied zu verstehen zwischen dem Bedürfnis, zu wachsen und sich zu entwickeln, und dem Wunsch, das Ende der Dharma-Reise zu kennen.

Es gibt immer viel zu lernen. Wir glauben, daß wir diese Haltung bis zum letzten Atemzug in unserem Leben pflegen und aufrechterhalten sollten. Es würde uns als Selbstdünkel erscheinen, wenn wir behaupteten, das Ende unseres Entwicklungsprozesses, die Vollendung allen Werdens erreicht zu habe. Andere mögen von dem Arahat sagen: „Oh, er wächst. Er hat sich im Laufe der Jahre verändert. Er hat größere Einsichten gewonnen, oder er ist ein liebevoller Mensch, oder er hat eine stärkende Präsenz." Aber das ist die Wahrnehmung von anderen. Sie hat keine oder nur geringe Bedeutung für den Befreiten.

Jede offensichtliche Entwicklung des Herzens oder des Geistes geschieht durch Impulse, die uns das Leben gibt, und nicht dadurch, daß wir uns anstrengen, ein besserer Mensch zu werden. Aus einer konventionellen Perspektive gesehen, wächst ein Arahat ebenfalls – er ändert seine Meinung und wird für neue Lebensbereiche empfänglich. Scheinbare Modifikationen des Innenlebens sind jedoch für den Arahat nur von geringer Bedeutung.

Befreiung beendet das Werden, es beendet das Sich-an-Meinungen-Festhalten, es beendet das Vergleichen der Gegenwart mit der Vergangenheit, es beendet Vorstellungen von persönlichem Überleben oder einem Leben nach dem Tode. Themen des Ich verlieren jegliche Bedeutung. Das Bild, das wir vom Ich in der Welt haben, entspricht nicht der Realität, sondern den Überlegungen des Geistes. Das Bild, das wir von der Welt haben, entspricht der Welt nicht.

Der Arahat durchschaut die Streitfrage von „ein Leben oder viele Leben", da er oder sie frei ist von einer Lokalisierung innerhalb oder außerhalb eines der fünf Aggregate (Körper, Empfindung, Wahrnehmung, Denken und Bewußtsein). Darin ist nirgendwo Platz für ein „ich und mein Leben" oder „ich und mein Tod". Der Arahat ist unaufspürbares Hier und Jetzt, und er oder sie weiß es. Der Arahat ist intim mit einem transnormalen Verständnis vertraut.

Der Arahat hat getan, was getan werden muß, und hat Schwierigkeiten und Bürden abgelegt. Es gibt eine Freiheit, die nicht zerstört werden kann. Der Arahat hat jegliches Karma und all die unbefriedigenden Einflüsse aus der Vergangenheit erschöpft. Sieg und Niederlage, Erfolg und Versagen haben keine ihnen innewohnende Bedeutung. Die Wahrheit – nämlich das, was uns befreit – weitet sich weder, noch zieht sie sich zusammen; sie steht weder still, noch bewegt sie sich. Sie bleibt von den schwankenden Umständen der Vorfälle zwischen Geburt und Tod und diesen beiden Ereignissen selbst unbeeinflußt. Der Arahat weiß das. Arahats ruhen im zeitlosen Dharma aller Dinge.

Es spielt keine Rolle, ob man glaubt, daß vollkommene Befreiung möglich ist oder nicht. Dies ist kein Thema für Dogmen oder Spekulation. Es ist eine Frage der Verwirklichung. Das Ende des Leidens offenbart das Ende jeglichen Festhaltens. Die Befreiung ist unvergleichlich.

Mögen alle Wesen in Frieden leben.
Mögen alle Wesen befreit sein.
Mögen alle Wesen ein vollkommen
erleuchtetes Leben verwirklichen.

Dritter Teil

Die Sangha und die Praxis im Alltag

Einführung in den dritten Teil

Als die erste Gruppe von Buddhas Schülern Erleuchtung erlangte, sagte er zu ihnen: „Geht hinaus, geht nach draußen, zum Besten der vielen, zum Wohle der vielen, aus Mitgefühl mit der Welt, zum Nutzen, für das Wohlergehen und für das Glück der Wesen." Indem er das sagte, machte der Buddha deutlich, daß Freiheit in der Welt zum Ausdruck gebracht und geteilt werden sollte.

Die Gemeinschaft der Menschen, die die Lehren Buddhas in die Praxis umsetzen, wird die *Sangha* genannt. Die Sangha ist die dritte der drei traditionellen Zufluchten im Buddhismus. Es heißt, daß wir automatisch den Dharma sehen werden, wenn wir auf den Buddha schauen, und wenn wir auf den Dharma schauen, dann werden wir automatisch die Sangha sehen. Eine Bedeutung von *sangha* ist die geweihte Gemeinschaft von Mönchen und Nonnen. Eine andere Bedeutung ist die Gemeinschaft derjenigen, die seit anfangloser Zeit die Wahrheit erkannt haben. Eine dritte Bedeutung ist die Gemeinschaft all derer, die ihr Leben der Wahrheit und der Gutherzigkeit gewidmet haben, die das Wohl aller Wesen in ihrem Herzen und ihrem Geist tragen und dieses in ihrem Leben zu verwirklichen suchen.

Die Lehren Buddhas, die sich im Leben der Sangha ausdrücken, sind immer mit einem Sinn für Menschlichkeit verbunden. Der Buddha war ein Mensch, der darüber gesprochen hat, was es letzten Endes bedeutet, Mensch und glücklich zu sein. Die Lehren leiten uns an, über unser gewöhnliches Gefühl von Begrenzung hinauszugehen, die Befreiung zu erkennen und mit anderen Wesen auf großzügige und offenherzige Weise umzugehen. Unser tägliches Leben offenbart, was uns wichtig ist und was wir wertschätzen, denn das kommt in allem zum Ausdruck, was wir tun. Unsere normalen Aktivitäten sind ein Ausdruck dessen, was uns am Herzen liegt.

Wenn wir erforschen, was Sangha bedeutet, dann erforschen wir, was uns unterstützt, was unsere Vision klärt und uns inspiriert – und was uns hilft ein Leben zu führen, das der Weisheit und Gutherzigkeit verpflichtet ist. Bei den Kapiteln in diesem Teil geht es um eben diese Reise. Hier geht es um den ungeheuren Pragmatismus und die Integration von Buddhas Lehre. Uns mit der Bedeutung von Gemeinschaft zu beschäftigen sowie die Ermahnung Buddhas, hinauszugehen „zum Wohle der vielen", das bedeutet, eine Qualität von Mitgefühl zu erforschen, die nicht hochtrabend oder abstrakt oder von den Angelegenheiten der Menschen abgehoben ist, sondern sehr präsent und leicht verfügbar. Als der Buddha nach der Bedeutung unterschiedlicher Lebenserfahrungen gefragt wurde – was es bedeute, Vater beziehungsweise Mutter zu sein, Asket zu sein, ein Freund beziehungsweise eine Freundin zu sein, krank zu sein, derjenige zu sein, der gibt, diejenige zu sein, die nimmt –, da sagte er: „Jedes Leben kann gut oder schlecht gelebt werden. Wenn es gut gelebt wird, dann wird es großartige Ergebnisse hervorbringen, aber wenn es schlecht gelebt wird, dann wird es sehr schlechte Ergebnisse hervorbringen." Ganz gleich, wie die besonderen Umstände unseres Lebens gerade aussehen, unser Potential ist groß, wenn wir unsere eigenen Absichten achten, wenn wir Wachheit in die verschiedenen Aspekte unseres Tages hineinbringen und uns an die aus dem Herzen kommende Verpflichtung für das Wohlergehen aller Wesen erinnern.

Narayan Liebenson Grady

Zuflucht zur Sangha

Alle Wesen brauchen eine Zuflucht, einen Platz, wo sie Ruhe und Frieden finden können. In unserem Alltagsleben versuchen wir ständig, Erleichterung von den Qualen des Herzens zu finden – Zuflucht vor Angst, Einsamkeit, Wut und Langeweile. Wir neigen jedoch dazu, Zuflucht in äußeren Dingen zu suchen, die sich letzten Endes als unzuverlässig erweisen.

Diese Sehnsucht nach Erleichterung nimmt viele verschiedene Ausdrucksformen an. Manchmal versuchen wir Zuflucht zu finden, indem wir Besitztümer anhäufen, oder dadurch, daß wir in unserem Beruf erfolgreich sind. Manchmal versuchen wir Zuflucht in Erinnerungen oder Phantasien zu finden. Einige von uns suchen Zuflucht in Alkohol oder Drogen. Wir versuchen häufig, Zuflucht in Vergnügungen oder im Schlafen oder Essen zu finden – Eiskrem ist in dieser Hinsicht besonders beliebt! Wenn wir jedoch eine Zuflucht finden wollen, die nicht schmilzt, die nicht zu Ende geht oder sich verändert, dann müssen wir eine zuverlässigere finden als die oben genannten. Ohne Gewahrsein suchen wir blindlings dort nach Trost, wo wir ihn nicht finden können. Und dann sind wir immer wieder enttäuscht, weil wir versuchen, Glück in dem zu finden, was vergänglich ist. Durch die Kraft des Gewahrseins beginnen wir zu erkennen, daß eine dauerhafte Quelle von Leichtigkeit und Wohlergehen nur im Inneren zu finden ist.

Innere Zuflucht nehmen bedeutet im Buddhismus, daß man zu den Drei Kostbarkeiten Zuflucht nimmt: zum Buddha, zum Dharma und zur Sangha. Der Buddha ist ein Beispiel für jemanden, der Befreiung erlangt hat – ein Mensch wie du und ich, der aufgrund eigener Anstrengung und ernsthaften Bemühens erwacht ist. Zuflucht zum Buddha zu nehmen bedeutet also eigentlich, Zuflucht zu unserer eigenen Buddha-Natur und der Möglichkeit zu nehmen, daß auch wir aus der Konditionierung unseres Geistes erwachen können. Dharma bedeutet Wahrheit. Zuflucht zum Dharma nehmen heißt also, daß wir versuchen herauszufinden, was im Leben wahr ist, und daß wir dann Zuflucht zu jener Wahrheit und nicht zu Täuschung, Vorspiegelung oder Leugnung nehmen. Zuflucht zur Sangha zu nehmen kann im Grunde als Zuflucht zur Gemeinschaft all derjenigen verstanden werden, die nach Freiheit, Schönheit und Ganzheit suchen. Diese drei Möglichkeiten der Zuflucht – die Zuflucht zur Vision des Erwachens aus der Konditionierung des Geistes, die Zuflucht zur Wahrheit der Dinge und die Zuflucht zur Erkenntnis, daß wir Weggefährten haben – sind Teil jeder spirituellen Suche, und sie werden letztlich in unserem eigenen Herzen gefunden, wenn wir offen dafür sind, hinzuschauen.

Der Buddha, der Dharma und die Sangha sind Aspekte ein und desselben Prozesses. Jede Zuflucht für sich genommen ist machtvoll und wesentlich; gleichzeitig sind alle drei in einem vollständigen und integrierten Weg miteinander verbunden. So gesehen ist der Buddha die Vision, der Dharma ist die Verkörperung jener Vision, und die Sangha ist das Teilen oder Ausdrücken jener Vision. Der Buddha ist die weise Sicht, der Dharma ist Meditation, und die Sangha ist weises Handeln. Der Buddha ist Glaube oder Motivation, der Dharma ist Praxis, und die Sangha ist Intimität. Der Buddha ist Erleuchtung, der Dharma ist die Verwirklichung der Erleuchtung, und die Sangha ist die Manifestation der Erleuchtung. Der Buddha ist Weisheit, der Dharma ist die Wahrheit, und die Sangha ist harmonisches Handeln. Zuflucht zur Sangha nehmen bedeutet, eine nahtlose Sicht der Praxis zu befürworten, die die Art, wie wir meditieren, und die Art, wie wir in der Welt sind, integriert und dann unser Verständnis durch weises Handeln und weises Reden zum Ausdruck bringt. Es bedeutet, unsere Meditation zu leben und durch unser Leben die Wahrheit zum Ausdruck zu bringen. Die Sangha macht die Kluft zwischen Idealen und Wirklichkeit sichtbar. Er erlaubt uns zu sehen, wann wir uns in wunderbaren Idealen verloren haben, die wenig mit unserem alltäglichen Leben zu tun haben.

Es gibt jedoch viele verschiedene Ansichten davon, was Sangha als Gemeinschaft bedeutet. Gemeinschaften haben viele Formen und Gestalten. Einige Gemeinschaften mögen sogar formlos und fließend erscheinen. Zuflucht zu einer Gemeinschaft zu nehmen bedeutet nicht unbedingt, daß wir Zuflucht zu einer spezifischen Gruppe von Übenden nehmen. Wir brauchen eine Vision von Gemeinschaft, die wesentlich umfassender ist.

In der buddhistischen Gemeinschaft besteht ein Weg, Zuflucht zur Sangha zu nehmen, darin, uns in Erinnerung zu rufen, daß wir in einer uralten Tradition des Erwachens stehen. Die Tatsache, daß mehr als 2 500 Jahre lang Menschen wie wir diesen Weg gegangen sind, gibt uns ein Gefühl von Richtung, Schutz und Vertrauen in unsere eigene Fähigkeit zu erwachen. Es kann tröstlich sein, sich daran zu erinnern, daß all das, was wir für unsere einzigartige und ganz persönliche Erfahrung halten, bereits sehr anschaulich in den Darlegungen (*suttas*) Buddhas dokumentiert ist. Wenn wir lesen, was vor so langer Zeit niedergeschrieben wurde, und sehen, daß dort über unsere eigenen Erfahrungen gesprochen wird, dann können wir daraus ein Gefühl von Stärke und Einheit beziehen.

Zu Zeiten Buddhas hatten die Praktizierenden mit genau denselben Schwierigkeiten, Hindernissen und Beschränkungen zu kämpfen, denen wir auch heute in unserem Geist beggnen. In den Suttas gibt es Beschreibungen von Sehnsucht und Verlangen, von Wut und Aufruhr, von Rastlosigkeit, Zweifeln und Müdigkeit sowie von Trägheit und Langeweile. Der Buddha sprach über diese Geisteszustände, weil es möglich ist, sie zu durchschauen, sie loszulassen und sie in die Essenz von Freude und Freiheit zu verwandeln. Wir können erkennen, und zwar nicht nur in Form eines Konzeptes, sondern in Form einer realen Erfahrung, daß wir uns auf einem gemeinsamen Weg befinden und daß wir Teil einer uralten Tradition sind. Sich daran zu erinnern, kann eine Zuflucht sein. Zu erkennen, daß wir Teil von etwas so Großem sind, kann uns helfen zu vertrauen. Es kann ein Platz sein, wo wir uns selbst nähren können, wenn wir uns in Schwierigkeiten und Zeiten der Dürre finden.

Historisch gesehen, sind Buddhas Lehren durch die monastische Tradition erhalten geblieben, und der Begriff *sangha* bezog sich ursprünglich auf die Gemeinschaft von Mönchen und Nonnen. Die Sangha kann jedoch auch umfassender gesehen werden, nämlich so, daß sie alle spirituell Suchenden mit ähnlicher Gesinnung umfaßt. Als man den Buddha fragte, ob jemand, der nicht zum Mönch geweiht worden sei, vollständig erwachen könne, antwortete er: „Es hat nicht nur einen solchen Menschen gegeben. Viele Menschen, die ein Leben als Haushälter geführt haben, sind erwacht." In den ursprünglichen

Darlegungen Buddhas wird bestätigt, daß alle möglichen Menschen die tiefste Freiheit praktiziert und verwirklicht haben – Menschen mit unterschiedlichem Bildungsniveau, Menschen aus verschiedenen sozioökonomischen Schichten, Übende mit großen Familien, und zwar sowohl Männer als auch Frauen und sogar einige Siebenjährige. Zu Zeiten Buddhas soll es eine ganze Gruppe von Kindern gegeben haben, die im Alter von sieben Jahren Erleuchtung fanden! Wir können Zuflucht zu dieser Erkenntnis nehmen, daß jeder von uns das Potential hat, durch sorgfältige Praxis zu erwachen.

Zusammen zu praktizieren gibt uns Kraft. Der Zen-Meister Dôgen sagte einmal, daß ein Feuer schwach sein wird, wenn nur *ein* Holzscheit brennt, während *viele* Holzscheite ein Feuer stark und kraftvoll machen. Er sagte, die Menschen könnten einander helfen, indem sie bei der Übung ihre Kraft vereinen. Das ist ein Grund dafür, warum wir in Meditationszentren zusammenkommen. Es kann sein, daß wir im Verlauf der gemeinsamen Praxis große Schwierigkeiten erfahren, und wenn wir dann die Augen öffnen, sehen wir, daß alle anderen immer noch sitzen. Was immer sich in uns abspielt, wir sehen das Engagement der anderen Übenden, und das kann uns dazu inspirieren, weiter zu sitzen. Es gibt so viele Möglichkeiten. Wir alle können einander durch die Schwierigkeiten und Herausforderungen der Praxis hindurchhelfen. Selbst die Übenden mit der größten Motivation werden bisweilen dadurch genährt, daß sie mit anderen zusammen sitzen. Über kürzere oder längere Zeit allein zu sitzen kann von unschätzbarem Wert sein, aber wenn es um die lebenslange Praxis geht, dann ist gegenseitige Unterstützung für die meisten von uns sehr wohltuend. Wir sind bei der Übung auf uns selbst gestellt; niemand kann für uns sitzen. Aber gleichzeitig brauchen die meisten von uns Unterstützung.

Da die Praxis der Einsichtsmeditation der Ausrichtung unserer Kultur entgegenläuft, benötigen besonders wir im Westen die Stärke, die das gemeinsame Praktizieren bringt. Die kulturellen Werte der Welt insgesamt unterscheiden sich entschieden von den Werten, die wir in unserer Meditationspraxis aufdecken und stärken. Ein Beispiel dafür ist, daß man uns in unserer Kultur gewöhnlich dazu ermutigt, eindeutige Meinungen zu haben. Das soll uns angeblich stabiler und produktiver machen; wenn wir keine eindeutigen dogmatischen Ansichten vertreten, werden wir leicht als saft- und kraftlos angesehen. Wenn wir jedoch tiefer schauen, sehen wir, daß das Haften an Ansichten und

Meinungen unsere Welt verengt und unsere kreativen Möglichkeiten einschränkt. Meinungen und Ansichten sind sehr subjektiv, und sie sind nichts, woran man sich festklammern sollte.

In der spirituellen Praxis beginnen wir das in Frage zu stellen, was als Erfolg definiert wird. Die vorherrschende Kultur ermutigt uns dazu, möglichst große Geschäftigkeit und fieberhaftes Tempo an den Tag zu legen. Sie sagt uns, daß wir nur jemand werden können, wenn wir etwas tun. Je angefüllter ein Leben ist, desto erfolgreicher ist es angeblich. Die Kultur drängt uns dazu, für die Zukunft zu leben, und sie schätzt Habgier und die Anhäufung von Gütern. Unsere Praxis lädt uns jedoch dazu ein, aufmerksam und präsent zu sein, während wir von dem Haften an Phantasien und Sorgen in bezug auf äußere Dinge loslassen. Es ist ein radikaler Akt, nichts zu tun und in Stille zu sitzen. Aus konventioneller Sicht bedeutet Nichtstun, passiv oder faul zu sein. In einem meditativen Sinne bedeutet Nichtstun, das Herz ruhig zu halten und vollkommen präsent bei der Aktivität zu sein, mit der man gerade beschäftigt ist; es ist ein äußerst dynamisches, kreatives Tun. Die Kunst des Nichtstuns, wie leicht sie auch immer erscheinen mag, erfordert sehr viel Übung und Schulung.

Die Unterstützung und Ermutigung, die wir von der Sangha erhalten, sind von unschätzbarem Wert, wenn man sich das Wesen und die Tiefe unserer Untersuchung anschaut. Die kulturelle Konditionierung mit ihrer Besessenheit vom Äußeren läßt uns das Glück immer wieder außerhalb von uns selbst suchen. Wir vergessen nur allzu leicht, daß das Glück *in* uns liegt. Es ist eine Zuflucht, die Umgebung in uns aufzunehmen, wenn wir mit anderen zusammen sind, die praktizieren; die Atmosphäre in uns aufzunehmen, die nicht durch das Bemühen gekennzeichnet ist, etwas zu erreichen, etwas anzuhäufen, kann uns helfen, die große Schönheit des Loslassens zu entdecken. Das erlaubt es uns, eine verläßlichere Zuflucht zu entdecken. Durch das gemeinsame Üben können wir die Freude erfahren, die darin liegt, ruhig zu sitzen und mit dem in Kontakt zu kommen, was authentisch und ohne Bedingungen ist.

Der spirituelle Weg hat nichts mit Leistung oder dem Erreichen von etwas zu tun, und auch nichts damit, jemand Besonderes zu sein. Da wir in einer so wettbewerbsorientierten Kultur leben, müssen wir besonders auf die Gefühle von Konkurrenz achten, wenn wir gemeinsam praktizieren. Es ist uns fast zur zweiten Natur geworden, unsere eigene Erfahrung mit der von anderen zu vergleichen, und wir müssen dessen gewahr sein, wie leicht und wie chronisch wir diese Haltung in das spirituelle Leben einbringen. Wenn wir miteinander in Konkurrenz treten, dann verstärken wir die Unzufriedenheit, die aus Gefühlen von Trennung und Unvollkommenheit entsteht.

Wir nehmen zur Sangha Zuflucht durch weise Freundschaften. Weise und mitfühlende Freunde erwecken die Lehren zum Leben. Manchmal mangelt es uns an der inneren Zuversicht, daß es möglich ist zu erwachen. Manchmal fühlen wir uns durch bestimmte Dinge überwältigt. Aber zu sehen, wie sich der Dharma in einem anderen Menschen manifestiert, macht es uns möglich, mit den Lehren in Kontakt zu bleiben. Weise Freunde zu haben kann uns helfen, die Praxis lebendig zu halten, wenn unsere Motivation und unsere Zuversicht uns zu verlassen drohen. Wir können lesen und studieren und praktizieren, aber manchmal fühlen wir uns verloren. Manchmal erscheinen uns die Lehren unwirklich oder nicht ganz ausreichend. Kontakt mit weisen Freunden zu haben ist ein Weg, die Praxis in der Realität zu verankern. Wenn wir miterleben, wie andere sich verändern und durch die Praxis tiefere Ebenen von Freiheit erreichen, dann sehen wir, daß dieser Weg der Befreiung auch uns offen steht. Wenn wir beginnen, unsere konkurrenzorientierte Konditionierung zu erkennen und loszulassen, dann können uns andere inspirieren, wenn sie sich selbst und die Früchte ihrer Praxis mit uns teilen.

Der Buddha hat die Präsenz von weisen Freunden auf dem Weg eindeutig geschätzt. In den Suttas hat er gelehrt, daß jemand, der bestimmte Herzensqualitäten wie Großzügigkeit, Geduld oder Konzentration entwickeln will, den Kontakt mit anderen suchen sollte, die jene heilsamen Eigenschaften bereits entwickelt haben. Der Buddha hat die Bedeutung von „edler Freundschaft und angemeßnem Gespräch" hervorgehoben. Das ist nur allzu verständlich. Wenn wir Wahrheit und Freiheit verwirklichen wollen, dann ist es hilfreich, in der Präsenz von Menschen zu sein, die Wahrheit und Freiheit manifestieren und zum Ausdruck bringen. Das ist mehr als Inspiration. Auf einer bestimmten Ebene ist es Übertragung: Wir scheinen Herzensqualitäten voneinander zu übernehmen und beeinflussen einander sehr stark. Auch wenn wir die heilsamen Herzensqualitäten aus eigenem Bemühen heraus entwickeln müssen, können wir doch ein klares Gefühl dafür bekommen, wie sie aussehen und wie wunderbar sie sind, wenn wir sie in anderen verkörpert sehen. In Kontakt mit weisen Freunden zu sein weist uns auf unsere eigenen latenten Qualitäten von Weisheit, Großzügigkeit und

Mitgefühl hin und bestärkt diese. Wenn wir in Kontakt mit Menschen sind, die weise oder frei sind, dann berührt das jenen Teil in uns, den wir in unserer Tiefe bereits kennen, aber vergessen haben. Ein Teil des Herzens erinnert sich durch diesen Kontakt ein wenig deutlicher. Unsere eigene Buddha-Natur wird enthüllt.

Die Menschen, mit denen wir in engem Kontakt stehen und die unsere Freunde sind, üben einen starken Einfluß auf unser Leben aus. Es ist wichtig, sich bewußt zu machen, worauf sich die Wahl unserer Freunde stützt. Beruht die Anziehung auf blindem Verlangen oder auf Weisheit? Freunde, die uns die Wahrheit sagen, wenn wir sie danach fragen, sind für jemanden, der sich darum bemüht zu erwachen, ein wahrer Schatz. Es ist sehr leicht, Menschen zu finden, die hinter unserem Rücken über uns reden, aber von Freunden die Wahrheit auf freundliche Weise zu hören, ist ein wunderbares Geschenk. Wir können Zuflucht zu ihrem Unterscheidungsvermögen nehmen. Wir können unsere Annahmen und Schlußfolgerungen hinterfragen. Freunde mit Unterscheidungsvermögen können uns helfen zu untersuchen, wie wir normalerweise uns selbst und anderen Leid verursachen. Der Weg zur Freiheit ist schwierig, und er erfordert große Anstrengung und Ernsthaftigkeit. In der Gesellschaft von spirituellen Freunden zu sein, die uns helfen können, die unvermeidlichen Hindernisse, denen wir auf dem Weg begegnen, zu erkennen und zu transformieren, ist von unschätzbarem Wert. Es ist schwer, ohne Freunde, die uns sanft auf unsere blinden Flecken hinweisen, auf diesem Weg des Gewahrseins zu gehen.

Auch wenn weise Freundschaft ein essentieller Aspekt des spirituellen Weges ist, bedeutet das nicht, daß wir Menschen meiden oder uns von Menschen isolieren sollten, von denen wir glauben, daß sie nicht die Qualitäten haben, nach denen wir streben. Wir können sehr viel aus dem Kontakt mit anderen Menschen lernen, auch in Situationen, die nicht so geschützt sind und in denen uns nicht bewußt ist, daß sie unsere innere Entwicklung fördern. Wir müssen sicherlich nicht in allzu weite Ferne schweifen – das Leben bietet uns ständig solche Möglichkeiten. In starkem Verkehr Auto zu fahren ist ein klassisches Beispiel dafür. Wir können unseren Geist beobachten und erwachen, ganz gleich, wo wir uns gerade befinden, und unabhängig davon, mit wem wir zusammen sind. Das Leben kann uns vieles dadurch lehren, daß wir auf eine Art und Weise herausgefordert werden, die wir nicht unbedingt selbst gewählt haben oder die außerhalb unserer Kontrolle liegt. Wir können Geduld und Mitgefühl in Situationen entwickeln, die Ungeduld und Abneigung provozieren, wenn wir bereit sind, auf unsere Reaktionen zu achten und zu lernen, die Verantwortung dafür zu übernehmen. Wenn wir diese Situationen in unsere Praxis einbauen können, dann brauchen wir uns selbst nicht als Opfer zu sehen, die den Launen anderer unterworfen sind.

Auch wenn wir Teil der buddhistischen Tradition sind, die von der Erleuchtung Buddhas ausgeht, so sind wir doch gleichzeitig auch Teil einer viel größeren Sangha, die nicht nur Buddhisten umfaßt – es ist die größere Gemeinschaft all derjenigen, die Freiheit und Wahrheit suchen. Wir sind Teil dieser größeren Gemeinschaft einfach durch unsere Verpflichtung dafür, wach zu sein, und durch die Entscheidung, uns nicht an schädlichen Handlungen uns selbst und anderen gegenüber zu beteiligen. Wir werden in diese größere Sangha ganz unmittelbar durch unsere Bereitschaft integriert, ein offenes Herz zu haben, sowie durch die Absicht, unser Unterscheidungsvermögen zu entwickeln. Zuflucht zur Sangha zu nehmen, bedeutet nicht, einem bestimmten Glaubenssystem anzuhängen oder sich selbst als Buddhist zu definieren. Der Buddha möchte nicht, daß ihm Menschen blindlings folgen oder sich mit dem identifizieren, was er gelehrt hat. Seine Lehre ist eine Einladung an uns, die Freiheit selbst kennenzulernen.

Eine weitere Möglichkeit, die Zuflucht zur Sangha zu definieren, besteht darin, Zuflucht zu unserer Verbundenheit mit allen Wesen zu nehmen – ganz gleich, ob sie nun eine spirituelle Praxis ausüben oder nicht. Wir können eines tiefen Gefühls der Verbundenheit gewahr sein und Zuflucht zu der innigen Verbindung mit allen Wesen nehmen, wenn wir die scheinbare Trennung von „selbst" und „andere" durchschauen. Der indische Weise Neem Karoli Baba hat gesagt: „Wirf niemanden aus deinem Herzen hinaus." Das bedeutet, daß wir unsere gegenseitige Verbundenheit nicht nur sehen, sondern sie auch leben. Niemanden hinauszuwerfen bedeutet, sich weiterhin darin zu üben, unser Herz für alle Wesen offenzuhalten, selbst für diejenigen, die sich an schädlichen Handlungen beteiligen. Das bedeutet nicht, daß wir ungeschickte Handlungen billigen beziehungsweise gutheißen oder daß wir nicht nein sagen und zu unserem Schutz Grenzen ziehen können. Grenzen sind wichtig, wenn wir in der Lage sein wollen, jeden in unserem Herzen zu behalten. Es gibt Zeiten, in denen wir uns selbst schützen müssen. Situationen von Unterdrückung oder Mißbrauch können es erforderlich machen, daß wir jemanden aus unserem Haus hinauswerfen, um zu vermeiden, daß wir ihn aus unserem Herzen hinauswerfen müssen.

Wenn wir im Alltag in Kontakt mit anderen kommen, dann ist es unvermeidlich, daß wir von Zeit zu Zeit verletzt werden, und manchmal sogar sehr. Unsere erste Reaktion besteht dann im allgemeinen darin, an unseren Gefühlen von Verletztheit und dem Gefühl, daß wir voneinander getrennt sind, festzuhalten. Wir könnten jedoch Achtsamkeit in unsere Beziehungen mit anderen hineinbringen, anstatt Zuflucht zu Rückzug oder Schuldzuweisungen zu suchen. Wenn wir Achtsamkeit in Beziehungen hineinbringen, dann können wir vielleicht Zuflucht dazu nehmen, daß wir etwas anderes riskieren als die altvertrauten, nicht funktionierenden und unbefriedigenden Wege, die wir alle so gut kennen. Zuflucht zu Offenherzigkeit zu nehmen bedeutet häufig, daß wir Zuflucht zu dem nehmen, was neu und unvertraut ist. Wir können achtsam in Beziehungen sein und uns fragen: „Agiere ich auf gewohnheitsmäßige oder mechanische Weise?" Wenn wir uns mit einer scheinbar unmöglichen Situation konfrontiert sehen, was bedeutet es dann, offenzubleiben? Offenbleiben könnte zutiefst eingefleischten Gewohnheiten zuwiderlaufen! Zuflucht zur Sangha nehmen bedeutet folglich, sich dazu zu verpflichten, Achtsamkeit in diesen fruchtbaren Bereich von Beziehung mit all ihren mannigfachen Ausdrucksformen zu bringen.

Unsere Beziehungen spiegeln uns jene Bereiche unserer spirituellen Praxis wider, die wir noch nicht vollständig integriert haben. Es gibt eine Geschichte von einem Mann, der von einem Berggipfel herunterkam, nachdem er viele Jahre lang in einer Höhle praktiziert hatte. Er meinte schließlich, daß er erleuchtet sein müsse – er fühlte viel Glückseligkeit und Freude und Frieden –, also beschloß er, seine Einsichten mit anderen zu teilen. Er verließ seine Höhle und machte sich auf den Weg den engen Bergpfad hinunter. Auf halbem Wege sah er eine Frau mit einer schweren Last auf dem Rücken. Als sie aneinander vorbeigingen, rempelte die Frau den angeblich Erleuchteten an. Er wurde sofort wütend und rief: „He, lassen Sie das!" Und dann fühlte er sich sehr traurig. Er dachte: Vielleicht bin ich doch noch nicht so erleuchtet, wie ich geglaubt habe.

Beziehung ist auf unserem Weg wesentlich, weil sie mit unseren Vorstellungen von uns selbst aufräumt. Wir können sehr liebevoll sein, wenn wir allein sitzen, und dann werden wir total wütend, wenn wir in Kontakt mit jemand anderem kommen. Wir können zum Beispiel großartige Vorstellungen davon haben, wie es wäre, großzügiger zu sein, aber wenn wir dann in der Lage dazu wären, etwas zu geben, tun wir es nicht. Über das Geben nachzudenken kann sehr viel leichter sein als es zu tun, wenn es bedeutet, daß wir über den Rahmen des für uns Angenehmen hinausgehen müssen. In Beziehungen zu praktizieren fordert uns dazu heraus, uns selbst auf ehrliche Weise zu überprüfen, unsere Grenzen zu erkennen und sie dann sanft zu überschreiten. Es ist wichtig, dessen eingedenk zu sein, daß ein gewisses Maß an Konflikten ein natürlicher Teil von Beziehungen ist. Zu versuchen, Konflikte mit anderen aus Angst zu vermeiden, verhindert ironischerweise Intimität und führt letzten Endes zu größerer Unzufriedenheit. Wir müssen lernen, wie wir mit auftauchenden Konflikten umgehen und geschickt mit ihnen arbeiten können. Wir können den Konflikt dazu benutzen, unserer Reaktivität und unseres Haftens an Ansichten und Meinungen stärker gewahr zu werden. Wenn unser Herz und Geist inmitten von Reaktivität und Konflikt ihr Gleichgewicht wiedergewinnen können, dann wächst unser Vertrauen in die Praxis, und wir entdecken eine zuverlässigere Zuflucht als Vermeidung oder Rückzug.

Die folgende Geschichte erzählt Kosho Uchiyama Rôshi in seinem Buch *Zen für Küche und Leben*: Hinter einem Tempel gab es ein Feld, auf dem viele Kürbisse an einer Ranke wuchsen. Eines Tages brach ein Streit zwischen ihnen aus, und die Kürbisse spalteten sich in zwei Gruppen; sie veranstalteten einen großen Tumult und schrieen einander an. Der höchste Priester hörte den Lärm, und als er nachsah, was da vor sich ging, fand er die Kürbisse miteinander streiten. Mit dröhnender Stimme schalt der Priester sie. Er sagte: „He, ihr Kürbisse! Was streitet ihr euch. Meditiert alle! Meditiert auf der Stelle!" Dann brachte der Priester ihnen bei zu meditieren. „Verschränkt eure Beine so; setzt euch aufrecht und haltet Rücken und Nacken gerade." Während die Kürbisse meditierten, wie der Priester es ihnen beigebracht hatte, flaute ihre Wut ab, und sie beruhigten sich wieder. Dann sagte der Priester ruhig: „Jetzt legt bitte alle eure Hände auf den Kopf." Als die Kürbisse ihren Scheitelpunkt fühlten, stellten sie fest, daß sich dort ein seltsamer Strang befand. Wie sich zeigte, war es die Ranke, durch die sie alle miteinander verbunden waren. „He, das ist wirklich seltsam", sagten die Kürbisse. „Da haben wir uns gestritten, während wir in Wirklichkeit alle miteinander verbunden sind und nur *ein* Leben leben. Was für ein Fehler! Es ist genauso, wie der Priester gesagt hat."

Danach kamen die Kürbisse recht gut miteinander zurecht. Wenn so etwas Kürbissen gelingt, dann können wir es auch. Die innere Stille, zu der die Kürbisse gelangten, indem sie ruhig miteinander meditierten, hat es ihnen erlaubt, ihre gegenseitige Verbundenheit zu erkennen. Auch wir erkennen diese Verbundenheit, wenn wir bereit sind, unsere persönlichen Absichten in Beziehungen loszulassen und an unserem Hängen daran, die Dinge auf eine bestimmte Art und Weise haben zu wollen, arbeiten.

Zuflucht zu unserer gegenseitigen Verbundenheit nehmen bedeutet, daß wir, wenn wir einen anderen Menschen verletzen, gleichzeitig uns selbst verletzen. Desgleichen verletzen wir gleichzeitig andere, wenn wir uns selbst verletzen. Wir mögen vielleicht denken, daß wir uns selbst verletzen können und daß dadurch niemand sonst zu Schaden kommt. Da wir jedoch alle miteinander verbunden sind, trifft das nicht zu. Sofern wir nicht lernen, uns um uns selbst zu kümmern, werden wir nicht wirklich wissen, wie wir uns um andere kümmern können. Wir können es vermuten und darüber spekulieren, aber wir wissen es nicht wirklich. Zunächst einmal muß man lernen, Mitgefühl mit sich selbst zu haben. Wenn wir nicht gelernt haben, freundlich zu uns selbst zu sein, dann ist die Freundlichkeit gegenüber anderen häufig nur ein Ideal, nach dem wir streben. Sich um sich selbst zu kümmern, bedeutet auch, bereit zu sein, das eigene Leiden anzuerkennen und dann seine Quelle zu untersuchen. Mit „untersuchen" meine ich, daß wir einfach still unser Leiden beobachten, ohne zu urteilen oder zu reagieren. Dieser Prozeß erfordert sehr viel Geduld und Mut, und indem wir diese Eigenschaften pflegen, entdecken wir allmählich eine innere Zuflucht. Indem wir das Herz darin schulen, stetig und gleichmütig zu sein, wachsen unsere Zuversicht und unsere Fähigkeit, anderen zu helfen. Wenn wir uns daran erinnern, unsere Achtsamkeitspraxis in die komplexe Welt der Beziehungen einzubringen, dann löst sich die Kluft zwischen spirituellen Idealen und Wirklichkeit auf.

Während wir üben, ein offenes Herz für alle Menschen um uns herum zu haben, können wir gleichzeitig üben, ein offenes Herz für all die Emotionen, inneren Stimmen und Gedanken in unserem Inneren zu haben. Zuflucht zur Sangha nehmen bedeutet auch, ein offenes Herz gegenüber dieser inneren Sangha zu haben. Wenn wir negative Emotionen und unangenehme Geisteszustände im Moment des Auftauchens umarmen und akzeptieren können, ohne uns mit ihnen zu identifizieren oder auf sie zu reagieren, dann können wir beginnen, uns selbst zu vertrauen und mit größerer Leichtigkeit zu leben. Die Praxis der Meditation lehrt uns, uns mit allem zu konfrontieren, was gerade geschieht, und diese Stärke des Herzens und des Geistes wird zu einer dauerhaften Zuflucht. Mit den Worten Buddhas: „Durch weises Bemühen und Ernsthaftigkeit finde für dich eine Insel, die keine Flut besiegen kann." Wenn wir eine innere Zuflucht finden, die keine Flut besiegen kann, dann werden wir auf natürliche Weise zu einer Zuflucht für andere.

Sylvia Boorstein

Das Herz vervollkommnen

Ein Journalist, der einen Artikel für eine Zeitschrift vorbereitete, fragte mich kürzlich, was ich von der Tatsache halte, daß „Leute Religionen wild miteinander vermischen". Er sagte: „Die Leute scheinen sich die Freiheit herauszunehmen, ‚Salat'-Religionen zu erfinden. Ein bißchen von diesem und ein bißchen von jenem. Halten Sie das für gut oder für schlecht?"

Ich sagte: „Ich weiß nicht, ob es gut oder schlecht ist. Aber", so fügte ich hinzu, „ ich habe zwei Ideen, warum sie das tun. Zum einen ist es ein sehr amerikanischer Charakterzug (zumindest meint das Erik Erikson), ein ‚einsamer Cowboy' zu sein, der unbekanntes Terrain auskundschaftet. (Ich kenne keine andere Kultur, die so großen Wert auf Eigeninitiative legt.) Die zweite Idee ist, daß diese privaten und individuellen Versuche Ausdruck einer wachsenden, weltweiten Anerkennung spiritueller Bedürfnisse sind. Menschen brauchen eine persönliche, aufrichtige Verbindung zu einem Gefühl von Sinn, einem Gefühl von etwas Heiligem in ihrem Leben. Konsumdenken und Materialismus taugen nichts als Religionen. Wenn die Menschen keine sinnvolle Spiritualität in ihrer Familie oder Gemeinde vorfinden – entweder, weil keine vorhanden ist, oder, weil die vorhandene nicht funktioniert –, dann müssen sie sie erfinden."

„Aber glauben Sie, daß das gut oder schlecht ist?" fragte der Interviewer wieder.

„Ich weiß es nicht", entgegnete ich.

„Ist es gefährlich?" fragte er.

„Ich kann", sagte ich, „zumindest eine Falle sehen, einen möglichen Nachteil."

„Worin besteht er?"

„Wenn man allein praktiziert", erklärte ich, „dann steht niemand für Feedback zur Verfügung; niemand, der uns ermutigen kann, und niemand, der uns sagen kann, daß wir uns selbst täuschen oder das nichts passiert."

„Was meinen Sie damit, daß ‚nichts passiert'? Was *soll* denn passieren?"

Seine Frage, die in Wirklichkeit lautet: „Worum geht es bei der spirituellen Praxis?", bildet die Grundlage für die Vermittlung der *Pâramîs*, der Vollkommenheiten des Herzens.

„Wir sollen *transformiert* werden", entgegnete ich.

Die Transformation, der ich zutiefst vertraue und die das Ziel meiner spirituellen Praxis ist, ist die Reinigung des Herzens, unsere Umwandlung hin zu Güte und Altruismus. Diese zehn Qualitäten, die Pâramîs, sind unser Geburtsrecht. Sie sind in jedem von uns zumindest als Same enthalten. Das Karma unserer Geburtsumstände in körperlicher und geistiger wie auch in sozialer und kultureller Hinsicht ist unser Ausgangspunkt. Die Praxis, bewußt den eigenen Charakter zu pflegen – Moral als Ziel zu haben –, ist grundlegend für das, was der Buddha gelehrt hat. Ich habe es für mich selbst als sehr nützlich empfunden, mich von diesen zehn spezifischen Qualitäten inspirieren zu lassen. Hier sind sie, der Reihe nach aufgezählt, auch wenn meine Erfahrung mir gezeigt hat, daß sie alle einander widerspiegeln und durch die Praxis gemeinsam wachsen.

Großzügigkeit

Der Buddha sagte, Großzügigkeit sei die Qualität, die man am leichtesten entwickeln könne, denn jeder habe etwas wegzugeben. Ich glaube, daß das nicht leicht ist. Wir meinen häufig – und werden durch die moderne Werbung in unserem Denken bestärkt –, daß wir Dinge brauchen und daß noch mehr Dinge uns glücklicher machen würden. Vor zwanzig Jahren nahm ich an einem Retreat in Südkalifornien teil. Einige burmesische Mönche unter der Führung von Mahasi Sayadaw waren eine Woche lang unsere Gastlehrer. Die Mönche waren in einem der kleinen Häuser am Rande des Meditationszentrums untergebracht. Eines Morgens riet man den Schülern: „Die Mönche reisen heute morgen ab. Wenn ihr ihnen Ehrerbietung und Respekt erweisen wollt, dann könnt ihr – natürlich in Stille – vor ihrer Hütte stehen, wenn sie abreisen. Die Mönche kamen hintereinander aus der Hütte, und jeder trug seine Bettelschale in einer Umhängetasche. Als ich sie beobachtete, wie sie in den Bus kletterten, wurde mir klar, daß die wenigen Koffer oben auf dem Bus, in denen sich vermutlich die zweite Robe dieser Mönche befand, ihren gesamten weltlichen Besitz enthielten. Sie hatten auch zu Hause in Burma keine weiteren Besitztümer. Ich dachte für mich: „Diese Männer verstehen, daß sie alles haben, was sie *wirklich* brauchen." Ich war von ihrer offensichtlichen Zufriedenheit berührt. Dieses Bild ist in den letzten zwanzig Jahren häufig in mir aufgestiegen. Es kehrt insbesondere dann wieder, wenn ich mich in meiner eigenen natürlichen Großzügigkeit gehemmt fühle. Es hilft mir häufig, mich daran zu erinnern, daß meine Einstellung, etwas *Bestimmtes* haben zu müssen und es *auf meine Weise* haben zu müssen, die Ursache meines Leidens und meines Unglücks ist. Die Erinnerung an die offensichtliche Gierlosigkeit der Mönche ist die Hauptursache für diese befreiende Erkenntnis.

Moral

Ich habe immer wieder die Erfahrung gemacht, daß ich mit einer spontanen Bestandsaufnahme konfrontiert werde, sobald sich mein Geist und mein Körper beruhigen – auch wenn ich nicht darum gebeten habe. Als das bei meinen ersten Retreats zu geschehen begann, war ich bestürzt. Ich fürchtete, beim Meditieren vielleicht einen Fehler zu machen. Es ist jedoch kein Fehler. Ich glaube, daß das Herz auf eine Zeit wartet, wo genug Raum im Geist vorhanden ist, damit wir reflektieren und die Irrtümer, die wir durch ungeschicktes Verhalten begangen haben, möglicherweise korrigieren können. Ich glaube, daß Schuldgefühle und Reue sehr lange nachwirken. Ich kann mich jedenfalls noch an unschöne Dinge erinnern, die ich vor sehr langer Zeit getan habe. Ich bin sicher, daß das bei Ihnen ebenso der Fall ist. Selbst wenn wir erkennen, daß das, was wir getan haben – sei es mit oder ohne Absicht –, karmisch vorbestimmt war (wir hätten es nicht anders tun können), und selbst wenn dieses Verständnis uns die Möglichkeit gibt, uns selbst zu verzeihen, wünschen wir dennoch, daß wir es nicht getan hätten.

Ich habe mich stets sehr glücklich gefühlt, wenn ich Unrecht, das ich begangen hatte, wiedergutmachen konnte. Einige meiner Freunde fanden im Angesicht des Todes noch genug Zeit, zerbrochene Beziehungen zu heilen. Und wenn ich mit Freunden in Kontakt kam, die auf diese Weise gearbeitet hatten – manche bis zum letzten Tag ihres Lebens –, fühlte ich mich stets dazu inspiriert zu versuchen, das zu heilen, was in meinem eigenen Leben geheilt werden mußte, sobald ich mir dessen bewußt geworden war. Ich weiß nicht, auf welche Weise ich sterben werde, und kann deshalb nicht sicher sein, daß ich dann noch Zeit für Versöhnung haben werde.

Entsagung oder Verzicht

Ich lief auf der Laufmaschine in meinem Fitneßstudio und schaute mir dabei die Nachrichten im Fernsehen an. Die Sendung wurde durch eine Sondermeldung von einer Bombenexplosion in der Ben-Yehuda-Straße in Jerusalem unterbrochen, und kurz danach folgten Live-Aufnahmen. Es war schrecklich, das mit anzusehen. Mehrere Menschen waren getötet worden, viele waren verletzt, und Sanitäter arbeiteten hektisch daran, Menschenleben zu retten. Ich war schockiert und auch besorgt, da ich viele Freunde in Jerusalem habe. Vom Fitneßstudio ging ich zu einer Verabredung mit einer Freundin, die ebenfalls Verwandte in Israel hat. Als wir uns begegneten, sah ich, noch bevor wir ein Wort gewechselt hatten, wie verstört sie war.

„Hast du die Nachrichten gehört?" fragte ich.

„Ja", antwortete sie.

„Was war dein erster Gedanke?" fragte ich.

„Es ist mir peinlich, dir das zu sagen", antwortete sie. „Ich dachte: ‚Jetzt reicht es. Israel sollte Damaskus bombardieren!'"

„Ich habe dasselbe gedacht", sagte ich.

„Das ist die falsche Antwort."

„Natürlich."

Menschen sind Tiere; sie haben das Nervensystem von Tieren. Wir ängstigen uns leicht. In dem Moment, da wir die Nachricht von dem Bombenattentat hörten, empfanden meine Freundin und ich Angst, Wut und den instinktiven Wunsch nach Rache. Das ist kein Fehler. Die gewohnheitsmäßige Reaktion des Körpers gegenüber beängstigenden Erfahrungen kann manchmal funktional sein und dem eigenen Schutz dienen. Es stimmt aber auch, daß Menschen über komplexere Reaktionssysteme verfügen als andere Lebewesen und ihre Reaktionen mäßigen können. Wir müssen nicht zu Opfern unserer Wut werden.

Verzicht bedeutet nicht, daß wir keine Reaktion zeigen dürfen; es bedeutet, daß wir die Freiheit haben, eine Reaktion zu *wählen*. Eine meiner Schülerinnen hat es einmal folgendermaßen beschrieben: Sie sei immer noch entsetzt, wenn sie Angst bekomme, aber sie reagiere anmutiger darauf. „Das Nervensystem tut, was immer es tut", sagte sie, „und dann tut das Herz das Richtige."

Weisheit

Wenn wir auf unsere normale Art zu denken verzichten – „Ich brauche das" oder „Ich werde mich rächen" –, dann klärt sich unser Geist. Wir werden weiser. Wir sehen die Dinge so, wie sie tatsächlich sind. Dann können wir leichter sagen: „Das ist eine sehr attraktive Sache (beziehungsweise eine sehr attraktive Person), aber sie ist nicht in der richtigen Weise verfügbar; deswegen werde ich die Idee, sie haben zu wollen, aufgeben." Oder: „Das ist ein unangenehmer, beängstigender Moment. Ich muß auf hilfreiche, maßvolle Weise damit umgehen." Ohne ausreichende Klarheit verfängt sich der Geist in Nebeln der Lust oder Abneigung. In dem Maße, in dem es uns gelingt, nicht gegen das anzukämpfen, was wir nicht ändern können, verringert sich unser Leiden.

Energie

Ich telefonierte mit meiner Freundin Julie, und wir waren beide niedergeschlagen. Sie durchlebte damals eine sehr traurige Phase in ihrem Leben. Bei mir war es ähnlich. Wir sagten einander die Wahrheit über unsere Traurigkeit. Irgendwann sagte Julie dann: „Weißt du, Sylvia, das Problem ist, daß der Buddha recht hat. Das Leben ist *wirklich* Leiden." Wir mußten beide lachen. Es schien so dumm zu sein – so *überflüssig* –, daß zwei Vipassanâ-Lehrer, die sehr viel Zeit damit verbringen, über die Erste Edle Wahrheit zu sprechen, einander daran erinnern müssen. Wir bemerkten, daß die Energie in unsere Stimme zurückgekehrt war. Wir konnten über unseren Schmerz sprechen, ohne in Verzweiflung zu verfallen und ohne uns in Verleugnung zurückzuziehen.

Ich habe einen Satz zur Ersten Edlen Wahrheit hinzugefügt, der meine Erfahrungen widerspiegelt. „Wir können mit dem Leiden umgehen." Ich habe nicht mehr so viel Angst vor Schmerz wie früher, und ich kann mich mit größerer Leichtigkeit als zuvor auf meine natürliche Zuversicht verlassen, die mir Auftrieb gibt. Das ist eine wichtige Energie. Daß ich mein eigenes Leiden angenommen habe, hat mich für das, was der ungeheure Schmerz der Welt sein muß, sogar noch sensibler gemacht, und ich bin bestrebt, die Kraft aufzubringen, etwas daran zu ändern.

Geduld

Ich habe gehört, wie der Dalai Lama die Pâramî der Geduld gelehrt hat. Dabei hat er als Leitfaden Shântidevas *Eintritt in das Leben zur Erleuchtung* verwendet. Im Laufe der fünftägigen Unterweisungen hat er jeden der 134 Verse über Geduld laut vorgelesen und jeden einzelnen Vers kommentiert. Jeder Vers beschreibt unterschiedliche Situationen, in denen Wut im Geist entstehen kann. Jeder Vers schlägt eine mögliche Reaktion vor und keine Vergeltung. Als der Dalai Lama den letzten Vers las, beugte er sich plötzlich vornüber und schlug die Hände vors Gesicht. Meine erste Reaktion war: „O Gott, irgend etwas ist mit ihm passiert." Dann schaute er hoch. Ich sah, daß er weinte. Ich war tief berührt davon zu sehen, daß ihn die Vorstellung, auf jede mögliche schwierige Situation mit Geduld anstatt mit Leugnung oder Vergeltung zu reagieren, immer noch zu Tränen rührte, obwohl er jenen Text mit Sicherheit bereits viele Male studiert, gelesen und gelehrt hatte. Es war eine verblüffende Situation für mich. Sie erinnerte mich daran, daß Glück darin liegt, stetig zu sein und in Betracht zu ziehen: „Wie kann ich auf diese Situation reagieren, ohne der Welt noch mehr Schmerz zu bereiten?" Ich glaube, daß der große Respekt, den Menschen aus dem Westen für den Dalai Lama empfinden, hauptsächlich darauf beruht, daß er eine friedliche und geduldige Haltung gegenüber den Chinesen an den Tag legt und gleichzeitig an der Unabhängigkeit und Freiheit Tibets arbeitet.

Wahrhaftigkeit

Bei einem Urlaub mit meinem Mann in Aspen, Colorado, entdeckte ich einen für mich bisher neuen Aspekt der Kraft, die darin liegt, die Wahrheit zu sagen. Meine Freundin Elaine lebt in Aspen, und sie besucht die Messe im Trappistenkloster im nahegelegenen Snowmass. Elaine sagte: „Ich werde dort anrufen und sehen, ob ihr mitkommen könnt." Ich wußte, daß eines der älteren Mitglieder jener Gemeinschaft Achtsamkeitspraxis in der *Insight Meditation Society* praktiziert hatte, wo ich häufig lehre. Ich war gespannt darauf, ihn persönlich kennenzulernen. Elaine richtete es so ein, daß unsere Freunde Stephen Mitchell und seine Frau Vicki Chang mitkommen konnten, so daß man uns fünf dort erwartete. Allerdings konnten an dem Tag unseres geplanten Besuches nur Seymour (mein Mann), Elaine und ich gehen. Im Eingangsraum wurden wir von demjenigen Mönch begrüßt, den ich schon in Barre gesehen hatte. Elaine sagte: „Vater, dies ist meine Freundin Sylvia Boorstein." Der Mönch schüttelte mir die Hand und sagte: „Ich freue mich, Sie kennenzulernen", und dann, meinem Mann zugewandt, „Sie müssen Stephen Mitchell sein."

„Nein, ich bin Seymour Boorstein."

„Oh, da bin ich aber enttäuscht", sagte der Mönch. „Ich hatte mich so darauf gefreut, Stephen Mitchell kennenzulernen."

Ich war schockiert. Ich war außerdem überrascht, daß seine spontane Reaktion ihm nicht peinlich zu sein schien. Später war ich erfreut. Derselbe Mönch feierte an jenem Morgen die Messe. Ich habe viele Freunde, die katholische Geistliche sind, und ich bin häufig genug bei ihnen zu Gast gewesen, um mit der Liturgie und den Formalitäten der katholischen Messe vertraut zu sein. Jener Morgen in Aspen fühlte sich anders an. Mir wurde bewußt, daß dieser Mönch, der mich mit seiner Wahrhaftigkeit schockiert hatte, auch in seiner Beziehung zu seinem Gebet und zu Gott ohne Falsch war. Während er Gott begegnete, übertrug er mit seiner offenen Präsenz sein Gefühl für das Göttliche auch auf mich. Mir wurde klar, daß Menschen, wenn sie wahrhaftig sind, das Geschenk der Intimität übermitteln.

Entschlossenheit

Manchmal setze ich mich auf mein Meditationskissen und sage mir: „Ich werde erst wieder aufstehen, wenn ich erleuchtet bin." Vielleicht klingt das anmaßend. Aber ich denke mir: „Warum nicht? Warum sollte ich das *nicht* zu mir selbst sagen?"

Sharon Salzberg erzählt, wie sie nach Burma gefahren ist, um die Praxis der Liebenden Güte (*mettâ*) von Sayadaw U Pandita zu erlernen. Bei ihrem ersten Gespräch mit ihm fragte U Pandita: „Was glauben Sie, wie Sie mit der Mettâ-Praxis zurechtkommen werden?" Sharon dachte: „Das muß eine Fangfrage sein, um festzustellen, ob ich zu stolz bin. Ich beantworte diese Frage besser besonders vorsichtig." Also sagte sie: „Ich habe keine Ahnung, wie ich damit zurechtkommen werde. Vielleicht wird es ziemlich mittelmäßig sein, vielleicht werde ich es gut machen oder aber nicht so gut."

U Pandita sagte: „Das ist keine gute Art zu denken. Warum sollten Sie nicht denken: ‚Ich werde es großartig machen; ich werde das ganz wunderbar machen'?"

Natürlich! Warum nicht? Es gibt einem wesentlich mehr Energie, wenn man positiv denkt. Vielleicht sind Menschen aus dem Westen dazu konditioniert, Zuversicht für Stolz zu halten und dann zu sagen: „Hochmut kommt vor dem Fall." Leider!

Bei den Gelegenheiten, da ich gesagt habe: „Ich werde erst wieder aufstehen, wenn ich erleuchtet bin", habe ich das nicht leichtfertig dahergesagt. Ich sage es in Zeiten der Verzweiflung und Verwirrung. Es fühlt sich richtig an. Ich vertraue darauf, daß wir alle erleuchtete Momente haben können, in denen wir klar sehen und uns weise verhalten. Zu sagen: „Ich werde erst wieder aufstehen, wenn ich das klar gesehen habe, wenn ich das größtmögliche Verständnis davon gewonnen habe", ist ein Glaubensbekenntnis. Warum sollte man das nicht aussprechen?

Liebende Güte

Im Jahre 1995 bekam ich eine Einladung nach Dharamsala in Indien, wo ich als Mitglied einer Gruppe von 26 westlichen Buddhismus-Lehrern den Dalai Lama treffen sollte. Auch wenn die Reise nach Indien – und insbesondere eine Reise nach Dharamsala – sehr lang und beschwerlich ist, fühlte ich mich geehrt, daß man mich eingeladen hatte, und ich freute mich sehr darauf, dorthin zu fahren. Als wir ankamen, kamen alle Lehrer als Gruppe zusammen, um ihre Präsentationen vorzubereiten. Ich kannte etwa die Hälfte der dort anwesenden Lehrer und sah, daß darunter Menschen waren, die ich kannte und mochte, solche, denen ich nie zuvor begegnet war, und einen Mann, der mir aufgrund der Eindrücke, die ich bei früheren Begegnungen von ihm gewonnen hatte, unsympathisch war. Er hatte damals kritische Bemerkungen über mich gemacht, und ich hatte mich beleidigt gefühlt. Jack Kornfield war der Moderator bei unserem ersten Treffen. Er schlug vor, daß wir uns nicht einfach nur vorstellten: „Wir gehen rundum, jeder von uns sagt seinen Namen und beschreibt dann die für ihn oder sie momentan größte Herausforderung im persönlichen Leben und als Lehrer." Meiner Meinung nach war das die intimste Frage, die man 25 Leuten stellen konnte, von denen sich die meisten nicht einmal kannten. Ich fühlte mich alarmiert, etwas unbehaglich, und hatte das Gefühl, Tausende von Kilometern von meiner Heimat entfernt auf einem Berggipfel zu sitzen, den ich nicht verlassen konnte.

Als mir bewußt wurde, daß es keine Alternative dazu gab, ausgeglichene, wache Achtsamkeit zu üben, entspannte ich mich und wurde aufmerksam. Ich hörte den Geschichten der Menschen zu, die ich kannte, und denjenigen der Menschen, die ich nicht kannte. All diese Geschichten berührten mich sehr durch ihre Direktheit. Als der Mann an der Reihe war, den ich unsympathisch fand, teilte auch er seine Wahrheit mit uns. Während ich ihm zuhörte, wurde mir bewußt, daß ich für ihn dasselbe empfand wie für die Menschen vor ihm. In jenem Moment war er einfach nur ein Mensch, der die Wahrheit über die gegenwärtige Situation sagte; ein Mensch, der genau wie ich darum rang, zufrieden und glücklich zu sein und mit Anmut zu leben. Es war eine große Erleichterung, darauf verzichten zu können, der Situation all die angehäuften Geschichten von verletzenden Bemerkungen hinzuzufügen, die er meiner Ansicht nach bei früheren Gelegenheiten über mich gemacht hatte. "Ich mag dich" oder „Ich mag dich nicht" ist Teil unserer neurologischen Datenbank und aller Wahrscheinlichkeit nach ein instinktives Sicherheitsventil. Dieser Teil ist sehr stark, aber er kommt nicht wirklich aus unserem klarsten Verständnis heraus. Ausgeglichene Aufmerksamkeit sowie die Überwindung von Angst und Groll machen aufrichtige Wertschätzung und Freundschaft möglich.

Gleichmut

Gleichmut ist die Fähigkeit des Geistes, seine Ausgeglichenheit wiederzufinden. Meine Erfahrung ist, daß ich ständig aufgerüttelt werde – irgend etwas enttäuscht mich, macht mich wütend oder traurig. Ich erinnere mich, wie ich vor Jahren einmal sehr berührt war, als Sharon Salzberg darüber sprach, daß Ausgeglichenheit im Geiste so schwer zu erlernen sei, wie über ein Drahtseil zu gehen. Sie beschrieb, wie erleichternd es für sie gewesen sei festzustellen (nachdem sie sich zuvor *ständige* Ausgeglichenheit zum Ziel gesetzt hatte), daß wir alle ständig straucheln, unser Gleichgewicht verlieren und hinfallen. Dann stellen wir fest, daß ein anderes Drahtseil auf uns wartet – der Geist, der sich auf Gleichmut gründet, hat genügend Raum, um eine ganze Reihe von Emotionen zuzulassen, und er hat auch genügend Raum, um die Emotionen herum oder durch sie hindurch zu sehen, so daß alles handhabbar wird.

Ich erinnere mich an eine Denksportaufgabe, die vor ein paar Jahren sehr beliebt war. Sie bestand aus neun Punkten: vertikal und horizontal jeweils drei Reihen von in einem Viereck angeordneten Punkten. Die Aufgabe bestand darin, mit einem Stift alle Punkte durch gerade Linien miteinander zu verbinden, ohne je den Stift vom Papier zu heben oder zweimal über denselben Punkt zu gehen. Viele plagten sich damit ab. Zunächst scheint es keine Möglichkeit zu geben, das zu schaffen. Die Lösung, und zwar die *einzige* Lösung, besteht darin, Linien zu ziehen, die über die Eckpunkte hinausreichen – so, als wäre das Quadrat größer. Gleichmut im Geiste hängt davon ab, ob man in der Lage ist, eine *weitere* Perspektive zu haben. Vaclav Havel hat einmal gesagt, seine Definition von Hoffnung sei, daß man in der Lage ist, zu dem, was unmittelbar vor einem liegt, nein zu sagen. Ich verstehe das so: „Ich weigere mich, meinen Geist von dem, was unmittelbar vor mir liegt, so ausfüllen zu lassen, daß ich keine Möglichkeit habe, darum herum zu sehen." Wenn wir den verängstigten, engen Verstand dahingehend verändern können, daß er zu einem weiträumigen Geist wird, der Raum zum Atmen läßt, dann können wir vielleicht im Raum der Hoffnung hilfreiche Antworten finden.

Eine der zentralen Lehren Buddhas ist die von einem gesetzmäßigen Kosmos – die Wahrheit, daß alle bedingten Dinge Ursachen und alle Handlungen Folgen haben. Alles geschieht aus einem bestimmten Grund. Dieses Verständnis ist für mich sowohl beruhigend als auch energetisierend. Wenn Dinge schwierig sind, dann werde ich von dem Bewußtsein getragen, daß das, was passiert – unabhängig davon, was es ist –, einem Gesetz folgt und nicht anders sein kann; und auch, wenn meine früheren Handlungen mit Sicherheit einen Teil meiner gegenwärtigen Erfahrungen bedingt haben, so ist *alles* aus der Vergangenheit Teil der gegenwärtigen Erfahrung. Ich glaube, daß niemand schuldig und jeder immer verantwortlich ist. Ich bin von dem Glauben inspiriert, daß das, was ich jetzt tue, *wichtig ist*, daß meine jetzigen Handlungen das bedingen, was aus den gegenwärtigen Umständen folgt. Selbst Nichthandeln ist Handeln. Alles und jeder ist wichtig.

Als ich mit dem Journalisten telefonierte, gab ich ihm natürlich keine vollständige Unterweisung zu den Pâramîs. Als er sagte: „Was soll denn passieren?", antwortete ich ihm: „Wir sollen transformiert werden. Das ist der *eigentliche* Sinn der Praxis, zumindest für mich. Für mich reicht es nicht aus, mich gut oder entspannter zu fühlen, ja nicht einmal, stärker mit meinen Erfahrungen verbunden zu sein. All das ist *großartig*, aber es ist nur die halbe Arbeit. Wir entspannen uns, wir verbinden uns tief mit unseren Erfahrungen. Dann sehen wir klar und verstehen in der Tiefe die Wahrheit des Leidens – des universellen Leidens –, und wir werden durch unsere Weisheit transformiert, so daß wir, statt uns selbst zu dienen und durch unsere eigenen Geschichten gefangen und begrenzt zu sein, allen Wesen Mitgefühl und Freundlichkeit entgegenbringen."

Der Journalist machte eine lange (und ich hoffe: anerkennende) Pause, und dann sagte er: „Sehr gut!"

Steve Armstrong

Die fünf Gebote: Unsere Beziehungen fördern

Wenn wir ein warmherziges und von tiefem Respekt gekennzeichnetes Gewahrsein in die Art und Weise einbringen, wie wir miteinander umgehen, dann verändern wir unsere sozialen Beziehungen so, daß sie von einer Quelle der Verwirrung und des Schmerzes zu einem Medium für persönliche und soziale Transformation werden. In allen Traditionen gilt, daß unsere Handlungen durch spirituelles Erwachen transformiert werden. Begrenztes Eigeninteresse wandelt sich zu einer freudigen, offenen Reaktion gegenüber allem Leben, zu einer umfassenden Liebe und Wertschätzung.

In der buddhistischen Tradition wird dieser Schritt durch die Fünf Gebote beschrieben. Bei diesen Richtlinien geht es um eine Schulung unserer Rede und unseres Handelns, so daß diese der inneren und äußeren Harmonie dienen. Die Gebote sprechen Bereiche unseres Lebens an, die die Quelle unseres größten Vergnügens, unserer größten Freude und unseres größten Glücks, aber auch unserer größten Ängste, unseres größten Schmerzes und unserer größten Verwirrung sind. Kurz und knapp gesagt sind die Fünf Gebote Verpflichtungen dazu, nichts und niemandem Schaden zuzufügen, zu teilen, unterstützende Beziehungen zu pflegen, mit Sorgfalt zu reden und den Geist klar zu halten.

Die fundamentale Praxis dieser Richtlinien besteht in folgendem: Indem wir sorgfältig darauf achten, wie wir sprechen und handeln, nehmen wir wahr, welche Auswirkungen ein solches Verhalten auf uns selbst und andere hat. Wenn wir bemerken, daß unser Verhalten Schmerz verursacht, können wir es dann anmutig aufgeben oder bleiben wir in unseren gewöhnlichen Reaktionen gefangen? Das ist eine Herausforderung, die im Befolgen der Gebote liegt.

Die Gebote fordern uns nicht auf, uns einer Autorität oder irgendeiner bestimmten Art von Verhalten zu unterwerfen. Vielmehr sollen wir – so sorgfältig, wie wir können – hinschauen und dann unsere eigenen Schlußfolgerungen ziehen. Das Zugpferd dieser Praxis ist aufmerksames Gewahrsein, auch als Achtsamkeit bezeichnet.

Uns wird keine Strafe oder Verurteilung angedroht, wenn aus etwas, das wir gesagt oder getan haben, Schmerz resultiert. Wir werden nur dazu aufgefordert anzuerkennen, daß wir Unglück verursacht haben. Dann wird uns deutlich gemacht, daß es in unserem umfassenderen, authentischeren Eigeninteresse liegt, unser Verhalten so anzupassen, daß wir den Schmerz, die Verwirrung oder die Unsicherheit verringern. Das ist keine widerwillige Unterwerfung unter eine imaginäre Autorität. Die Einschränkung unseres Verhaltens erfolgt freiwillig, und zwar aus dem Interesse am Glück aller.

1. Die Verpflichtung, nicht zu schaden

Sich des Tötens zu enthalten ist ein offensichtlicher erster Schritt der Fürsorge für andere Menschen. Das erste Gebot fordert uns auf, uns anzuschauen, wie unser Verhalten anderen schadet. Können wir anerkennen, daß wir Anteil an der Ursachenkette haben, die zum Tod anderer Wesen, und zwar sowohl von Tieren als auch von Menschen, führt? Wenn wir kein aktives Interesse daran entwickeln, die Wahrheit zu suchen, dann kann es sein, daß wir unser Leben lang glauben, daß dieses Leiden ausschließlich das Problem der anderen sei.

Hatte der Krieg in Kuwait irgend etwas mit dem Benzinverbrauch ihres eigenen Autos zu tun? Hat der massive Gebrauch von Schädlingsbekämpfungsmitteln und Pflanzenschutzmitteln, die heutzutage unsere Umwelt vergiften, etwas damit zu tun, was Sie gerne zum Abendessen verzehren?

Wenn Männer und Frauen das entsagungsvolle Leben buddhistischer Mönche und Nonnen führen, werden sie ermahnt, kein Lebewesen zu töten. Zu Zeiten Buddhas bestand die unmittelbare und offensichtliche Implikation dieser Regel darin, daß es ihnen verboten war, Tiere direkt zu töten oder auch das Fleisch von Tieren zu akzeptieren, die speziell für sie geschlachtet und zubereitet worden waren. Zu den weniger offensichtlichen gehörte, daß es ihnen verboten war, im Erdboden zu graben oder mit ihren Füßen so über den Boden zu schleifen, daß dort lebende Wesen verletzt werden könnten.

Die meisten von uns sind nicht darauf eingestellt, ein entsagungsvolles Leben zu führen, aber dennoch müssen wir uns fragen, ob wir so leben, daß wir unserer Umgebung Fürsorge und Respekt entgegenbringen. In dem Ausmaß, in dem wir für das umfassende Geflecht des Lebens erwachen, haben wir die Möglichkeit, dazu beizutragen, daß es weniger Leid auf der Welt gibt.

Im Herzen des US-Bundesstaates Maine, wo ich aufwuchs, bringt nahezu jeder Vater seinen Söhnen (und zunehmend auch seinen Töchtern) bei, wie man mit Waffen umgeht und auf die Jagd geht. Das ist die kulturelle Norm, innerhalb derer wir dort aufgewachsen sind. Ich habe einen guten Freund, der ebenso erzogen wurde, und er hat mir erzählt, was er erfuhr, als er kürzlich allein auf die Jagd ging.

Mein Freund, der schon seit einiger Zeit Jäger ist, hatte stets die ruhigen Stunden im Wald, die diese Tätigkeit mit sich brachte, geschätzt. An diesem besonderen Tag war er allein auf der Jagd nach Rotwild und ging einen verlassenen Holzfällerpfad entlang. Als er auf einem kleinen Hügel ankam, stand er plötzlich einem Reh von Angesicht zu Angesicht gegenüber. Im Rausch des Erkennens und der Erregung richtete mein Freund seine Aufmerksamkeit unverwandt auf das Reh, und es durchfuhr ihn wie ein Blitz. Als er dem Reh in die Augen sah, sah er dessen Wesen. In jenem Moment war er nicht mehr in der Lage, es zu erschießen.

In der Jägersprache spricht man vom „Jagdfieber" und beschreibt damit die nervöse Erregung, die einen Anfänger befällt, wenn er zum ersten Mal dem gejagten Wild gegenübersteht. Das Jagdfieber meines Freundes war jedoch ein einzigartiges Erwachen und nicht die übliche Lähmung, die auftritt, wenn das Ziel vor dem Gewehrlauf auftaucht. Mein Freund wurde sich seines Gefühls von Verbundenheit bewußt. Er wurde sich seines Platzes in einem größeren Kreis von Wesen bewußt und war daher nicht in der Lage, dem Reh Schaden zuzufügen. Diese Qualität des Herzens ist subtil, zart und sehr real. Mein Freund ist zu seinem Gefühl von Respekt und Rücksichtnahme erwacht.

In den Lehren Buddhas gibt es eine Qualität, die Hiri (*hiri-ottappa*) genannt wird. Sie wird als Bescheidenheit definiert oder als Angst, etwas Falsches zu tun, indem man sich selbst oder anderen schadet. Der Buddha hat dies als heilsame Qualität des Herzens definiert, die auf dem Pfad des Erwachens entwickelt werden muß und die als eine der notwendigen Grundlagen für ein harmonisches Gemeinschaftsleben gilt. Die kulturelle Konditionierung kann das Hiri überdecken, jedoch nicht aus dem Herzen entfernen.

Bescheidenheit ist eine verfeinerte Einstimmung auf das, wodurch sich unser Herz zusammenzieht und anspannt oder offen und bewußt bleibt. Wenn wir ein bestimmtes Vorhaben ausführen wollen und dabei starke Bedenken haben, ob das Geplante angemessen ist, oder wenn wir eine subtile, unterschwellige Angst empfinden, dann sind wir ungewiß, ob das beabsichtigte Verhalten korrekt ist. Diese Unsicherheit des Herzens ist eine Aufforderung dazu, zu erwachen. Wenn wir uns selbst bei einer Handlung unwohl fühlen, dann wird sie sicherlich auch von anderen als unangemessen empfunden. Diese Qualität des Herzens ist uns angeboren. Wir müssen bei dieser Angst, etwas Falsches zu tun, nicht an irgendeinen allwissenden Gott denken, der ein Urteil über uns fällen könnte.

Es mag schwierig sein, eine solch subtile Unsicherheit zu spüren; viele von uns sind nicht sensibel genug zu spüren, welches Verhalten zu Trennung, Isolation und Angst und damit zu Leiden führt und welches Verhalten Offenheit, Verbundenheit und Freundlichkeit bringt. Das Ganze wird noch dadurch erschwert, daß es häufig keine allgemeine Übereinstimmung darüber gibt, was in unserer Kultur als angemessenes und was als unangemessenes Verhalten gilt. Daher liegt es in unserer eigenen Verantwortung, diese Unterscheidung weise zu treffen. Der Schlüssel ist Achtsamkeit, die darin besteht, unsere Erfahrung sehr aufmerksam zu beobachten.

Die Gebote als Leitlinien für unser Verhalten zu verwenden, das bereitet den Boden für diese sorgsame Beobachtung unseres gesamten Lebens. Nur wenn wir achtsam hinschauen, können wir jene Bereiche aufdecken, in denen wir noch nicht durch unsere Erfahrungen des „Jagdfiebers" erwacht sind. In dieser Entdeckung erwachen wir für den Schmerz, den gewohnheitsmäßiges Verhalten im allgemeinen überdeckt.

Selbst wenn wir den Schmerz sehen, könnte es sein, daß es schwerfällt, uns eines gewohnheitsmäßigen, ja selbst eines akzeptierten Verhaltens zu enthalten, das zwanghaft geworden ist. Selbstbeherrschung befähigt uns, anders zu handeln. Indem wir zwanghaftes Verhalten einschränken, bewahren und festigen wir geistige und physische Energie. Eine solche Festigung erlaubt es uns, einen stetigen Fokus zu halten, was wiederum zu größerer Stärke, mehr Geschlossenheit und Selbstvertrauen führt.

2. Die Verpflichtung, zu teilen

Wir leben in einer Kultur und Zeit, die überreich an materiellen Gütern ist, welche uns Glück verheißen. Der Druck, die zahlreichen Dinge zu erwerben, von denen man uns sagt, daß wir sie brauchen, ist stets vorhanden. Häufig sind wir versucht, zu nicht gerade besonders edlen oder aufrichtigen Mitteln zu greifen, um sie zu bekommen.

Beim zweiten Gebot geht es darum, nicht zu nehmen, was einem nicht aus freien Stücken angeboten wird. In seiner elementaren Form bedeutet es, nicht zu stehlen beziehungsweise sich den Besitz eines anderen Menschen ohne dessen ausdrückliche Zustimmung nicht anzueignen. Dieses Gebot zu brechen beinhaltet, daß wir Pläne aushecken, um uns etwas durch Täuschung, Gewalt oder List anzueignen. In traditionellen buddhistischen Texten wird das eine „diebische Absicht" genannt.

Unser Rechtssystem trifft eine Unterscheidung zwischen leichtem und schwerem Diebstahl. Der einzige Unterschied ist der Umfang des entstandenen Verlustes beziehungsweise Schadens. Wenn wir jedoch genauer hinschauen, dann sehen wir, daß die diebische Absicht, sich etwas auf unlautere Weise anzueignen, in beiden Fällen die gleiche ist. Wenn wir uns materielle Güter auf eine solche Weise aneignen, fügen wir anderen Schaden zu und erzeugen Disharmonie in unserer Nachbarschaft, sei es nun die örtliche, nationale oder internationale.

Die meisten von uns sind vorsichtig genug, keinen schweren Diebstahl zu begehen, selbst wenn einmal ein starker Wunsch danach im Geist auftaucht. Sind wir jedoch gleichermaßen sensibel für unsere Absicht, wenn sich die Möglichkeit auftut, die Mittel unseres Arbeitgebers, unsere Spesenpauschale oder unsere steuerlichen Abzüge in höherem Maße als dem gesetzlich erlaubten auszunutzen? Der materielle Nutzen, den wir aus solchen scheinbar belanglosen Handlungen ziehen, wird bei weitem durch den beträchtlichen Schaden überwogen, den wir unserem Herzen zufügen. Wenn wir gegen das subtile Wissen unseres Herzens in Hinsicht auf das, was falsch ist, handeln, dann säen wir die Samen der Disharmonie nach innen und nach außen und erleben Verwirrung und Isolation. Das läßt unser Herz angespannt und ängstlich werden.

Auch wenn wir nicht persönlich in diebischer Absicht handeln, ist es doch oft so, daß wir zum Nutznießer der List, Gewalt oder Täuschung anderer werden. Angesichts weit verbreiteter Sklavenarbeit in der ganzen Welt sollten wir uns fragen, ob wir irgendeinen Nutzen aus dieser Zwangsarbeit ziehen. Ist der persische Teppich in unserem Heim durch Kinderarbeit produziert worden? Hat Zwangsarbeit in China in irgendeiner Weise zu der Seidenbekleidung beigetragen, die wir gerade tragen?

Wenn wir uns diese Fragen stellen, dann erwecken wir die Qualität des Herzens, die der Buddha *Ottappa* genannt hat; das bedeutet „Gewissen" oder die Scham, auf eine Weise zu handeln, die anderen schadet. Dieses Gewissen ist eine Eigenschaft, welche die Sensibilität, Verwundbarkeit und die Grenzen anderer respektiert. Als Mitglieder der menschlichen Familie und der Weltgemeinschaft werden wir durch jedermanns Handlungen beeinflußt. Uns für die Gefühle und Sensibilitäten anderer zu öffnen bringt unser Herz in Kontakt mit dem ihren. Wenn wir wissen und uns darum kümmern, wie sich andere fühlen, dann ist nicht schwer zu erkennen, was wir sagen und tun sollten, um Schmerz und Leiden zu verringern.

Handeln wir andererseits aus begrenztem Eigeninteresse mit einer „Ist mir doch egal"-Einstellung gegenüber anderen, dann zieht sich unser Herz zusammen und verhärtet sich, wodurch wir unsensibel und taub werden. Das bereitet uns selbst und anderen Kummer. Wenn wir auf eine Weise handeln, derer wir uns schämen und wobei wir insgeheim hoffen, daß andere keine Kenntnis von diesem Verhalten bekommen oder es nicht bei uns vermuten, dann zieht sich unser Herz ebenfalls zusammen und verschließt sich. In diesem Moment fühlen wir uns isoliert und von anderen abgeschnitten. Wir tun dies uns selbst an.

Unser Herz zu öffnen und den Schmerz, die Angst und Verwirrung in anderen anzuerkennen, das erfordert eine stetige Furchtlosigkeit und Übung. Die Fähigkeit zu entwickeln, unsere eigene Angst und Isolation zu fühlen, ohne sie als schlecht zu bewerten, sie bravourös zu verleugnen, sie durch Beteuerungen zu vertuschen oder sie durch blinde Schuldzuweisungen auszuagieren, das bedarf einigen Mutes.

Wenn wir uns mit den Wegen des Herzens vertraut machen, dann erwacht unser Gewissen für die Auswirkungen, die unsere Handlungen auf andere haben. Sich der Verhaltensweisen zu enthalten, die schmerzliche Gefühle bei anderen verursachen, erfordert diszipliniertes Engagement und Energie. Indem wir für unsere Intention erwachen, keinem anderen Wesen etwas wegzunehmen, stärken wir die Grundlage unserer Gemeinschaft.

Eine Verpflichtung auf diese Leitlinie bedeutet nicht gleich, daß man leer ausgeht, sondern es bedeutet zu wissen, was genug ist. Können wir uns unser geschäftiges und ausgefülltes Leben anschauen, um herauszufinden, was wir im Überfluß haben? Können wir uns erlauben, den Schmerz derjenigen zu fühlen, die ohne diese Dinge auskommen müssen? Können wir für die Weisheit erwachen, auf Besitztümer zu verzichten, die mehr als genug sind? Können wir mit dem zufrieden sein, was wir jetzt haben?

Wenn wir uns dafür entscheiden, mit den Geboten zu arbeiten, dann schauen wir uns sehr sorgfältig unsere Verpflichtung dazu an, niemandem Schaden zuzufügen und mit anderen zu teilen. Indem wir diese Dinge erforschen, erwachen wir für die Präsenz von Bescheidenheit und Gewissen in unserem Herzen. Der Buddha hat diese Eigenschaften die Grundlagen der Moral und die Hüter der Welt genannt.

3. Die Verpflichtung zu Klarheit in Beziehungen

Wir haben wahrscheinlich alle schon einmal den emotionalen Stachel verletzenden sexuellen Verhaltens seitens eines anderen Menschen gespürt. Beim Verfolgen persönlicher Wünsche, von denen wir uns Erfüllung versprochen haben, waren viele von uns sicher auch schon so sehr mit sich selbst beschäftigt, daß sie auf eine Weise gehandelt haben, die anderen ähnliche Schmerzen bereitet oder die Angst oder Unsicherheit verursacht hat.

Das dritte Gebot zielt darauf ab, daß wir beim Ausleben sexueller Energie so viel Selbstbeherrschung üben, daß wir den anderen keinen Schaden zufügen. Dabei geht es nicht darum, reife Erwachsene durch moralische Vorschriften davon abzuhalten, ein erfülltes, genußreiches und sinnliches Leben zu führen. Vielmehr entwickeln wir Sensibilität für jenes persönliche Verhalten, das in offensichtlicher oder subtiler Weise Unsicherheit, Angst, Scham, Erniedrigung, Machtlosigkeit, Eifersucht und andere Gefühle in unserem eigenen Herzen oder dem Herzen eines anderen verursacht.

Dieses Gebot zu befolgen bedeutet nicht, daß wir uns einer moralischen oder einer spirituellen Autorität unterwerfen, noch ist es ein selbstauferlegtes spirituelles Ideal, das wir benutzen, um unser Ego aufzupolieren. Wir investieren vielmehr unser Interesse und unsere Energie in ein Erwachen zu dem, was unsere Entscheidungen bedeuten und welche Folgen sie haben. Wir verpflichten uns auf der Grundlage eines gemeinsamen Verständnisses und gemeinsamer Erwartungen. Wir bestätigen unsere Beziehungen zu allen anderen Menschen, indem wir unsere individuellen Verpflichtungen würdigen.

Ein Hauptelement bei einer solchen Verpflichtung ist das Wissen um einander. Für jede Vereinbarung beziehungsweise Verpflichtung zwischen Individuen oder auch uns selbst gegenüber ist eine klare Grundlage wesentlich. Klare Definitionen und Grenzen stützen die Vereinbarung. Vage Beziehungen führen zu Verwirrung und untergraben unsere Fähigkeit, die Verpflichtung einzuhalten.

Wenn es schwierig wird, die Bedingungen und Grenzen einer Beziehung zu artikulieren, dann müssen wir uns darum kümmern. Wenn wir ehrlich sein wollen, müssen wir uns vielleicht einer schrecklichen Angst ausliefern, die in unserem Herzen wütet. Sich ihr zu stellen erfordert sehr viel Geistesstärke und Zuversicht.

Jeder Mensch hat unterschiedliche Erfahrungen gemacht, die sein Verständnis und seine Vorlieben prägen, und so ist es oft schwierig, einen Konsens zu erreichen. In diesem Falle liegt es in unserer Verantwortung, aus unseren intimsten Erfahrungen zu lernen und zu beobachten, was die Ursache von Freude und Schmerz ist. Wenn wir ein Verhalten erkennen, das uns Schmerz bereitet, dann können wir sicher sein, daß andere angesichts dieses Verhaltens ebenfalls Schmerz empfinden. Die Auswirkung solcher Handlungen zu verstehen ermutigt und unterstützt uns in unserer Verpflichtung, diese zu vermeiden und ein anderes Verhalten zu wählen.

Handlungen, die zu Isolation führen und unsere gegenseitige Verbundenheit nicht anerkennen, schädigen das Gefüge unseres Gemeinschaftslebens. Wir entfremden uns dann der Gemeinschaft, weil wir das Sicherheit vermittelnde Fundament von Beziehungen, auf dem unsere Gemeinschaft ruht, untergraben haben. Nur indem wir die Verbindungen reparieren, können wir die Sicherheit der Gemeinschaft als ganzer wieder spüren. Das geschieht, indem wir offen das schädliche Verhalten anerkennen, dem dafür Verantwortlichen vergeben und uns wieder mit der Liebe und dem für Vertrauen notwendigen Respekt miteinander verbinden. Dadurch wird das gemeinschaftliche Gefüge wieder in Ordnung gebracht.

Die Verpflichtung zu sorgsamer Rede

Wir reden sehr viel, und unsere Rede ist sehr stark von Gewohnheiten geprägt. Das vierte Gebot bezieht sich auf die Tatsache, daß ein großer Teil der Arbeit, die dazu dient, die Harmonie in der Gemeinschaft aufrechtzuerhalten, auf dem gesprochenen Wort beruht.

Bevor wir irgendeinen Schritt tun, um zu sprechen und zu handeln, taucht ein Impuls im Geist auf. In diesen Impuls eingebettet sind entweder die Wurzeln der Geschicktheit, die zu Glück führen, oder die Wurzeln der Sorglosigkeit, die uns Leiden bringen. Ein diesen Impuls entscheidend prägender Faktor ist unsere Motivation, unsere Absicht oder Ausrichtung. Wenn wir einmal sorgfältig darauf achten, dann entdecken wir, wie flüchtig und unklar unsere Beweggründe oft sind. Wir müssen uns für das Geheimnis unserer Motive öffnen, um zu begreifen, was unsere Handlungen antreibt. Mit diesem Wissen können wir die tiefen Wurzeln der Achtlosigkeit, Respektlosigkeit und des Eigeninteresses abschneiden und die gleichermaßen tiefreichenden, aber vielleicht verkümmerten Wurzeln von Wachsamkeit, Liebe und Großzügigkeit nähren.

Wollen wir uns in Hinsicht auf unsere Rede so üben, daß wir Harmonie, Vertrauen und Sicherheit in unseren Gemeinschaftsbeziehungen schaffen, dann müssen wir unter anderem untersuchen, was das, was wir sagen, und die Weise, wie wir es sagen, für Konsequenzen hat. Um uns zu helfen, das herauszufinden, hat der Buddha fünf Bedingungen des Redens aufgezählt, auf die man achten sollte – fünf Wege, durch die wir der Macht unserer Worte gewahr werden können, die entweder Schmerz verursachen oder Glück bescheren.

Wenn wir *erstens* mit einem freundlichen Herzen sprechen, dann ist es wahrscheinlicher, daß das, was wir sagen, gehört wird. Wenn Liebe, Respekt und Fürsorge die Grundlage für das sind, was wir sagen, dann erkennen wir unsere Verbindung zu anderen an. Um diese Beziehungen zu respektieren, dürfen wir nicht täuschen, betrügen oder verleumden. Eine solche Art zu reden schafft nur Hindernisse zwischen Menschen und trennt sie voneinander.

Wir können unsere Intention bewerten, wenn wir uns einen Moment Zeit nehmen, bevor wir etwas sagen, so daß wir uns entscheiden können, als Friedensstifter zu sprechen, anstatt achtlos weitere Aufregung, Spannung oder Trennung zwischen Individuen zu fördern. Sich bei Konflikten zwischen Menschen auf die Seite einer der beiden Parteien zu stellen ist eine Gewohnheit, die nur selten dazu beiträgt, den Konflikt zu lösen. Doch wenn wir von Versöhnung, Lösung und Harmonie sprechen, ermutigen wir die Parteien dazu, von fixen Meinungen und Urteilen abzulassen. Der Verzicht auf Meinungen bringt unmittelbare Erleichterung.

In dem Moment bevor wir etwas sagen, können wir den Impuls, Urteile zu artikulieren, vorüberziehen lassen. Wenn wir Urteile aussprechen, dann verfestigen wir sie und machen es damit schwerer, sie später loszulassen. Indem wir das Urteil als Gedanken stehenlassen, nähren wir es nicht, und so wird es schnell vorüberziehen und nur wenig Spuren im Geist hinterlassen.

Zweitens werden Worte, die sanft gesprochen werden, mit größerer Wahrscheinlichkeit gehört und in ihrem wahren Wert angenommen. Es ist besonders wichtig, daß wir das, was wir einem anderen Menschen zu sagen haben, nicht auf drohende oder aggressive Weise zum Ausdruck bringen, weil es dann nur schwer gehört werden kann. Wenn wir sanft reden, kommt die Botschaft unserer Worten selbst unter schwierigen Umständen sehr viel leichter an. Streitlustig, einschüchternd oder laut zu reden, wenn wir andere von unserer Meinung überzeugen wollen, erzielt nur selten die gewünschte Wirkung. Vielmehr wird es die Zuhörer erniedrigen, beschämen oder ängstigen.

Indem wir sorgfältig auf das achten, was abläuft, wenn wir den Impuls zu reden verspüren, öffnen wir uns für die Möglichkeit, so zu reden, daß wir das Herz des Zuhörers erreichen. Wir können mit unseren Worten Intimität und Offenheit erzeugen, indem wir sanft und auf positive Weise reden.

Das Geflecht unserer Gemeinschaft ist ebenso zerbrechlich wie die Intention jedes einzelnen Mitglieds. *Eine* Person kann durch achtloses und böswilliges Reden Schaden und Trennung in einer Gruppe verursachen. Es liegt in unserer Verantwortung, unsere Rede zu überprüfen, so daß wir keinen Schaden verursachen.

Das *dritte* Element weiser Rede, welches die Harmonie in einer Gemeinschaft aufrechterhält, ist Wahrhaftigkeit. Es heiß, daß der Bodhisattva – also das Wesen, das zum Buddha wurde – dieses Prinzip über zahllose Leben niemals verletzt hat. Schließlich beruht dieser Weg des Erwachens darauf, die Wahrheit anzuerkennen.

Fragen Sie sich selbst: „Kann ich mich darauf verpflichten, immer die Wahrheit zu sagen?" Es könnte Ihnen schwerfallen. Dann fragen Sie sich: „Bin ich ein Lügner?" Es ist ebenfalls nicht leicht, sich das einzugestehen. Was tun wir also – die Wahrheit sagen, wenn es uns angenehm ist? Uns falscher Rede zu enthalten erfordert eine feste Verpflichtung auf die Wahrheit.

Grobes Lügen ist Reden, das falsch ist und mit der vollen Absicht artikuliert wurde, andere zu deren emotionalem, physischem, ökonomischem oder sozialem Schaden zu täuschen. Diese Täuschung ist ein Akt der Treulosigkeit dem Frieden unseres Herzens gegenüber. Bewußt aus Neid, Eifersucht, dem Verlangen nach Gewinn oder Achtung, Angst vor dem Urteil oder der Position eines anderen Menschen oder aus irgendeinem anderen persönlichen Motiv heraus zu lügen fördert das Haften an der Ich-Empfindung, und das verursacht sehr viel mehr Schaden, als die Lüge vorübergehend Nutzen bringt.

Wenn wir die Wahrheit sprechen, dann betrachten andere uns als jemanden, auf den Verlaß ist, jemanden, der zuverlässig, glaubwürdig und ehrlich ist. Daß der Junge in der bekannten Fabel ständig den Warnruf „Wolf!" ausstieß, auch wenn gar keine Gefahr drohte, führte dazu, daß die gesamte Gemeinschaft schließlich schutzlos der wirklichen Gefahr ausgeliefert war, als der Wolf dann tatsächlich auftauchte. Wir tun dasselbe mit falscher Rede; wir setzen uns selbst und unsere Gemeinschaft der Gefahr der Täuschung aus.

Leider geben unsere gegenwärtigen sozialen oder politischen Gepflogenheiten kein Vorbild für weise Rede. Überall um uns herum – in der Werbung, der Politik und unserem persönlichen Leben – erleben wir Täuschung. Dieser Mangel an Integrität in der Rede führt zu Zynismus, Respektlosigkeit, Verwirrung und Zweifel. Auch wenn die Wahrheit oft flüchtig und schwer auszumachen ist, ist unsere Situation doch so, wie es der Zen-Mönch Ryôkan beschreibt:

Wenn du Täuschung sprichst, wird alles zur Täuschung;
Wenn du Wahrheit sprichst, wird alles zur Wahrheit ...
Warum suchst du die Wahrheit so eifrig an entlegenen Orten?
Suche nach Täuschung und Wahrheit im Grunde deines eigenen Herzens.[*]

Selbst wenn wir die Wahrheit sagen, lautet eine *vierte* Bedingung für weise Rede noch, daß sie für einen anderen Menschen vorteilhaft und nutzbringend ist. Ein beträchtlicher Teil dessen, was wir sagen, entspringt nervöser Gewohnheit; es ist unbezügliches Gerede, das keinen anderen Zweck hat als den, eine unbehagliche Stille zu füllen.

Nutzloses, oberflächliches, dummes oder unsinniges Geplapper wird auf Pali *samphappapalapavada* genannt. Dazu gehört auch Klatsch, der meistens unsinnig, potentiell schädlich und für niemanden von Nutzen ist.

Sie könnten fragen: „Warum sollten lockeres Scherzen und freundliches Geplauder schädlich sein?" Wenn es dazu dient, Kontakt zu schaffen und uns auf herzliche Weise miteinander zu verbinden, und dann in andere, bedeutsamere Gespräche mündet, verursacht es keinen Schaden. Aber jegliche Aktivität kann zu einer Gewohnheit werden. Wenn wir uns zu oft oberflächlichem Geplapper hingeben, könnte das andere dazu bringen, das, was wir zu sagen haben, nicht mehr ernst zu nehmen. Vielleicht sind wir nicht in der Lage oder nicht dazu bereit, offen über tiefergreifende, häufig schwierigere Herzensangelegenheiten zu sprechen. Der Buddha hat gesagt: „Besser als tausend hohle Worte ist *ein* Wort, das Frieden bringt."

Das *fünfte* Element weiser Rede ist das Sprechen zur rechten Zeit. Es ist ganz wichtig, daß man die Wirkung der eigenen Worte in Betracht zieht – daß man sensibel ist für den emotionalen Zustand des anderen und auch die anderen Begleitumstände in Betracht zieht. Das kann der schwierigste Aspekt weiser Rede sein. Geduld und Unterscheidungsvermögen sind erforderlich, um den rechten Moment zu treffen, in dem das, was wir zum Nutzen anderer zu sagen haben, auch von ihnen gehört werden kann.

Als ich als Mönch in einem burmesischen Kloster praktizierte, sagte mein Lehrer U Pandita oft: „Nichts wird ohne Geduld erreicht." Durch Übung lernen wir, daß Weisheit nicht bedeutet, die Bedingungen mit dem Ziel zu manipulieren, das zu bekommen, was wir haben wollen – also „die Dinge unter Kontrolle zu haben". Weisheit ist vielmehr, voller Wachsamkeit auf die Bedingungen zu warten, die das, was wir zu tun haben, begünstigen und unterstützen. Auf diese Weise unterstützt die Selbstbeherrschung, die uns durch Geduld auferlegt wird, die weise Rede.

Es ist oft nicht leicht, von der Hitze unseres Zorns und der ihn begleitenden Selbstgerechtigkeit abzulassen. Aber durch zornige Rede wird lediglich die energetische Intensität des Zorns vermittelt – in den seltensten Fällen ist es effektive Kommunikation. Es ist besser, einen Tag lang zu warten, bis sich die Wut abgekühlt hat, bevor wir die Ursache unserer Verletzung und den daraus resultierenden Zorn auf die vermeintliche Quelle zum Ausdruck bringen. Wenn man auf die Befriedigung verzichtet, sich „Luft zu machen" und seinen Zorn abzureagieren, dann trägt das entscheidend dazu bei, Frieden und Harmonie nach innen und nach außen zu erhalten.

Eine Verpflichtung auf weise Rede beruht auf Achtsamkeit gegenüber dem Impuls des Redens ebenso wie der Motivation beim Reden. Geduld und Ausdauer sind die Schlüssel zum Erfolg. Bereit zu sein, unsere Verpflichtung jedesmal wieder zu erneuern, wenn wir bei uns ein Verhalten beobachten, das alles andere als bewundernswert ist, bedeutet, daß wir uns von Moment zu Moment konfrontieren und auf tief verwurzelte, unheilsame Gewohnheiten verzichten.

Als ich als Mönch auf die Kontrolle meiner finanziellen Mittel verzichtete, hatte das, ohne daß ich es beabsichtigte, zur Folge, daß die Laienhelfer im Kloster sehr darauf achteten, was ich vielleicht brauchen oder haben wollen könnte. Burmesische Dharma-Gönner sind außerordentlich großzügig in ihrer Unterstützung von Mönchen, Nonnen, Meditationszentren und Klöstern. Ich habe festgestellt, daß Laienhelfer, sobald ich den geringsten Hinweis darauf gab, irgend etwas zu brauchen, oder selbst, wenn ich nur den Schirm oder die Sandalen eines anderen Mönches bewunderte, dies als Hinweis darauf verstanden, daß ich diese Dinge gern für mich selbst hätte. Sie kamen dann häufig einen Tag später zurück und boten mir diese Gegenstände mit großem Respekt und Vergnügen an.

Innerhalb kürzester Zeit hatte ich mehr als genug. Ich wurde sehr vorsichtig damit, anerkennend über etwas zu sprechen. Ich wurde äußerst sensibel für die subtilen und nicht so subtilen Arten, wie ich meine Bedürfnisse befriedigen konnte. Mir wurde bewußt, daß meine Wünsche wesentlich größer waren als meine Bedürfnisse. Der Verzicht auf finanzielle Selbstversorgung verstärkte den Verzicht beim Reden, was wiederum einen größeren Verzicht auf materielle Wünsche bedingte. Die Auswirkung eines solchen kumulativen Verzichts war eine subtile Freude, stete Zuversicht und ein ruhiges Behagen angesichts der Tatsache, daß ich mit so leichtem Gepäck auf dieser Erde lebte.

---

* Deutsche Übertragung nach der englischen Übersetzung von John Stevens in *One Robe, One Bowl: The Zen-Poetry of Ryôkan*, New York: Weatherhill, 1990.

Verpflichtung auf Klarheit des Geistes

Wir alle haben tief verwurzelte Gewohnheiten, die sich als zwanghaftes Verhalten manifestieren können. Vielleicht sind wir nach Aufregung, Vergnügen, Betäubung, Nervenkitzel oder irgendeiner anderen verlockenden Erfahrung süchtig. Werden diese Gewohnheiten nicht klar gesehen, dann werden sie zur Obsession. Häufig fühlen wir uns unseren Süchten gegenüber machtlos und ringen darum, ihren schwächenden Auswirkungen zu entkommen.

Indem wir uns an das fünfte Gebot halten, auf den Konsum von Rauschmitteln zu verzichten, konfrontieren wir uns mit den hartnäckigen und zwanghaften Süchten des Geistes. Diese Leitlinie bezieht sich traditionellerweise auf den Konsum von Drogen und Alkohol, die unser Bewußtsein vernebeln. Wenn wir uns sorgfältig anschauen, was unser Urteilsvermögen beeinträchtigt, dann können wir unser Verständnis von dem Geltungsbereich des fünften Gebots erweitern und es auf sämtliche Bemühungen beziehen, den Geist von zwanghaftem und obsessivem Verhalten zu befreien, ganz gleich, wo dieses seinen Ursprung hat.

In dem Maße, in dem wir zwanghaft handeln, sind wir nicht frei. Die Freude der Freiheit ist nicht zu leugnen. Sie ist aber auch zerbrechlich. Daher ist es wichtig zu sehen, daß eine breitere Anwendung dieses Gebots die Auseinandersetzung mit jeglichem zwanghaften und suchterzeugenden Verhalten beinhaltet.

Durch suchterzeugende Verhaltensweisen und Gedankenmuster beschränken wir uns selbst. Wir können uns ändern. Eine Verpflichtung zum Wachstum, die auf Wissen beruht und aufrichtig und häufig erinnert wird, wird real, wenn wir Zuversicht und Energie wecken. Den Körper und den Geist zu aktivieren oder es zumindest zu versuchen, das ist der erste Schritt. Sie werden nie wissen, was Sie erreichen können, wenn Sie es nie versucht haben.

Dieser Prozeß schöpft auch aus der Kraft der Weisheit und Entschlossenheit. Eine wohlüberlegte Entscheidung, uns einiger schädlicher Verhaltensweisen zu enthalten, besitzt enorme Kraft, wenn sie mit aufrichtigem Engagement und in dem Bewußtsein der Konsequenzen getroffen wird. Sie festigt den Geist für Situationen, in denen die Möglichkeit auftaucht, diesen Gewohnheiten nachzugeben. Die Verpflichtung erlaubt es uns, einen Moment innezuhalten und Alternativen in Betracht zu ziehen. Wir wenden uns dann nicht aus Angst oder spirituellen Schuldgefühlen ab, sondern aus einer Entschlossenheit, die wir jedesmal wieder bekräftigen, wenn die Bedingungen uns vor diese Entscheidung stellen. Mit Übung beginnt sich das Vertrauen in unsere Fähigkeit, beständig weise Entscheidungen zu treffen, zu festigen.

Als unsere Tochter in dem Alter war, in dem sie mit neuen Verhaltensweisen wie Rauchen, Drogen und Sexualität konfrontiert war, verhielt sie sich wie jeder normale, gesunde Teenager und folgte ihrer Neugier in bezug auf die Welt; sie suchte nach einem Sinn und versuchte ihre persönlichen Grenzen zu finden. Es lag nicht in unserer Verantwortung als Eltern, zu versuchen, sie in Hinsicht auf die Realitäten dieser Welt in einem Zustand der Unbewußtheit oder Naivität zu halten. Unsere Aufgabe bestand vielmehr darin, sie zu ermutigen, verantwortlich zu handeln, und sie wissen zu lassen, was wir als vernünftige Grenzen in ihrem Alter ansahen.

Sie war entschlossen, ihre Welt auf eigene Faust zu erkunden. Wir ermutigten sie, sich zu überlegen, was sie mit den unzähligen Möglichkeiten, die ihr offenstanden, anfangen konnte. Wir konnten nicht jede ihrer Entscheidungen unterstützen. Mit der Zeit jedoch, als sie einsah, daß einige Verhaltensweisen dumm, leichtsinnig oder gefährlich waren, verlor sie das Interesse an solchen Aktivitäten.

Natürlich versuchten wir sie anzuleiten und ihr die Gefahren bestimmter Verhaltensweisen und die Vorteile unserer Präferenzen zu erklären. Manchmal wiesen wir sie auf die Gefahren, Einschränkungen und Schmerzen hin, die ihre Verhaltensweisen verursachten. Sie hörte geduldig zu und erkannte an, daß sie forschen und letztlich für sich selbst entscheiden mußte, welchen Weg sie einschlagen wollte. Wir alle müssen uns selbstständig entscheiden, welchen Weg wir einschlagen wollen. Mit dieser Entscheidung sagen wir ja zu einigen Wegen und nein zu anderen. Wir brauchen uns nicht zu schämen, unsere Entscheidung kundzutun, wenn sie weise getroffen wurde. Die Wahrheit für uns selbst anzuerkennen und dann die Integrität, Energie und Stärke zu haben, das zu leben, was wir verkünden, stärkt unsere Verpflichtung, aus der Bindung an blindmachende Gewohnheiten zu erwachen.

Kürzlich feierte eine Teilnehmerin eines einmonatigen Retreats ihren zwanzigsten Jahrestag bei den Anonymen Alkoholikern – was für sie zwanzig Jahre Verzicht auf schädliches Verhalten bedeutete. Sie sagte, daß der Verzicht, auch wenn die Kraft dahinter stark sei, für sie immer noch eine tägliche Herausforderung darstelle. Eine Verpflichtung ist keine einmalige Sache. Sie erfordert wiederholte Bekräftigung der Intention sowie die sorgfältige Anwendung von Achtsamkeit, Entschlossenheit, Energie und Weisheit.

Als ich als Mönch in einem burmesischen Kloster lebte, habe ich einmal aus Sorglosigkeit eine der Hauptregeln gebrochen, ein Gebot, dessen Verletzung ein Geständnis, Buße, eine lange Bewährungszeit und Neuaufnahme in den Mönchsorden erforderlich machte. Ich schämte mich meines Verhaltens; weitaus schlimmer war jedoch das Gefühl, von den anderen Mönchen getrennt zu sein, was mich in eine schmerzhafte Isolation stürzte.

Da ich die Möglichkeit, die mir der Mönchsorden zum Praktizieren bot, so sehr schätzte, wollte ich mein gutes Ansehen als Mönch behalten. Als ich fühlte, wie isoliert ich war und wie sehr mich mein Verhalten in meiner Praxis beeinträchtigte, beschloß ich, meine Beziehung zu den anderen Mönchen in Ordnung zu bringen, indem ich meine Verpflichtung auf die mönchischen Gebote erneuerte. Ich hatte jedoch Angst davor, daß die anderen Mönche, wenn ich mein Fehlverhalten zugäbe, sich über mich lustig machen, mich verurteilen, erniedrigen und beschämen würden. Die größte Angst hatte ich vor der heftigen Verurteilung, die mir in meiner Vorstellung mein Lehrer Sayadaw U Pandita zukommen lassen würde.

Ich mußte allen meinen Mut zusammennehmen, um ihn aufsuchen und ihm von meinem Verhalten erzählen zu können, doch er nahm mein Geständnis entgegen, ohne irgendein Urteil zu fällen oder seine Verurteilung zu zeigen. Er sagte mir einfach nüchtern, welches Verfahren von Buße und Bewährung ich durchlaufen müsse. Die Verfahrensweise für die Versöhnung war eindeutig. Es war klar, was ich würde tun müssen.

Als ich am angegebenen Ort zur vorgesehenen Zeit erschien, traf ich drei Mönche, die durch eine ähnliche Buße und Bewährungszeit hindurchgingen. Sofort fühlte ich mich nicht mehr so allein; was jedoch noch wichtiger war: Ich erkannte, daß ich nicht der einzige war, der seine Verpflichtung auf die Mönchsgelübde ernst nahm. Ich ging durch eine Woche der Isolation und Trennung von den anderen Mönchen hindurch und wurde dann in einer sehr formellen Zeremonie neu aufgenommen. Die Formalität des Prozesses verringerte in keiner Weise die Demut, die ich dabei empfand.

Durch diese Erfahrung entdeckte ich, daß die Tatsache, ein klares Verständnis von meiner Vereinbarung mit den anderen Mönchen zu haben, es mir leichter machte, meine Verpflichtung ihnen und mir selbst gegenüber zu erfüllen. Anstatt eine erniedrigende, beschämende und Schuld einflößende Bestrafung zu sein, war die Kombination aus Geständnis, Buße, Bewährungszeit und Neuaufnahme ein befähigender Akt der Versöhnung, Neuverbindung und Neuverpflichtung.

Gleichermaßen wichtig war, daß die öffentliche Bekundung meines Bedauerns über mein Verhalten der gesamten Mönchsgemeinschaft vermittelte, wie sehr ich es schätzte, unter ihnen leben zu dürfen. Ich bekräftigte von neuem, daß ich in der Zukunft aufrichtig versuchen würde, auf eine Weise zu handeln, die für den Erhalt von Harmonie und Vertrauen zwischen uns förderlich wäre.

Ich fühlte mich nicht nur erleichtert, sondern durch die Liebe, Akzeptanz und die guten Wünsche der anderen Mönche zusätzlich inspiriert und belebt. Das war eine äußerst bedeutsame Lektion darin, wie das Geflecht von Gemeinschaften gewoben wird, wie es zerreißt und repariert wird. Indem wir unsere persönliche Verpflichtung auf unsere individuellen und gemeinschaftlichen Vereinbarungen respektieren und von neuem bekräftigen, bewahren wir das Fundament von Sicherheit und Harmonie, das für die Öffnung des Herzens so notwendig ist.

Rodney Smith

Dienen:
Unsere Übung
zum Ausdruck bringen

Wenn Sie sich manchmal danach sehnen, ein reicheres spirituelles Leben zu führen, welche Arten von Aktivitäten stellen Sie sich dann vor? Falls Sie so sind wie die meisten anderen Menschen, gibt es wahrscheinlich spezifische Praktiken oder Umgebungen, die Sie als besonders spirituell ansehen. Dazu könnte eine Kirche, eine Meditationshalle oder ein ruhiger Ort in der Natur gehören, wo Sie sich dem Gebet, der Meditation, dem Alleinsein und der Selbstreflexion widmen können. Diese spirituellen Beschäftigungen scheinen ein einfacheres, friedvolleres Leben zu fördern, bei dem Sie größere Nähe und mehr Selbstwert erfahren können. Bei all den Verpflichtungen, die das Leben in der Welt mit sich bringt, haben wir jedoch häufig recht wenig Zeit, uns solchen Praktiken zu widmen. Wenn wir genug Zeit für sie haben, dann wird unsere spirituelle Sehnsucht vorübergehend befriedigt, und wir fühlen uns mit den Bedürfnissen unseres Herzens im Einklang; aber im allgemeinen bleibt unsere spirituelle Übung den dringlicheren täglichen Aktivitäten untergeordnet.

Könnte es sein, daß wir unsere spirituelle Praxis zu eng definieren? Vielleicht identifizieren wir sie zu stark mit einer bestimmten *Form* von Spiritualität – mit einer spezifischen Praxis oder spezifischen Umständen. Wenn wir zurückkehren zu der *Intention* hinter unserer

Praxis, anstatt uns streng an eine Form zu heften, die die Intention unterstützt, dann könnte es sein, daß wir einen neuen Zugang zur Spiritualität bekommen, und zwar einen, der unser Herz wirklich nährt. Für mich hat diese Entdeckung dazu geführt, daß ich als Praxis des Herzens anderen diene. Dienende Arbeit ist eine Form, die in den heiligen Traditionen auf der ganzen Welt verbreitet zu sein scheint. Sie durchbricht alle künstlichen Trennungen zwischen „Spiritualität" und „Leben". Durch sie stellen wir fest, daß das Dienen tatsächlich ein Ausdruck von Gebet, eine fortlaufende, engagierte Meditation sein kann.

Elisabeth Kübler-Ross hat einmal gesagt, daß sie nie meditiere und auch nie den Wunsch dazu verspürt habe – sie finde Meditation zu trocken. Wenn sie jedoch mit einem Sterbenden arbeitete und intim mit jener Person präsent war, ihr mit voller Aufmerksamkeit zuhörte und ständig lernte, dann war sie genauso fokussiert wie jeder Meditierende, der auf dem Boden sitzt und seine Aufmerksamkeit auf den Atem richtet. Im Grunde genommen *hat* sie meditiert, aber ihre Meditation entsprang ganz natürlich ihrer Sorge um die Sterbenden, und nicht einer formalen Sitzpraxis. Für sie war Meditation ein Ausdruck ihres Dienstes an Sterbenden.

Das Dienen macht aus unserem täglichen Leben eine spirituellen Praxis. Wird die Arbeit des Dienens als ein Durchbrechen von künstlichen Grenzen definiert, die uns vom Rest des Lebens zu isolieren scheinen, dann sind der Abwasch, das Anziehen, Kochen, Essen und Duschen nicht von unserem Gebet beziehungsweise unserer Meditation getrennt. Wenn uns unsere täglichen Aktivitäten etwas über unsere Beziehung zu allen Dingen lehren, dann wird unser Leben zu einem unaufhörlichen Gebet des Herzens. Wir werden weniger von spezifischen Praktiken abhängig, weil wir uns der Beziehung zwischen der Person, die wir sind, und der Aktivität, mit der wir beschäftigt sind, stärker bewußt sind. Es kann sein, daß wir uns mit Gebet oder Meditation befassen, aber wir glauben nicht mehr, daß dies die einzigen Wege sind, um Zugang zu einer spirituellen Dimension zu erlangen. Wir können unser Herz durch eine Reihe von Kontakten und Beziehungen genauso öffnen wie durch die Sitzmeditation. Wir beginnen, unsere spirituelle Nahrung aus dem Leben selbst zu ziehen.

Meine eigene Entdeckung machte ich, nachdem ich einige Jahre weitab von anderen Menschen gelebt hatte, wobei ich unter anderem einige Jahre als Waldmönch in Asien zugebracht hatte. Ich begann zu fühlen, daß meine Praxis trocken wurde, war mir aber nicht sicher, warum. Mein Leben war sehr ruhig und einfach, aber es fühlte sich nicht vollständig an. Auf eine unbestimmte Weise fühlte ich, daß ich mich mit Menschen verbinden und mit meinem Herzen arbeiten sollte. Ich hatte immer gedacht, das Leben im Kloster werde all meine spirituellen Bedürfnisse erfüllen, und das tat es auch eine Zeitlang, aber bald begann mir klar zu werden, daß es bei der Sehnsucht in meinem Herzen nicht darum ging, meinen spirituellen Plänen zu folgen. Also beschloß ich, das Mönchtum hinter mir zu lassen und in den Westen zurückzukehren.

Aus dem Wald herauszukommen war schwierig, denn es gab nichts, auf das ich als Sicherheit hätte zurückgreifen können. Meine alten spirituellen Praktiken waren nicht mehr so lebendig oder relevant, wie sie es früher einmal gewesen waren. Ich hatte Angst davor, nach vorn zu gehen, und gleichzeitig gab es kein Zurück mehr. Ich fühlte mich sehr allein und ungeschützt. Ich war mir nicht sicher, ob ich die Kraft oder den Fokus haben würde, weiterhin in eine spirituelle Richtung zu gehen, wenn ich mich den wachsenden Verantwortungen eines Laien ausgesetzt sah. Ich brauchte einen Fokus, der universell und nicht nur innerhalb einer besonderen Umgebung anwendbar war – einen, der andere einbezog und nicht von meinem Alleinsein abhängig war.

Etwa um dieselbe Zeit führte ich mit Ram Dass ein Gespräch über das Dienen. Ich hatte immer sein Verständnis von engagierter Spiritualität bewundert und freute mich auf seinen Rat. Ich sagte ihm, ich fühle mich, als wären mir all meine Stützen genommen und ich stünde jetzt mit dem Befehl „Diene jedem" (wie der Guru von Ram Dass seinen Schülern oft riet) allein da. Das Problem bestand darin, daß ich keine Ahnung hatte, wie ich das tun sollte. Allen dienen? Es gab so viele Menschen, und ich fühlte mich der Aufgabe nicht gewachsen. Ram Dass sagte mir sehr mitfühlend, daß er auch nicht wisse, wie ich das tun solle. Irgendwie half das. „Okay", dachte ich, „ich stehe allein da, ohne Vorbilder und ohne Mentoren für den Sprung, den ich gerade mache." Das befreite mich dafür, kreativ zu sein und den Weg sich in meiner eigenen, einzigartigen Weise entfalten zu lassen. Er führte mich schließlich zur Hospizarbeit.

Als ich so nach Möglichkeiten suchte, das Dienen zu lernen, stieß ich auf ein Zitat von einem Schriftsteller namens Harold Thurman Whitman, das außerordentlich hilfreich für mich gewesen ist. Ich habe es auf meinem Schreibtisch liegen und denke häufig darüber nach. Es zieht mich immer tiefer in seine Bedeutung hinein. Es lautet folgendermaßen:

„Frage dich nicht, was die Welt braucht. Frage dich, was dich lebendig sein läßt, und dann geh hin und tue das. Denn was die Welt braucht, sind Menschen, die lebendig geworden sind."

Lassen Sie uns dieses Zitat erforschen und sehen, ob wir das Dienen im Lichte des Aufwachens und des Lebendigwerdens verstehen können. Lebendigkeit ist unser Geburtsrecht. Um lebendig zu werden, müssen wir mit unserem Herzenswunsch in Einklang kommen. Wir müssen einfach von neuem entdecken, wie man das tut. Der Begriff *Lebendigkeit* impliziert Wachheit, Gewahrsein und eine damit verbundene Leidenschaft für das Leben. Vielleicht nehmen wir wahr, daß die *Essenz* von Lebendigkeit eine reine Qualität ist, die sich von den Handlungen unterscheidet, die ihr entspringen, wie zum Beispiel unseren Wünschen zu folgen oder unsere Ängste zu vermeiden. Es ist jedoch so, daß wir, unabhängig davon, wo wir mit unserem Verständnis von Lebendigkeit beginnen, durch Nachforschung in neue und tiefere Bedeutungsebenen dieses Begriffs eindringen. Wir müssen die Idee immer wieder neu definieren und ihr erlauben, sich über das hinaus zu entwickeln, was wir als ihre Bedeutung begreifen. Auf diese Weise wird sie, genau wie unsere Lebendigkeit, immer neu und frisch sein.

Wenn wir der Frage Whitmans nachgehen, nimmt das die übergroße Anspannung aus dem Bemühen zu verstehen, wie wir dienen sollten. So löst sich das Problem, wie wir praktizieren und gleichzeitig voll am Leben teilhaben können. Uns wird klar, daß das Dienen keine Last ist; vielmehr wird das Dienen als etwas definiert, das unsere Lebendigkeit nährt. „Helfen" erschien mir immer als eine Bürde. Es war wie der Zwang, Weihnachtseinkäufe machen zu müssen: Ich war nicht wirklich mit dem Herzen dabei, aber ich dachte, ich sollte es sein, und andere erwarteten es von mir. Als ich begriff, daß Dienen aus Großzügigkeit und nicht aus Selbstdisziplin heraus entsteht, da begann ich die Energiequelle anzuzapfen, aus der Großzügigkeit entsteht. Diese Energie wird so lange nicht erschöpft, wie sie mit den Interessen meines Herzens in Einklang ist. Entscheidend war für mich das Verständnis, daß etwas tatsächlich eine Bürde war, wenn es sich wie eine solche anfühlte. Wenn das Dienen aus dem „Du sollst" heraus entsteht, dann kann es nichts anderes als eine Verpflichtung sein. Wenn es eine Verantwortung ist, dann ist es Helfen und nicht Dienen.

Häufig ergibt sich der Unterschied zwischen Helfen und Dienen nur aus einer geringen Verschiebung der eigenen Einstellung dazu. Ich habe eine Freundin, die als Kellnerin arbeitete, um ihren College-Aufenthalt zu finanzieren. Sie mochte die Arbeit nicht und beklagte sich häufig über sie. Eines Tages fragte ich sie, was sie tun wolle, wenn sie ihren Abschluß habe. Sie sagte, sie wolle Menschen dienen. Wir mußten beide lachen, weil unmittelbar offensichtlich wurde, daß das Bedienen bei Tisch seinem innersten Wesen nach eine Arbeit des Dienens ist. Wir sprachen darüber, was sich verändern mußte, damit sie ihren Kunden wirklich dienen könne. In den nächsten vierzehn Tagen versuchte sie, eine dienende Haltung in ihre Arbeit einzubringen, indem sie Augenkontakt zu ihren Kunden aufnahm und von dieser Beziehung aus arbeitete. Sie servierte Essen, anstatt Bestellungen zu erfüllen. Sie sagte, das habe die Art, wie sie ihren Job sah, völlig verändert.

Der Unterschied zwischen dem Dienen und dem, was ich „Helfen" nenne, ist der Unterschied zwischen dem Lebendigsein und dem Erschöpftsein. Helfen basiert auf dem Opferbringen und nicht auf Stärke. Es bedeutet, jemandem etwas aus einem bestimmten Grund zu geben. Die Absicht dahinter ist Selbsterhöhung auf Kosten von jemandem, den wir als benachteiligt ansehen. Der Helfer wird durch das Wissen belohnt, daß es ihm oder ihr besser geht als der Person, der geholfen wird. Wenn wir jemandem helfen, dann verbreiten wir damit unterschwellig eine Botschaft von Ungleichheit, wir erniedrigen den Menschen, dem wir helfen. Wir legen die Menschen, denen wir helfen, auf eine fixe Perspektive fest und weigern uns häufig, ihnen Wachstum zuzugestehen. Der Grund dafür ist, daß wir, wenn sie ihrer Rolle entwüchsen, den Kontakt zu ihnen verlieren würden, den wir brauchen, um zu helfen. Wir werden genauso abhängig von ihnen wie sie von uns.

Unser Geist kann jemand anderen in eine ungleiche Beziehung hineinzwängen, aber nicht unser Herz. Aufrichtige Wärme kann nur vorhanden sein, wenn Gleichheit herrscht. Liebe setzt keine Grenzen und fällt kein Urteil. Wenn wir dienen, dann begegnen und verbinden wir uns durch gegenseitige Zuneigung und nicht durch Vergleich oder Bewertung. Uns wird genauso gedient wie den anderen. In dieser tiefgreifenden Verbindung liegt Wertschätzung. Unser Herz öffnet sich in der Arbeit des Dienens ganz von selbst. Wie könnte es anders sein? Das Dienen kommt aus der Wahrnehmung heraus, daß wir keine isolierten Wesen sind. Die Freude, die die meisten von uns beim Dienen empfinden, ist die Freude der Großzügigkeit, der unmittelbaren Vereinigung. Unser Herz sehnt sich nach der Einheit der Gemeinsamkeit, der

Einheit des Einbezogenseins. Unsere Suche nach Lebendigkeit wird von einer Art Kompaßnadel geleitet, die immer in Richtung auf Verbindung und Dienen weist.

Ich habe einmal Mutter Teresas Sterbezentrum in Kalkutta besucht. Es gab dort lange Reihen hölzerner Betten mit sterbenden Menschen, die Seite an Seite lagen. Die Patienten waren warm zugedeckt und sauber, und auch wenn der Raum bescheiden und einfach war, so wurde er durch fürsorgliche Nonnen und Freiwillige mit Leben gefüllt. Eine der Nonnen wischte Erbrochenes vom Boden auf. Als sie fertig war, zog ich sie beiseite und fragte sie, was sie bei ihrer Arbeit aufrecht halte. Sie schaute mich an und sagte: „Was für eine Arbeit?" Ich hätte fast entgegnet: „Sie stehen da und wischen Erbrochenes auf und dann fragen Sie ‚Was für eine Arbeit?'" Doch dann sah ich den Ausdruck in ihren Augen – sie waren unglaublich klar und leuchtend. Ich dachte bei mir: *„Diese Frau ist lebendig."* Sie schien meine anfängliche Reaktion mitbekommen zu haben und sagte: „Wenn Sie die Windeln Ihres Kindes wechseln, ist das Arbeit?" Gedemütigt nickte ich einfach nur.

Durch meine Ausbildung im Hospiz habe ich bemerkt, daß die Entwicklung unseres Hineinwachsens in das Dienen häufig der Art und Weise entspricht, wie Menschen sterben. Kurz nachdem Patienten die Diagnose bekommen haben, daß sie unheilbar krank sind, kommt normalerweise eine Phase der Kraft und Entschlossenheit. Ihre Einstellung gegenüber der Krankheit ist wie die Strategie bei einer Militärkampagne. Dann, nach langem, heroischem Kampf, verändert sich ihr Streben von Hoffnung auf Heilung hin zu der Hoffnung auf Erlösung. Die Einstellung verlagert sich vom Kampf gegen die Krankheit auf die Linderung der im Leben angesammelten Schuld, und häufig wird Vergebung durch religiöse oder spirituelle Praktiken gesucht. Hospizpatienten ringen um ein Verständnis ihres historischen Platzes in der Welt und der Frage, ob ihr Leben einen Sinn gehabt habe. Nach dem Kampf gegen die Krankheit und der Suche nach Erleichterung zielt die Entwicklung der Sterbenden oft darauf hin herauszufinden, wer sie sind, um einfach die ihnen verbleibende Zeit leben zu können. Jetzt geht es nur noch um das Sein. Diese qualitativ hochwertige Zeit wird zu einer Zeit, in der man Verbindungen und Beziehungen würdigt.

In vergleichbarer Weise beginnen wir bei unserer spirituellen Schulung häufig damit, daß wir denken, harte Arbeit und Disziplin würden zum Erfolg führen. Vielleicht fühlen wir uns im Innern alles andere als spirituell, so daß sich unsere Bemühungen darauf richten, dieses Defizit zu überwinden. Folglich gehen wir unsere spirituelle Arbeit mit derselben „von Gewinn geprägten" Sicht des Lebens an, die auch unsere Alltagsabsichten beherrscht. Wir stehen und fallen mit jedem angenehmen beziehungsweise unangenehmen Geisteszustand, denn das ist die einzige Weise, auf die wir Erfolg definieren. Wenn wir versuchen, aus dieser Einstellung heraus zu dienen, dann fühlen wir uns bald erschöpft, weil wir „so viel geben". In dieser Phase sehen wir das Dienen als Buße an und können nie vollständige Erfüllung dadurch finden, daß wir anderen helfen. Damit das Dienen aufblühen kann, müssen wir für diese Vorstellung sterben.

Genau wie bei dem Hospizpatienten entwickeln sich auch unsere spirituellen Übungen von einer Grundeinstellung der Flucht vor uns selbst und der Suche nach unserer eigenen Rettung hin zu der Erkenntnis der Wichtigkeit von Beziehung. Vielleicht gehen wir zunächst von der Annahme aus, daß wir zu unrein oder zu heilig sind. Wir schauen nach oben mit der Motivation, uns selbst zu verbessern. Wir dienen anderen, weil uns das ein wenig psychische Erleichterung von unserer eigenen inneren Armut verschafft. Wir fühlen uns aufgerufen, aus unserer eigenen Verletzung heraus zu dienen statt aus einem Zustand der Gesundheit. Mit anderen Menschen zu arbeiten wird zu einem Weg, den Schmerz unseres eigenen Ungenügens zu dämpfen.

Das Problem liegt darin, daß wir den Schmerz unseres Unwürdigseins vorübergehend durch das Dienen in Schach halten können, er dadurch jedoch nicht aufgelöst wird. Gute Dinge für andere Menschen zu tun erlaubt uns die Freude zu fühlen, uns mit etwas zu verbinden, das über uns selbst hinausgeht, aber es bewirkt wenig dafür, unser mangelndes Selbstwertgefühl zu überwinden. Das Lob von Menschen, Dankesbezeugungen und Umarmungen vermögen den Kern all der Überzeugungen, die wir von uns selbst haben, nicht zu berühren. Insgeheim glauben wir, daß uns die Menschen loben, weil sie nicht wissen, wie wenig wir ihr Lob eigentlich verdienen. Diese Schwierigkeit beeinflußt ständig die Art unseres Dienens. Solange wir uns nicht mit unserem schlechten Selbstwertgefühl auseinandersetzen, werden unsere Handlungen immer noch davon beherrscht. Ein *Burnout*-Effekt ist unvermeidlich, da unsere Bemühungen darauf ausgerichtet sind, ein schwarzes Loch von Bedürfnissen zu füllen.

Das Dienen tritt in ein reiferes Stadium ein, wenn wir beginnen zu verstehen, daß wir die Früchte unserer Bemühungen in demselben

Maße verdienen wie unsere Mitmenschen. Das passiert dann, wenn wir nicht mehr darüber nachdenken, daß die Bedürfnisse von jemand anderem Priorität vor unseren eigenen haben könnten. Auf eine grundlegende Weise wird uns bewußt, daß nie etwas falsch an uns gewesen ist. Das Dienen verleiht Energie, weil wir uns um unser eigenes Wachstum kümmern. Wir wachsen nicht, um ein anderer Mensch zu werden, als wir bereits sind. Wir wachsen, um zu begreifen, wer wir sind. Selbstakzeptanz fördert die Entwicklung einer Beziehung – einer Beziehung zu unserem inneren Leben.

Eine gesunde Beziehung zu uns selbst aufzubauen, ist unmöglich, solange wir anders sein wollen, als wir sind. Wir können keine aufrichtige Verbindung nach außen herstellen, solange wir uns selbst im Inneren mißtrauen. Wenn wir gelernt haben, Intimität zu fürchten, dann werden wir nicht versuchen, uns mit irgendeiner Art von Tiefe zu verbinden. Eine Beziehung herstellen bedeutet, sich im Herzen zu vereinen. Das Dienen kann nur aus dieser Vereinigung heraus entstehen. Es entsteht aus unserer Bereitschaft, über unsere selbstauferlegten Begrenzungen und Ängste hinauszugehen.

Die meisten unserer psychischen Schwierigkeiten entstehen durch eine Vielzahl von Beziehungen zu anderen Menschen, und durch Beziehungen können diese Probleme angegangen und gelöst werden. Wenn wir bereit sind, aus unseren Reaktionen auf andere zu lernen, dann beginnen wir, das Ausmaß und die Breite unserer Zuneigung zu erweitern. Dienen ist das perfekte Mittel, um diesen Prozeß in Gang zu setzen. Dienen bedeutet seinem Kern nach, sich mit anderen Lebewesen zu verbinden. All unsere Abwehrmechanismen werden in unsere Beziehungen einfließen, sofern wir nicht wachsam sind. Unsere Aufgabe besteht darin, ihr Auftauchen anzuerkennen und durch diese mentalen Barrieren hindurchzugehen, um die Intimität zu entdecken, die dem Kontakt von Natur aus innewohnt.

Als ich in einem Waldkloster in Thailand lebte, habe ich mich sehr frei gefühlt. Da ich kein Thai sprach, wurde ich von den meisten Mönchen in Ruhe gelassen. Wenn gelegentlich ein anderer Westler im Kloster auftauchte, dann verschloß sich mein Herz häufig. „Was macht der denn hier?" dachte ich bei mir. Zu Beginn fühlte sich das wie ein Eindringen in mein Alleinsein an. Im Laufe der Zeit begann ich jedoch dieses Eindringen zu nutzen, um etwas über meine Widerstände gegenüber anderen Menschen zu lernen. Meine Reaktionen waren für mich Aufforderungen, achtsam zu sein. Ich begann mein Bedürfnis, mein Alleinsein zu schützen, zu verstehen, und ich begann zu verstehen, wie sehr meine Freiheit von Bedingungen abhing. Durch andere war ich in der Lage, mehr über mich selbst zu lernen. Dieses Verständnis hätte ich nicht erlangt, wenn ich unberührt und isoliert geblieben wäre.

Wir alle haben Lebensbereiche, die unsere Aufmerksamkeit auf sich ziehen, die uns das Gefühl geben, stärker verbunden zu sein, und die unser Bedürfnis zu wachsen nähren. Für mich erfüllt die Hospizarbeit diese Funktion. Als ich das Kloster verließ und begann, mich mit Sterbenden zu beschäftigen, hatte ich nach einer anfänglichen Anpassungsphase das Gefühl, daß ich keinen Schritt auf meiner spirituellen Reise verpaßt hatte. Die Struktur meines Weges hatte sich verändert, nicht jedoch die Richtung oder die Intensität. Mit Sterbenden zu arbeiten war einfach eine andere Form eines intensiven Retreats. Es erfüllte dieselbe Funktion wie auf dem Kissen zu sitzen, indem meine Aufmerksamkeit fokussiert und mir ein unerschöpfliches „Untersuchungsobjekt" bereitgestellt wurde.

Meine Hospizarbeit könnte als Metapher für Leidenschaft an sich angesehen werden. Lebendigkeit hat keinen bestimmten Ausdruck. Alles, was wir mit Leidenschaft tun, kann im Geiste des Dienens getan werden. Wenn es uns nährt, dann *wird* es die Welt nähren. Manchmal haben wir das Gefühl, daß wir es nicht verdienen, genährt zu werden. Wir haben vielleicht das Gefühl, daß wir selbstsüchtig unsere Interessen verfolgen – als sollten wir eigentlich dort draußen sein, wo das Leben brodelt und wo die Probleme sind, anstatt uns über ein Mikroskop zu beugen oder auf die Sterne zu starren. Die Dinge in dieser Welt sind jedoch viel enger miteinander verbunden als wir denken. Die Welt schreit nach Lebendigkeit und nicht nach einer spezifischen Aktivität. Unser Herz zu öffnen (gleich durch welches Mittel), das dient dem Wohl des größeren Ganzen.

Die einfache Frage lautet: Was interessiert mich? Es spielt keine Rolle, was es ist; wenn es mich interessiert, dann fokussiert es meine Aktivität und ich kann mich in sie versenken. Wenn ich darüber hinaus bereit bin zu lernen, während ich mich engagiere, dann sind alle Voraussetzungen für spirituelles Wachstums vorhanden. Es gibt kein Bedürfnis danach, irgendwo hinzugehen oder irgend etwas anderes zu tun. Einer meiner Lehrer, Ajahn Buddhadasa, saß den ganzen Tag lang vor seiner Hütte und empfing Menschen, wenn sie zu ihm kamen. Er gestaltete sein Heim aus der natürlichen Umgebung des Waldes, weil dort sein Herz zu Hause war. Wenn man ihn zu seiner spirituellen Praxis befragte, dann sagte er: „Meine Aufmerksamkeit entwickelt sich auf natürliche Weise durch die Dinge, die ich liebe."

Vielleicht müssen wir zunächst einmal verstehen, wo unsere Interessen innerhalb unseres gewählten Lebensstils liegen. Denken Sie einmal einen Moment lang darüber nach, warum Sie die Arbeit, die Sie tun, gewählt haben. Gehen Sie an den Punkt zurück, bevor finanzielle Anreize, Prestige und sozialer Status zum wichtigsten Zweck ihrer Arbeit wurden. Wenn Sie Arzt oder Schreiner sind, warum haben Sie dann diesen Beruf gewählt? Wenn Sie Rechtsanwältin oder Psychologin sind, was hat Sie ursprünglich daran gereizt? Für einige von uns mag der Ausdruck der Arbeit des Dienens überhaupt nicht direkt mit anderen Menschen zu tun zu haben. Vielleicht sind Sie Computer-Programmierer oder Künstlerin. Was immer Ihre Arbeit oder Ihr Hobby ist, wenn Sie jene Leidenschaft wieder entfachen können, dann werden Ihre Meditation und Ihr Leben zusammenzukommen beginnen.

Das Dienen bringt uns von einer Haltung der Abwehr hin zum Einbeziehen anderer. Wir beginnen das Leben nicht als Bekommen und Erreichen zu sehen, sondern als lebendige Erfahrung. Beziehungen und nicht Objekte werden zu unserem Fokus. Dann nährt uns das Dienen, weil wir immer in unserer Beziehung zu dem wachsen, dem wir dienen. Das kann nur dann geschehen, wenn wir uns selbst ebenso sehr achten wie diejenigen, denen wir dienen. Es ist eine Arbeit unter Gleichen. Dieses Verständnis bringt die Grenzen zwischen Ich und anderen zum Verschwinden. Bald beginnen wir zu erkennen, daß ein Leben der Habgier und des Vermeidens sinnlos ist und dazu führt, daß wir uns im Kreis drehen. Letzten Endes bringt es nichts als Schmerz. Wie der Buddha gesagt hat: „Die spirituelle Reise ist ein Weg vom Glück zu größerem Glück." Die Arbeit des Dienens ist genau diese Pilgerreise.

Jack Kornfield

Weg der Elternschaft, Weg des Erwachens

Wir erleben heute nicht nur eine ökologische Krise (wir leiden unter Giftmüll, dem Ozonloch, der Abholzung von Wäldern und der Ausrottung von Tier- und Pflanzenarten); wir haben auch das Problem von Obdachlosigkeit und Hunger (obwohl für weniger als 10 Prozent der Summe, die weltweit für Waffen ausgegeben wird, alle hungernden Menschen ernährt werden könnten). Zudem beobachten wir eine Krise der Erziehung, und zwar im Hinblick auf die Rolle, die Eltern dabei spielen. Das ist der versteckte Preis, den wir für die moderne Konsumgesellschaft zahlen. Das, was zum Verlust der Verbindung zur Natur, zum Verlust von Gemeinschaft und Gemeinde und zum Verlust der Werte des Herzens führt, das hat auch die Krise der Erziehung herbeigeführt.

An manchen Tagen finde ich es schrecklich, in den Supermarkt zu gehen. Da sehe ich dann einen zweijährigen Jungen, der neben seinem Vater oder seiner Mutter hergeht und zufällig etwas umstößt. Sofort drehen sich die Eltern um, geben dem Kind eine Ohrfeige und schreien: „Mach das bloß nicht noch einmal!" Und das arme Kleinkind schreckt zusammen und versteht überhaupt nichts. „Was wollen die denn von mir?" fragt es sich. „Ich lerne doch gerade erst Gehen. Es war ein Mißgeschick." Genau in diesem Moment lernt das Kind, daß es „böse" ist, und es lernt auch, daß man dann, wenn man nicht mag, was passiert, jemand anderen schlägt. Oder manchmal gehe ich auf den Spielplatz und sehe Menschen Kinder auf eine Art behandeln, die mich schaudern läßt. „Wenn du das noch mal machst, dann ...", schreien Väter oder Mütter und führen eine Art Krieg gegen ihre Kinder.

Es ist nicht so, daß diese Eltern ihre Kinder nicht lieben, aber sie wissen nicht, was sie tun sollen. Häufig sind Mama und Papa einfach müde. Sie haben drei Kinder und finanzielle Probleme oder eine unglückliche Ehe, und sie haben nicht gut geschlafen. All diese Schwierigkeiten beeinflussen die Art und Weise, wie sie sich ihren Kindern gegenüber verhalten.

Selbst wenn man nicht direkt solche Beispiele schlechter Erziehung miterlebt, sieht man den Kindern doch deren Auswirkungen an. Ab und zu helfe ich in der Grundschulklasse meiner Tochter aus; nahezu die Hälfte dieser Kinder wird von alleinerziehenden Elternteilen betreut. Wenn ich im Klassenzimmer arbeite, dann sehe ich Kinder, die inmitten von Familienkrisen leben oder die hauptsächlich mit Fernsehen und Junk Food aufwachsen. Man kann ihren Schmerz, ihre Ängste, ihre Verwirrung und ihre Selbstzweifel spüren.

Andererseits gibt es eine Reihe von Kindern, die unter dem Syndrom des „zur Eile angetriebenen Kindes" leiden. Das sind die Kinder, deren Eltern schon vor dem Kindergarten Druck ausüben, damit sie erfolgreich werden, so daß sie dann mit acht Jahren bereits einen Arzt aufsuchen müssen, weil sie unter Streßsymptomen, Erschöpfung und der Angst leiden, daß sie es nicht schaffen werden, auf eine Eliteuniversität zu kommen. Für ehrgeizige Eltern werben Babyzeitschriften mit Leselernkarten für Säuglinge und Lehrmaterialien für Kinder im Mutterleib.

Aber niemand sollte Eltern im Supermarkt oder auf dem Spielplatz auf die Behandlung ihrer Kinder ansprechen. Ja, man sollte nicht einmal mit den Eltern der Klassenkameraden der eigenen Kinder darüber sprechen. Ich habe festgestellt, daß Kommentare zum Umgang von Eltern mit ihren Kinder stärker tabuisiert sind, als Fragen zu ihrem Sexualleben oder zu ihrem Einkommen. Es ist so, als wären Kinder Besitztümer, und viele Eltern glauben: „Ich kann mit meinem Besitz machen, was immer ich für richtig halte." Und dennoch sind die meisten Eltern gleichzeitig von massiven Schuldgefühlen, Sorgen, Schmerzen und Ängsten befallen: „Mache ich es richtig? Mache ich alles falsch?"

Als Eltern wiederholen wir normalerweise das, was uns selbst angetan wurde. Wir handeln so, wie wir von unseren eigenen Eltern und der uns umgebenden Kultur konditioniert wurden. Unsere Kindererziehung läuft automatisiert ab, sofern wir nicht bewußt einen anderen Weg wählen.

Die postindustrielle Kultur unseres Landes hat uns vor die Aufgabe gestellt, unsere Kinder außerhalb einer Gemeinschaft von Nachbarn und Älteren zu erziehen. Es sind nicht mehr so viele Großeltern verfügbar – sie leben alle irgendwo anders, oder sie arbeiten, wie auch die meisten Eltern, im Büro oder in der Fabrik. Es stehen auch nicht viele Onkel und Tanten zur Verfügung, die sich um die Kinder kümmern könnten, wenn die Eltern überlastet sind, oder die die Teenager aufklären könnten (damit sie sich nicht auf der Straße aufklären lassen müssen) und ihnen dabei helfen könnten herauszufinden, was es heißt, ein erwachsener Mann oder eine erwachsene Frau zu sein und zu einem produktiven Mitglied der Gemeinschaft zu werden. Es gibt keine Gemeinschaft älterer Menschen, von denen wir Geschichten hören und Praktiken lernen könnten, die uns mit unserem menschlichen Erbe, unseren Instinkten und unserem Herzen verbunden halten.

Anstatt Dorfälteste zu befragen, haben sich amerikanische Eltern verschiedenen „Experten" zugewandt sowie den Moden oder Theorien, die diese ausgebrütet haben. In den zwanziger Jahren hat eine einflußreiche Schule der Kinderpsychologie den Eltern tatsächlich weisgemacht, daß es schlecht sei, ihre Kinder zu berühren. Mehrere Jahrzehnte später lasen Eltern in den gesamten Vereinigten Staaten Bücher, die ihnen einbläuten, Säuglinge alle vier Stunden mit der Flasche (nicht mit der Brust) zu füttern und sie nicht aufzunehmen, wenn sie schrieen, sondern sie sich einfach „ausschreien" zu lassen.

Andere Kulturen wissen, daß Kinder, wenn sie schreien, dies aus einem bestimmten Grund tun. Sie wissen, daß man sie dann aufnehmen und füttern, halten oder trösten sollte. Man muß wirklich gegen seine eigenen Instinkte ankämpfen, um einen weinenden Säugling *nicht* auf den Arm zu nehmen. In einigen anderen Kulturen haben Kinder ständig Körperkontakt, und sie sitzen immer bei irgend jemandem auf dem Schoß. Kinder werden geschätzt, und sie werden in alle Familienaktivitäten einbezogen – in die Arbeit, in Zeremonien, in Feiern. Es gibt immer einen Platz für sie.

Wenn Kinder auf diese Weise geschätzt werden, dann profitiert die gesamte Gesellschaft davon. Aus einer solchen Einstellung heraus lebt ein Stamm in Afrika, dessen Mitglieder den Geburtstag eines Kindes von dem Tag an zählen, an dem das Kind als Gedanke im Geist der Mutter aufgetaucht ist. An jenem Tag geht die Frau nach draußen; sie setzt sich unter einen Baum, lauscht in Stille und wartet, bis sie das Lied ihres Kindes hören kann. Wenn sie das Lied gehört hat, kehrt sie in ihr Dorf zurück und bringt es dem Mann bei, den sie als den Vater des Kindes ins Auge gefaßt hat, so daß sie dieses Lied singen können, wenn sie sich lieben, und ihr Kind einladen können mitzumachen. Die werdende Mutter singt dann dieses Lied dem Kind in ihrem Leib vor, und sie bringt es auch den Hebammen bei, die es singen, wenn das Kind geboren wird. Und alle Dorfbewohner lernen das Lied des Kindes, damit sie es, wann immer es weint oder sich verletzt, hochnehmen können, es in ihren Armen halten und das Lied singen können. Das Lied wird auch gesungen, wenn der junge Mann oder die junge Frau durch einen Übergangsritus hindurchgeht, wenn er oder sie heiratet, und dann zum letzten Mal, wenn er oder sie stirbt.

Was für eine schöne Art und Weise, wie Menschen anderen Menschen zuhören und sie trösten können! Das ist der Geist bewußter Elternschaft – dem Lied des Kindes, das man vor sich hat, zu lauschen und dem Kind sein eigenes Lied vorzusingen. Wenn ein Kind weint, dann müssen wir fragen, warum dieses Kind das Weinlied singt und welchen Schmerz oder welche Frustration es empfindet.

Dennoch scheint uns unsere Kultur häufig zu vermitteln, daß wir unsere Instinkte ignorieren und unserer Intuition mißtrauen sollen. Die Folge davon ist, daß viele Kinder, die in unserer Gesellschaft aufgewachsen sind, keine Bindung zu einem Erwachsenen erlebt haben. Einer der schmerzlichen Kommentare zu dem, was wir kollektiv mit unseren Kindern anstellen, stammt von John Gatto anläßlich seiner Ernennung zum Lehrer des Jahres für die Stadt New York. Bei der Verleihungszeremonie geißelte er seine Zuhörer in Anwesenheit des Bürgermeisters, der Schulbehörde und Tausender von Eltern wegen des „Seelenmords" an Millionen von schwarzen und Latino-Kindern. Er forderte sein Publikum heraus, sich die Auswirkungen der amerikanischen Kultur auf unsere Kinder anzuschauen:

> „Denken Sie an die Dinge, die uns als Nation umbringen: Drogen, hirnloses Konkurrenzdenken, Sex als Freizeitsport, die Pornographie der Gewalt, Glücksspiele, Alkohol und die schlimmste Pornographie von allen – ein Leben, das dem Kaufen von Dingen gewidmet ist, dem Anhäufen als Philosophie. All das sind Süchte von abhängigen Persönlichkeiten – und genau diese Dinge sind es, die unsere Art von Schulbildung unausweichlich in der nächsten Generation produziert."

In den Medien sieht das amerikanische Durchschnittskind unzählige Morde, grausame Handlungen und Werbespots: Gewalt und Materialismus. Wir füttern die nächste Generation mit genau demselben Leiden, das wir mittels unserer spirituellen Praxis zu überwinden suchen. Die Tatsache, daß die Vereinigten Staaten die höchste Kindersterblichkeitsrate sämtlicher Industrienationen und Millionen von „Schlüsselkindern" haben, zeigt, daß wir es aufgegeben haben, uns wirklich um unsere Kinder zu kümmern. Immer mehr Kinder wachsen in Kindertagesstätten und vor dem Fernseher auf. Wir werden schließlich eine neue Generation von Amerikanern haben, die dem Fernsehen oder (häufig brutalen) Videospielen stärker verbunden sind als anderen Menschen. Wir werden mehr Kriege im Stile des Golfkrieges haben und mehr Gewaltverbrechen als erfolgreiche Ehen. Da diese Kinder nicht genug Halt erfahren haben, als sie klein waren, da sie nicht genug geschätzt und geachtet wurden, da man ihnen nicht zugehört und nicht vorgesungen hat, wachsen sie mit einem Loch im Inneren auf und haben kein wirkliches Empfinden dafür, was es heißt, zu lieben. Sie verfügen über keine wirkliche Fähigkeit, Nähe herzustellen und zuzulassen.

Als der Dalai Lama einmal mit einer Gruppe westlicher Psychologen sprach, sagte er, er könne nicht verstehen, warum im Westen so viel über Selbsthaß und Gefühle von Wertlosigkeit gesprochen würde. Er war so erstaunt, daß er im Raum umherging und jeden einzelnen fragte: „Empfinden Sie manchmal Selbsthaß und Wertlosigkeit?" – „Ja." – „Empfinden Sie diese Dinge?" – „Ja." Jeder einzelne im Raum nickte zustimmend. Er konnte es nicht glauben, und er konnte auch nicht glauben, daß wir in einer Kultur leben, in der die Menschen hauptsächlich über ihre Schwierigkeiten mit ihren Eltern sprechen, anstatt ihre Eltern zu ehren.

Stellen Sie das den Geschichten der gesunden Kindheit der Menschen zu Buddhas Zeit gegenüber. Der Buddha selbst wurde von der Schwester seiner Mutter aufgezogen, nachdem seine Mutter gestorben war, und man gab ihm all die Pflege, Fürsorge, Aufmerksamkeit und den natürlichen Respekt, die jedes Kind benötigt. Als er dann später sein Heim verließ, um als Yogi zu praktizieren, besaß er genügend innere Stärke und Integrität, um sich sechs Jahren intensiver asketischer Praxis unterwerfen zu können – er folgte jeder asketischen Praxis in dem Bemühen, sich von seinen Begierden und Ängsten zu befreien, seinen Zorn zu überwinden und Herrschaft über seinen Körper und Geist zu gewinnen. Die Härte seines Lebens brachte ihn fast um, aber es gelang ihm trotzdem nicht, im Kampf gegen sich selbst erfolgreich zu sein.

Vollkommen erschöpft setzte er sich nieder, und es kam ihm eine Vision aus seiner Kindheit, die ihn direkt auf den Pfad der Erleuchtung führte. Er erinnerte sich daran, wie er als kleiner Junge im Garten seines Vaters unter einem Rosenapfelbaum gesessen hatte. Er erinnerte sich, daß er dort gesessen und ein Gefühl von Stille und Ganzheit erlebt hatte, einen Zustand großer Sammlung und wunderbaren Wohlbefindens. Es wurde ihm daraufhin bewußt, daß er in seiner Praxis die falsche Richtung eingeschlagen hatte und daß die Grundlage für ein spirituelles Leben das Wohlbefinden ist – nicht der Kampf gegen den eigenen Körper, das eigene Herz und den eigenen Geist. Aus dieser großen Einsicht heraus entdeckte er den „Mittleren Weg", der weder in Selbstverleugnung noch in Selbstverwöhnung besteht. Also begann er, wieder Nahrung aufzunehmen und sich um sich selbst zu kümmern. Seine Stärke kehrte zurück, seine Visionen kehrten zurück, seine Liebende Güte kehrte zurück, und schließlich wurde er erleuchtet.

Der Buddha kannte diese Vision des Wohlbefindens aus seiner Kindheit und konnte in seiner Praxis darauf zurückgreifen. Die meisten von uns haben jedoch als Kinder keine solche Erfahrung gemacht. Und so verbringen wir Jahre unserer spirituellen Praxis damit, mit Trauer, dem Gefühl von Wertlosigkeit, mit Urteilen, Selbsthaß, Mißbrauch, Sucht und Wut zurechtzukommen. Für Meditierende in unserer Kultur ist das normal. Natürlich zielt die spirituelle Praxis auch darauf ab, uns mit der tiefen Trauer, dem Leiden und dem Schmerz der Welt zu konfrontieren, aber für uns Menschen des Westens besteht ein Großteil unseres Schmerzes in einem Loch in unserer Seele, einem leeren Raum in uns selbst, etwas, das sich danach sehnt, verbunden zu sein und Nähe und Liebe zu erfahren. Wir alle sind damit in dem Maße konfrontiert, wie wir in unserer Kindheit das Gefühl von Wohlbefinden vermißt haben. In der nächsten Generation wird dieses Leiden sogar noch stärker um sich greifen, sofern es uns nicht gelingt, heilsame Weisheit in die Kindererziehung hineinzubringen.

Kinder erziehen ist ein Werk der Liebe. Es ist ein Pfad des Dienens und der Hingabe, und wie die Praxis eines Buddhas oder eines Bodhisattvas erfordert es Geduld, Verständnis und eine ungeheure Opferbereitschaft. Es ist auch ein Weg, uns wieder mit dem Geheimnis des Lebens und mit uns selbst zu verbinden.

Kleine Kinder haben dieses Gefühl für das Geheimnisvolle. Mit sieben Jahren ist meine Tochter Caroline gerade in dem Alter, in dem das Gefühl für das Geheimnisvolle schwächer wird. Letzte Weihnachten verkündete sie: „Ich glaube nicht mehr an den Weihnachtsmann. Meine Freundinnen haben mich aufgeklärt. Außerdem sehe ich nicht, wie er in unseren Kamin passen könnte. Er ist zu groß."

In ihrem Alter fängt sie an, das Mysterium der Dinge gegen konkrete Erklärungen einzutauschen. Sie hat bis dahin die meiste Zeit über in einer mythischen, zeitlosen Welt gelebt, in der Rentiere fliegen und der Weihnachtsmann von irgendwoher auftaucht. Jetzt beginnt sie, das Maßband herauszunehmen und die Breite des Kamins zu messen.

Aber noch lange Zeit, nachdem sie sich als „zu alt" erklärt hat, um an den Weihnachtsmann zu glauben, wird es neue Mysterien geben. Jeder, der Kinder im Teenageralter hat, wird daran erinnert, daß niemand das Mysterium der Sexualität wirklich versteht. Teenager fragen einen nicht direkt danach, aber man kann fühlen, wie das Thema in der Luft liegt. Und während Teenager mit den Themen Liebe und Sexualität, Hormone und Scham klarzukommen versuchen, tun wir das ebenfalls. „Was hast du heute in der Schule gemacht?" fragt ein Vater seinen Sohn im Teenageralter. „Oh, wir haben etwas über Sexualität gehört", ist die Antwort. „Was hat man euch denn gesagt?" – „Nun, zuerst hat uns ein Priester gesagt, daß wir keine haben sollen. Dann hat uns ein Arzt gesagt, wie wir keine haben sollen. Und schließlich hat uns der Rektor einen Vortrag darüber gehalten, wo wir keine haben sollen."

Kinder geben uns die Gelegenheit aufzuwachen, damit wir uns selbst, unser Leben und das Mysterium um uns herum mit erneuertem Gewahrsein anschauen können.

Schauen wir uns die Kindererziehung einmal im Geiste von Buddhas Unterweisungen über Achtsamkeit an. Wir sind angehalten, unsere Aufmerksamkeit der Ein- und Ausatmung zuzuwenden, gewahr zu sein, wenn wir aufstehen, uns vorbeugen, uns strecken oder uns vorwärts- beziehungsweise zurückbewegen. Man hält uns an, gewahr zu sein, wenn wir essen oder sitzen oder zur Toilette gehen, gewahr zu sein, wann der Geist eng, ängstlich oder in Aufruhr ist, und schließlich gewahr zu sein, wann der Geist ausgeglichen ist und Gleichmut, Verständnis und Frieden ausstrahlt, während wir lernen loszulassen. Damit wir unser Gewahrsein weiterentwickeln können, empfiehlt der Buddha, in Meditation zu sitzen, zu üben, indem wir die ganze Nacht lang aufrecht sitzen und die Krankheit des Körpers und des Alterns beobachten, indem wir liebevolles Mitgefühl mit dem Leiden aller Wesen entwickeln und ihnen Weisheit und Mitgefühl entgegenbringen.

Nehmen wir einmal an, der Buddha gäbe Anweisungen dazu, wie wir die Kindererziehung als Praxis verwenden können. Das wären ganz ähnliche Unterweisungen. Sei in bezug auf den Körper deiner Kinder genauso achtsam wie in bezug auf deinen eigenen. Sei gewahr, wie sie gehen und essen und zur Toilette gehen. Und statt dann die ganze Nacht in Meditation zu sitzen, sitzen wir die ganze Nacht am Bett der Kinder, wenn sie krank sind. Spüren Sie, wann die Kinder Angst haben und wann es an der Zeit ist, sie zu halten oder sie mit Liebender Güte und Mitgefühl zu trösten. Erlernen Sie Gewahrsein, Geduld und Hingabe. Seien Sie Ihrer eigenen Reaktionen und Ihrer Gier gewahr. Lernen Sie, immer wieder loszulassen, wenn Ihre Kinder sich verändern. Geben Sie großzügig an den Garten der nächsten Generation weiter, denn dieses Geben und dieses Gewahrsein sind der Pfad des Erwachens.

Neben der Praxis der Achtsamkeit möchte ich Ihnen vier weitere Prinzipien bewußter Elternschaft nennen: aufmerksames Zuhören, Achtung, Integrität und Liebende Güte.

Das Prinzip des aufmerksamen Zuhörens bedeutet, dem Dao der Jahreszeiten zuzuhören, unserer menschlichen Intuition, unseren Instinkten und unseren Kindern zu lauschen. Hier eine Geschichte über das Zuhören: Ein fünf Jahre alter Junge schaute sich während des Krieges im Kosovo zusammen mit seinem Vater die Nachrichten an. Der Junge stellte seinem Vater immer wieder Fragen: „Wie groß ist der Krieg? Wann hat er angefangen? Was ist Krieg?" Der Vater versuchte zu erklären, warum Nationen in den Krieg ziehen, warum einige Menschen meinen, daß Kriege notwendig seien, und andere denken, sie seien verkehrt. Aber der Junge stellte Abend für Abend immer wieder dieselben Fragen. Schließlich hörte der Vater, was der Sohn eigentlich fragen wollte. Er ließ den kleinen Jungen auf seinem Schoß sitzen und sagte: „Du mußt keine Angst haben. Wir sind hier sicher. Unser Haus wird nicht ausgebombt werden. Wir sind in Sicherheit, und wir werden alles nur Menschenmögliche tun, um dafür zu sorgen, daß auch andere Familien sicher sind." Daraufhin wurde der kleine Junge friedlich, denn genau das war die Zusicherung, um die sein Herz gebeten hatte.

Das ist das Prinzip des Zuhörens. Hören wir die Dinge, die unsere Kinder uns mitzuteilen versuchen? Es ist, wie dem Dao zuzuhören. Wie lange sollten wir unsere Babys stillen? Zu welcher Uhrzeit sollten unsere Teenager wieder zu Hause sein, wenn sie eine Verabredung haben? Um diese Fragen beantworten zu können, müssen wir den

Rhythmen des Lebens lauschen und ihnen Aufmerksamkeit schenken. Genauso wie wir lernen, unserer Ein- und Ausatmung gewahr zu sein, können wir lernen zu spüren, wie tief unsere Kinder wachsen wollen. So wie wir in der Meditation lernen, zu vertrauen und loszulassen, können wir lernen, Vertrauen in unsere Kinder zu entwickeln, so daß sie sich selbst vertrauen können.

Doch einige von uns sind verwirrt angesichts der Tatsache, daß Kinder sowohl Abhängigkeit als auch Unabhängigkeit benötigen, und statt ihnen zuzuhören, hetzen wir sie ungeduldig vorwärts. In einem Artikel über Abhängigkeit, der in *Mothering*, der Elternzeitschrift, die ich am meisten respektiere, erschienen ist, schrieb Peggy O'Mara, die Herausgeberin:

„Wir haben ein kulturelles Vorurteil gegen Abhängigkeit, gegen jegliche Emotion oder jegliches Verhalten, das Schwäche anzeigt. Das ist nirgendwo auf tragischere Weise offensichtlich als in der Art und Weise, wie wir unsere Kinder antreiben, über ihre Grenzen und Stundenpläne hinauszugehen. Wir zeigen, daß uns äußere Maßstäbe wichtiger sind als die innere Erfahrung, wenn wir unsere Kinder abstillen, anstatt darauf zu vertrauen, daß sie sich selbst abstillen werden, wenn wir darauf bestehen, daß unsere Kinder am Tisch sitzen bleiben und ihren Teller leer essen, anstatt darauf zu vertrauen, daß sie gut essen werden, wenn wir ihnen regelmäßig gesunde Nahrung bereitstellen, und wenn wir sehr früh Toilettentraining mit ihnen machen, anstatt darauf zu vertrauen, daß sie lernen werden, die Toilette zu benutzen, wenn sie bereit dazu sind.

Es ist das Wesen des Kindes, abhängig zu sein, und es ist das Wesen der Abhängigkeit, daß man über sie hinauswächst. Abhängigkeit, Unsicherheit und Schwäche sind natürliche Zustände für ein Kind. Sie sind für uns alle manchmal natürliche Zustände, aber für Kinder, insbesondere für Kleinkinder, sind sie der vorherrschende Zustand, und sie werden über ihn hinauswachsen. Genauso wie wir vom Krabbeln ins Laufen, vom Brabbeln ins Sprechen, von der Pubertät in die Sexualität hineinwachsen, so bewegen wir uns als Menschen von Schwäche zu Stärke, von Unsicherheit zu Meisterschaft. Wenn wir uns weigern, die Stufen vor der Meisterschaft anzuerkennen, dann lehren wir unsere Kinder, ihre Schwächen zu hassen und ihnen zu mißtrauen. Und wir schicken sie auf eine lebenslange Reise voller Konflikte – Konflikte mit sich selbst, wobei äußere Maßstäbe verwendet werden, um eine innere Dualität zwischen dem zu schaffen, was ihre unmittelbare Erfahrung ist, und dem, wie sie sein sollte. Abhängigkeit zu mißbilligen, weil sie keine Unabhängigkeit ist, das ist wie den Winter zu mißbilligen, weil noch kein Frühling ist. Die Abhängigkeit erblüht in ihrer eigenen süßen Zeit zur Unabhängigkeit."

Wir müssen wieder lernen, mit Geduld und Achtsamkeit zuzuhören, denn das ist das Herzstück sowohl der Elternschaft als auch unserer spirituellen Praxis.

Ein zweites Prinzip der Elternschaft ist Respekt. Alle Wesen auf der Erde – Ihre Pflanzen, Kollegen, Geliebte, Kinder – gedeihen durch Respekt; sie blühen auf, wenn man ihnen Achtung entgegenbringt. Eine Geschichte: Eine Familie ließ sich zum Abendessen in einem Restaurant nieder. Die Kellnerin nahm die Bestellung bei den Erwachsenen auf und wendete sich dann dem siebenjährigen Jungen zu. „Was möchtest du haben?" fragte sie. Der Junge schaute sich schüchtern am Tisch um und sagte dann: „Ich hätte gern einen Hot Dog." – „Nein", unterbrach die Mutter, „keinen Hot Dog. Bringen Sie ihm Hackbraten mit Kartoffelbrei und Karotten." – „Möchtest du Ketchup oder Senf auf deinem Hot Dog?" fragte die Kellnerin. „Ketchup", sagte er. „Kommt gleich", sagte die Kellnerin und machte sich auf den Weg in die Küche. Es gab ein erstauntes Schweigen am Tisch. Schließlich schaute der Junge auf seine Familie und sagte: „Wißt ihr was? Sie denkt, es gibt mich wirklich!"

Die Kraft dieser Art von Respekt in traditionellen Kulturen habe ich bei unserem Familienurlaub in Thailand und auf Bali erlebt. Meine Tochter Caroline lernte zwei Monate lang balinesischen Tanz bei einem wunderbaren Lehrer, und er schlug vor, eine Abschlußaufführung für sie in seiner Schule, die gleichzeitig sein Zuhause ist, zu veranstalten. Als wir ankamen, stellten sie eine Bühne auf, bereiteten die Musik vor und begannen dann, Caroline anzukleiden. Sie nahmen sich sehr viel Zeit, um eine Sechsjährige, deren Aufmerksamkeitsspanne etwa fünf Minuten beträgt, anzukleiden. Zuerst wickelten sie sie in einen Seidensarong und befestigten eine wunderschöne Kette um ihre Hüften. Dann wickelten sie bestickte Seide fünfzehnmal um ihre Brust. Sie legten ihr goldene Armbänder und Armreifen an. Sie arrangierten ihre Haare und steckten goldene Blumen hinein. Sie legten mehr Make-up auf, als eine Sechsjährige sich erträumen könnte. Ich saß da und wurde langsam ungeduldig, denn als stolzer Familienvater wollte ich Fotos machen. „Wann werden sie sie endlich angezogen haben und mit der Aufführung beginnen?" Dreißig Minuten, fünfundvierzig Minuten. Schließlich kam die Frau des Lehrers herbei. Sie nahm ihre eigene Goldkette ab und legte sie meiner Tochter um den Hals. Caroline war entzückt.

Als ich meine Ungeduld losließ, wurde mir bewußt, was da gerade Wundervolles vor sich ging. Auf Bali wird eine Tänzerin, ganz gleich, ob sie nun sechs oder sechsundzwanzig Jahre alt ist, gleichermaßen geehrt, und als Künstlerin, die nicht für das Publikum, sondern für die Götter tanzt, geachtet. Das Maß an Respekt, das Caroline als Künstlerin zuteil wurde, erlaubte es ihr, schön zu tanzen. Stellen Sie sich vor, wie Sie sich gefühlt hätten, wenn man Ihnen als Kind solchen Respekt erwiesen hätte. Wir müssen lernen, uns selbst und einander Respekt zu erweisen und unsere Kinder zu schätzen, indem wir ihren Körper, ihre Gefühle und ihren Geist schätzen. Kinder mögen in dem begrenzt sein, was sie tun, aber ihr Geist ist es nicht.

Ein andere Form von Respekt zeigt sich darin, wie wir die Grenzen und Begrenzungen festsetzen, die unserem Kind angemessen sind. Als Eltern können wir auf eine respektvolle Weise Grenzen setzen, mit einem mitfühlenden „Nein" und einer Erklärung dafür, warum etwas nicht angemessen ist.

Wenn wir als Kinder selbst keinen Respekt erfahren haben, kann es sein, daß wir ein solches Loch in unserem Geist haben, daß wir Therapie und spirituelle Praxis benötigen, um wieder ganz zu werden. Es könnte sein, daß wir erst selbst wieder Respekt erlernen müssen, bevor wir unsere Kinder mit Respekt behandeln oder ihnen Selbstachtung vermitteln können. Kinder sind sich bewußt, wie wir sie behandeln, aber sie sind sich auch bewußt, wie wir uns selbst und unseren Körper behandeln und wie wir unsere eigenen Gefühle achten. Ist es in Ordnung für uns zu weinen, einander zu berühren, traurig oder wütend zu sein?

Das bringt mich zu einem dritten Prinzip: Integrität. Kinder lernen über das Beispiel, das wir ihnen geben, darüber, wer wir sind und was wir tun. Sie beobachten uns und das, was wir durch die Art und Weise kommunizieren, wie wir Auto fahren, über andere sprechen und Menschen auf der Straße behandeln. Hier ist noch eine Geschichte: Ein alter Seemann gab das Rauchen auf, als sein Lieblingspapagei einen chronischen Husten entwickelte. Er fürchtete, der Pfeifenrauch könnte der Gesundheit seines Papageis schaden. Er ließ den Vogel von einem Tierarzt untersuchen. Nach gründlicher Untersuchung schloß der Tierarzt, daß der Papagei keine Krankheit der Atemwege habe. Er habe lediglich den Husten seines Pfeife rauchenden Besitzers imitiert.

So lernen Kinder. Wir lehren sie durch unser Sein. Sind wir ruhig oder aufgewühlt, sind wir ungeduldig oder verzeihen wir? Schüler fragten einmal den tibetischen Meister Kalu Rinpoche: „Zu welchem Zeitpunkt sollten wir unseren Kindern Meditation und spirituelle Praxis vermitteln?" Er sagte: „Woher wißt ihr, daß Ihr ihnen diese Dinge überhaupt vermitteln solltet? Macht euch nicht die Mühe. Was eure Kinder lernen müssen, ist das, was ihr darüber vermittelt, wer ihr seid. Wichtig ist nicht, daß ihr ihnen eine spirituelle Praxis mitgebt, sondern daß Ihr Eure eigene macht."

Aus einer ähnlichen Geisteshaltung heraus hat Dorothy Law Noble ein Gedicht mit dem Titel „Kinder lernen, was sie leben" geschrieben:

Wenn Kinder mit Kritik leben,
lernen sie zu verurteilen.
Wenn Kinder mit Feindseligkeit leben,
lernen sie zu kämpfen.
Wenn Kinder mit Spott leben,
lernen sie, schüchtern zu sein.
Wenn Kinder mit Beschämung leben,
lernen sie, sich schuldig zu fühlen.
Wenn Kinder mit Toleranz leben,
lernen sie, geduldig zu sein.
Wenn Kinder mit Ermutigung
leben, lernen sie, Selbstvertrauen zu haben.
Wenn Kinder mit Lob leben,
lernen sie, Wertschätzung zu üben.
Wenn Kinder mit Fairneß leben,
lernen sie, gerecht zu sein.
Wenn Kinder mit Akzeptanz und Freundschaft leben,
lernen sie, Liebe in dieser Welt zu finden.

Wenn wir unseren Kindern diese Art von Respekt und Integrität entgegenbringen wollen, dann müssen wir unser Tempo verlangsamen, uns Zeit für unsere Kinder nehmen und an ihrem schulischen Leben teilhaben. Wenn Sie kein eigenes Kind haben, dann freunden Sie sich mit dem Kind eines Nachbarn an oder helfen Sie den Kindern in einer Flüchtlingsfamilie in Ihrer Gemeinde. Häufig meinen wir, daß wir zu beschäftigt seien oder daß wir länger arbeiten sollten, um mehr Geld zu verdienen – es besteht ein großer sozialer Druck, zu arbeiten und zu produzieren. Wir sollten darauf nicht hereinfallen! Wir sollten uns vielmehr die Zeit nehmen, unsere Kinder zu erziehen, mit ihnen zu spielen und ihnen vorzulesen. Lassen Sie uns unseren Kindern erlauben, jedem von uns zu helfen, das Kind unserer Seele wiederzugewinnen.

Das letzte Prinzip der bewußten Kindererziehung ist die Liebende Güte. Das zentrale Bild in Buddhas Lehre von der Liebenden Güte ist eine Mutter, die „ihr geliebtes Kind hält und beschützt". Entwickeln Sie Liebende Güte sich selbst, Ihren Kindern und allen Wesen auf der Welt gegenüber.

Viele von uns versuchen, ihre Kinder mit Disziplin zu kontrollieren, indem sie sie beschämen, sie schlagen und ihnen Schuld zuweisen. Aber wenn wir uns zur Meditation hinsetzen, dann sehen wir, wieviel Schmerz solche Anschuldigungen in uns selbst verursacht haben. Wir finden sehr viel Verurteilung, Scham und Beschimpfungen in uns selbst vor, wann immer wir versuchen, uns still hinzusetzen. Wie hart wir mit uns selbst umgehen! Wir wurden nicht mit dieser Härte geboren, sondern haben sie von unseren Eltern und der Schule gelernt. „Du kannst nicht gut malen", hat man so vielen von uns gesagt. Und so hörten wir auf, die wunderschönen Bilder zu malen, die jedes Kind malen kann, und wir haben seit der dritten Klasse kein Bild mehr gemalt. Wie traurig ist es, wenn ein Kind, anstatt Liebende Güte zu empfangen, herabgesetzt und beschämt wird.

Wir leben in einer Gesellschaft, die auf vielfache Weise vergessen hat, wie wir unsere Kinder lieben und unterstützen können, und die die grundlegenden Werte der Elternschaft verloren hat. Wie uns einige Dritte-Welt-Kulturen vor Augen führen, brauchen wir nicht noch mehr Kindertagesstätten und noch mehr Geld, sondern wir müssen den Respekt, die Fürsorge und die Liebe für unsere Aufgabe als Eltern wiedergewinnen.

Die Elternschaft gibt uns die Chance, uns selbst mit Liebe zu erstaunen. Wir alle haben die Geschichten von Müttern und Vätern gehört, die Übermenschliches getan haben, um ihre Kinder zu retten. Ich habe in der Zeitung von einer doppelseitig gelähmten Mutter gelesen, deren Tochter in einen Swimmingpool gefallen war. Die Mutter rollte ihren Rollstuhl in den Pool, packte irgendwie ihr Kind, zog es an die Seite des Pools und harrte dann Stunden dort aus, bis jemand kam, um beide herauszuholen.

Kinder können diese Art von Liebe in uns zum Vorschein bringen. Sie lehren uns, daß das, worauf es im Leben wirklich ankommt, die Liebe selbst ist. Mutter Teresa sagte einmal: „Wir können keine großen Dinge in diesem Leben tun, wir können lediglich kleine Dinge mit großer Liebe tun." Indem wir die Elternrolle für unsere eigenen Kinder und die Kinder um uns herum übernehmen, indem wir andere Eltern und unsere Schulen unterstützen, können wir diese Liebe zurückgewinnen beziehungsweise wiederherstellen. Der Buddha hat gelehrt, daß die einzige Art und Weise, wie wir uns bei unseren Eltern und all den Generationen vor uns für das Gute, das sie uns getan haben, revanchieren können, darin besteht, unseren Eltern, unseren Kindern und allem Leben den Dharma weiterzugeben, also auch Respekt, Integrität, Gewahrsein, Wahrheit und Liebende Güte.

Wenn wir in einer humanen Gesellschaft leben wollen, dann müssen wir die hungrigen Kinder nähren, den frierenden Kindern Kleidung geben und uns um all unsere Kinder mit Respekt, Liebender Güte und Integrität kümmern. Wir müssen uns um jedes Kind so kümmern, als wäre er oder sie ein Buddha. Dann verstehen wir, was Ralph Waldo Emerson meinte, als er schrieb:

> Die Welt ein bißchen besser zurücklassen,
> Ob durch ein gesundes Kind,
> Ein Stücken Garten,
> Eine wieder gutgemachte soziale Notlage –
> Zu wissen, daß wenigstens ein Leben
> Leichter geatmet hat,
> Weil du gelebt hast,
> Das heißt nicht umsonst gelebt zu haben.

Gavin Harrison

Dringlichkeit, Zufriedenheit und die Randbereiche der Liebe

Am 9. Juli 1989 wurde ich als HIV-positiv diagnostiziert. Die Erkenntnis, daß ich es mit einer sehr ernsten Krankheit zu tun hatte, rüttelte mich damals auf allen Ebenen meines Wesens durch, und ich lebe bis heute in diesem Bewußtsein.

Es hat nicht gerade viele Vorteile, mit diesem Virus zu leben, aber der größte ist vielleicht gewesen, daß ich seine Anwesenheit in meinem Leben und in meinem Blut nutzen konnte, um in die größeren und tieferen Fragen der menschlichen Existenz einzutauchen. Das sind Fragen wie: „Warum gibt es Leiden in meinem Leben?" – „Warum gibt es Leiden um mich herum?" – „Was ist Leben?" – „Worin besteht die wirkliche Bedeutung des Todes?" – „Hat das Leiden ein Ende?" Mit der ständigen Erinnerung an meine Sterblichkeit zu leben und mit einem Bewußtsein von den Veränderungen, die sich in meinem Körper vollziehen, ist ein harter und direkter Weg, mit diesen schwierigen Fragen des menschlichen Lebens konfrontiert zu sein. Ich bin davon überzeugt, daß wahres Glück und jener „Friede, der jegliches Verständnis übersteigt" die Folge und das Potential einer Bereitschaft sind, sich mit einer einzigartigen und unbestreitbaren Tatsache auseinanderzusetzen – nämlich derjenigen, daß wir alle eines Tages sterben werden und daß niemand von uns genau weiß, wann das passieren wird.

Für niemanden von uns ist die spirituelle Reise ein leichtes Unterfangen. Sie ist hart und stellt eine echte Herausforderung dar. Wenn unser Weg zur Wahrheit authentisch ist, dann müssen wir uns für die vollständige Bandbreite dessen öffnen, was es bedeutet, auf diesem erlesenen Planeten als Mensch geboren zu sein. Wir müssen uns für die immense Liebe in uns selbst öffnen und für die Fähigkeit, unser großes Herz kennenzulernen, fürsorglich zu sein, zu nähren, zu hegen, zu lieben und wertzuschätzen. Wir erfahren vielleicht zum ersten Mal Momente tiefen Glücks und tiefer Zufriedenheit, Momente von Freundlichkeit, Ruhe und Liebender Güte in uns.

In der natürlichen Entfaltung der spirituellen Praxis pflegen und stärken wir die Eigenschaften des Geistes und des Herzens, die uns insbesondere über schwierige Zeiten hinweghelfen. Diese Qualitäten beziehungsweise Einstellungen von Geduld, Hingabe, Vertrauen, Vergebung, Entschlossenheit, Spannkraft und Nichtverletzen sind ausnahmslos wichtig für das spirituelle Erwachen, und sie sind wichtige Freunde auf der Reise. Dennoch bleiben unsere Bemühungen unter Umständen seicht, oberflächlich und begrenzt, solange wir nicht von Angesicht zu Angesicht unserer eigenen Sterblichkeit gegenübergestanden und die Allgegenwart des Todes in unserem Leben gespürt haben.

Meiner Erfahrung nach werden durch unsere Bereitschaft, uns mit dem fundamentalen Thema von Leben und Tod auseinanderzusetzen – wie schwierig das auch immer sein mag –, große Leidenschaft und große Dringlichkeit auf der spirituellen Reise freigesetzt. Diese Energie stärkt uns in schwierigen Zeiten und dient uns genauso, wie sie dem Buddha vor so langer Zeit gedient hat.

Natürlich glaube ich nicht, daß wir alle von irgendeinem unberechenbaren Virus am Kragen gepackt werden müssen, um uns offen mit unserem eigenen Tod auseinandersetzen und ein uns ganz erfüllendes Gefühl von Dringlichkeit und Entschlossenheit in unserem Leben kennenlernen zu können. Es ist jedoch klar, daß wir in einer Gesellschaft leben, die sich sehr bemüht, den Tod auf jede nur mögliche Weise zu vermeiden und zu leugnen. Der Realität des Todes näherzukommen ist kein leichtes Unterfangen in unserer Welt. Es ist so, als wären die Mauern des königlichen Palastes, die Siddhârtha während seiner ersten neunundzwanzig Lebensjahre umgaben und ihn vor der rauhen Wirklichkeit des Lebens außerhalb der Palastmauern schützten, zu den Mauern unserer Krankenhäuser, psychiatrischen Kliniken und Pflegeheime geworden – alles Orte, in die wir häufig Menschen verbannen, damit wir selbst vor dem Leiden geschützt sind, durch das sie hindurchgehen, ob es nun das Leiden von Krankheit, Alter oder Tod ist.

Die meisten Menschen sehen den Tod entweder als krasse Vernichtung an oder sie leugnen ihn. Das bedeutet, daß die große Mehrzahl der Menschen entweder ihr Leben in schrecklicher Angst vor dem Tod verbringt oder etwas zu leugnen versucht, das mit absoluter Sicherheit eintreten wird! Wenn wir uns selbst durch unsere Besitztümer, unsere Kreditkarten, unsere Persönlichkeit, unsere Leistungen und unsere äußere Erscheinung definieren, dann ist der Tod in der Tat eine sehr schmerzliche und rauhe Endgültigkeit. Wenn wir auf der anderen Seite mit Weisheit und Sorgfalt die tiefere Wahrheit dessen sehen, was wir sind, dann können wir spüren, daß der Tod eher wie ein Übergang ist – aus einem Garten in den nächsten gehen –, nichts Endgültiges, keine Vernichtung, vielmehr ein weiterer Schritt im Wunder des sich entfaltenden Lebens.

Diese Perspektive stellt eine große Herausforderung für eine Gesellschaft dar, die sich sehr im Unreinen mit ihrer eigenen Wahrheit befindet. Jugend, Sexualität, Macht und Schönheit werden angebetet, während wir unsere älteren und gebrechlichen Menschen meiden und an den Rand drängen. Anstatt die Weisheit alter Menschen zu suchen, zu schätzen und zu feiern, sondern wir nach Möglichkeit die Menschen aus, deren „nützliches" Leben vorbei ist, und lassen sie einsam und ungeliebt sterben. Es hat Menschen mit AIDS gegeben, die einfach verhungert und nicht an den verheerenden Folgen ihrer Krankheit gestorben sind – es hat sich niemand mehr um sie gekümmert und sie wurden ignoriert. Für viele Menschen mit AIDS ist der Schmerz, als ein Ausgestoßener angesehen zu werden, weitaus schlimmer als der Schmerz der Krankheit selbst. Menschen mit tödlichen Krankheiten werden von der normalen Gesellschaft häufig ins Abseits gedrängt. Sie werden von denen stigmatisiert, die es nicht über sich bringen, der Gewißheit ihres eigenen Todes ins Auge zu sehen, die ihnen durch todkranke Menschen gespiegelt wird.

Wenn Menschen sterben, dann wird ihr Leichnam so schnell wie möglich entfernt, nur um dann einige Tage später wieder aufzutauchen und häufig lebendiger auszusehen als im Leben selbst. Das alles ist eine Lüge. Es ist nicht überraschend, daß so wenige Menschen offen und ehrlich über den Tod sprechen und über das, was Sterben bedeutet.

Nach seiner Erleuchtung lehrte der Buddha die verbleibenden fünfundvierzig Jahre seines Lebens und ließ nie davon ab, auf die Gewißheit des Todes und auf die Unsicherheit und Kostbarkeit des Lebens hinzuweisen. Er hat seine Nonnen, Mönche und Laien dringend gebeten, die grundlegende Tatsache ihrer Sterblichkeit anzuerkennen – nicht um sie einzuschüchtern, nicht um sie zu Tode zu ängstigen, sondern um sie zu befreien. Er wußte, daß die Menschen glücklicher leben würden, wenn sie sich dieser elementaren Angst stellen konnten. Er hat uns die größte Fülle im Leben versprochen, wenn wir Frieden mit der Gewißheit unseres Todes schließen könnten. Wir können nicht voll in diesem Moment leben, wenn wir nicht den Moment, der gerade vergangen ist, vollständig losgelassen haben.

Einige Monate nachdem ich als positiv diagnostiziert worden war, nahm ich an einem Retreat teil. Ich glaubte tatsächlich, daß ich nicht das Ende des Retreats, geschweige denn den nächsten Frühling erleben würde. Ich fühlte mich, als wäre mir meine Welt unter den Füßen weggerissen worden. Als ich hinten in der Meditationshalle saß und über die Köpfe der Menschen vor mir schaute, da hatte ich ein überwältigendes Gefühl von Dankbarkeit, daß ich ohne jeden Zweifel wußte, daß ich eines Tages sterben würde. Ich fühlte mich angesichts dieses Verständnisses privilegiert und fragte mich: „Wie viele dieser Menschen werden wohl vor mir sterben und haben keine Ahnung von der Zerbrechlichkeit, die wir alle miteinander teilen?"

In den letzten Jahren sind mindestens fünf von ihnen gestorben. Sie sind gegangen, wie der Buddha gegangen ist, wie Jesus gegangen ist, Martin Luther King Jr. und Steve Biko. Der Tod ist eine absolute Gewißheit. Dennoch ist es in unserer Welt außerordentlich schwierig, den Tod zum Prüfstein zu machen, von dem her wir unser Leben leben. Können wir ein Gefühl von Dringlichkeit in unser Leben hineinbringen? Können wir eine beständige Wertschätzung für die Zerbrechlichkeit des Lebens und des Atems bekommen? Kann uns der Tod bei den Entscheidungen unseres Lebens als Ratgeber dienen?

Die Meditationspraxis ist ein sicherer Weg, die Unmittelbarkeit von Leben und Tod anzunehmen. Ich hatte keine Ahnung, wie sehr mich meine jahrelange Meditationspraxis auf die Wucht jener vernichtenden Diagnose vorbereitet hatte. Heute verstehe ich tiefer denn je, wie mich die Entwicklung eines Gewahrseins des Entstehens und Vergehens von Klängen und Ansichten sowie das Gewahrwerden des Auftauchens und Vorüberziehens von Emotionen und Gefühlen in meinem Körper ganz unmittelbar mit der Vergänglichkeit meines Lebens und der Natur konfrontiert. Bei der Meditation beobachten wir den Anfang, die Mitte und das Ende – Geburt, Leben und Tod – aller Erscheinungen. Ganz unmerklich bewegen wir uns im Laufe der Zeit von einem Traum der Dauer hin zu einem Gefühl von der Unsicherheit und Instabilität des Lebens.

Es gibt Zeiten in der sich entfaltenden Meditationspraxis, da diese Vergänglichkeit offensichtlich, unbestreitbar und recht erschreckend ist. Wir stellen fest, daß sich jeder Aspekt von Erfahrung schnell und unaufhörlich wandelt, selbst auf den subtilsten Ebenen. Nichts existiert statisch, alles taucht auf und zieht vorüber. Gleichzeitig mit diesem Auftauchen und Vorüberziehen sind wir unseres Bewußtseins gewahr. Bewußtsein ist die Fähigkeit des Geistes zu wissen, und sie taucht mit dem auf und zieht mit dem vorüber, was beobachtet wird. Zwei parallele Prozesse, nichts weiter. Kein Gavin. Niemand. Einfach nur leere Phänomene, die sich verändern, auftauchen und vorüberziehen, und das Wissen um all das.

Aus dieser ichlosen Perspektive heraus verstehen wir, daß wir nicht unsere Kreditkarte, nicht unser Bankkonto, nicht unsere Persönlichkeit, nicht unser Körper, nicht unsere Gedanken und nicht unsere Karriere sind. Vielmehr sind wir Teil der Ebbe und Flut des Lebens. Einfach nur das. Meiner Erfahrung nach ist diese Einsicht erschreckend und schwer zu akzeptieren. Und gleichzeitig habe ich ein Gefühl tiefer Heiterkeit erlebt, als ich mich diesen tieferen Wahrheiten meines Lebens zum ersten Mal genähert und sie berührt habe.

In den frühen achtziger Jahren habe ich meine Mönchsgelübde in einem burmesischen Waldkloster in Kalifornien abgelegt. Dort führten wir eine Meditationspraxis durch, die normalerweise im Westen nicht praktiziert wird. Die Praxis, die der Buddha gelehrt hat, wird „eine Meditation zu den zweiunddreißig Teilen des Körpers" genannt. Tag für Tag wurden wir angewiesen, unsere Aufmerksamkeit auf verschiedene Teile des Körpers zu sammeln. Zuerst sammelten wir uns auf das Kopfhaar, und nach ein paar Tagen fügten wir dann die Zähne zu unserer Meditation hinzu. Als nächstes beschäftigten wir uns mit den Haaren, der Haut und den Knochen. Dann fügten wir die Körperflüssigkeiten hinzu, das Blut, Eiter, Urin, Tränen und die Gelenkflüssigkeiten. Im Laufe der Zeit deckten wir alle in den klassischen Schriften genannten zweiunddreißig Teile des Körpers ab.

Als wir dies Tag für Tag, Monat für Monat machten, begann das Gefühl der Solidität des Ich zu zerbröckeln. Das wurde beängstigend, je mehr die Erfahrung des Körpers zu der eines Flusses anstatt einer soliden Masse wurde. Es war beängstigend und befreiend zugleich.

Nach vielen Monaten nahm man uns in die anatomische Abteilung einer örtlichen Universität mit. Unter dem Mantel der Dunkelheit wurden wir nach drinnen geführt, und jeder von uns wurde gebeten, sich neben einen Tisch zu setzen. Auf jedem Tisch lag ein riesiger Beutel, der sich etwa auf Schulterhöhe befand. Nach einer Phase der Meditation der Liebenden Güte bat man uns, den Beutel zu öffnen. Ich öffnete meinen und fand darin den Leichnam einer Frau. Ich schaute sie an. Sie trug einen kleinen goldenen Stecker als Ohrring. Ihre Zehennägel waren rot lackiert. Sie schien nicht in großem Schmerz gestorben zu sein. Sie sah gelassen und ziemlich normal aus, außer, daß sie nicht atmete.

Die vorstehende Nonne kam auf mich zu und sagte: „Jetzt möchte ich, daß Sie auf die andere Seite des Tisches gehen." Ich stand auf, ging um den Tisch herum und mußte zu meiner großen Erschütterung feststellen, daß man diese Frau in der Mitte durchgeschnitten hatte. Alles, was ich sah, war Fleisch, Knochen und Organe. Es war schockierend! In jenem Moment kam es zu einer unwiderruflichen Veränderung in meinem Geist. Mir wurde unmittelbar bewußt, wie sehr ich mich mit der Oberfläche meiner selbst und aller anderen Dinge identifiziert hatte. Als ich aus dieser anderen Perspektive, von der anderen Seite des Tisches aus, auf die Frau schaute, war es vollkommen anders. Ich blickte auf rohes Fleisch.

Als ich die Leber, das Gehirn, die Sehnen, die sich überlappenden Muskeln und die Wirbel vor mir sah, von denen jeder komplizierte physiologische Verbindungen zu den anderen Teilen hatte, erfüllte mich Achtung vor dem Wunder, das da vor mir und in mir lag. Die Vorstellung, daß ich irgendein Aspekt jener unzähligen Teile des Körpers sein könnte, die da nackt vor mir lagen, erschien eine lächerliche, ja unmögliche Vorstellung zu sein. Der Körper ist ein Vehikel, rein, ehrfurchtgebietend, einfach – ihrer war still, und meiner atmete, Gott sei dank, im Moment noch. Die Verschiebung in der Wahrnehmung, die in jenem Anatomiesaal passierte, war ein Geschenk, eine weitere Vorbereitung und eine weitere Ausrichtung auf die tiefere Wahrheit dessen, was ich bin.

Vor zweieinhalbtausend Jahren hielt der Buddha eine seiner meiner Meinung nach berührendsten Predigten. All seine Nonnen und Mönche hatten sich um ihn herum auf einem Berggipfel versammelt; er pflückte eine Blume und hielt sie stundenlang in der Hand. Er sagte kein einziges Wort. Er saß einfach nur da und hielt die Blume in der Hand. Nach vielen Stunden trat ein glückseliges Lächeln in das Gesicht eines der Mönche, der ziemlich weit vorn saß. Als die Blume langsam verwelkte, starb und in der Hand Buddhas allmählich zerfiel, begriff der Mönch, daß alles, was geboren wird, sterben muß, einschließlich der Blume, einschließlich seiner selbst. Es wurde kein einziges Wort gesprochen. Der Mönch durchdrang den Wahn der Stabilität und wurde vollkommen von seinem Leiden befreit. Er wurde erleuchtet.

Als weitere Praxis schickte der Buddha Mönche und Nonnen zu den Begräbnis- beziehungsweise Gebeinstätten, wo häufig Leichen auf Scheiterhaufen geworfen und verbrannt wurden. Das ist in Indien eine übliche Praxis. Der Buddha unterwies sie, das Schicksal zu kontemplieren, das uns alle erwartet. Bei dieser Kontemplation ist es schwierig, uns von dem zu trennen, was vor unseren Augen geschieht. Das ist kein makaberes, bizarres oder morbides Unterfangen, sondern vielmehr ein Versuch, uns für die Tatsache zu öffnen, daß uns alle der Tod erwartet. Wir können ihm nicht entkommen.

Bei einer Reise durch Südafrika, das Land, in dem ich geboren wurde, hatte ich das Privileg, zusammen mit einem wunderbaren Mann namens Godwin Samaratna bei einem Retreat zu lehren. Er ist buddhistischer Meditationslehrer in einem Meditationszentrum in Sri Lanka und arbeitet viel mit Menschen, die im Sterben liegen. Er war schockiert, als er erfuhr, daß ich bereits 39 Jahre alt war, als ich zum ersten Mal mit einem Menschen zusammenkam, der im Sterben lag. Godwin sagte mir, daß er kürzlich in Kapstadt ein Retreat angeleitet habe. Jemand starb, während Godwin dort war, und man bat ihn, bei den Begräbnisfeierlichkeiten eine Rede zu halten. Godwin sagte mir: „Ich ging zu diesem Ort, der ‚Begräbnissalon' genannt wird. Alle Anwesenden bemühten sich mit aller Macht, nicht zu weinen und keine Emotionen zu zeigen. Alle zeigten möglichst viel Selbstbeherrschung. Es war deprimierend. In Sri Lanka weinen, schreien und stöhnen wir, wenn jemand stirbt. Die Kinder sind mittendrin. Der Körper wird vier Tage lang im Wohnzimmer aufgebahrt. Es kann sogar sein, daß er anfängt, ein wenig zu stinken. Der Tod ereignet sich ständig, und er ist ein Teil unseres Lebens."

Ich bin noch nicht in Indien gewesen, aber man hat mir gesagt, daß es dort überall Hinweise auf den Tod gibt. Die Menschen wickeln den Leichnam von Verwandten in ein Tuch ein, um ihn mit in ihr Dorf zu nehmen, wo dann die Begräbnisrituale durchgeführt werden. Leichname sind sichtbar und werden nicht versteckt. Hier im Westen haben wir eine Verschwörung des Schweigens, von der wir glauben, das sie uns schützt.

Ich habe Godwin erzählt: „Ich habe eine Freundin in Amerika, die im Hospiz arbeitet. Sie war mit einer sterbenden Frau zusammen, die sechsundneunzig Jahre alt war. Die Frau lag im Bett, und alles, was sie sagte, war: ‚Warum ich, warum ich? Warum ich?'"

Godwin lachte und lachte. Er sagte: „In Sri Lanka sterben Menschen überall. Man lernt den Tod im frühesten Kindesalter kennen. Dennoch ist es so, daß Menschen, die alt sind und dem Tod gegenüberstehen, mir immer wieder die Frage gestellt haben: ‚Warum ich? Warum ich?' Meine Antwort war dann: ‚Und warum *nicht* du?'"

Für die meisten von uns bestimmt die Angst vor dem Tod sehr grundlegend, wie vollständig wir uns dem Leben öffnen. Unser Bedürfnis nach Kontrolle, Sicherheit, Stabilität und Versicherung sind meinem Gefühl nach allesamt Ausdruck unserer Angst vor dem Tode und des Nichtakzeptierens von Wandel. Nach meiner Diagnose im Jahre 1989 traf mich die Angst wie eine Tonne Ziegelsteine. Ich erinnere mich noch lebhaft, wie ich schweißgebadet in der Meditationshalle saß. Ein ständig präsentes Gefühl des Verlustes durchdrang die Zellen meines Körpers. Es fühlte sich an wie ein Vulkan in mir.

Zu manchen Zeiten konnte ich nur sehen, was in meinem Leben nicht länger möglich zu sein schien. Zu jenem Zeitpunkt waren bereits über vierzig meiner Freunde an AIDS gestorben. Ich wurde von Erinnerungen an sie alle verfolgt sowie von Gedanken an all die Möglichkeiten und Veränderungen, die diese Krankheit mit sich bringt. Sie saßen neben mir auf dem Meditationskissen. Die Gedanken quälten mich. All meine Träume, Hoffnungen und Bestrebungen lagen in Fetzen um mich herum. Es war eine schwierige Zeit. Nichts fühlte sich stabil an, nichts fühlte sich sicher an, nichts fühlte sich verläßlich an. In der Meditation strebte ich an, mich der Angst vor dem Tod, den Schrecken, der Traurigkeit, der Trauer, der Wut und dem Wuchern der Gedanken, die aus diesen Emotionen heraus entstanden, zu öffnen.

Bald wurde mir bewußt, daß ich mit dem Virus zutiefst auf Kriegsfuß stand. Der Virus fühlte sich bedrohlich, böswillig und heimtückisch an. Er hatte meine Freunde umgebracht, und jetzt würde er mich umbringen. Noch mehr Todesangst. Mehrere Leute schlugen vor, ich sollte mit einer Visualisierung beginnen, die zu jener Zeit beliebt war: Ich sollte die T-Zellen visualisieren, die Guten in meinem Körper, die die Schlimmen, den Virus, angriffen. Eine Art von innerem Moorhuhnschießen: abschießen, abschießen und nochmals abschießen. Da ich ein ziemlich eifriger Mensch bin, habe ich mich in massive Kriegführung mit meinem Blut verstiegen. Danach fühlte sich mein Körper an wie ein Schlachtfeld, das mit Leichen und Blut übersät war. Bald wußte ich, daß diese Abschießen-abschießen-Visualisierung nicht funktionierte. Statt dessen verspürte ich ein tiefes Bedürfnis nach irgendeiner Art von Frieden und Ausgeglichenheit bei dem, was da passierte, so schwierig es auch war.

Ich glaube, daß diese Suche nach Frieden für jeden gilt, der als physisch krank diagnostiziert worden ist. Zuerst ist die offensichtliche physische Diagnose da, dann die mentale Reaktion darauf, und dann ist da der Lernprozeß, mit beiden zu sein: zu lernen, in Beziehung mit Körper und Geist zu sein.

Meiner Erfahrung nach ist die AIDS-Diagnose von einer Angstdiagnose begleitet. Zusammen mit dem Virus kommen die immensen kollektiven Ängste und die irrationalen Phobien einer Gesellschaft auf, die zutiefst einen Virus fürchtet, den sie im Großen und Ganzen weder kennt noch versteht. Ich habe all diese Ängste in mir gespürt, und bald ist mir bewußt geworden, daß ich in meiner Beziehung zu dem Virus äußerst vorsichtig sein mußte. Wenn ich den Virus mit Angst und Zorn in Beziehung setzte, wenn ich Widerstand gegen ihn leistete, wenn ich ihn bekämpfte und mit ihm rang, dann führte ich Krieg gegen mich selbst. Wenn ich es mir erlaube, ein Opfer dieses Virus zu sein, dann bin ich ein Todeskandidat, denn wenn ich mich als Opfer von irgend etwas empfinde, ist das eine gewisse Art von Tod für mich. Die Wahrheit ist, daß dieser Virus so etwa die letzten sechzehn Jahre ein Teil meines Lebens gewesen ist. Es wäre leicht, auf genau dieselbe Weise mit ihm umzugehen, wie die Gesellschaft im Großen und Ganzen mit der AIDS-Tragödie umgeht: mit Vernachlässigung und Verwirrung.

Im Laufe der Jahre habe ich eine Beziehung zu dem Virus entwickelt, und durch diese Beziehung habe ich das Gefühl, mich in bedeutsamer Weise mit meiner Angst vor AIDS und auch meiner Angst vor dem Tod auseinandersetzen zu können.

Als ich in Südafrika lebte, habe ich viel Zeit in Zululand verbracht, das mir sehr am Herzen liegt. Es gibt einen Zulu-Namen, den ich liebe: Sipho. Falls ich je meinen Namen ändern sollte, dann würde ich mich Sipho nennen. Ich beschloß also, den Virus Sipho zu nennen. Wenn ich morgens aufwache, ist das erste, was ich tue, noch bevor ich aus dem Bett steige, daß ich schaue, wie es Sipho geht.

Unsere Unterhaltung entwickelt sich etwa so:
„Hallo Alter, wie geht es dir?"
„Ich bin okay. Die Nacht war ein bißchen rauh, stimmt's?"
„Du sagst es."
„Was brauchst du heute?"
Vielleicht sagt Sipho dann: „Na ja, ich bin wirklich müde" oder „Ich fühle mich ziemlich verärgert" oder „Ich fühle mich heute mürrisch".

Und dann sage ich: „Also hör mal, wir werden heute abend einen Vortrag halten. Mach heute bitte kein Theater! Das kannst du morgen tun. Das ist in Ordnung. Heute haben wir viel zu erledigen, wie wäre es also, wenn wir uns darauf einigen."

So reden und plaudern wir und checken die Situation ab. Wenn er sich heute ruhig verhält, dann kann er morgen tun, was er will. Unsere Beziehung beruht im wesentlichen auf einer ganz einfachen Tatsache: Ich lebe, er lebt – ich sterbe, er stirbt. So klären wir also jeden Tag unsere Beziehung.

Ich habe ein Bild von einem wirklich strammen jungen Burschen auf Rollerblades, der durch meinen Körper saust. Ich sage zu ihm: „Jetzt möchte ich, daß du wirklich schnell zu den Teilen meines Körpers gehst, die für Krankheit empfänglich sind, zu den Teilen, die schwächer sind." Dann rast er durch meinen Magen und meinen Rücken hinauf. Als nächstes sage ich zu ihm: „Wenn du in die Nähe der Nieren kommst, dann laß bitte all die negativen HIV-Faktoren und alles, was mir weh tun kann, los." Wenn er dort ankommt, dann hopsen, hüpfen und springen die Negativfaktoren über die Blutgefäße in die Nieren hinein und die Blase hinunter. Ich springe aus dem Bett und eile zur Toilette. Ich pinkele und beobachte, wie all die negativen HIV-Faktoren in die Toilettenschüssel wandern. Ich sage: „Mögen alle Wesen glücklich sein", und spüle die Toilette. Und weg sind sie!

Im Laufe der Jahre habe ich eine Beziehung zu AIDS aufgebaut, und innerhalb dieser Beziehung ist die Qualität des Humors lebenswichtig. Es könnte so leicht passieren, daß all die Schwere, die mit dem Virus assoziiert wird, sich um Sipho herum gruppiert. Der Virus hat jedoch mein Leben nicht mehr unter Kontrolle; ich fühle mich nicht mehr als Opfer seiner Präsenz. Wir respektieren einander jetzt. Die Angst vor dem Tod ist nicht mehr so allgegenwärtig, wie sie es früher war. Sipho und ich tanzen einen Tanz zusammen, solange wir nur können. Ich fühle, daß wir alle, die wir es mit schwierigen Themen zu tun haben, seien es nun physische, psychische oder sonstige, mit der Angst fertig werden müssen, die in unsere Beziehung zu den schwierigen Umständen in unserem Leben eingebaut ist. Auf diese Weise wird unser Leben nicht von einer lähmenden Angst beherrscht. In unserem Umgang mit diesen Schwierigkeiten sind wir frei von dieser Einschränkung. Das Leben wird gefügiger und handhabbarer, wenn die Angst uns nicht ständig wie in einer Zwangsjacke gefangen hält. Humor kann eine geschickte Art sein, mit Angst zu arbeiten. Sipho hat mich das jedenfalls gelehrt.

Dieser sich entfaltende Umgang mit AIDS, der eine Herausforderung für mich darstellt, hat mich tiefe und schwierige Lektionen gelehrt. Ich fühle, daß das einer der wichtigsten Gründe dafür ist, warum ich heute noch am Leben bin. Ich bin mir ziemlich sicher, daß meine Reise, wenn ich meine Jahre in so tiefem Konflikt mit der Krankheit zugebracht hätte wie am Anfang, viel, viel schwieriger gewesen wäre.

Vor kurzem habe ich mich dazu bewegt gefühlt, mich so gut wie möglich und auf jeder Ebene auf den Tod vorzubereiten. Alles, was ungelöst, unvollendet, unabgeschlossen war, hat sich zunehmend schmerzhaft und gewichtig angefühlt. Ich habe beschlossen, mich voll auf das Sterben vorzubereiten und aus diesem Vorbereitetsein heraus zu leben. Ich spürte das Heranreifen einer Hingabe an die Realitäten meines Lebens, und gleichzeitig fühlte ich mich durch all das behindert, was das Loslassen möglicherweise erschwerte.

Auf einer rein praktischen Ebene fand ich eine einfache und bescheidene Unterkunft in der Nähe meiner Heiler, meiner spirituellen Gemeinschaft, meiner Unterstützungsgruppe und meiner Freunde. Ich nahm Kontakt mit Hospizen und AIDS-Organisationen auf. Ich kümmerte mich um alle rechtlichen Angelegenheiten – mein Testament, meine Handlungsvollmacht – und begann mit meiner Familie und meinen Freunden Gespräche darüber, wie ich sterben wollte. Ich sprach über meinen letzten Willen, über Lebensverlängerung, über meine Asche und mein Grundstück. Nachdem ich mich um diese Details gekümmert hatte, erlebte ich ein überraschendes Gefühl von Leichtigkeit, Glück, Sorglosigkeit und Erleichterung.

Nachdem ich für „Gavin, den Athleten" und „Gavin, den Gesunden und vollkommen Fähigen" gestorben bin, beides schreckliche Verluste, die mit viel Traurigkeit verbunden waren, stelle ich jetzt fest, wie ich mich für eine Freude und einen Frieden öffne, die die Dinge, die ich loslassen mußte, unendlich übersteigen. Ich erlaube mir wieder einmal unerhörte Träume und hoffe auf Wunder und andere Möglichkeiten. Ich erlaube es mir, in diesen Phantasien zu schwelgen, weil ich weiß, daß sie durch eine aufrichtige, persönliche Konfrontation mit der rauhen Realität meines Lebens zu dieser Zeit ausbalanciert werden. Ich lasse meine Flügel sich so weit öffnen, wie sie sich entfalten können, denn ich weiß, daß ich von einem Leben beschützt werde, das den Tod als Ratgeber hat.

In den letzten Jahren ist allmählich ein Gefühl von kindlichem Übersprudeln, Staunen und Freude aufgetaucht. Das ist wirklich berauschend, und es fühlt sich an wie die bestmögliche Medizin für mich. Ich spüre, daß Teile von mir, die eingefroren und durch die Folgen von Kindheitstraumen und die AIDS-Diagnose unterdrückt waren, jetzt mit großer Freude und Elan hervortreten und gefeiert werden wollen. Das Erstaunliche daran ist, daß diese Gefühle ganz eindeutig nicht von der Abwesenheit von Schmerz und Schwierigkeiten abhängen. Sie sind die Spielgefährten von allem, was geschieht, ganz gleich, ob es angenehm oder unangenehm ist. Ich bin zwischendurch von Phasen des tiefsten Friedens, der tiefsten Hingabe, Zufriedenheit und Ruhe gesegnet, die ich jemals kennengelernt habe.

Diese Süße ist unser aller Geburtsrecht und sie ist auf allen Ebenen von Schwierigkeiten verfügbar. Rainer Maria Rilke hat geschrieben: „Es ist wahr, daß diese Mysterien schrecklich sind, und die Menschen sind immer vor ihnen zurückgeschreckt. Aber wo könnten wir etwas Süßes und Herrliches finden, das nie die Maske des Schrecklichen getragen hätte? Wer nicht zu irgendeiner Zeit seine volle und freudige Zustimmung zur Schrecklichkeit des Lebens gibt, kann nie von der unaussprechlichen Fülle und Kraft unserer Existenz Besitz ergreifen; er kann nur an ihrem Rand entlanggehen, und eines Tages, wenn das Urteil gefällt wird, wird er weder lebendig noch tot gewesen sein."

Für mich fühlt es sich heutzutage leichter an zu sterben, denn ich weiß, daß Teile von mir, die tot waren, heute wieder lebendig sind. Trotz der unausweichlichen physischen Fakten bin ich glücklicher und mehr im Frieden mit mir und meinen Umständen, als ich es je zuvor gewesen bin. Erneuerte Leidenschaft, Eifer und Interesse blühen in der Meditationspraxis auf, wo diese ganze Reise begann. Die Knospe, die sich so eng anfühlte, als ich vor langer Zeit diese Reise antrat, fühlt sich jetzt weit offen an; sie ist voller Farbe und mit Segnungen für all jene Dinge erfüllt, die in meinem Leben möglich gewesen sind.

Sharon Salzberg

Zum Verbündeten aller Wesen werden

In der buddhistischen Tradition sind die Bodhisattvas diejenigen, die in dem Streben nach Erleuchtung den Entschluß fassen: „Ich gelobe, volle Erleuchtung zum Wohle aller fühlenden Wesen zu erreichen." Das ist ein ganz unglaubliches Gelübde! Es bedeutet zu erkennen, daß unsere eigene Befreiung unabdingbar mit der Befreiung aller anderen Wesen verknüpft ist. Es bedeutet, daß wir, anstatt andere Wesen als Gegner anzusehen, sie in diesem Bemühen um Freiheit als Mitstreiter ansehen. Anstatt andere Menschen mit Angst oder Verachtung anzusehen, was aus einem Glauben an Trennung heraus geschieht, sehen wir sie als Teil dessen an, was wir selbst sind. Die Wahrheit dieser fundamentalen Verbundenheit zu erkennen ist das, was im Edlen Achtfachen Pfad die Rechte Sicht genannt wird.

Der Buddha hat gesagt: „Genauso wie das Morgengrauen der Vorbote und der erste Hinweis auf die aufgehende Sonne ist, so ist die Rechte Sicht der Vorbote und der erste Hinweis auf heilsame Zustände." So wie das Morgengrauen zum Sonnenaufgang führt, so führt das Sehen der Wahrheit unserer gegenseitigen Verbundenheit zum Geisteszustand der Liebenden Güte, der den Bodhisattva kennzeichnet. Mit Liebender Güte werden wir zum Verbündeten aller Wesen überall. Vielleicht denken wir: „Das ist unmöglich. Wie kann ich der Verbündete all derjenigen sein, die mich persönlich verletzt haben, oder derjenigen, die mit Absicht andere zu verletzen scheinen? Wie kann ich mich um unzählige Wesen kümmern?"

Es ist wahr, dem Bestreben des Bodhisattvas scheinen unüberwindliche Hindernisse entgegenzustehen. Ein Freund hat das einmal mir gegenüber zum Ausdruck gebracht, als wir auf dem Roten Platz in Moskau standen, der voller Menschen war. Da gab es exotisch aussehende Zigeuner und Menschen, die aus einem anderen Jahrhundert zu stammen schienen, neben modernen Geschäftsleuten. Von der schieren Anzahl und der unglaublichen Vielfalt der Menschen überwältigt, wandte sich mein Freund mir zu und sagte: „Ich glaube, ich gebe mein Bodhisattva-Gelübde auf."

Es scheint unmöglich zu sein, sich aufrichtig um alle Wesen überall zu kümmern. Bei der Entwicklung des Herzens der Liebenden Güte geht es jedoch nicht um Anstrengung; es geht nicht darum, daß wir die Zähne zusammenbeißen und selbst dann, wenn wir vor Wut kochen, das irgendwie mit einem positiven Gefühl überdecken. Liebende Güte ist eine Fähigkeit, die wir alle in uns tragen. Wir müssen nichts Unnatürliches tun, um in der Lage zu sein, Sorge für andere zu tragen. Wir müssen einfach nur die Dinge so sehen, wie sie tatsächlich sind.

Wenn wir uns Zeit nehmen, ruhig zu sein, still zu sein, dann beginnen wir das Netz von Bedingungen zu sehen, das die Lebenskraft selbst ist, aus der heraus jeder einzelne Moment entsteht. Wenn wir genau hinschauen, dann sehen wir ständigen Wandel; wir schauen der Unbeständigkeit, der Unwirklichkeit, dem Mangel an Solidität ins Gesicht. Angesichts dieser Wahrheit wird – wie der Buddha herausgestellt hat – der Versuch, das zu kontrollieren, was nie kontrolliert werden kann, uns keine Sicherheit und kein dauerhaftes Glück bringen. Tatsächlich führt der Versuch, sich ständig verändernde und im Grunde genommen unwirkliche Phänomene zu kontrollieren, zu unserem Gefühl von Isolation und Zersplitterung. Wenn wir versuchen, uns an etwas festzuhalten, das zerfällt oder auseinanderbricht, und sehen, daß es nicht nur zerfällt, sondern wir uns in derselben Weise verändern, dann sind Angst, Panik, Gefühle von Trennung und viel Leid unvermeidlich.

Wenn wir unsere Welt und unsere Beziehung zu ihr in der Weise verändern, daß wir nicht länger den müßigen Versuch machen, sie zu kontrollieren, sondern uns tief mit Dingen verbinden, wie sie sind, dann durchschauen wir die Unwirklichkeit aller Dinge und sehen dahinter unsere grundlegende gegenseitige Verbundenheit. Vollständig mit unserer eigenen Erfahrung verbunden zu sein und keinen Aspekt auszuschließen, führt uns auf direktem Wege zu unserer Verbundenheit mit allen Wesen. Da gibt es keine Grenzen und keine Trennung. Wir stehen nicht abseits von irgend etwas oder irgend jemandem. Wir sind weder mit unserem Leiden noch mit unserer Freude je allein, denn das ganze Leben ist ein Strudel von Bedingungen, ein Strudel von gegenseitigen Einflüssen, die zusammenkommen und wieder auseinanderdriften. Indem wir in das Herz eines Dings eindringen, sehen wir alle Dinge. Wir sehen die eigentliche Natur des Lebens.

Es heißt, daß es zu Buddhas Zeiten einen Mönch gab, der aus einer äußerst wohlhabenden, aristokratischen Familie stammte. Da er in seinem Leben sehr verhätschelt worden war, kannte er einige der einfachsten Dinge nicht; dies machte ihn zum Gegenstand vieler Hänseleien von Seiten der anderen Mönche. Eines Tages fragten sie ihn: „Woher kommt der Reis, Bruder?" Er antwortete: „Er kommt aus einer goldenen Schüssel." Und als sie ihn fragten: „Woher kommt die Milch, Bruder?", da antwortete er: „Sie kommt aus einer silbernen Schüssel."

Es kann sein, daß unsere eigene Sicht des Wesens der Existenz in mancher Hinsicht der Sichtweise dieses Mönches ähnelt. Wenn wir versuchen zu verstehen, wie unser Leben funktioniert, und dabei nicht genau hinsehen, kann es sein, daß wir nur die oberflächlichen Verbindungen und Beziehungen sehen, die unsere Welt ausmachen. Bei näherem Hinschauen begreifen wir, daß jeder Aspekt unserer gegenwärtigen Wirklichkeit nicht aus „goldenen und silbernen Schüsseln" kommt, sondern aus einem riesigen Ozean an Bedingungen, die in jedem Moment zusammenkommen und wieder auseinanderdriften. Das zu sehen ist die Wurzel des Mitgefühls und der Liebenden Güte. Alle Dinge sind, wenn sie klar gesehen werden, nicht unabhängig voneinander, sondern vielmehr mit allen anderen Dingen, mit dem Universum und mit dem Leben selbst verbunden.

Als wir den zwanzigsten Jahrestag der *Insight Meditation Society* feierten, haben einige junge Erwachsene einen Baum im Garten gepflanzt. Wenn wir auf jenen Baum schauen, dann können wir ihn als eigenes und getrenntes Objekt sehen, das allein dasteht, ein einzelnes Ding. Auf einer anderen Wahrnehmungsebene jedoch ist seine Existenz die Folge und die Manifestation eines subtilen Netzwerkes von Beziehungen. Die Vorstellung, den Baum zu pflanzen, war eines Tages als Gedanke im Geist von jemandem aufgetaucht, und die Idee, daß ihn einige junge Leute pflanzen sollten, war an einem anderen Tag in meinem Geist aufgetaucht. Die Erde, die den Baum in Empfang nahm, war von einer Reihe von Menschen genährt worden, die in der IMS gelebt oder sie besucht hatten. Der zwanzigste Jahrestag wurde aufgrund der Begeisterung und jahrelangen Unterstützung zahlreicher Menschen gefeiert. Jeder der jungen Erwachsenen, die den Baum gepflanzt hatten, hatte durch unterschiedliche Lebenserfahrungen eine Verbindung zur Meditation hergestellt.

Der Baum wird jetzt von dem Regen beeinflußt, der auf ihn fällt, sowie durch den Wind, der durch ihn hindurch und um ihn herum weht. Er wird durch das Wetter und die Qualität der Luft beeinflußt. Wir wissen, daß Umweltverschmutzung sauren Regen verursacht, was wiederum Auswirkungen auf unseren Baum hat. Wir hören, daß eine Variable, die so subtil ist wie die Tatsache, daß ein Schmetterling in China mit den Flügeln schlägt, die klimatischen Bedingungen in Massachusetts beeinflussen kann, und daß auf diese Weise Vorgänge auf der anderen Seite der Erde unseren Baum beeinflussen. Jeder Person, die heute den Baum sieht oder berührt, ist es aufgrund vieler Kräfte, die im Universum zusammengekommen sind, ermöglicht worden, die IMS zu besuchen.

In derselben Weise sind wir alle Teil des Lebens der anderen und der Reise zur Befreiung. Eines der Dinge, die ich am liebsten tue, wenn ich vorn in einer Halle voller Meditationsschüler sitze, ist zu spüren, wie viele Wesen uns alle dort auf die eine oder andere Art zusammengebracht haben. Wie viele Freunde, Geliebte und Menschen, mit denen wir Schwierigkeiten hatten, haben unser Leben auf eine bestimmte Weise beeinflußt? Ich denke an die Reihe der Lehrer, angefangen von der Zeit Buddhas, an all die Männer, Frauen und sogar Kinder, die den Mut hatten, in ihrem Leben ein Risiko einzugehen, die die Bereitschaft hatten, anders zu sein und auf die Natur ihres Lebens und ihres Geistes in einer Art zu schauen, die nicht von der Konvention geprägt war. Ich fühle, wie viele Menschen in der Vergangenheit und der Gegenwart auf irgendeine Weise Anteil daran haben, daß ich in jenem Moment in jener Halle sitze, und ich spüre auch ihre Präsenz dort.

Es wäre vollkommen zwecklos, den Versuch zu unternehmen, die zahlreichen Einflüsse, Begegnungen, Gespräche, Treffen, Abschiede, Zeiten des Teilens großer Freude und Zeiten des Schmerzes und Verlustes zurückzuverfolgen, die mich zu jener bestimmten Zeit an jenen Ort gebracht haben. Das, was sich in meinem Geist abspielt, gleicht eher einem Kaleidoskop als einer Diashow. Wenn man es nur einmal dreht, dann bewegen sich alle Glasstücke und bilden eine neue, andersartige Konfiguration und ein anderes Muster.

Dies ist ein riesiges Netz gegenseitiger Verbundenheit, das keinen Anfang, keine Solidität und keine Grenze zu haben scheint.

Diese Vision von Weite, von gegenseitiger Verbundenheit zu sehen, das führt zu Liebender Güte. Wir schauen einen Baum an und sehen ihn nicht als scheinbar einzeln stehende, einzigartige Form an, sondern vielmehr als eine Reihe von Beziehungen – von Elementen, Kräften und Möglichkeiten, die alle in ständiger Bewegung miteinander verknüpft sind: der Same, der gepflanzt wurde, und die Qualität des Bodens, die den Samen aufgenommen hat, die Qualität der Luft und das Sonnenlicht, der Mondschein und der Wind. Das ist der Baum. Auf dieselbe Weise verkörpert jeder von uns in jedem Moment eine Reihe von Beziehungen. Das ist Liebende Güte. Es ist eine Sichtweise, nicht ein Gefühl. Es ist eine Sichtweise, die aus einer radikalen Wahrnehmung von Nichttrennung resultiert.

Beim Lehren der Liebenden Güte habe ich festgestellt, daß Menschen sich davor ängstigen, wenn sie sie als ein Gefühl verstehen; sie fürchten, nicht fähig zu sein, sie zu fühlen, und daß sie sich scheinheilig und selbstgefällig fühlen werden, wenn sie es versuchen. Liebende Güte ist jedoch keine künstlich geschaffene Wahrnehmung. Sobald wir etwas als ein bestimmtes Gefühl definieren, machen wir es zu einem Objekt beziehungsweise zu einem Ding. Wir machen es zu etwas, das wir geben oder nicht geben, zu etwas, das wir haben oder nicht haben, zu etwas, das wir vielleicht auf Nachfrage produzieren müssen, wie eine Karte am Valentinstag. Liebende Güte ist kein Objekt, sie ist eine essentielle Art des Sehens, die entsteht, wenn wir uns selbst von jenen normalen geistigen Gewohnheiten befreien, die Trennung und Grenzen und Barrieren schaffen und ein Gefühl von „selbst und andere" erzeugen. Die Praxis der Liebenden Güte ist ein Aufgeben, ein Zurückkommen, ein Uns-in-unseren-natürlichen-Geisteszustand-hinein-Entspannen.

Seit ich erstmals Bekanntschaft mit der Dharma-Praxis machte, habe ich immer wieder gehört, daß Liebende Güte und Mitgefühl Elemente oder Manifestationen des natürlichen Geisteszustands sind. Ich habe es gehört und gedacht: „Auf keinen Fall. Schau dir diese Welt an – sie ist ein Chaos. Ich bin auch chaotisch. Es ist einfach vollkommen unrealistisch, davon auszugehen, daß diese Qualitäten der natürliche Geisteszustand sein können." Aber als ich mein Leben dann weiterhin untersucht habe, habe ich immer wieder gesehen – und zwar ohne eine einzige Ausnahme –, daß ich immer dann eine größere Verbundenheit, eine stärkere Liebende Güte empfunden habe, wenn ich die Dinge klarer sehen konnte, wenn ich ein wenig stiller sein und kein vorschnelles Urteil zu fällen vermochte, wenn ich etwas über jemanden oder mich selbst gelernt hatte, wenn ich eine Situation oder eine Person klarer sehen konnte. Nie hat das klarere Sehen zu mehr Trennung oder Distanz, zu mehr Entfremdung oder Angst geführt. Nicht ein einziges Mal.

Eine meiner Freundinnen ist eine wunderbar einfühlsame Therapeutin. Eines Tages suchte ein Mann sie auf und bekniete sie, ihn als Klienten anzunehmen. Sie fand seine politischen Ansichten befremdlich, seine Gefühle gegenüber Frauen abstoßend und sein Verhalten recht lästig. Kurz gesagt, sie mochte ihn überhaupt nicht und drängte ihn, sich eine andere Therapeutin zu suchen. Da er jedoch unbedingt mit ihr arbeiten wollte, willigte sie schließlich ein.

Dann, als er ihr Klient war, versuchte sie sein ungeeignetes Verhalten und die Art und Weise, wie er sich verschloß, mit Mitgefühl anstatt mit Verachtung und Angst zu sehen. In ihrer Zusammenarbeit begann sie zu sehen, wie schwierig sein Leben in vieler Hinsicht gewesen war und daß auch er sich – wie sie selbst – danach sehnte, glücklich zu sein, daß er genauso litt wie sie selbst. Obwohl sie weiterhin, ohne das zu verleugnen, sein unangenehmes Verhalten sah, stellte sie fest, daß sie es mit dem Gefühl tat, daß sie unausweichlich seine Verbündete war. Das Ziel wurde seine Befreiung vom Leiden. Er war „ihrer" geworden. Auch wenn ich nicht glaube, daß sie ihn je mochte oder viele seiner Ansichten billigte, so kam sie schließlich doch dazu, ihn zu lieben.

Liebe und Mitgefühl sind keine Vorstellungen; sie sind keine Dinge, die wir als Fassade oder Vorwand vorschieben, nicht etwas, das wir verpflichtet sind, nachzuahmen, ganz gleich, wie wir uns tatsächlich fühlen. Wenn wir unsere Konzepte von Dualität und Trennung loslassen, dann entstehen Liebe, die Verbundenheit ist, und Mitgefühl, das Freundlichkeit ist, als Widerschein des natürlichen Zustandes unseres Geistes. Das ist nicht bloß eine schöne Idee, sondern etwas sehr Reales und Fundamentales.

Der Buddha hat einmal gesagt: „Entwickle einen Geist, der so mit Liebe angefüllt ist, daß er dem Raum ähnelt, der nicht bemalt, nicht beschädigt und nicht ruiniert werden kann." Stellen Sie sich vor, Sie schleuderten Farbe in den riesigen, unendlichen Raum. Die Farbe kann dort nirgendwo landen. Es spielt keine Rolle, ob die Farbe schön ist oder nicht. Es spielt keine Rolle, denn der Raum kann nirgendwo mit Farbe bedeckt oder beschädigt oder ruiniert werden. Wenn wir von den Trennungen lassen, die wir normalerweise vornehmen, dann wird der Geist wie dieser Raum. Das ist nichts, was nur wenige Glückliche erleben können; es ist die Natur des Geistes, und jeder von uns hat die Fähigkeit, sie kennenzulernen.

Tsoknyi Rinpoche, ein tibetischer Lehrer, sagte in einer Unterweisung zur Praxis, daß wir üben, um zu lernen, uns selbst mehr zu vertrauen und mehr Vertrauen in das zu bekommen, was wir wissen, so daß wir mehr von Zutrauen als von Zweifeln geprägt sind. Liebende Güte und Mitgefühl sind angeborene Fähigkeiten, die wir alle besitzen. Die Fähigkeit, uns um andere zu kümmern, eins zu sein mit der Existenz und uns miteinander zu verbinden, sind Dinge, die nicht zerstört werden, ganz gleich, was wir erleben. Unabhängig davon, welche Erfahrungen wir gemacht haben, unabhängig davon, wie viele Narben wir tragen, jene Fähigkeit bleibt intakt. Und so praktizieren wir Meditation, um zu jener Geräumigkeit zurückzukehren und zu lernen, unserer Liebesfähigkeit zu vertrauen.

Wir sind alle Bodhisattvas, nicht in dem Sinne, daß wir Erlöser sind, die herumrennen und sich um jedermanns Probleme kümmern, sondern durch die Wahrheit unserer gegenseitigen Verbundenheit. Es gibt keine Trennung. Wir alle gehören zueinander. Es kann natürlich sehr schwierig sein, den Lauf unseres alltäglichen Lebens aus dieser Erkenntnis heraus zu gestalten. Einer meiner Freunde war einmal allein zu Hause, als es an der Tür klingelte. Er öffnete die Tür und sah sich einem ungepflegten, verwahrlost aussehenden Menschen gegenüber. Als mein Freund versuchte, diesen Fremden zum Gehen zu veranlassen, schaute ihn der Mann an und sagte: „Kennst du mich denn nicht mehr?" Tatsache war, daß sie sich nie zuvor begegnet waren. Auch wenn es wahrscheinlich weise war, dem Mann den Zutritt zu verweigern, so waren seine Worte doch eine ungeheure Lektion: „Kennst du mich denn nicht mehr? Erkennst du mich denn nicht als einen Teil deines Lebens?" Ein Bodhisattva zu sein und uns unserer Fähigkeit zu Liebender Güte zu öffnen ist mehr eine Angelegenheit des Anerkennens unserer gegenseitigen Verbundenheit als ein Anspruch, auf bestimmte Weise zu handeln.

Von unserer Essenz her unterscheiden wir uns nicht voneinander, ganz gleich, wer wir sind. Wir teilen dieselbe dringliche Suche nach dem Glück, und niemand von uns verläßt diese Erde, ohne gelitten zu haben. Wie der Buddha gesagt hat: „Alle Wesen überall wollen glücklich sein." Es ist nur auf Unwissenheit zurückzuführen, daß wir Dinge tun, die uns selbst oder anderen Leid oder Sorgen bringen. Wenn wir uns die Zeit nehmen, unser Tempo zu verlangsamen und all die verschiedenen Kräfte zu sehen, die bei jeder Handlung zusammenkommen, dann werden wir diesen Wunsch nach Glück selbst inmitten einer furchtbar schädlichen Handlung sehen. Und auch wenn wir uns eindeutig gegen schädliches Verhalten verwahren können und sollten, können wir dies doch tun, ohne uns von irgend jemandem abzuschneiden. Das sind Mitgefühl und Liebende Güte, die auf klarem Sehen beruhen.

Wie es die Wurzel von Buddhas psychologischen Lehren ist, daß wir niemals unser Glück in dem Versuch finden werden, zu kontrollieren, was nicht kontrolliert werden kann, so ist die Wurzel seiner moralischen Lehre das Mitgefühl – zu verstehen, daß alle Wesen glücklich sein möchten und daß Leiden andere in derselben Weise verletzt, wie es uns verletzt. Wir nutzen unsere Achtsamkeitspraxis, um unsere Gefühle wahrzunehmen und sie zu verstehen. Dadurch können wir sehr deutlich sehen, daß wir, wenn wir ungeheuer wütend sind, sehr leiden. Es ist ein Zustand des Brennens, der Kontraktion und Isolation, der Trennung und der Angst. Wir sehen diese relative Natur der Wut ebenso wie ihre endgültigere, vergängliche, unwirkliche und transparente Natur. Auf der relativen Ebene ist es schmerzhaft; es tut weh. Wir können lernen, Wut nicht als schlecht oder schlimm anzusehen. Wir müssen die Wut weder ablehnen noch verurteilen, noch müssen wir uns selbst ihretwegen verdammen. Wir können vielmehr Mitgefühl für den Schmerz empfinden, den sie auslöst. Und dann verstehen wir, daß andere, wenn sie von Wut beherrscht werden, ebenso leiden wie wir, wenn wir uns in diesem Zustand verloren haben.

Diese Qualität des Mitgefühls ist auch die Grundlage moderner psychologischer Vorstellungen von der Entwicklung der Moral. Wir lernen, andere nicht zu verletzen, weil wir verstehen, wie es sich anfühlt, verletzt zu werden. Wenn andere als Objekte anstatt als sensible Wesen angesehen werden, dann ist es sehr leicht, ihnen Schaden zuzufügen. Aber wenn wir von innen heraus den Schmerz begreifen, den andere durch unsere Handlungen erfahren, dann entsteht daraus ein klares und wahres Gefühl von Moral.

Mitgefühl und Nichttrennung sind die grundlegenden Aspekte der Liebenden Güte. Damit etwas als Liebende Güte bezeichnet werden kann, muß Folgendes vorhanden sein: ein radikales Sehen unserer Nichtgetrenntheit sowie das Erkennen unserer Einheit und Unteilbarkeit. Wenn wir Unwissenheit durchschauen und zum Herzen unserer gegenseitigen Verbundenheit gelangen, dann kommt es uns vor, als hätten wir zuvor in einem schlechten Traum gelebt, in dem unser Kummer und unsere Sorgen einfach aus dem Nichtsehen heraus geboren wurden. Aus dem klaren Sehen entsteht die unverfälschte Liebende Güte, die die Wahrheit unserer Bodhisattva-Natur ist.

Renate Seifarth

Inneren Frieden verwirklichen und froh durchs Leben gehen

Wenn wir denken, wir müßten nur achtsam sein und dann würden wir immer nur Schönes und Angenehmes erfahren, nie mehr frustriert und gelangweilt sein, dann werden wir mit dieser Praxis des Vipassana eine große Enttäuschung erleben. Vielmehr werden wir feststellen, daß wir sowohl angenehme wie auch unangenehme Erfahrungen stärker spüren werden. Tatsächlich ist die Idee, daß wir ständig ein angenehmes Gefühl haben und in diesem Sinne glücklich sein können, unrealistisch. Alle Wesen werden ständig mit Angenehmem und Unangenehmem konfrontiert. Glück, tiefes Glück, entsteht nur dann, wenn wir in tiefem Frieden mit dem sein können, was ist. Darin liegt das Geheimnis Buddhas.

Buddha sprach in diesem Sinne von den acht weltlichen Winden (*lokadhamma*), die ständig um uns wehen – Glück und Unglück, Lob und Tadel, Erfolg und Mißerfolg, Ehre und Unehre. Niemand kann ihnen entgehen, selbst Buddha konnte es nicht. In einer Sutra heißt es, „Er wurde verleumdet, angegriffen, bedroht ... Doch sein Friede blieb unerschüttert. Und er wurde gepriesen, geehrt, verwöhnt ... Doch sein Gleichmut blieb ungebrochen." Obwohl Buddha die weltlichen Winde erfuhr, litt er nicht darunter, da er sie nicht mehr so persönlich nahm. Was wir beeinflussen können, ist also nicht die *Art* unserer Erfahrung, sondern wie wir mit der Erfahrung *umgehen*.

Stattdessen laufen wir ständig hinter angenehmen Dingen her und von unangenehmen weg. Wir sind fortwährend besorgt, Angenehmes zu behalten und Unangenehmes fernzuhalten. Das bedeutet aber, daß wir in einem solchen Moment Unzufriedenheit beziehungsweise Angst erfahren, die sich in Form von Eifersucht, Neid, Wut, Trauer oder anderen Gefühlen ausdrückt. Wir unterliegen der Vorstellung, daß wir unsere Welt kontrollieren und fixieren können. Und darin liegt unser zentraler Irrtum. Zwar sehen wir, daß alles vergänglich ist, doch können wir diese Wahrheit tief im Inneren nicht akzeptieren. Dahinter verbirgt sich die grundlegende Tendenz unseres Geistes, der jede Person und alle Dinge und Erfahrungen in eine Art Symbol mit bestimmten fixen Eigenschaften verwandelt und sich so einprägt. Auf diese Weise orientiert sich unser Geist, um sich zurechtzufinden. Er versucht die Welt zu systematisieren, zu analysieren und einzuordnen, und das kann er nur, indem er Erfahrungen bestimme Eigenschaften fest zuordnet: „Eiscreme ist lecker! Im Sommer ist es heiß! Er ist nett!" Damit ist ein unabhängig existierendes Selbst mit fixen Qualitäten in unserer Vorstellung, Wahrnehmung geboren. Gleichzeitig interpretieren wir die Welt als eine statische, lineare Angelegenheit, an die sich die Welt leider nicht hält. Durch dieses Mißverständnis entsteht ein Großteil unseres Leidens.

Jener Mechanismus des Geistes, der die Erfahrungen symbolhaft fixiert, führt dazu, daß wir an bestimmten Erfahrungen haften. In der *Culasihanada Sutra* nennt Buddha vier Bereiche des Haftens: „Bhikkhus, es gibt vier Arten des Haftens. Welche vier? Haften an sinnlichen Erfahrungen, Haften an Meinungen, Ansichten und Anschauungen, Haften an Regeln und Ritualen und Haften an der Idee eines unabhängig existierenden Selbst."

Und weiter erklärte Buddha: *Nibbanam paramam sukham* – „Nibbana ist das höchste Glück" (*Dhammapada*, V. 203/204) und „Das ist Nibbana – nämlich die Befreiung des Geistes durch Nicht-Anhaften." (*Aneñjasappaya Sutta*, V. 13)

Tatsächlich versuchen wir unser Glück aber durch das Gegenteil zu erreichen, indem wir endlos Besitztümer anhäufen, Erfüllung in unseren Freunden, Partnern und Kindern suchen, darin, unsere Vorstellungen durchzusetzen und ein von der Gesellschaft akzeptiertes Selbstbild zu entwickeln, das erfolgreich ist. Unsere Wünsche und Begehren zu erfüllen ist das Rezept unserer Gesellschaft zum Glücklichwerden. Doch viele von uns sind vielleicht bereits zu dem Schluß gekommen, daß dieser Weg nicht ganz funktioniert.

Verlangen selbst ist leidhaft. Sobald Verlangen entsteht, ist unsere Zufriedenheit verschwunden. Dabei ist oft nicht das begehrte Objekt der Auslöser unseres Leidens, sondern der Schmerz des Verlangens und Nicht-Bekommens. Bei Kindern läßt sich das manchmal offensichtlicher beobachten, da die Situationen noch einfacher sind.

Eine Freundin von mir hat zwei Kinder. Eines Morgens beschlossen wir spazierenzugehen und parkten das Auto vor einem Kiosk. Am

Ende unseres Spaziergangs kauften wir an dem Kiosk noch ein paar Postkarten und wollten dann weiter in die Stadt zum Einkaufen. Die kleine Tochter meiner Freundin, die gerade sechs Jahre alt war, sah aber noch eine Tafel mit dem Eisangebot und wollte ein Eis. Meine Freundin fand, daß das Eis zu teuer war, und da wir fünf Minuten später in der Stadt sein würden, könnte sie dort ein Eis bekommen. Doch die Kleine meuterte. Sie weigerte sich, die Autotür zu schließen, und jammerte und schrie. Jegliches vernünftige Erklären hatte keinen Erfolg. Schließlich schlug ich ihr vor, sie könnte doch die Postkarte schreiben, die sie gerade gekauft hatte. Sie dachte einen Moment nach und ließ sich dann darauf ein. Fröhlich schrieb sie die Postkarte und als sie fertig war, konnten wir losfahren. In der Stadt angekommen hatte sie das Eis schon längst vergessen. Offensichtlich litt sie nicht darunter, dass sie das Eis nicht bekommen hatte, aber vorher hatte sie tatsächlich unter dem *Verlangen* danach gelitten. Sobald etwas anderes dieses Verlangen ersetzen konnte, fand ihr Leiden ein Ende.

Ein anderes Beispiel kennen wir vielleicht, wenn wir einmal auf einem Meditationskurs waren und es mittags Eiscreme zum Nachtisch gab. Die Schale mit dem Eis steht vor uns, aber wir sind noch bei der Hauptmahlzeit und müssen zusehen, wie das Eis schmilzt. Voller Hast fangen wir an, unsere Mahlzeit zu verschlingen, um möglichst schnell zum Nachtisch zu gelangen. Beim Eis angekommen, beeilen wir uns auch damit, weil wir möglichst noch einen Nachschlag möchten. Beim letzten Happen stocken wir vielleicht und fragen uns, wieviel wir von dem Essen wirklich wahrgenommen haben.

Wenn wir während solcher Attacken innehalten, können wir die verzehrende Gewalt von Verlangen spüren, die bei fehlender Achtsamkeit zu blinder Besessenheit führen kann. Richten wir unsere Aufmerksamkeit aber auf das Verlangen selbst anstatt auf das begehrte Objekt so wird die Begierde schließlich verschwinden und wir merken, daß wir das Objekt vielleicht nicht unbedingt bekommen müssen. In diesem Moment können wir die Freiheit, die Erleichterung, die Stille, den Frieden spüren von denen Buddha spricht.

Denn Frieden und Glück hängen nicht allein davon ab, wieviel wir haben. Eindrücklich erfuhr ich dies als ich in Thailand im Kloster lebte. Dort hauste ich auf einer Plattform mitten im Regenwald. Nur Plastikplanen trennten mich von meiner Umgebung, die von Moskitos, von Ameisen und Schlangen wimmelte. Je nach Jahreszeit war es entweder brütend heiß, unerträglich schwül oder zu kalt. Die letzte und einzige Mahlzeit nahmen wir morgens um 9 Uhr ein. Und doch, als ich in der Silvesternacht auf meiner Plattform lag, Knaller und Leuchtraketen den Himmel verzauberten und ich der Musik des Tanzfestes aus dem nahen Dorf lauschte, kam nicht die geringste Wehmut auf, nicht dabei zu sein. Meine Freunde waren viele Flugstunden entfernt und ein Telefon gab es nicht, und doch herrschten tiefste Zufriedenheit und Glück in meinem Herzen. Das zeigte mir, daß Frieden in jedem Augenblick möglich ist, in dem wir akzeptieren können, was ist. Ob es sich um Alleinsein oder Zusammensein, Luxus oder Kargheit, Chaos oder Ordnung oder um was auch immer handelt.

Verlangen ist eine außerordentlich starke Kraft, die wir aber nicht einfach mit unserem Willen unterbinden können. Doch durch mehr Achtsamkeit und Hinspüren können wir ehrlicher abwägen, ob die Freude, die wir aus dem Objekt ziehen, und das Leiden, das vielleicht mit diesem Erlangen verbunden ist, sich in angemessenem Verhältnis zueinander befinden oder nicht. Wenn wir eine zweite Schale Eiscreme nehmen und hinterher bemerken, wie andere leer ausgingen, war der Genuß das schlechte Gewissen wert?

Manchmal schließen wir daraus, wenn wir all das hören, daß wir uns alle schönen Dinge versagen sollten, damit unser Leiden ein Ende findet. Wir vermeiden Situationen und Dinge, die uns Freude bereiten, aus Angst, wir könnten daran haften – eine Gefahr, die dann besonders groß ist, wenn wir unter mangelnder Selbstwertschätzung leiden. Das kann dazu führen, daß wir kurzerhand unser ganzes Leben nach allen Formen des Verlangens durchforsten und uns fragen, ob wir vielleicht unsere Beziehung aufgeben sollten, die zwar ganz gut läuft und uns in unserer spirituellen Entwicklung unterstützt, aber vielleicht hindert sie uns doch daran, die angestrebte Befreiung zu erlangen? Oder vielleicht sollten wir nie mehr tanzen gehen, Schlittschuhlaufen, fernsehen oder in ein Konzert gehen? Auch Elemente aus unserem christlichen Kulturgut wie die Erbsünde und der puritanische Protestantismus unterstützen eine derartige Entwicklung. Anfangs mag uns noch die Hoffnung beflügeln, es endlich bald geschafft zu haben, da wir doch so viel opfern, und die Stimmung trotz aller Entbehrungen aufrecht erhalten. Doch nach einer Weile beginnt für viele der Kampf mit der Sehnsucht nach den Freuden des Lebens, die wiederum das Schuldgefühl deswegen entfacht, daß wir immer noch diesen Sünden erliegen. Unser Selbstwertgefühl schrumpft zusammen, das Gefühl zu versagen macht sich breit, und schließlich siegt die Depression. Im schlimmsten Fall verlieren wir Interesse an der Dharma Praxis, da sie uns zu sehr einengt und vom Leben abgeschnitten hat. Zumindest kann eine weitere Entwicklung nicht mehr stattfinden, da Enthusiasmus und Freude an der Praxis verloren gegangen sind und damit auch echtes Interesse. Folgende Geschichte illustriert dies schön:

> Ein Arzt wird von einem wegen seiner Frömmigkeit hochgeachteten Herrn um Rat gefragt: „Ich leide unter fürchterlicher Migräne, Herr Professor. Obwohl ich nicht rauche, keinen Alkohol trinke, streng vegetarisch lebe, mich aller Fleischeslust enthalte, fühle ich doch ständig diesen Druck wie einen eisernen Ring um meinen Kopf!"
> „Da gibt es nur eine Erklärung", antwortet der Mediziner, „es ist Ihr Heiligenschein, der Ihnen zu eng wird!"

In Wirklichkeit verringern wir nicht unser Verlangen, sondern fallen in das andere Extrem. In der Zweiten Edlen Wahrheit Buddhas heißt es: „Was ist die Ursache des Leidens? Es ist dieses jenes Wieder-Dasein erzeugende, bald hier, bald da sich ergötzende Verlangen, nämlich das sinnliche Verlangen, das Dasein-Verlangen und das Nicht-Dasein-Verlangen." Buddha sprach also nicht nur von Verlangen nach etwas. Er sprach auch von Verlangen nach der Abwesenheit von etwas. Das bezieht sich auch auf das Verlangen und bedeutet: Wir werden Verlangen nicht los durch Ablehnen, Unterdrücken oder Ignorieren. Ob wir eine Erfahrung herbeisehnen und an ihr haften oder ob wir eine Erfahrung befürchten und sie loswerden wollen, ist fundamental das gleiche Problem. Die Essenz unseres Dilemmas liegt in unserer Identifikation mit der Erfahrung und nicht in unserer Erfahrung selbst. Denn Verlangen und Ablehnung beruhen beide auf der Illusion eines Selbst, das getrennt vom Objekt wahrgenommen wird. Und so können wir uns auch mit Verlangen selbst identifizieren, das als Behinderung auf dem spirituellen Weg empfunden wird und daher abgestoßen werden soll. Damit bekämpfen wir aber Verlangen mit Verlangen nach dessen Abwesenheit, was lediglich bedeutet, daß wir uns in Verlangen üben und damit die Tendenz des Verlangens in uns stärken. Zwar kann eine einfache Lebensweise unsere Praxis unterstützen, doch Verlangen verschwindet nicht durch Entsagung und Verzicht allein. Verlangen verschwindet vor allem durch Einsicht in die wahre Gesetzmäßigkeit aller Dinge.

Statt krampfhaft zu versuchen einem Ideal von Bedürfnislosigkeit zu entsprechen, ist es vielleicht sinnvoller uns einzugestehen, wo wir sind. Verlangen führt zu blinder Gier und Besessenheit, die alle Mittel einsetzt, auch wenn andere dabei verletzt werden. Wenn wir Leiden für uns und andere verringern wollen, so können wir damit beginnen, die Handlungen, die direkt Leiden für uns und andere schaffen, zu unterlassen, wodurch wir unserer Gier eine Grenze setzen und damit uns und andere vor einer direkten Verletzung schützen. Dazu hat Buddha die ethischen Richtlinien bezüglich unserer Handlungen, Taten und Redeweisen vorgeschlagen. Wir sollen nicht töten, nicht stehlen, in unserem Umgang mit Sexualität nicht uns oder andere verletzen, nicht lügen, nicht entzweien, nicht übel reden, nicht töricht schwatzen, den Geist nicht durch die Einnahme von Drogen jeglicher Art in Unklarheit versetzen und nicht einer Erwerbstätigkeit nachgehen, die anderen Wesen schadet. Auch diese Regeln können wir blind übernehmen und aus einer nicht so hilfreichen Motivation heraus befolgen – vielleicht um geschätzt zu werden oder als ein guter Schüler angesehen zu werden. Besser wäre es für uns selbst zu klären, daß und warum diese Regeln uns wichtig sind. Solange wir das nicht tun, so lange bleiben diese Regeln Verbote. Daher sollten wir uns die Regeln genau anschauen und kontemplieren, wie sich die Einhaltung und die Übertretung der Regeln anfühlen. Wie fühlen wir uns, wenn wir eine Stechmücke zerquetschen, lügen oder unseren Partner betrügen? Erst wenn wir den Sinn und Zweck dieser Regeln erfahren, beginnen wir sie zu verstehen und zu integrieren. Dann werden wir freiwillig versuchen, nach ihnen zu leben, weil wir deren Wert erfahren haben und auch danach trachten, sie zu verfeinern. Unsere Motivation besteht dann nicht mehr darin, unseren Dünkel zu nähren, sondern entspringt unserem echten Interesse, Leiden für uns und andere zu mindern.

So wie es wichtig ist, unser Verlangen nicht auf Kosten anderer zu befriedigen, so wichtig ist es gleichzeitig, die Freuden, die das Leben tagtäglich bietet, mit Achtsamkeit zu genießen. Es ist die Achtsamkeit, die uns davor bewahrt, uns blind im Objekt der Freude zu verfangen. Dabei ist Freude nicht nur eine Qualität, die wir zulassen dürfen, sie ist sogar eine Qualität, die uns auf dem spirituellen Weg fördert und die wir daher kultivieren sollten. So gehört Freude zu den sieben Faktoren der Erleuchtung, das heißt zu den Kräften, die ein Erwachen begünstigen. Auch der große indische Meister Shantideva betont den Stellenwert der Freude und Muße, wenn er schreibt:

„Die unterstützenden Mittel, wenn wir uns für das Wohl aller Wesen bemühen, sind Absicht, Ausdauer, Freude und Muße."

Wir verlieren nicht nur den Kopf über angenehme Dinge, die wir erwerben können, wir streiten uns auch über Meinungen, Ansichten und Glauben. Zahlreiche Kriege entstehen aus Glaubensverschiedenheiten oder ideologischen Differenzen. Die Anfänge können wir in uns selbst beobachten. Wie oft waren wir in einen Meinungsstreit verwickelt, um später festzustellen, daß unsere verbissen verteidigte Meinung auf einem Irrtum beruhte? Und wie oft ertappen wir uns dabei, eine Anschauung zu verurteilen, obwohl sie uns gar nicht tangiert? Die Beispiele für Leiden, das dem Haften an Meinungen entspringt, sind endlos.

Im Zusammenleben mit anderen Menschen treffen wir immer wieder auf verschiedene Meinungen, vor allem wenn die Personen aus unterschiedlichen Kulturen stammen. Können wir eine Meinung stehenlassen, auch wenn wir nicht mit ihr übereinstimmen? Nicht gerade hilfreich ist, daß unsere Gesellschaft äußerst versiert im Kritisieren ist. Als ich in Thailand in einem Kloster unter lauter thailändischen Frauen lebte, fand mein kritischer Geist unbegrenzt Nahrung. Ich war ständig anderer Meinung und wollte immer alles anders machen, eben nach westlichen Vorstellungen, die ja so viel besser waren. Dadurch handelte ich mir viel Widerstand ein, der auch meinen eigenen Geist oft in Unruhe und Ärger versetzte. Bis eines Tages mein Lehrer mir jede Art von Kritik untersagte, nicht nur äußerlich, sondern auch gedanklich. Nach kurzem Protest willigte ich in das Experiment ein, wobei es eine Weile brauchte, bis ich dem Drang zur Kritik mehr und mehr entsagen konnte. Zu meinem Erstaunen stellte ich nach mehreren Wochen fest, daß ich mich erstens selber weniger kritisierte, zweitens, daß keinesfalls meine Identität verlorengegangen war, und drittens, daß ich weit mehr Toleranz und Freude im Umgang mit dieser fremden Kultur erlebte. Ich konnte die thailändischen Frauen wie mich so lassen, wie wir waren, wobei das nicht heißen soll, daß ein genaues Unterscheiden und eine Stellungnahme zu einer Situation nicht angebracht und fruchtbar sein kann.

Ein weiteres Gefängnis, in das wir uns einsperren, sind unsere Meinungen und Anschauungen über uns selbst. Wieviele Glaubenssätze haben wir verinnerlicht, die uns beschränken? „Ich bin nicht begabt! Arbeit darf keinen Spaß machen! Wenn ich leide, bin ich etwas wert!

Je mehr ich mich freue, desto schlimmer wird die Enttäuschung!" Wir kleben an solchen Glaubenssätzen und weigern uns, sie aufzugeben, obwohl wir ganz offensichtlich unter ihnen leiden. Doch auch diese Glaubenssätze sind Gedanken, die vergänglich sind, und wenn wir genau hinschauen, sehen wir, daß sie fast keine Substanz haben. Wie lange währt ein Gedanke? Wo geht er hin? Wer bestimmt, daß er recht hat? Einzig und allein wir!

Die wahre Natur der Gedanken, ihre relative Macht, zu erkennen kann ungemein befreiend wirken. Dann lassen wir uns weniger von alten Urteilen einschränken und werden flexibler in unseren Anschauungen. Je weniger wir uns mit unseren Ideen identifizieren, desto weniger fühlen wir uns von der Meinung anderer bedroht. Dadurch können wir authentischer leben. Angst behindert nicht weiter unsere Spontaneität. Wenn wir weniger Angst empfinden, wird sich mehr Freude von selber einstellen. Wir fühlen uns offener, flexibler, toleranter und verbundener.

Wie sehr der Geist gewöhnt ist, an Meinungen, Ansichten und Phantasien zu haften, zeigt sich schon während der einfachen Übung der Atembetrachtung. Anstatt bei den Empfindungen des Atems zu bleiben, flieht der Geist fortwährend in die Vergangenheit oder Zukunft und verfängt sich in Tagträumen, Plänen, Erinnerungen oder Ähnlichem. Fortwährend kreist er um eine oder mehrere Geschichten, kommentiert, kritisiert und kontempliert neue Varianten. Dem Verlauf entsprechend werden wir von angenehmen oder unangenehmen Emotionen „gebeutelt", obwohl sich alles nur in unserer Phantasie abspielt.

Es mag sein, daß wir tausendmal die Geschichte unserer letzten Liebesbeziehung wiederholen – was nicht alles hätte werden können, wenn! Wir vergehen in Gram und Sehnsucht, bis wir aufwachen, unsere Geschichte bemerken, uns unseren Gefühlen zuwenden, sie fühlen, annehmen und nicht weiter mit Gedanken nähren. Sobald wir aus der Geschichte aufwachen und wissen, daß es nur eine Geschichte ist, lassen wir bereits ein Stück weit los. In diesem Moment spüren wir die Erleichterung, die Freiheit, die Loslassen mit sich bringt. Schließlich verfliegen die Erinnerungen und damit auch die Emotionen.

Ein andermal spielen wir ein Problem zigmal in Gedanken durch, bis wir die Nutzlosigkeit dieses Unterfangens einsehen. Denn die Lösungen, Pläne und Ideen, die wir uns ausdenken, lassen sich selten in die Realität umsetzen, da es – um ein deutsches Sprichwort zu zitieren – immer anders kommt, als man denkt. Und selbst wenn wir eine geniale Lösung gefunden haben, werden wir sehen, wie der Geist diese unnötigerweise zigmal wiederholt. Derweil verschwenden wir unnütz unsere Energie und verpassen die Lebendigkeit dieses Augenblicks.

Ein besonders schönes Beispiel für unsere Phantasiegebilde ist die sogenannte Vipassana-Romanze. Wir befinden uns in der Mitte eines Schweige-Meditationskurses und mit einem Mal fällt uns ein Mann oder eine Frau auf, die uns sehr anzieht. Begehren erwacht und wir fangen an, ihn oder sie uns auszumalen und wie wir sie am Ende des Kurses kennenlernen. Wir verstehen uns blendend, besuchen gemeinsam weitere Kurse, ziehen schließlich zusammen und führen gemeinsam ein glückliches, harmonisches Leben. Eigentlich wissen wir nichts über diese Person, aber unser Geist ist erfüllt von diesen Vorstellungen. Am Ende des Kurses, wenn wir der Person tatsächlich begegnen, zeigt sich die Illusion unserer Vorstellung. Meist erfüllt die Person überhaupt nicht unsere Vorstellungen und Erwartungen. Enttäuschung, Trauer und manchmal gar Ärger sind die Folgen.

Die dritte Art des Haftens, von der Buddha spricht, bezieht sich auf Rituale und Tätigkeiten, die wir entweder mechanisch ausführen oder die uns unrealistische Resultate verheißen. Buddha widersprach zum Beispiel der Ansicht im alten Indien, daß ein Bad im Ganges den Badenden von seinen Sünden reinigen würde. Auch im Buddhismus finden wir Rituale, die wir mechanisch ausführen können und die so wertlos werden oder die wir ernsthaft und mit großem Gewinn praktizieren können. Im allgemeinen neigen wir dazu, den Formen immer wieder zu großen Wert zuzusprechen. Aus diesem Grund sollten wir uns regelmäßig fragen, warum wir etwas tun. Selbst die Meditation kann zum Ritual werden. Wir mögen täglich formell meditieren und den Glauben hegen, wir hätten damit unser Soll erfüllt und bräuchten nicht weiter achtzugeben. Dieser Glaube kann uns gegenüber jeglichem Hinweis, daß wir vielleicht manchmal nicht sehr geschickt handeln, blind machen. Wir weisen ihn zurück mit der Begründung, daß bei solch einer regelmäßigen, heiligen Tätigkeit dies gar nicht möglich sein könne. Tatsächlich benutzen wir unsere Praxis, um unliebsame Züge von uns nicht sehen zu müssen.

Jegliches Haften läßt sich zurückführen auf die Illusion eines unabhängig existierenden Selbst. Solange wir an dieser Idee haften, die wir häufig als intuitives Gefühl empfinden, beziehen wir alle Erfahrungen auf uns selbst – im Guten wie im Schlechten. Ob dies nun Dinge,

Personen und Erfahrungen betrifft oder ob das Gefühle, Gedanken und Erinnerungen sind. Sie alle sagen etwas aus über MICH.

Solange wir uns mit unseren Gefühlen identifizieren, sind wir darauf bedacht, bestimmte zu bekommen und andere zu vermeiden. Wir laufen ständig etwas hinterher oder von etwas weg. Wenn wir die Illusion eines ICH zunehmend durchschauen und Gedanken und Emotionen nicht ständig als einen Teil von MIR betrachten, dann können wir diese einfach ziehen lassen, ohne sie in ungeschickte Handlungen umzusetzen. Wut muß sich nicht in boshaften Worten äußern, Zweifel muß uns nicht von unserem Vorhaben abbringen, nur um unser ICH zu behaupten. Wir werden mutiger, denn wir können Fehler zulassen, sie eingestehen und von ihnen lernen, da unser Selbstbild nicht länger bedroht ist. Wir können Schwächen zeigen, um Verzeihung bitten, wir interessieren uns mehr für andere und sind offen für Neues und flexibler, weil wir nicht länger auf unser Selbst fixiert sind. Dies alles trägt entschieden dazu bei, unsere Lebensfreude zu vertiefen. Wichtig ist, nicht zu vergessen, daß unsere Erkenntnis nicht etwa ein existierendes Selbst vertreibt, sondern daß sie dieses intuitive Gefühl und diese Überzeugung von einem ICH als Illusion erkennt.

Wenn wir aufhören, unser vermeintliches ICH und Selbstbild zu verteidigen, öffnen sich viele Wege. Auch das Ablegen negativer Charakterzüge mag uns leichter fallen. Ich traf einmal einen Mann, der vor Jahren einen sehr schweren Autounfall überlebt hatte. Als er nach etlichen Monaten aus seinem Koma erwachte, konnte er sich an nichts mehr in seinem Leben erinnern, nicht einmal an seinen Namen. Er erzählte, daß auch seine Charakterzüge verschwunden waren. Sie kehrten in dem Maße zurück, wie er sein Gedächtnis wieder erlangte. Wie seine Charakterzüge sich langsam wieder in sein Leben schoben, waren sie im Gegensatz zu früher arg geschwächt. Dadurch hatte er die Wahl, sie erst gar nicht wieder auszuleben und auf diese Weise wieder zu stärken, wenn er sie im Grunde seines Herzens nicht guthieß. Wir alle kennen Seiten und Muster von uns, die wir eigentlich nicht befürworten, und doch fällt es uns schwer, sie aufzugeben, weil wir uns so stark mit ihnen identifizieren. Wir haben Angst, daß, wenn wir sie aufgeben, wir unsere Identität verlieren. Geben wir aber unheilsame Muster auf, so wird all die Energie, die wir für deren Verteidigung aufwenden, frei für unser Leben.

Durch kontinuierliche Achtsamkeit von Moment zu Moment erkennen wir die Vergänglichkeit aller Erscheinungen. Was vergänglich ist, kann aber kein festes, unabhängig existierendes Selbst in sich tragen. Je tiefer wir diese Wahrheit erfahren, desto weniger haften wir an den Phänomenen dieser Welt. Wenn wir weniger haften, können wir diesen Moment annehmen, genießen, loslassen und wieder offen für den nächsten sein, anstatt uns etwa in Vorwürfen über die Vergangenheit oder in Sorgen über die Zukunft zu verfangen. Dadurch fühlen wir uns lebendiger, spontaner und leichter, denn wir leben nur in diesem Moment.

Wenn wir die Illusion eines unabhängig existierenden Selbst durchschauen, so führt dies also keineswegs zu Untätigkeit. Und Freiheit von Verlangen impliziert somit nicht Freudlosigkeit. Denn Leben bedeutet Manifestation und Nichthaben steht nicht im Widerspruch zu Sein. Deswegen verwundert es nicht, daß sich die Symptome des inneren Friedens, wie eine unbekannte Autorin sie beschreibt, recht lebendig anfühlen. Symptome des inneren Friedens:

- Eine Tendenz, spontan zu denken und zu handeln, statt aufgrund von Ängsten, die aus vergangenen Erfahrungen stammen.
- Eine unfehlbare Fähigkeit, jeden Augenblick zu genießen.
- Kein Interesse mehr, andere Menschen zu verurteilen.
- Kein Interesse mehr, die Handlungen anderer zu interpretieren.
- Kein Interesse mehr an Konflikten.
- Kein Interesse mehr daran, sich Sorgen zu machen.
  (Dies ist ein ernstes Symptom).
- Häufige und überwältigende Episoden der Wertschätzung.
- Zufriedene Gefühle der Verbundenheit mit anderen und der Natur.
- Häufige Lächelanfälle.
- Eine zunehmende Tendenz, Dinge geschehen zu lassen, statt sie zu kontrollieren.
- Eine zunehmende Wahrnehmung der Liebe, die von anderen ausstrahlt, als auch der unkontrollierbare Drang, sie ebenso zu lieben.

Inneren Frieden zu verwirklichen bedeutet also, im Einklang mit dem Leben zu stehen. Statt trist und betrübt können wir froh durchs Leben gehen.

Fred von Allmen

Das Gute feiern: Freude, Mitfreude und Wertschätzung

Lausche der verführerischen Musik, tief drinnen in deinem Haus!
Warum willst du dein Haus verlassen?
Angenommen, du schrubbst dich ethisch rein, bis du glänzt,
Aber in dir drin ist keine Musik – was soll's? Der Gelehrte brütet
 über den Texten der Lehre,
Aber wenn sein Herz nicht von Liebe durchtränkt ist – was bringt's?
 Der Yogi färbt seine Roben in Rot,
Aber wenn er innen drin farblos ist – was hilft's? (Kabir)*

Spirituelle Praxis wird oft als ein Bemühen um ethisches Verhalten, um geistiges Wissen, um vertiefte Konzentration und um Verbesserung des Selbst gesehen. Hohe Ansprüche an uns selbst prägen die innere Atmosphäre. Dabei praktizieren wir doch, weil wir mehr Heiterkeit, Freude und Erfüllung in unser Leben bringen möchten. Kabir fragt uns: Wenn wir uns ethisch korrekt verhalten, aber innerlich vertrocknet sind und „ohne Musik" – was soll's? Wenn wir über großes Wissen um die Lehre verfügen, unser Herz aber ohne Liebe ist

---

* Frei nach Kabir (*Suntä nahî dhun kî khabar*).

– was bringt's? Wenn wir uns mit religiösem Zubehör umgeben, aber in der Tiefe unserer Seele farblos sind – was hilft's? Der Weg der Selbstfindung muß, trotz Disziplin und beherztem Bemühen, nicht grau und fade sein, sondern kann Licht, Farbe und Lebendigkeit in unser Herz und in unseren Alltag bringen. Rumi ging gar so weit zu betonen, auf dem spirituellen Weg gehe es darum, „Freude zu bewahren im Herzen, wenn die Zeit des Kummers komme".

Selbsterkenntnis läßt uns oft unsere Fehler, hemmenden Gewohnheiten und leidschaffenden Muster erkennen – ein aufschlußreicher Prozeß auf dem Weg zur inneren Befreiung. Dabei besteht aber die Gefahr zu vergessen, daß unsere innewohnende Natur die der Güte, der Großzügigkeit und der Weisheit ist. Als Abendländer sind wir immer wieder in der Aufarbeitung von „Fehlern und Schwierigkeiten" absorbiert und können dadurch unsere schönen Eigenschaften und unsere innewohnende Güte kaum noch wahrnehmen, geschweige denn wertschätzen. In dem Maße in welchem wir aber unfähig sind, uns über uns selbst zu freuen, wird es uns auch nicht gelingen, andere wertzuschätzen. Deshalb ist es für uns von besonderer Wichtigkeit, die schönen inneren Eigenschaften der Liebe, der Mitfreude und des Mitgefühls zu entwickeln.

Ebenso unterstützend kann es sein, sich darüber klar zu werden, welch eine zentrale Rolle Qualitäten des Lichts, der Freude und der Wertschätzung in einer lebendigen und befreienden spirituellen Praxis wirklich spielen. So wie ein Kunstwerk Licht braucht, um Farben und Formen zum Leuchten zu bringen, so braucht unsere Praxis das Licht des Interesses, der Anteilnahme und der Freude, um zur vollen Entfaltung und Befreiung zu führen.

In manchen buddhistischen Traditionen nimmt Freude einen sehr hohen Stellenwert ein. Freude, freudiges Interesse oder Entzücken ist einer der sogenannten sieben Erleuchtungsfaktoren oder Qualitäten des erwachten Geistes. Die anderen sechs sind Achtsamkeit, Erforschen der Wirklichkeit, enthusiastisches Bemühen, Ruhe, Sammlung und Gleichmut. Es sind diese sieben Eigenschaften des Herzens und Geistes, die stark entwickelt und im Geiste gegenwärtig sein müssen, damit dieser sich für die befreiende Erkenntnis öffnen kann. Mit anderen Worten: Es braucht Interesse und Freude, um Erleuchtung möglich zu machen. Buddha sagte: „Entzücken ist das Tor zum Nirvana." Meditationen, vor allem aber längere Perioden der Meditation, können streckenweise sehr anspruchsvoll, ja sogar schwierig sein. Bei tieferer

Sammlung, Klarheit und Ruhe können sie aber auch großer Freude Platz machen. Das folgende Gedicht entstand während eines langen Meditationsretreats:

„Was für ein wundersamer Weg! Selbst den kalten,
grauen Himmel betrachtend, füllt sich mein Herz mit Freude."

Freude ist auch einer der fünf sogenannten Jhana-Faktoren, der Aspekte des gesammelten, konzentrierten Geistes. Es sind dies: angewandte Aufmerksamkeit, anhaltende Aufmerksamkeit, Freude/Entzücken, ruhevolle Glückseligkeit sowie Einsgerichtetheit. Diese fünf Jhana-Faktoren sind eine aufschlußreiche, umfassende Beschreibung der zur tiefen Sammlung und Versenkung notwendigen Elemente des Geistes und Herzens. Interesse, Freude, Entzücken ist auch hier eine wesentliche Kraft. Mit steigender Intensität kann sie sich von Interesse über Faszination bis hin zu Entzücken auf verschiedene Arten manifestieren: als Schauer des Entzückens (mit Gänsehaut), als plötzliches Entzücken (wie ein Blitzstrahl angenehmer körperlicher Energie), als Flut des Entzückens (wie Flutwellen im Körper), als hochhebendes Entzücken (ähnlich dem Schweben einer Daunenfeder) und als überschwemmendes Entzücken (gleich einer Flut, die alle Deiche überschwemmt). Es ist klar, daß selbst für die Praxis der tiefen Sammlung und der Stufen der Versenkung (*jhana*) die Qualitäten von Interesse, Freude, Entzücken von großer Bedeutung sind.

Ihr hoher Stellenwert zeigt sich auch in der Auswahl der Meditationsobjekte, die traditionell zur Praxis von Sammlung vorgeschlagen werden. Viele von ihnen dienen dem Kultivieren von wertschätzender Freude. Dabei handelt es sich um Reflexionen über die Qualitäten von Buddha: tiefe Weisheit und großes Mitgefühl. Kontemplationen über Dharma: befreiende Mittel, Methoden und Wege. Betrachtungen über die Sangha: inspirierende, wegweisende, unterstützende Menschen. Es wird auch über die wunderbare Wirkung echter Dharma-Praxis meditiert, über den Wert von Herzensqualitäten wie Großzügigkeit und über die heilsame Wirkung von ethischer Integrität im Verhalten.

Gerade als Abendländer, mit unserem Hin-und-her-gerissen-Sein zwischen Schuldgefühlen und Genußsucht, müssen wir die zentrale Position von Freude und Mitfreude in einer wirkungsvollen und befreienden Praxis klar erkennen und uns zu eigen machen. Solche Freude entsteht als ein Resultat vollständiger Zuwendung und rückhaltloser

Hingabe an die Erfahrung dieses Moments, sei es in bezug auf Dinge, auf Situationen oder auf Menschen. Mutter Teresa sagte über Freude:

„Freude ist Gebet, Freude ist Kraft, Freude ist Liebe. Freude ist das unvermeidliche Resultat in einem Herz, das vor Liebe brennt."

Ein wunderbares Feld der Praxis von Freude ist das der Mitfreude. Mitfreude oder Wertschätzung ist eine der vier sogenannten Brahmavihara – der „Bereiche göttlichen Verweilens". Die Brahmavihara sind Herzensqualitäten wie liebevolle Güte (*metta*): eine herzöffnende, inspirierende Zuneigung. Mitgefühl (*karuna*): umsorgendes Bemühen um Linderung des Leidens. Mitfreude (*mudita*): wertschätzende, freudvolle Anteilnahme. Gleichmut (*upekkha*): eine weise, tragende Gelassenheit. Wer mit dieser inneren Haltung durchs Leben geht, „sieht alle Lebewesen als seine Kinder: Mit der grenzenlosen, liebevollen Güte seines Herzens wünscht er immer nur das Beste für sie", wie ein Text* sagt.

In unserem Zeitalter des Konkurrenzkampfes, des Ehrgeizes und des ungehinderten Gewinnstrebens ist wertschätzende Mitfreude nicht gerade eine weitverbreitete und vielgeübte Tugend. Dabei ist sie eine der erfreulichsten, angenehmsten Herzensqualitäten, die wir im Leben kultivieren können. Sie kann täglich bei unzähligen Gelegenheiten zum Zuge kommen. Da es uns im Alltag aber dank alter, verhärteter Gewohnheiten oft nicht leicht fällt, sie zu üben und zu leben, mag es hilfreich sein, sie erst einmal in der formalen Meditation zu entwickeln. Wir brauchen Perioden des Innehaltens, um der inneren Heiterkeit wieder eine Chance zu geben. Auf einer Grußkarte war zu lesen: „Freude und Heiterkeit sind wie Schmetterlinge. Wenn man ihnen nachjagt, fliegen sie fort. Aber wenn man sich ruhig hinsetzt, kommen sie und lassen sich bei uns nieder."

Mitfreude und die anderen drei Brahmavihara sind – meditationstechnisch gesprochen – Samatha-Meditationen, das heißt, Meditationen des gesammelten, ruhevollen Verweilens. Die Sammlung des Geistes und des Herzens wirkt wie ein Vergrößerungsglas oder ein Mikroskop und läßt das Meditationsobjekt klarer und deutlicher sicht- und spürbar werden. Gleichzeitig wird die Herzensqualität der kontemplierten Zustände, wie liebevolle Güte oder eben Mitfreude, vertieft und verstärkt.

---

* *Mahayana-sutralamkara* 13, 20.

Mitfreude, Wertschätzung heißt in der Pali-Sprache, der Sprache Buddhas, *mudita*. Das Wort stammt von der Wurzel *mud* ab, „erfreut sein". Mudita wird definiert als „freudige Wertschätzung des Glücks, des Wohlergehens und des Erfolges aller Lebewesen". Es umfaßt und umarmt die Wesen in ihrem Gedeihen, Gelingen und Glück.

In der formalen Meditation verwendet man bestimmte Sätze, um die Haltung, die Absicht und Motivation von Mitfreude zu entwickeln. Sie entspringt dem Wunsch, daß das Glück, der Erfolg und das Wohlergehen aller Wesen immer zunehmen, ständig wachsen, nie enden mögen. Die Sätze können folgendermaßen lauten: „Möge dein Glück immer wachsen! Möge deine Güte sich vertiefen! Möge dein Erfolg nie vergehen!"

Dabei ist wichtig, daß die Sätze weit genug gefaßt sind, so daß sie sowohl für uns selbst wie auch für alle anderen Lebewesen ohne Ausnahme zutreffen und angewendet werden können. Sie werden kontinuierlich wiederholt, in Kontakt mit der Person, an die sie gerichtet sind, und mit dem Bemühen, diese Worte auch wirklich zu meinen.

Wesentlich ist es, richtig zu verstehen, wie diese Sätze, diese guten Wünsche, gemeint sind. Nicht hilfreich ist es, wenn wir sie als sehnliche Wünsche verstehen. (Ach, möge doch dein Glück nie vergehen!) Sie sind auch nicht als Forderungen oder gar Befehle zu verstehen (Du solltest endlich glücklich sein!), noch sind es Autosuggestionen im Sinne von: „Ich bin glücklich!" Vielmehr sind es gute Wünsche, die wirklichem Wohlwollen und einer echten Wertschätzung des Lebens entspringen. Mudita ist Ausdruck der Gratulation: „Es freut mich, daß dir das gelungen ist ... Schön, daß du gewonnen hast ... Gut, daß du wieder gesund bist ..." Wie Eltern, die sich über die Erfolge ihres Kindes freuen.

Die Sätze der wertschätzenden Mitfreude werden in einer bestimmten Reihenfolge an bestimmte Personen gerichtet. Wir beginnen mit einer Person, die wir sehr mögen und deren Glück und Wohlergehen für uns recht offensichtlich ist. Es kann unser Kind sein, in seinen glücklichen Stunden, es kann ein fröhlicher Mensch sein, den wir sehr mögen. So wird es uns zu Beginn relativ leicht fallen, die innere Haltung von Wertschätzung, vielleicht sogar von Mitfreude zu finden. Es ist sinnvoll, einen beträchtlichen Anteil der Meditationsperiode für diese Person zu verwenden.

Als nächstes können wir die guten Wünsche an uns selbst richten. Dies ist eine „untraditionelle" Vorgehensweise, ist aber für alle von uns westlichen Menschen unbedingt zu empfehlen: „Möge mein Glück immer wachsen! Möge meine Güte sich vertiefen! Möge mein Erfolg nie vergehen!" Es ist nämlich nur in dem Maße möglich, Wertschätzung für andere zu finden, wie wir fähig sind, uns selbst Respekt, Wertschätzung und Freude entgegenzubringen.

Als nächstes richten wir die Wünsche an einen Wohltäter, eine Wohltäterin, also jemanden, der für uns sehr hilfreich war, der viel Gutes für uns getan hat. Dies kann eine wichtige Bezugsperson sein, eine spirituelle Freundin oder ein Mentor.

Daraufhin wählen wir einen Freund oder eine gute Bekannte, dann eine uns gleichgültige Person und zuletzt jemanden, den wir sehr schwierig finden. Zum Abschluß öffnen wir den Kreis der „Empfänger" und richten die guten Wünsche an alle Lebewesen ohne Ausnahme.

Buddha beschrieb diesen Prozeß folgendermaßen: „Die Meditierenden erfüllen die Welt in einer Himmelsrichtung mit Gedanken der Mitfreude, und so die zweite, die dritte und die vierte Himmelsrichtung. Und so durchströmen sie die ganze weite Welt, über sich, unter sich, ringsherum, überall und gleichermaßen, mit Gedanken der Mitfreude, ausgiebig, mächtig, unbegrenzt und ohne Feindseligkeit oder Groll."*

Wenn von so viel Freude die Rede ist, kann dies auch eine Gefahr für uns bergen. Wir beginnen zu meditieren und glauben, wir müßten auch gleich dieses schöne Gefühl von Freude „hinkriegen". Wenn uns das nicht gelingt, sind wir bald davon überzeugt, daß etwas nicht stimmt, daß es nicht klappt, daß wir unfähig sind, tatsächlich Mitfreude zu fühlen – und wir geben auf.

Genau diese Erfahrung machte ich in den ersten Jahren meiner Meditationspraxis. Ich besuchte viele 10-Tage-Vipassana-Kurse in Indien. Die Praxis war intensiv und immer am achten Kurstag wurde die Meditation der liebevollen Güte (*metta*), die der Mitfreude-Meditation sehr ähnlich ist, eingeführt. Die plötzliche Öffnung des Herzens wirkte sich manchmal als regelrechte Metta-Explosion aus: Gefühle der Liebe, die das ganze Universum zu durchstrahlen schienen. Wenn die Intensität der Retreats aber vorbei war, gelang es mir kaum noch jemals, auch nur annähernd solche Gefühle hinzukriegen. Ich war überzeugt, versagt zu haben, und gab bald die ganze Praxis auf. Erst

---

* Zitat von Buddha, aus „*Mudita*", *Ven. Nyanaponika Thera*, Wheel Nr. 170, Buddhist Publication Society, Kandy, Sri Lanka.

Jahre später machte mir eine Metta-Lehrerin klar, daß schöne Metta-Gefühle zwar angenehm und hilfreich sind, daß die innere Haltung der liebevollen Güte aber viel weiter und umfassender ist, als die Skala der guten Gefühle. Genau dasselbe trifft auch für die wertschätzende Mitfreude zu. Es muß nicht immer ein Gefühl der Freude sein, sondern kann vor allem eine innere Haltung der Wertschätzung sein. Keine Explosion, sondern „ein Wunder auf leisen Sohlen". Deshalb mag es für uns hilfreicher sein, von Wertschätzung anstatt von Freude zu sprechen.

Wertschätzung kann viele Stimmungsvarianten aufweisen: Am Ende eines langen Mudita-Retreats schrieb ich die verschiedenen „Farb- oder Geschmackstönungen" von Mudita nieder, die ich kennengelernt hatte: Da gab es zutiefst respektvolle oder dankbare Wertschätzung. Manchmal entstand großartige oder feierliche Wertschätzung. Dann wieder war sie einfach, schlicht oder sogar nur zaghaft vorhanden. Sie konnte spielerisch, unbeschwert sein, oder festlich, fröhlich und freudig. Oder sie war liebevoll, offen und alles umfassend, um dann wieder zu einem kaum wahrnehmbaren, einfachen „in Ordnung finden" zusammenzuschrumpfen. Natürlich gab es auch immer die langen Strecken, da sich nicht viel bewegte und keine besonderen Gefühle da waren. Und nicht zuletzt gab's jene Zeiten, in denen Herz und Geist von den schwierigen Gegenkräften der Mitfreude, wie Neid und Eifersucht oder Konkurrenzdenken und Rivalität, besucht wurden. All das ist Teil der Praxis. Unsere Aufgabe als Übende besteht immer wieder darin, die Sätze einfach weiter zu sagen und mit einer möglichst geduldigen und annehmenden Haltung all diesen wechselnden Zuständen des Herzens zu begegnen. Auf diese Weise wird wertschätzende Freude langsam, oft im Hintergrund, zu einem immer häufiger und stärker gegenwärtigen Grundton des Geistes anwachsen.

Sehr hilfreich für die Entwicklung von Mudita ist es zu verstehen, daß seine unmittelbare Ursache das Sehen und Wahrnehmen des Glücks, des Erfolges und des Wohlergehens der Lebewesen ist. Es ist eine für uns oft ungewohnte Sichtweise der Dinge. Allzu häufig sind wir innerlich mit Vergleichen, Bewerten und Beurteilen unserer selbst und der anderen beschäftigt. Wenn wir mit positiven Gefühlen für sie da sind, dann ist es Zuneigung oder Mitgefühl, die überwiegen. Das Leiden der anderen zu sehen ist uns einigermaßen geläufig. Aber ihre Güte, ihr Glück und ihr Wohlergehen zu sehen und anzuerkennen, braucht meist viel Übung und innere Umschulung. Gerade dies ist der Schlüssel für die Entwicklung von Wertschätzung und Mitfreude. Sie entstehen eben nur dann, wenn wir in direktem Kontakt sind mit der Freude der anderen. Sobald uns dies aber gelingt, entsteht Mitfreude ganz natürlich und von selbst.

Es wird von einem Dorf in Thailand berichtet, in dem es eine Tempelglocke gibt, die immer dann geläutet wird, wenn jemandem etwas Erfreuliches widerfährt. Die Bewohner versammeln sich daraufhin, um ihre Freude und Wertschätzung auszudrücken. Aus dem Glück *einer* Person wird auf diese Weise die Freude vieler.

In der Meditation versuchen wir immer wieder, für Momente Kontakt aufzunehmen mit einer der vielen möglichen Arten von Glück der Person, über die wir meditieren. Wir können uns glückliche Momente im Leben dieser Person vorstellen, eine angenehme Situation oder vorteilhafte Bedingungen, die diese vorfinden mag. Empfehlenswert ist es, darauf zu achten, wie es sich anfühlt, wenn Mudita im Herzen vorhanden ist. Dies hilft uns, mit diesem Gefühl, beziehungsweise dieser Haltung, bekannt und vertraut zu werden, wodurch sie für uns leichter zugänglich wird. Oft fällt es uns schwer, uns mitzufreuen, weil wir unter einem tiefen Mangel an Respekt und Wertschätzung für uns selbst leiden. Dies hängt eng mit unserem jüdisch-christlichen Kulturerbe zusammen: der Tatsache, daß wir uns seit Jahrtausenden als grundlegend unwert und sündig betrachten. Gerade deshalb ist es für uns besonders wichtig, an Selbstwertschätzung zu arbeiten. Wir müssen uns üben, die eigenen, heilsamen Qualitäten anzuerkennen, unser Licht zu sehen und zu erkennen, daß das Gute, daß die Weisheit uns innewohnt.

Wir können dies auf systematische Art und Weise praktizieren. Zumindest sollten wir aber willens sein, die folgende Aussage von Ashley Brilliant zu unterschreiben: „Es mag sein, daß ich nicht absolut perfekt bin, aber Teile von mir sind hervorragend."

Es gibt vor allem drei Bereiche, über die zu reflektieren äußerst hilfreich sein kann in unserem Bestreben, Wertschätzung und Mitfreude zu stärken:

- Erst einmal ist es die Betrachtung der eigenen guten Eigenschaften – und dann die der anderen.
- Genauso unterstützend ist das Nachdenken über unsere eigenen heilsamen, positiven Handlungen und Taten – und anschließend über jene der anderen.

- Im weiteren ist die Reflektion über unser eigenes Glück, unser Wohlergehen und unseren Erfolg sehr wirkungsvoll. Auch dies tun wir daraufhin mit dem Glück und Erfolg der anderen.

Der erste Bereich betrifft die schönen und guten Eigenschaften aller Lebewesen. Eine unserer großen Schwierigkeiten ist die, daß wir uns kaum zugestehen können, tatsächlich gute Herzensqualitäten zu haben – geschweige denn uns an ihnen zu freuen. Deshalb ist es besonders wichtig, daß wir Listen von unseren eigenen guten Eigenschaften anlegen und diese dann immer wieder durchgehen, mit Anerkennung, Wertschätzung und Freude.

Jede von uns, die auch nur so weit gegangen ist, in einem Buch über innere Entwicklung wie dem vorliegenden zu lesen, wird zweifelsohne gute Eigenschaften wie die folgenden in sich vorfinden: Interesse, Erforschen der Wirklichkeit, Geduld, Ausdauer, Enthusiasmus, Sammlung, Erkenntnis, Weisheit, Liebe, Mitgefühl, Mitfreude, Großzügigkeit, Vertrauen, Gelassenheit und andere mehr. Natürlich sind wir nicht ständig mit diesen Eigenschaften in Kontakt. Klar, wir handeln nicht immer in einer Art, die von solch positiven Qualitäten motiviert ist. Aber es sind innere Haltungen, die wir alle an uns kennen. Sie sind nämlich die innewohnende Grundlage unseres Geistes und Herzens. Um sie zu unterstützen und zu stärken, müssen wir sie an uns selbst anerkennen, respektieren und schätzen. Wir können lernen, uns darüber zu freuen, uns an unserem eigenen Licht, an unserer Güte und unserer inneren Schönheit zu erfreuen! Wir müssen dies wagen. Und zwar nicht zaghaft, ein oder zwei Mal, sondern immer und immer wieder, im Sinne einer regelmäßigen spirituellen Praxis. Auf diese Weise wird es uns gelingen, eine lichte, heitere und erfüllte innere Atmosphäre der Selbstachtung und Würde zu schaffen.

Wenn uns diese Art von Wertschätzung öfters und leichter gelingt, können wir damit beginnen, sie auch auf die guten Eigenschaften anderer auszudehnen. Auch ihr Wesen birgt all die heilsamen Qualitäten wie Interesse, Erforschen der Wirklichkeit, Geduld, Ausdauer, Enthusiasmus, Sammlung, Erkenntnis, Weisheit, Liebe, Mitgefühl, Mitfreude, Großzügigkeit, Vertrauen, Gelassenheit und andere mehr. Auch darüber können wir systematisch und regelmäßig reflektieren und uns freuen. Auch hier können wir uns zuerst an denen üben, bei denen es uns leicht fällt, um dann sukzessive zu jenen überzugehen, bei denen wir es schwieriger finden, bis uns diese Haltung vertraut geworden ist.

Auf dieser Grundlage von gesundem Selbstrespekt und wertschätzender Freude für uns und andere können wir zum zweiten Bereich übergehen. Hier reflektieren wir nun über positive Handlungen und Taten. Auch hier beginnen wir bei uns selbst. Da die meisten von uns wahrscheinlich dazu neigen, gar keine solchen Handlungen bei sich wahrnehmen zu können, werde ich hier eine Liste von möglichen positiven Taten präsentieren – eine Liste, die von jedem ausgiebig erweitert werden sollte:

- Echtes Bemühen um gute Erziehung unserer Kinder. Arbeit zur Unterstützung von Familie oder Angehörigen. Bemühen um das Wohlergehen alter Eltern.
- Arbeit, die dem Wohlergehen anderer dient, selbst wenn wir Lohn dafür beziehen. Tätigkeiten wie Reparieren, Therapieren, Behandeln, Bekochen, Bedienen, Beliefern, Belehren, Ausbilden; immer dann, wenn unsere Motivation dabei einigermaßen gut und heilsam ist.
- Ethisch verantwortungsvolles Handeln wie: Nicht-Töten, Nicht-Verletzen, Nicht-Stehlen, Ehrlichkeit, Sensibilität in nahen Beziehungen, Klarheit im Umgang mit Drogen, Alkohol, Geld und Macht.
- Lesen und Studieren von Dharma-Büchern und -Texten, aus Interesse an innerem Wachstum.
- Sich bemühen um die Menschenrechte, vielleicht Briefe schreiben für *Amnesty International* zur Befreiung politischer Gefangener. Unterstützung von *WWF* oder *Greenpeace*.
- Das Mittragen von politischen Initiativen für soziale Gerechtigkeit, gegen die Herstellung von Waffen, zur Förderung des Friedens, zum Schutze der Umwelt. Unterhalten von Klöstern. Unterstützen von Nonnen, Mönchen, Lamas, Ajahns, Roshis und Sayadaws. Managen oder Bekochen von Meditationskursen. Das Reden über Lehre und Praxis.
- Das Schenken von kleinen und großen Gaben und Geschenken. Freundlich sein zum Nachbarn. Das Loben oder Ermutigen von Menschen, das Aufmuntern von Bedrückten. Es gibt tausend Handlungen, tausend Taten, die wir wertschätzen, über die wir uns freuen können.

Wenn uns dies gelingt, machen wir den nächsten Schritt und reflektieren nun auch über das heilsame Tun der anderen Menschen, ja aller Menschen, mit derselben Anerkennung, Wertschätzung und Mitfreude. Auch in dieser Übung brauchen wir viel Ausdauer.

Als nächstes meditieren wir über den dritten Bereich, nämlich das Glück, das Wohlergehen und den Erfolg aller Menschen. Bestrebt, uns an die positiven Geschehnisse, an die vielen kleinen und großen Erfolge zu erinnern, beginnen wir auch hier bei uns selbst. Wir reflektieren über unser gutes Schicksal, wo immer uns solches zuteil geworden ist. Hier einige persönliche Beispiele:

- Ich freue mich über mein Interesse an innerem Wachstum und Befreiung und darüber, daß ich gesund bin, eine unterstützende Partnerin, einen guten Ort zum Leben, inspirierende Dharma-Freunde und genügend finanzielle Mittel habe, um immer wieder an Orte gehen zu können, wo ich Dharma praktizieren und studieren kann.
- Ich freue mich, viele weise und gütige Lehrer und Lehrerinnen zu haben, und vielerlei Gelegenheit, Dharma zu hören, zu studieren und zu praktizieren.
- Ich freue mich, Teil einer (oder sogar mehrerer) Überlieferungslinien des Dharma zu sein und den Segen der Buddhas und meiner Lehrer zu erhalten.
- Ich freue mich, daß ich Dharma mit vielen anderen teilen kann und dabei auch noch großen Gewinn für mich selbst habe, sei es spirituell, emotionell oder materiell.

Freuen wir uns über unsere Praxis, über das Dharma oder über gute Situationen, wie es vielleicht unsere Berufssituation ist oder unsere Familie, die Kinder oder eine Beziehung. Freuen wir uns über unsere materielle Freiheit, unsere politische Freiheit oder über unsere Gesundheit.

Sobald sich hier echte Wertschätzung einzustellen beginnt, können wir allmählich damit anfangen, auch das Glück, das Wohlergehen und den Erfolg anderer Menschen miteinzubeziehen. So wird die Dankbarkeit über unser gutes Schicksal und die Freude über das Glück anderer mehr und mehr spürbar.

Als Unterstützung dieses dritten Praxisbereichs können wir auch das *Mangala-Sutta*, die Lehrrede Buddhas über den Segen, lesen. Er spricht über das, was wertvoll und segensreich ist im Leben. Viele der Qualitäten und guten Situationen, die bereits besprochen wurden, werden hier als „besonderer Segen" erwähnt. Als größter Segen gilt:

> „Mit Zufriedenheit und ethischer Integrität zu leben, die edlen Wahrheiten (vom Leiden und seinem Ende) zutiefst zu erkennen, das Unbedingte (die Befreiung) zu verwirklichen, das ist der größte Segen.
> Standhaft in Herz und Geist, in dieser Welt, heiter, makellos und gelassen zu sein, das ist der größte Segen.
> Diejenigen die so leben, sind innerlich unerschütterlich, sie finden überall Wohlergehen, ihnen wird der größte Segen zuteil."

Die Reflexionen über die drei Bereiche der Wertschätzung – die guten Herzensqualitäten, die positiven Taten sowie Glück und Erfolg – sind das Herzstück der Mudita-Praxis.

In unserer Praxis, sei es in der Meditation oder im täglichen Leben, sind es bestimmte innere Kräfte, welche uns immer wieder daran hindern, wirklich offene wertschätzende Freude zu erfahren. Es sind die sogenannten gegenüberliegenden Feinde von Mudita. Die ganz großen und offensichtlichen Gegenkräfte sind Neid und Eifersucht. Es ist die Unfähigkeit, Glück, Erfolg und Wohlergehen anderer zu ertragen.

Von Neid erfüllt, möchte man das Glück der anderen für sich selbst haben: Ein Bekannter kriegt einen tollen Job und freut sich gewaltig darüber. Wir wünschen uns sehnlichst, diese Stelle selbst zu kriegen.

Umgekehrt ist es, wenn Eifersucht und Mißgunst uns packen. Wir mögen den andern das Glück nicht gönnen: Ein Bekannter kriegt einen tollen Job. Wir ärgern uns darüber und finden, eigentlich habe er diese gute Stelle gar nicht verdient.

Vergleichen, Konkurrenzdenken und Rivalität sind weitere Feinde von Mudita. Man fühlt sich ungenügend, weniger gut als andere und hat ständig das Gefühl, dies wettmachen zu müssen. Solche Gefühle können hochkommen in bezug auf Freunde, im beruflichen Umfeld oder sonstwo. Umgekehrt kann man sich auch besser fühlen als andere und deshalb auf sie herabblicken. Stolz, Eitelkeit und Arroganz spielen hier mit. Dabei sagt Rumi:

„Innerhalb des großen Mysteriums, das waltet,
besitzen wir eigentlich gar nichts.
Was hat es dann mit dieser Rivalität auf sich,
die wir empfinden,
ehe wir, einer nach dem anderen, durch
dasselbe Tor gehen?"*

Ebenfalls in direktem Gegensatz zu Mudita stehen Geiz und Kleinkariertheit. Mudita impliziert Großzügigkeit, Geiz verunmöglicht diese. Geiz bezieht sich nicht nur auf finanzielle Bereiche, sondern betrifft auch unsere Zeit, unsere Aufmerksamkeit und unsere Zuwendung, unser Wissen und Können. Es ist die ständige Angst, zu kurz zu kommen, nicht genug zu kriegen. Mudita aber behält nichts zurück. Sie ist Ausdruck grenzenloser Großzügigkeit, die Rumi folgendermaßen beschreibt:

„Der Sufi öffnet seine Hand dem All, um ungebunden zu verschenken, jeden Augenblick.
Anders als einer, der auf der Straße um Geld bettelt, bettelt ein Derwisch darum, dir sein Leben zu schenken."**

Eine weitere unheilsame Gegenkraft zu Mitfreude ist Langeweile. Sie wirkt der Energie und Freude entgegen, weil sie eine Form von Interesselosigkeit ist. Mudita aber ist interessiert – am Leben, an seinem Wohlergehen.

Weitere „Feinde" sind Bewerten und Urteilen. Wenn wir uns und andere ständig bewerten und verurteilen, wird es uns schwerfallen, uns über ihre Qualitäten und Taten zu freuen. Wenn wir über uns selber schlecht denken, werden wir das über andere auch tun – und Wertschätzung wird unmöglich.

Es gibt auch eine Gegenkraft, die der „nahe Feind" genannt wird. Es ist ein Zustand des Herzens und Geistes, der leicht mit der eigentlichen, positiven Qualität verwechselt werden kann. Es ist der Über-

---

* D. Rumi, *Offenes Geheimnis. Eine Auswahl aus seinem poetischen Werk*, Knaur, Spirituelle Wege
** D. Rumi, *Offenes Geheimnis. Eine Auswahl aus seinem poetischen Werk*, Knaur, Spirituelle Wege

schwang, eine scheinbar freudige Überdrehtheit, die aber ruhelos ist und mit dem Glück der anderen nicht wirklich in Kontakt steht. Ähnlich wirkt auch Heuchelei. Wir täuschen Freude vor und sagen nette Dinge zu anderen, meinen sie aber nicht wirklich.

Es ist wesentlich, hier wie in jedem Aspekt spiritueller Praxis, daß wir die negativen Gegenkräfte und kontraproduktiven Verhaltensmuster in uns erkennen, ihnen auf wache, sanfte, aber bestimmte Art begegnen und ihnen langsam, aber sicher, den Nährboden entziehen. Wir müssen aber auf der Hut sein, daß wir dies nicht mit einer wertenden und verurteilenden inneren Haltung tun. Gerade hier sind Übungen wie das Kultivieren von liebevoller Güte, von Mitgefühl und von Mitfreude äußerst positiv und wirkungsvoll. Es sind sogenannte „ressourcen-orientierte" Praktiken, die übrigens einem Trend in der Psychotherapie entsprechen. Dabei geht es nicht darum, sich mit den Schwierigkeiten auseinanderzusetzen, sondern vielmehr darum, das Gewicht immer wieder auf die positiven, heilsamen, erfreulichen Aspekte zu legen. Etwa wie Rumi das vorschlägt:

„Sitz nicht zu lange mit einem traurigen Freund zusammen.
Wenn du in einen Garten gehst,
Schaust du dir da Dornen oder Blüten an?
Verbringe mehr Zeit mit Rosen und Jasmin."*

Eine der besten Gefährtinnen der Mitfreude ist die Dankbarkeit. So oft nehmen wir Dinge für selbstverständlich, die außerordentlich wertvoll sind. „Der Dorfpfarrer und sein Freund Theodor gehen in der wunderschön verschneiten Landschaft spazieren. Begeistert ruft der Pfarrer aus: ‚Ist es nicht wunderbar, wie Gott diesen See hat zufrieren lassen!' Worauf Theodor lakonisch antwortet: ‚Kunststück, im Winter!'"

Können wir das Glück und den Segen, welcher uns im Leben zuteil wird, als solchen erkennen und wertschätzen – oder nehmen wir allzu vieles als selbstverständlich hin? Es ist die Dankbarkeit, die unser Leben reich macht und zu einer Quelle der Freude werden läßt, nicht die Menge der erwünschten oder unerwünschten Dinge, die uns zufallen. Bruder David Steindl-Rast sagt: „Zu danken bedeutet, gegenseitigem Zugehören einen Ausdruck zu verleihen. Echtes Danken kommt

---

* D. Rumi, Offenes Geheimnis, Eine Auswahl aus seinem poetischen Werk, Knaur, Spirituelle Wege, D 1504

aus dem Herzen, wo wir in universellem Zusammengehören verwurzelt sind."* Deshalb ist Dankbarkeit eine unmittelbare Ursache für Freude und Mitfreude.

Die Mitfreude hat, wie alle anderen heilsamen Herzensqualitäten, eine äußerst positive Wirkung auf uns selbst. Aber gerade die Mitfreude läßt sich am wenigsten wirkungsvoll entwickeln, wenn wir dies mit der Absicht tun, sie zu unserem eigenen Nutzen zu fördern. In dem Maße, wie es uns gelingt, Mitfreude tatsächlich zum Wohle der anderen zu kultivieren, wird sie auch leichter in uns wachsen.

Wenn wir unsere Selbstbezogenheit, „uns selbst", aufgeben, wenn wir unser persönliches Verhaftetsein an den Dingen der Welt etwas loslassen und dafür ihren Bewohnern mit mehr Mitgefühl und Mitfreude begegnen, wird unser Herz klarer, freier und verbundener. Der Zen-Mönch und Poet Ryokan schreibt:

„Der Regen hat aufgehört, die Wolken sind weggezogen, und der Himmel ist wieder klar.
Wenn dein Herz rein ist, dann sind alle Dinge deiner Welt rein.
Gib diese vergängliche Welt auf, gib dich selbst auf. Dann werden der Mond und die Blumen dir den Weg weisen."**

Die radikalste Unterstützung von Mudita bietet natürlich die Motivation von Bodhichitta. Dies ist der tiefe und unerschütterliche Entschluß, vollständige Erleuchtung zum Wohle aller Lebewesen zu erlangen. Je mehr dieser Wunsch in unserem Leben zur grundlegenden Motivation wird, desto natürlicher werden beide, Mitgefühl und Mitfreude, in uns entstehen. In seiner *Bodhicaryavatara* preist Shantideva diese altruistische Motivation:

„Ich freue mich über diese heilsamen Gedanken, die auf das Glück der Wesen gerichtet sind, und über die Taten, die ihrem Wohle dienen. Sie sind tiefgründig und weit, wie das Meer."***

---

* David Steindl-Rast, *Fülle und Nichts. Die Wiedergeburt christlicher Mystik*, Goldmann, S. 164
** Ryōkan, *Eine Schale. Ein Gewand. Zen-Gedichte*, Übersetzung: Munish B. Schiekel, Werner Kristkeitz Verlag, S. 25.
*** Shantideva, *Bodhicaryavatara*, Kapitel 3, Vers 4.

Unsere Praxis von liebevoller Güte, Mitgefühl und Mitfreude wird sich mehr und mehr in unserem Leben, in unserem Alltag manifestieren, sei es in unserer inneren Haltung, sei es in unseren Beziehungen oder in unserem Tun. So wird die ganze Übung auch sinnvoll – dann nämlich, wenn unser Dasein vermehrt zu einem Fest wird; zu einer Feier von all dem, was gut ist im Leben.

Eine letzte und äußerst hilfreiche Praxis zur Unterstützung von Mudita ist die Widmung. Eine der wichtigsten Belehrungen, die mein tibetischer Lehrer Nyoshul Khen Rinpoche immer wieder gab, betrifft die sogenannten „drei Aspekte der Praxis". Sie entscheiden, ob unsere Praxis Mittel zu Entspannung und persönlichem Wohlergehen ist – oder machtvolle Ursache der Erleuchtung unserer selbst und den anderen. Es ist: „Das Gute am Anfang, das Gute in der Mitte und das Gute am Schluß." Das Gute am Anfang bezieht sich auf die Motivation von Bodhichitta, den Entschluß, zum Wohle aller zu praktizieren. Das Gute in der Mitte bezieht sich auf den zentralen Aspekt der Praxis, nämlich die befreiende Erkenntnis. Das Gute am Schluß ist die Widmung. Longchenpa nennt diese drei „das Herz, das Auge und die Lebenskraft wahrer Praxis". Nyoshul Khen Rinpoche betonte: „Um vollständige Erleuchtung zu erlangen, braucht es nicht mehr als diese drei. Weniger aber wäre unvollständig."

Das Gute am Schluß, die Widmung, klärt die Absicht, zum Wohle aller zu praktizieren. Sie macht uns offen und weit anstatt kleinlich und selbstbezogen. Wir verschenken unsere Verdienste, die Früchte unserer Praxis, ja unser ganzes Leben dem Universum, dem Leben als ganzem, allen Lebewesen.

„Durch die Kraft meiner Praxis
Möge ich die Erleuchtung der Buddhas erlangen.
Alle Lebewesen ohne Ausnahme
Möge ich zu dieser Verwirklichung führen."

Ganz wesentlich für die Widmung ist es, sich wirklich an die eigenen heilsamen Übungen, Eigenschaften und Taten zu erinnern und Anerkennung, Wertschätzung und Freude darüber entstehen lassen. Dann können wir sie widmen und verschenken. Nicht gerade hilfreich ist die Haltung, in der wir sagen: „Durch die Kraft dieser Praxis – falls da überhaupt etwas Erwähnenswertes vorhanden ist – mögen alle Wesen Erleuchtung erlangen". So funktioniert das Ganze natürlich nicht. Wir müssen das Gute in uns, das Positive, das wir erschaffen, wirklich anerkennen, wertschätzen und dann erst widmen. Damit uns dies auch gelingt, wollen wir uns hinreichend mit den drei oben beschriebenen Reflexionen über unsere guten Eigenschaften, unsere Taten und unsere Erfolge auseinandersetzen.

Die Widmung rezitieren wir häufig und regelmäßig: am Schluß der Meditationspraxis, am Schluß eines Retreats, am Ende der guten, hilfreichen Arbeit, des unterstützenden Projektes und natürlich am Abend eines jeden Tages. Es lohnt sich, eine uns persönlich entsprechend Form der Widmung auswendigzulernen und diese immer wieder zu verwenden. Die eigentliche Praxis besteht dann darin, den Vers immer wieder mit Sinn und Bedeutung zu füllen. Im Folgenden eine Widmung, welche die positiven Energien unserer Praxis im Sinne der vier Brahmavihara von Liebe, Mitgefühl, Mitfreude und Gelassenheit dem Wohlergehen aller Wesen widmet. Wir freuen uns über alles Gute und schaffen gleich noch mehr davon, indem wir den Gewinn, den wir daraus ziehen, weiter verschenken:

Durch die Macht unserer Praxis
Mögen alle Lebewesen überall
Glück erfahren und die Ursachen des Glücks.
Mögen alle frei sein von Leiden und von den Ursachen des Leidens.
Mögen sie niemals getrennt sein vom höchsten Glück,
befreit von allem Leiden.
Und mögen alle frei sein von Anhaften und Abneigung
und in heiterer Gelassenheit verweilen.

Über die Autoren

STEVE ARMSTRONG praktiziert den Dhamma seit 1975. Unter anderem hat er fünf Jahre als Mönch in Burma unter der Führung von Sayadaw U Pandita gelebt. Er ist Mitbegründer und Leiter der *Vipassanâ Mettâ Foundation's Hermitage* auf Maui, Hawaii. Er leitet weltweit Retreats, unter anderem den jährlichen Monatsretreat auf Maui und den dreimonatigen Retreat an der *Insight Meditation Society* (IMS).

SYLVIA BOORSTEIN ist Psychotherapeutin sowie Mitbegründerin und Lehrerin am *Spirit Rock* Meditationszentrum in Woodacre im US-Bundesstaat Kalifornien. Außerdem ist sie langjährige Lehrerin an der IMS. Sie ist die Autorin von *Buddha oder die Lust am Alltäglichen*, München: Goldmann, 1998, und *Retreat – Zeit für mich: das Dreitagesprogramm*, Freiburg im Breisgau: Herder, 2000.

MIRABAI BUSH ist Leiterin des *Center on Contemplative Mind in Society*, das daran arbeitet, kontemplatives Bewußtsein in den Mainstream des zeitgenössischen Lebens zu integrieren. Davor hat sie das *Seva Foundation Guatemala Projekt* geleitet, das umweltverträgliche Landwirtschaft und integrierte Gemeinschaftsentwicklung unterstützt. Außerdem hat sie die *Sustaining Compassion, Sustaining the Earth*-Retreats mitentwickelt, die auf Mitglieder von Bürgerinitiativen zugeschnitten sind. Zusammen mit Ram Dass hat sie *Auf dem Weg zum Herzen: Spiritualität und praktische Nächstenliebe,* München: Droemer Knaur, 1993, geschrieben, und sie ist Vorstandsmitglied von *Vipassanâ Hawaii*.

CHRISTINA FELDMAN ist Mitbegründerin und leitende Lehrerin des *Gaia House* in England und außerdem leitende Lehrerin der IMS. Sie ist Autorin von *Die wache Frau: Wege zur eigenen Weisheit,* Solothurn/Düsseldorf: Walter, 1994, sowie Mitverfasserin (mit Christopher Titmuss) von *Laßt alles völlig neu für euch sein: Wege zum meditativen Leben,* Wien: Octopus, 1980, und Mitherausgeberin von *Das strahlende Herz der erwachten Liebe: Weisheitsgeschichten aus aller Welt,* Freiamt: Arbor Verlag, 1994. Sie lebt in Totnes in Devon/Großbritannien.

JOSEPH GOLDSTEIN ist Mitbegründer und leitender Lehrer der IMS sowie Mitbegründer des *Barre Center for Buddhist Studies.* Er gibt Retreats auf der ganzen Welt und ist der Autor von *Vipassanâ-Meditation: Die Praxis der Freiheit,* Freiamt: Arbor Verlag, 1999, und Mitautor (mit Jack Kornfield) von *Einsicht durch Meditation: Die Achtsamkeit des Herzens,* Bern u.a.: Scherz/O.W. Barth, 1991.

NARAYAN LIEBENSON GRADY ist langjährige Lehrerin an der IMS und leitende Lehrerin am *Insight Meditation Center* in Cambridge, Massachusetts, wo sie seit 1985 lehrt. Sie ist die Autorin von *When Singing Just Sing: Life as Meditation.*

BHANTE GUNARATANA ist seit mehr als fünfzig Jahren buddhistischer Mönch. Er ist der Gründer und Leiter des Waldklosters und Meditationszentrums der *Bhavana Society* in West Virginia. Er ist Gastlehrer der IMS, lehrt weltweit Meditation und gibt Retreats. Er ist Autor einer Reihe von Büchern, darunter *Mindfulness in Plain English.*

GAVIN HARRISON wurde in Johannesburg in Südafrika geboren und lebt heute auf Hawaii. Er leitet Meditationsretreats und hält Vorträge auf der ganzen Welt. Er ist der Autor von *In the Lap of the Buddha.*

JACK KORNFIELD ist Mitbegründer der IMS und des *Spirit Rock* Meditationszentrums in Woodacre in Kalifornien. Er leitet Meditationsretreats in der ganzen Welt und ist der Autor von *Geh den Weg des Herzens: Meditationen für den Alltag,* München: Kösel, 1997, *Das Tor des Erwachens: Wie Erleuchtung das tägliche Leben verändert,* München: Kösel, 2001, sowie *Buddhas kleines Weisungsbuch,* München, Knaur, 2001, und Mitherausgeber von *Geschichten des Herzens: Weisheitsgeschichten aus aller Welt,* Freiamt, Arbor Verlag, 1998.

KAMALA MASTERS hat intensiv Meditation mit Anagârikâ Munindra und Sayadaw U Pandita praktiziert. Ein großer Teil ihrer Praxis in den letzten dreiundzwanzig Jahren hat in ihrem Heim stattgefunden, wo sie vier Kinder erzogen und den Haushalt geführt hat. Sie ist Mitglied der Gemeinschaft auf Maui, wo sie die Ko-Leiterin der *Vipassanâ Mettâ Foundation* ist.

MICHELE MCDONALD-SMITH praktiziert seit 1975 Einsichtsmeditation. Sie ist langjährige Lehrerin an der IMS und leitende Lehrerin von *Vipassanâ Hawaii* und dem *Hawaii Insight Meditation Center*. Sie hat seit 1982 an der IMS und auf der ganzen Welt gelehrt. Gegenwärtig hilft sie mit, die Mettâ-Dâna-Projektprogramme in Oberburma zu verwirklichen.

LARRY ROSENBERG hat Zen in Korea und Japan praktiziert, bevor er sich der Einsichtsmeditation zuwandte. Er ist der Gründer und leitende Lehrer am *Insight Meditation Center of Cambridge* im US-Bundesstaat Massachusetts und leitender Lehrer an der IMS. Er ist der Autor von *Mit jedem Atemzug*, Freiamt: Arbor Verlag, 2002.

SHARON SALZBERG ist Mitbegründerin und leitende Lehrerin an der IMS sowie Mitbegründerin des *Barre Center for Buddhist Studies*. Sie leitet weltweit Retreats und ist die Autorin von *Geborgen im Sein: Die Kraft der Mettâ-Meditation*, Frankfurt am Main: Fischer Taschenbuch Verlag (Reihe „Spirit"), 1999, und *Ein Herz so weit wie die Welt: Buddhistische Achtsamkeitsmeditation als Weg zu Weisheit, Liebe und Mitgefühl*, Freiamt: Arbor Verlag, 1999.

RENATE SEIFARTH praktiziert seit 1989 die buddhistische Meditation des Vipassana und der Metta unter der Anleitung von Fred von Allmen, Joseph Goldstein, Sharon Salzberg, Stephen Batchelor und anderer Lehrer. Sie verbrachte ca. fünf Jahre in Retreat, davon zwei Jahre in den Waldklöstern Thailands (Ajahn Maha Boowa) und in Burma (Ehrw. U Pandita und U Janaka). Seit ihrer Rückkehr in den Westen leitet sie Meditationsseminare.

RODNEY SMITH ist leitender Lehrer bei der *Seattle Insight Meditation Society* und bei *Insight Meditation Houston*. Er engagiert sich seit 1984 in der Hospizarbeit und lehrt Einsichtsmeditation. Er ist der Autor von *Die innere Kunst vom Leben und vom Sterben: Was wir von Sterbenden lernen können,* Freiamt: Arbor Verlag, 1999.

STEVEN SMITH ist leitender Lehrer an der IMS in Barre und dem *Kyaswa Valley Retreat Center for Foreigners* in Sagaing Hills in Burma. Er war im Jahre 1984 einer der Gründer von *Vipassanâ Hawaii* und hat das Metta-Dana-Projekt gegründet, ein Erziehungs-, Gesundheits- und Naturschutzprogramm in Burma. Steven ist der leitende Meditationslehrer des *Center for Contemplative Mind in Society* gewesen. Gegenwärtig baut er ein internationales Meditationszentrum auf Hawaii auf.

AJAHN SUMEDHO wurde in Seattle im Bundesstaat Washington geboren. Er ist ordinierter buddhistischer Mönch der thailändischen Waldtradition in der Übertragungslinie von Ajahn Chah. Er lebt im *Amaravati Buddhist Monastery* in Hertfordshire in England. Er ist der Autor von *Erkenntnis geschieht jetzt,* Kandersteg: Dhammapala-Verlag, 1992.

CHRISTOPHER TITMUSS, Mitbegründer und leitender Lehrer von *Gaia House* im Südwesten Englands und langjähriger Lehrer an der IMS, lehrt Erwachen und Einsichtsmeditation auf der ganzen Welt. Als früherer buddhistischer Mönch ist er der Autor von *Innere Kraft durch Meditation: Neue Energien für Körper, Seele und Geist,* Niedernhausen: Bassermann, o. J., und Mitautor (mit Christina Feldmann) von *Laßt alles völlig neu für euch sein: Wege zum meditativen Leben,* Wien: Octopus, 1980. Er lebt in Totnes in Devon/Großbritannien.

FRED VON ALLMEN widmet sich seit 1970 der buddhistischen Geistesschulung in Asien, Europa und den USA, unter Lehrern der Theravada und der Tibetischen Mahayana Tradition. Sieben Jahre dieser Zeit verbrachte er in Retreat. Seit 1984 ist er weltweit als Kursleiter tätig. Er ist Autor der Bücher *Die Freiheit entdecken,* Arbor Verlag und *Mit Buddhas Augen sehen,* Theseus Verlag, und ist Mitbegründer des Meditationszentrums Beatenberg.

CAROL WILSON praktiziert seit 1971 Einsichtsmeditation und ist leitende Lehrerin an der IMS. Sie hat seit 1986 weltweit gelehrt, unter anderem bei dem jährlich stattfindenden dreimonatigen Retreat an der IMS.

Zentren für Einsichtsmeditation

Cambridge Insight Meditation Center
331 Broadway, Cambridge, MA 02139
Tel.: 001-617-491 5070
Web Site: www.world.std.com/~cimc

Insight Meditation Society
1230 Pleasant St., Barre, MA 01005
Tel.: 001-978-355 4378
Web Site: www.dharma.org

Seattle Insight Meditation Society
P.O. Box 95817, Seattle, WA 98145
Tel.: 001-206-366 2111
Web Site: www.seattleinsight.org

Spirit Rock Meditation Center
P.O. Box 169
Woodacre, CA 94973
Tel.: 001-415-488 0164
Web Site: www.spiritrock.org

Amaravati Buddhist Monastery
Great Gaddesden, Hemel Hempstead
Hertfordshire HP1 3BZ England
Tel.: 0044-1442-8424455
Web Site: http://carmen.umds.ac.uk/~crr/newsletter

Gaia House
West Ogwell, Newton Abbot
Devon TQ12 6EN England
Tel.: 0044-1626-33613
Web Site: www.gn.apc.org/gaiahouse

Meditationszentrum Beatenberg
Waldegg
CH–3803 Beatenberg
Tel.: 0041.(0)33.8412131
www.karuna.ch

Haus der Stille e. V.
Mühlenweg 20
D-21514 Roseburg
Tel.: 04158.214
info@stille-roseburg.de
www.stille-roseburg.de

Stadtzentrum Haus Siddharta
Denglerstr. 22
D–53173 Bonn
Tel.: 0228.9359369
pamib@t-online.de

Waldhaus am Laacher See
Heimschule 1
D–56645 Nickenich
Tel.: 02636.3344
budwest@t-online.de

Seminarhaus Engl
Engl 1
D–84339 Unterdietfurth
Tel. 08728.616
Seminarhaus.Engl@t-online.de
www.seminarhaus-engl.de

Gerne informieren wir Sie über unsere weiteren Veröffentlichungen aus dem Bereich Buddhismus. Schreiben Sie uns oder besuchen Sie uns im Internet unter:

www.arbor-verlag.de

Hier finden Sie Leseproben unserer Bücher, aktuelle Informationen, Links und unseren Buchshop.

Arbor Verlag • D-79348 Freiamt
Fax: 07641.933781 • info@arbor-verlag.de